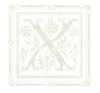

【完全版】人妻淫魔地獄

結城 彩雨

フランス書院文庫X

【完全版】人妻淫魔地獄

もくじ

- 第一章　淫獣地獄　狙われた人妻・玲子 …… 11
- 第二章　浣腸地獄　翻弄される官能 …… 83
- 第三章　調教地獄　牝になるレッスン …… 155
- 第四章　露出地獄　熱い視線に犯されて …… 225
- 第五章　恥汁地獄　甘蜜がにじむ肉襞 …… 296
- 第六章　痴弄地獄　屈辱の超淫乱ビキニ …… 367
- 第七章　性隷地獄　真夏の夜の集団蹂躙 …… 438

第八章　暴虐地獄　エスカレートする恥辱		507
第九章　媚肉地獄　アヌス責め実況録音		577
第十章　緊縛地獄　白い濡肌に黒い縄		644
第十一章　嬲乱地獄　人妻SM秘密ショウ		716
第十二章　連姦地獄　すべての穴をふさがれて		785
第十三章　羞辱地獄　肉市場の美しき生贄		853
第十四章　肛悦地獄　競り落とされた人妻奴隷		920

フランス書院文庫X

【完全版】人妻淫魔地獄

第一章　淫獣地獄　狙われた人妻・玲子

1

駅前の宝石店に二人組の強盗が押し入り、五千万円相当の宝石と売上金千五百万円を奪って逃走したと、車のラジオが伝えていた。ガードマンを射殺し、店員二人に重傷を負わせたという。

「こわいことだな。道理でパトカーが多いわけだよ」

助手席で夫の真一が、膝の上の娘の美加を遊ばせながら言った。

「僕の留守ちゅう、気をつけろよ。美加と二人きりなんだから。まあ、しっかり者の玲子のことだから心配ないとは思うが」

「大丈夫です。あなたこそ、気をつけて行ってらして」

車を運転する玲子は、宝石商強盗のニュースよりも、夫のことが気になっていた。

一流商社に勤務する夫の真一は、中東の支社へ次長として栄転することになった。とりあえず単身赴任で、半年後に玲子も美加といっしょに夫のもとへ行く予定になっていた。
だが、半年も夫と別れて暮らすのかと思うと、玲子はさびしさに襲われた。
「あなた……」
「なんだ、そんな顔をして、ハハハ。半年もすれば会えるんだ。向こうで待ってるよ。それより、美加のことを頼むよ」
夫を乗せたジャンボ機は、定刻通り成田空港を飛び立った。
成田空港には会社からも、大勢見送りにきていた。その人たちにあいさつをして帰ろうとした玲子は、駐車場で鮫島に呼びとめられた。
「奥さん、久しぶりですね」
「鮫島さん……」
玲子はあからさまに不快な顔をした。
鮫島は二年前まで夫と同じ営業部の同期だったが、使いこみがバレてクビになった男だ。今ではブローカーの仕事をしているらしいと夫から聞いていた。
それだけではない。かつてはよく玲子に電話をかけてきては、浮気しないかとしつこくつきまとった男である。

玲子は鮫島を生理的に嫌悪していた。二度と会いたくない男だった。

「フフフ、中東の支社次長とは田中君も栄転ですな。おおっぴらに顔を出せる身ではないので、影ながら見送らせてもらいましたよ」

鮫島はニヤニヤ笑いながら言った。金縁メガネに白いスーツ、細いパイプをくわえ、なんともキザな男だ。指には二つも金の太い指輪をしている。

あいも変わらず玲子を見る眼はいやらしかった。ねっとりと、玲子の身体をなめまわすように見る。

その視線に虫酸が走るような嫌悪を感じながら、玲子は黙って頭をさげると、足ばやに車へ向かおうとした。

「奥さん、私は今でも奥さんに首ったけなんですよ。そう冷たくすることはないでしょう」

鮫島が追っかけてきた。いきなりスカートの上から、玲子の双臀をスルッと撫でた。

玲子はあわてて鮫島の手をふり払った。

「何をするんですかッ」

「奥さんがあんまりムチムチした尻をしてたもんで、つい手が……フフフ、まったくいい尻をしてるなあ」

「悪い冗談はよしてください……し、失礼だわ」

「減るもんじゃあるまいし、そう怒ることもないでしょうが。もっとも怒った顔も綺麗ですね、奥さん」

鮫島はまるで悪びれた様子もなく、ニヤニヤと笑った。

「どうです、これからホテルへ。もう田中君も空の上だし、ひとつ大人の楽しみといきませんか、奥さん。私はかなりのテクニシャンでねえ、フフフ。楽しませてあげますよ」

鮫島はぬけぬけと言った。図々しいというのか、玲子をなめているというのか、なんともいやな奴である。

これまでも美しい玲子に言い寄る男は、何人もいた。しかし、玲子がきっぱり拒絶してにらみつけると、たいていはその美貌にタジタジになったように引きさがった。

玲子はキッと鮫島をにらみつけた。

「バカなことを言わないでくださいッ」

「フフフ、奥さんの身体を、一度味わわせてくださいよ。金を払ってもいい」

「そ、それ以上、失礼なことを言うと本当に怒りましてよ、鮫島さん」

玲子は怒りと侮蔑をこめた声で言った。鮫島はいっこうに引きさがる気配がないのだ。それどころか、ニヤニヤと玲子の顔色をうかがいながら、

「奥さんを悦ばせるために、いろいろと小道具もそろえてきたんですがね、フフフ。

きっと、奥さんは気に入りますよ」
鮫島は持っていたアタッシェケースを開いて、奇妙なものを取りだしてみせた。
玲子は一瞬、それが何かわからなかった。生ゴム製らしく黒光りしている。ちょうどビールの大瓶くらいの大きさだ。それが男根を形取ったものであることに気づくと、
「あぁッ」
声をあげそうになって、あわてて口を押さえた。玲子の美貌がひきつる。
「見事な張型でしょう、奥さん。ポルノショップが宣伝用の飾りにしてたのを、奥さんに使ってあげようと思って、とくにゆずってもらったんですよ、フフフ」
「………」
玲子はすぐには言葉が出なかった。張型など見るのは初めてだが、それにしてもなんとグロテスクで巨大なのだろう……。
背筋に悪寒が走った。
「どうです。気に入ったでしょう、奥さん。こいつでオマ×コをこねくりまわされりゃ、亭主の田中のことなんか忘れて天国だ」
鮫島が言い終わらないうちに、玲子の手が鮫島の頬をたたいていた。
「は、恥を知りなさいッ」
玲子は吐くように叫んだ。さすがに鮫島はしゃべるのをやめた。それでも顔は、ニ

ヤニヤといやらしく笑っている。
「鮫島さん、あなたって最低ねッ」
言い捨てると、玲子はスカートの裾をひるがえして、車へ向かった。今度は鮫島も追ってはこなかった。ククククッと鮫島は、まだ笑っていた。
「な、なんという男かしら……狂ってるわ」
車を運転して、家路をいそぎながら玲子は、腹立たしそうに言った。怒りで、夫に別れた感傷どころではなくなっていた。
高速道路は、都内へ入ると夕方のラッシュと重なって、大変な渋滞だった。ようやく我が家へたどり着いた時には、あたりはすっかり暗くなっていた。娘の美加は疲れて助手席でウトウトしている。
「美加ちゃん、お家に着いたわよ。お腹がすいたでしょう。すぐごはんにしますからね」
美加を抱いて玄関の鍵を開け、なかへ入ろうとした時である。植えこみの影から男が二人、飛びだしてきた。悲鳴をあげる余裕もなかった。
「静かにしな、奥さん」
押し殺した若い男の声とともに、玲子の首筋に冷たいナイフの刃の感触が、ピタリと押しつけられた。玲子は声を失った。恐怖に総身が凍りついて、膝がガクガクとふ

るえた。
男たちはすばやく玲子を玄関のなかへ押しこむと、外の様子をうかがってからドアを閉め、錠をかけた。
「おとなしくしてろよ。命が惜しかったらな、奥さん」
玲子の首筋にナイフを押し当てたまま、低い声で言った。単なるおどしでない殺気が感じられた。
「こ、殺さないで……」
玲子はそう言うのがやっとだった。娘の美加をかばうようにしっかり抱きしめ、なす術もなくふるえた。
「おとなしく俺たちの言うことを聞きゃ、殺しやしねえ。ほれ、さっさとあがらねえかよ、奥さん」
男は玲子をナイフで追いたてると、応接間へ入った。もう一人の男が、すばやく厚いカーテンを引いて窓をおおうと、照明をつけた。
明かりのなかに、玲子は男たちの顔を見た。がっしりとした体格の若者で、チンピラ風だ。頭にパンチパーマをかけているので、老けた感じがしたが、年齢は二十歳というところだろう。
「お、お金ならあげますから……はやく出ていってください」

「へへへ、はした金に用はねえ」
「私たちになんの用があるというのですか」
声がふるえた。首筋をなぞるナイフに、動くこともできない。
「用がないなら、はやく帰ってください……も、もうすぐ夫がもどってくるわ」
玲子はとっさに嘘をついた。男たちは動じる様子もなく、へらへらと笑った。
「調べはついてるんだ」
笑いながらナイフの刃で、玲子の頬をピタピタとたたいた。眼で相棒に合図をする。もう一人が、持っていたカバンを開くと、手帳を取りだした。
「へへへ、田中玲子、二十七歳。娘の美加は二歳と三カ月。亭主の真一は、海外転勤で今日、中東へ立ったばかり」
そればかりか、玲子の本籍や生年月日、履歴、そしてここ一カ月の玲子の行動が買物に行く時間から服装まで、入念に調べつくされていた。
「………」
玲子は絶句した。この男たちが単なる押しこみでないことは、明らかだった。
いったいなんのために？……
そう言いかけて、玲子はハッとした。開いたカバンのなかに札束が見え、そのうえに宝石がいくつもキラキラと光っていたのである。そして、男たちのベルトに無造作

に差しこまれている拳銃。カバンの横にはライフル銃もあった。
「……あ、あなたたちは……」
玲子は、車のラジオニュースで伝えていた宝石店強盗のことを思いだした。その時はさして気にもしなかったのだが……。
「察しがいいな、奥さん。サツの眼がうるせえんで、しばらくかくまってもらうぜ」
「へへへ、隠れるなら奥さんのところと、はじめから決めてたんだ。おとなしくしてろよ、田中玲子さんよう」
男たちは銃をかざし、ナイフをちらつかせてへらへらと笑った。
「逆らうなよ、奥さん。宝石店のガードマンや店員がどうなったか、知ってるだろ」
玲子は、身体のなかを戦慄が走り抜け、血の気が去るのを感じた。膝がガクガクふるえた。

2

男たちは立ち去る気配もなく、どっしりと腰をすえる様子だった。
「腹がへったな。まずは腹ごしらえからだ、奥さん。こってりと油っこい肉料理を頼むぜ、へへへ」

人質だと言って、娘の美加を腕から奪い取られた。
「ああ、美加ちゃんッ……」
首筋にナイフを押し当てられて、玲子は動けなかった。
「こ、子供には何もしないでッ」
「奥さんが素直なら、何もしやしねえよ。さっさとメシをつくらねえか」
パシッと双臀をはたかれた。
玲子はナイフにおどされながら、男たちのための料理をつくった。男たちはガツガツと食った。
玲子は美加を抱きしめて、それを見ていた。
「奥さんは食べねえのか、フフフ。身がもたねえぞ」
玲子は黙ってかぶりをふった。とても食事をする気分ではない。
「いつになったら、で、出ていってくれるのですか……」
そう聞いても、男たちはへらへらと笑うばかりだった。玲子の手料理をすっかりたいらげてしまうと、男たちは玲子を応接間へ連れもどした。
「奥さん、まったくたいした美人だね。こうやってそばで見ると、ゾクゾクするぜ」
「金と宝石が手に入ったとなりゃ、次は女だからよ。そこで前から目をつけていた奥さんに、狙いを定めたってわけだ、へへへ」

男たちの淫らな笑い声に、玲子は思わずあとずさった。男たちはジリジリと寄ってきた。
「こっちへ来ないでッ……何を、何をしようというのですか」
玲子はおびえた眼で、男たちを見つめた。後ろはもう壁だった。
「へへへ、食後のデザートのごちそうといこうぜ。熟れきった桃は、食いごろよ」
「そうおびえることはねえだろうが、へへへ。俺は厚次、相棒は竜也ってんだ。仲よくしようじゃねえか」
男たちは意味ありげに舌なめずりした。
食事をして落ちついたのか、男たちの眼から殺気は消えて、かわって淫らな欲情の色がにじんでいた。
「服を脱いで、裸になりな。お楽しみの時間だぜ」
竜也が、低くドスのきいた声で命じた。ビクッと玲子は総身を硬直させた。裸になる。それが何を意味するかは、火を見るよりも明らかだった。
「いや、いやですッ」
「はやく脱げよ、奥さん」
「あ、あなたたちのことは誰にも言いません。ですから、帰ってッ……もう帰ってください」

「ナイフを使われてえのか、フフフ。可愛い娘を切り刻むぜ」
　竜也はナイフを娘の美加の前に、かざしてみせた。ひッと玲子は顔をひきつらせ、自分の身体で美加をかばった。
「やめてッ、美加には何もしないでッ」
「それなら、奥さんが裸になることだ。素っ裸にな、フフフ」
　厚次が横から、玲子の腕に抱かれている美加を取りあげた。
「ママ、ママッ」
　美加はおびえて泣きだした。
「ああ、美加ちゃんッ……」
　ナイフを前に、玲子に抵抗する術はなかった。厚次が抱いた美加の頬に、竜也はピタピタとナイフの刃を当てた。
「どうだ、奥さん。脱ぐ気になったか」
「やめてッ、美加には手を出さないでッ……言うことを聞きますから、ナイフをどけて」
「脱ぐのが先だ」
　竜也は冷たく言った。
　玲子は唇をかみしめたまま、ガックリと頭を垂れた。宝石商を襲ってガードマンを

殺した男たちだ。従わなければ、美加に何をされるかわからない。
玲子はふるえる手でベストを脱ぐと、ブラウスのボタンをはずし、白い肩をさらした。さらに、スカートのジッパーを引きさげる。
「……美加ちゃん……」
玲子の瞳は、厚次の腕のなかで泣く美加をじっと見ている。少しでも服を脱ぐ手がとまると、ナイフの刃がピタピタと娘の頬をたたいた。恐怖と、我が子を思う母の本能が、玲子の手を動かした。
スカートが玲子の脚をすべり落ち、足もとから抜き取られた。
「へへへ、色っぽく脱げよ、奥さん」
「ほれ、泣きそうな顔してんじゃねえよ。腰をくねらせねえか」
竜也と厚次は、ソファに腰をおろして、ビールをあおりながら、ニヤニヤと玲子をながめた。
薄いブルーのスリップに、玲子の身体の線が妖しく透けて見えた。ブラジャーもパンティも同じ薄いブルーだ。
スリップにつづいてパンティストッキングを脱いで、ブラジャーとパンティだけの裸身になると、玲子は両手で前を隠すようにして、腰をくの字に折った。
すがるような眼で男たちに哀れみを乞う視線を向けた。みずみずしい女らしさには

ちきれんばかりの胸のふくらみと双臀の肉づきが、薄いブラジャーとパンティを弾き飛ばさんばかりであった。
「ブラジャーを取れよ」
「…………」
玲子の表情に狼狽と羞恥の色が走った。下着姿でさえ、夫以外の男性の眼にさらしたことなど一度もない玲子だ。
娘の美加ののどもとで、ナイフが不気味に光るのを見ながら、玲子は両手を背中へまわしてブラジャーのホックをはずした。
ブルンと豊満な乳房が露わになった。白く桃みたいで、とても二歳の娘がいるとは思えない形のよさだ。
「いいおっぱいしてるじゃねえか」
「どう見ても、八十六センチはあるな」
竜也と厚次は、ひゅうと口笛を吹いた。
豊満な玲子の乳房は、両手で胸を抱いても隠しきれなかった。
「パンティも脱げよ」
「へへへ、どうした。素っ裸と言ったはずだぞ、奥さん」
玲子の美貌が、ベソをかかんばかりにゆがんだ。ナイフの刃が美加ののどもとをす

べる。美加はおびえて、いちだんと泣き声を高くした。
「ああ、美加には何もしないでッ」
玲子はかぶりをふりながら、パンティを太腿にすべらせた。爪先から脱ぎ取ると、両手で前を隠し、その場にしゃがみこんでしまう。一糸まとわぬ全裸だった。
男たちの眼が、ギラッと血走った。
「立って身体を見せねえか」
「か、かんにんして……言われた通りに、裸になったんです。これでゆるして……」
「見せろと言ったんだ」
竜也がナイフの先で、美加をチョンとつついた。美加は足をバタつかせて、のども裂けんばかりに泣いた。
玲子は悲痛な声で叫ぶと、立ちあがった。ブルブルとふるえながら、乳房と太腿の付け根を手でおおい、膝をくの字に折る。
「手をどけな。身体を全部見せるんだ」
「ああ……」
おずおずと玲子の手がどいて、肌を露わにした。
恍惚となるほどの妖しく美しいながめだった。肌は白く、シミひとつなく透けるようだ。形よく張った乳房とくびれた腰、そして双臀から太腿にかけては、人妻らしい

官能美がムンムンと匂うようで、妖しく曲線を描いている。太腿の付け根にフルフルとふるえる女の繊毛が、白い肌にひときわ鮮やかなコントラストを見せて映え、輝きを放っていた。
それは、どんな男をも欲情させずにはおかない妖しいながめだった。
「尻も見せな、奥さん」
厚次が低い声で命じた。低く抑えても、声がうわずっている。
玲子は総身をワナワナとふるわせ、唇をかみしめて後ろ向きになった。
ゴクッ、と生唾を呑みこむ気配が、男たちから伝わってきた。欲情したけだものが、獲物を前に舌なめずりをする気配だ。
「いい尻してやがる……見ろ、あの肉づき。そそられるぜ」
「こ、こんないい身体をした女は、俺も初めてだぜ。それも年上の人妻ときている、へへへ、たまらねえな」
竜也と厚次は眼を血走らせた。
玲子の双臀はムチッと形よく、官能美あふれ肉感にはちきれそうだ。白く光って剝き玉子のようだった。
これまでさんざん女遊びをしてきた二人だが、年上の人妻の、眼もくらまんばかりの熟しきった肉体を前にするのは初めてだった。

「しゃぶりつきたくなるような尻をしてやがる」
「ああ……」
玲子は両手で顔をおおったまま、かぶりをふった。気も狂うような羞恥に、頭の芯がカアッと灼けた。
「も、もう、ゆるして……」
「よしよし、ガキを黙らせな」
厚次が泣きじゃくる美加をあしらいかねて、玲子に渡した。玲子は肌を隠すのも忘れ、美加を抱きしめた。
「ああ、美加ちゃん……こわい思いをさせてごめんなさいね。も、もう泣かないで、ママはここにいますからね」
玲子は必死に笑顔をつくってみせ、子供をあやした。
そんな玲子に、竜也と厚次は左右からまとわりつくようにして、白い肌にねちっこい視線を這わせた。今にも鼻がつかんばかりに、クンクンと鼻を蠢かす。
妖しい人妻の色香がたちこめ、吸いつきたくなるような玲子の肌であった。ナイフの刃が、スーッと臀丘の丸みにそってすべり、這いまわった。
「あ、あッ……やめてッ……」
ナイフの冷たい感触に、玲子は総毛立った。

「いい尻しやがって、へへへ。じっとしてろよ、奥さん」
竜也はうれしそうに笑った。

3

泣き疲れて眠ってしまった美加を子供部屋のベッドに寝かせると、玲子は寝室へ連れこまれた。
「いやッ……」
玲子はにわかにあらがいを見せはじめた。娘の美加を男たちからひとまず遠ざけたことで女の本能がふくれあがった。寝室へ連れこまれれば、何をされるか、聞かなくともわかる。
「へへへ、それじゃお楽しみといくか」
「俺が先でいいだろ、竜也」
男たちはズボンを脱いで、下半身裸になった。グロテスクな男の肉塊が、天を突かんばかりにそそり立って、脈打っていた。
「い、いやあ……」
玲子は本能的に逃げようとした。犯されることだけは、なんとしても防がねばなら

ない。
逃げようとするのを、たちまち厚次と竜也につかまえられ、ズルズルと寝室に引きずられた。
「や、やめて、何をするのッ」
「とぼけやがって。裸になりゃ、やることは決まってるぜ、奥さん」
「いやあッ」
ベッドの上へ突き飛ばされた。夫との愛をはぐくんできたダブルベッドだ。そこで犯されるのは耐えがたい。
「いや、いやッ……たすけてぇ、誰か……たすけてッ」
悲鳴をあげる玲子の上に竜也はのしかかると、頬を二度三度と張り飛ばした。
ひッと玲子はのけぞった。今まで誰にもぶたれたことのない玲子だった。衝撃にグッタリと力が抜けた。竜也は玲子をうつ伏せにひっくりかえし、両手を背中へねじあげて、手首を重ねた。
「縛るのか、竜也」
「ああ、女は縛って犯るのがいちばんだ。ズンと味がよくなるのさ」
「好きだな、へへへ」
厚次が縄をビシビシとしごきながらやってきた。重ねた手首を縄で縛り、豊満な乳

房の上下に縄尻を巻きつけて、絞りあげた。
竜也と厚次は、動きに無駄がなく手なれていた。明らかに女を襲うのは、これが初めてでない手ぎわのよさだ。
「あ、ああ……」
玲子は狼狽の声をあげた。縛られて犯されるなど、思ってもみなかったことだ。
「いや、縛られるのはいや……」
「ガタガタ言ってねえで、脚を開くんだよ、奥さん」
うつ伏せの玲子の裸身が、左右からつかまれ、あおむけにころがされた。
「いやあッ」
反射的に玲子は、閉じ合わせている両脚に力を入れ、裸身をちぢこませようとした。
「はやいとこ、股をおっぴろげな」
「いやッ……そ、そんなこと、できるわけがないでしょう」
「へへへ、いやでも開かせてやるぜ」
竜也はナイフを見せびらかした。玲子の顔をのぞきこんで、ニヤッと笑う。
「娘の指の一本でも切り落としてくりゃ、おっぴろげる気になるだろうぜ」
「へへへ、耳にしろや、竜也」
「奥さん、今すぐ娘の耳を切り取ってくるからよ」

ナイフを手に、竜也が子供部屋へ向かおうとすると、玲子はひッと声をあげた。
「待ってッ……美加には手を出さないでッ。お願いですッ」
玲子は顔をあげ、後ろ手に縛られた不自由な身体を揉むようにして、悲痛な声を張りあげた。
「へへへ、奥さん、はやいとこ竜也をとめねえと、ガキの耳がバッサリと切り取られるぜ。もう、股をおっぴろげるしかないんじゃねえのか」
玲子を押さえつけながら、厚次が意地悪く語りかけてくる。ああ……と玲子は哀しげに顔をのけぞらせた。もうとまどっている余裕はなかった。
「あ、脚を開きますから、子供のところへ行かないでッ……美加には何もしないで、お願い」
そう言うと、玲子は泣きだした。我が身はどうなっても、娘の美加だけは守らねばならない。結婚二年目にして、ようやく得たひと粒種の娘だった。
「それじゃ、おっぴろげな、奥さん」
竜也がニヤニヤと顔を崩して言った。
玲子は生きた心地もなかった。我が子を守るためとはいえ、恐ろしいけだものたちに自ら身体を開いてみせねばならないのだ。
ひ、ひどい……。

玲子は固く眼をつぶり、唇をかみしめて、閉じ合わせていた両脚の力を抜いた。おずおずと左右へ開きはじめる両脚が、玲子の胸のうちを物語るように、ふるえている。

「ああ……」

白いのどから泣き声がこぼれた。

どんなに固く眼を閉じていても、両脚を開くにつれて、腿の内側を這いあがってくる熱い視線を感じた。

「か、かんにんして……」

「娘の耳を持ってこようか、奥さん」

「そ、それだけは……ああ……」

玲子は、両脚を開いては、ハッと本能的に閉じ合わせ、また開くといったことをくりかえしながら、少しずつ両脚を左右へ割り開いていった。

内腿に外気がしのびこみ、男たちの視線も這いあがった。竜也と厚次は、玲子の足もとに身をかがめ、食い入るようにのぞきこんできた。フフフッ……と男たちは笑った。その笑いが何を意味するのか、玲子には痛いほどよくわかった。

わずかにのぞいた媚肉が、カアッと火のようになる。唇をかみしめた美貌が、首筋まで真っ赤に染まった。

「も、もう……これでかんにんして……」

「まだだ、もっとおっぴろげろ、奥さん。毎晩亭主に抱かれる時は、このベッドでもっとおっぴろげてたんだろうが」
竜也がうわずった声で言えば、その横で厚次も舌なめずりして、
「俺たちがいたずらしやすいように、いっぱいまでおっぴろげて、何もかも剝きだしにするんだよ、奥さん」
「……ひ、ひどいわ、ああ……これまでかんにんして……」
泣いて訴えながらも、玲子はさらに太腿を割り開いた。娘の美加を人質に押さえられている以上、玲子に抵抗はゆるされなかった。
もう、玲子の両脚は左右にあられもなく開かれ、女の花園をさらけだしていた。相手が夫であっても、これほどまでに浅ましく開陳したことはなかった。
「ああ……かんにんして……」
開いた眼に、浅ましく開いた自分の両脚と、その間で顔を寄せ合ってのぞきこんでいる男たちの姿が映った。
あまりのおぞましさに、本能的に閉じ合わせようとした足首が、左右から押さえつけられた。
「おっと、せっかくおっぴろげたんだ。閉じる手はねえぜ、奥さん」
「へへへ、もっと開いてやるぜ。たっぷりいたずらしやすいようにな」

足首をつかんで、さらに左右へ割り開く。玲子の内腿の筋が張って、股関節がミシミシときしむようだった。百八十度に近いまでに開かれていく。
足首に縄を巻きつけ、ベッドの脚に縛りつける。
「い、いやあ……」
玲子は真っ赤に灼けた美貌をふりたくった。浅ましいまでに開ききった太腿をうねらせ、狂おしく腰をよじりたてる。その腰の下に、厚次が枕を二つ、重ねてあてがった。
「へへへ、パックリだ……」
「これが人妻の田中玲子のオマ×コか……」
竜也と厚次は、唾液をすすりながら、まぶしいものでも見るように眼を細めた。
男たちの眼の前に、玲子の女が開ききっていた。腰の下に枕を押しこまれているため、太腿の付け根が盛りあがり、黒い繊毛がふるえている。その繊毛の丘からは、媚肉の合わせ目が剝きでて、それは内腿の筋に引っ張られて口を開き、ピンク色の肉襞までのぞかせていた。
竜也と厚次は、顔を寄せ合ったまま、しばし声もなく見とれた。やがて、欲望のおもむくままに、媚肉の合わせ目をつまんでくつろげ、奥までさらした。
「すげえ……色といい形といい、ガキを産んだとは思えねえぜ。綺麗なもんだ」

「こんないいオマ×コしてるとは予想以上だ……こいつはさぞかし味のほうも……」
ゴクリとのどが鳴る。眼もくらむ思いだ。肉襞は綺麗なピンク色で、しっとりと濡れて、その付け根に女芯をそっとのぞかせていた。大きくも小さくもなく、見るからに敏感そうだ。
竜也と厚次は、我れを忘れて魅せられた。これほど妖しく、美しい媚肉は見たことがなかった。
「ああ……いや……」
玲子は狂ったように頭をふり、泣き声を絞りだしている。いくら両脚をうねらせ、腰をよじっても隠しきれない絶望感に、総身は羞恥の火となった。
「あ、あッ……いやッ、触らないでッ」
男たちは、すぐには犯そうとはせず、じっくりと観賞しては、肉の構造を確かめるように指先でまさぐってきた。肉層の一枚一枚をあばきだし、女芯と尿道口、女の最奥と執拗に確認してくる。
触れるたびに、玲子の裸身がビクッとすくみあがった。
「俺が先でいいだろ」
こらえきれなくなって、厚次が同じことを言った。そのまま玲子の上へのしかかった。

「ヒッ……いやあッ、それだけはいやッ……」
　玲子の悲鳴と身悶えがいちだんと激しくなった。上の厚次を突き離そうと縄目の裸身をゆすってもがく。
「夫が、夫がいるんですッ……それだけはかんにんしてッ」
「亭主がいるからこそおもしれえんだよ。へへへ、人妻ってえのを一度味わってみたくてよう。とくに奥さんの身体をな」
　厚次は豊満な乳房をつかむと、その先の乳首にむしゃぶりついた。グチュグチュと舌を鳴らしながら、たくましい肉塊を媚肉の合わせ目へこすりつける。
「い、いやあッ……」
　玲子の唇に恐怖と戦慄の悲鳴がほとばしった。夫のある身を、どこの誰とも知れぬ強盗、殺人者に犯される……。玲子は、狂ったように抵抗した。
「あなた、あなたッ、たすけてえッ……」
　無意識のうちに、夫を呼びながら、救いを求めた。
「おとなしくしてろッ」
　バシッ、バシッ……頬を張られた。ガクッと力が抜けたところを、厚次は荒々しく腰をねじこんだ。
　火のようなたくましい肉塊が、グイグイと媚肉に分け入ってきた。

「ああッ、あ、あなたあッ……」
玲子の脳裡に夫の面影がよぎった。
まるで矢でも射ちこまれたように、玲子の裸身がのけぞった。のけぞったまま、うむッ、ううむッと裸身を揉み絞る。
玲子の身体は、とても男を受け入れられる状態ではなかった。侵入を拒もうとして肉が硬直していたほどだ。
そこに厚次が強引なまでに腰をねじこみ、押し開いた。先端がズンと子宮に達すると、
「ひいッ……あ、あなたッ、ひッ、ひッ」
玲子はひときわ高く泣き声を放った。
「どうだ、奥さん、ほかの男に犯される気分は。この様子だと、亭主しか知らなかったようだな」
厚次は欲情に酔いしれたように言った。すぐには動きださず、じっくりと玲子の肉を味わっている。
しっとりとした肉がきつく包みこんで、とても子供を産んだとは思えない。天にも昇る法悦だった。
「犯される感じってのを、たっぷりと教えてやるぜ、奥さん」

のぞきこんだ玲子の顔は泣き濡れて、犯される人妻の凄艶ともいえる風情を見せていた。
 竜也は身をかがめて、ニヤニヤと玲子の身体をのぞきこんでいる。ドス黒い厚次の肉塊が、玲子の媚肉に分け入って、深々と押し入っているのが、はっきりと見えた。
「フフフ、うまそうにくわえこんでるじゃねえかよ、奥さん。生々しいぜ」
 竜也がからかっても、玲子は唇をかみしめた顔を、右に左にと伏せて嗚咽するばかりだった。
 犯される恐怖と屈辱、そして衝撃に打ちのめされ、逆らう気力も喪失していた。
 厚次がゆっくりと腰を動かしはじめた。
 それはしだいに激しく、玲子の最奥を突

きあげた。ミシ、ミシと玲子の腰の骨がきしむようだった。
「た、たまらねえ……これが人妻の味ってやつか。いい味してやがる」
厚次は容赦なく玲子を責めたてながら、獣のように吠え、うなった。
玲子は唇をかみしめ、じっと屈辱に耐えている。口からもれるのは、女の哀しみがしみわたるような嗚咽ばかりだ。
それでも力まかせに子宮をえぐられると、かみしばった口から、ひッ、ひいッと泣き声が噴きでた。
「へへへ、いい声で泣きやがるぜ」
厚次はうわずった笑いをあげ、いっそう昂って荒々しく責めたてた。玲子の身体が、苦悶するようにビクビクと痙攣した。
「ああッ、いやッ……も、もう、やめてッ」
時々、耐えきれないように、玲子は悲鳴をあげた。だが、その悲鳴も男たちを喜ばせ、さらに昂らせるだけだった。
「おい、厚次。まだかよ」
血走った眼でのぞきこんだ竜也が、催促の声をあげた。
「もう少しだ、へへへ。時間はいくらでもあるんだぜ。あせるなよ」
「口でしゃぶらせてもいいんだがよ。やっぱし最初はオマ×コで犯りてえからな」

めがけて放っていた。

そして、ひときわ大きく腰をゆすったかと思うと、ドッとばかり灼熱を玲子の子宮

厚次の動きがいちだんと激しくなった。ドスンと杭を打ちこむように突きあげる。

「いい味してるぜ、この奥さん」

かった。

玲子はひときわ高く泣き声を放った。すぐに厚次にとってかわり、竜也がいどみか

「い、いやあ……ひッ、ひいいッ」

した。背後から腰をかかえこみ、凌辱のあとも生々しい女の最奥へ、一気に押し入った。

竜也は厚次に手伝わせて、玲子を後ろ手に縛ったまま、ベッドの上で四つん這いに

「足の縄をほどいてくれ。俺は四つん這いにして、バックから犯るのが好きなんだ」

「うッ、ううむ……」

玲子はもう、されるがままに嗚咽し、うめき声をあげるだけだ。

そんな無抵抗な女体を凌辱する嗜虐の快美に、男たちは酔いしれた。竜也が後ろから突きあげれば、厚次は果てたばかりだというのに、玲子の黒髪をつかんで口淫を強いた。

上からも後ろからも、同時に二人の男に辱しめられるなど、玲子には信じられない。

「た、たすけて……玲子をたすけて、あ、あなた……」
玲子は息も絶えだえに絶叫した。
それを聞くと、男たちはゲラゲラ笑って、いっそうむごく玲子を責めたてた。
竜也と厚次の欲望はとどまることを知らず、また、疲れを知らなかった。入れかわりたちかわり玲子にいどみかかっては、口と女の部分に白濁の精を浴びせかけた。
ようやく男たちが満足げに玲子の身体から離れた時は、もう夜中の一時をまわっていた。若いだけあって、竜也と厚次は二人とも四回ずつ玲子を犯した。
「へへへ、まったくいい味してるぜ、この奥さんはよう」
「久しぶりにいい思いしたぜ、フフフ。奥さんのほうもだいぶまいったようだな」
厚次と竜也は玲子を見おろしながら、へらへらと笑った。
玲子はベッドの上で、ピクリとも動かなかった。大きく開かれた両脚はそのままで、さんざん凌辱された媚肉も露わに、隠す気配もない。生々しく口を開いた合わせ目からは、おびただしい量の白濁の精がトロリと流れでて、まるで死体みたいだった。
汗まみれの肢体には、いたるところにキスマークや歯型が残されている。痛々しいまでの玲子の姿だった。
玲子はうつろな瞳で、空間の一点を見つめている。頭のなかは空白だった。
「しっかりしねえか。これくらいでだらしねえぞ、奥さん。まだ序の口だ」

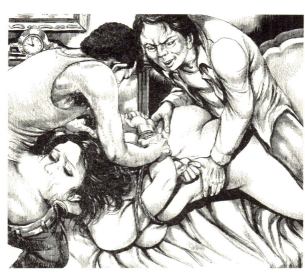

「これだけいい身体をしてるんだから、朝まで寝かせねえぞ」

顔をのぞきこんでも、玲子の反応はなかった。

「フフフ、少し気合いを入れてやるか」

「それしかねえようだな。人妻はきつく仕込むに限るっていうからよ」

厚次が脱ぎ捨てたズボンから、革のベルトを抜き取った。それをふって、宙でビュッと風を切った。

竜也のほうは、玲子の裸身をゴロリとうつ伏せにひっくりかえした。汗にヌラヌラと光る双臀が、ムッチリと上を向いた。

その双臀めがけ、厚次は革のべ

ルトをふりおろした。
ピシッ……ベルトの鞭は、正確に玲子の双臀に弾けた。ベルトの鞭さばきは、手なれていた。
「うッ……うむッ……」
それまでまったく反応を示さなかった玲子の裸身が、ビクッとはねた。
二度、三度とベルトの鞭がふりおろされ、そのたびに玲子の裸身がはね、開ききった女の最奥からドクドクと白濁の精が流れでた。
「グッタリしているひまなんかねえぞ、奥さん。レイプは終わっちゃいねえんだよ」
厚次はもうたっぷり楽しんだにもかかわらず、鞭打つ間に、再び嗜虐の欲情が意地汚くくすぶりはじめたらしい。
「へへへ、あと二発は犯らなくちゃな」
竜也も顔をあぶらぎらせはじめた。
ピシッ……ピシッ……一定の間隔をおいて鞭は玲子の双臀に鳴った。
「うむ……ううむ……」
どうして鞭打たれるのか、玲子には理解できない。ひと打ちごとに、空白の脳裡に意識がもどっていく風情だ。玲子は肩をふるわせてすすり泣きだした。
「ああ……もう、もう、かんにんして……」

玲子はあえぐように言った。我れにかえっても、男たちに犯された衝撃と哀しみに、深く打ちひしがれて、腰をよじる気力も体力も消失している。

精神も錯乱気味で、哀しみに小さく嗚咽していたかと思うと、

「いや、いやあッ……」

と、突然泣き叫んだりする。

よくやく厚次は革のベルトをふりおろすのをやめた。竜也が、赤い筋の無数に走る玲子の双臀を、ねちねちと撫でまわした。官能美あふれる臀丘の肉づきが、熱く火照るようだ。

「へへへ、しっかりしろよ、奥さん。まだまだ、夜は長いんだぜ」

「か、かんにんして……」

「さっきも言ったろ。レイプはまだ終わっちゃいねえんだよ」

今度は俺が先だと、竜也が玲子の汗まみれの裸身にまとわりついた。

「い、いやッ……もう、もう、いやあッ」

弾かれるように、玲子は裸身を揉んだ。こうもたてつづけに犯されるなど、これまで一度も経験したことがない。

「尻を持ちあげねえか」

「ああ、いや……いや……」

「いやじゃねえ。さっさとしろ」
双臀をバシバシはたかれて、玲子はうつ伏せのまま、腰を高くもたげさせられた。両膝をつき、顔をシーツにこすりつける。
「犯されるのを待つ、牝のポーズってところだな、フフフ。人妻は後ろから犯るのがいちばんだぜ」
「ああ……け、けだもの……」
「そうさ。奥さんはけだものに、とことん犯されるんだぜ」
笑いながら、竜也は後ろから玲子の腰をつかみ、ゆっくりと押し入った。腰をよじるようにして、できるだけ奥へともぐりこませる。
「ひいッ……」
玲子は顔をのけぞらせ、哀しげにのどを絞った。ギリギリとシーツをかみしばり、白眼を剥いた。骨の髄まで犯されると思った。

4

「いつまで寝てやがる気だ」
竜也にゆり起こされ、玲子が眼をさましたのは、翌日の昼近くであった。明け方近

くまで竜也と厚次に犯されつづけ、いつの間にか気を失っていた。

「ああ……」

フラフラと起きあがった玲子は、すぐに床の上へしゃがみこんでしまった。身体じゅうがだるい。腰は関節が痛み、鉛でも入っているみたいに重く、力が入らなかった。にわかに玲子は、肩をふるわせてすすり泣いた。恐ろしい昨夜のことが、はっきりと甦ってきたのである。いったい何度犯されたことだろう……。

あなた……玲子はとうとうけだものたちに……ああ、ゆるして……。

涙があとからあとからあふれでた。

「いつまで泣いてやがる」

いきなり黒髪をつかまれて引きずり起こされ、頬を張られた。

引きずられるようにして、浴室へ連れこまれた。湯のシャワーを浴びながら、玲子はまた肩をふるわせて泣いた。声を押し殺したむせび泣きだ。

「よく洗うんだぜ。たっぷりと精を絞りだしたからよ。はやくしねえと妊娠するかもしれねえぜ、へへへ」

竜也は意地悪くからかった。

ヒッと玲子は泣き声をあげた。凌辱の限りをつくされたあげく、妊娠ということにでもなれば……考えただけでも、恐ろしさに身体がふるえだした。

汚された身体を清めると、化粧までさせられた。一糸まとわぬ全裸のまま、ダイニングキッチンへ行かされた。

「へへへ、綺麗になったじゃねえか、奥さん。色っぽいぜ」

厚次がいた。手にライフル銃を持ち、もう一方の手には縄が握られていた。その縄は娘の美加の腰につながれている。

「ああ、美加ちゃん……」

美加の名を呼んでかけ寄ろうとするのを、竜也に腰を抱きこまれて押さえられた。

「フフフ、娘は人質だ」

竜也は低い声で言った。

「ああ、もう出ていって……あなたたちはもう充分に玲子を犯したわ……お願いですから、帰ってください」

玲子は竜也と厚次に向かって、必死で哀願した。

「いつ出ていくかは、俺たちが決める」

「今出ていくのはヤバイんだよ。サツの非常線が張られてるからな、へへへ。それに奥さんの味が忘れられねえしよ」

男たちはへらへらと笑った。

ああ……と玲子はかぶりをふった。ドス黒い絶望の暗雲が玲子をおおう。

「……せ、せめて、何か着させてください……裸のままなんて、ひどすぎます……」
「フフフ、いつでも犯れるように素っ裸でいるんだ」
「そんな……お願い、下着だけでも……」
玲子の哀願に、竜也は食卓の上のエプロンを差しだした。
半円型でフリルのついた小さなエプロンである。下腹と股間を隠すのがやっとで、乳房や背中は丸出しだった。それでも何も身につけないよりはましである。
「メシだ。肉料理だぜ、奥さん」
厚次が命じた。
男たちは玲子の手料理を、ペロリとたいらげた。ものすごい食欲だった。
「ふうー、食ったぜ。どれ、ぼちぼち食後のデザートといくか」
「へへへ、食欲の次は性欲ってわけだ」
玲子はビクッとした。食器を洗いながら、突き刺さるような視線を、裸の双臀に感じた。手がふるえ、食器がガチガチ鳴った。
竜也と厚次は、美加の腰を縛った縄尻を柱につなぐと、ゆっくりと玲子に近づいた。
「いやッ……」
玲子は本能的に逃げようとした。
「じっとしてろ。そのまま皿を洗ってるんだよ、奥さん」

竜也と厚次は玲子の後ろへかがみこむと、ゆるゆると双臀に手を這わせはじめた。

エプロンの紐が腰の後ろで蝶々結びになって、裸の臀丘に垂れている。それがかえって全裸よりも妖しい色気を感じさせた。

「いい尻だ……この手触りがたまらねえ」

「ムチムチ、プリンってね、へへへ、指が弾き飛ばされそうだぜ」

九十センチはあろうかと思われる見事なまでの双臀である。豊満な双丘がムチッと形よく盛りあがって張り、臀丘の谷間は深く切れこんでいる。

「あ、あ……」

ねちねちと双臀に這う手のおぞましさに、玲子は総毛立った。余裕が出てきたのか、男たちの手はゆっくりと這った。玲子の双臀の形や肉づき、重さを測るように、撫で、つまみ、ゆさぶっては下からすくいあげる。

昨夜と違って、男たちの関心は玲子の双臀にだけ集中しているみたいだった。

「あ、あ……いや、やめて……」

玲子はかぶりをふった。すでに凌辱の限りをつくされた女体は、あらがいも弱々しかった。左右から太腿をからめ取られて開かされると、臀丘に指が食いこみ、谷間がこじ開けられた。

「いや……いやですッ……ああ、何を、何をするのですかッ」

玲子は狼狽した。臀丘の谷間が、秘められた谷底までさらけだされるのだ。
「へへへ、可愛い尻の穴をしてるじゃねえかよ」
「すぼめてやがる、フフフ、これが玲子夫人の尻の穴か」
どこをのぞかれているか知って、玲子はああッと悲鳴をあげた。そんなところをのぞかれるなど、玲子は思ってもみなかった。
「い、いやッ……見ないでッ」
悲鳴をあげて腰をよじった。その双臀がバシッとはたかれる。
「動くんじゃねえ。奥さんの尻の穴がよく見えねえじゃねえか」
「そんな……そんなところを見るなんて……いや、いやッ」
「フフフ……」
いきなり竜也の指が臀丘の谷間に這いこんできた。指先が玲子の肛門を、正確にさぐり当てた。
「ひッ……そんなところを……やめてッ」
玲子は悲鳴をあげてのけぞった。持っていた皿が、落ちてこわれた。
「何するの、やめてッ……い、いやッ、そんなことッ……」
おどろに髪をふり乱しつつ、玲子は嫌悪と汚辱感に総身を揉み絞った。
正常な性しか知らぬ玲子にとって、おぞましい排泄器官としか考えたことのない箇

所をいたぶられるなど、信じられない事態だ。
「フフフ、いい感じだ。こりゃ、極上の尻の穴だぜ」
竜也は玲子の肛門の、吸いつくような粘膜の感触を楽しんだ。
玲子の肛門は、すくみあがってキュッとすぼまる。それをほぐすように、竜也は指先でゆるゆると揉みこんだ。キュッとすぼまってヒクヒクあえぐのが、指先にたまらない。
玲子は流し台につかまって、悲鳴をあげて、腰をふりたてた。
「い、いやッ、手を離してッ……あ、ああ、いやあ……かんにんしてッ」
おぞましさに玲子は泣きだした。あまりにも異常ないたぶりに、あらがう気力も萎えていく。
膝がガクガクとふるえだした。いくら嫌悪し、おぞましいと思っても、竜也の指は蛭のように離れなかった。
「あ……あ……い、いやあ……」
必死にすぼめているのを、ジワジワとほぐされていくおぞましさに、背筋に悪寒が走った。
玲子の肛門はしだいに柔らかくほぐれ、ふっくらと内側からふくらみはじめた。まるで水分を含んだ真綿みたいだ。

「へへへ、奥さんは尻の穴まで敏感なんだな。こんなにとろけてきやがった」
竜也はうれしそうに言いながら、指先に力を入れた。ググッと指で縫うようにして、きつい肉のなかへ沈めた。
「ひいッ……」
「へへへ、俺の指が奥さんの尻の穴に入ってるのがわかるだろ、奥さん」
「あ……う、うむ……な、なんということを……指を取ってッ」
「きつく締めつけてきやがる」
根元まで埋めこんだ指をまわすと、玲子の泣き声がひッ、ひッと悲鳴に変わった。
「やっぱり人妻は違うぜ。尻の穴に指を入れてやっただけで、いい声で泣きやがる」
「ああ……やめて、も、もう、いやッ」
「あきらめるんだな、奥さん。今日はこってりと尻の穴にいたずらしてやるぜ」
玲子の肛門に指を突き刺したまま、竜也と厚次は食卓の上へ追いあげる。うつ伏せにすると、手足を大の字に開かせて、それぞれ食卓の脚に縛りつけた。
「ああ、これ以上、何をしようというの」
「へへへ、決まってるだろ。奥さんの尻の穴にいたずらするのよ」
男たちはニヤニヤと笑った。
竜也が玲子の肛門を指でいじくりまわしている間に、厚次が薬用瓶を取りだしたり、

洗面器を持ってきたりと、何かの準備をはじめだした。
「へへへ、奥さんのほうは尻の穴もほぐれてるしな、いつでもいいぜ」
竜也が厚次に向かって言った。厚次はニンマリとうなずいた。
「待ってろよ、奥さん。今すぐもっと気持ちいいめをみせてやるからな」
厚次はカバンのなかから長大なガラスの筒を取りだした。注射器の形をしている。キィーとガラスが不気味に鳴って、薬用瓶から薬液を吸いあげた。
「五百ＣＣ、満タンだぜ。フフフ」
厚次はうれしそうに笑った。眼が嗜虐の欲情に不気味に血走っている。
「ああ……何を、何をしようというの……もうかんにんしてッ」
玲子はおびえて、声をひきつらせた。不安と恐怖に、男たちから眼が離せない。ガラス筒のなかにドロリと薬液が渦巻いているのが不気味だった。
玲子はなぜか、身体のふるえがとまらなかった。
「何を、何をする気なの……」
「へへへ、浣腸だよ、奥さん」
厚次がニタッと顔を崩した。
カ、カンチョウって?……玲子はすぐには何を言われたのか、わからなかった。
「わからねえのか。浣腸器の先をこうやって奥さんの尻の穴に入れ、あとは薬をチュ

ルチュルってな、へへへ」
竜也は玲子の肛門に埋めこんだ指を、思わせぶりに動かした。
ひッと悲鳴があがり、玲子の顔色が変わった。気も遠くなるような言葉が、玲子のなかを走り抜ける。
「い、いやあッ……そ、そんなことはいや、いやですッ」
恐怖に声がつまった。
「たっぷり五百ＣＣ浣腸してやるからな、奥さん」
「いやあッ」
浣腸でいたぶられるなど、考えただけでも総身にふるえが走り、汗がにじみでた。男たちが単なる強盗だけでなく、恐ろしい変質者であることを思い知らされる。
「ゆ、ゆるして……そんなことだけはッ」
「亭主に浣腸させたことはねえのか。これだけいい尻してるんだ」
「夫は、夫はそんな変なことはしません」
健康的な夫婦生活を営んできた玲子に、おぞましい浣腸の経験などあるはずもなかった。
「へへへ、浣腸は初めてってわけか。こいつはいいや。仕込みがいがあるってもんだ」

竜也の指にとってかわり、硬質なガラスの感覚が玲子の肛門を貫いた。
「ひッ……い、いやあッ……」
悲鳴をあげて、玲子の顔がのけぞった。拒もうと双臀がむなしく蠢いた。
「やめてッ、そんなこと……いや、いやッ、たすけてッ……」
「へへへ、もう、うれし泣きか、奥さん」
厚次と竜也は、うれしそうに嗜虐の笑いをもらした。厚次は激しい欲情に、浣腸器を持つ手も汗ばみ、何度もぬぐった。
「浣腸するぜ、奥さん。これからは毎日、こいつの世話になるんだからよ。じっくりと味わうんだぜ」
厚次は、ゆっくりとポンプを押しはじめた。ガラス筒のなかで薬液が渦巻き、泡立って流入していく。
「こ、こんな……あ、あ……あむ……」
玲子は唇をかんで顔をのけぞらせ、のけぞったまま頭をふりたてた。汗に光る背中がワナワナとふるえた。
チュル、チュルッと入ってくる薬液のおぞましい感触。まるで獣に犯され、おびただしい量の射精をつづけられているみたいだ。
こらえきれないふるえが戦慄となって、身体の芯を走り抜ける。

「ああ……たすけて……」
流入する薬液がジワジワと腸襞をむしばみ、それがなす術もなく変質者の嬲りものにされている我が身を実感させた。
「……いや、かんにんしてッ……あ、ああ……入れないでッ」
「じっとしてろ。じっくりと浣腸を味わわねえか、奥さん」
厚次がゆっくりとポンプを押し、竜也は玲子の臀丘を撫でまわしながら、食い入るようにのぞきこんでいる。
「いやがってるわりには、うまそうに呑んでいくじゃねえか、へへ。尻の穴をヒクヒクさせやがって」
「たまらねえ……このポンプを押しこんでいく感じが、なんともいえねえぜ」
竜也と厚次は、激しく昂る様子だった。額に汗が光っている。
「うッ……ううッ、あむ……」
玲子は流入してくる薬液に、もうあらがいの気力も萎えたみたいに、腰をくなくなゆすりながら、シクシクとすすり泣くばかりになった。
突然、電話がけたたましく鳴った。玲子はハッと裸身を硬直させた。厚次と竜也も一瞬動きをとめた。
「浣腸の最中に電話か……こいつはおもしれえことになるかもしれねえな」

コードを引っ張って、電話器を玲子の前へ置いた。
「奥さん。ヤバイことをしゃべったら、ガキの命はねえと思いな」
一人おもちゃで遊んでいる美加の上で、竜也がナイフをちらつかせた。
玲子は激しくかぶりをふった。玲子は今、おぞましい浣腸をされているのだ。そんな姿で電話になど、出られるわけもない。まして、救いを求めることはできない。
「いや、今はいや……かんにんして……」
哀願するのをかまわず、受話器が玲子の耳に押しつけられた。
「もしもし……奥さん、私です。鮫島ですよ、フフフ」
「あ、鮫島さん……」
悲鳴をあげそうになって、玲子はあわてて唇をかみしめた。よりによって、あのいやらしい虫酸の走るような男、鮫島からの電話とは……。
いつもならすぐに切るのだが、手足を縛られている身では、それもかなわない。
「奥さん、考えてくれましたかね、フフフ。もう私の希望をかなえてくれてもいいんじゃないですか。一人寝はさびしいはずですよ。奥さんほどいい身体をしてちゃねえ」
いつものいやらしい口調で話しだす。玲子を口説いている気なのだ。
「たっぷり楽しませますよ、奥さん」

「………」
玲子が黙っていると、厚次が嘴管の先で腸管をえぐった。
い、いやッ……。
唇をかんで声を殺した。
「……そ、そのことでしたら、お断りしたはずですわ……」
必死に平静をよそおって答えた。鮫島だけには知られたくない。玲子が宝石強盗にもてあそばれていると知ったら、警察に届けるどころか、いっしょになって玲子を凌辱しかねない。
「奥さん、空港で見せた張型、気に入ったでしょう。ほかにもいろいろ奥さんを楽しませる道具をそろえてるんですがね」
「……そんなこと……聞きたくありません」
「浣腸なんかどうです、フフフ、奥さんのお尻は浣腸が好きそうじゃないですか。いくらでもやってあげますよ」
「いやッ……」
玲子はいやいやとかぶりをふり、激しく叫んだ。
ククク……厚次が低く笑いながら、再びゆっくりとポンプを押しはじめた。チュルチュルッと流入する。

「あ……あむ……」
あわてて唇をかみしめたが、駄目だった。唇から狼狽の声がこぼれた。
「どうしたんです、奥さん。そんな声を出して」
「……な、なんでもないわ……うむ……」
「フフフ、まるで浣腸されてるみたいな声を出して。それとも誰かに浣腸されているんですか、この私をさしおいて」
鮫島は意味ありげに笑った。
玲子は鮫島に、浣腸されているのを見抜かれているような錯覚に陥り、かぶりをふった。
「うッ……うむ……」
いくらこらえようとしても声が出た。
もう、やめて……かんにんして……。
すがるように厚次をふりかえっても、厚次は浣腸器を握ったまま、ポンプを押すのをやめようとしなかった。嘴管で玲子の腸管をえぐりつつ、わざとゆっくりとポンプを押すのだった。
た、たまんない……。
総身にじっとりとあぶら汗がにじみでた。薬液を流入されるおぞましさとともに、

しだいに便意が湧きあがってきた。
「へへへ、電話の相手を少し楽しませてやれよ、奥さん」
竜也が玲子に向かって、そっとささやいた。
「田中玲子の尻の穴、と言ってやんな。きっと喜ぶぜ」
「………」
玲子は唇をかみしめ、激しくかぶりをふった。そんなことを鮫島に言えるはずがない。
「言えよ、奥さん」
厚次がポンプを押す手に力を加え、注入を加速した。竜也も娘の美加の頭上で、ナイフをギラッと光らせた。
「う、うむ……」
「どうしました、奥さん」
鮫島が声を高くした。玲子のただならぬ気配が、鮫島に伝わるらしい。
「ああ……お尻の穴……」
玲子は唇をワナワナとふるわせながら、消え入るように言った。
えッ、と鮫島が驚いたように声をあげた。
「な、なんと言ったんです、奥さん」

「……田中玲子の……お、お尻の……穴……」

玲子はガクガクとふるえだした。よりによって、そんなことを鮫島に言わねばならない屈辱と羞恥に、総身の血が逆流する思いだった。

鮫島は驚きでか、すぐには声もなかった。あの上品で美しく、貞淑な玲子がはっきりと、尻の穴、と言ったのだ。

「奥さんのお尻の穴……そんなことを言うところをみると、やっぱり尻の穴を可愛がってほしいらしいですね、奥さん」

「…………」

玲子は唇をかみしめ、今にもわあッとこぼれそうな泣き声をかみ殺した。

「こうなりゃ、話ははやい。この私なら、いくらでも奥さんのお尻の穴を愛撫してあげますよ」

鮫島はいやらしくしゃべりはじめた。受話器を通して、鮫島の息が荒くなるのがわかった。

「今からすぐにでも、そちらへ行きましょうか、奥さん。善はいそげっていうでしょう」

「いやッ、来ないでッ……」

「てれなくてもいいでしょう、フフフ、この私にお尻の穴を可愛がってほしいくせ

に」
鮫島は平然と言ってのけた。
「誰があなたなんかに……いや、あなただけはいやッ」
玲子は我れを忘れて叫んでいた。いつしか鮫島の手で浣腸されているような錯覚に陥ったのだ。
そこで竜也は電話を切った。玲子はそれまで耐えていたものが、一気に崩れ落ちるように、わあッと泣きだした。
その号泣をニヤニヤと聞きながら、厚次はポンプを押しきっていた。五百CC、一滴残さずの注入だった。

5

竜也と厚次は、冷蔵庫からビールを取りだし、らっぱ飲みしながら、ニヤニヤと食卓の上の玲子をながめていた。
ムッチリと官能美あふれる玲子の双臀が蠢いている。それは、じっとりとにじみでたあぶら汗に、ヌラヌラと妖しいまでに光っていた。
「う、ううッ……」

嗚咽のなかに、苦悶のうめき声が入り混じった。荒々しい便意が急速に玲子の身体を苛みだしている。
ああ……どう、どうしよう……。
ふくれあがる便意は出口を求めてひしめき合い、破局に向かってかけくだろうとしていた。歯がガチガチと鳴った。
「ああ……縄を、縄をほどいて……」
あぶら汗を浮かべつつ、玲子はひきつった声をあげた。このままでは恐ろしい破局を、男たちの眼にさらすことになる。それだけは、たとえ夫であろうとできない。
「は、はやく、ほどいてッ」
「フフフ、もう少し浣腸の味をかみしめているんだ」
「すぐひりださせちゃ、せっかくの浣腸の効き目がないからな、奥さん」
男たちはせせら笑いながら、玲子の双臀を撫でまわし、肛門にまで指先を這わせた。
「そ、そんな……」
玲子は嗚咽しながら唇をかみしばり、黒髪をふりたてた。ギリギリと腸をかきむしる便意に、玉のような汗が噴きだし、肌をすべり落ちる。黒髪までも濡れるようだった。
「く、苦しいッ……おトイレに、行かせて……お願い、おトイレに……」

もう声を出すのも苦しかった。気も狂うように恥ずかしくつらい責めである。
「は、はやく……おトイレに……うッ、ううむ……はやくしないと……」
「へへへ、心配いらねえよ。奥さんのトイレはこれだ」
竜也が洗面器をかざしてみせると、玲子の太腿の間に置いた。ひッと玲子の蒼白な美貌がひきつった。
「そ、そんなこと……いや、いやあッ」
玲子は悲痛な声を張りあげた。
「へへへ、奥さんがどんなふうに尻の穴を開いてひりだすか、じっくり見せてもらうぜ」
「五百CCも浣腸してるんだ。いつまで我慢できるかねえ。へへへ、奥さんのような美人の人妻のウンチか……こいつは見ものだぜ」
玲子の総身が凍りつき、唇がワナワナとふるえた。この男たちは、本気でおぞましい排泄を見る気でいる……そう思うと、眼の前が暗くなった。
「いや、いやあ……そ、そんなひどいことはしないでッ……」
いくら哀願しても駄目だった。
そんなことを考える余裕もないほど、頭のなかがうつろになった。今にも爆ぜんばかりの便意を、総身の力をふり絞って押しとどめるのがやっとで、息さえまともにつ

けない。
「うッ、うむ……ああ、も、もう……」
「へへへ、出るのか、奥さん」
「ううむッ、いや、いやッ……」
絶望が玲子を襲った。もう荒々しくかけくだろうとする便意を押しとどめることはできなかった。玲子は肛門の痙攣を自覚した。
「あ、ああッ、駄目ッ……ひッ、ひいッ」
最後の気力をふり絞っても駄目だった。耐える限界を越えた便意が、一気に洗面器へほとばしった。
ひいいッと号泣が、玲子ののどをかきむしった。
竜也と厚次は声もなく見とれた。玲子の肛門が内側から盛りあがるように口を開き、次々と黄金の流動物をほとばしらせていく。それは生々しい光景には違いなかったが、玲子のものだと思うと、妙にいとおしかった。
玲子にとっては、永遠とも思われる時の流れだった。
「へへへ、派手にひりだしたもんだぜ。気持ちよさそうに出しやがって」
「これで奥さんは、亭主にも見せたことのねえ姿を、俺たちに見せたわけだぜ」
竜也と厚次は、ゲラゲラと玲子をあざ笑った。洗面器をチャプチャプ鳴らし、なか

をのぞきこんでは、大げさに騒いだ。
玲子はそんなからかいも聞こえないのか、泣き濡れた顔を横に伏せ、固く眼を閉ざしたまま泣いていた。もう号泣も途切れ、もれるのはすすり泣きばかりだ。
決して他人に見せてはならぬ排泄という行為……それを二人もの男の眼にさらしたのだ。完璧といえる凌辱だった。
排泄のあとを清められ、一度手足の縄を解かれて後ろ手に縛り直されても、玲子は死んだようにされるがままだった。
「どうした、奥さん。へへへ、やけにおとなしいじゃねえか」
「浣腸がよほどよくて、声も出ねえといったところか」
竜也と厚次はテーブルの上に玲子をひざまずかせた。そのまま上体を前へ押し伏し、双臀を高くもたげさせる。
玲子は嗚咽しながら、ほとんど抵抗らしい抵抗は見せなかった。
「フフフ、浣腸でだいぶ身体がほぐれたとは思うが、もう少しほぐしてやるぜ」
竜也がピタピタと玲子の双臀をたたいた。
「人妻をメロメロにほぐすには、尻の穴を責めるに限るぜ。それから肉のお楽しみだ」
玲子はビクッと裸身をふるわせたが、何も言おうとはしなかった。

いや……もう、もう、お尻はいや……。

胸のうちで狂おしいまでに叫びながらも、声にはならない。唇がワナワナふるえ、涙があふれるばかりだった。逆らう気力は萎えきっている。玲子のなかで、何かが崩れ落ちていた。

「へへへ、竜也、どれを使うんだ？」

厚次がカバンのなかからケースを取りだして開いた。

大小のエボナイト棒にネジリ棒、ガラス棒が並べられた。すべて女の肛門に使う責め具だった。そのことが、男たちが玲子を狙ったのが計画的であることを物語っている。

「ネジリ棒だ、フフフ」

差しだす竜也の手に、ネジリ棒が手渡された。

それは長さ二十センチほどの硬質ゴムの棒で、ドリルのようにねじりが入っていた。根元は太さ三センチほどで、先に行くに従って細くなり、とがっていた。肛門にねじこみ、拡張を強いる責め具だ。

「へへへ、奥さん。こいつで尻の穴を掘ってやるぜ」

竜也はペロリと舌なめずりした。眼の前に玲子の双臀が高くもたげられ、目標が剝きでていた。それは浣腸のあとも生々しく、腫れぼったくふくれて、のぞかせている

肉襞をヒクヒクとふるわせていた。
「おとなしく尻の穴を開くんだぞ。そうすりゃ、オマ×コのほうにも太いのをごちそうしてやるからよ」
竜也はネジリ棒にバターを塗りこめると、玲子の肛門に押しつけた。
「ああ……」
ビクッと玲子の身体がはねあがった。死にたいまでに打ちひしがれているのに、それさえゆるされず、たてつづけに責められる。
「……そ、そこは……もう、かんにんして」
「へへへ、浣腸の直後だからたまらねえはずだ。もっとも、それだからこそ、掘りがいがあるんだがな」
「いや……や、やめてッ……」
ああッと玲子は反射的に顔をのけぞらせた。竜也の言う通り、玲子の肛門は浣腸の直後とあって、自分でも信じられないまでに敏感になっている。
ジワ、ジワッとねじこまれてくる。
「あ、あ……いや、いやッ……お尻はもう、しないでッ……」
腰をよじるようにして、ずりあがろうとするのだが、厚次がそれをゆるさなかった。
おぞましい異物が押し入ってくる感覚に、頭の芯がジリジリ灼けた。ネジリ棒がね

じこまれるにつれて、肛門の襞が押しひろげられ、ねじりに巻きこまれていく。
「あ、ああ……こんな……」
あまりのおぞましさに言葉はつづかず、玲子はのけぞらせた口をパクパクさせ、双臀をふるわせた。
侵入を拒もうと括約筋の力をふり絞れば、いやでも押し入ってくるものの形を感じさせられ、かといってゆるめれば、どこまでも侵入してきそうな恐怖にとらわれる。
「へへへ、だいぶ入ったぜ、奥さん。十センチは入っただろう」
「尻の穴は二センチは開いてるぜ。ぴっちりとネジリ棒をくわえこみやがって。好きなんだな、奥さん」
竜也と厚次は、意地悪く知らせた。
「どうだ、奥さん」
聞かれても、玲子はのけぞらせた白いのどをピクピクふるわせて、ひッ、ひッと絶息するようにのどを絞るばかりだった。
「どれ、オマ×コにも触ってやるか」
厚次が手をのばしてきた。指先が媚肉をとらえ、ゆっくりと分け入ってくる。
ああッと玲子は激しく身ぶるいした。
「へへへ、気分出すんだぜ。今日は昨夜のように一方的に犯ることはしねえ。奥さん

を充分とろけさせてから、犯ってやる」
　厚次はゆるゆると媚肉をまさぐり、その頂点にわずかにのぞいている女芯を剥きあげた。指先でつまんでころがし、しごく。
「ひッ……い、いやッ……」
　それまでの絶息せんばかりのめき声が、悲鳴に変わった。顔をのけぞらせて、ひッ、ひッと悲鳴をあげるのだが、それでも追いつかずに、ガクガクと腰をゆすりたてる。
　それを、おもちゃで遊んでいた娘の美加が不思議そうに見ていた。

6

肛門に押し入ってくるネジリ棒と、媚肉をまさぐってくる指と……。玲子は男たちにあやつられる肉の人形そのものだった。前と後ろを同時にいたぶられるなど、夫との愛の営みでは考えられないことだ。

「あ、ああ……かんにんして……」

いくらおぞましいと思っても、玲子の身体はそのおぞましさとは裏腹に、奥底でジワジワと崩れはじめていた。夫婦生活ではぐくまれた豊かな性感が、玲子の意思に関係なくジクジクと甘蜜をにじませる。

「どうだ、気持ちいいか」

「ああ……ああ……やめて……も、もう、やめて……」

「身体は、そうは言ってねえぜ、フフフ、もっとしてほしいとせがんでやがる」

竜也と厚次はあざ笑った。

ネジリ棒をくわえこまされた玲子の肛門は、驚くまでの柔らかさを見せている。女の最奥もヒクヒクとわななき、しとどに甘蜜をしたたらせ、とろけていた。

こ、こんな……こんなことって……。

玲子には、自分の身体の成りゆきが信じられなかった。ズキン、ズキンと疼痛にも

似たうずきが湧きあがり、身体じゅうの肉がドロドロに溶けていく。
ククックッと竜也と厚次は笑った。
「へへへ、そろそろ、生身をオマ×コにぶちこんでやるか」
「犯ろうぜ、竜也」
厚次がズボンを脱いで、椅子に腰をおろした。その上に竜也が、玲子の身体を向かい合わせでのせようとする。
「い、いやあッ」
玲子はおびえた声をあげた。激しく腰をふりたてる。それでも、もう逃れられないと知ると、
「ま、待ってッ、言われた通りにしますから、取って……取ってください……」
「へへへ、取るって、何をだ」
竜也はわざととぼけて聞いた。
「……お、お尻のものを、取って……」
肛門にねじりこまれている責め具の存在が、玲子はおぞましくてたまらないらしい。
「駄目だ。そのまま厚次に犯られるんだ」
「そんな……このままなんていや、いやです……」
「フフフ、尻の穴にネジリ棒をくわえこませておいたほうが、女って奴は味がよくな

るんだよ。とくに奥さんのような人妻はな」
竜也は身悶える玲子を厚次の上へおろしていく。下からは厚次が手をのばし、玲子の腰をかかえこんだ。
「……ゆるして……」
たくましい厚次の肉塊が玲子の内腿をすべり、媚肉の合わせ目に分け入ってくる。それがどんなにたくましい凶器か、すでに充分に思い知らされている玲子だった。
「あ……」
ガクンと顔をのけぞらせて、玲子は衝撃を受けとめた。のけぞったまま、苦悶ともとれるうめき声を絞りだし、開いた腰をよじった。自分の身体の重みで、厚次の肉塊は白眼を剝くまでに深く沈んだ。
「何度ぶちこんでも、いい感じだぜ」
厚次は玲子の腰に手をやって、好きなようにあやつりはじめた。昨夜のようにがむしゃらに玲子にいどみかかるのではなく、じっくりと玲子の反応をうかがいながら責めるふうだ。
「……け、けだもの……」
玲子はかぶりをふって泣いた。それでも耐えきれないように口が開き、「ああ、ああ」とうわずった声をあげる。

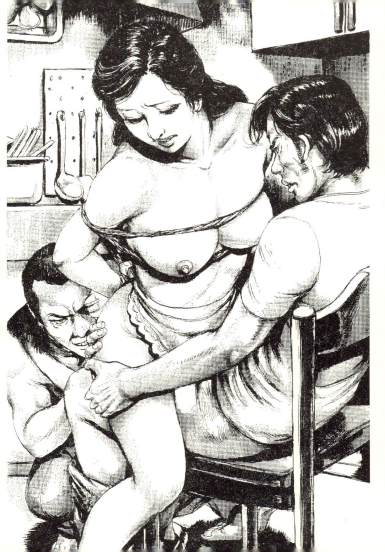

「へへへ、感じだしたな、奥さん」
「ああ……そ、そんなこと、ないわ……」
「無理をすんなよ。オマ×コは俺にからみついてくるぜ、へへへ、いい味だ」
男たちは、玲子の泣き濡れた美貌と汗に光る肌が、しだいに匂うような艶めきにくるまれていくのを見た。
「へへへ、そんなにいいのか。よしよし」
竜也は玲子の後ろにかがみこむと、肛門のネジリ棒に手をのばした。
肛門にはネジリ棒をぴっちりくわえ、そのわずか前には、しとどに濡れそぼった媚肉に厚次の肉塊が出入りしている。それは眼もくらむような光景だった。
それを食い入るようにながめながら、竜也はネジリ棒をまわした。
「ひいッ……や、やめてッ……」
玲子は白眼を剝いて、のどを絞った。
昨夜は犯される衝撃に、ほとんど失神した状態だった。だが、今は違う。官能を掘り起こされたぶんだけ、屈辱と羞恥も大きかった。
ネジリ棒と厚次の肉塊が、薄い粘膜をへだててこすれ合う感覚……身体の奥底に灼けただれた火花が走るようだ。
「あ、あああ……そ、そんな……」

った。
玲子は我れを忘れて泣き声をあげていた。一度、堰を切ると、あとはとめどがなか

「その調子だ。へへへ、やっと本気になりやがったぜ」
「よしよし、年上の人妻らしく、貫禄を見せて、牝になりきるんだ」
男たちは笑いながら、容赦なく玲子を責めたてた。竜也もいっしょになって玲子の身体をゆさぶり、乳房をいじくりまわし、ネジリ棒で腸管をえぐった。
「あ、あうッ……あうッ……」
玲子は気も狂わんばかりの感覚のなかで、我れを忘れた。必死に気力をふり絞り、脳裡に夫の面影を求めて耐え抜こうとするのだが、それももろく崩れていく。空白になっていく脳に、官能の火花だけがバチバチと散った。
「ああ……あうッ、も、もうッ……」
あやつられるままに、のけぞり、はね、玲子は泣き声を張りあげつづけた。
「すげえな、さすがに年上の女だけあって激しいぜ、へへへ」
「これだから人妻はこたえられねえよ。へへへ、いい声で泣きやがる」
おぞましい排泄器官にネジリ棒を挿入されたまま犯される異常さが、玲子の身体をも異常にしていく。
「あうう……もう、もうッ……」

もてあそばれ、おもちゃにされ、なす術もなく玲子は官能の炎に翻弄された。犯される哀しさと、肛門のネジリ棒が送りこんでくるおぞましさとが、入り混じった暗い快美だった。
「あああッ、もう……あああッ……」
「まだだ、へへへ、もっと狂うんだよ、奥さん。俺に合わせろ」
「そ、そんなッ……」
玲子は泣き声を昂らせながら、ひッ、ひッという苦悶に似た悲鳴をあげ、厚次の上でのたうった。
成熟した人妻の性は、官能の絶頂をきわめようと暴走していた。押しとどめることは不可能だった。
「……ゆるしてッ……いく、い、いきますッ……」
一種凄絶ともいえる表情をさらして、玲子はググッと激しくそりかえった。歯をキリキリとかみしばり、白いのどをさらして、突っ張った両脚に痙攣を走らせた。
その瞬間を狙って、厚次も最後のひと突きを与えると、ドッと精を放った。
「ひいいッ……」
灼けるような精のほとばしりを子宮に生々しく感じ取った玲子は、ひときわ激しく裸身をそりかえらせた。それでも男たちは、玲子を責めるのをやめようとしなかった。

グッタリと余韻にひたる余裕も与えず、すぐに竜也がいどみかかった。厚次のほうは、玲子の肛門のネジリ棒に手をのばす。
「そんなッ……い、いやあ……」
たてつづけに犯されると知って、玲子は悲鳴をあげた。
「ま、待ってッ……もう、ゆるして……」
「何を言ってやがる。もう俺たちに犯される味を知っただろうからな。今日は奥さんが何回気をやるか、調べさせてもらうぜ」
「ああ、死んじゃう……」
荒々しく押し入ってくる竜也に、玲子は声をひきつらせ、かぶりをふった。たてつづけに絶頂をきわめさせられるなど、信じられない玲子だった。
「ど、どこまで責めれば、気がすむというの……ああ、死んじゃうわ……」
そう叫ぶ間にも、玲子は再び突きあげられて、息もできないような状態に追いこまれていく。
絶頂感がおさまるひまもなく、その絶頂感が継続するようであった。ほとんど苦悶に近い表情をさらし、玲子は泣きわめいた。
真っ赤な官能の炎が、メラメラと玲子を灼いた。哀しさも屈辱も、恐ろしさも、そして人間の誇りさえ灼きつくし、玲子を白い牝と化す肉欲の炎だ。

だがそれは、これから玲子の身にふりかかる恐怖の日々の、ほんのはじまりでしかなかった。

「あ、あああ……い、いく……いくうッ」

玲子は凄絶なまでに裸身をはねあげ、のけぞらせて、灼けつく肉欲の炎のなかへ、身を投じていった。

第二章　浣腸地獄　翻弄される官能

1

竜也と厚次は、いっこうに玲子の家から出ていく気配はなかった。我がもの顔で家のなかをうろつき、すっかり腰を落ちつけている。

「お、お願いです。もう、もう、出ていってください」

玲子が何度、泣きながら哀願しても無駄だった。男たちは銃とナイフを手に、せせら笑うばかりだ。

玲子が料理した昼食を竜也と厚次はペロリとたいらげてしまうと、奪ってきた宝石や現金をテーブルの上に並べ、ニヤニヤと笑った。宝石をひとつひとつ手に取ってながめたり札束を数えたりする。

「ダイヤにエメラルド、ルビーと、こいつは上物ばかりだぜ。へへへ、五千万は固い

な」
「宝石に金、そして美人の人妻か、フフフ。こいつはこたえられねえぜ」
宝石や札束を手にしながら、竜也と厚次は玲子を見た。
玲子は流し台で食器を洗っていた。一糸まとわぬ全裸に、エプロンを巻いただけなので、白くなめらかな背中やムッチリと官能美にあふれる双臀が、男たちの眼に剝きだしだった。ゾクゾクするような色気がにじみだしていた。とくに白く剝き玉子みたいな玲子の双臀は、今にも弾けそうで、男たちを圧倒する。
玲子の足もとには、美加が人形を抱いて遊んでいる。美加の首には首輪がつけられ、それは長い縄で柱につながれていた。
「まったくいい身体をしてやがるぜ。へへへ、あの尻を見ろや、ムチムチでたまらねえじゃねえか」
「フフフ、やっぱり熟しきった人妻ってえのは違うぜ。まるで宝石みてえに、肌が光ってやがる」
竜也と厚次は、玲子にねちっこい視線を這わせて、へらへらと笑った。
もうさんざん玲子を犯し、もてあそんだくせに、かえって玲子の色香に魅せられていく二人だ。それは麻薬にジワジワと侵されていくのにも似ていた。
「奥さん、こっちへ来いよ」

竜也は、玲子が食器のかたづけを終えると、さっそく手招きした。
ビクッと玲子の裸身が強張りを見せた。男たちに呼ばれると、玲子は生きた心地もない。とりもなおさず、恐ろしい辱しめがはじまることを意味するからだ。
「さっさとしねえか」
厚次がダイヤを手の上でころがしながら、声を荒らげた。
「ま、待って……少し待ってください……」
玲子は足ばやに、台所からトイレへ向かおうとした。その前に、竜也がナイフを手に立ちはだかった。玲子の手をつかまえる。
「フフフ、どこへ行こうってんだ、奥さん。俺はこっちへ来いと言ったんだぜ」
「そ、そんな……」
玲子は恨めしそうな瞳で竜也を見た。朝からまだ、トイレに行くことをゆるされていない。尿意はギリギリのところまで迫っていた。
「行かせてください……お願いです」
「だから、どこへ行こうってんだよ。勝手なまねはゆるさねえぜ」
竜也はわざとらしく言った。
玲子の尿意が切迫していることは、つかんだ手のふるえからもわかる。わかるくせに、意地悪くとぼけている。

「こっちへ来るんだ、奥さん」
「ああ、待って……おトイレに、行かせてください」
「フフフ、小便か。そいつは気がつかなかったぜ。だが、もう少し我慢しな」
竜也はニヤッと笑い、有無を言わさず玲子をテーブルへと引きずった。
「あ、ああ……」
玲子は狼狽した。両手が背中へねじあげられ、縄の上下にも、ビシビシと縄目は食いこんできた。
「どう、どうして、縛ったりするのですか……逃げたりしないのに」
「へへへ、前にも言ったはずだぜ。女は縛ると、ズンと味がよくなるってよ」
竜也と厚次は、玲子を抱きあげると、テーブルの上にあおむけに横たえた。両膝を立たせる。
「ほれ、奥さん。アンヨをおっぴろげねえかよ、へへへ」
ナイフの刃が、ピタピタと玲子の太腿をたたいた。
「ああ……」
ナイフにおびえ、小さくふるえる玲子の膝が左右に開いていく。あおむけで両膝を立て、それを左右に大きく開く浅ましい格好をとらされる。
「か、かんにんして……」

「パックリ開くんだ。オマ×コが丸見えになるまでな」
「ああ、いや、いや……」
ナイフの冷たい刃が、玲子の内腿を這い、いっぱいまで開脚を強いる。
玲子の総身が、カアッと灼けた。両膝を開くにつれて、男たちの視線が内腿に分け入ってくるのが、恐ろしいまでにわかった。無防備な我が身を感じさせるように、のぞきこまれる箇所が火になる。
「何を……何をする気なのですか……」
おぞましいいたずらをされるとわかっても、玲子は聞かずにはいられなかった。
「フフフ……」
竜也と厚次は、欲情の笑いを低くもらした。眼の前に、玲子の両脚が内腿の筋がピンと張るまでに開ききっていた。そして、その奥に女らしい媚肉があられもなく剝きでていた。
「色といい形といい、内腿の筋に引っ張られて、媚肉の合わせ目が妖しく開いている。
何度おがんでもそそられるぜ。こう飽きがこねえオマ×コもめずらしい、へへへ」
厚次は舌なめずりをしつつ、手をのばした。ビクッと玲子の裸身がすくみあがった。
「やめてッ……さ、触らないでッ……」
玲子は我れを忘れて、ガクガクと腰をゆさぶりたてた。

厚次の指先が媚肉の合わせ目に分け入り、肉襞をまさぐってくる。まさぐりながら、その頂点の表皮を剝いて、女芯を剝きだした。指先で女芯をつまむようにして、こすりあげてやると、玲子はにわかに、
「あッ……いや、いやですッ」
ガクンとのけぞり、悲鳴をあげた。
厚次はおもしろがって、指先で女芯をこすりあげ、ピンと弾いた。
「ひッ……」
「へへへ、いい声出しやがるぜ」
「いやッ……ああ、いや……」
そんないたぶりを受けながらも、玲子はなす術もない。内腿を這うナイフに、両脚を閉じ合わせることもできない。あまりの恐ろしさに、ジワジワとあぶら汗がにじみでた。
それは、限界に近づきつつある尿意と入り混じって、玲子を狂おしい状態へと追いこんでいく。
「かんにんして……ああ、かんにんしてくださいッ……」
玲子は泣きながら腰をふりたてた。それをニヤニヤとながめながら、竜也はジョッキを取りあげた。

「奥さん、小便したいんだったな。こいつにさせてやるぜ」
「そ、そんな……」
戦慄に玲子の美貌が凍りついた。
「いやぁ……そ、そんなことは……かんにんしてッ……」
玲子は悲鳴をあげて、泣き顔をふりたくった。
トイレに行くことをゆるされない時から、何か恐ろしく恥ずかしいことをされるのはわかっていたが……やはり、そういうことなのか。玲子は恐怖と絶望とで眼の前が暗くなった。
「そんなひどいこと……さ、させないでッ……いや、いやです」
「ジョッキをあてがってやるから、やるんだよ、奥さん。もう我慢できねえだろ

うが」
「い、いやあ……」
男たちの前で見せるなど、できるわけがない。
「へへへ、この俺が小便したくなるようにしてやる。いやでもな」
そう言うなり、厚次はいきなり玲子の媚肉に唇で吸いついた。
「ひッ……」
悲鳴を絞りだし、玲子はガクンと腰をはねあげた。
厚次の唇は、玲子の秘肉をいっぱいにほおばって、グチュグチュと音をたてた。舌の先が肉に分け入って、肉襞をなめまわしてくる。それは寸分の狂いもなく、玲子の尿道口をとらえた。
「あ、あッ……や、やめてッ……」
息もつけない。悲鳴が噴きあがる。腰がガクガクと厚次の顔を、はね飛ばさんばかりに躍った。
だが、厚次の唇は蛭みたいに吸いついて離れない。その唇の下で、舌先が玲子の媚肉を、尿道口をつつき、なめまわし、吸ってくる。時折り、顔をあげてはうわ目使いに玲子の顔を見て、
「へへへ、奥さん、おしっこを吸いだしてやるぜ。ほれ、ほれ、どうだ」

と、また強く押しつける。
玲子はあまりのおぞましい感覚に、総毛立った。嫌悪と恐ろしさに胴ぶるいがとまらない。
「いい加減に、小便を出さねえかよ、奥さん」
「いや、いやあ……」
「まだ吸い方がたりねえらしいな、フフフ。よしよし、今度は俺が吸ってやるぜ」
厚次にかわって竜也が顔を伏せ、唇をとがらせて吸いついた。唾液の溜まった唇をグチュグチュ動かし、舌先でペロペロとなめあげる。
「ひい……や、やめてッ……」
玲子の悲鳴がいちだんと高くなり、身悶えが激しくなった。そんなところに唇で吸いついて、排尿をうながす男たちが、玲子には信じられない。
「ああッ……あ、ああ……」
玲子はもう、男たちの唇と舌に踊らされる肉の人形だった。
竜也と厚次は、かわるがわる執拗に玲子の媚肉に吸いつき、舌を這わせた。
「もう我慢できねえはずだぜ、奥さん。素直に小便しな」
「強情な女だぜ。吸いだしてやろうというんじゃねえか。世話をやかせるんじゃねえよ」

男たちが声を荒らげても、玲子はいやいやとかぶりをふるばかりだった。唇をかみしめ、後ろ手に縛られた手を握りしめて、必死に尿意と闘っている。

秘められた生理現象を見られるおぞましさ、恐ろしさはもう、浣腸でいやというほど思い知らされている。

「いや……ああ、もう、ゆるして……」

腰をゆさぶりつつ、玲子の悲鳴は苦悶のすすり泣きとうめき声に変わっていた。あまりに異常な辱しめと、キリキリと下腹を襲う尿意に、あらがう気力さえ萎えている。

「さっさと、しねえか」

しびれを切らしたように、厚次が玲子の頬をはたいた。二度、三度とはたこうとするのを竜也がとめた。

「待て。俺にいい考えがある」

竜也は札束から万札を一枚取りだすと、それをクルクルとまるめてコヨリをつくった。

厚次はすぐに竜也のやろうとすることがわかったらしく、ニヤッと顔を崩した。

「へへへ、そんなふうに小便をさせられるのは、奥さんが初めてだろうぜ。万札の導尿ってわけだ」

厚次が待ちかまえるように、玲子の媚肉をつまむと、左右へくつろげてピンク色の

肉襞を剝きだしにした。そこは、男たちの唾液と、舌のいたぶりに絞りだされた甘蜜とが入り混じって、しとどに濡れそぼっていた。
おぞましさとは裏腹に、身体の奥底から湧きあがってくる妖しいしびれを、玲子は否定しきれなかった。
「フフフ、敏感な女だぜ。もうお汁をにじませてやがる。にじませついでに、小便も出させてやるぜ」
「ああ、何をするの……」
玲子はおびえた声をあげた。
何をされた……と思う間もなく、万札のコヨリが玲子の尿道口にあてがわれ、ツンと痛みが走った。
コヨリが玲子の狭い尿道に、ゆっくりと押し入ってくる。そんなところに異物を挿入されるなど、思ってもみなかった。
「そ、そんなひどいことを……かんにんしてくださいッ……」
いくら腰をよじりたて、泣いて訴えても、深く押し入ってくるコヨリを拒むことはできなかった。
「あ……い、いや……」
背筋がふるえだして、とまらない。ツン、ツンと痛みが走り、それが玲子におぞま

しい箇所に差しこまれる異物をいやでも感じさせた。眼の前が暗くなった。暗い意識のなかで、コヨリを差しこまれる箇所だけが、火のように灼けた。
「あ、ああ……」
耐える限界に達した尿意は、押し入ってくるコヨリの刺激に、ひとたまりもなかった。自分の意思に関係なく、身体の奥底でツツーッとあふれでるものがあった。
「ああ、駄目……こ、こんなことって……」
ショボショボともれはじめた。竜也と厚次の二人に見られながら、またもや女として最高の屈辱をさらさねばならないのだ。
玲子は泣き声のこぼれる顔をのけぞらせ、必死に総身の力をふり絞った。だが、一度ほとばしったものは押しとどめようもなかった。
「へへへ、もうとめられやしねえよ。導尿コヨリの効き目はたいしたものだぜ」
「女がいいと、小便するのまで色っぽいぜ。フフフ、たまらねえながめだ」
厚次と竜也は、ニヤニヤとながめながらあざ笑った。
玲子はかぶりをふりたくった。
「ああ、み、見ないでッ……いや、いやッ」
「フフフ、しっかりとすべて見せてもらうぜ。奥さんのような美人が、どんなふうに小便するか、前から見たいと思ってたんだ」

「い、いや、いやあッ」
気も狂うような羞恥と汚辱、ドス黒い屈辱に、玲子は身悶える。
いったん堰を切ったものは、押しとどめようもなく、しだいに勢いを増していく。
それは、竜也のあてがうジョッキグラスに、音をたてて流れこみ、しぶきを散らせた。
「フフフ、派手にやらかすじゃねえか」
「まるでビールだぜ。へへへ、気持ちよさそうに出しやがって」
もう竜也と厚次のからかいの声も聞こえない。玲子ののどを号泣がかきむしった。
そして玲子は、頭のなかがうつろになった。
わずか数分間だが、玲子には永遠とも思われる屈辱の時の流れだった。
気がつくと、眼の前で竜也と厚次がジョッキグラスを手に、ゲラゲラ笑っていた。
ジョッキには屈辱のあかしが泡を立てて、あふれんばかりだ。
「ああ……」
玲子は恐ろしいものでも見たように、あわてて顔をそむけると、シクシクと少女のように泣きだした。
それに気づいた竜也と厚次は、
「見ろよ。これは奥さんが自分で出したもんだぜ、フフフ。ずいぶんと溜まってたじゃねえかよ、奥さん」

「ジョッキ一杯とは、派手にやったもんだな、奥さん。小便する時はいつもそうなのかい、へへへ」
ジョッキグラスをかざしてみせ、意地悪くからかう。そればかりか、万札のコヨリを再び玲子の尿道口に差しこんで、クルクルとまわすことさえした。そのたびに玲子の裸身が、ピクッ、ピクッとふるえるのがたまらなかった。
「小便が残ってると、身体によくねえからな。よく調べてやるぜ、フフフ」
竜也はコヨリをまわしながら、執拗に玲子の尿道をまさぐった。男たちにとって、玲子ほどの美貌の人妻の尿道をいじくりまわせるなど、二度とないチャンスである。
「今度はこいつを入れてやる」
竜也がコヨリにかえて、綿棒をゆっくりと差しこんだ。思ったよりずっとスムーズに入っていく。
「う、うう……」
玲子は小さくうめき、すすり泣くばかりだった。女として決して他人に見せてはならない最高の屈辱をさらしてしまった今、玲子にどんな言葉があろうか。
汗と涙にまみれ、血の気を失った美貌を横に伏せ、すすり泣く玲子は、犯された生娘のように哀しみのなかに打ちひしがれていた。それが男たちには、かえって妖しいまでの美しさと色香を感じさせた。

ゾクゾクと嗜虐の欲情がふくれあがる。
「お楽しみといくか、フフフ……」
「そのようだな。奥さんも小便してすっきりしたところで、へへへ、食後のデザートといこうぜ」
厚次と竜也は、顔を見合わせてニンマリとうなずいた。眼に嗜虐の欲情がドロドロと渦巻いている。
玲子は一瞬、ビクッとなったが泣くだけで、動こうとはしなかった。
「なあ、厚次。今度は数より質でいこうぜ」
モゾモゾとズボンを脱ぎながら、竜也が言った。厚次は言われたことが理解できないらしく、けげんな顔で竜也を見た。
「フフフ、やたら何回も犯るより、奥さんをメロメロに狂わせるところに力を入れようってんだ。厚次」
竜也はニヤニヤと笑った。
いくら玲子を犯し、官能を翻弄しても玲子は受け身の立場で身をゆだねるだけだ。それを玲子のほうから積極的にのめりこませようという意図である。
「奥さんのほうからしがみつかせるようにするんだよ、フフフ。犯られて気持ちよくってしようがねえ――そんな状態にしてみろ、味のほうだって今以上にズンとよくな

るぜ」
「へへへ、そいつはいいや」
竜也の言うことがわかって、厚次はニヤニヤと顔を崩した。
いやッ……誰が、そんなまねを……。
そう叫びたいのに、玲子はまだ涙を流すばかりだった。玲子のなかで、何かが崩れ落ちていて、叫ぶ気力もなくなっていた。
「いつまで横になってやがる」
「さあ、奥さん。いいことしようぜ、へへへ」
竜也と厚次は、玲子をテーブルの上から抱きおろした。玲子の眼に、男たちの裸の下半身が映った。恐ろしいまでにたくましいものが、黒々とそそり立っていた。
「ああッ」
おびえた瞳がひきつった。もう何度となく犯された玲子だが、その長大さは恐ろしい。
「ああ、けだもの……何度、何度犯せば気がすむというの……」
唇がワナワナとふるえて、言葉にならなかった。
昨夜も明け方近くまで、さんざん凌辱された玲子である。飽くことを知らぬ男たちの欲望に、眼の前が暗くなる思いだった。

竜也が椅子に腰をおろし、その前に玲子はひざまずかされた。
「しゃぶらねえか」
「いやッ」
玲子は本能的に顔をそむけた。眼の前の竜也の長大さが信じられない。それは黒ずんで脈打ってさえいた。黒い蛇が、鎌首をもたげているように……。
「ほれ、しゃぶれよ、奥さん」
いきなりたくましいので頬を打たれた。ピシッと熱い肉が玲子の頬にへばりついた。ひッと玲子は悲鳴をあげた。ブルブルと裸身がふるえだした。
「フフフ、何をおびえてやがる。さんざん奥さんを可愛がってやって、なじみのものじゃねえかよ」
竜也は玲子の黒髪をつかんでしごいた。そのまま顔を固定して、鼻先に自慢げに突きつけた。ブルブルとゆすってみせる。
「しっかりくわえて、舌を使ってしゃぶるんだぞ、奥さん」
竜也はそう言いながら、玲子の口をこじ開けるようにゆっくりと押し入れていった。
戦慄が玲子の裸身を貫いた。拒む力もなく、生臭い肉塊を口いっぱいにほおばらされた。

2

玲子は顔を真っ赤にして屈辱にゆがめつつ、竜也の肉塊を呑みこまされていた。のどをふさがれ、その長大さをあつかいかねて、ただうめきながら涙をこぼすばかり。

「舌を使わねえか、奥さん」

黒髪をつかまれてゆさぶられるたびに、玲子は咳きこみ、今にもはずれそうなあごをガクガクふるわせた。

竜也のもう一方の手は、玲子の乳房にのびて、ねっとりといじくりまわしている。そして、玲子の後ろには厚次がかがみこんでいた。

「へへへ、竜也の太いのをくわえこんで、気持ちいいだろ、奥さん。もっとよくしてやるからな」

厚次の手は、高くもたげさせた玲子の太腿の間にもぐりこんで、媚肉をまさぐっていた。

「う、ううッ」

玲子は双臀をふるわせながらうめいた。いくらこらえようとしても、胴ぶるいがきて、身体の奥底がしびれだす。

媚肉の合わせ目に分け入った指先が、肉襞をなぞりつつ、その頂点の女芯をつつく

と、身体の芯に電流にも似た熱を生じた。女の官能がジワジワとあぶられる。
「う、う……ううん……」
「へへへ、濡れていい色になったじゃねえか。肉がとろけてやがる」
玲子は腰をガクガクゆすって、あえぎ、うめいた。
「うッ……あ、ううッ」
竜也の長大な肉塊を口にくわえこまされて、声もあげられず、それが狂おしいまでの熱を内にこもらせ、ドロドロと肉を溶かしていく。
「まったく好きな奥さんだぜ。お汁をあふれさせながら、指にからみついてきやがる」
「まだだ。もっとメロメロにとろけさせるんだ。こっちはまだ、しゃぶるのをいやがってやがるからな」
「へへへ、なあに、後ろからぶちこんでやりゃ、すぐにメロメロになるさ」
厚次は笑いながら、じっくりとまさぐった。灼けるように熱をはらんだ媚肉が、ジクジクと甘蜜をにじませつつ妖しく収縮する感触に、舌を巻く思いだ。
「それじゃ、ぶちこんでやるか、へへへ」
「ううッ……ううッ……」
玲子は悲痛なうめき声を絞って、狂おしく腰をふりたてた。その腰をつかむと、厚

次はゆっくりと後ろからのしかかっていく。
「へへへ、あばれるんじゃねえよ。腰をふるのは、まだはやいぜ」
厚次は玲子の身悶えをあざ笑うように、灼熱の肉塊を媚肉の合わせ目に分け入らせた。
「うッ……う、うむ……」
顔をのけぞらせることもできず、玲子は総身を揉み絞るようにして、うめき声を絞りだした。
すでに何度も犯されているとはいえ、平静ではいられない。犯される屈辱と恐怖に、押し入ってくるものが巨大な杭のように思えて、張り裂けんばかりだった。
「なんだ、その声は。初めてじゃあるまいし、もうおなじみじゃねえかよ」
「う、うむ……ううん……」
ズシッという感じで押し入ってくる先端が子宮に達すると、玲子は眼の前が暗くなった。上から下から、そんなふうに二人がかりで犯されるなど、玲子には信じられない。
「へへへ、深く入れてやったからな。うんと気分を出して、人妻の性ってやつをさらけだすんだ」
厚次がゆっくりと腰をゆすりながら、突きあげはじめれば、竜也も負けじと、

「厚次のでけえのを下の口にくわえさせてやったんだからよ。上の口のほうも、しっかり舌を使ってしゃぶらねえか」
玲子の黒髪をつかんでグイグイとゆさぶり、のどをえぐりこむ。
玲子は顔を真っ赤にして、総身に汗をにじませながらうめいた。上と下で肉がきしんで悲鳴をあげる。
「うむ……うむッ……」
肉がひとりでに官能のうずきを貪るように蠢き、身体の芯がひきつって収縮をくりかえした。おぞましいと思う意識さえ、それに巻きこまれていく。
竜也と厚次は、そんな玲子の反応を余裕をもってながめた。ながめながら、じっくりと責めた。これまでの、しゃにむに自分の欲望をぶつけるやり方とは、だいぶ違っている。
「ほれ、もっと腰をふらねえか。気分を出して合わせねえかよ、奥さん」
「手を抜きやがると、承知しねえぞ。もっと舌を使ってしゃぶらねえか」
厚次がバシバシと玲子の双臀をはたいてあおりたてれば、竜也も玲子の黒髪をつかんでゆさぶり、ガボガボと口の奥深く押し入れる。
「う……あむむ……」
玲子は息も絶えだえにあえぎ、うめいた。ふるえがとまらなくなり、汗がじっとり

にじみでて、いやでも官能をジワジワとあぶりたてられた。
内にこもった熱が、ドロドロとあふれだすのを、玲子はもうこらえきれなかった。
それでも男たちは、玲子を容赦なく責めたてた。もっと積極的になれと玲子を叱咤する。
「ほれ、もっと気分を出してしゃぶり、腰を使えってのがわからねえのか」
いきなり竜也が玲子の頬を張り飛ばした。玲子の身体はもう、官能の炎にくるまれ、男たちの責めに敏感なまでの反応を示しているが、今ひとつものたりない。どんなに官能に翻弄されても、玲子は受け身の態度を崩そうとはしないのだ。
「まだ、ものたりねえってのか、奥さん」
「ああ……か、かんにんして……」
「何がかんにんしてだ。もっと催促しねえかよ。牝になりきれねえようだな」
玲子の向きを変えると、今度は厚次が玲子の口を、竜也が女の部分をと、入れかわる。
「いやッ……う、うむ……」
上から下から同時に突きあげられて、玲子は背筋を弓なりにそらして、キリキリと裸身を揉み絞った。
バシバシ双臀をはたかれ、黒髪がしごかれる。いくら玲子がけんめいに腰をゆすり、

しゃぶろうとしても、心の奥底にある嫌悪感を見抜かれてしまうのだ。
「しようがねえな。オマ×コと口だけじゃ、牝になりきれねえらしいや、フフフ」
不意に身体を抱きあげられ、椅子に腰かけている厚次の膝の上に、向かい合わせでまたがされた。
「あ、ああ……もう、ゆるして……」
厚次の長大な肉塊が、するどく最奥に押し入ってくる。それは自分の身体の重みで、恐ろしいまでに深く達した。
玲子は激しく顔をのけぞらせ、白眼を剝いてうめき声を絞りだした。
「う、うむ……」
「自分で尻をふってみせろ」
「ゆ、ゆるして……もう、もう、いや……」
玲子がグラグラと頭をゆすった。
男たちは玲子の反応を見ながら、まるで猫が小ネズミをいたぶるように、ジワジワと責めてくる。それはがむしゃらに欲望をぶっつけられるより、ずっと強く凌辱感を覚えさせた。
「へへへ、今日は奥さんが気分を出して、牝になりきらねえと、いつまでも俺たちは終わらねえぜ」

「そ、そんな……できない……」
「奥さんのほうから俺の精を絞りだすようにするんだ。人妻ならできるはずだぜ」
厚次は玲子の黒髪をつかむと、激しく唇を重ねた。ためらう舌をからめ取られ、しびれるまでの強烈な接吻だ。
玲子は頭の芯がしびれ、うつろになった。身体じゅうから力が抜けていくようで、めくるめく恍惚にくるまれていく。
「ああ……」
ようやく唇が離れると、玲子はハアッとあえいだ。もうどうしようもない状態に追いこまれていく自分がわかる。背筋がふるえ、自然と腰がうねりだした。
「へへへ、まだまだ。今すぐ竜也が、ズンといいことをしてくれるからな」
厚次の手が玲子の双臀をかかえこんで、臀丘を割り開いた。
ククククッと竜也が笑った。黒々とした厚次の肉塊が、生々しいまでに玲子の媚肉に押し入っているのがわかり、可憐な肛門も妖しく剝きだされていた。それをながめながら、竜也は湯とグリセリンの混合液を五百CC、ガラス製浣腸器に吸いあげた。ガラスがきしんで、キィーッと鳴った。
それに気づいた玲子は、総身が凍りついた。一瞬、浣腸器で釘づけにされたように、声も出ない。

「フフフ、奥さんの大好きな浣腸だぜ。こいつをしてやりゃ、もっと気分を出す気になるだろうからな」
「そ、そんな……い、いやですッ、それだけは、いやッ」
戦慄が身体のなかを走り抜けた。
たった一度の経験だったが、男たちに浣腸されたおぞましさ、恐ろしさは骨身にまで思い知らされている。思いだすだけでも、身体がふるえだしてとまらなくなった。
「いやッ、そんなこと……二度と、二度といやですッ」
「犯されながら浣腸されるのもいいもんだぜ、奥さん。フフフ、せいぜい狂わせてやる」
嘴管がゆっくりと肛門に突き刺さってくる感覚に、玲子はひッとのけぞった。
眼の前が暗くなった。こともあろうに、厚次に犯されている最中に、最もおぞましい屈辱的な箇所を嬲られるのだ。それも浣腸という戦慄的な方法で。
「た、たすけてッ……」
玲子は逃げようと、本能的に厚次の膝の上でもがいた。
「やめてッ……いや、いやですッ……たすけてください……」
後ろ手に縛られ、クサビのように打ちこまれている長大な肉塊に腰の動きを封じられては、逃れる術はなかった。

「それだけは、かんにんしてッ……」
「奥さんが自分からすすんで牝にならねえからだぜ。フフフ、たっぷり入れてやるから、覚悟しろよ」
「い、いやあ……」
玲子のむなしい身悶えをあざ笑うように、おぞましい薬液がチュルチュルと流入した。同時に厚次が、玲子の腰をあやつりながら女の最奥を突きあげはじめた。
身体じゅうの肉という肉が、灼きつくされそうだった。
ドクッ、ドクッと入ってくる薬液のおぞましさと、薄い粘膜をへだてて女の最奥を突きあげてくる長大な肉塊と。まるで長々と射精されているようで、玲子は気も狂わんばかりだった。
「あぁッ……あむッ、い、いや……」
息も苦しげに玲子は、のけぞらせた口をパクパクさせ、狂おしく腰をガクガクとゆさぶりたてた。
流入する薬液はジリジリと腸襞にしみわたり、はらわたを灼いていく。身も心もただれるような刺激だった。おぞましさのあまり流入を拒もうと括約筋の力をふり絞ると、前の厚次を締めつけることになって、犯されている我が身をいっそう強く感じさせられた。

「フフフ、気持ちいいだろ、奥さん。男をくわえこみながら、浣腸までされる人妻は、まずいねえだろうな、へへへ、奥さんは幸福者だぜ」
「どうだ、奥さん。気持ちいいとか、たまらねえとか、なんとか言えよ」
そう言われても、玲子はひッ、ひッと悲鳴をあげるばかり。
竜也と厚次は容赦なく玲子を責めた。厚次がグイッと玲子の最奥をえぐりあげると、それに合わせて竜也がポンプを押し、ピュッと射精みたいに薬液を注入する。
「ああッ」
そのたびに玲子の腰がはねた。汗に光る真っ赤な顔をのけぞらせ、口を開きっぱなしにしてのたうつ。もう玲子の裸身は、しとどの汗にまみれて、油でも塗ったようにヌラヌラと光っていた。
「へへへ、気持ちよさそうな顔しやがって。やっぱり奥さんには浣腸がお似合いだぜ」
「気持ちいいからって、自分ばかり悦んでちゃしようがねえぞ。うんと気分を出して、奥さんのほうからリードするんだ」
「ほれ、ほれ、もっと腰をうまく使わねえか。俺に息を合わせろってんだ」
男たちはなおも玲子を責めたて、追いこんでいく。
「か、かんにんして……」

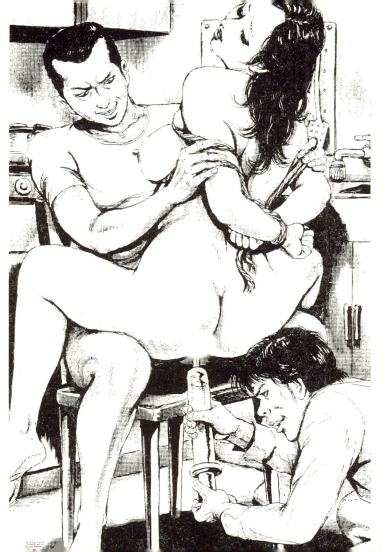

哀願の声さえかすれて、言葉にならなかった。玲子はもう、言葉さえ忘れたように、ああッ、あむ……ううッ、とうめき、あえぐだけで、それに絶息せんばかりの悲鳴が入り混じった。
嘴管を深くくわえてヒクヒクおののく玲子の肛門は、前からあふれた甘蜜にまみれていた。ツツーと甘蜜がガラス管をしたたり流れた。
ああッ、玲子は……玲子、駄目になってしまう……死ぬう……。
そんな思考さえうつろになって、肉が灼けただれながら玲子をくるみこんでいく。
「……いや……あうッ、いやッ……」
いやいやとかぶりをふりながらも、玲子は泣き声が噴きあがるのをこらえきれなかった。官能の快美と浣腸のおぞましさとが入り混じった暗い快感に、玲子の官能は翻弄され、狂わされていく。
「まだまだぞ、奥さん。それで牝になりきった気分かよ」
追い討ちをかけるように、厚次は深く玲子の子宮をえぐりあげた。竜也もグイグイとポンプを押して、一気に大量に呑みこませていく。
そして、竜也がポンプを押しきった瞬間、玲子は厚次の膝の上でのびあがるようにして、激しくそりかえった。
「ひいッ……」

のけぞったのどに、悲鳴がほとばしった。前も後ろもきつく収縮し、厚次の肉塊と嘴管を締めつけつつ痙攣するのが、男たちにははっきりと感じ取れた。
「ひッ、ひッ……ひいッ……」
玲子はいく度となく絶息せんばかりの悲鳴を絞りだし、両脚を突っ張らせたまま、ガクンガクンとのけぞった。
それでも男たちは、玲子を責めるのをやめようとはしなかった。
「へへへ、気をやりやがったぜ、もう」
「厚次を残して、一人で気をやるとは、それでもリードしてるつもりかよ。年上の人妻のくせしやがって」
玲子を責め、狂わせるところに力を入れているせいで、厚次はまだ果ててはいないで、好き勝手にあやつり、突きあげつづける。
「あ、あ……そんな……ま、待ってッ」
狼狽にかすれた声をひきつらせて、玲子はうなだれた顔をあげて、左右にふった。
「待ってください……もう、ゆるして……」
「ゆるしてほしけりゃ、もっと積極的にふるまって、厚次の精を絞りだすんだな」
「そ、そんなこと……」
玲子の言葉は、急速にかけくだってきた荒々しい便意に途切れた。下腹がググッと

鳴り、背筋に悪寒が走った。
「ああ……」
「ぼちぼち、こいつを使ってやるか。フフフ、天にも昇る心地にしてやるから、今度こそ牝になりきるんだぜ」
「何を、何をする気なの……」
竜也の手に、不気味なネジリ棒が握られているのを見た玲子は、ひいッと顔をひきつらせた。
「いや、かんにんしてッ。そ、それだけはいやあ……」
玲子は弾かれたように、厚次の上の裸身をうねらせ、あばれだした。官能のうずきも、いっぺんに消し飛ぶほどの狼狽ぶりだった。
「いや、いやッ……かんにんしてッ……」
「フフフ、こいつを使ってやりゃ、尻の穴は気持ちよくなるし、浣腸の栓にはなるし、一石二鳥だぜ」
「い、いやあッ」
玲子は裸身をよじりたてつつ、声を放って泣いた。犯されながら浣腸されただけでも、気が狂いそうなのだ。このうえ、さらにネジリ棒などという恐ろしい肛門用責め具を使って責められるのかと思うと、泣き叫ばずにはいられなかった。すでに一度、

使われているだけに、恐怖も大きい。
ジワリとネジリ棒の先が押し入ってきた。
「あ、あッ……ひいいッ」
玲子の上体がそりかえって、悲鳴がのどをかきむしった。浣腸でただれた肛門の粘膜が、灼きつくされそうだ。けんめいにすぼめている肛門の粘膜が押しひろげられ、ネジリ棒の溝に巻きこまれていく。
「あ、ああッ……いやッ……」
のけぞらせた口をパクパクさせて、玲子は悲鳴をあげつづけた。
「泣いてばかりいねえで、気分を出せ。自分から尻をふって厚次をリードするんだ」
竜也はゆっくり、ネジリ棒をねじこんでいく。一ミリごとに進め、玲子の肛門や厚次に貫かれている媚肉の反応をうかがう。
「今日はこの前より深く入れて、もっと尻の穴を開いてやるぜ、奥さん」
竜也があざ笑ってネジリ棒を巻いていけば、厚次が快楽のうなり声をあげる。
「た、たまらねえぜ。グイグイ締めつけてきやがる。へへへ、尻を掘られるのが、そんなにいいのかよ、奥さん」
ネジリ棒の侵入を拒もうと、必死にすぼめようとする動きが、前の厚次にも伝わって、きつい収縮を見せる。

だが、玲子には気も狂わんばかりの、灼けるような感覚だった。ネジリ棒に肛門が拡張されるにつれ、それにうながされて荒々しい便意がふくれあがり、出口めがけてかけくだった。だが、ネジリ棒は同時に、強烈な栓と化している。

「あ、あッ……あむむッ……」

玉のような汗が、玲子の裸身にドッと噴きだした。

荒れ狂う便意と肛門の粘膜が拡張されるおぞましさと、そして女の最奥を貫いている厚次が送りこんでくる官能の快美と……それらが入り混じって、玲子は半狂乱の状態へと陥っていく。

はらわたがどこもかしこも灼けるようだった。いや、頭の芯までが灼けた。

「あ、あむ……あううッ、死んじゃう……」

玲子は顔をのけぞらせたまま、白眼さえ剝いて、ひッ、ひッとのどを絞った。もう、息すら満足にできない。汗にびっしょりと光る乳房をふるわせ、裸身をのたうたせた。

「ほれ、気持ちいいと言わねえか。もっと積極的になれと言ったはずだぞ、奥さん」

「自分ばかり悦びやがって。こらえ性のねえ奥さんだよ」

竜也と厚次の声も、玲子には聞こえない様子だった。あふれでる甘蜜を内腿にまで流れ落としながら、のたうつばかりだ。

ネジリ棒はもう、十センチほどもおさまっただろうか。玲子の肛門は三センチ近く

も拡張されて、ネジリ棒のいちばん太い部分をぴっちりとくわえていた。のびきった粘膜が、ヒクヒクと痙攣を見せている。
「フフフ、二度目でここまでくわえこむとは、たいした尻の穴だぜ、奥さん。この調子だと、俺たちの期待にこたえてくれるはずだ」
竜也はネジリ棒を抽送するように、ゆっくりとゆさぶりだした。
「かんにんしてッ」
上体をのけぞらせたまま、玲子は腰をキリキリ揉み絞って、泣き叫んだ。急激に総身を灼きつくす官能の絶頂へと、追いあげられていく。
「あうッ……もう、もう……」
厚次の上でのけぞり、腰をはねあげ、のたうちながら、玲子はうめいた。
「気をやるってえのか。まだまだ、こんなことじゃ、俺は満足しねえぞ」
「あ、ううッ……ま、また……」
さっきの絶頂感がおさまるひまもなく、また新たな絶頂の大波が津波みたいに押し寄せてきた。
ほとんど苦悶に近い汗まみれの表情をさらして、玲子は官能の絶頂へと昇りつめた。
「ひいいッ、いく、いくッ……」
「ちきしょう。まだだってえのが、わからねえのか、奥さん」

きつい収縮と痙攣を感じ取りながら、厚次は叫んだ。
だが、玲子の煩悶する美貌を見たのがいけなかった。一気に気持ちが昂り、厚次はこらえきれなかった。獣さながらにわめくと、ドッと白濁の精を玲子の子宮めがけて激しくしぶかせていた。

3

玲子は床の上にグッタリと、死んだように横になっていた。肉感的な太腿は、あられもなく開いたままで、股間はしとどに濡れそぼっていた。
媚肉の合わせ目はまだ、生々しく口を開いて赤くただれた肉襞を奥までのぞかせ、おびただしい白濁の精をトロリと吐きだしている。そして玲子の肛門には、ネジリ棒がまだくわえさせられたままだった。
「へへへ、まったくいい味した奥さんだぜ。何度犯ってもこたえられねえ」
タバコをくわえ、一服つけながら、厚次は満足げに玲子を見おろした。厚次と竜也は、かわるがわる玲子を犯した。
だが、竜也は不満だった。
「これくらいで気を失っちまうとは、だらしねえ女だ。しっかりしねえか」

と、かがみこんで玲子の頰を打った。
玲子はどんなに官能の炎にくるまれ、身を灼こうとも、最後まで受け身の姿勢を崩そうとしなかった。竜也はそれが不満で、苛立っていた。
「いつまでのびてやがるッ」
バシッ、バシッと玲子の頰を張った。
ううッ、うむ……玲子は低くうめいて眼を開いた。
「ああ……」
玲子はうめくようにすすり泣きはじめた。おずおずと両脚を閉じ合わせ、裸身をちぢこませる。その動きが、にわかに肛門に埋めこまれたままのネジリ棒を玲子に意識させた。
「あ……も、もう、かんにんして……おトイレに行かせてください……」
玲子はすすり泣く声で哀願した。
浣腸されてから、どのくらいの時間がたったのだろうか。五百CCの薬液をまだ呑まされたままなのだ。その恐怖が、急に便意を思い起こさせ、腸がキリキリとかきむしられる。周期的に便意がかけくだってくる。
「うッ、ううッ……く、苦しいッ……おトイレに……」
「牝になりきらなかった罰だ。もう少し苦しみな、フフフ」

「そんな……かんにんしてッ、行かせてください……」

うるせえと双臀を、力まかせに張られた。

そればかりか、玲子は竜也に抱き起こされて、後ろ手に縛られた裸身のまま、ズルズルと引きずられた。

竜也は玲子を応接間へ連れこむと、天井から爪先立ちに吊った。

「ああ……」

玲子は弱々しくかぶりをふった。これでもう、トイレに行くことはできない。それどころか、何をされるのかという恐怖に便意の苦痛が交錯し、玲子をドス黒い絶望へと追いつめていった。

「フフフ……」

竜也は笑いながら、ピタピタと玲子の双臀をたたいた。

玲子はネジリ棒に両脚をぴったりと閉じ合わせることもできず、ブルブルとふるえている。腰が蠢き、もうじっとしていられない。

汗にヌラヌラと光る官能的な双臀が苦しげにうねるさまは、妖しいまでの悩ましさで、竜也の眼を吸い寄せずにはおかなかった。ムッチリと弾けんばかりの双臀を、玉のようなあぶら汗がすべり落ちた。

「いい尻だ。ヤキの入れがいがあるぜ」

「……ううッ、かんにんして……」
「まだまだ。おもしろくなるのは、これからだぜ、フフフ」
竜也は、ズボンのベルトを引き抜くと、ピシピシとしごいた。
玲子は顔をひきつらせ、ワナワナと唇をふるわせた。もう声を出すのも苦しそうなのが、荒々しい便意の激しさを物語っている。
だが、竜也がニヤッと笑ってベルトをふりかぶるのに気づくと、
「ああ、やめてッ……」
おびえにひきつった泣き声をあげた。
「牝になりきれなかったことを、よく反省するんだぞ。ほうれ、ひとつッ」
そう言うなり、ベルトがピシッと玲子の双臀に弾けた。
「ひいッ……打たないで、鞭はいやッ」
するどい痛みに玲子は、爪先立ちの裸身を、ガクンとのけぞらせた。ベルトに玉の汗がしぶき散った。
竜也はニヤッと笑うと、今度は玲子の双臀のネジリ棒に手をのばした。ぴっちりとくわえて三センチ近くも拡張されているのを、さらにグイッとねじりこむ。
「あ……あむ……」
玲子は顔をのけぞらせて、白いのどをピクピクふるわせた。

「うむ、ううむ……く、苦しい……」
すでに耐える限界を越えた便意が、さらにふくれあがって、キリキリと玲子を苛む。
「フフフ、反省しろ」
二回目のベルトがするどく玲子の双臀にふりおろされた。
「いやあッ……」
「いやじゃねえ。ほれほれ、ネジリ棒はまだ奥さんの尻の穴に入っていくぜ」
「うッ、うむッ……ゆるして……」
再びネジリ棒がまわされ、ジワッとねじこまれた。双臀を襲うベルトの鞭のするどい痛みとネジリ棒の溝が肛門の粘膜をさらに巻きこむおぞましさと、それが交互にくりかえされる。
あぶら汗がドッと噴きだし、乱れた黒髪が、玲子の額や頬に汗でまつわりつく。
「……もう、もうかんにんして……う、ううむ、死にそうだわ……」
泣きうめきながら、玲子は双臀にブルブルと痙攣を走らせた。
眼の前が暗くなっていく。そのなかで、キリキリとはらわたをかきむしる便意だけが、今にも気を失わんばかりの意識を灼いた。
「フフフ、そう簡単にのびちまっちゃ、困るぜ、奥さん。させるかよ」
ピシッ……非情なベルトの鞭が、玲子をハッと我れにかえらせる。

それもつかの間、今度はネジリ棒が玲子を苛み、再び絶息せんばかりの便意の苦痛のなかへ突き落とされる。
それを、キッチンからビールを持って入ってきた厚次が、ニヤニヤとながめていた。
「いいながめだぜ。ビールもうめえ、へへへ」
苦悶にうねる汗まみれの白い女体、今にも息絶えそうな凄絶な美貌、そして心地よい鞭の音と玲子の悲鳴……これほど素晴らしい酒のさかなはない。
玲子の裸身のふるえがいちだんと生々しくなった。
「ううッ……させて、させてくださいッ……うむ、うむッ……お腹が、変になるッ」
玲子は眼を吊りあげ、頬をひきつらせて、凄惨な表情をさらした。もう何もかも忘れて、便意の苦痛だけが玲子をおおっている。
「ううむ……し、したいッ」
「フフフ、もっと苦しめ」
ベルトの鞭とネジリ棒は、交互に確実に玲子を責め苛んだ。総身が便意に蒼白となるなかで、鞭打たれる双臀だけが赤くヒリヒリと火照っていた。
「うむッ……た、たすけて……したい、したいんですッ……」
玲子は我れを忘れて哀願していた。浅ましい我が身をかえりみる余裕はなかった。

「してえなら、ちゃんとねだらねえかよ、奥さん。玲子の尻の穴はウンチがしたい、と言うんだ」

竜也はベルトをふりあげると、玲子の双臀をピシッと打った。ひッと玲子はのけぞった。

「し、したい……玲子のお尻は……ウ、ウンチが……」

「尻じゃねえ。尻の穴とちゃんと言え」

「……玲子のお尻の……穴は……ウ、ウンチがしたいんです……」

玲子はうめきながら、途切れとぎれに言った。それは玲子の肉体が発する苦悶の叫びだった。

竜也はククッと笑うと、ネジリ棒をまわしてさらに深くねじこみ、玲子の肛門を拡張した。

「ううッ、うむむ……」

玲子はあぶら汗をポタポタしたたらせ、もう口をパクパクあえがせるばかりだった。だが、竜也は玲子をゆるさない。一定の間隔をおいて、ピシッ、ピシッとベルトを玲子の双臀へふりおろした。

責めれば責めるほどいっそう激しく責めをそそる女だった。

玲子はもう、グッタリと身体を天井からの縄にあずけ、半分死んだようになってい

た。汗に光る裸身が、内臓の苦悶にピクピクと痙攣し、うめき声をもらすだけである。
「竜也、もうそれくらいにしとけや。あとは夜のお楽しみにとっておこうぜ」
厚次がビールをあおりながら言った。そう言わなければ、竜也は玲子を責めるのに夢中で、いつまでもやめようとはしなかった。玲子を責めることに、とりつかれている。
ふうッと大きく息を吐いて、竜也はようやくベルトを投げだした。
「ガタガタにしちまっちゃ、元も子もねえか、フフフ……」
竜也はドサッとソファに腰を落とした。ビールを一気に飲みほす。かわいたのどに、ビールは心地よくしみわたった。苦悶に痙攣する汗まみれの女体を前に飲むビールの味は格別だった。
だが、竜也は満足しているわけではない。まだ瞳の奥に、嗜虐の欲情がブスブスとくすぶっている。
「ひとまず楽にしてやるがな、これで終わったと思うなよ、奥さん」
竜也は洗面器を手にすると、玲子の後ろへかがみこんだ。
眼の前に、鞭打ちで赤く染まった玲子の双臀が、ムチッと盛りあがって張っている。何度見ても、凄艶なまでの肉づきと形であった。
それをゆるりと撫でまわすようにして、竜也は臀丘の谷間に深々と埋めこまれてい

るネジリ棒に、汗ばんだ手をかけた。
「う、うッ……」
玲子は低くうめいただけで、死んだように反応はなかった。
ねじりとは逆に、ネジリ棒をゆっくりとまわした。ネジリ棒に巻きこまれている粘膜が、へばりついているのを引き剝がす。ようやくネジリ棒を引き抜いたとたん、玲子の肛門はそこだけが生きものみたいに、薬液をピューと噴出させた。

4

夕方、竜也は玲子を連れて外へ出ることにした。食料の買い出しと、町の様子を見にいくためである。テレビのニュースだけでは、警察の動きが今ひとつわからない。
「い、いやッ……外に、外に行くなんて、いやですッ」
玲子は激しく狼狽して、抵抗した。娘の美加を一人、恐ろしい厚次のもとへ残していくわけにはいかない。
だが、
「言うことを聞かねえのか。ガキをぶっ殺されたくなきゃ、おとなしくしろッ」
竜也にどなられ、強烈な平手打ちを浴びせられると、玲子のあらがいもそれまでだ

った。
「竜也、おめえのことだ。どうせ外でのお楽しみといくんだろうが、へへへ、女に逃げられねえよう気をつけろよ」
厚次はビールをあおりながら言った。その手には、子供の美加をつないだ縄が握られている。
「ドジはふまねえよ。おめえがガキを人質に押さえている限り、奥さんは何もできねえ」
竜也はへらへらと笑った。手にはナイフが光り、腰のベルトには拳銃がはさまれている。
竜也は玲子の背中を押すと、キッチンの勝手口から外へ出た。
「いいな、奥さん。ヘタなまねしやがったら、ガキの命はねえと思いな」
「ああ……」
玲子はうなだれたまま、シクシクとすすり泣いた。
玲子は、まだ後ろ手に縛られたままの全裸で、肩にコートをはおり、サンダルをはいただけのあられもない姿なのだ。コートの前から、乳房や太腿、白い肌がチラチラとのぞいた。
落ちついた住宅街は、高級住宅が建ち並んで、昼間でもほとんど人通りはない。と

はいっても、もし誰か来たらと思うと、玲子は生きた心地もなかった。
すすり泣く声もおのずと小さくなり、身体のなかがすくんで思うように動けなかった。遠くに人影を見ると、ビクッと玲子はおびえおののいた。
「ああ……こ、こんな姿で駅前へ連れていく気ですか……かんにんして、ひどすぎます」
「フフフ、俺は奥さんを素っ裸で引きまわしてえくらいさ。これが牝の田中玲子だと見せびらかせりゃ、皆大喜びするぜ」
竜也は玲子をからかいながら、コートのなかへ手を入れて、裸の双臀を撫でまわした。強引に引きずって歩かせる。
「ああ、こんなところで……人に、人に見られるわ……やめて」
「俺はちっともかまわねえぜ、フフフ」
そう言いながらも、竜也は人目を避けて路地を通り、駅へ向かった。
「ああッ、かんにんして……いやです、こんな格好で行かせないで」
駅に近づくに従って、玲子のおびえが大きくなった。後ろ手に縛られた裸身で、竜也にしがみつかんばかりに哀願する。
「そんなに行くのがいやか、フフフ。それなら、あそこで一人で待ってな」
竜也は玲子を駅前に近い公園へ連れこんだ。繁華街のはずれにある、小さな公園で

ある。
さいわい人影はなかった。その公園の公衆トイレに玲子を連れこむと、竜也は肩にはおらせていたコートを剝ぎ取って、全裸にした。玲子を後ろ手に縛った縄尻を、壁のパイプにつなぐ。
「フフフ、ここで素っ裸で待ってるんだ。いつ誰が来るかと、ビクビクしているのもスリルがあるぜ、奥さん」
「そんな……ひ、ひどい。こんなところで裸なんて……誰か来たら……」
「知ったことかよ。駅前へ行くのはいやだと言ったのは、奥さんじゃねえか」
竜也はトイレの水槽タンクから垂れさがった鎖を取りあげた。先に小さなひょうたんみたいな陶器の取手がついている。
それを手にすると、かがみこんで玲子の両脚を開きにかかった。
「ああ、何を……何をするのッ」
「フフフ、一人でさびしいんじゃねえかと思ってよ。こいつで楽しんでな」
強引に玲子の太腿を割り開くと、竜也はやおら鎖の先の取手を玲子の媚肉の合わせ目に分け入らせた。
「あ、ああ……い、いや、そんなこと……」
「じっとしてろ、騒いで人が集まってくりゃ、ガキの命がどうなるかわかってるだろ

うが、フフフ」
竜也は取手を深々と押し入れると、玲子の左脚の膝のところを高々と持ちあげさせて、縄で吊った。これでもう、玲子は引き抜くことはできないし、両脚を閉じ合わせることもできない。
玲子はすすり泣きながら、かぶりをふっている。
「ああ……」
「フフフ、このドアを開けた奴は、びっくりするぜ。眼の前に奥さんのオマ×コがパックリ開いてんだからよ」
片足吊りにされ、あられもなく剝きだされた媚肉の合わせ目が、白い陶器をわずかにのぞかせ、鎖を垂らした光景は、妖しいまでの生々しさだった。
「せいぜい、おとなしくして、このドアを開けられないよう祈るんだな、フフフ」
竜也はあざ笑うと、公衆トイレに玲子を一人残して、出ていった。
待って……と、いくら哀願しても無駄だった。
後ろ手に縛られた裸身を片足吊りにされて、壁のパイプに固定されていては、追うこともできない。
残された玲子は、すすり泣きながらふるえるばかり。玲子が今いるのは男性用トイレの個室で、鍵はかけられていない。いつ誰が入ってこないとも限らない。

ああ……こんなことって……どう、どうすればいいの……。
恐ろしいけだものではあっても、玲子は竜也がいっときも早くもどってくることを願わずにはいられなかった。
こんな浅ましい姿で、救いを求める気になど、なれない。
コツコツと靴の音がして、人が近づいてくる。玲子はハッと裸身を硬直させた。
「ああッ」
悲鳴をあげそうになって、玲子は必死に歯をかみしばり、声を押し殺した。
身体を強張らせたことで、媚肉に呑みこまされた取手の形を、いやでも感じさせられた。
もしドアを開けられ、こんな姿を見られたら……玲子は恐怖に総身が凍りついた。
ドキドキと胸の鼓動が高鳴り、心臓が破裂しそうだった。
こ、来ないで……ここへは来ないで……。
玲子は必死に祈った。祈るしかない玲子である。
男は鼻歌を歌いながら近づいてくる。だが、男は玲子のいる個室のほうへは来ず、
小用をすますと立ち去った。玲子は生きた心地もなく、息を呑むばかりだった。
ああ……。
足音が消えると、玲子は一気に緊張がほぐれて、涙があふれでた。まだ膝のあたり

がふるえている。
しばらくすると、また足音が近づいてきた。ビクッと玲子の裸身が硬直し、むせび泣きが途切れる。
さいわいその男もまた、玲子には気づかなかった。そして、ようやく竜也がもどってきた。
「どうだ、公園のトイレに素っ裸でいた気分は。どうやら誰にも見つからなかったようだな」
「ああ……ひどい、ひどいわ……」
玲子は裸身をふるわせて、むせび泣いた。
恐ろしい獣みたいな竜也が早くもどってくることを願い、今またすがるように泣いている自分が情けなく、みじめだった。竜也が低く笑いながら、玲子の足もとにかがみこんだ。
「よしよし、ちゃんとくわえこんでたな、奥さん。やっぱり好きなんだな、フフフ」
媚肉の合わせ目に陶器の取手が深々と埋めこまれ、鎖を垂らしているのを、竜也は指先で確かめた。指先がねちねちと媚肉をまさぐり、取手をいじってくる。
「ああ……も、もう、これ以上辱しめないで……」
もう縄をほどいて、と玲子はすすりあげながら弱々しく哀訴した。右に左にと顔を

ふり、腰をよじる。
「……かんにんして……」
「まだまだ。せっかく取手をくわえこんで、いい格好をしてるじゃねえか、フフフ」
竜也はまだ鞭打ちのあとも生々しい玲子の双臀を、ねっとりと撫でまわした。臀丘を割り開いて、その奥にのぞく玲子の肛門をいっぱいに剝きだした。
昼間、浣腸とネジリ棒でさんざん責められた玲子の肛門は、まだ腫れぼったくふっくらとしていた。ヒクヒクと蠢いて、すぼまろうとする。
「フフフ、無駄なあがきをしやがって」
竜也は、指先をペロリとなめると、スーッと玲子の肛門にのばした。ひッと玲子はすくみあがった。
「いやッ……そ、そこは、いやですッ」
「ここでいいんだ。前は取手で埋まって、ここはトイレのなかとくりゃ、奥さんの肛門を責めるのが筋ってもんだぜ」
「そんな……そこはいや、もう、もう、いやです……」
腰をよじりたてながら、玲子は泣いた。はやくも汗がじっとりとにじみだした。
ゆるゆると揉みこまれると、ただれた繊細な神経が、ヒリヒリとうずいた。
玲子の肛門は執拗に揉みほぐされ、もう花が開いたようにふっくらとふくらんでい

た。水分を含んだ真綿みたいな柔らかさである。
「ああ、どうして……どうしてお尻なんかを……い、いやッ」
のどがつまりそうな汚辱感に玲子は、肩をふるわせて泣いた。おぞましい排泄器官をいじってくる竜也の行為が、どうしても理解できない。
「あ、あ……そんなにしないで……」
ググッと指が沈んだかと思うと、すぐ引きだされて、また沈む。指が出入りするたびに、肛門を解剖されるような異様な感覚に襲われ、汚辱感と嫌悪感が耐えがたく総身をおおった。
いやでも泣き声が出た。
「ああ、どうして、どうしてなの……そ、そんなところを……」
「フフフ、今にわかるぜ。奥さんはよけいなことを考えずに、尻の穴をとろけさせてりゃいいんだよ」
竜也は意味ありげにニタニタと笑った。笑いながら、指を付け根まで埋めこんで、ゆるゆると腸襞をまさぐる。
「ああ、い、いや……」
逃げようと玲子の裸身がのびあがり、うねった。
「フフフ、いやだなんて言いながら、尻の穴はうれしそうに指をクイクイ締めつけて

くるじゃねえかよ、奥さん」
「う、嘘よ……ああ、かんにんして、本当にいやなんです……」
「いやなもんか。オマ×コのほうだって、尻をいじられて濡れてきたじゃねえか」
竜也のもう一方の手が、媚肉の合わせ目に沈んで、取手をまさぐった。そこはもう、じっとりと濡れていた。
「どれ、もう少し尻の穴を責めてやるか」
竜也は紙袋のなかから太く長いフランクフルト・ソーセージを取りだした。
「どうだ、奥さん。うまそうだろうが」
「い、いやッ……そんなもの、使わないで」
玲子は驚愕に顔をひきつらせた。
「こいつはネジリ棒と違って長いから、奥まで入るぜ、フフフ、尻の穴に入れるには、もってこいだ」
「かんにんして……お尻は、もう、いやッ」
玲子はおびえひきつった顔を、いやいやとふった。その間にも、指が引き抜かれ、かわってソーセージの先端が押し当てられた。玲子は唇をキリキリかんで、噴きあがろうとする悲鳴をこらえた。
「うッ、ううむ……やめて……」

繊細な神経がジワジワと押しひろげられていく。引き裂かれるような疼痛に、玲子の肛門はあえぎ、うめいてヒクヒクと痙攣した。
「ゆるして……ううッ、痛、痛い……」
「これくらい太いのを毎日ひりだしているくせしやがって、何が痛えだ」
「う、うむむ……」
不気味な感覚をともなって押し入ってくる。玲子はたちまち、息もできずハアッ、ハアッと乳房から下腹にかけて波打たせ、腰をよじりたてた。
玲子の肛門はソーセージを呑みこまされていくが、それは男根に犯されるような妙な妖しさがあった。
「……いや、ううむ……いや……」
ソーセージが薄い粘膜をへだてて前の取手とこすれ合い、ジワジワ押し入ってくる恐ろしさに、玲子はあぶら汗を絞りだしつつ泣き声をあげた。こすれ合う感覚に、思わずかみしばった口が、ああッと開いてしまう。
「ああッ……や、やめてッ……そんなに入れないで……」
「まだまだ、いくらでも深く入っていくぜ」
「い、いやあ……」
耐えきれずに悲鳴を噴きあげようとした玲子の口を、竜也が手で押さえた。

「静かにしろ。誰か来る」
竜也は玲子の耳もとでささやくと、トイレの戸を閉めた。
コツコツと足音が近づいてきた。
ひッ……。
玲子は口を押さえられたまま、息を呑んで裸身を硬直させた。
「いいな、騒ぎになりゃ、可愛いガキの命はねえと思いな」
竜也はすばやく、玲子の耳にささやいた。
だが、その間も竜也はソーセージをジワジワと押し入れるのをやめようとしない。
や、やめて……こんな時に、ああ……いや、いやッ……。
玲子は口をふさがれたまま、胸のうちで叫びつづけた。
こんな浅ましい姿を見られたら……。そう思うと、裸身は硬直したまま身動きひとつできない。それをいいことに、竜也はむごくソーセージを奥深く埋めこんでいく。
長さが二十センチほどもあるソーセージは、もう半分近くも玲子の肛門にもぐりこんでいた。
「う……」
硬直した玲子の裸身のなかで、肛門だけがソーセージをぴっちりくわえこんで、ヒクヒクと蠢いていた。

さらに深く入ってくる。
「ううッ、うむッ……」
耐えきれずに、うめき声が竜也の手の間からもれた。竜也は押し入れるだけでなく、意地悪くソーセージをクルクルとキリのようにまわしはじめたのだ。
肛門の粘膜がこすられ、それがたまらない刺激を呼んだ。
「うむ、ううむッ」
いくら歯をかみしばってこらえようとしてもうめき声が出た。玲子のうめき声が聞こえたのか、用をたして立ち去ろうとしていた足音が、玲子のいるほうへ寄ってきた。
コンコンと戸がノックされた。
「ひッ……」
玲子はあわてて唇をかみしばったが、遅かった。
「どうかしたのかい……」
男が聞いてきた。男性用トイレで、ひッという女の泣き声やうめき声が男を不審にした。
「おかしいな。女がいるわけないんだが……」
男が戸を開けようとした。
玲子は生きた心地がなかった。総身を石のように固くして、歯をかみしばる。

やめてッ、開けないでッ……。

玲子がそう叫ぼうと思った時、先に竜也が声を出していた。

「入ってるぜ。他人のお楽しみをじゃますするもんじゃねえ」

ドスのきいた声だった。

「ど、どうも……」

あわてて男は立ち去った。

「ああ……」

玲子は総身をふるわせて、すすり泣く。ソーセージは、わずか五センチを残すだけで、すっかり玲子の肛門に埋めこまれた。

竜也はへらへら笑いながら、縄を解いて玲子を連れだした。肛門からソーセージをのぞかせ、媚肉の合わせ目からは、取手の鎖を十センチほど垂らす格好で、鎖を引きちぎられていた。

「泣くんじゃねえ。いいな、ソーセージも取手もそのまま呑みこんでるんだぜ、奥さん」

竜也は玲子の頰を一度張り飛ばした。それから、紙袋のなかから服を取りだした。

「こいつを着るんだ。さっさとしねえと、誰か来ても知らねえぞ」

「ああ……このままでなんて……お願いです、取ってください」

「そのまま呑みこんでろと言ったのが聞こえねえのか」
竜也はまた、玲子の頰を張った。
玲子はもう、すすり泣くばかりで言われる通りに素肌に直接服をまとう。
黒一色のドレスだった。身体にぴったりとフィットして、美しい曲線がはっきりと浮きでた。乳房のふくらみや乳首も、一目瞭然で、裸と同じである。
スカートの部分はタイトでぴっちりとはりつき、膝上三十センチほどの超ミニである。短いうえにぴったりだから、かがみでもしたら下半身はすっかり剝きだしになってしまう。
「い、いや……こんな……」
「いやなら素っ裸でいくか、奥さん」
「ああ……」
どんなにハレンチなドレスでも、何もまとわないよりはましだ。
だが、くっきりと浮きでた胸のふくらみや剝きだしの太腿……。自分で見ても恥ずかしさに眼がくらむ。
「フフフ、いい格好だ。それじゃ駅前へ行くとするか」
「ああ、お願い……せ、せめて股の間のものだけでも取りはずさせてください……」
「くどいぞ、奥さん」

竜也はハイヒールを玲子にはかせ、背中を押して歩きはじめた。

玲子は生きた心地もなく、顔をあげられない。すれ違う男たちが、好奇の眼でながめてくるのがわかった。

ミニスカートの前で、わずかにのぞく取手の鎖がゆれる。そしてスカートのなかでは、肛門のソーセージがゆっくりとゆれていた。

ああ……恥ずかしくて、死にたい……こ、こんなめにあわされて……。

わあッと泣き崩れそうになるのを必死にこらえて、玲子は歩いた。

まわりの人たちが誰も、玲子を見てあざ笑っている気がした。スカートのなかの鎖やソーセージ、手首と腕の縄目のあとまで見られているようだ。

「フフフ、シャンと歩かねえかよ、奥さん」

竜也は玲子の腰に手をまわした。そのまま駅前のスーパーに入る。

ああ、しっかりしなくては……み、美加の命を守るために……。

玲子は何度も自分の胸に言いきかせた。

子供の美加の面影を脳裡に思い浮かべることで、崩れ落ちようとする気力を必死に支えた。

「まず肉を買いな。その次はグリセリンだ、フフフ。奥さんにたっぷり浣腸してやれるようにな」

竜也が低くささやいた。

5

玲子が竜也に連れられて、ようやく家へもどった時は、すっかり夜の闇があたりをおおっていた。

厚次はビールをあおりながら、テレビのニュースを見ていた。

「竜也、サツは手がかりがなくてあせってるぜ、俺たちの顔も行先の見当も、まるでわかってねえとよ」

「そうか、それであっちこっちで車の検問をやってやがるのか」

竜也はニヤニヤと笑った。

だが、手がかりがないからといつまでも安心しているわけにはいかない。いずれ、どこかへ高飛びしなければならないのだ。

それにかっぱらった宝石も、はやく現金に換えたかった。問題は警察の厳重な検問を、どうくぐり抜けるかである。

「フフフ……」

竜也は何か思案があるようで、意味ありげに笑った。

テーブルの上に、買ってきたソーセージを並べた。小さいものから順に大きくなり、十本もある。その前にグリセリン原液の瓶を置く。五百CC容量のものが六本だ。
「こいつはいいや、へへへ。今夜もたっぷり楽しめるじゃねえか」
厚次はうれしそうに言って、玲子をふりかえった。
「その前にまず、腹ごしらえだ。スタミナをつけとかなくちゃ」
「へへへ、これ以上スタミナつけちゃ、一日じゅう犯るようになるぜ」
竜也と厚次は顔を見合わせて、ゲラゲラと笑った。
男たちは玲子の手料理をたらふく食った。驚くほどの食欲だ。竜也は満腹になると、玲子に子供を寝かしつけさせ、シャワーを浴びさせた。
「ピカピカにみがきあげてくるんだぜ、奥さん」
竜也は意味ありげに笑った。まだ玲子の身体から、肛門のソーセージも媚肉の取手も取り除くことをゆるさない。
厚次は応接間で、また宝石を取りだしてニヤニヤとながめ入っていた。
「どうだい、このエメラルドの輝き……へへへ、どう見ても三千万は固いぜ」
「金に換えるまでは、宝の持ちぐされよ。それより、はやいとこ宝石を運びだして、現ナマに換えることを考えろ」
「そいつは、おめえにいい考えがあるんだろうが、へへへ」

厚次は竜也にまかせっきりで、まるで考えようとはしなかった。
玲子が浴室からもどってきた。バスタオルさえ巻くことをゆるされぬ全裸だった。湯あがりの肌がほんのりと色づいて、閉じ合わせた太腿の間に、鎖が妖しくゆれていた。ムッチリと張った臀丘からは、ソーセージがのぞいている。
「フフフ、色っぽいぜ。まるで白い肉の宝石って感じだな」
「へへへ、確かにこのエメラルドより上玉だ」
竜也と厚次は、玲子を見てへらへらと笑った。玲子はソファの上に、裸身を隠すようにうずくまっている。
「ああ……」
哀しげに声をもらした。
「い、いつになったら、出ていってくれるのですか……」
その美貌には、物憂い疲労の色が漂っている。だが、それがかえって妖しい色気を感じさせた。
押し入られてからというもの、いったい何度この男たちの相手をさせられたことだろう。夜の相手はもちろん、食後のデザートといっては犯され、昼寝といっては犯され、そして野外でももてあそばれた。
いつでも犯れるようにと、玲子は全裸にされ、何も身にまとうことをゆるされない。

もう我慢できない、耐えられない……こんなことがいつまでつづくのか。
「お、お願いです……もう、もう、出ていってください」
そう叫ぶなり、玲子は哀しみを露わにして泣きだした。発作的に取手とソーセージを引き抜くと、男たちめがけて投げつけた。それまでこらえていたものが、一気に崩れたようだ。
だが、男たちは怒る様子もなく、余裕たっぷりに笑っている。
「そういう態度をとるようじゃ、いつまでも出ていくわけにはいかねえぞ、奥さん」
怒らないだけに、かえって不気味で恐ろしかった。
「ああ……ご、ごめんなさい……」
玲子はおびえ、おののいた。
玲子を見る竜也と厚次の眼に、嗜虐の欲情がいつになく色濃くにじみでている。ゾッとする変質者の眼だ。
「極上の白い肉の宝石は、まだ加工が不充分なようだな、フフフ」
「みがきをかけりゃ、おとなしくなるぜ、へへへ。宝石ってえのは、ただ、男の手のなかでころがってりゃいいんだ」
竜也と厚次は、いやらしく舌なめずりをして、ニヤッと笑った。
「どれ、白い肉の宝石にこってりとみがきをかけるとするか」

「ああ……ま、また、辱しめようというのですか……」
玲子は弱々しくかぶりをふった。とどまることを知らぬ男たちの欲望に、気も遠くなる思いだった。まだ二十歳前後とあって、疲れを知らない。
「ああ、かんにんして……あなたたちはもう、玲子の身体を充分に、もてあそんだはずだわ……」
「うるせえ。肉は泣き声をあげてさえいりゃいいんだ、へへへ」
厚次がせせら笑えば竜也も、
「とことん楽しまなくちゃ、奥さんの家へ隠れた意味がねえからな」
「ああ……け、けだもの……」
玲子はブルッと裸身をふるわせた。憂いを含んだ美貌が、今にもベソをかかんばかりになる。
「さっさとここへ来て、テーブルの上に四つん這いにならねえか」
竜也がどなった。
言う通りにしなければ、子供の美加に何をされるかわからない。玲子は、二階で眠りについた美加のことを考えると、なす術もなくテーブルの上へあがった。
浅ましい四つん這いの姿勢をとると、男たちが後ろへまわってのぞきこむのが、痛いほどわかった。

「ああ……」
総身がカアッと火のように灼けた。屈辱と羞恥に涙があふれてきた。
「いつに……いつになったら、出ていってくれるのですか……」
「へへへ、俺たちが奥さんの身体をたっぷり楽しんで、満足したら出ていってやる」
厚次がニヤニヤとのぞきこみながら言った。高く突きだされた双臀の奥に、玲子の肛門と媚肉の合わせ目が、はっきりと妖しくのぞいている。さんざんもてあそばれたことを物語る、生々しいたたずまいである。
何度ながめても、男の欲情をそそらずにはおかない妖美な光景だった。
「へへへ、うまそうなオマ×コしやがって。美人のうえに、これだけいいオマ×コや尻の穴をした女もめずらしいぜ」
「味のほうも抜群ときてるから、こたえられねえぜ、フフフ」
竜也と厚次は左右から、玲子の媚肉の合わせ目をくつろげ、指先でまさぐりはじめた。もう一方の手は、玲子の乳房をいじくりまわし、タプタプと揉みこむ。
「あ、あ、しないで……い、いや……」
玲子は泣き声をあげて、いやいやとかぶりをふった。ムッチリと官能味あふれる双臀が、男たちの指を避けようと左右によじれる。
「じっとしてろ。そんなことじゃ、俺たちはいつまでたっても満足しねえぞ、奥さ

ん」
「満足しねえってことは、この家から出ていかねえってことだぜ、へへへ」
　竜也と厚次は、玲子をからかいながら、玲子の媚肉と乳房をまさぐりつづける。
「あ、ああ……」
　玲子は泣き濡れた瞳で、男たちをふりかえった。いつまで、こんな果てしない性の地獄がつづくというのか。竜也と厚次は、本気でいつまでも居座る気なのだ。
「ああ……満足すれば、ここから出ていってくれるのですか……」
「フフフ、満足すればな。だが今までみたいに、奥さんが受け身で

いちゃあ、満足することはねえぞ」
玲子はワナワナと唇をふるわせた。男たちが何を求めているのか、玲子にはよくわかる。
これまで玲子を犯すたびに、身悶えがたりないと、何度も平手打ちをくわせた男たちである。
ほれ、腰のふり方がたりねえぞ。もっと気分を出さねえか、奥さん。
厚次が媚肉に分け入らせた指で、その頂点の女芯をつまみながら、ニヤニヤと玲子の顔をのぞきこんだ。
「牝を剝きだしにして、積極的になりゃいいんだ。へへへ、どういうことかわかるな、奥さんよう」
「あ、あ……い、いや……」
つまみあげられた女芯から背筋へ走る痺楽感に、玲子はビクンと裸身をふるわせた。それでも、泣き濡れた顔で、男たちをふりかえる。
「ああ……い、言う通りにすれば……玲子が積極的になれば……本当に、本当に出ていってくれるのですね」
「満足すりゃ、ここに用はねえ。もっとも、いつまでも俺たちを満足させられねえようなら……」

竜也はナイフで首をかっ切るまねをして、ケタケタ笑った。
玲子は顔をひきつらせた。身体がブルブルとふるえだした。それは媚肉に分け入り、女芯をつまみあげ、乳房を揉みこんでくる男たちの指のおぞましさのせいばかりではない。
ああ、このままでは……。
さんざん凌辱の限りをつくされたあげく、ナイフでえぐり殺されることにでもなれば……。
美加の命だけでも、なんとかして守らなければならない。
そのためには自分の身はどうなっても……。
哀しい決意を固めたように、玲子は顔をあげた。かみしめた唇がワナワナとふるえる。
「お、お願いです……言われた通りにしますから……終わったら、出ていってください……」
玲子は声が涙にふるえ、かすれた。竜也と厚次が顔を見合わせて、ニヤリと笑った。
「やっとその気になりやがったか」
「へへへ、自分からすすんで俺たちの相手をし、積極的によがってみせるってんだな、奥さん」

玲子は小さくうなずいた。そうする以外には、この地獄から逃れる道はない。
「いいだろ、二階の寝室でこってりとお楽しみだ、フフフ」
竜也はバシッと玲子の双臀をはたいた。
玲子は、男たちが大小のソーセージやグリセリンの瓶、浣腸器を手にするのを、気の遠くなるような思いでながめていた。

第三章　調教地獄　牝になるレッスン

1

玲子は竜也と厚次に追いたてられ、二階の寝室へ連れこまれた。
「本当に、本当に言う通りにすれば、出ていってくれるのですね」
玲子はわななく声で言った。豊満な乳房と股間を両手で隠した裸身がブルブルとふるえている。
自分がすすんで責めを求め、犯されなければならない。
ああ、そんなこと……で、できないわ……。
だが男たちの言うことを聞く以外には道はない。
「へへへ、楽しい夜になりそうだぜ」
「最後の夜だからよ。こってりと楽しませてくれよ、奥さん」

竜也と厚次はもう裸になって、恐ろしいまでにたくましくそそり立った肉塊を、自慢げにゆすってみせた。
「ああ……」
玲子はあわてて眼をそらすと、おびえて身をすくめた。その玲子の頬を、竜也はいきなり張り飛ばした。
「なんだ、その態度は。黒髪をつかんでしごく。そんなことで牝になりきれるかよ。俺たちを亭主と思ってふるまわねえか、奥さん」
「……ご、ごめんなさい……」
玲子はすすり泣くような声で言った。うなだれていた顔をあげると、裸身をまっすぐに起こして、肌を男たちの眼にさらした。
「へへへ、姉さん女房ってわけだ。ひとつ、年上の妻の貫禄を見せて、色っぽく頼むぜ、奥さん」
厚次がうれしそうに、へらへらと笑った。
玲子は哀しげに唇をかみしめると、もう覚悟を決めたように、
「……し、信じていいのですね……明日になれば、本当に出ていってくれるのですね」
「奥さんが人妻らしい濃厚なセックスってやつを見せてくれればな、フフフ」

「……わかったわ……玲子は今夜だけ、あなたたちの妻になりますわ、今夜だけ」
玲子はおずおずとベッドの上へあがった。あおむけに横たわり、両脚を左右へ割り開くと、両膝を立てた。
「れ、玲子を抱いてください……いいようになさって……」
声がふるえ、涙があふれでた。いくら観念したとはいえ、恐ろしいけだものたちを前にして、平静でいられるわけがない。
ククククッと竜也と厚次は笑った。眼の前に玲子の身体が開ききっている。固く張った乳房に白くなめらかな腹部、細くくびれた腰、そして人妻らしい官能美あふれた腰から太腿にかけての肉……どれをとっても、男たちの欲情をかきたてずにはおかない。
「まったくいい身体をしてやがるぜ。今度の仕事じゃ、宝石や札束よりも奥さんの身体が最高の収穫だな、フフフ」
「ああ、あなた方にさんざんおもちゃにされたからですわ……も、もう、どんなにでもしてください……」
「へへへ、言うじゃねえか、奥さん。よしよし、どんなにでもしてやるぜ」
厚次と竜也は、ベッドの上にかがみこむと、眼を細めて両膝の間をのぞきこんだ。
女の媚肉が、あられもなくさらけだされていた。それはこれまでのいたぶりなど嘘のように、つつましく合わさって、かすかにふるえている。とても子供を産んだこと

があるとは思えない、綺麗な形だ。
「まるで生娘みたいだぜ、へへへ」
「そいつがひとたび男の手にかかりゃ、毒々しいまでに花開くんだから、人妻ってえのはこわいぜ、フフフ」
いつもなら、すぐ手をのばしてくるくせに、今夜は違っていた。ただニヤニヤと執拗にのぞきこんでくるだけである。
「あ、あ……」
玲子は哀しげに声をもらした。男たちの意図はわかっている。玲子が誘うのを待っているのだ。
「ああ、そんなに見られたら恥ずかしいわ……見てるだけじゃ、いや……は、はやく、抱いて……」
「俺たちが犯りたくなるよう、奥さんが仕向けることだ、フフフ」
竜也と厚次は、じっくりとながめてから玲子の左右へ添い寝した。肌と肌が密着して、男たちの酒臭い息が吹きかかる。
玲子はブルブルとふるえだした。男たちと肌が触れたことで、急に恐怖がふくれあがった。
「フフフ、はやいとこ、おねだりしねえか、奥さん」

竜也が玲子をせっついた。
玲子は顔をひきつらせながら、涙のにじんだ瞳で二人を見た。玲子には、じっと黙っていることはゆるされない。
「……お、お願い、玲子の身体に……い、いたずらして……」
「奥さんがリードしな、へへへ」
「そんな……」
玲子はワナワナと唇をふるわせた。
それでも厚次の手を胸のふくらみに導き、竜也の手を内腿へといざなう。
ああ、これも子供の命を守るためよ……それでなければ誰が、こんな恥ずかしいこと……。
玲子は胸のうちで叫んでいた。
「へへへ、これだけいい身体をしてりゃ、いたずらしてほしくなるのも無理ねえぜ」
厚次は乳房をねっとりといじくりまわし、タプタプと揉みこんだ。
「ああ、あ……」
自分の意思に関係なく、いじられる乳首がうずきつつ硬くとがっていく恥ずかしさに、玲子はカアッと灼けた。
それだけではない。女の媚肉には竜也の指先が這いつつ、合わせ目に分け入ってく

る。
「フフフ、奥さんの言う通りにしてやるからよ。俺たちをリードするんだぜ」
竜也は笑いながら、指先で肉襞をまさぐった。繊細な肉の構造を、ひとつひとつ確かめるような丹念な指の動きだ。
「ああ……」
玲子は思わず声が出た。
これまでのように、がむしゃらに欲望をぶつけてくるやり方とは、まるで違っている。執拗に、憎いまでに、女の官能をさぐり当ててくる。いやでも肉がざわめき、官能がうずきだした。耳たぶに息がかけられ、首筋に唇が押し当てられて、乳首がつまみあげられ、スッ、スッとしごかれる。
「どうだ、奥さん。気持ちよくなってきたかよ、へへへ」
と、厚次が玲子をからかえば、反対側からは竜也が、
「まだまだ、今夜はメロメロにとろけてもらうぜ。田中玲子は牝になりきるんだ」
わき腹や内腿を撫でまわしつつ、媚肉の合わせ目の頂点の女芯をさぐり当てる。表皮を剥いて女芯を剝きだし、指先でいじくりまわす。
「ああッ……い、いや……」
「いやなのか、奥さん」

「い、いやじゃありません……」
「嘘をつけ。腰がいやがってるぞ。なんならやめるか」
本能的によじれる腰がとまった。はじめのころよりだいぶ閉じ気味の膝が、再び左右へ大きく開いた。
「……や、やめないで……」
玲子は消え入るような声で言った。
「ああ……」
玲子はすすり泣きだした。こんなことなら、後ろ手に縛られて自由を奪われた身を、ひと思いに犯されたほうがましだ。
玲子はシーツを強く握りしめて、必死に耐えた。
ああ、た、たまらないッ……。
ツーン、ツーンと妖しいうずきが絶えず湧きあがり、玲子の総身を包んでいく。そのうずきがしだいに肉をとろかし、ただれさせていく。
「へへへ、感じだしやがったぜ。自分からねだるだけあって、今夜ははやいぜ」
「お汁をあふれさせてきやがる、フフフ。まったくさっきのつつましさが嘘みたいに、毒々しく熟れてきやがって」
意地悪くささやかれても、玲子はなよなよと顔をふるばかりだ。美しい顔が、真っ

赤に染まっている。
もう玲子にはこの官能に身をゆだね、恥もくやしさも忘れて燃えつきるしか、今の屈辱から逃れる道はなかった。
「ああ……も、もっと……玲子を、玲子を狂わせて……」
「フフフ、可愛いことを言いやがる。その調子で俺たちをリードするんだ」
「ああ……あ、ううッ……」
玲子はあえぎながら、うわずった、それでいて哀しげな声をあげた。
なめらかな柔肌は玉の汗を噴いてヌラヌラと光り、匂うような色にくるまれていた。
いじくりまわされる媚肉は、もう毒々しいまでに花開いて、しとどに甘蜜をあふれさせ、ヒクヒクと蠢いている。
腰が男たちのいたぶりに応じるように、悩ましげにうねりだした。
「あ、あ……も、もう……」
「どうだい、奥さん。してほしいことがあるなら、なんでもしてやるぜ、フフフ」
竜也が意地悪く笑った。
腰が汗に光りながらうねり、妖しく肉襞を指先に反応させてくるのをながめながら、竜也は指先をあやつるのをやめない。それどころか、玲子をあおりたてるように左右から灼熱を太腿へ押しつけたり、こすりつけたりした。

「あ、ああッ……」
玲子は狼狽したように腰をふりたてつつ、総身をふるわせた。嫌悪とおびえのようでもあり、それを求める女体の蠢きのようでもあった。
「ああ……もう、もう……し、して……」
耐えきれなくなったのか、玲子は悩ましげな、からみつくような視線を男たちに向けた。
「もう……して……」
「へへへ、何をしてほしいんだい、奥さん」
「犯して……れ、玲子を抱いてください」
「それじゃ駄目だ。もっとはっきり言って、リードしろと命じたはずだぞ、フフフ」
竜也と厚次は、灼熱の肉塊を玲子の太腿にわざとらしくグイ、グイッと押しつけた。
「欲しいんだろ、奥さん」
「はっきり言わねえかよ。何をどこへ、どうしてほしいかをな。それでなきゃ、おあずけだぜ、奥さん」
玲子は狂おしげに腰をうねらせながら、弱々しくかぶりをふった。
「ここまできて、やめか、奥さん。なんならガキを連れてきて、痛めつけてやろうか」

「ああ、それだけは……」
玲子は頭をふりたくりつつ、ワナワナと唇をふるわせた。
「お願い……そ、それを……玲子のなかへ……い、入れて……」
言い終わるなり、玲子は激しく身悶え、羞恥と屈辱の渦中へ泣き崩れた。

2

玲子の両脚の間に身を割り入れたのは厚次だった。
「へへへ、奥さん、まずは俺からだ。腰を使ってリードを頼むぜ。俺は女を抱くのは初めてなんだ」
厚次は平然とうそぶいた。
すぐには押し入ろうとはせず、玲子の両脚をかかえこんだまま、灼熱の先端を媚肉の合わせ目にそってこすりつける。
「あ、あ……」
玲子はブルブルと腰をふるわせた。その腰を持ちあげるようにゆすり、赤く花開いた媚肉をヒクヒク蠢かせながら、催促するように身悶える。
「へへへ、人妻ってえのは、淫らな生きものだぜ。ほれ、口のほうはどうした。亭主

との時のように誘わねえのか」
「ああ……ほ、欲しい……」
「いつもそう言うのか、奥さん」
厚次は腰を進め、わずかに肉塊の先を媚肉の合わせ目に含ませた。
「あ……ああ……」
玲子は快感の泣き声をもらしつつ、腰をわななかせた。押し入ってくるものを待ち焦がれていたように、女の最奥全体がわななき、蠢いた。
だが、厚次はそれ以上は押し入ってくる気配がなかった。
「ああ、そんな……い、意地悪しないでッ」
玲子は狂おしく黒髪をふりたてた。どんなに浅ましいと思っても、成熟した人妻の性はわずかしか与えられない肉塊を求め、もどかしげに腰をゆすってしまう。
「し、してッ……もっと……ああ」
「へへへ、たまらねえぜ」
厚次は、一気にそこまで突き入れたい欲情を抑えて、わざと少しだけ進めた。焦らしに焦らし抜いて、玲子の女の性をとことんあばきだす気である。
「これくらいでいいか、奥さん、へへへ」
「ああ……もっと……もっと、入れて……」

玲子はシーツをつかんだ手を突っ張らせ、総身を悶えさせながら、泣きすがった。自分でも何を言っているのか、もうわからなくなっていく。

「してッ……深く、深く入れて……ああ、お願いッ」

「へへへ、それじゃ、このくらいか」

厚次はまた少しだけ先端を奥へ沈めた。

いいッと顔をのけぞらせ、玲子は腰をせりだした。熱くとろけきった肉襞がいっせいにざわめき、妖しくからみつきつつ、さらに奥へ吸いこもうとする感覚が、厚次にははっきりとわかった。

「す、すげえ……なんて女だ」

厚次はうなるように言った。少しでも気を抜くと、奥まで吸いこまれてしまう気がした。まだ厚次は、自慢の肉塊の半分近くしか与えていない。

「ああ……どうしてなの、してッ……も、もっとッ……」

玲子は我れを忘れ、恥も外聞もなく泣きながら、裸身をゆすりたてて厚次を求めた。なかばしか与えられないことが、かえって玲子の官能を狂おしいまでに燃えあがらせる。

もう玲子の身体は、官能の炎にくるまれて、泣き声をあげるのを抑えきれなかった。

「あうッ、どうして……い、意地悪しないで……はやくッ」

玲子は恨み、哀願しつつ泣きだした。これがあの上品で、竜也や厚次のいたぶりに逆らいつづけてきた玲子かと、信じられないような変身である。
「あ、あうッ……ひ、ひと思いに……深く入れてッ……」
「へへへ、よしよし」
厚次はうれしそうに笑うと、ググッと腰を沈めた。ヒクヒクと蠢きながらからみついてくる肉襞を、奥へ引きずりこむようにして、一気に最奥まで埋めこんだ。
ズシッという感じで先端が子宮口に達し、さらに子宮を押しあげた。
「ひいいッ……」
激しく顔がのけぞり、白いのどが悲鳴を噴きあげた。同時に、腰がはねあがり、それは、焦らし抜かれたものを与えられた悦びに、ブルブルとふるえてよじれた。
「どうだ、奥さん」
ゆっくりと腰を使いながら、厚次は勝ち誇ったように言った。
灼熱がヒクヒクと収縮を見せながらからみつき、きつく締めつけてくる。その妖美な感覚に、厚次は今さらながら舌を巻く思いだった。
「どんな気分かと聞いたんだぞ、奥さん」
「あ、あ……いッ、いいわ……いいッ」
「そんなにいい気持ちなら、もっと自分からリードする気で腰を使わねえか、奥さ

ん」
厚次はビシビシと玲子の双臀をはたいた。玲子の黒髪をつかんで、口を吸う。もうなんの抵抗もなく、玲子の唇が開いた。
「うむ、ううむ……あむッ……」
舌を引きずりだして、きつく吸ってやると、玲子は気もそぞろな声をくぐもらせて、厚次にしがみついてきた。まるで夫に抱かれているように、シーツを握りしめていた手を厚次の背中へまわしてくる。
厚次は玲子の口を激しく吸いながら、玲子の両脚を乳房のほうへ押しつけるようにして肩にのせあげた。
ググッと結合がさらに深くなった。
長く激しい口づけが終わると、玲子はもう官能の恍惚にひたる美貌をうつろにさらし、堰を切ったように腰を使いだした。
「い、いいッ……あうッ、ああッ、いッ、いいわッ……」
これまで玲子を犯した時より、ずっと激しく生々しい。女の最奥をキリキリ反応させながら、全身しとどの汗で泣きわめく。
「フフフ、人妻の本性が出たようだな、奥さん。やっぱり、そうこなくっちゃよう」
さっきからニヤニヤとながめていた竜也が、ようやく玲子が狂いだしたことに満足

したらしく、口を開いた。
「そんなに厚次に犯られて、いいのか。遠慮せずに思いきり声をあげて、腰を使うんだぞ」
「あう……いいッ、たまらない……い、いいわッ……」
何を言われても、玲子はもうわけがわからない。めくるめく官能の快美に翻弄されている。
竜也は玲子の黒髪をつかむと、ニタッと笑って、恍惚にうつろな美貌をのぞきこんだ。
「奥さん、気持ちよくってたまらねえのはわかるけどよ。まだまだ、牝になりきるには、もっといたずらしてほしいところがあるはずだぜ、奥さん、フフフ」
竜也は玲子の黒髪をしごいた。玲子はなよなよとかぶりをふった。厚次にしがみついたまま、意識もうろうな様子だ。
「ほれ、どこにいたずらしてほしいか、積極的にリードしねえかよ、奥さん」
「あ、ああ……どう、どうにでもして、あううッ……」
「どうにでもじゃねえ。玲子の尻の穴にいたずらしてと、はっきり言わねえか」
竜也はドスのきいた声を張りあげた。
玲子はいやいやとかぶりをふった。だが、めくるめく恍惚に、もう麻酔にでもかけ

られたように、
「ああ、して……お、お尻の穴に、いたずらして……玲子のお尻に……」
わけもわからず口走るのだった。
ククククッと竜也は笑った。ベッドからおりると、カーペットの上にころがった浣腸器を取りあげた。キィーッとガラスをきしませて、五百ＣＣのグリセリン原液を浣腸器に吸いあげる。
それに気づく余裕は、玲子にはなかった。いっぱいに薬液を吸引した浣腸器を手にし、竜也が双臀のほうへまわるのにも気づかない。
「フフフ、奥さん、牝になりきるんだぜ」
竜也の眼の前に、玲子の双臀がムッチリと盛りあがっていた。厚次が生々しく押し入ってえぐりこんでいる媚肉のわずか手前に、玲子の肛門が妖しく剝きでていた。
厚次に女の最奥をえぐりこまれる刺激に、玲子の肛門は妖しく収縮したりふくらんだりしている。
「そんなに尻の穴をヒクヒクさせられちゃ、そそられるぜ、フフフ」
竜也はニヤニヤとながめながら、浣腸器のノズルに長いゴム管をつないだ。ゴム管の先端には硬質なプラスチック製のノズルが取りつけられている。そのノズルを、竜也はゆっくりと縫うように玲子の肛門に沈めた。

「あッ……」
ビクッと玲子の裸身が硬直した。だが、それは長くつづかず、フッとゆるんでノズルを深々と呑みこんでいく。
「あ、あ……ああ……」
玲子は右に左にとかぶりをふった。官能の快美に、排泄器官に異物を挿入されるおぞましさ、汚辱感が暗く入り混じった。
「フフフ、これで準備完了だ。すぐにもっとたまらなくしてやるからな」
「ああ、何を……何をする気なの……」
「今にわかるぜ、奥さん」
竜也はズッシリと重い浣腸器を手にして、玲子の頭のほうへまわった。両膝で玲子の顔をはさむようにして膝をつく。
うつろな玲子の瞳に、竜也が手にかかえている浣腸器が映った。玲子はハッとした。
「そ、そんな……それだけは、いや、いやです」
「フフフ、おとなしくしてな、奥さん」
「か、かんにんして……いや、いやあ……」
その悲鳴をふさぐように、竜也はたくましい肉塊を玲子の口のなかへ押し入れ、一気にのどまで突き通した。

「うむ……ううッ」
奥までふさがれてむせかえる玲子は、ガクガクと総身を揉み絞った。
「フフフ、下だけでなく上の口もふさいでやったんだからよ。うまく舌を使って俺をリードするんだぜ、奥さん」
竜也は玲子ののどをえぐりたてつつ、ゆっくりと浣腸器のポンプを押しはじめた。最初のひと押しで、玲子は一気に昇りつめた。電気にも似たしびれが、直腸から背筋を貫き、頭の芯を灼いた。
「あ、ぐ、ぐぐッ……あひッ……」
玲子は突っ張らせた肢体を激しくのけぞらせ、キリキリと収縮させた。身体じゅうの肉が、電流の火花に灼きつくされる。ガクン、ガクンと腰が痙攣する。
「す、すげえ……締めつけてきやがって、食いちぎられそうだ」
厚次は今にも引きこまれ、果てそうになるのを必死にこらえ、責めつづけた。
「フフフ、奥さんは浣腸が身体に合ってるのさ。これだけいい身体をした人妻となりゃ、並みのことじゃ満足するはずがねえ」
口をふりほどこうと舌をからめ、もがく玲子を、竜也もいっそうえぐりこみながらせせら笑った。
「あぐッ……ううむッ……」

玲子は汗まみれの顔を真っ赤にして、うめきを噴きこぼした。
上と下から灼熱の肉塊に突きあげられつつ、まだ薬液の射精は長々とつづいている。官能の絶頂へ昇りつめたまま責めつづけられる。口と女の最奥と、そして肛門と……。
玲子はもう錯乱のなかに翻弄された。
「へへへ、気持ちよくて気も狂いそうだってところだな、奥さん。いい味しやがって」
「人妻の本性が出やがった。フフフ、牝そのものじゃねえか」
厚次と竜也はへらへらとせせら笑った。
玲子はもう、身体じゅうに女を生々しく露わにし、身体じゅうでしがみつき、締めつけ、貪ってくる。男たちは玲子の妖艶さに、舌を巻く思いだった。
「フフフ、どうだ、奥さん。こんなに気持ちいいのは初めてだろうが」
竜也が聞くと、玲子は我れを忘れてガクガクとうなずいた。
「気持ちいいからって、俺たちをリードすることを忘れるなよ、フフフ」
「手抜きしやがったら、承知しねえぞ。ほれほれ、腰のふり方が弱くなってきたぞ」
竜也と厚次はいっそう激しく執拗に玲子を責めたてた。これまでと違って、積極的にふるまいだした玲子がたまらない。
「あむッ……うぐぐッ、ひッ……ひッ……」

玲子は腹の底からこみあげる快美に、ひぃひぃとのどを絞った。
薄い粘膜をへだてて前と後ろで肉塊とノズルがこすれ合い、チュルチュルと流入する薬液が腸襞にしみわたっていく。そして、のどは息もできないまでに肉塊をくわえさせられ、ふさがれている。
「う、うむ……」
うめく間にも、再び官能の絶頂が襲ってくる。たてつづけに昇りつめるのだ。
玲子は腰をはねあげながら、総身をキリキリと収縮させた。火柱が身体の芯を貫き、チュルチュルと流れこんでくる薬液の感覚さえ、めくるめく官能につながった。
うめき声をあられもなく絞りだし、総身をのけぞらせながら、玲子は何度も収縮し、しとどの汗の女体をのたうたせた。
それでも厚次と竜也は、玲子を責めるのをやめようとはしなかった。
「ほれ、俺はまだ出てねえぞ。自分ばかり気をやりやがって、へへへ。しっかりしねえかよ、奥さん」
「俺たちの精を絞りだすようリードしろと言ったんだぞ。それがこのザマはなんだ」
厚次と竜也は、今にも果てそうなのをけんめいにこらえて責めたてながら、玲子を意地悪くからかった。気を抜けば、玲子の妖しさに巻きこまれ、一気に爆ぜそうだ。
「へへへ、どうやら、この格好じゃうまくリードできねえらしいな」

「それじゃ、奥さんがもっと積極的になれる体位にしてやろうじゃねえか」
厚次と竜也は、玲子の身体を二人がかりで抱き起こした。
厚次が深々とつながったまま、玲子の上体をすくいあげ、あぐらの上にのせるようにして後ろへ倒れる。今度は厚次があおむけになり、その上に玲子がまたがる。
「ああッ……うむ、ううむ……」
結合が深くなり、玲子は総身を揉み絞るようにして、上体を弓なりにのけぞらせた。
「へへへ、これなら自由に腰が使えるはずだぞ。ほれ、尻をふらねえか」
「いや……も、もう、かんにんして……」
玲子はハアッ、ハアッとあえぎながら、かすれた声で言った。泣き濡れた瞳がうつろで、頭がグラグラゆれている。
「何言ってやがる。浣腸だってまだ終わっちゃいねえんだぞ。尻をふらねえか」
「ああ……もう、もうゆるして……」
「尻をふれってんだよ」
竜也はさらにキィ、キィーッと浣腸器のポンプを押した。浣腸器には、まだ半分近くもの薬液が残っている。
浣腸器のノズルから玲子の肛門へつながったゴム管が、ブルブルふるえながら薬液を玲子の腸管へと送りこんでいく。

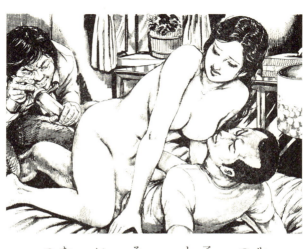

「あ、あうッ……いや、いや……」
 そうあえぎながらも玲子はチュルチュルと流れこんでくる感覚に、かえって昂ってくる。
 いいッと歯をかみしばる。そのまま玲子は自分から、狂おしく腰をゆさぶりだした。
「あうう……どうにかなっちゃう……」
「へへへ、どうにかなるんだよ、奥さん。その調子で腰をゆするんだぜ」
「あっ、ああ……た、たまんない……いいッ……いいッ」
 玲子は白眼を剥き、口もとから涎れをたらしながら、泣き声をあられもなく放った。厚次の上で玲子の双臀が躍る。
「あああッ……あああっ、あうッ……」
 ひときわ玲子は上体をのけぞらせると、

と後ろでキリキリ収縮させる。肉塊とゴム管を埋めこまれた秘肉を、前
黒髪をふり乱して、さらしたのどを絞った。

「いくのか、奥さん」
「あ、あああ……また、またあ……い、いくうッ……」
玲子の顔が、ガクンとのけぞった。
「ほれ、ほうびだ。たっぷりと味わいな」
厚次はもう欲情を抑えなかった。玲子に最後のとどめを刺すように、力まかせにえぐりあげると、ドッと精を放っていた。
同時に、竜也も一気にポンプを押しきって、残りの薬液を一滴残さず、注入した。
「う、ううむッ……ひいいッ……」
玲子の身体が、恐ろしいまでに突っ張り痙攣した。そのままグッタリと、ゼンマイの切れた人形のように崩れた。
「ふうッ……今夜の奥さんはすげえや。とびきりの味してやがるぜ」
ようやく厚次が離れると、今度は竜也が玲子の身体にいどみかかった。グッタリと力の抜けた玲子の裸身をうつ伏せにひっくりかえすと、腰に手をまわして浮かす。両膝を大きく割り開かせて、四つん這いにした。
「フフフ、俺は後ろから犯ってやるぜ」

「……ああ、ま、待って……そ、そんな……」
「いやだってえのか、奥さん」
「い、いやじゃない……でも、でも、少しだけ休ませて……」
そう哀願する間にも、竜也のたくましい肉塊が媚肉に押し入った。ズシッと底まで突きあげられた。
「うむ……むごいわ……」
玲子は白眼を剝いて、汗まみれの顔をのけぞらせた。
「ほれ、尻をふれッ」
竜也はバシバシと玲子の双臀をはたいた。その横では厚次がニヤニヤ笑いながら、空になった浣腸器に薬液をキューッと吸いあげていた。
それから先のことは、もう玲子にはわからない。頭のなかは、真っ白に灼きつくされていた。
「いッ、いいわッ……たまんないッ……玲子をもっと、もっと責めて……めちゃくちゃにしてえ……」
そう泣きわめいていたかと思うと、
「ああ……殺して、もう、殺してッ……ひッ、ひッ……いやあッ」
すでに半狂乱の状態だった。

口もとからは涎れがたれ、肉という肉はドロドロにただれさせられて、凄惨な表情をさらして泣き狂う。そしてやがて、玲子は声も出ずにひいいッ、ひいッとのどを絞るばかりになった。

いったい何度官能の絶頂をきわめさせられたことだろう。何度失神してはゆり起こされたことだろう。

「ほれ、いつまでのびてやがる。眼をさまさねえか」

玲子は頰をはたかれ、ゆり起こされた。玲子は放心した眼を開いた。竜也と厚次のニヤニヤと笑っている顔があった。

身体が温かい。玲子はいつの間にか、浴室へ連れこまれていた。湯舟のなかで左右から竜也と厚次に抱かれている。窓の外はすでにうっすらと明るくなっていた。

湯のぬくもりが肌にゆきわたるにつれて、腰が抜けるまで荒しまくられた粘膜がヒリヒリとうずきはじめた。

それがいやでも玲子を我れにかえらせ、玲子はにわかにうめくような泣き声をこぼしはじめる。

フフフ、へへへ……竜也と厚次は笑うと、玲子の黒髪をつかんで顔をあげさせ、のぞきこんだ。

「たいした悦びようだったじゃねえかよ、奥さん。さすがに年上の人妻だけのことは

ある」
「グイグイ締めつけてきて、離そうとしねえんだからよ。奥さんのようないい味した女は、初めてだぜ、へへへ」
竜也と厚次は、ニヤニヤして語りかけた。
玲子はすすり泣く顔を赤くして、左右へふりたくった。
「……い、言わないで……」
「いくらでも言ってやるぜ、へへへ」
男たちはあざ笑いながら、玲子の反応や感触について、あれこれと話した。そのひとつひとつが、玲子に思いださせるようにするどく突き刺さり、玲子は泣きながら身も世もなげに悶えた。
「どうだ、奥さん。ずいぶん気をやったけどよ、そんなによかったのか、フフフ」
「……よ、よかったわ……」
「それじゃ、亭主よりずっと満足したってんだな、奥さんよう」
「……ま、満足したわ……お、夫より、ずっといいわ……」
玲子はすすり泣きながら言った。
竜也と厚次は、うれしそうにケタケタと笑って、玲子を抱きあげて湯舟から出ると、バスマットの上におろした。

「へへへ、そろそろ仕上げといくか」
「ここまでがんばったんだ、奥さん。最後までひとつ積極的に頼むぜ」
玲子をバスマットの上にひざまずかせ、上体を前へ押し伏して、四つん這いの格好をとらせた。
「ほれ、もっと尻を持ちあげねえか」
玲子の双臀が高くもたげられた。もう玲子は小さくすすり泣くばかりで、なすがままである。
「そのままにしてるんだぜ、奥さん。仕上げにズンといいことをしてやるからな」
玲子の眼の前に、グリセリン原液の薬用瓶が並べられていく。容量五百ＣＣのものが五本、最後に長大なガラス製注射器型浣腸器が置かれた。
「ああ……」
玲子は顔をひきつらせ、おびえた眼で恐ろしい責め具を見た。
竜也はニタリと嗜虐の笑いをもらしながら、玲子に見せつけるように薬用瓶のグリセリン原液を、ガラスの浣腸器に吸いあげた。五百ＣＣをすっかり吸ってしまう。
「フフフ、こいつが好きだろう、奥さん」
玲子は四つん這いで、双臀を高くもたげる姿勢をとらされたままだ。ブルッ、ブルッと裸身をふるわせながらも、玲子は動こうとはしない。

竜也と厚次に犯されながら、すでに二回浣腸されている玲子だ。このうえまだ、浣腸しようというのか。

いや……も、もう、もう、いや……浣腸なんて、いやよ……。

胸のうちで悲鳴をあげながら、玲子はただすすり泣くばかりだった。自分から積極的にふるまい、けだもの相手に死ぬほど恥ずかしいきわまりを見せてしまった今、どんな言葉が残されていようか。

「それじゃ、浣腸といくか、奥さん。ほれ、こいつもリードしてもらおうか」

薬液をいっぱいに吸った浣腸器を手に、竜也が玲子の後ろへかがみこんだ。厚次もニヤニヤとかがんだ。

「さっさとリードしろ」

いやいやと玲子は、弱々しくかぶりをふった。腰が今にも崩れそうだ。

「……も、もう、かんにんして……もう、充分でしょう」

厚次がバシッと玲子の双臀をはたいた。

「そんな態度をとるようなら、出ていくのはやめにしたっていいんだぞ。それとも、ガキの首でもかっ切るか、へへへ」

「ああ……」

玲子は泣き顔をふりたくった。唇をかみしめたまま、ガックリと頭を垂れた。

厚次の手が臀丘にかかり、左右に割り開き、玲子の肛門を剝きだした。玲子の肛門はすぼまって、おびえるようにヒクヒクとふるえていた。
「どうした、奥さん」
「ああ……して……玲子に、か、浣腸してください……」
声がふるえ、涙につまった。顔が羞じらいに真っ赤に染まった。
「もっと言え。でかい声で色っぽくな」
「……玲子に……浣腸して……」
玲子は何度も言わされた。くりかえすうちにもう、誇りも何もかも剝ぎ取られたように、どうなってもいいという気にさえなった。
「フフフ、そんなに浣腸が好きなのか、奥さん」
湯で温められた身体に、冷たい嘴管がめりこんでくる感覚に、玲子はひッとうなじをそりかえして、腰をブルブルとふるわせた。
「浣腸をリードしろと言ったはずだぞ」
冷たい声が玲子を襲ってくる。竜也はうながすように、深々と縫った嘴管で玲子の肛門をえぐりこんだ。
「ああ……、入れてください……も、もう、お薬を……」
「よしよし、フフフ」

竜也はゆっくりとポンプを押しはじめる。チュルチュルと冷たい薬液が流れこんできた。すでに二回浣腸されているだけあって、急激に苦痛がふくれあがってきた。腸襞にグリセリン原液がしみて、ゆっくりと灼かれていく。

「ああッ……あむ、ううむ、つらいッ……この浣腸、つらいわッ」

「へへへ、浣腸ってのはつらいからおもしれえんじゃねえかよ」

「は、はやく……はやく、すませて……」

玲子はおぞましさに、双臀をゆすりたてつつ泣き声をあげた。チュルチュルと流入する薬液は、おびただしく男の精を浴びせかけら

れているみたいで、玲子はとてもじっとしていられない。腸がかきむしられるような強烈さだ。

荒々しい便意もキリキリとふくれあがってくる。

「く、苦しい……うむ、うむむ……」

「苦しいと言うわりには、尻の穴はうまそうに呑みこんでいくじゃねえかよ、奥さん」

「ううッ、たまらない……どう、どうすればいいのッ、つらい、つらいわッ」

唇をかみしばって、玲子はうめき、泣き、あられもなく声を放った。身体じゅうの肉が狂いだす。

「どうすればいいかわからねえほど、気持ちいいってことか」

竜也はニタニタとさかんに舌なめずりをしながら、浣腸器のポンプを押しきった。

ググッと玲子の腹部が鳴った。湯に濡れた肌は、あぶら汗がじっとりと噴きだして、襲いかかる便意に総毛立っている。

「ああ……し、したいッ」

玲子は泣き濡れた顔で、男たちをふりかえった。

「……も、もれちゃう……ああ、見て……玲子がどんなふうにするか……み、見てちょうだいッ」

荒れ狂う便意がかけくだる苦痛に、玲子は強要された言葉を口にする恥ずかしさ、みじめさをかえりみる余裕を、すでに失っていた。
「あ、あ……し、してもいいのね……出る、出るわ……」
「すっかり絞りだすんだぜ、奥さん」
「あ、ああッ」
玲子はひときわ高く泣き声をあげたかと思うと、もうどうにもならない便意をシャーッとほとばしらせた。
玲子が双臀をブルッとふるわせて絞りきると、厚次が浣腸器をかまえた。
「さあ、奥さん。もう一丁浣腸器だ」
ガラスの筒には、グリセリン原液がなみなみと充満している。それを玲子の臀丘にポタポタたらして、厚次は笑いながら、ヒクヒクと痙攣している肛門に、ググッと嘴管を突き刺した。
「あ、ああ、そんな……まだ、まだ、しようというのですか……」
「へへへ、グリセリンの瓶はあと四本ある。まだまだだ、奥さん」
「そ、そんな……残酷だわ」
玲子はかぶりをふり、ブルブルと裸身をふるわせた。厚次は深く埋めこんだ浣腸器をねちねちとゆさぶりはじめた。すぐには注入しようとはせず、玲子の肛門をえぐり、

こねくりまわして、その妖美な感触を楽しんでいる。
「あぁッ、そんなにしないで。ひ、ひと思いにすませてくださいッ」
「へへへ、そんなに浣腸が好きなのかよ」
「……好きです……玲子は浣腸が好き……ああ、ですから、はやくすませて……」
ガラスがきしんでポンプが押されだした。キィ、キキィ……ガラスが鳴りながら、強烈なグリセリン原液を、玲子の腸管のなかへ流しこんでいく。
「あうッ、ううむ……きついわ、玲子、まいりそうッ……あ、ああッ、つらくて死にそうだわ……ううむ、く、苦しいッ」
むごくつらい、気も遠くなるような恥ずかしい責めだ。じっとりとにじみでるあぶら汗に、黒髪までも濡れそぼつ。
荒々しい便意ばかりか、吐気までが玲子を襲った。浣腸で責め殺されそうだ。
「うむうむッ……死ぬ、死んじゃうッ」
玲子はうめき、泣き悶えながら白蛇さながらにのたうった。
注入されては排泄することのくりかえしだ。竜也と厚次はかわるがわる浣腸器を玲子に突き立てた。
「あぁッ、むごい……責め殺されるわ……ううむ、きつい、きついッ」
玲子は苦悶に双臀をのたうちくねらせ、死にそうにうめいた。

もう、出るのはグリセリン原液ばかりだ。注入された量が、そのまま排泄される。その苦しさときたら、これまでの浣腸の比ではなかった。

「ああ、こんな残酷なこと、おもしろいのですか」

「たまらねえほど、おもしれえぜ。尻の穴がパックリ開いちまってよう」

竜也と厚次は、ゲラゲラと笑った。浣腸にすっかりとりつかれ、嗜虐の快感に酔いしれている。

「フフフ、最後の一本だぜ。これで終わりだからよ、じっくりと味わうんだぞ、奥さん」

竜也が浣腸器を手にして言った。足もとには空になった薬用瓶が五本、無造作にころがっている。

「ああ……こ、これ以上されたら、死んじゃう……むごすぎるわ」

「へへへ、死ぬかどうか、やってみりゃわかるぜ、奥さん」

「か、かんにんして……」

玲子の哀願をあざ笑うように、竜也はゆっくりと嘴管を沈めた。

3

むごい浣腸責めが終わり、ようやく浴室から連れだされた時は、玲子はハアハアと息も絶えだえにあえぐだけだった。グッタリと腰が定まらず、身体を男たちに抱き支えられている。
「う、うッ……」
玲子はまだ、苦しげにうめいていた。身体のなかの水分を絞り取られたようで、肛門はヒリヒリとうずいていた。内臓も灼けるようで、もうすっかり空なのに便意の名残りが蠢いている気がする。
「お、お水を飲ませて……」
玲子はあえぐように言った。
「あれだけ浣腸してやったのに、今度は別の穴から水を飲みてえのか、フフフ」
「まったく浣腸が好きなんだな、奥さん」
竜也と厚次は、意地悪く玲子をからかってケタケタと笑った。玲子はおびえ、弱々しくかぶりをふった。
台所へ連れこまれると、玲子は流し台にもたれて、貪るように水を飲んだ。クタクタに疲れきって、かわいたのどに冷たい水がしみわたる。

「ああ、お水がおいしいわ……」
玲子は生きかえるようにつぶやいた。
その玲子の身体に、竜也と厚次は左右から手をかけた。
「ひと息ついたところで、もうひと働きしてもらうぜ、奥さん」
「ああ、まだ責めるの……玲子、もうクタクタなんです……」
「へへへ、これが最後だ」
厚次はバシッと玲子の双臀をはたいた。
玲子はおののき、ワナワナと唇をふるわせた。飽くことを知らぬ男たちの欲望に、気も遠くなる思いだった。
「も、もう少し、休ませて……お願い、もう、かんにんして……」
「これが最後だと言ってるだろうが」
「ああ……本、本当に最後なのね……これが終わったら、出ていってくれるのですね」
「くどいぜ、奥さん」
玲子は左右から抱きあげられて、テーブルの上にうつ伏せにのせられた。
「手足をおっぴろげな、縛るからよ」
男たちは縄を手に、ビシビシとしごいた。
玲子は恨めしげに二人をふりかえって、ワナワナと唇をふるわせたが、ガックリと

頭を垂れて手足を左右へ開いていく。
「へへへ、だんだん可愛くなりやがる」
「ほれ、もっと思いっきり脚をおっぴろげねえかよ」
厚次と竜也は、左右から玲子の足首をつかむと、百八十度に近いまでに開かせてテーブルの脚に縛りつけた。両手も左右にテーブルの脚につなぐ。
うつ伏せの大の字だ。テーブルに顔を伏せたまま、玲子は小さくすすり泣きだした。
「……ひ、ひどいことをしないで……お願いです……」
玲子はかすれた声をふるわせた。うつ伏せにされた時から、男たちの狙いがおぞましい排泄器官にあることはわかっている。
なのに逆らうこともできない我が身が、みじめで恨めしかった。
「それにしても、何度見てもたまらねえ尻をしてやがるぜ。これほど飽きのこねえ女もめずらしいや、へへ」
「熟しきってやがるからな。浣腸してやるたびに尻の艶がよくなって、肉づきもムッチリするようじゃねえか、フフフ」
厚次と竜也は、舌なめずりせんばかりに、ニヤニヤと玲子の双臀をながめた。
ムチッと白く、まるで油でも塗ったようにヌラヌラと光り、剝き玉子のような双臀だ。その臀丘の谷底に、めざす玲子の肛門があられもなくのぞいていた。内臓がただ

れるばかりに責め抜かれた肛門は、まだ腫れぼったくふくれて、腸襞までのぞかせてヒクヒクとふるえている。
まるで感覚がなくなってしまったように、妖しくゆるみきっている。
「ああッ」
弾かれたように、玲子は声をあげて顔をのけぞらせた。男たちの指先が、スーと玲子の肛門にのびてきたのだ。
「浣腸でただれるから、たまらねえはずだぜ、奥さん」
「ほれ、ほれ、尻の穴がいいだろ、へへへ」
厚次と竜也はバターをたっぷりまぶした指で、ゆるゆると揉みこんだ。玲子の肛門は指のいたぶりに、フッとゆるんで今にも指先を呑みこみそうになったかと思うと、次にはキュッとすぼまろうとし、またゆるんだ。
「あ、あ……そ、そんな……」
玲子はすすり泣く声をうわずらせた。男たちの言う通り、浣腸にただれた肛門をいじくりまわされるのは、たまらなかった。
「フフフ、こんなにふっくらさせやがって。こりゃ、何か入れてやる必要があるようだな、奥さん」
竜也は玲子の黒髪をつかんで顔をあげさせ、その前にソーセージを並べた。昨夜、

玲子が駅前のスーパーで買わされたものだ。細いものから順に、太いものまで十本ある。

玲子は泣き濡れた瞳をひきつらせた。これから何をされるのかが、はっきりとわかった。

「どれから使うかな、奥さん。いちばん細いのからはじめるか。フフフ、それともこんなに尻の穴がゆるんでるんだから、この三番目のから入れるか」

竜也は一本一本手にしては、意地悪く聞いた。ニタッとうれしそうに笑う。

「そ、そんなものを……ああ、お尻はもう、もう……」

「やっぱりいちばん細いのからはじめて、太くしていくか、フフフ」

「そ、そんなひどいことだけは……」

唇がワナワナとふるえて、言葉がつづかなかった。

そんな玲子を楽しげに見やりながら、竜也はいちばん細いソーセージを玲子の肛門にあてがった。竜也の小指ほどの太さだった。

「入れるぜ、奥さん」

「あ……ああ……」

「フフフ、楽に入っていくじゃねえかよ」

竜也はソーセージを回転させ、先端で嬲るようにして埋めこんだ。玲子の肛門はと

ろけるような柔らかさだった。
「いい調子じゃねえか」
「ああ……どうしてなの。お尻なんかに、そんなこと……どう、どうして……」
「フフフ、奥さんの尻の穴を開くためさ」
竜也がへらへらと笑えば、厚次も次のソーセージを手にして、
「細いのからだんだん太くしていって、奥さんの尻の穴をおっぴろげていくんだぜ、へへへ。いちばん太いのまでいきゃ合格ってわけだ」
「ひ、ひどい……かんにんして……」
玲子はすすり泣きながら、弱々しく頭をふった。いくら観念したつもりでも、ソーセージが肛門の粘膜にこすれる感覚に、双臀をゆすらずにいられない。ツーンと、うずきが、身体の芯を走り

抜けた。
「あ、ああッ、たまらないわ……」
「へへへ、まだまだ、今度はもう少し太くしてやるぜ」
厚次が竜也にとってかわった。グイッと荒々しく押し入れる。
「ああッ……」
玲子は顔をのけぞらせた。腰をよじるようにして、ずりあがろうとする。
「ジタバタするんじゃねえ、奥さん」
「じっとしてりゃ、尻の穴だけをいじられるのも気持ちいいもんだぜ」
埋めこまれたソーセージは、ゆさぶられ、回転されて抽送された。ただ埋めこむだけでなく、玲子にたっぷりと凌辱感を味わわせようというのだ。
「うまそうにくわえこみやがって、フフフ。ほれ、だんだん太くなるぜ」
再び竜也が三本目のソーセージを、ジワジワと玲子の肛門へ押しこみはじめる。
「ああッ……い、いや、もう、いやです」
ビクッ、ビクッと玲子の双臀が硬直するが、すぐにフッと弛緩して、ふるえながらソーセージを呑みこんでいく。
「や、やめて……どう、どうかなっちゃうわ……ああ……」
ソーセージは深々と埋めこまれ、しばらく玲子の肛門をもてあそんで、それがなじ

みだすと、次々と取りかえられた。そのたびに少しずつ太くなっていく。
「へへへ、気持ちいいんだろ、奥さん」
「変に、変になりそうだわ……もう、もう、やめて……」
玲子の息が、ハアッハアッと荒く熱を帯びてきた。さっきまでグッタリと蒼白だった顔は、もう真っ赤だった。
「たいした尻じゃねえか。どんどん呑みこんでいきやがる、へへへ」
「だがよ、これからはちょいときつくなるぜ。せいぜい尻の穴をおっぴろげろよ、奥さん」
七本目のソーセージが取りあげられた。もう太さは、直径が三センチ近くにもおよんでいた。
「そ、そんな……いや、いや……」
ジワッと沈んできた。ただれた粘膜が拡張されて、灼きつくされそうになる。
「ああッ……あ、ううむ……裂けちゃう……」
玲子は歯をかみしばって、泣き顔をのけぞらせた。それも長くはつづかず、口をパクパクさせて、息もできないようにうめいた。
ゆっくりと押し入ってくるソーセージが、いっぱいに拡張された肛門の粘膜にこすれ、内側へめくりこまれるように粘膜を苛む。

「うむ……ゆるして……もう、もう……」

苦悶の表情をさらして、玲子は狂おしく双臀をふりたてた。

もうソーセージは三分の二ほども入っただろうか。玲子の肛門は三センチ近くも拡張されて、ぴっちりとソーセージをくわえこんでいた。

「どんな気持ちだ、奥さん」

聞いても玲子からかえってくるのは、ひいッという悲鳴と苦悶のうめき声だ。

だが、張り裂けんばかりの苦痛にもかかわらず、身体の奥底がざわめきだすのを、玲子は信じられない思いで感じていた。

ズキン、ズキンと苦痛の入り混じったうずきが、妖しく暗くふくれあがっていく。

こんな、こんなことって……。

ドロドロと官能が昂り、とろけだした。

むごくソーセージで責められているというのに、そんな自分の身体の成りゆきを、玲子は呪いたい気持ちだった。

4

玲子が男たちのために、遅い朝食をつくらされたのは昼近かった。

「も、もう、出ていってください……」
玲子はかすれた声で言った。身体じゅうが重くだるい。足もとがフラついた。
それはクタクタになるまで責め抜かれたせいばかりではなかった。玲子の肛門には
まだ長大なソーセージが埋めこまれたままで、それが身体のバランスを崩す。足もと
がおぞましさに定まらない。
「約束です……言う通りにおもちゃになったのですから、もう出ていって……」
「あせらなくても、メシを食えば出ていくぜ、フフフ……」
ガツガツと玲子の手料理を食べながら、竜也と厚次はせせら笑った。
「奥さん、この上に四つん這いになりな。尻のソーセージも食ってやるからよ」
厚次が玲子の手首をつかんだ。グイッと引き寄せる。
「ああ、もう、いやですッ……約束を守って、出ていってッ」
玲子は厚次の腕のなかで、弱々しい抵抗を見せた。
「おとなしくしねえか。メシを食ったら出ていくと言ってるじゃねえか」
「だから、おとなしく尻のソーセージを食わせるんだよ、フフフ」
厚次と竜也は、玲子の双臀をバシバシたたいて、強引にテーブルの上へ追いあげた。
「そんなこと、いや……いやですッ」
「もう俺たちに何もかも見せたくせしやがって、いやもねえもんだ」

厚次は玲子の黒髪をつかんで押さえつけ、四つん這いの姿勢をとらせた。ムッチリと這った双臀を、竜也のほうへ向ける。
竜也はニヤニヤと笑いながら、ペロリと舌なめずりをした。玲子の肛門は、長大なソーセージをぴっちりとくわえこんで、ヒクヒクとふるえていた。眼もくらむほどの生々しい光景だ。
「フフフ、うまそうだぜ」
竜也はやおら、唇をとがらせると、玲子の肛門に吸いついた。
「ひッ……い、いやあッ」
玲子は悲鳴をあげて、顔をのけぞらせた。おぞましい排泄器官に唇で吸いつかれるなど、玲子には信じられない。この男たちなら本気でソーセージを食べるに違いない。
「やめてッ……そんなこと、やめてえ」
「へへへ、竜也が食べてくれると言ってんだぜ。それとも、尻の穴にくわえこんだままのほうがいいのか」
厚次は玲子の黒髪をしごいて、へらへらと笑った。
竜也はもう、夢中で玲子にしゃぶりついていた。ソーセージで拡張された肛門の粘膜をペロペロとなめ、ソーセージをかんで少し引きだしては、ムシャムシャと食べる。
「あ、ああッ……いやあ……」

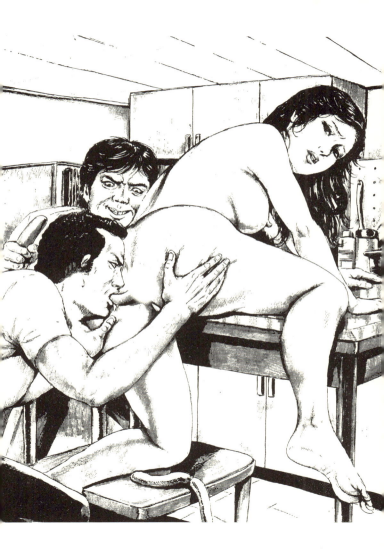

おぞましさに、玲子は身体じゅうが総毛立った。ズルズルとソーセージが引きだされる感覚が、まるで内臓を引きだされて貪り食われるみたいだった。
ハアッ、ハアッと玲子はあえいだ。ブルブルと双臀がふるえ、白い肌に汗が光る。
「どうだ、竜也」
厚次が聞くと、竜也は一度顔をあげて、唾液にまみれた唇でニヤッと笑う。
「いい味だぜ。奥さんの匂いがしみこんで、こたえられねえ、フフフ」
「どれ、俺にも食わせろや」
竜也と厚次が入れかわった。厚次は玲子の肛門に貪りついた。ひッと玲子は背筋をそりかえらせた。
「ゆるしてッ……もう、かんにんして……」
背筋をそりかえらせたまま、玲子は白い歯を剝いて泣いた。いくらこらえようとしても、泣き声が出た。
ペロペロと舌が這い、ソーセージが少しずつ引きだされていく。もう玲子の肛門は、男たちの唾液と分泌液とが入り混じって、ヌラヌラに濡れ光っていた。
「ああッ……」
ヌルッという感じで、ソーセージが抜け落ちた。
それを口に受けて、厚次はムシャムシャと食った。それが美貌の人妻、玲子の肛門

に埋めこまれていたものかと思うと、味はこたえられなかった。
だが、それで終わりではなかった。竜也と厚次は、玲子をテーブルの上に四つん這いにしたまま、ニヤニヤと肛門をのぞきこんだのだ。
「だいぶ、開いたじゃねえかよ、へへへ」
「このぶんなら、うまくいきそうだな。いい尻の穴してるだけあって、たいした女だぜ、奥さんはよう」
厚次と竜也は、なおも執拗に玲子の肛門に指を這わせ、ゆるゆると揉みこんだ。
長時間にわたって責められ、ソーセージを埋めこまれた玲子の肛門は、まだ生々しく口を開いたままであった。赤く腸腔までのぞかせている。
「へへへ、たまらねえながめだぜ」
厚次は笑いながらバッグを引き寄せると、なかから宝石を取りだした。
ダイヤにルビー、サファイヤなど、どれをとっても数千万円はくだらない極上物ばかりだ。
「まずはサファイヤからいくか、フフフ」
厚次からサファイヤを受け取った竜也は、それをたっぷりバターにまみれさせると、玲子の肛門へ押し入れた。指を根元まで埋めこみ、深く腸管に含ませる。
「あ、ああ……うむ……」

「ひッ、ひッ……何を、何をしているのッ……ああッ、や、やめてッ」
玲子はひきつった顔で竜也をふりかえった。
竜也が自分の双臀に顔をつけんばかりにして、指を臀丘の谷間に突き立てているのが見えた。
「フフフ、尻の穴がよく開いているからな。宝石が楽にしまえるぜ。ほれほれ、ルビーも入ったぜ」
「な、何するのッ……ああッ……」
「奥さんには、運び屋になってもらうのさ」
竜也が低い声で、だがはっきりと言ってニヤッとした。
運び屋になる……。玲子には、なんのことかわからなかった。
「へへへ、サツの検問がうるさいんでね。奪った宝石を奥さんに運んでもらうってわけだ」
「奥さんの尻の穴に隠してな、フフフ。ほれ、このダイヤはでかいぜ」
信じられない男たちの言葉だった。玲子は一瞬、総身が凍りついた。唇がワナワナとふるえて、しばし声も出ない。ねっとりと宝石が腸管へ埋めこまれてくるおぞましさも忘れた。

「いや……そんなひどいことは、しないでッ。いや、いやです」
本能的にずりあがろうとするのを押さえこまれ、さらに宝石を押しこまれた。指が玲子の肛門をこねくりまわすように、深く宝石を押しこんだ。
玲子は内臓を絞るようなうめき声をあげ、激しく胴ぶるいをした。腸管に宝石がひしめき合っているのがわかる。
「おとなしくしてろよ。あと少しだからな」
男たちが奪ってきた宝石は、ひとつ残さず玲子のなかへ含まされた。竜也が指を引き抜くと、玲子の肛門はヒクヒクとふるえながらすぼまった。
「これで完璧だ。サツもまさか奥さんの尻の穴のなかに宝石が入っているとは、夢にも思わないだろうぜ」
「へへへ、どうだ、奥さん。数千万円もする宝石をびっしり呑みこんだ気分は」
竜也と厚次は、へらへらと笑って玲子の双臀をたたくと、テーブルの上からおろした。
「ああ……」
玲子は裸身をあえがせながら、上体を前へかがめた。腸管の異物感に、思わずかがみこみたくなる。ハアッ、ハアッと息を吐くと、玲子は顔をあげて男たちを見た。
「こ、こんなのいやです……取って、取ってください……」

「フフフ、そのまま入れておくんだ。バイヤーのところへ行くまでよ」
「ああ、いや……」
玲子は弱々しく顔を左右にふった。男たちは玲子を宝石の運び屋に仕立て、バイヤーのところまで連れていく気なのだ。数千万円もの宝石を埋めこんだ玲子を残していくはずはない。
「や、約束が違うわ……宝石を取って、はやく出ていってください」
玲子は泣きながら哀願した。
「で、出ていってくれると言うから、玲子は……あ、あんな辱しめを耐えたのよ……お願い、約束を守って」
「出ていってやるぜ、フフフ、ただし奥さんもいっしょに連れていく」
「そんな……卑劣だわ。だ、だましたのね」
ひきつった玲子の美貌が、怒りと憎悪、そしておびえと絶望を表わしてふるえた。
竜也と厚次はへらへらと笑いながら、玲子の腰に手をまわして抱きすくめた。
「だましちゃいねえぜ。出ていくとは言ったが、奥さんを残していくとは言っちゃいねえからな」
「俺たちが奥さんのこのムチムチの身体を、手離すとでも思ってんのかよ、へへへ。ましてや尻の穴には、宝石がつまってるんだ」

ピタピタと玲子の双臀をたたく。はじめから玲子を自由にする気など、なかったのだ。

「ああ、いやッ……これ以上、あなたたちの嬲りものにされるのは、もう、もう、いやッ」

「いやでも俺たちといっしょに行くんだ。奥さんが逆らえねえよう、ガキも人質に連れていくぜ、フフフ」

「ひどい……あんまりだわ……あなたたちは、悪魔だわ……」

玲子は身を揉むようにして、わあッと泣き崩れた。ドス黒い絶望が玲子を暗くおおった。竜也と厚次は、ニヤニヤと笑いながら玲子を引きずり起こした。

「フフフ、あきらめるんだな」

「楽しい旅にしようじゃねえか、奥さん」

男たちはうれしそうに笑った。

玲子はうなだれたまま、肩をふるわせていた。もう涙も枯れて出ない。

命じられるままに鏡台へ向かうと、玲子は乱れた髪をセットし、化粧した。

真っ赤なルージュを引く手がふるえている。

「ああ、死にたい……」

玲子は哀しげにつぶやいた。娘の美加を人質にとられ、死ぬこともできない。腸管

に宝石をつめこまれたままでこれから先のことを思うと、玲子は眼の前が暗くなった。
「こ、こんな身体にされて……玲子は死にたい気持ちだわ……」
「まだ甘いぜ。本当に死にたくなるのは、これからだ、フフフ」
竜也がへらへら笑えば、
「死んだって、俺たちからは逃げられやしねえよ、へへへ。奥さんが死んだら剝製にして、飾ってやるぜ」
厚次も意地悪く玲子をからかうのだった。
玲子は綺麗に化粧すると、白色のサマーワンピースを身につけるよう言われた。スカートの部分は超ミニだ。
それを下着をつけることをゆるされない素肌に、直接まとわされた。
「こんな……こんな格好で、外へ連れていくのですか……」
「ガタガタ言うな。素っ裸でないだけでもありがてえと思いな、フフフ」
ミニスカートが大胆なことを除けば、玲子は上品な美貌の人妻らしさにあふれていた。どんな男でも、思わず見とれずにはいられない。
「たいした美人ぶりだぜ、奥さん。ゾクゾクしやがる」
「ノーパンのミニスカートってのがいい。ムッチリした素肌の太腿がこたえられねえや」

竜也と厚次は、まぶしいものでも見るように眼を細めた。全裸とはまた違った美しさがある。
二人は夫の洋服ダンスからポロシャツやズボンを引きだして、それを好き勝手にまとっていた。
「それじゃ出かけるか、奥さん。約束通り出ていくってわけだぜ」
竜也は玲子の背中を押した。
かかとが十センチ近くある白のハイヒールをはかされると、玄関から庭のほうにあるガレージに向かう。車を使う気らしかった。
後ろからは、厚次が子供の美加を抱いて追ってきた。
「ああ、美加……美加ちゃんッ」
思わず我が子のところへかけ寄ろうとするのを、竜也に腰を抱かれて引きとめられた。美加は厚次の腕のなかで、グッタリと意識がなかった。
「ああッ、子供に何をしたんですかッ」
「へへへ、サツの検問を突破するまで、眠らせたほうがいいんでな。ちょいと麻酔をかがせたのよ」
「そんな……美加、美加ちゃんッ」
玲子は我が子へかけ寄ろうと、竜也の腕のなかでもがいた。

「おとなしくしろッ」
竜也はバシッと玲子の頬に平手打ちをくわせた。
「ガキは人質なんだからよ。勝手なまねは許さねえぞ」
「ああ……」
玲子の身体から、ガックリと力が抜け落ちた。玲子は庭のガレージに追いたてられると車に乗せられた。玲子が運転するのだ。後ろの座席には厚次と子供の美加が、助手席には竜也が乗った。
玲子は命じられるままに車を出した。静かな住宅街の並木路を進む。駅とは反対の郊外へ向かった。
暑い陽差しが木々の間にキラキラと光り、道行く子供たちがはしゃいでいる。顔見知りの子供がいる。そんな光景が、絶望の暗雲に打ちひしがれている玲子にはまぶしかった。
十五分も走らないうちに、前方に警察官の制服が見えてきた。車を停めて検問している。玲子は狼狽して、ブルブルとふるえだした。
「ああ、どうすればいいの……」
「あせるな、奥さん」
竜也が低い声で言った。玲子よりもずっと落ちついている。まだ面が警察に割れて

いないだけに、余裕すら見せていた。
「おとなしくしてろよ、奥さん。ガキが可愛けりゃな」
「ヘタなまねすりゃ、ガキの命はねえものと思いな」
竜也と厚次はベルトの拳銃をちらつかせた。厚次の拳銃は、ぴったりとその銃口を子供の美加に向けていた。
車を停めると、警察官が近づいてきた。
「車のなかを調べさせてもらいます」
車からおろされて、トランクを開けさせられた。調べられている間、玲子は生きた心地もなかった。
た、たすけてくださいッ……。
そう叫びたくとも、玲子にはできない。
子供連れのせいだろうか、警察官は疑うふうもなく、形通りの調べをすませると、もう行ってもいいと言った。
車が走りだすと、
「へへへ、俺たちがヘマすると思ってんのかよ。サツの検問なんてちょろいもんだぜ」
「まさか宝石が奥さんの尻の穴にあるとは、サツも夢にも思わなかったようだな、ド

ジな野郎だ」
厚次と竜也は、ゲラゲラと笑った。
玲子はまだふるえていた。ハンドルを握る手が、じっとりと汗ばんだ。
車はハイウェイや国道を避けて走った。三十分近くも走っただろうか。玲子は道路わきのドライブインの駐車場に車を入れるよう言われた。
「サツの検問が終わったところで、今度は俺が奥さんを検問してやるぜ、フフフ」
竜也は玲子を車からおろすと、両手を車の上へつかせて、双臀を後ろへ突きださせた。
「ああ、何をしようというのですか」
「検問だと言ったろうが。もっとも奥さんの場合は、車よりずっと色っぽい乗り物だけどよ、フフフ」
「そんな……こんなところでなんて、いや、いやです」
玲子は戦慄に身体をふるわせて、すがるように竜也を見た。
「か、かんにんして……」
竜也はそれを無視し、玲子の後ろへかがみこんだ。ミニスカートをまくりあげて、裸の双臀を剝きだした。
「やめてッ……人に、人に見られますッ」

「心配いらねえ。俺が見張っててやる、へへへ。それより、竜也にしっかり検問してもらわねえかよ。奥さん」
厚次はあたりの様子をうかがいながら、子供の前でナイフをちらつかせた。さいわいあたりに人影はない。
玲子の美貌が、今にもベソをかきそうにゆがんだ。白昼の駐車場で、ミニスカートをまくられて裸の双臀をさらしているのかと思うと、玲子は生きた心地がない。
「フフフ、必死にすぼめてやがる」
竜也は玲子の臀丘を割り開くと、ニヤニヤと肛内をのぞきこんだ。
「ああ、やめて……お、お尻なんて……もう、もう、いやッ」
「じっとしてろよ、奥さん」
「ど、どこまで辱しめれば、気が、気がすむというの……」
竜也の指が、玲子の肛門に触れてきた。唾液をたっぷりまぶした指先で、ゆるゆると揉みこみながら、貫いてくるのだ。
「かんにんして……あ、ああ……」
「フフフ、騒ぐと人に気づかれるぜ、奥さん」
「いや……う、うむッ……」
強引にねじりこまれた。まるで指の針で縫われるようだ。

玲子はハアッ、ハアッとあえぎ、苦しげに双臀をよじりたてた。頭の芯が、カアッと灼けた。玲子の肛門は、竜也の指を呑みこまされて、ヒクヒクとふるえた。指がまわされ、腸管のなかをまさぐってくる。指先を曲げて繊細な腸襞をかくのだ。
「よしよし、ちゃんと宝石を呑みこんでいるな、奥さん」
竜也は指先を動かしながら、ニンマリと顔を崩した。指先に腸管の宝石が、はっきりと感じ取れる。
「うむ、ううッ……」
玲子は唇をキリキリかんでうめいた。
こんなところでおぞましい排泄器官にいたずらされる恐ろしさに、気も遠くなる思いだった。駐車場に人影はないとはいえ、車ひとつへだてた道路には、ひんぱんに車が行きかっているのだ。
「ああ……や、やめて……こんなところで……」
「フフフ、こんなところで尻の穴をふっくらさせてるくせしやがって、やめてもねえもんだ」
玲子の肛門はもう、水分を含んだ真綿のような柔らかさを見せていた。時折り、ヒクヒクと食いちぎらんばかりに、指の付け根を食いしめてくる。
「もっと尻の穴を締めねえか。なかの宝石を落としたら、どうする気だ」

「だって、だって……ああ、かんにんして」
「こいつはどうやら、落とさねえように栓をしておく必要があるようだな、奥さん」
　竜也はポケットから、ウズラの玉子ほどのダルマ人形を取りだした。それは長く金の鎖でつながれていた。
「おとなしくしてろよ、フフフ」
　指を引き抜くと、竜也はそのダルマ人形を玲子の肛門に押し入れた。
「ああッ」
「ほれ、尻の穴を締めて、しっかりくわえこまねえか、奥さん。栓をしてやってるんだからよう」

竜也はグイグイと押した。
玲子は泣き声をあげながら、肛門を開口されてダルマ人形を深々と呑みこむのだった。

5

ウズラの玉子大のダルマ人形は、玲子の腸内で強力な栓と化した。それにつながれた金の鎖は、玲子のぴっちりと閉じた肛門からのびて、先端は竜也の手に握られていた。
「フフフ、これで宝石を落とす心配もなくなった。それにこうして牝犬のように鎖でつないどきゃ、逃げる心配もねえしな」
「いい格好だ。ますます牝らしくなってきやがった、へへへ」
竜也と厚次は、玲子を見て笑った。そのまま玲子を駐車場からドライブインのほうへ追いたてる。
「ああ、待って……こんな、こんな格好でなんて……かんにんしてッ」
玲子は激しく狼狽して、すすり泣くような声をあげた。
まくりあげられていたミニスカートはおろされたものの、肛門からのびた鎖はキラ

キラと光りながら、ミニスカートの裾から竜也の手へとのびている。そんな格好のま
ま、大勢の人がいるドライブインのレストランへ連れこまれるのかと思うと、玲子は
生きた心地がない。
「こんな格好でなんて、いや……っ、連れていかないで……」
「へへへ、そんな格好だからこそ、おもしれえんじゃねえか。みんなその鎖をなんと
思うかな、奥さん」
厚次は玲子の双臀をはたき、背中を押した。子供の美加を抱いた手には、他人に見
られないようナイフが光っていた。
「ゆ、ゆるして……あんまりです」
おびえおののいて、身体をふりたてるようにしてもがく玲子は、レストランのなか
へ追いこまれると、にわかにおとなしくなった。
あちこちのテーブルについている男たちの眼が、玲子の美しさに吸い寄せられたよ
うに集中した。
ああ……。
玲子は生きた心地もなかった。
ミニスカートの素肌の太腿や腰のあたりを見られているのがわかる。そして、ミニ
スカートの裾から竜也の手にのびている鎖を、好奇の眼で見られているのも、痛いま

でにわかった。
ああ、恥ずかしくて死にたいくらいだわ……み、見ないで……。
そう胸のうちで叫びながらも、玲子は必死に平静をよそおった。だが、まわりじゅうからノーパンのミニスカートのなかをのぞかれている錯覚に陥る。竜也と厚次は、わざとレストランのまんなかを通って、いちばん奥のテーブルについた。
「ああ、恥ずかしい……もう、もう、ゆるしてください」
「フフフ、牝のくせに生意気言うな。見られるのがいいはずだぞ」
「せめて、お尻の……鎖だけでも、はずしてください、お願い」
無駄とは知りつつも、玲子は泣きださんばかりに哀願した。ミニスカートの裾を必死に押さえている。
椅子に座ると、いやでもミニスカートがずりあがり、裸の下半身が丸出しになりそうだった。竜也と厚次はビールとステーキを注文した。性欲だけではなく、食欲もすごい男たちだ。玲子にはオレンジジュースを注文する。
「ビールがうめえぜ。それに較べて、ステーキのほうは味がいまいちだな」
「へへへ、こいつは何かうまいタレでもつけなきゃ、とても食えねえ」
「そのようだな、フフフ」
竜也と厚次は、顔を見合わせて意味ありげに笑った。玲子はジュースに手をつけず、

うなだれたままだった。周囲の視線が気になって、とても顔をあげられない。
「奥さん、脚を開きな」
ハッと顔をあげた玲子は、ベソをかかんばかりにかぶりをふった。
竜也が低くドスのきいた声で言う。
「こんなところで辱しめないで……」
「アンヨをおっぴろげろと言ったんだぞ。聞こえなかったのか」
厚次は人目につかないよう、グッタリと寝ている子供にナイフを突きつけた。ああ……と玲子は身体をふるわせた。子供を人質にとられている限り、従うしか道はないのだ。
「ああ……み、みじめだわ……」
おずおずと玲子は、ぴったりと閉じ合わせていた両膝を左右へ開いた。内腿がピクピクと痙攣した。
「そのまま開いてろよ。少しでも閉じたら、可愛いガキがどうなるか。わかるな、奥さん」
竜也は手を玲子の内腿へすべらせた。媚肉の合わせ目をさぐり当てる。
指先を分け入らせると、熱くじっとりと濡れていた。
「フフフ、感じてやがる。尻の穴にびっしりつめられているのが、いいようだな」

「う、嘘です……あ、ああ……」
玲子は唇をかみしばった。いくらこらえようとしても、腰がふるえて媚肉がおののきよじれるように蠢き、ジクジクと甘蜜がにじみでた。
竜也の言う通り、肛門に宝石をつめこまれて鎖でつながれているという異常な状態である。玲子の感覚をも異常にするらしい。
「こいつは上等なタレをあふれさせてやがるぜ。料理をつくるのがうまいだけあって、タレも上等だ」
指先に玲子の甘蜜がねっとりと糸を引くのをニヤニヤとながめると、竜也はステーキの切れ端をつまんで媚肉の合わせ目に押しつけた。
「ああッ、い、いやあ……」
玲子は唇をキリキリとかんで、悲鳴をかみ殺した。ステーキの切り身が、身体のなかへもぐりこんでくる。
「ほれほれ、脚がいやがってるぞ、奥さん」
「う……ううッ……」
「そうだ。そうやって大きくおっぴろげてりゃいいんだぜ」
竜也はステーキの切り身で女の最奥をこねくりまわすようにして、たっぷりと甘蜜にひたらせた。それを口へ運ぶと、ペロッと食べてしまう。

「フフフ、こいつはいけるぜ。いい味になりやがった」
「そんなにうまいか、竜也」
「最高だぜ。奥さんの匂いがしみこんで、こたえられねえ」
今度は厚次がステーキの切り身を、玲子の股間へと運んだ。
おぞましいいたぶりではあっても、女の官能を刺激されることには違いなかった。
玲子は美貌を赤く火照らせ、ハアッ、ハアッとあえぎだした。
「……恥ずかしい……も、もう、ゆるして……ああ、人に見られます……」
玲子はいたぶりそのものよりも、人前でそんなことをされる恐ろしさに、生きた心地もない。
「まだステーキはなくなっちゃいねえ。へへへ、そのまま股をおっぴろげてろよ」
厚次はビールを追加注文した。若いウエイターがビールを運んできた。
ああッ……。
あられもなく太腿を開いているのだ。テーブルクロスで隠れているとはいえ、玲子は狼狽した。
若いウエイターは、玲子の美しさに魅せられたように、チラッチラッと玲子の顔や胸のふくらみをぬすみ見る。
それをニヤニヤと笑いながら、竜也はわざとビール瓶を床へ落とした。

「おっと、いけねえ。ビールをこぼしちまったぜ」
竜也はわざとらしく言った。
若いウエイターがかがみこんで、ビール瓶を拾い、床をふきはじめた。次の瞬間、ギクッと体が硬直した。驚きに大きく眼が見開かれた。
眼の前にムッチリと官能美あふれる玲子の太腿が、素肌で剝きでている。それは左右へ大きく開かれて、ノーパンであることがはっきりわかった。
若いウエイターはおどおどと落ちつきを失った。だが、その眼は吸いついたように、玲子の内腿から離れない。
ああッ……そんな……いや、いやよッ……。
玲子は真っ赤に灼けた。若いウエイターがどこをのぞきこんでいるか、痛いまでにわかった。あわてて太腿を閉じ合わせようとすると、
「おっぴろげてるんだ。ガキの命を守りたきゃな、奥さん」
ナイフをちらつかせながら、厚次がするどくささやきかけてくる。竜也のほうは、若いウエイターにニヤニヤと笑いかけながら、
「じっくり見ていいんだぜ。ビールをこぼした詫びだ、フフフ」
と、あおりたてた。
もう若いウエイターは声もなく、食い入るように見とれた。肉感的な太腿が大きく

開いてふるえ、その奥に妖しく女の茂みをのぞかせている。媚肉の合わせ目までが、のぞいていた。
「ああ……」
玲子は唇をキリキリとかみしめたまま、声を殺してむせび泣きはじめた。
「この女は露出狂の淫乱でよ。おめえに見られて、うれし泣きしてるぜ」
「もっと恥ずかしいことをしてほしいと、せがまれて困ってるんだけどよ、このへんに女を責める道具を売っている大人のおもちゃ屋を知らねえか」
厚次と竜也は、シャアシャアと言ってのけた。
この先二百メートルも行った右側に、大きなポルノショップがあると、ウエイターは言った。眼を血走らせ、声はうわの空だった。竜也と厚次はニンマリと顔を崩すと、残りのビールを一気に飲みほした。
「ポルノショップがあるとは、奥さんもついてるぜ。へへへ、いろいろと責め道具を仕入れるからな」
「それじゃ、奥さんの好きな責め道具を仕入れにいくとするか」
厚次と竜也は、玲子の肛門からのびた鎖を手にして、おもむろに立ちあがった。

第四章　露出地獄　熱い視線に犯されて

1

ポルノショップはすぐわかった。聞いたこともない小さな温泉街の入口に、品の悪い安看板が立てられている。
「かんにんしてください……」
玲子はおびえ顔で、竜也をふりかえった。その美貌は、今にもベソをかかんばかりだ。
「何を言ってやがる。奥さんの好きな責め具を仕入れてやろうというんじゃねえか」
竜也はへらへらと笑った。笑ってはいるが、竜也の眼は嗜虐の色にギラついている。
「そ、そんなもの……欲しくありません。お願い、もう、かんにんして……」
「ガタガタうるせえぞ、奥さん」

「ああ……」
竜也にすごまれて、玲子は黙った。子供の美加を人質にとられている。それを思うと、玲子はあらがうことができない。
背中を押され、ポルノショップのなかへ追いたてられる。なかは思ったより広く、浴衣姿の客が十人ほどいた。
一瞬、玲子の美しさに圧倒されたように男たちの動きが静止し、いっせいに視線が玲子に集中した。
ああ……。
玲子は生きた心地もなかった。ジロジロと見つめてくる男たちと、ショーウインドウの棚に並んだいやらしい器具の数々……。そして何よりも、玲子は白のワンピースの下には下着をつけていない。
「すごい美人だ……あんな美人がこんなところへ……驚いたぜ」
「美人ほど、ナニが好きっていうことか。それにしても、いい女だ……」
男たちは、驚きと好奇の眼で玲子を見ながら、ボソボソささやき合う。
ポルノショップなどに似合わない、あまりにも上品な美人だ。シックな白地のワンピースに、白いハイヒールをはいた脚線の美しさ、それはいっしょにいる竜也がヤクザ者らしいだけに、かえって美しさがきわだち、好奇の眼を誘った。

「なんであんなチンピラが、あんなベッピンを連れてるんだ」
「ヒモじゃないのか」
「あれを見ろよ、スカートから鎖が出てるじゃないか」
男たちはすぐに、玲子のスカートの裾から竜也の手へとのびる細い鎖に気づいた。それがいっそう男たちの眼を引く。
「ありゃ、リングってのがつけられてるんじゃないのか」
「いや、俺は鎖の股縄だと思う」
「ということは、スカートのなかはノーパンってことか、へへへ」
そんなささやきと好奇の眼に、玲子は顔をうなだれさせたまま、あげることができなかった。白いハイヒールがガクガクふるえ、竜也に支えられていなければ、今にもフラッと倒れそうだ。
「しっかりしねえか、奥さん」
竜也はわざと周囲に聞こえるように言って、見せつけるようにバシッと玲子の双臀を張った。
ああ、やめて、こんなところで……。
そう言いたくとも、声が出ない。美しい顔が真っ赤に染まった。竜也は玲子の腕を取って、ショーウインドウの前へ進みでた。

「フフフ、おもしろそうなのが、いろいろあるじゃねえか、奥さん」
竜也はニヤニヤとショーウインドウをのぞきこんだ。
大小のグロテスクな張型や浣腸器がズラリと並べられている。そこには女をいたぶるありとあらゆる恐ろしい責め具がそろっていた。
ああ……。
玲子は息を呑み、思わず眼をそらした。
「気に入ったのがあるのか、しっかりと見ねえかよ」
また双臀をぶたれて、玲子は恐ろしげに瞳をおぞましい責め具に向けた。
店の主人が寄ってきた。すっかりハゲあがった中年男の腕にイレズミがのぞいていた。
「へへへ、いらっしゃい、ベッピンさん」
主人は、まぶしいものでも見るように眼を細めた。ジロリと玲子を上から下までながめる。
「ベッピンさんは、どんな責め具がお気に入りのようで、へへへ、なんでもそろってますぜ」
「フフフ、この玲子は尻責めが好きでね。それも、ちょっとやそっとの責めじゃ満足しやしねえ」

竜也がわざと大きな声で答えた。
玲子は屈辱と羞恥の炎に包まれた。死にたかった。唇をかみしめても、眼に涙がにじんだ。
「こんな上品なベッピンさんが、尻責めですかい、へへへ」
店の主人は、玲子のスカートの裾からのびた鎖をチラッと見ながら、ガラスケースから責め具を取りだしていく。
最初に取りだしたのは、巨大な浣腸器だった。注射型のもので、千五百ＣＣもの容量を吸引できる。
「注射型の浣腸器では最大のものでしてねえ、へへへ、こいつを肛門にぶちこまれりゃ、女はたまりませんぜ」
店の主人は、ポンプを動かして、ガラスをキィキィきしませた。
「ああ……」
玲子は涙のにじむ顔を弱々しくふった。そして、いやでならないといった嫌悪の仕草を見せた。
玲子は浣腸器を見せられただけで、恐ろしさとおぞましさ、恥ずかしさに身体じゅうが総毛立つ。それも千五百ＣＣもの巨大な浣腸器が……。玲子はその大きさにおびえた。

「へへへ……」
店の主人は思わせぶりに笑った。玲子の物腰の優雅さから、無理やり竜也の女にされていることぐらい、おおよそ察しがつく。
「まるで浣腸器のバケモノだな、フフフ。これなら玲子もひいひいとよがるだろうぜ」
竜也はとても気に入ったらしい。手に取ってうれしそうにながめ、意地悪く玲子に見せつける。
「あ、いや……」
玲子はあわてて顔をそむけた。蒼ざめた美貌が、今にもベソをかきそうにひきつった。
店の主人や客に好奇の眼で見られていては、悲鳴をあげることもできない。また、外へ逃げだしたくとも、肛門からのびた細い鎖で、犬のようにつながれていては、それもかなわなかった。
「すごいな。あんなでかい浣腸器を使う気だぜ」
「あんな綺麗な顔してて、浣腸好きとはたいした玉だな」
そんなささやきが周囲の男たちから聞こえてくる。それを知ってか、竜也はわざと大きな声を出して、

「どうだ、玲子。このバカでかい浣腸器、気に入ったろうが、フフフ。たっぷり入るぜ」
「………」
玲子はまた、弱々しくかぶりをふった。それを使われて責められるのかと思うと、気が遠くなる。
「そ、そんな……そんなこと」
「うれしいと言わねえのか」
玲子は消え入るような口調で言った。
「好きなくせに。気どりやがって。うれしそうにしねえか」
竜也は声を荒らげた。それを見て、店の主人は鞭と革製拘束具を取りだした。
「へへへ、言うことを聞かねえ女には、こいつを使うに限りますぜ。尻が真っ赤に腫れあがるまで鞭打ちゃ、たいていおとなしくなる」
「フフフ、そういうことだな」
鞭を受け取った竜也は、ピュッと宙でふってみせた。乗馬用の鞭でよくしなる。
「や、やめてください、そんなこと……」
「どうすればやめるか、わかってるはずだぜ、奥さん」
竜也は鞭の先で、ピタピタと玲子の双臀をたたいた。言うことを聞かなければ容赦

なく打つ……竜也はそう言っている。
玲子はすがるように竜也を見たが、どうにもならず、哀しげに唇をかみしめた。
「……き、気に入ったわ……」
「何が気に入ったか、はっきり言わねえか」
「……そんな大きな……か、浣腸器なんて……玲子、う、うれしいわ……」
玲子は消え入るように、今にも泣きだしそうな声で言った。
竜也がわざと周囲の男たちに聞かせようとしているだけに、男たちが聞き耳を立てていると思うと、声がふるえてつまった。あふれでる涙を、そっとぬぐった。
「フフフ、そんなに気に入ったのか。その調子じゃ、もっといろいろ責め具が欲しいんだろ、玲子」
「……ほ、欲しいわ」
「よしよし」
竜也はだらしなく顔を崩した。店の主人が、ガラスケースからさらに責め具を取りだす。
「ベッピンさんは、尻責めが好きなんだったよね。それもきついのが、へへへ……肛門用責め具となりゃ、こいつなんかどうだい」
店の主人は、不気味な金属の器具を取りあげて見せた。医療器具らしい。ハンドル

を握ると、鶴のくちばしのような部分が、パクパクと開く。
「こいつの使い道がわかるかい、ベッピンさん」
うわ目使いに玲子を見ると、店の主人は親指と人差し指でつくった輪に、金属のくちばしの部分を入れた。ハンドルを握り、くちばしを開いて、指の輪を押しひろげた。
「こんなふうにベッピンさんの尻の穴を開くもんでね、へへへ。浣腸されたあとにこの肛門拡張器を使われると、たまらないぜ」
「そ、そんな……」
玲子は息を呑んだ。唇がワナワナとふるえて、言葉がつづかない。そんなおぞましい責め具があるなど、思ってもみなかった。玲子は声もなく、ただかぶりをふるばかりだった。
「うれしくて声も出ねえか、フフフ。尻の穴を開かれると思って、もう気分を出してるんじゃねえのか、玲子」
竜也は玲子の双臀を撫でまわしながら、あざ笑った。
いや、いやッ……そんなものはいやです！……
胸のうちで叫びながらも、玲子ははっきりと拒めない自分が哀しかった。
玲子の狼狽をあざ笑うように、次々といやらしくおぞましい責め具が並べられた。
各種の浣腸器、革製拘束具、肛門拡張器、大小のエボナイト棒、そして長大な電動張

型やさまざまなバイブなど、玲子を羞恥と屈辱の底なし沼へ堕とすであろう責め具ばかりだ。
「へへへ、これだけそろえりゃ、たっぷり楽しめるぜ、ベッピンさん」
店の主人はいやらしく両手をこすり合わせて、ニヤリと笑った。
遠巻きに玲子を見つめる男たちも、それらの責め具が玲子に使われる時のことを想像して、ニヤニヤと笑っている。
「ベッピンさん、ほかにも何か欲しいものがあるかい」
もうたくさんだと言わんばかりに、玲子は首をふった。
おぞましい責め具と店の主人を前に、後ろからは男たちの好奇の視線とささやきが……。いっときもはやく、こんなところから逃げだしたかった。
わあッと泣きだしたいのを、唇をかんで必死にこらえた。店の主人は並べた責め具を袋につめながら、
「若いのにやるねえ。こんなベッピンを自由に責められるとは、にいさんがうらやましいぜ、へへへ」
お世辞でない感情がこもっていた。
竜也は自慢げにニヤッと笑い、見せつけるように玲子の双臀を撫でまわした。
「ムチッとした尻しててよう、フフフ、いい声で泣くぜ」

それはわかっているといった顔を、店の主人はした。もう、すっかり玲子に魅せられて、玲子を見る眼の色が変わっている。それは周囲の男たちも同じだった。

「フフフ……」

竜也は双臀を撫でまわしていた手を、スカートのなかへもぐりこませた。

ムチムチと官能美あふれる太腿が剝きだしになり、パンティをつけない裸の双臀がのぞいた。白くムチッと張りきって、見事なまでの肉づきだ。臀丘の谷間から、細い鎖が垂れさがっている。

「ああ……い、いや……」

玲子は狼狽した。

「や、やめて……こんなところで、やめて……」

「じっとしてろ。あばれやがると、これくらいじゃすまなくなるぜ」

竜也は低く、ドスのきいた声で言った。単なるおどしでない、するどい響きがあった。

「ああ……」

玲子は唇をかみしめてうなだれた。スカートからのぞく裸の双臀や太腿に、男たちの視線が集中してくるのが痛いまでにわかった。

「やっぱりノーパンじゃねえか……それにしても、なんていい尻してるんだ」

「あの鎖、どうやら尻の穴につながってるようだぞ。た、たまらないねえ」
そんな男たちのささやきも、容赦なく耳に飛びこんできた。
「……や、やめて……人が、人が見てるわ……こんなところで、かんにんして……」
「いいじゃねえか。減るもんじゃあるまいしよ、フフフ」
「そ、そんな……」
恥ずかしさ、みじめさに玲子は、死にたい気持ちだった。竜也はまるで男たちを挑発するかのように、わざと見せつけている。
「いい女だ。男なら一度はこんなベッピンを犯ってみてえもんだぜ」
店の主人がうなるように言った。食い入るように玲子の双臀を見つめる。
「これだけの尻をしてるんだ。味のほうも最高だぜ、フフフ、浣腸のしがいもあるぜ」
竜也はスカートをまくりあげ、裸の双臀をすっかり剝きだしにした。
「おおッ」と店の主人は声をあげ、その眼が玲子の双臀に吸いついた。今にも涎れをたらさんばかりだ。
「ああ、やめて……こんなところで……どうして、こんなひどいことをするの」
玲子は耐えきれず、腰をよじりたてて裸の双臀を隠そうとした。
「眼の保養ぐらいさせてやれ、フフフ」

「い、いや……ほかの、ほかの人の前でなんて、いやです」
「あばれるんじゃねえよ、玲子」
竜也は玲子の身体を抱き寄せると、いっそう裸の双臀を店の主人のほうへ突きださせた。明らかに男たちを挑発している。
男たちはゴクッと生唾を呑み、しばし声もなく見とれた。玲子の肛門までが妖しくのぞき、鎖がもぐりこんでいるのが、はっきりとわかった。
必死にすぼめて、ぴっちりと鎖を呑みこんでいる。
フフフ、この尻の穴のなかに数千万もする宝石がびっしりつまっていることは、誰も想像もしねえことだろうよ……。
竜也は腹のなかでニンマリとほくそえんだ。玲子は生きた心地もなく、肩をふるわせてすすり泣いている。
「あ、あ……かんにんして……」
玲子の哀願と嗚咽も、かえって男たちを喜ばせるばかりだった。
竜也は玲子の裸の双臀をたっぷりと男たちの眼にさらしてから、スカートをおろした。だが、裸の双臀が隠れてしまうと、男たちはかえって欲情をつのらせるふうだった。
「その人妻、ゆずる気はねえの、にいさん。金ははずむぜ」

店の主人が突然そんなことを言った。
「これだけの女だ。手離す気はねえよ」
「そうかい。その女なら、裏ビデオに秘密ショウ、客をとらせてもたいした評判になるんだがな」
「あいにくだったな」
竜也は軽くあしらった。
だが、店の主人はあきらめきれない様子だった。女を食いものにするヤクザが、玲子の美しさに目をつけないはずがなかった。
「なあ、にいさん、ものは相談なんだけどよう。そうだ、この道具を全部、にいさんにプレゼントするぜ」
店の主人は、竜也の顔色をうかがうように言った。笑い顔がしたたかさをうかがわせる。
「ほう、これだけの道具を全部くれるってえのかい」
「女をゆずれとは言わねえ。ただちょいと、そのベッピンに浣腸させてくれりゃいいんだ。そのくらいいいだろう、にいさん」
「フフフ」
竜也はニッと笑った。

店の主人が浣腸マニアらしいことは、ガラスケースのなかの浣腸器の種類や数の多さから、おおよその見当はついていた。
どこか油断のならない男だが、店の主人に浣腸させるのもおもしろいと、竜也は思った。
「聞こえたろ。店のおやじが玲子に浣腸してえとよ。フフフ、浣腸させてやれ」
「そ、そんな……いや、いやですッ」
玲子は我れを忘れて悲鳴をあげた。気の遠くなるような言葉だった。
「いいな、玲子」
「いや、いやよッ」
「あきらめな。浣腸させるだけで、あれだけの責め具がタダで手に入るんだぜ。安いもんじゃねえか」
「いやッ……ほかの、ほかの人にそんなことをさせるなんて、ひどいわ……かんにんしてッ」
いくら哀願し、逃げようともがいても駄目だった。腰はしっかり竜也につかまえられ、肛門からのびた鎖は竜也の手に握られている。ズルズルと引きずられた。
店の主人は奥のカーテンを開いて、こっちだと言った。奥の部屋で玲子に浣腸しようというのだ。

「こんなこと、あんまりだわ……お願い、かんにんして……」

玲子は泣きだした。

それをあざ笑うように、竜也は玲子を小部屋に連れこんだ。店の主人が天井から鎖を引きおろし、前で重ねた玲子の両手首をつないだ。

「立ったまま浣腸してやるぜ、奥さん」

ガラガラと鎖が巻きあがり、玲子の身体は一直線に爪先立ちに吊りあがった。

「あ、ああ、いや、いやあ……」

玲子は悲鳴をあげて、総身を揉み絞った。もう竜也や厚次に、さんざんもてあそばれた身とはいえ、見も知らぬポルノショップの主人に浣腸されるのかと思うと、気が遠くなる。

「やめて、お願いッ……こんなひどいことは、させないでッ……ああ、いやです！」

店の主人が巨大な浣腸器や洗面器などを持ってきて、浣腸の準備をはじめると、玲子は声をひきつらせた。

キィーッと巨大なガラスの筒が、千五百ＣＣの石鹼水を吸いあげる。

「フフフ、千五百ＣＣだからな。こいつは呑みがいがあるぜ、奥さん」

竜也は玲子の顔をのぞきこんで、へらへらと笑った。玲子がおびえ、必死に哀願するのが愉快でたまらない。

石鹸水をいっぱいに吸いあげた浣腸器を手に、店の主人が玲子に近づいてきた。
「へへへ、こんなベッピンに浣腸できると思うと、ゾクゾクするぜ」
ひッと玲子は息を呑んだ。店の主人が後ろへまわりこみ、スカートをまくりあげようとする。それを竜也がとめた。
「まだだよ、おやじ。お楽しみは俺のが終わってからだ」
竜也は店の主人に小部屋から出ているように言った。まさか玲子の肛門に、びっしり宝石をつめこんだままで、浣腸させるわけにはいかない。
店の主人はいやな顔をしたが、しぶしぶと小部屋から出た。
「フフフ、心配しなくても、女は逃げやしねえよ」
竜也は店の主人に向かって片眼をつぶってみせると、カーテンを閉めた。カーテンの向こうで、店の主人や客の男たちが聞き耳を立てているのがわかった。
「フフフ……」
竜也は玲子に向かって、意味ありげに低い声で笑った。その顔は、嗜虐の欲情にあぶらぎっていた。

2

竜也はゆっくりと玲子の前へ歩み寄ると、顔をのぞきこんだ。
「どうだ、奥さん。これからポルノショップのおやじに浣腸される気分は」
「ああ、いやです。そんなことは、ゆるして……本当にかんにんして……」
玲子はいやいやとかぶりをふった。おびえきった美しい瞳から涙がこぼれる。
竜也は玲子が浣腸をとくに嫌悪し、恥ずかしがるのを知っていて、わざと見知らぬ店の主人にさせようとしている。それも玲子が今まで経験したことのない千五百ＣＣもの量である。
「フフフ、まあ、たっぷりと浣腸してもらうんだな、奥さん」
竜也は玲子の後ろへまわると、ゆっくりとスカートをまくりあげた。腰のあたりまでまくって、裸の下半身を剝きだしにする。
ムッチリと妖しいまでの肉づきを見せて、玲子の双臀は盛りあがっていた。まるで剝き玉子のように白く、ヌラヌラと光っている。そして、臀丘の谷間からは一本の細い鎖がまっすぐ足もとまで垂れて、妖しくゆれていた。
「やめて、スカートをおろしてください」
「スカートをおろしちゃ、店の主人が浣腸できねえだろうが」

「ああ……そんなことは、しないで……」
カーテン一枚へだてた向こうで、男たちが聞き耳を立てていると思うと、玲子は思いきって叫べなかった。
竜也は玲子の後ろへかがみこむと、臀丘を割り裂きにかかった。指先を肉に食いこませて左右へ押し開き、玲子の肛門をさらけだした。
「すぼめやがって。しっかり鎖を呑みこんでやがる、フフフ。いつ見ても、いい尻の穴してるぜ」
竜也は指先を玲子の肛門に押し当てると、ゆるゆると揉みこみはじめた。
「ああ、いやッ……そこは、いやッ」
玲子はおぞましさに声をうわずらせて、顔をのけぞらせた。腰をふりたくって、指をそらせようとする。
「いい感じだ。指先に吸いつくようだぜ」
「やめて……ああ、いや……」
「いやでも、すぐに店のおやじが浣腸してくれるぜ。そうすりゃ、もっとたまらなくなる。フフフ、見知らぬ男に浣腸されるのも、またひと味違うだろうからよ」
竜也は指先で揉みほぐしながら、少しずつ鎖を引いた。玲子の肛門は、揉みほぐされるにつれて、水分を含んでいく真綿のようにふくらみはじめた。鎖が引かれるたび

に、いっそう内側から盛りあがる。
そして、蕾が花開くように鎖の先端のウズラ玉子大のダルマ人形を、弾きだしたのである。鎖とともに床に落ちた。
「栓が取れたぜ、奥さん。これで店のおやじに浣腸してもらえるな、フフフ」
竜也はわざとらしく、カーテンの向こうの店の主人を呼ぼうとした。顔をうなだれたまま、シクシクとすすり泣いていた玲子は、にわかにおびえたった。
「やめてッ……そ、それだけは、やめてッ」
「フフフ、店のおやじに浣腸されるのは、そんなにいやか、奥さん」
竜也はニタニタとあざ笑った。
「ああ……お願い、ゆるして……そ、そんな恥ずかしいことだけは、しないで……」
玲子は泣きながら哀願をくりかえした。身体じゅうがふるえだして、とまらなくなった。いくら哀願しても無駄とわかってはいても、すがらずにはいられなかった。
「ゆるしてほしいなら、尻のなかの宝石を自分でひりだしな、奥さん、フフフ……」
竜也は玲子の耳もとでささやいた。
「宝石をひりだせと言ってんだよ。できねえなら、浣腸でひりださせるしかねえぜ」
「そ、そんな……」
玲子はワナワナと唇をふるわせた。自分から宝石をひりだす……。そんなことが竜

也の前でできるわけがない。いやいやと玲子は、本能的にかぶりをふった。
「いやか。それじゃ店のおやじを呼ぶしかねえようだな」
「ま、待ってッ、それだけは……」
「何を言ってやがる。浣腸はいやだってえから、自分でひりだしゃゆるしてやろうと思ってたのによう。やっぱり浣腸してやらねえと駄目のようだな、奥さん」
「ああ……言われた通りにしますから……浣腸だけはかんにんして……」
玲子は泣きながら言った。もう、そう言うしかなかった。ククククッと竜也は笑った。
「尻の穴をおっぴろげて、宝石をひりだしてみな。できねえようなら、すぐ店のおやじを呼ぶからな、奥さん」
竜也はさらにググッと玲子の臀丘を割り開いた。これ以上は無理というまで剝きだされた玲子の肛門が、ふっくらとふくれて、ヒクヒクとふるえている。
「ああ……」
玲子はいっそう顔を大きくのけぞらせると、唇をかみしめ、両眼を閉じた。
ああ、恥ずかしい……こんなことをしなければならないなんて……死にたいくらいだわ……。
ブルブルと剝きだしの双臀がふるえた。
「はやくしな、奥さん。尻の穴を開け」

非情な声がかけられる。もうためらっていることはゆるされなかった。絶壁から飛びおりるようなつもりで、玲子は括約筋をゆるめた。腸管につめこまれた宝石を絞りだそうと、力を入れる。
「う、うむ……」
「ほれ、もっときばらねえか」
「ううッ……恥ずかしい……」
玲子は顔を真っ赤にしてうめき声をあげた。妖花を思わせる玲子の肛門は、内側からググッと盛りあがって開いた。
「フフフ、最初の宝石がのぞいてきたぜ」
「あ、あ……うむ……」
「ほれ、もう少しだ。グズグズしてやがると浣腸にかえるぞ、奥さん」
待ち受ける竜也のてのひらに、ポトッと宝石が落下した。つづいて二つ、三つと出てくる。
「派手に尻の穴をおっぴろげやがって。もっとどんどんひりだすんだ」
竜也は眼を細めて、ニヤニヤとながめた。さっきまでぴっちり閉じ合わさっていたのが、生々しく腸襞まで見せてヌラヌラと光る宝石をひとつ、またひとつとひりだしていくさまは、えもいえぬ妖しさだった。

「ああ、も、もう、かんにんして……」
「まだだぜ、奥さん。ひとつ残らずひりだすんだよ」
「そんな……もう、もう、出ないわ……」
宝石が腸管の奥深くなるにつれて、いくら力をふり絞っても駄目だった。
「ああ、もう無理だわ……かんにんして……」
「甘ったれるな」
竜也はいきなり、人差し指を玲子の肛門に突き立て、ググッと一気に指の付け根まで沈めた。
「いやッ……うむ、ううむ……」
「ほれほれ、ひりだすんだよ、奥さん」
付け根まで埋めこんだ指を回転させ、玲子の肛門をこねくりまわすようにしてやると、玲子は腰をガクガクゆすってうめき声を絞りだした。のけぞらせた泣き顔を、右に左にとふる。
「やめて、やめてッ……あ、うむむ……」
「はやいとこしねえと、店のおやじを呼ぶぜ、奥さん」
「そ、それは、いやッ……あ、ああッ……」
深々と埋めこまれた人差し指に中指が加わって、むごく玲子の肛門を押し開いた。

「やめてッ……ああッ、痛、痛い……」
「フフフ、さっさとひりださねえからだ」
「うッ……う、うむ……」
指が二本、玲子の腸管をまさぐってくる。玲子はもはや息もつけずに、ハアッハアッと苦しげにあえいだ。
「や、やめて……出しますから、指を……指を取って……」
「このままでひりだすんだ、フフフ」
竜也は指を抜こうとはしない。
「あと三分たって、ひりだせねえ時は浣腸だからな」
「ああ……」
玲子は必死だった。もう、カーテンの向こうで聞き耳を立てている男たちを気にする余裕もなく、全身の力をふり絞った。
二本の指で肛門を押し開かれ、腸襞をまさぐられる刺激に、腸管の宝石が蠢いた。
「うむ……ううむ……」
玲子はもう総身汗まみれだった。宝石が腸管のなかで、竜也の指先に触れた。少しずつ下降してくる。
「ああ、まだなの……」

「フフフ、もうすぐ時間切れだぜ。ほれ、大便をするようにきばらねえか」
「あ、ああ……い、いやあッ……」
指先で宝石がかきだされる感覚のおぞましさに、玲子はみじめに泣き声をあげた。エメラルドが、サファイヤが、かきだされていく。気も狂うような屈辱だった。
「フフフ、すっかりひりだしやがった。奥さんの尻のなかでみがかれて、こいつらいちだんと輝いてやがる」
竜也はてのひらの宝石をニヤニヤとながめてから、ハンカチに包んでポケットへ入れた。玲子はガックリとうなだれたまま、固く眼を閉ざしてハアッハアッとあえいでいる。
その顔を竜也は、ニヤニヤとのぞきこんだ。
「フフフ、すっかりひりだしたところで、次は浣腸だな、奥さん」
ひッと玲子の顔があがった。ワナワナと唇がふるえ、すぐには声も出ない。
「……そ、そんな……」
「店のおやじにたっぷり浣腸してもらいな。尻の穴も充分ほぐれていることだしよ」
「い、いやあッ……約束が、約束が違うわッ、それはしない約束だわ」
玲子は汗に光る美貌をひきつらせて、泣き叫んだ。
「約束が違うわッ」

「フフフ、そんな約束した覚えはねえぜ。浣腸好きの奥さんに、浣腸しねえ約束なんてするわけがねえ。浣腸してやる約束はしたとしてもよ」
竜也は平然と言ってのけ、あざ笑った。だまされたと思っても遅かった。
「ひ、ひどい……ああ、いや、いやよッ、浣腸なんて……」
玲子は声をあげて泣いた。もう、どうにもならない。暗雲が玲子をおおった。

3

店の主人が巨大な浣腸器を手に、カーテンから入ってきた。待たされて、焦れて眼の色が変わっていた。
「待たせるじゃねえか、にいさん」
店の主人はそう言っただけで、まっすぐ玲子の後ろへまわり、かがみこんだ。
「いい尻してるぜ、へへへ、こいつはこたえられねえ」
舌なめずりをして今にも吸いつかんばかりに玲子の双臀を眼でなめまわした。
「いや、いやッ」
玲子は悲鳴をあげて、腰をよじりたてた。獣のように欲情したいやらしい男、そして千五百CCもの巨大な浣腸器……。恐ろしさに総身が凍りついた。

「いやッ、こんなことは、いやですッ……た、たすけてッ」
「おとなしくしねえか、玲子」
竜也は、泣き叫んであばれる玲子の頰を、二度三度と張り飛ばした。
ああ……と声をあげて玲子は顔をのけぞらせ、おとなしくなった。あとはもう、哀しげにすすり泣く。
「世話をかけるなよ、玲子」
他人に浣腸させるとあって、竜也はいつになく興奮している。カーテンの向こうには、十人近い客が聞き耳を立てている。そうそう派手に玲子を泣き叫ばすわけにはいかない。
「今度騒ぎやがったら、浣腸ぐらいじゃすませねえぞ。仕置きにかけるからな」
玲子の黒髪をつかんでしごくと、竜也はワンピースをさらにまくりあげ、頭の上の鎖にまるめた。白いハイヒールをはいただけの、全裸に剝きあげたのだ。
「尻だけじゃなくて、全部見せてやるぜ、フフフ。素っ裸で浣腸だ。こいつは特別サービスだぜ、おやじ」
「そいつはありがてえ、へへへ」
店の主人は、うれしそうに笑った。
竜也はさらに、玲子の左脚の膝に縄を巻きつけ、横へ開くように天井から吊った。

「ああ……恥ずかしい……」
玲子はうめくように言って、顔をうなだれた。涙がポタポタと床に落ちた。
「オマ×コも尻の穴も丸見えだぜ。どうだ、たいしたもんだろうが、俺の玲子は」
「こいつはすげえ……」
にいさんの一人占めにしとくには、惜しい女だ……店の主人はそう言ったが、竜也には聞こえなかった。店の主人はなめるようにながめた。
竜也はククックと笑って、玲子の黒髪をつかみ、泣き顔をのぞきこんだ。
「あ……見ないで……そんなところを、見てはいや……」
玲子はすすり泣きながら、うわ言のように言っていた。
「店のおやじにおねだりしな」
「いや……」
「仕置きされてえのか。手に入れた責め具を、全部ここで使われてえのか、玲子」
「ああ……」
弱々しく玲子は顔をふった。
「……か、浣腸して……」
消え入るように言って、玲子はさらに涙を流した。頭のなかがカアッと灼けた。
「どこにだ。もっとちゃんとねだらねえか」

「……ああ、田中玲子の……お、お尻の穴に、浣腸して……」
玲子は泣きながら言った。
へへへッと店の主人は笑い、巨大な浣腸器をかまえた。眼の前に玲子の肛門が、ヒクヒクとあえいでいた。それは生々しく腸腔までのぞかせて、じっとりと濡れそぼっていた。
「へへへ、尻の穴がとろけてやがる。好きなんだな、ベッピンさんよう。じっくり浣腸させてもらうぜ」
店の主人は、ゆっくりと嘴管を押し当て、深く縫うように突き刺した。
「ああ……い、いやあ……」
拒むように、玲子の双臀がむなしく蠢いた。豊満な乳房もブルブルゆれる。
玲子の肛門がキュウとすぼまり、嘴管をしっかりくわえこむのを、店の主人はうっとりと見た。
「入れるぜ、ベッピンさん。千五百CC、じっくり味わいな、へへへ」
キィーッ、キキーッとポンプが押されはじめた。たちまち石鹸水が不気味に白く渦巻き、玲子のなかへ流入しだす。
「どうだ、浣腸される気分は。へへへ、うまそうに呑みこんでいくじゃねえか」
「あ……あむむ……」

玲子はキリキリと唇をかんで、汗に光る裸身をふるわせた。チュルチュルと流れこんでくる石鹸水のおぞましさに、背筋が総毛立った。このおぞましい感覚だけは、何度されてもなれることができない。
「どうだ、ベッピンさん」
「返事をしろ、玲子」
玲子の首筋から乳房、腰から太腿へと手を這わせながら、竜也は声を荒らげた。
「ああ……」
玲子はかぶりをふり、ブルブルとふるえる腰をうねらせ、
「こ、こんな……こと、本当はいや、いやなのよ……ゆるして……」
そんなことはとっくにわかっていると、店の主人は笑った。
「いいだろ、ベッピンさんよう。こうやってチビチビ浣腸されると、犯されているようでズンといいだろうが、へへへ」
断続的に短く区切って、店の主人は注入した。注入する間も、嘴管の先をゆっくり回転させ、肛門を刺激することを忘れない。さすがになれた手つきだ。
なかなかやるじゃねえか、と言うように竜也がニヤッと笑った。
「どれ、俺のほうはオマ×コを可愛がってやるか。空き家でさびしそうだからな」
竜也は玲子の前にかがみこんだ。媚肉はあられもなくひらけていた。開ききった太

腿の奥に、媚肉の合わせ目がくっきり浮きでて、それは内腿や下腹の白さに較べて、ひときわ生々しさをきわだたせた。
そのわずか後方では、店の主人が持つ浣腸器が深々と肛門をえぐり、石鹼水を呑ませていくのがはっきりわかった。
「フフフ、尻の穴に較べて、こっちはえらくさびしそうだな、玲子」
竜也は意地悪く話しかけると、内腿を撫でまわしながら、指先を媚肉の合わせ目へすべらせた。指先でつまんで肉の裂け目を左右へくつろげる。
「あ、ああッ、いやあ……」
ビクンと玲子の身体が硬直した。
「いや、そんなことを……やめてッ……」
竜也の意図を察して、玲子は悲鳴をあげた。浣腸されている時にいたぶりを加えようとする竜也のあくどさに、玲子は気が遠くなる。
骨の髄まで嬲り抜く気なのだ。
「気分出すんだぜ、玲子。さっそくこの新品をぶちこんでやるからよ」
竜也は仕入れたばかりの長大な張型を取りだし、玲子に見せた。アメリカからの輸入品とかで、玲子はその長大さに恐怖した。
「フフフ、浣腸されながら、この太いのをくわえこむんだぜ。うれしいだろうが、玲

子」

「そ、そんなもの、使わないで……」

浣腸されているだけでも死にたいくらいなのに、このうえ、そんな長大な張型まで使おうというのか。

「そいつはおもしれえ。前と後ろの同時責めかい。やるねえ、にいさん」

玲子の後ろから、主人が言った。

「フフフ、この玲子は尻だけでも、オマ×コだけでも満足しねえ。両方責めてやらなきゃ駄目ってわけよ」

「これだけいい身体をしてりゃ、無理もねえや、へへへ」

店の主人は笑いながら、さらにポンプを押していく。一気に注入しようとはせず、焦れったいまでののろさだ。

竜也のほうは、長大な張型を手に持ったまま、指先で媚肉をまさぐっていく。さらに媚肉の合わせ目の頂点の表皮を剝き、女芯をいじりにいった。

「あ、ああッ……やめて、やめてッ……」

腰をよじりたてながら、玲子は泣いた。いくら泣いても、玲子の身体はその敏感さを物語るように、ジクジクと甘蜜をにじませはじめた。

その時、いきなりカーテンが開いた。浴衣姿の客の姿はもうなかった。かわりに人

相の悪いがっしりした体格の男が三人立っていた。パンチパーマにダボシャツ、ひと目でヤクザとわかった。

「お楽しみの最中かい、へへへ」
「ほう、こりゃベッピンだ。身体もたいしたもんだ」
「上玉も上玉、極上じゃねえか」

ヤクザたちはズカズカと入りこんでくると、玲子を取り囲んだ。

ひいッと玲子は悲鳴をあげた。

全裸に剝かれて浣腸されているところに、突然三人の人相の悪い男たちが……。平静でいられるはずがなかった。

「いやッ、見ないでッ……こ、こ

んな姿を見ないでッ……」
玲子は夢中で身体をふりたてた。ヤクザたちが味方でないことは本能的にわかった。
「へへへ、遅かったじゃねえか」
浣腸器のポンプを押しながら、店の主人がニヤッと笑った。
「どうだ、極上の玉だろうが。まだトウシロだぜ。へへへ、どこかいい家の奥さんだ」
店の主人は、ヤクザたちに向かってそんなことを言った。
「これほどとは思わなかったぜ。この女は金になる」
ヤクザの一人が、いきなり竜也の胸倉をつかんで壁に押しつけた。
「おめえの女らしいが、ちょっともったいねえな」
「フフフ……」
不敵にも竜也は笑った。まったくおびえるふうではない。
いきなり腹部に強烈なボディブローをくわされ、竜也はズルズルと崩折れた。その手から長大な張型がもぎ取られる。
「へへへ、せっかくだからな。お楽しみのつづきは、俺たちがやってやるぜ」
「わかるな。女は組でもらうぜ。おめえは命のあるうちに、どっかへ消えな」
床に崩れた竜也を見て、店の主人は笑った。

「おとなしく女をゆずればいいものをよ。調子にのるからだぜ、にいさん」
店の主人はもう一度せせら笑いながら、ポンプを押しつづけた。

4

竜也は床に崩れた体を壁にもたれさせ、男たちにもてあそばれる玲子を見ていた。起きあがれないわけでも、恐怖に身がすくんでいるわけでもなかった。そのまま、ヤクザたちにもてあそばれる玲子を見ていたかったのだ。
竜也は口もとに薄ら笑いすら浮かべていた。
フフフ、俺のポケットに宝石があるとも知らず、バカな野郎どもだぜ。それにしても、あのおやじ、油断のならねえ野郎だとは思ったが……まあ、しばらくSMショウでも楽しませてもらうか……。
眼の前で、ヤクザが四人がかりで玲子をいたぶっている。またとない見ものだった。
四人の間で玲子の裸身がチラチラのぞいている。二人は玲子の乳房に左右からしゃぶりつき、もう一人は前にかがみこんで媚肉の合わせ目に指先を分け入らせていた。
そして店の主人は玲子の後ろで、浣腸器のポンプをジワジワと押しつづけていた。
「たまらねえ、なんていい女だ。どこもかしこも熟しきってやがる」

「これなら、なんにでも使えるな。客をとらせりゃ大評判になるぜ。ブルーフィルムもいけるな」
「まったくいい女が手に入ったもんだぜ。へへへ、敏感な身体してやがる。もうお汁でビチョビチョになりやがって」
気の遠くなるような恐ろしい会話に、玲子はただ泣きじゃくるばかり。
「ああッ、たすけて……いや、いやあッ」
恐ろしさとおぞましさにもかかわらず、女の官能がジワジワとあぶられる。いじくりまわされ、吸われ、時にはかみつかれる乳房、まさぐられる媚肉。そしてチュルチュルと腸管に流れこむ石鹸水……。頭のなかが灼けただれる。
「ああッ……た、たすけてッ……」
「たすけてだとよ。へへへ、ほれ、ほれ」
玲子の前にかがみこんで媚肉をまさぐっていたヤクザが、手に持った長大な張型を媚肉に押しつけた。
「あ、いやッ……」
「へへへ、いやよいやよはいいよのうちと」
「い、いや、いやあッ」
のけぞらせた玲子ののどに、悲鳴がほとばしった。いくら腰をよじっても張型の先

は容赦なく媚肉の合わせ目に分け入ってくる。
「あ……ああ……」
ヤクザたちの執拗ないたぶりに、すでに玲子の媚肉は妖しくとろけ、たぎらんばかりだ。
「そんなッ……やめて、う、ううむ……」
「これだけいい身体してるんだ。入らねえわけがねえぜ。そら……」
「うむ、ううッ……さ、裂けちゃう……」
長大な張型の先が、媚肉の襞を巻きこむようにして、ジワジワと入ってくる。玲子はその大きさに慄然とした。

美加を出産した時にも似た疼痛が玲子を襲う。
「開け。こいつが呑みこめなきゃ、黒人の相手はできねえぞ」
ヤクザは声を荒らげて、グイグイ押しこんでいく。強引にねじ入れる趣きである。
竜也は息を呑んで見とれた。よってたかって責められる玲子が、これほど美しいとは思わなかった。
玲子……なんて色っぽい顔しやがるんだ。
竜也の体じゅうを、メラメラと嗜虐の炎がくるんでいく。
玲子はもう、総身をしとどの汗にして息もつけず、口をパクパクと開いて泣き、うめいた。自分では身体を支えていられず、鎖に体重をあずけている。
「へへへ、なんだかんだ言っても、うまそうに呑みこんでいくじゃねえか」
「これなら、明日からでも黒人の相手をさせられるぜ」
ズシッという感じで、張型の先端が玲子の子宮に達した。
「ひいッ……」
玲子は白眼を剝いて、顔をのけぞらせた。もてあそばれているというのに、女の最奥が、押し入っているものを貪るように蠢き、ざわめくのが、玲子にわかった。身体の芯が、ひきつるように収縮した。
もう、引き裂かれるような苦痛も、それにかき消されていく。

こんな、こんなことって……。
玲子には、自分の身体の成りゆきが哀しく、恨めしかった。だが、そう思う心さえ妖しい感覚に巻きこまれた。
ゆっくりと張型があやつられだした。それに合わせて、後ろで浣腸器のポンプが押される。張型がグッと玲子の子宮をえぐりあげる時に、ピュッと石鹸水が腸管に注ぎこまれる。
「あ、あぁッ……かんにんして、気が、気が変になるわッ」
グイグイと子宮をえぐりあげてくる長大な張型と、ピュッピュッと断続的に区切って注入される石鹸水と、そして乳房や首筋に這う男たちの唇と指先。
「あ、あああ……あぁッ……」
玲子は顔をのけぞらせたまま、泣きわめいた。泣きわめきつつも、身体じゅうの肉という肉が妖しくとろけだし、狂いだすのをどうしようもなかった。
薄い粘膜をへだてて前と後ろと、責められる股間は火と化して、しとどの甘蜜にまみれ、とめどない快美のうずきにおののいた。
それはおぞましさと、しだいにふくれあがりはじめた便意の苦痛とが入り混じった暗く妖しい快美だ。
「たいした悦びようじゃねえか」

「顔も身体も最高で、そのうえこうも反応しやがる女もめずらしい」
「たまらねえ女だぜ、へへへ」
ヤクザたちは玲子の妖しく生々しい反応に舌を巻く思いだった。
「あ……あ、あむ……」
玲子は顔をのけぞらせ、背をそりかえらせてのたうった。ガクガクと腰をゆすりたてる。総身をしとどの汗にして泣き悶えるさまは、恥も外聞もなく官能に身を灼く女そのものであった。
「あ、あ……」
もう玲子は、恥ずかしさもくやしさも、恐ろしささえ忘れて、官能の炎にいざなわれ、絶頂に向けて暴走していく。
「ああッ、も、もう……」
「気をやりてえのか。まだまだ我慢するんだ、へへへ」
「そ、そんなッ……」
のけぞり、はねながら玲子は、泣き声を昂らせ、ひッ、ひッという悲鳴を交えはじめた。
「へへへ、そんなにいいのか」
「これじゃ商売女顔負けだな。客が喜ぶぜ、そんなに泣かれちゃよう」

ヤクザたちのからかいに反発する気力も余裕もなく、玲子はほとんど苦悶に近い表情をさらして、上体を激しくのけぞらせた。
石鹸水を浣腸されるおぞましさも、ふくれあがる便意さえも、耐えきれない肉の快美に変わった。
「あ、あむッ……いく……いくッ……」
状態をのけぞらせたまま、玲子は総身に痙攣を走らせながら、手足を突っ張らせる。
「くらえッ」
張型の最後のひと突きが、とりわけ深く玲子の子宮をえぐりあげた。
それに合わせて店の主人も、一気に浣腸器のポンプを押しきっていた。千五百CC一滴残らずの注入だった。
「ひいい……いくッ」
裸身を突っ張らせて、ひいッ、ひッとのどを絞りながら、玲子は総身に最後の、そして最大の痙攣を走らせた。
「へへへ、派手に気をやりやがったな。牝の素質充分だぜ」
ヤクザたちはへらへらと笑った。
そんな声も聞こえず、玲子はグッタリと裸身を天井の鎖にあずけていた。全身を汗にヌラヌラと光らせ、ハアハアと乳房や腹部をあえがせるばかりだ。

だが、それで終わったわけではない。絶頂の底で、ジワジワと強烈な便意がふくれあがってきた。
「う、ううッ」
汗に光る裸身が、しだいにブルブルとふるえはじめた。玲子はうなだれていた顔を、左に右にとふってうめくと、うつろな瞳を見開いた。
「へへへ、気をやったあとはウンチだな、ベッピンさん」
店の主人は意地悪く言って、洗面器を取りあげた。
「この洗面器にひりだすんだ、へへへ」
そう言われても、玲子は反発する気力さえ失っていた。空になった嘴管が引き抜かれると同時に、ピューッと白濁の石鹼水がほとばしった。
それを、壁にもたれたまま竜也はニヤニヤと見ていた。
ヤクザに責められてるってえのに、気持ちよさそうな顔してひりだしやがって……フフフ、こいつは奴らの言う通り、秘密ショウにでも出せば、評判になることだろうぜ……。
玲子がよってたかって責められるのをながめるのは、自分で直接責めるのとはまたひと味違った刺激があった。
生々しいまでの美しさを感じた。それだからこそ、竜也はヤクザにやられたふりを

して今まで見物してきたのだ。
ヤクザたちは玲子を取り囲んで、ニヤニヤと欲情の笑いを浮かべていた。
「うまそうなオマ×コしてやがる、へへへ、さぞかし味のほうも……」
「尻の穴のほうもたいしたもんだぜ。ヒクヒクさせやがってよう」
ヤクザたちは自分から責めたあとをのぞきこみながら、いちように感嘆の声をもらした。
膝を吊った縄を解き、鎖をゆるめると玲子を床にひざまずかせた。上体を前に押し伏して、四つん這いの姿勢をとらせる。
玲子は血の気のない美貌でシクシク泣くだけで、されるがままだった。
「へへへ、味見といくか」
ヤクザたちはニヤニヤ玲子を見おろしながら、服を脱ぎはじめる。皆、背中一面見事なイレズミが彫られていた。
「へへへ、四人がかりで腰が抜けるまで犯ってやるぜ、ベッピンさんよう」
玲子はビクッと裸身をふるわせたが、あらがおうとはしなかった。
いや……こんなヤクザたちに犯されるなんていや……。
いくらそう思っても、身体に力が入らない。玲子は固く眼を閉じて、すすり泣いた。
ヤクザの一人が竜也に気がついた。

「なんだ、おめえ。まだそんなところにいやがったのかよ。とっとうせろと言ったはずだ」
ヤクザは胸倉をつかんで引きずり起こした。とたんにヤクザの顔色が変わった。
「うせるのは、おめえらじゃねえのか。フフフ、ショウは終わりだ」
竜也の手には拳銃が握られ、その銃口はヤクザの鼻に押し当てられていた。
ヤクザたちはハッと身がまえたもののジリジリとあとずさった。拳銃がおもちゃでないことはすぐにわかった。
「この野郎、ふざけたものを持ちやがって」
「組にたてつこうってえのか！」
ヤクザがいくらすごんだところで、拳銃にはかなうはずもない。
「うるせえぞ」
竜也はいきなり一人の腹に蹴りをくらわせた。うぐッと、体を折るようにして崩折れる。
さらにもう一人の顔を拳銃で殴り飛ばす。そいつは血を噴いてひっくりかえった。
「フフフ、玲子はおめえらにはもったいないんだよ」
ヤクザに言われた言葉を竜也はそのままにかえした。
ようやく連中は、竜也がただのチンピラでないことに気づいたようだ。だがもう遅

かった。
「お楽しみだけにしときゃよかったものを……フフフ、玲子を横取りしようとは、ちょいと調子にのりすぎたようだな」
竜也はヤクザの脱ぎ捨てたシャツを拾うと拳銃を握った手に巻きつけた。そして引き金を引いた。
くぐもった発射音が三つ……わあッという叫びとともにヤクザたちは次々に頭から血を噴いて倒れた。
竜也は顔色ひとつ変えなかった。人を殺すことなど、なんとも思っていない。
「ひいッ、ひッ……」
玲子がおびえ、恐怖の悲鳴をあげる。眼の前に、頭から血を流した死体がころがっている。玲子は身体がすくんで動けなかった。
恐怖に顔をひきつらせたのは、店の主人も同様だった。
「ま、待ってくれッ。俺が、俺が悪かった。お願いだ、殺さないでくれッ」
こっけいなまでのうろたえようだ。ヤクザにとっても、竜也がこうも簡単に人を殺すなど、思ってもみなかった。
「フフフ……ヤクザもこうなりゃ、だらしねえな」
竜也はへらへらと笑った。笑ってはいるが、銃口はしっかり店の主人を狙っている。

「た、たすけてくれッ」
「そんなに死にたくねえか、おやじ。チャンスをやってもいいぜ」
竜也は銃口で店の主人の頭をこづいた。店の主人はガクガクとうなずいた。
「フフフ、ここで玲子を犯るんだ。玲子を気を失うまでよがらせたら、命はたすけてやる。ほれ、さっさとはじめろ」
竜也はニヤリとした。もし途中でヤクザの一人が、竜也に手を出してこなかったら、最後まで輪姦を見物してから始末するつもりだった。
それだけに竜也は、他人に犯される玲子を見たかった。
店の主人はうなり声をあげて、玲子にいどみかかった。命がかかっているだけに必死である。
「ああ、いやあッ……」
玲子は悲鳴をあげて裸身をよじった。三人もの死体を前に、そんなことをしようとする男たちが信じられない。
「ジタバタするんじゃねえ」
玲子をあおむけに押し倒すと、荒々しくのしかかる。
「いや、いやあ……」
太腿が割り開かれて、その間に店の主人が身をのり入れてきた。

　玲子は悲鳴を放って腰をよじりたて、狂おしく頭をふりたくった。腰が抱きこまれ、弾む乳房がわしづかみにされる。
「あ……やめて、かんにんしてッ……」
「おとなしくしねえか。いい気持ちにしてやろうというんじゃねえか」
　店の主人は、泣き悶える玲子の美貌を見おろしながら、ゆっくりと腰を突きだした。
「ああッ……いやあッ」
　玲子は金切り声をあげて、腰をゆさぶりたてた。火のような肉が、ジワジワと媚肉の合わせ目に分け入ってくる。玲子の眼が吊りあがって、ヒッヒッとのどが鳴った。
「う……うむッ……」
　玲子は唇をかみしばって大きくのけぞ

った。拒もうとよじる腰の動きが、かえって店の主人の侵入をたすけてしまう。
「いいな、うんと気分を出すんだぜ」
店の主人はいっぱいまで埋めこむと腰を動かしはじめる。ギシギシと玲子の腰の骨がきしむまでのきつい突きあげだ。
乳房も荒々しく揉みこまれる。店の主人は自分の命がかかっているだけに持てる力をすべて出しつくして、責めたてる。
「ほれ、ほれ、気分を出さんか。何もかも忘れて狂うんだ」
「あ、あむッ……ひッ、ひいッ……」
玲子は顔を真っ赤にして泣きながら、息もつけない状態に陥っていく。必死に唇をかみしばろうとしても、口が開いて泣き声がこぼれてしまう。
まるで秘奥がこねくりまわされ、きしんでドロドロにただれるようだ。先ほど張型できわめさせられた絶頂の余韻が、まだブスブスくすぶっているところに油をかけられるのと同じだった。
たちまちカアッと官能の炎が燃えあがる。
「フフフ、いいながめだぜ、奥さん。いやだと言ってたわりには、オマ×コはビチョビチョじゃねえか」
かがみこんでのぞきながら、竜也はからかった。

「おやじもなかなか、やるじゃねえか。女の急所をよく知ってやがる」

竜也はニタニタと笑った。その眼はヤクザでさえゾッとするような、狂った獣のそれである。

だが、店の主人はそんな竜也を気にする余裕もなく、行為に没頭している。ほれ、ほれと荒々しく腰を打ちこんでいく。

玲子の両脚を肩にかつぎあげた。ググッと結合が深くなり、肉がきしんで胃が押しあげられる。

「か、かんにんして……」

「いいと言わねえか」

「あ、ううッ……あうッ、ひッ……」

玲子はひいひいとのどを絞った。もうあられもなく泣き声があがるのをどうしようもなかった。

のけぞりっぱなしで玲子は泣き、うめき、そしてまたあえいだ。店の主人は憎いまでに玲子の官能を責めたててくる。たくましい肉塊の先が子宮をえぐり、こねるように肉環をこするのを感じると、

「あ、あああ……あうッ、あう……」

泣き声をこらえきれなかった。身体じゅうの肉という肉が狂いだす。

店の主人の巧みさもあるが、殺人現場を目撃させられ、三体の死骸の前で犯されるという異常さが、玲子の感覚をも狂わせた。
「そうだ、もっと狂えッ」
店の主人は玲子の上体をすくいあげ、あぐらを組んだ上へまたがせた。
そうしておいて手を玲子の双臀へまわす。肛門はすでに、前からあふれた甘蜜にまみれ、ヒクヒクと蠢いていた。
「ああ、そ、そこ、いや……」
「ここをいじりゃ、もっと狂えるんだ」
「いや……あ、あ、いやあッ」
玲子は店の主人の膝の上で、泣き声をひきつらせて身ぶるいした。だが、それは嫌悪や拒絶の響きではもはやなかった。
店の主人はゆっくりと玲子の肛門に指を沈めた。薄い粘膜をへだてて前の肉塊とこすり合わせた。
「あ、ああ……ひ、ひい……」
弾かれるように玲子の腰がはねあがったかと思うと、絶息せんばかりの声を放った。
「フフフ、そろそろ気をやるようだな、奥さん。ヤクザがそんなにいいのか」
竜也は眼を細めて玲子の狂乱ぶりをながめていた。本当に気が狂いそうなよがりよ

うだ。
玲子は店の主人の膝の上でのたうちながら、口の端から唾液さえたらしはじめた。しとどの汗に光る肌に、さらに玉の汗が噴きだし、あたりに飛び散った。
「ここまで玲子を泣き狂わせるとは、さすがだな、おやじ。玲子はもうメロメロじゃねえか」
竜也は店の主人に向かって、ニヤッと笑ってみせた。
「フフフ、たいしたもんだ、おやじ。だがよう、当て馬の仕事はそこまでだぜ」
そう言うなり、竜也は店の主人の頭に当てた拳銃の引き金を引いた。

5

自分とつながっている男が、眼の前で頭から血を噴いて倒れたのである。
「ひッ、ひいッ……ひいッ……」
玲子は絶叫して総身を強張らせた。
それまでの肉の快美も、一気に消し飛ぶうろたえようだった。本能的に死体から離れようともがいた。
だが、竜也はへらへらと笑っていた。

「どうだ、死体とつながっている気分は、フフフ。そのまま気をやっちゃどうだい、奥さん」
竜也は玲子を押さえつけて、意地悪くからかう。玲子は顔をのけぞらせたまま、まだ唾液のたれる口をパクパクさせた。ひッ、ひッと恐怖にかすれた声をあげる。
「なんなら、俺が仏をゆすってやってもいいんだぜ、奥さん」
「……い、いや、いやあッ」
「いやならおねだりしな。この俺にかわって、つづきをしてほしいとよ、フフフ」
竜也は玲子の黒髪をつかんでしごいた。だが玲子は、おびえきって泣き声をあげながらもがくばかりである。
「いつまでも死体とつながってな」
竜也は冷たく言った。
「そ、そんなッ……」
玲子はいっそう顔をひきつらせた。
「ひッ、ひッ……犯して、玲子を犯してッ……で、ですから、はやくッ」
はやく死体から引き離してほしいと、玲子は我れを忘れて泣き叫んだ。
「フフフ、浣腸もさせるか、奥さん」
「ああ、浣腸させるわッ……」

「この店で仕入れた道具も全部使わせるっていうのか」
「何を、何をしてもいいわッ……どんなことでもされますからッ……」
玲子は激しい恐怖に泣き叫ぶ。
竜也はようやく玲子を死体から引き離した。
「お楽しみのつづきといこうぜ、奥さん。今度は当て馬と違って、本命のサラブレッドだぜ」
ゴロッと玲子の身体をうつ伏せにして、四つん這いにする。
「ほれ、膝を開いて、もっと尻をあげろ」
「あぁッ……ああ……」
恐怖に力の入らぬ腰をもたげさせられ、両膝を大きく開かされた。
死体から引き離されたとはいえ、今度は殺人者に責め苛まれるのだ。竜也が宝石店強盗で人を殺したことは知っていたが、眼の前で殺人を目撃するのとは、恐怖は較べようもない。
「フフフ、忘れるなよ。奥さんはこの俺の女だぜ」
「ああ……こ、こわいッ……」
後ろからのしかかってきた竜也に、一気に最奥を突きあげられた。子宮をググッと押しあげられる。

「ひぃッ……」
「どうだ、俺の女だってことを思いだしたか、奥さんよう」
「うむ、ううむッ……」
玲子は白眼を剝いて、顔をのけぞらせた。気が遠くなるほど恐ろしいのに、玲子の身体はおあずけをくっていたものを待ちかねていた。からみつきつつ受け入れていく。自分の意思とは逆に、肉がざわめきつつ悦びのあかしにふるえた。身体の芯を、カアッと快美の炎が走っていく。
「身体は正直だな。俺の女だってことをちゃんと覚えてやがる」
竜也はゆっくりと責めたてつつ、後ろから玲子の顔をのぞいた。玲子の顔は、めくるめく官能の愉悦になす術もなく、恐怖心さえしだいに遠のいていく。
竜也は玲子の黒髪をつかんで顔を後ろに向かせ、唇を重ねた。ほとんど抵抗らしい抵抗はなかった。舌を吸ってやると、玲子はくぐもったうめきをもらし、女の最奥から妖しい痙攣を伝えてきた。
口を離すと、玲子は堰を切ったように、泣き声をあげて身悶えはじめた。
「あ、あうッ……」
「フフフ、そんなにいいのか」
「あうッ、あむ……あ、あ……」

もう玲子は、恐ろしさも何もかも忘れて、めくるめく恍惚にいざなわれ、再び官能の絶頂に向けて暴走していく。
「あ、あうッ……ひッ、ひッ……」
苦悶にも似た表情をさらし、四つん這いの玲子の身体がブルブルとふるえながらのけぞった。
「い、いくッ」
真っ赤に上気した顔をのけぞらせつつ、玲子は悦びのきわまりに総身を激しく痙攣させた。
竜也は激しい痙攣と収縮に耐えつつ、責めるのをやめようとはしなかった。玲子は絶頂の余韻にひたる余裕も与えられず、ひいッ、ひッとのどを鳴らした。
「か、かんにんしてッ……」
「何言ってやがる。勝手に一人で気をやりやがって、俺はまだなんだぜ。フフフ、まだまだ、これからだ」
「そんな……もう、もう、いやッ、ゆるしてください」
玲子は黒髪をふり乱して哀願した。だが竜也は、玲子をあざ笑いながら容赦なく責めたてた。
「あ……あ、あああ……」

玲子はたてつづけに昇りつめさせられる。一度きわめた絶頂感がずっと持続するともいえる。
竜也が突きあげるたびに、玲子はひいひいと狂乱して腰をふりたてた。
「あ、あ……また……」
「フフフ、何度でも気をやればいいぜ。遠慮することはねえ」
「ああ……どう、どうにかなっちゃう……」
眼尻を吊りあげ、もう息もできず肉をブルブルふるわせる玲子は、凄惨ですらあった。四つん這いの背筋がそりかえり、顔がのけぞる。
「ああッ……また……」
「フフフ、いくのか、奥さん」
玲子は返事をする余裕もなく、ガクガクとうなずいた。今度は竜也もこらえなかった。思いっきり最後のひと突きを与えると、ドッとばかりに精を放った。
「ひッ、ひいッ……いくッ」
灼けついた。
そして竜也がようやく動きをとめると、玲子はゼンマイの切れた人形みたいに、口の端から泡を噴いてのびてしまった。
「フフフ、死体の仲間入りしやがって」

竜也は、死んだようにグッタリと崩れている玲子を見おろして、へらへらと笑った。
「いつまでのびてやがる。さっさと服を着ねえかよ、奥さん」
バシッと玲子の双臀を張った。四人も殺して、いつまでもここにいるわけにはいかない。それに厚次もしびれを切らして待っているはずだ。
ようやく玲子は車に連れもどされた。竜也に抱かれるようにして、後ろの座席に乗せられた。
助手席には子供の美加が眠らされているのだが、激しいショックに放心状態の玲子は、我が子を気づかう余裕はなかった。
「やけに遅かったじゃねえか。どうせおめえのことだ。たっぷり楽しんできたんだろうが、へへへ」
車を走らせながら、厚次が言った。
竜也はクククッと笑った。
「ヤクザを四人殺っちまったぜ。フフフ、脳天に一発ずつな」
簡単に言ってのけると、竜也は袋からゴソゴソと責め具を取りだしはじめた。
「この道具の代金に、鉛の玉をごちそうしてやったってわけよ」
「そいつはいいや、へへへ」
バックミラーで責め具の数々を見ながら、厚次も愉快そうに笑った。

玲子は蒼白な顔をうなだれたまま、シクシクとすすり泣いている。身体じゅうびっしょりの汗で、ワンピースも湿るようだ。

それを見れば、ポルノショップで何があったか、おおよそのことは見当がつくというものである。

竜也がモゾモゾと玲子の身体に手をのばしてきた。

「ほれ、奥さん。尻をこっちへ突きださねえかよ」

スカートをまくりあげ、下着をつけない下半身を剝きだしにしようとする。

「ああ……も、もう、やめて……」

玲子は弱々しくかぶりをふった。ポルノショップで、気が遠くなるほどの辱しめを受けたというのに、竜也はまだもてあそぼうというのだ。

「かんにんして……」

「さっさと尻をあげろッ」

竜也は玲子の頰をするどく張った。

ああッと玲子の顔がのけぞった。竜也が人を殺すのを目のあたりに見せられたあとだけに、それ以上あらがうことなどできるはずもない。

玲子は座席の上に四つん這いになると双臀をもたげて竜也のほうへ向けた。

「フフフ、おとなしくしてろよ。また宝石をもどしてやるからな、奥さん」

「ああ……また、そんなことを……どこまで辱しめれば気がすむの」
「ヤクザに浣腸されてひいひい悦んでいたくせしやがってよう」
竜也はダイヤモンドを取りあげると、ゆっくりと玲子の肛門に押しつけていった。

6

車が海岸ぞいの温泉街に着いた時は、あたりはすっかり暗くなっていた。
車は丘の上にあるリゾートホテルの前でとまった。竜也と厚次は、そのホテルの最上階の一室を、玲子の名ですでに予約していた。奔放に見える竜也らの行動は、すべて計画的なのかもしれない。
「ほれ、さっさと歩かねえか」
竜也が玲子の背中を押した。竜也の手には玲子のスカートの裾からのびた細い鎖が握られていた。
言うまでもなく、鎖の先は玲子の肛門のなかに埋めこまれたウズラ玉子ほどのダルマ人形につながっている。そしてその奥には、無数の宝石がつめこまれているのだ。
「へへへ、みんなが奥さんを見てるぜ。ほれ、もっと色っぽく尻をふって歩いてやれよ」

「まさかこの鎖が奥さんの尻の穴につながっているとは、誰も思わねえだろうな、フフフ、不思議そうな顔をして見てやがる」
厚次と竜也は、意地悪く玲子をからかった。
ホテルのロビーは、シーズンちゅうとあってかなりの人でにぎわっていた。そのなかを玲子は引きたてられていく。それも殺人者の手で……。
ああ……。
恐ろしさと恥ずかしさに、玲子は生きた心地もなかった。わあッと泣きだしたいのを、唇をかみしめて、必死にこらえた。
万が一のことを考えて、人質の子供を抱いた厚次の手にはナイフが隠し持たれていた。
ああ……こんな、こんな思いをさせられるなんて……。
行楽客たちの視線を感じるたびに、玲子は背筋に汗をにじませ、膝をふるわせた。子供さえいなければ、死にたい気持ちだった。
肛門に埋めこまれている鎖と宝石がたまらない。足を進めるたびに、ゾクッとして足がもつれそうになった。そのたびに腕を取られて引き起こされた。
「気分出してんのか、奥さん。ますますあやしまれるぜ、フフフ」
意地悪く竜也は玲子の耳もとでささやいた。ロビーの正面のエレベーターに乗る。

満員になった。これさいわいと、竜也はスカートをまくりにきた。
「あ……」
思わず声をあげそうになって、玲子はあわてて唇をかみしめ、声をかみ殺した。
まくりあげられたスカートのなかに、竜也の手がすべりこんできた。裸の双臀が撫でまわされる。
「フフフ……」
竜也はまわりに聞こえるように、いやらしい声で笑った。双臀を撫でまわしていた手が、臀丘の谷間にもぐりこんで、鎖を呑みこんだ肛門をさぐり当てた。
「よしよし、しっかりくわえこんでいるな」
あまりの恥ずかしさに、玲子は身体がカアッと火になった。竜也の言葉に、まわりの者が変な顔をして、玲子を見る。それでなくても、美しい玲子は男たちの関心を集めていた。
竜也のもう一方の手が、下腹から股間へもぐりこんできた。
「あ……」
「フフフ、もう濡れてるじゃねえか」
「…………」
いや、いやあッ……玲子は胸のうちで狂おしく叫びながら、腰をよじった。あたり

を気にして、思いきって腰をよじれない。それをいいことに、竜也の指先は秘められた女の媚肉をとらえ、女芯をまさぐる。
あ、ああッ、やめて……こ、こんなところで、いやあ……。
必死に唇をかみしばって、噴きあがろうとする泣き声を抑えた。
ドキン、ドキンと心臓の鼓動だけが、玲子の身体のなかで響く。まわりの男たちが、玲子を見てあざ笑っているような錯覚に陥った。
その時、玲子の眼に鮫島の顔が映った。心臓がとまるかと思うほどの驚きだった。
ど、どうして、鮫島さんがここに⁉……
鮫島は玲子の夫と同期だったが、会社をクビになった。玲子をしつこく追いまわしたいやらしい男だ。玲子の最も嫌いなタイプの、虫酸が走るような男だった。
その鮫島と同じエレベーターに乗り合わせるとは、あまりに皮肉なめぐり合わせだ。
「やあ、奥さんじゃないですか」
鮫島も玲子に気づいて、声をあげた。
「どうしたんです、こんなところで。お宅にいくら電話しても留守なんで、心配していたんですよ、奥さん」
「さ、鮫島さん……」
なんと言っていいか、玲子にはわからなかった。

よりによってこんな時に鮫島と……。
玲子の下半身には今、竜也の手がモゾモゾと這いずりまわっている。カアッと頭のなかが灼けた。
「フフフ、知り合いかい、奥さん」
竜也は耳もとでささやくと、意地悪くいっそう玲子の媚肉と肛門をまさぐる。
それを知っているかのように、鮫島はニタッと笑った。
「そんな顔をして、奥さん、どうかしましたか。まるで痴漢にいたずらされているようだな、フフフ」
「な、なんでもありませんわ……」
そう答えるのが、玲子はやっとだった。汗がドッと噴きだした。
竜也はさらにあくどいいたずらをしかけてきた。指にかわって異物が、媚肉の合わせ目に分け入ってくる。バイブレーターを内蔵した張型である。
あ、あッ……いや、いやあッ……こ、こんな時に、やめて……。
唇をかみしばって玲子は耐えた。こんな恥ずかしいことを、鮫島だけには死んでも知られたくない。
だが、そう思う心がかえって敏感なまでに、押し入ってくるものを感じさせた。ジクジクと甘蜜がにじみでて、身体の芯が妖しくひきつった。

張型が粘膜をへだてて腸管の宝石とこすれ合い、そこにバイブレーターの振動が加わった。
「あ……」
身体が火を噴いて、その場にへたりこみそうになるのを、竜也がグッと支える。
「フフフ、悦びすぎて声を出すなよ。恥をかきたくなけりゃ、そんなうれしそうな顔すんじゃねえ」
竜也がせせら笑うように、耳もとでささやいてくる。
一方、鮫島のほうはあい変わらずニヤニヤと笑いながら、
「ここで奥さんと会えたのも天の配剤だ。フフフ、あとで私の部屋へ来ませんか」
と、図々しく玲子を誘う。玲子に肉の関係を迫りつづけてきた鮫島だけに、聞くまでもなかった。
「私の部屋へ来れば、いろいろ楽しませますよ、フフフ」
鮫島はいやらしく笑った。
だが玲子はもう、そんな話を聞いていられる状態ではなかった。ブーンと振動音をたてるバイブレーター、その振動がこねくりまわす女の最奥……それに必死に耐えるのでせいいっぱいだった。
あ、あ……もう、駄目ッ……。

耐えきれずに声をあげかけた時、エレベーターがとまってドアが開いた。もうフラフラの状態で部屋に連れこまれた玲子は、わあッと泣き崩れた。それまで耐えていたものが、一気に崩れ落ちたような泣き方だった。
「ああ、ひどいわ……あんまりです……どこまで辱しめれば、気がすむというのッ」
玲子は身を揉んで号泣した。
「鮫島とかいう野郎、あいつだな、奥さんにしつこくつきまとっていたというのは。フフフ、好きそうな野郎だぜ」
「だいぶ奥さんに熱をあげているようじゃねえか」
竜也と厚次は顔を見合わせて、ニヤッと笑った。
「奥さんを犯りたくってしようがねえといった顔してやがったな、へへへ」
「犯らせてやるか、フフフ。奥さんに客をとらせるのもおもしろいぜ」
竜也の脳裡には、ヤクザにもてあそばれる玲子を見物していた時の、妖しい興奮が甦っていた。
「鮫島という野郎に奥さんを犯させて、そいつを酒でも飲みながら見物するんだ」
泣き崩れていた玲子がビクンと背中をふるわせた。ひきつった美貌があがる。
「そ、そんな……それだけは、いやッ」
「いいじゃねえか、奥さん。もうヤクザにも犯された身体なんだからよ」

「いやッ……あの人だけは、いや、いやあッ……鮫島さんだけは、かんにんしてッ」
泣きながら玲子は叫んだ。それはもう、理屈を越えた生理的嫌悪だった。
「そんなにいやか、フフフ。いやとなりゃ、なおさら鮫島という野郎に犯らせてみてえな」
竜也は意地悪くさらに玲子を追いつめる。
「犯られるだけでなく、浣腸させるのもおもしれえぜ、へへへ」
「いやあッ……ど、どんなことでもしますから、それだけはかんにんしてッ」
玲子は泣きじゃくりながらすがった。竜也と厚次は、また顔を見合わせてニヤッと笑った。
「そんなにあの男がいやか、フフフ。どうしてもいやなら、考え直さねえこともねえがよ、奥さん」
「へへへ、今夜宝石ブローカーと取引きをすることになってるんだ。そいつがまた、すげえ女好きでねえ」
竜也と厚次はニヤニヤと笑いながらしゃべりはじめた。鮫島に犯させるのを許してやるかわりに、宝石ブローカーの相手をしろというのである。
「そ、そんな……」
玲子はかぶりをふった。だが、拒めるはずもない。

「いやなら鮫島のおもちゃにするぜ。さぞ喜んですっ飛んでくることだろうぜ」
「ああ……」
鮫島のおもちゃにされるくらいなら……。玲子は泣きながら承諾するのだった。
「いい子だ、奥さん。たっぷりサービスして取引きが成功すりゃ、ほうびに自由にしてやってもいいんだぜ」
「ただし、相手が満足しねえ時はどうなるか、フフフ、わかるな。奥さん」
厚次と竜也は笑いながら、どうふるまえばいいか、あれこれと玲子に説明をはじめるのだった。

第五章　恥汁地獄　甘蜜がにじむ肉襞

1

つけっぱなしのテレビが、ポルノショップでの殺人事件を大々的に報じていた。宝石店強盗のと同じ銃が使われていたということで、大騒ぎになっている様子だった。
だが、あい変わらず犯人の手がかりも、足取りもつかめないというので、竜也と厚次は余裕だった。
報道を気にするどころか、玲子の左右にまとわりついて、ニヤニヤ笑いながら何事かささかんにささやいている。宝石の取引きで、玲子がどうふるまえばいいか、教えているのだ。
いやいやと玲子は、真っ赤な顔を本能的にふっている。
「そ、そんなことッ……」

「牝になれるな、奥さん。へへへ、ちょいと取引き相手にサービスしてやるだけじゃねえかよ。それで自由になれるんだぜ。悪い話じゃねえはずだ」
厚次がニタニタと玲子の顔をのぞきこんで言った。
「取引き相手はかなりの変態だが、奥さんならこなせるはずだぜ、フフフ。もっとも、どんなにいやがっても相手させるがな」
竜也もニタニタと笑った。
「……い、いや、いやです……」
これからされることを思うと、玲子は身体じゅうがふるえだし、かぶりをふらずにはいられなかった。
自分からすすんで牝としてふるまい、取引き相手の嬲りものになる……。そんなことができるわけがない。まして相手は、竜也たち以上の変質者だという。
「かんにんしてください……お願い……そ、そんなこと、できないわ……」
玲子は知的な美貌を、今にもベソをかかんばかりにゆがめて哀願した。
竜也は冷たく笑った。
「いやなら奥さんは、自由になるどころか、一生飼い殺しだぜ。中近東あたりのハーレムに売るのもおもしれえかな、フフフ」
「そうなりゃ、もうガキには用はねえな、へへへ」

厚次はナイフを取りだして、首をかっ切るまねをした。竜也と顔を見合わせて、ニタッと笑う。
「どうしてもいやだってえなら、ナイフを使うしかねえようだぜ、厚次」
「まずはガキの耳でも切り落とすか。耳を見りゃ、気が変わるかもしれねえ」
厚次はナイフを手に、子供の美加を閉じこめた奥の部屋へ向かおうとした。この男たちなら本気で子供の耳を切り落としかねない。
「ああッ、待って、待ってくださいッ」
玲子は我れを忘れて厚次を引きとめようとすがりついた。
「い、言う通りにしますッ。しますから子供にだけは手を出さないで、お願いッ」
「あてにならねえな。いいから厚次、耳を切り取ってこいや」
玲子を後ろから押さえこみながら、竜也が非情に言う。
「へへへ、このさい耳だけでなく、目玉もえぐってやるか。ジワジワ殺ってやるぜ」
「ま、待って、お願いッ」
玲子は竜也の腕のなかで、身を揉んで叫んだ。同時に、それまでこらえていたものが一気に崩れたように、わあッと声をあげて泣きだした。
「……誓いますッ、どんなことでもしますッ……で、ですから、子供だけは……」
「ほう、どんなことでもか、奥さん」

厚次が立ちどまって、玲子をふりかえった。

泣き濡れた瞳を、玲子はすがるように厚次に向けた。ワナワナとふるえる唇から、悲痛な声を絞りだす。

「ち、誓いますッ……玲子は、牝……牝になりますから……牝になりきって、どんなことでもされます……」

玲子は、そう言って、激しくすすり泣いた。それがどんなに恥ずかしくおぞましいことか、今の玲子にかえりみる余裕はなかった。我が子を守らねばという母親としての本能だった。

竜也と厚次は、顔を見合わせて、へらへらと笑った。

「嘘じゃねえだろうな、奥さん。だましやがると、ガキの命はねえぜ」

「ガキを殺っちまうだけじゃねえ。奥さんの毛嫌いしている鮫島とかいう野郎のおもちゃにしてから、売り飛ばすぜ」

竜也と厚次は、玲子の黒髪をつかんでしごきあげた。

「う、嘘じゃないわ……玲子はもうどうなってもいい……あなたたちの言う通りに、どんなことでもするわ……」

絶望の底なし沼で、もう観念したように玲子は、哀しげに言った。ポタポタと涙が頬を流れ落ちた。

「よしよし、言う通りにしてりゃ、ガキには手を出さねえ。それどころか、明日には自由の身にしてやるぜ、へへへ」
「さっそく取引きの準備だ。奥さん、身体じゅうをみがきあげな。どんな男でもうっとりさせるようにな」
玲子はバスルームに連れこまれた。
竜也と厚次にはさまれて、丹念に身体を洗い清められる。湯に温めほぐされ、石鹸でみがかれる女体は、熟しきった人妻の妖しい輝きに満ちあふれていた。それは、ゾクゾクする欲情に、玲子を洗う男たちの手がふるえるほどだった。
「ほれ、もっと脚をおっぴろげねえか。ここはとくに念入りに洗っとかなくちゃよう」
厚次が前から玲子の内腿へ手をもぐりこませれば、竜也は後ろから臀丘の谷間にシャボンを塗りたくる。玲子の肛門から垂れさがった鎖が、チャラチャラと鳴った。
「ああ……」
玲子は肩をふるわせてすすり泣いている。これから加えられる責めの恥ずかしさ、恐ろしさに、今自分の身体に這う男たちの手のおぞましさも忘れた。
バスルームから出ると、一糸まとわぬ全裸で三面鏡の前に座らされた。湯あがりの肌がほのかに色づき、女の色香が匂う。

艶やかな黒髪にブラシを入れ、唇にルージュを引く。竜也の好みでルージュは真紅だ。ブルーのアイシャドウに頬紅と、いつもより派手に化粧をさせられた。
「たいした美人ぶりだ、フフフ。どんな野郎でも夢中になるな」
「とことんいじめたくなる美しさってやつだな。へへへ、そそられるぜ」
竜也と厚次は玲子を立ちあがらせると、真紅のルージュを乳首に塗りつける。豊満な乳房の先端に、パアッと真紅の花が咲いた。さらに玲子の両脚を開かせて、前後にかがみこんだ。
「ここも化粧しなくちゃよ。いちばん肝心なところだ、フフフ」
「そ、そんな……ああ……」
おぞましい箇所に這うルージュに、玲子は顔をのけぞらせて腰をよじった。媚肉の合わせ目にルージュが這う。細い鎖をぴっちりくわえこんだ肛門にも這い、妖しく色づけられていく。
「あ、ああ……」
「じっとしてろ。牝の身だしなみだぜ」
「だ、だって……そんな、そんなところに……」
我が子のことを思うと、あらがうことはできない。ねっとりと這うルージュに背筋がふるえた。

そのふるえがやがて、女の生理をあますことなくさらけだされる責めにつながるのかと思うと、玲子はいっそう恐ろしさにかりたてられる。
綺麗に化粧がされると、玲子は一糸まとわぬ素肌の上に紫色のロングドレスを直接まとわされた。フランス製の上品なドレスである。身体にぴったりとフィットして、息をするのも苦しいほどだった。身体の線がくっきりと浮きでて、乳房や双臀の形まではっきり見てとれる。
「似合うじゃねえか、奥さん。そそられるぜ」
「フフフ、さすがだな。奥さんのような、いい身体の女のためにあるようなもんだ」
そして玲子は極端にかかとの高い紫色のハイヒールをはかされた。
厚次と竜也は、今にも涎れをたらしそうな顔で、惚れぼれと見とれた。脱がすために女をみがきあげる。みがきあげてこそ、脱がし、踏みにじる楽しみも大きくなる。
「それじゃ、ぼちぼち取引きにいくか」
竜也は時計を見ながら言った。もう夜の九時を少しまわっていた。
竜也の手が玲子の腰に巻きついた。
ビクッと玲子は身ぶるいしたが、あらがおうとはしない。
厚次が子供の美加を連れてきた。一人奥の部屋に閉じこめられて泣き疲れたのか、

眠そうである。
「ああ、美加ちゃん……」
玲子は夢中で美加を抱きしめると、やさしく頬ずりした。
「奥さんが誓いを忘れねえよう、ガキも連れていくぜ。言うことを聞かねえ時は、すぐガキの耳を切り落としてやる」
厚次はナイフをちらつかせて、低い声で笑った。
玲子は何も言わなかった。
み、美加ちゃん……ああ、この子を守るためにどんな恥ずかしいめにも耐えなければ……美加のために……。
玲子は必死の思いで、自分の胸に言いきかせた。子供がいる限り、死ぬこともかなわなかった。どんな責め苦にも、じっと耐えるしかない。
「いいな、奥さん。牝になりきるんだぜ」
竜也は玲子の腰に手をまわしたまま、ゆっくりと歩きはじめた。

2

最上階の部屋を出て、三階へおりた。廊下の突き当たりにあるホテルの会議室を、

竜也たちは借りていた。
玲子は竜也に腰を抱かれ、意のままに歩かされた。玲子は子供の美加をしっかりと抱いている。
ああ、こわい……こわいわ……。
足を進めるたびに、気力が萎えてしゃがみこみたくなる。我が子の顔を見て気力をふるいたたせた。まるで死刑台へ引きたてられていく女囚みたいだった。
防音装置がほどこしてあると思われる分厚いドアを、厚次はニヤニヤと玲子をふりかえりながら開いた。なかから男たちの声が聞こえてきた。二人や三人ではない。
「ああ……」
玲子はにわかにおびえたった。どんなに覚悟を決めたつもりでも、平静ではいられない。
取引き相手は一人ではなかったのだ。よってたかって嬲りものにされる自分の姿が、一瞬脳裡に浮かんだ。
「さっさと入らねえか、奥さん。今さらクドクド言わなくてもわかってるな。ガキの命がかかっていることを忘れんなよ」
竜也に背中を押されて、玲子はフラフラとなかへ入った。全身がすくんだ。男たちの視線が、いっせいに玲子に集中する。

「す、すごい美人だ。こりゃ驚いた」
「こんなベッピンが石の運び屋とは……それも子連れじゃねえか。こりゃいい」
「顔だけでなく、身体もいい。見事なプロポーションじゃないかね」
遠慮のない視線と言葉が、容赦なく玲子に浴びせられた。
玲子は恐ろしさに顔をあげられなかった。声の感じから、男たちが竜也や厚次のような若者ではないことがわかった。だが、決して玲子をたすけてくれる男たちでもない。
「顔をあげて、シャンとしねえか」
竜也は玲子の双臀を、パシッとはたいた。
おずおずと玲子の顔があがった。
部屋の中央には、強烈なスポットライトが直径一メートルほどの光の円をつくっていた。それを取り囲むようにソファが置かれ、男たちが座っていた。全部で五人いるが、ソファのところは暗く、顔まではわからない。
「フフフ、もう皆さんおそろいのようで」
竜也と厚次は、玲子の背中を押して部屋の中央へ進ませた。スポットライトの光の円のなかに、玲子を立たせる。
ああ、こんなことって……。

男たちの眼が異様にギラつくのが、玲子には本能的にわかった。ドレスから浮きでた身体の線に、ねっとりと視線がからみついてくる。

玲子は子供の美加をしっかりと抱きしめたまま、その場に立ちすくんだ。金縛りにあったように身体が動かない。

「上玉だろ、へへへ、こう女がいいと取引きも楽しくなるってもんだぜ」

「フフフ、玲子といってよ、商社マンの女房なんだ。まあ、運び屋にと前から狙いをつけてた女だ」

厚次と竜也は得意になって、玲子を右に向かせたり左に向かせたり、後ろ向きにしたりして、男たちの眼にさらした。

男たちはしばし見とれた。まぶしいまでの美しさである。

ゴクッと男たちが生唾を呑むのがわかった。

「……取引きといこうじゃないか。石は持ってきてるだろうな」

男の一人が言った。昂りを抑えきれないような声だった。

「ちゃんと持ってきてるぜ、フフフ」

竜也がピタピタと玲子の双臀をたたいた。

「取引き相手が、品物を確かめてえとよ、奥さん」

「ガキはあずかってやるぜ、へへへ」

厚次が玲子の手から子供を取りあげる。美加は、母親の手に抱かれて安心したせいか、スヤスヤと眠りこんでいた。

「み、美加ちゃん……」

子供を追おうとする玲子の手を、竜也がつかんだ。

「奥さんは、取引き相手に宝石を確かめてもらう仕事があるだろうが。フフフ、一人一人じっくりと指で触らせて、確かめてもらうんだぜ」

取引きは信用が第一だからよと、竜也はへらへら笑った。玲子は美貌を蒼白にして、ブルブルとふるえだした。

「ああ……」

一度すがるように竜也を見た。ワナワナとふるえる唇をかみしめ、心のうろたえとおののきを必死にこらえる風情だ。

得体の知れぬ男たちに身体をさらして見せねばならないかと思うと、気が遠くなりそうだった。どこまで耐えられるか。いや、耐えられなくとも耐えねばならない。

厚次が子供の美加を抱いて、意味ありげに笑っている。

み、美加……。

胸のうちで我が子の名を呼び、一度哀しげに天井に向かって顔をのけぞらせると、玲子はおずおずと、ふるえる唇を開いた。

「……ど、どうぞ、宝石を確かめてください……玲子の身体……のなかを……」
すすり泣くような声で、強要された言葉を口にすると、玲子は男たちに後ろを見せてスカートをまくりあげはじめた。手がブルブルとふるえる。ロングドレスの長いスカート丈が、いやでもスカートをまくりあげる浅ましさを感じさせ、玲子を屈辱と羞恥に身ぶるいさせた。
「あ、あ……恥ずかしい……」
ロングドレスをまくりあげるにつれて、玲子の形のよい白い脚が露わになっていく。それを追うように、男たちの熱い視線が這いあがってくるのが、痛いまでにわかった。だが、手をとめることは、玲子にはゆるされない。右に左にと顔をふる。
「さっさとしねえか。もっと思いきってまくりあげるんだよ、奥さん」
竜也が声を荒らげる。
もう玲子の白く肉感的な太腿は、あられもなく剝きだされていた。ぴっちりと閉じ合わせているのが、哀れさを誘う。
だが、そんな玲子の羞じらいが男たちにはたまらなかった。宝石の運び屋などというのは、たいてい商売女のロクでもない女のことが多かった。玲子には、そんな女たちにはひとかけらもない美しさと新鮮さがあった。
「いい女だ……たまらんねえ」

「あの脚のムチムチと色っぽいこと」
「運び屋なんかには、もったいない女だ」
男たちにしばし取引きの緊張を忘れさせ、うっとりと見とれさせるに充分な玲子の妖しいまでの美しさだった。
さらにロングドレスの裾がまくりあげられていく。そしてついに、ムチッと官能美あふれる玲子の双臀が、男たちの前にさらけだされた。
「おおッ」
男たちからどよめきにも似た賛嘆の声があがった。白い剝き玉子のような見事なまでの双臀である。シミひとつなくムッチリと張って、男たちを圧倒する。
「ノーパンとはねえ。それだけ尻に自信があるってことか、フフフ。うなずけるよ」
「それも鎖のアクセサリーまでつけて、いい尻してるじゃないか」
男たちは口々に酔いしれたように言った。玲子の双臀を見る眼が、まぶしいものでも見るように細くなっている。
玲子は弱々しくかぶりをふった。隠すことも逃げることもできない自分が哀しく、みじめだった。
「フフフ、いい尻しやがって」
「ああ、そんなこと、言わないで……」

「いじめられるのが好きなくせしやがってよう。マゾ女の玲子、いい格好だぜ」
竜也は意地悪く玲子をからかいながら、後ろにかがみこむと、ピタピタと双臀をたたいた。クイッと鎖を引っ張る。
「あ、ああ……」
「ああじゃねえ。尻の穴をゆるめねえかよ、奥さん」
「そ、そんな……」
玲子はなよなよと腰をよじった。その動きは、あらがいといったふうではなかった。ジワジワと鎖が引かれた。鎖をぴっちりくわえこんですぼまっている玲子の肛門は、内側からゆっくり盛りあがったかと思うと、小さなダルマ人形がのぞいた。
ヌルッという感じで抜け落ちた。
「ああッ、いやッ」
悲鳴をあげて、玲子は顔をのけぞらせた。異物が肛門から抜け落ちるおぞましい感覚を何にたとえればいいのだろう。頭の芯がカアッと灼け、背筋がしびれた。
だが、それで終わったわけではない。
「これでよし。フフフ、奥さん、皆さんに宝石を確かめてもらうんだ」
ピシッと竜也に双臀をはたかれて、玲子はもう何も言おうとせず、命じられるままに男たちのほうへ歩み寄っていく。

ハイヒールがガクガクとふるえて、崩れ落ちそうだった。男たち一人一人に、肛門につめこまれている宝石を確かめさせる……そんな辱しめを自ら求めねばならないのかと思うと、凍りつきそうな恐怖だった。

薄暗くてはっきりとはわからないが、最初の男はどこか鮫島に似た生理的嫌悪感を覚える男だった。

「……れ、玲子の、身体のなかを調べてください……」

ふるえ声で言うと、玲子は裸の双臀を男の眼にさらした。両脚を開き、上体を前へ倒すようにして双臀を男の顔の前へ突きだす。

ああ、できない……そんなこと、できないわ……。

すがるように竜也を見るが、すぐに唇をかみしめてうなだれてしまう。いくら哀願しても無駄なのだ。

ドレスの裾をまくりあげている両手を、玲子は双臀へすべらせると、

「……あ、浅ましい玲子を……笑わないで……ああ」

両眼を閉ざし、唇をかみしめて、玲子はふるえる手で自ら臀丘を左右へ割り開きはじめた。

ああ、美加を守るためだわ……この辱しめさえ耐えれば、明日は自由になれるんだわ……。

玲子は何度も自分自身に、羞恥と屈辱の胸のうちで言いきかせていた。
男はペンライトをつけ、首をのばして食い入るように見ている。その前で、玲子はシクシクとすすり泣きながら、さらに臀丘を割り開いた。
「ああ、恥ずかしい……玲子、恥ずかしいわ」
男心にしみ入り、とろかすような玲子のすすり泣きだ。
「フフフ……」
男が低い声で笑った。
ハッと玲子の割り開く手がとまった。もうおぞましい排泄器官が、男の眼にはっきりとさらけだされたことを、男の笑い声が教えている。
「美人は違うねえ……こんなところまで綺麗に化粧しているとは、フフフ」
男は玲子の肛門や媚肉の合わせ目に塗られたルージュに気づいて、また笑った。
「ああ、笑わないで……恥ずかしい……」
「フフフ……」
「……は、はやく、調べてください……」
恥ずかしさに頭のなかが、火のように灼けた。そしてまた、のぞかれる肛門も、ペンライトの明かりと突き刺さってくる視線に、火のようだ。
「どれ、石はどこかな、フフフ」

男の手が玲子の双臀や内腿を撫でまわしてから、媚肉にのびてきた。
「あ、ああ、そこ、そこじゃないわッ」
玲子の狼狽と泣き声をあざ笑うように、男の指先が媚肉の合わせ目に分け入ってきた。人差し指と中指の二本が、ググッと女の最奥へと沈んだ。
「ああッ、い、いやッ」
「おとなしくしねえか。取引き相手が納得いくまで調べさせるのが筋ってもんだぜ、奥さんよう」
竜也がドスのきいた声で言った。
「それとも、はやく尻の穴をいじってほしいってえのか」
「そ、そんな……」
「なら、じっくり調べさせな、奥さん」
深く埋めこまれた男の指は、淫らに動いて肉襞をまさぐった。親指が敏感な女芯を狙ってくる。
「フフフ、ルージュの化粧がよく似合う。色っぽいオマ×コだ」
「ああ……はやくすませてください……」
屈辱にジリジリと灼かれて、玲子は泣いた。必死にこらえようとしても、ひとりでに腰がよじれた。それさえ男たちはからかいの対象とした。

「もう腰をゆすってるじゃないか。好きな女だ、フフフ」
「いいところの奥さんらしいが、腰のふり方は商売女顔負けだな」
「まったく敏感な女だ、フフフ」
ゆるゆるとまさぐるたびに、玲子の女の部分は妖しく収縮を見せて、ジクジクと甘蜜をにじませはじめた。
「濡れてきたじゃないか。気持ちいいんだろ、奥さん」
「………」
「どうなんだ」
「き、気持ちいいです……あ、あ、そんなにされたら……」
玲子はすすり泣きながら答えた。背筋がわななき、腰が指の動きに応じるようにうねった。
「あ、ああ……」
自分の意思とは関係なく声が出た。
「フフフ……」
男はうれしそうに口もとを崩した。今にも唾液がたれそうで、すすりあげる。
目当ての宝石が玲子の腸管につめこまれていることなど、男は百も承知だ。なのにわざと玲子の媚肉をまさぐって調べるふりをし、楽しんでいる。

「どうやら石は、尻の穴のほうらしいな」
男は薄い粘膜をへだてて腸管を指先でまさぐりながら言った。指先に腸管の宝石が感じ取れるらしい。
指が引き抜かれたかと思うと、玲子の肛門に触れてきた。玲子はひッと息を呑んで、顔をのけぞらせた。
「あ、あああッ」
のびあがるように、玲子の腰がずりあがった。
「いやなのか、奥さん」
「……いや、いやじゃないわ……玲子のお、お尻の穴を、調べてください……」
「だが、尻が逃げてるぜ」
玲子ののびあがった双臀が沈み、さらに男のほうへ突きだされた。
ググッと指が沈んでくる。玲子の甘蜜のすべりにのって楽々と押し入った。
キュッと玲子の肛門がすぼまって指を締めつけるのだが、それもかえって男を喜ばすばかりだった。
「フフフ、そんなに締めつけても、指は付け根まで入ってしまったぜ、奥さん。素晴らしい尻の穴してるじゃないか」
「あ、ああ……かんにんして、そんな……そんなにしないで」

指先で腸襞をまさぐられ、玲子は背筋に悪寒が走るような屈辱と汚辱感に泣いた。男の手をふり払いたい、裸の双臀を隠したい……逃げたいと思う気持ちを必死にこらえて耐えた。自ら臀丘を割り開いている手に力が入る。

ああ、美加、美加ちゃん……。

我が子の面影を追い求めながら、玲子は眼を閉じ、歯をかみしばる。ルージュを塗ったおちょぼ口が、押しひろげられ、こねくりまわされ、えぐりあげられた。

ハアッ、ハアッ……。

玲子は剝きだしの下半身に、じっとりと汗をにじませつつ、あえぎ、うめき、泣いた。

男の指先が腸管の宝石に触れた。

「ほう、びっしりつめこまれてるじゃないか、奥さん。こりゃあダイヤかな。それともエメラルドか……」

そんなことを言いながら、男は執拗だった。宝石を確かめるというより、玲子の肛門へのいたぶりを楽しんでいる。

そんな様子を竜也はニヤニヤとのぞきこんだ。どうだと言わんばかりに、竜也は自慢そうだった。

「どうだ、石は確認できたか」

「フフフ、確かに、この人妻の尻の穴のなかにねえ」
ようやく恥ずかしい調べが終わった。だが、取引き相手は、あと四人も残っている。
玲子はすすり泣きながら竜也を見あげた。
「……も、もう、ゆるして……これ以上は、耐えられないわ……」
「何か言ったか。聞こえなかったぞ、奥さん」
「…………」
竜也のドスのきいた声に、玲子はもう何も言えなかった。哀しげな顔を伏し目にして、隣りの男の前へ進んだ。薄暗いなかに、男の血走った眼がランランと光っていた。
「ああ……みじめだわ……こんなこと、恥ずかしいのよ……」
玲子は小さくつぶやいて、また涙を流した。
その涙をふり払うようにして玲子は顔をあげると、裸の双臀を男のほうへ突きだすのだった。
「……お願い……玲子の、お尻を調べてください……」
待ってましたとばかり、男の手がペンライトとともにのびてきた。この男もまた、最初に狙うのは玲子の媚肉だった。
「あ、あ、あなたもそんなことをするのね……ああ……」
玲子は泣き声をあげて、弱々しくかぶりをふった。

「は、はやく、調べてください……」
いくら哀願しても無駄だった。三人、四人と男たちの執拗な調べはつづいた。媚肉がまさぐられ、腸管が指でえぐられ、こねられる。
そんないたぶりに、いやでも女の官能が刺激された。ツーン、ツーンとしびれが身体の芯を走り、肉がうずいた。ジクジクとあふれでる甘い蜜に、玲子の媚肉はあられもなく濡れそぼち、ヒクヒクと蠢く。
そして玲子の肛門は、もう水分を含んだ真綿のように、妖美な柔らかさを見せていた。指がえぐりこむたびにキュッとすぼまろうとするのだが、すぐにふっくらとゆるむ。
「フフフ、前も尻の穴も濡れきって、いい色になったじゃないか」
のぞきこむ竜也が、眼を細めてへらへらとからかえば、玲子の身体をまさぐっている五人目の男も、
「灼けるみたいで、指がとろけるぜ。へへへ、こんなにお汁を出して……こりゃ色情狂並みだな」
と、うなるように感嘆の声をあげる。玲子の妖しい肉の感触に酔いしれている。
「ああ……い、言わないで……」
玲子はかぶりをふり、腰をうねらせてあえいだ。見知らぬ男たちに次々といたぶら

れているというのに、恥ずかしげもなくあふれだすのが、いっそう屈辱と羞恥を高めた。
覚悟していたこととはいえ、あまりの我が身の浅ましさに、玲子は気も遠くなる思いだった。
五人の取引き相手のいやらしい調べがひと通り終わると、竜也は玲子を部屋の中央、スポットライトの光のなかへ連れもどした。
「フフフ、お楽しみを交えて、石があることが確かめられたと思うぜ。それじゃ金のほうを見せてもらおうか」
竜也は玲子の双臀を撫でまわしながら言った。男たちがそれぞれアタッシェケースを開けてみせた。
「この通りだ。あんたが言う通りの値うちがあるか、石を見せてもらおうか」
「ひとつ、ひとつ、確かめさせてもらうぜ」
「さっそく石を、その女の尻から取りだしてもらおうか」
男たちは竜也に向かって言った。
一定の緊張のなかにも、熱くただれた空気がムッと充満した。竜也がどのように玲子の肛門から宝石を取りだすかを想像して、もう気持ちが昂っているのだ。
竜也はニンマリとうなずいた。

玲子は光の円のなかで、肩をふるわせてあえぎ、すすり泣いている。これからさらに恐ろしいことをされる恐怖に、生きた心地がなかった。

3

竜也と厚次は、男たちが座っているソファの前に、膝ほどの高さの長方形のテーブルを置いた。テーブルの上は、分厚いガラスになっていた。
「奥さん、スカートをまくってテーブルの上にのりな。うつ伏せに横になるんだ」
竜也がピシッと玲子の双臀をはたいた。
玲子は、にわかに狼狽し、恨めしそうに竜也を見たが、まったくあらがう様子を見せない。もうすっかりあきらめきっているのだろう。
「気も狂うような、恥ずかしいこと……玲子はされるのね……」
「もっと思いきってスカートをまくらねえかよ、奥さん。腰までまくんなッ」
「ああ……」
玲子は命じられるままにロングドレスの裾をまくると、テーブルの上へあがった。うつ伏せの姿勢に横たわる。
剥きだしの下腹や太腿に触れるガラスの冷たさが、玲子をビクッとふるわせた。

「ほれ、アンヨをおっぴろげな」
「ああ……恥ずかしい……」
「尻の穴とオマ×コまで見せて、何が恥ずかしいだ」
竜也はハイヒールの足をつかむと、せせら笑いながら左右へ割り開いた。
足首に縄を巻きつけ、グイと引いてテーブルの脚につなぐ。もう一方の足首は、反対側のテーブルの脚につないだ。両手も開かせて、それぞれテーブルの脚に縛りつけた。うつ伏せの大の字縛りが完成した。
足が男たちのほうを向いているため、男たちからは開ききった内腿の奥がスポットライトの光に丸見えだった。
「ああ……」
玲子は唇をかみしめたまま、頭を右に左にとふった。もうこれで、どんなことをされても拒みようがなくなった。
厚次が、眠りこんでいる子供の美加を、テーブルの下に横たえた。ちょうど玲子の真下で、ガラスを通して子供が見える。
「ガキのことを忘れねえようによ、よく見えるところに置いてやるぜ」
厚次が意味ありげに笑いながら言った。いつでも子供の耳を切り落とすと、厚次は言っている。

「……み、美加ちゃん……」

玲子は哀しげに、つぶやくように我が子の名を口にした。その前で、竜也と厚次が淫らな責め具をカーペットの上に並べていく。ポルノショップから奪ってきた恐ろしい器具の数々である。

玲子は恐ろしさに、歯がカチカチと鳴ってとまらなかった。だが、玲子には、ただおびえおののいていることはゆるされない。

「……れ、玲子のお尻を開いて……お、お尻の穴を開いて、宝石を取りだしてください……」

玲子はふるえる声で、教えこまれた屈辱の言葉を口にした。

ニヤニヤと笑いながら厚次が玲子の臀丘をさらに割り開いて、いっぱいに玲子の肛門をあばきだした。竜也が指先を玲子の肛門に突き立てる。

「あ、あああッ」

思わず玲子の口から嬌声が出た。竜也の指先がズブズブと縫うように沈んでくる。もう玲子の肛門は、先ほどからのいたぶりでふっくらとほぐれていた。媚肉はあふれでた甘蜜を、ガラスの上までしたたらせていた。

「フフフ、しっかりと呑みこんでやがる」

指先が腸管の宝石をさぐり当て、竜也は笑った。埋めこまれた指が、円を描くよう

に回転する。
「あ、ああッ、いや……」
「何がいやだ。そんなことじゃ宝石は取りだせねえぞ」
「ああ……開いて、もっと玲子のお尻……の穴を開いて……」
玲子は泣きながら言った。恥ずかしさと屈辱に、玲子は死にたかった。
「フフフ、奥さん、こいつを使って開くか」
竜也が不気味に光る金属の肛門拡張器を取りあげるのに気づくと、玲子は弾かれたようにビクッと身体をふるわせた。
「い、いやッ……そんなもの、使わないでくださいッ」
玲子はほとんど悲鳴に近い声で叫んでいた。肛門拡張器を使われるなど、まったく想像もしなかった。
「かんにんして……そんなもの、いやですッ……ああ、そんなひどいことはしないで」
「フフフ、肛門拡張器はそんなにいやか、奥さん」
竜也は肛門拡張器のくちばしのような部分をパクパクさせて、意地悪く玲子の顔をのぞきこんだ。
男たちはニヤニヤと笑い、無言のまま玲子をながめている。美しい人妻が何もかも

さらけだした格好で、肛門拡張器を前におびえ、泣いている。その妖しい光景は、いやがうえにも嗜虐の欲情をそそる見世物だった。
「は、はやく、女の尻を開いてみせてくれ」
誰とはなしに、男たちのなかからうわずった声が出た。
「聞いての通りだ、奥さん。皆さんはこいつを使うのをお望みだぜ、フフフ」
「いや、いやですッ……ああ、ゆるして、そんなことは、かんにんしてッ」
「もっと尻の穴を開いてほしいと言ったのは、奥さんだぜ。宝石を取りだすには、こいつを使うしかねえようだな」
玲子の狼狽をあざ笑うように、金属の冷たい感覚が肛門に沈んできた。熱くとろけた粘膜に、その冷たさはピリピリしみた。
「かんにんして……ああ……」
おぞましい排泄器官を金属で貫かれる異常な感覚に、いやでも声が出た。
肛門拡張器……それがどんなふうに使われるかは、すでにポルノショップで聞かされている。人差し指と親指でつくった輪を女の肛門に見たてて、それを金属のくちばしが押しひろげる様子を見せられ、説明を受けた。
今それが自分の身体に……。玲子は眼の前が暗くなった。
「ああ、ゆるして……」

「そう言うわりには、まんざらでもないらしく、ずいぶん深く入るじゃねえか、奥さん」
「いやッ……」
玲子は泣き顔をのけぞらせ、黒髪をふりたくった。
竜也は長さが十五センチ近くもある金属のくちばしの部分を、ほとんど沈めきると、
「それじゃ、おっぴろげるぜ、奥さん」
「あ、ああッ、いや、いやあ……」
引き裂かれるような疼痛が玲子の肛門を襲ってきた。玲子の肛門のなかで金属のくちばしが、ジワジワと開きはじめたのだ。
「痛、痛い……ああッ、やめてッ……」
玲子は恐ろしさに歯をカチカチかみ鳴らしつつ、戦慄の声をあげた。
「痛けりゃ、尻の穴をゆるめるんだな、奥さん。自分から思いっきり、おっぴろげるようにするんだ」
「あ、あ、裂けちゃう……ゆるしてッ……」
「フフフ、どこまで開けば裂けるかを試すのもおもしれえな」
竜也は玲子をからかいながら、ジワジワと拡張した。繊細な神経をちりばめた玲子の肛門は、粘膜を押しひろげながらむごく開いた。

「う、うむ……」
玲子は苦悶のうめきをもらし、総身をブルブルとひきつらせた。それでも耐えきれず、息もつけないようにのけぞらせた口をパクパクさせ、狂おしく腰をふりたてた。まるで腸を引き裂かれ、解剖されるようだ。
「フフフ、パックリだな」
竜也は玲子の悩乱をニヤニヤとながめながら、男たちの眼に玲子の肛門をさらした。
玲子の肛門は、金属のくちばしに押し開かれて、生々しいまでに口を開いていた。禁断の腸腔をはっきりとのぞかせ、粘液にまみれた宝石を妖しく光らせている。
「ほう、こりゃ妖しいながめだ」
「こんな美人の尻のなかでみがかれたとなりゃ、石もいちだんと上等に見えるぜ、フフフ」
「尻の穴のなかまで、いい女だ」
男たちは唾液をすすりあげんばかりに、首をのばしてのぞきこむ。
そんな男たちの眼を気にする余裕もなく、玲子は顔をのけぞらせたまま、ううッ、うむッ、と苦悶のうめき声をあげ、時折り悲鳴に近い泣き声を放った。
「う、うむ……かんにんして……」
「まだまだ、これからだぜ、奥さん」

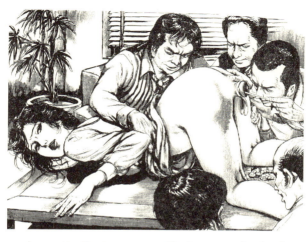

竜也は左手で肛門拡張器をつかみ、右手に持った耳かき棒をゆっくりと金属のくちばしの間から挿入した。腸腔の宝石をかきだそうとしている。
「ああッ、そんな……」
耳かき棒の先が、腸襞をゆるゆるとまさぐってくる。拡張器で引きのばされた腸襞が、おぞましい刺激にただれ、玲子の腰がワナワナふるえた。
「フフフ、まずはルビーだぜ」
ルビーがエメラルド、そしてダイヤモンドがひとつひとつ、耳かき棒でかきだされていく。コロッとテーブルのガラスの上にころがった。
それを男たちは手に取って、ひとつひとつ鑑定しては値をつける。
「うッ、うむ……ああ、もう、ゆるし

て……」
「ゆるしてほしいなら、さっさと奥の石をひりださねえかよ、奥さん」
情けのひとかけらもなく、竜也は冷たく命じるのだった。
玲子はいやいやとかぶりをふったが、もう竜也の命令に従う以外にこの羞恥地獄をはやく終わらせる術はない。悲愴な覚悟を決めたように、玲子は哀しく浅ましい努力をしはじめた。
腸管の襞が奥のものを送りだそうと、妖しく蠢動し、玲子の腰がうねる。もう、剝きだしの下半身は、汗で油を塗ったようにヌラヌラと光り、息づいた。ブルブルとふるえるたびに、玉の汗がきらめく肌をすべった。
ハアッ、ハアッと玲子は肩で息をして、双臀をうねらせつづける。だが、腸管の奥深く含まされた宝石は、出てはこなかった。
「……ああ、で、できないわ……出てこない、出てこないんですッ」
玲子は狂おしいばかりの泣き声をあげながらも、もどかしげに双臀をブルブルとふるわせた。
「そんなことでどうする。もう耳かきじゃ届かねえんだぞ、奥さん。まだ上質のダイヤが五、六個残ってるはずだ」
「だって、だって……ああ、できない」

「それなら、浣腸するしかねえようだな、奥さん」
奥さんの大好きな浣腸をよ、と竜也はわざと大きな声で言って、ゲラゲラと笑った。
浣腸と聞いたとたん、玲子は激しく狼狽して双臀を強張らせた。
「いやッ、それはいやですッ……待って、待ってくださいッ」
玲子は上気した美貌をひきつらせながら哀しい努力をつづける。
その前で厚次が洗面器にグリセリン液をあけて、ドロドロとかきまわしながら、浣腸のしたくに取りかかった。キィーッとガラスがきしんで、ガラスの筒に薬液が吸いあげられる。
「五百CCもありゃ充分だな。それともいつものように千五百CCにするか、奥さん」
「ああッ、待って、待ってください」
「待てねえんだ、奥さんよ、へへへ」
厚次は冷たく言った。浣腸器を竜也に手渡すと、厚次は玲子の黒髪をつかんで顔をのぞきこんだ。
「ほれ、自分でひりだせねえんだから、浣腸をねだらねえか、奥さん」
「ああ、そんな……」
「ガキのことを忘れたのか、へへへ」

厚次はテーブルの下の子供の耳を、指先でつついた。玲子は身をふるわせて泣きだした。こんな男たちの前で浣腸までされなければならないかと思うと、気が遠くなった。いっそこのままに……。だが、玲子には気を失うことさえゆるされない。

「……し、してください……玲子に、浣腸して……ああ……」

玲子は泣きながら言った。

これまでとは違う。恐ろしい肛門拡張器で、引き裂かんばかりに肛門を押し開かれたまま、浣腸されるのである。

「浣腸して……」

「フフフ、そんなに浣腸されるのが好きなのか、奥さん」

竜也はからかいながら、むごく拡張された玲子の肛門に、ゆっくりと嘴管を挿入した。ガラスの筒の部分までもぐりこみそうだ。

「ああ……あ、ああ……」

玲子は泣き顔をのけぞらせた。いやと拒絶の言葉こそ吐かないものの、拒もうと双臀がむなしく蠢いた。

キィ、キィーッとガラスが鳴って、薬液が玲子の腸管に流入した。

「ああ……あむ……そんなッ」

玲子はキリキリと唇をかんでのけぞり、汗に光る双臀をワナワナふるわせた。

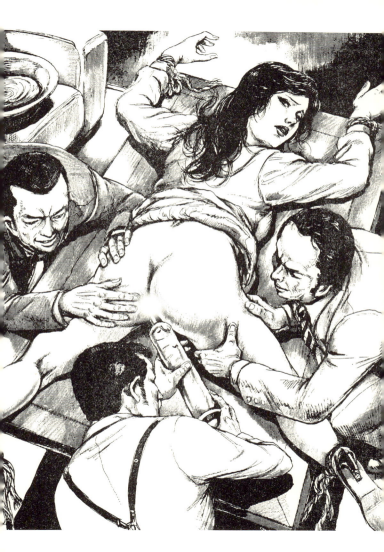

肛門拡張器と耳かき棒でただれた腸襞に、グリセリンの薬液がしみて、キリキリと灼かれるみたいだった。腸管の宝石が、ねっとりと薬液にまみれていく。
そのうえ、そんなに浅ましい姿を男たちに見られ、のぞかれているのかと思うと、玲子はいっそう屈辱と羞恥に苛まれた。
そのくせ、屈辱と羞恥、おぞましさの奥底で、妖しいうずきが湧きあがるのをこらえきれなかった。快美というにはほど遠い、暗く妖しい感覚だ。
「浣腸されて感じてやがる、フフフ。好きなんだな、奥さん」
竜也はゆっくりと浣腸器のポンプを押しながら、玲子の媚肉が甘蜜をあふれさせるのに気づいた。
「まるで洪水だな、へへへ」
「それだけ尻の穴も感度がいいってことか。あれだけ開かれても感じるとはな」
「どこもかしこも妖美な女だ。さぞかし味のほうもいいだろうねえ、フフフ」
男たちは昂りをこらえきれないように、口々に淫らなことを言っては欲情の笑いをこぼした。玲子は真っ赤になって泣いた。
「い、言わないで……ああ、そんなこと、言っちゃいや……」
玲子の声も、ううむ、あむむ……という苦悶のうめきにかすれた。キリキリとはらわたを灼く薬液は、急激に荒々しい便意を呼び起こした。いっせいに腸の肉襞がざわ

めき、蠢く。
「ううッ、うむむッ……お腹が……」
「どうした、奥さん。顔色が悪いじゃねえか」
竜也は知っていてわざと意地悪く聞いた。ニヤニヤと笑いながら、ポンプを押す手をとめようとしない。
「あ……あ、ああッ……いやあ……」
玲子の声がひきつった。ガクガクふるえながら、腸管がにわかに収縮を見せた。シヨボシヨボともれはじめる。肛門を押し開かれているため、自分の意思と関係なく便意がかけくだる。
「まだ浣腸が終わってねえのにもらすとは、だらしねえぜ、奥さん」
「あ、あッ……だって、ああ……」
「フフフ、こらえ性のねえ奥さんだ」
竜也は嘴管のまわりから薬液がもれこぼれるのもかまわず、グイグイとポンプを押して注入した。
薬液にまみれたダイヤモンドが、ひとつ、またひとつとかけくだってくる。それは、竜也がようやくポンプを押しきって嘴管を抜くと同時に、厚次があてがう洗面器に落下した。

「へへへ、牝がダイヤを産みやがったぜ。ほれ、どんどん産まねえか」
厚次が興奮した声で叫んだ。その声も、もう玲子には届かない。号泣がのどをかきむしった。
押し開かれた肛門からのほとばしりが、玲子の誇りも恥も、くやしさも何もかも押し流していく。頭のなかが真っ白になった。
男たちの淫らな笑い声だけが、まるで悪魔の笑いのように響きわたった。

どのくらいの時間がたったのか……。
もう玲子の肛門からは何も出なかった。洗面器にひりだされた薬液が、ゆらゆらとゆれている。号泣も途切れ、玲子の口から出るのは消え入るようなすすり泣きだけだ。
そんな玲子を横目に、取引きが行なわれた。宝石と現金の入ったアタッシェケースが交換された。
「まったく楽しい取引きだったねえ、フフフ。いい眼の保養をさせてもらったよ」
先方が言えば、厚次はニタッと笑って、
「女の尻から石を取りだすとこまで見せたのは、サービスだぜ、へへへ。おかげで取引きもうまくいった」
取引きが無事終わったとなれば、男たちの関心は当然玲子に集中した。それまで抑

えていた欲情を解き放つように、ソファを立って玲子を取り囲んだ。
「見れば見るほどいい女だ。身体も抜群、素人の人妻ってのがこたえられん」
「同感だね。このムチムチした尻……パックリ開いちまって、フフフ」
「これだけいい尻をした女もめずらしい。うまそうに尻の穴が開いているじゃないか」
男たちはなめるように視線を這わせながら、欲望のおもむくままに手をのばす。玲子の双臀に太腿にと、男たちの手は這った。
玲子はシクシクとすすり泣くばかりで、されるがままだ。
肛門拡張器で押しひろげられたままの玲子の肛門にも、容赦なく男たちの手はのびた。
「フフフ……まるで美女に群がるハイエナだな」
「いいながめじゃねえか。女一人に男五人か」
竜也と厚次は男たちをとめようともせず、ニヤニヤとながめているだけだった。
玲子の肛門に男の指がもぐりこむ。引き抜かれたと思うと、すぐ別の指が沈んだ。
肛門拡張器が取りはずされた。長い間拡張を強いられていた玲子の肛門は、いたぶりのあとも生々しく、すぐにはすぼまるのを忘れている。
「こんなに腫れぼったくふくらんで……たまらんねえ」

「まだおびえてるじゃないか。ヒクヒクさせてるねえ、奥さん」
かわるがわる男たちの指は、玲子の肛門をまさぐった。
玲子の媚肉にも男たちの手はのびた。合わせ目がなぞられ、くつろげられて肉襞までさらされ、指先が分け入ってくる。おびただしい甘蜜に、指はたちまちヌラヌラと光って糸を引いた。
「う……」
玲子はグッタリとテーブルに伏せていた顔を、弱々しくふった。ゆっくりと身体があえぎはじめた。
半分死んだようだった玲子の身体が、しだいに息を取りもどしていくようだった。
「ああ……」
玲子の腰のあたりが、むずかるようによじれた。
剝きだしの玲子の下半身に、五人もの男の手が這い、蠢く。手にすれば十本、指では五十本にもなる。まるでそこらじゅうにイモ虫が這いずりまわるようだった。
イモ虫は玲子の肛門と女の最奥にももぐりこんで、薄い粘膜をへだててこすれ合い、ねじれ合った。
「ああッ……もう、もう、や、やめて……」
耐えきれずに、玲子は泣き声で叫んだ。死んでしまいたいほどなのに、勝手に反応

しはじめる自分の身体が恨めしい。
「感じだしたじゃないか、フフフ」
「前も後ろも敏感な奥さんだ。そんなに腰をふって」
「こうなりゃ、気をやらせるしかあるまい」
男たちのからかいにも反発する気力もなく、玲子は泣くばかり。
ひとりでにゆれてしまう腰を、とめようもなかった。
下半身全体が火にくるまれていくようで、身体の芯がズキズキとうずきつつ、灼ける。
玲子は総身に汗を絞りだし、しとどに濡れそぼった股間にさらに甘蜜をあふれさせた。

「あ、あああ……あ、ううッ」
玲子は抑えきれない声を発して、ハアッ、ハアッとあえいだ。
「フフフ、もう少しで気をやりそうだな、奥さん」
男の一人が、うわずった声でそう言った。
それを聞くと、それまでニヤニヤとながめていた竜也は、男たちと玲子の間に割って入った。
「それくらいにしてもらおうか。もうサービスは終わりだ」
竜也の言葉に男たちはいちように失望と不満を露わにした。
「ここで中止はないぜ」
「なあ、金は払う。この奥さんを抱かせてくれ」
「いくら出せばいいんだ」
竜也は、そっけなく首を横にふってみせた。
「あいにく今夜は奥さんに先客がついてるんでな。お楽しみはまたの機会だ」
そう言って竜也は、ニヤリと笑った。

4

竜也と厚次はひとまず玲子を最上階の自分たちの部屋へ連れ帰った。
玲子は腰がフラついて、一人では立っていられない。ハイヒールをはいた足がガクガクした。
「フフフ、しっかりしねえか」
竜也が玲子の腰に手をまわし、身体を支えた。厚次は子供を抱き、手には現金の入ったアタッシェケースを持っていた。
「そんなによかったのか、奥さん。口もきけねえほどによ」
「フフフ、気をやらせてもらえなかったんで、すねてるのか」
からかわれても、玲子はうなだれたまま、シクシクとすすり泣くばかりだった。
部屋へもどると、
「水を……水を飲ませてください」
玲子はソファに崩れるようにして、水差しの水を飲んだ。のどにしみわたる水が、玲子の生気を取りもどさせる。
「ああ……し、死にたい。みじめすぎるわ……あんなことさせられて……」
玲子はドレスの上から双臀のあたりを押さえるようにして、ううッとうめいた。ま

だ肛門がズキズキうずいている。媚肉もトロ火にかけられたように火照って、腰をよじるたびにホロリと甘蜜をあふれさせた。

「取引きも終わったことだしな。今度は客をとってもらうぜ、奥さん」

「客はさっきの相手の一人だ」

竜也と厚次の言葉に玲子はハッと顔をあげた。泣き顔がおびえにおののき、ひきつった。

「その客が奥さんをひどく気に入ってな。どうしても犯りてえとよ、フフフ」

客は竜也たちに宝石売買の闇ルートを紹介し、また、最も多く宝石を買い取ってくれた男だという。

「そ、そんな……」

覚悟していたこととはいえ、身体がブルブルとふるえだした。

「かんにんして……お願い、もう、もう、ゆるしてください……あんな恥ずかしいことまでされたのよ。もうゆるして……」

「いいのか、そんな口をきいて」

厚次が眠っている子供の顔の前で、ナイフをちらつかせた。

「ああ……」

玲子は頭をふった。もう、かえす言葉はなかった。

ロングドレスを脱がされ、ハイヒールをはいただけの全裸にされると、玲子は再び化粧をさせられた。涙で崩れた化粧を直し、乱れた黒髪をブラッシングする。
「ほう、こいつは色っぽいや」
綺麗に化粧を直した玲子は、まるで今しがたのいたぶりが嘘のような美しさだった。まだ手つかずの乳房は形よく張って、羞じらうように乳首をふるわせている。
それにひきかえ、玲子の下半身はいたぶりのあとも生々しく、あふれでた甘蜜が内腿にまでしたたっていた。
そのアンバランスさが、かえって息づまるようなエロチシズムを浮き立たせていた。
「両手を背中へまわしな。今度は縛ってやるぜ。奥さん」
「ああ、どうして縛ったりするの……玲子は抵抗しませんのに」
「どうかな、フフフ……」
玲子は恨めしげに竜也を見てワナワナと唇をふるわせたが、言われるままに両手を背中へまわした。重ねられた手首に縄が巻きつき、乳房の上下にもまわされて絞りあげられた。
「ああ……」
「ハイヒールをはいただけで、素っ裸の後ろ手縛りってえのはいいもんだな」
縄尻を手にして、竜也はニヤニヤと玲子をながめた。厚次もナイフを手に、舌なめ

ずりしている。
「せいぜい客にサービスして、可愛がってもらってくるんだぜ、奥さん」
「客が首を長くして待っていることだろうからな。ほれ、歩かねえか」
縄尻の鞭が、ピシッと玲子の双臀に弾けた。そんな姿で部屋から連れだされると知って、玲子は戦慄した。
「ああ、いや、いやです……こんな格好のままなんて、ひどすぎるわ」
「うるせえ、さっさと歩かねえかよ」
ピシッ、ピシッと打たれた。縄尻の鞭に追われ、部屋から連れだされる。厚次は人質の子供と現金の番に残った。
深夜のホテルの廊下は、シーンと静まりかえって、人の姿はない。もう夜中の二時をまわっていた。
「ああ……」
廊下を引きたてられながら、玲子は生きた心地もなかった。もし誰かが廊下へ出てきたら……。そう思うと、気が遠くなる。
階段を使って七階へおりる。
「ああ、玲子がこの辱しめを我慢すれば……ほ、本当に子供と二人、自由にしてくれるのね」

玲子は竜也をふりかえりながら言った。そんな希望でも持たなければ、耐えられる自信はない。
「フフフ、客が満足すりゃ、自由にしてやるぜ」
「約束して……玲子をだまさないって」
「いいとも、フフフ……」
竜也の笑いが気になりながらも、信じるしかなかった。
七階の廊下を歩いて、ある部屋の前でとまらされた。竜也がドアをノックすると、待ちかねていたように、すぐにドアが開いた。
背中を押されて、玲子は部屋のなかへ入れられた。身体がブルブルとふるえて、うなだれた顔をあげられない。玲子の眼に、男の足が見えた。
「何を黙ってやがる。ほれ、あいさつをしねえか、奥さん」
後ろから双臀をつつかれた。玲子はワナワナと唇をふるわせ、裸身を硬直させた。今にもわあッと泣きだしそうだ。
「……た、田中玲子と申します……こ、今夜は、宝石をお買いいただいたお礼に……玲子の、か、身体を……お好きになさってくださいませ……」
声がのどにつまった。それでも唇をかみしめ、必死の思いで竜也に教えられた言葉を口にしていく。

「……玲子は夫のある身ですが……どうか、思う存分に責めてください……」
口にしながらも、それが自分の本心でないことを示すように、玲子はかぶりをふった。それはわかっているというように、男が笑った。
竜也が玲子の黒髪をしごいて、へらへらと笑った。
「たっぷりサービスするんだぜ。俺たちに隠れ家として奥さんのところを紹介してくれたのは、この鮫島さんだぜ。おかげで、奥さんもたっぷりいい思いをしたんだからよ」
鮫島という名を聞いて、玲子はビクンと裸身をふるわせ、顔をあげた。
次の瞬間、玲子の瞳が恐怖と驚愕に凍りついた。まさかと思った鮫島が、そこに立ってニヤニヤと笑っていた。
かつては夫の同僚だったが、公金横領のかどで解雇され、今では宝石ブローカーをやっている男だ。しつこく玲子につきまとった男でもあった。玲子は鮫島の顔を見ただけでも、身体じゅうに悪寒が走った。
その鮫島が眼の前に……。
「い、いやあッ」
玲子は悲鳴をあげて、反射的に逃げようとした。後ろ手に縛られ、もう部屋のドアは閉められてロックされている。逃げるところなどあるはずもないのに、玲子は必死

に逃げようとした。
 竜也がグイッと縄尻を引いた。
「どこへ行こうってんだ、奥さん」
「いや、いやッ……あ、あの人だけは、いやぁッ……」
 玲子は悲鳴をあげ、逃げようと身を揉んだ。いくら縄尻を引っ張っても、おとなしく鮫島のほうへ行こうとしない。
「ゆるしてッ……ほかのことならどんなことでもしますッ。あの人だけは、いや、いやッ」
「わがままはゆるさねえぞ、奥さん。もう尻の穴のなかまで見られてるじゃねえか」
「ああ、あの人だけはいやなんで

すッ……かんにんして、お願いですッ」

すでに取引きの場でもてあそばれたとはいえ、それは相手が鮫島とはわからない時のことだ。

「奥さん、ねっちりと責めてあげるよ」

鮫島がニタッと笑った。信じられないほどいやらしい顔だった。玲子の美貌が恐怖と絶望にゆがんだ。

「いやあッ」

竜也と厚次という二匹の野獣に、玲子の家に押しこむようにすすめたのも鮫島なら、羞恥地獄の取引きの場を設けたのも鮫島だった。

「さ、鮫島さん……あ、あなたという人は……」

「いい加減にしねえか」

竜也の平手打ちが、玲子の頬へ飛んだ。二発、三発と……玲子はベッドの上へ張り倒される。

「ああッ」

縄尻を引いてベッドから引きずり起こされ、また頬を張られた。グッタリと玲子はおとなしくなった。うなだれたまま、シクシクとすすり泣きはじめる。

「手間取らせやがって、フフフ」

竜也は玲子を部屋の中央に立たせると、縄尻を天井の鉤にひっかけて、グイグイと引いた。ハイヒールをはいた裸身が、まっすぐにのびあがるまで吊った。

「これでもう、逃げられやしねえぜ」

「もう、この私のおもちゃになるしかないというわけだ、奥さん、フフフ……」

鮫島はうれしそうに笑った。

しかしすぐには玲子の身体に手を出そうとはせず、タバコをくわえてニヤニヤとながめていた。

玲子は立ち姿にまっすぐ吊られたまま、必死に鮫島から顔をそむけている。唇をかみしめながら、肩をふるわせていた。

「鮫島さん、奥さんがサービスしねえようなら、電話をくれや。すぐに飛んでくるぜ」

竜也は鮫島に向かって言うと、今度は玲子の顔をのぞきこんで、

「いいな、たっぷりと牝のサービスをして、鮫島さんを楽しませるんだぜ、奥さん。今さらクドクド言わなくても、わかってるな」

さらに耳もとでささやいてつけ加えた。

「電話があった時は、ここにガキの耳を持ってくるぜ。まあ、そんなことにならねえよう、せいぜい色気をふりまくことだ」

竜也はピタピタと玲子の双臀をたたいた。

玲子は哀しげな声をあげると、いっそう唇をかみしめ、美貌をひきつらせた。そして、竜也がニヤニヤ笑いながら部屋を出ていこうとすると、

「ああ、た、竜也さんッ」

ほとんど泣き声で叫んだ。たとえ野獣のような竜也ではあっても、鮫島よりはましに思えた。

「行かないで……」

「あきらめな、フフフ、奥さんの身体は二日間、鮫島さんに売ったんだからよ」

「ああ……ひどい……」

二人きりで残された。

ククッとうれしそうに笑いながら、鮫島が玲子に近づいてきた。ゆっくりと玲子のまわりをまわる。

「奥さん、まさかこんな形で私に会うとは、思ってもいなかったでしょう。フフフ、あの竜也と厚次に奥さんを犯させ、誘拐させて私のものにする。おもしろい筋書きでしょう」

「………」

「さんざん私を毛嫌いしてコケにしてくれた奥さんだ。今夜はその礼をたっぷりさせ

てもらいますぜ、フフフ……」
鮫島はそんなことを言いながら、ニヤニヤと乳房や腹部、双臀や太腿にも眼を這わせた。
その視線だけで、玲子はゾッとした。背筋に悪寒が走った。
「まったくいい身体をしている。私の想像通り、いや、それ以上だ。とくにこの尻がいいねえ」
鮫島の手がねっとりと玲子の双臀に這った。淫らな欲情がこもった、異様に熱い鮫島の手だった。
「いやッ」
弾かれるように叫んで、玲子は双臀をよじった。
「触らないでッ……ああッ……」
「さあ、脚を開いて。取引きの時みたいにオマ×コも尻の穴もパックリ見せてもらいましょうかね」
「いやッ、そんなこと、いやですッ」
玲子はおびえと嫌悪を剥きだしにして、吐くように叫んだ。激しく腰をふりたてて、鮫島の手をふり払おうとする。
「いやならしようがない。竜也のところへ電話を入れるしかないな、フフフ」

鮫島がベッドの枕もとの電話に手をのばそうとすると、玲子は激しいまでの狼狽を見せ、
「ま、待ってッ……電話はしないでッ、言うことを聞きますから」
悲痛な声を張りあげ、泣きだした。
「鮫島さん、お願いッ」
「それなら脚を開いてもらおうか。思いっきりだよ、奥さん」
鮫島は玲子の正面にかがみこんだ。ニヤニヤと笑って待ちかまえる。
「どうした、奥さん。やっぱり電話かい」
「ああ……」
玲子は泣き顔をのけぞらせると、唇をかみしばって両脚の力を抜いた。ぴったりと閉じ合わさっていた両脚が、ふるえながら左右へ開いていく。
顔をのけぞらせていても、しだいに内腿へしのびこむ外気とともに、鮫島の視線が這いあがってくるのがわかった。
「ああ、玲子の……す、すべてをどうぞごらんになって……」
羞恥すれば鮫島を喜ばせるだけだ。玲子は開き直ったように言った。
「も、もう……ごらんになれるでしょう……」
「まだまだ、見えないよ、奥さん」

玲子の太腿は左右へ開き、その付け根に生々しく媚肉をのぞかせているにもかかわらず、鮫島は意地悪く言った。
「思いっきりと言っただろ」
「ああ……ひ、ひどい……」
玲子はさらに両脚を割り開いていきながら、のけぞらせた顔を右に左にとふる。
虫酸の走るような男、鮫島の嬲りものにされるのかと思うと、死にたかった。だが、その鮫島を相手に気も遠くなるようなことをしなければならないのだ。
「フフフ、はっきりと剝きでてきた。田中玲子のオマ×コも尻の穴もねえ」
鮫島は眼を細めてのぞきこみながら、ペロリと舌なめずりをした。玲子は顔をのけぞらせたまま、すすり泣いていたが、もう悲痛な覚悟を決めたように足もとの鮫島を見た。
「……鮫島さん……足を、私の足を縛ってください……」
玲子はすすり泣く声で言った。
鮫島のいたぶりに、足を縛られていなければ、とても耐えきる自信がない。耐えきれないということは、我が子の命にかかわる問題なのだ。
「奥さんは、縄が好きなマゾ女ってわけか」
「ち、違います……」

「フフフ、縛られて責められる味を覚えたようだな、奥さん」
鮫島は棒を持ってくると、玲子の足首に縛りつけた。もう両脚を閉じ合わせることはできない。玲子は足首に縄が巻きつくのを、絶望的な思いで、感じ取った。
玲子の両脚は、浅ましいまでに開かされていた。左右のハイヒールの間は、一メートル以上もあった。
股間に女の妖花が咲き誇り、それは媚肉の合わせ目を開いて、しとどに濡れた肉襞をのぞかせていた。甘蜜があふれ、内腿にまでしたたり流れて生々しい。取引きの場でいたぶられた時の官能の残り火が、まだくすぶりつづけている。
「フフフ、とろけているじゃないか」
「…………」
玲子は、ワナワナと唇をふるわせた。自分から積極的にふるまって、鮫島を楽しませる……。黙っていることは、玲子には許されない。
「……み、見ているだけじゃいや……玲子に触って……」
消えるような声で言った玲子だったが、ニヤッと笑った鮫島が手をのばしてくると、
「あぁッ、いやッ……い、いやあッ」
我れを忘れて悲鳴をあげ、腰をよじりたててしまう。鮫島にはそれがかえって、たまらないらしい。

「どうだ、奥さん。私にこうやってオマ×コを触られる気分は」
と、媚肉の合わせ目に指を分け入らせる。肉襞がまさぐられ、女芯がつまみあげられてグリグリとしごかれた。
「あぁッ……あむ……」
玲子は歯をかみしばって耐えた。
女として最も恥ずかしいところを、あの鮫島にいじくりまわされていると思うと、おぞましさと嫌悪感に全身の血が逆流する。
だが、そんな心とは裏腹に、ジワジワと妖しいうずきがひろがった。かみしばった歯が、カチカチと鳴りだす。
「く、くやしいッ……鮫島さん、あなたを恨むわ……」
そう言ったと思うと、玲子はまるで堰を切ったように反応を見せはじめた。背筋がふるえだし、腰がひとりでにうねった。声を出したくなり、泣きたくなる。
「あ、うう……あ、ああ……」
抑えきれない声が出た。まるでトロ火に油でも注がれたように、身体の芯が燃えていく。
「あ、あああ……あうッ……」
「敏感だねえ、奥さん。思った通りの素晴らしい肉体だ、フフフ」

鮫島は玲子の反応の生々しさに、舌を巻く思いだった。指でまさぐる媚肉は、ジクジクとおびただしく甘蜜をにじませつつ、指にからみつき、収縮を見せた。表皮から剝きだされていじられる女芯も、ツンと充血して脈打っている。
「そろそろ欲しいんじゃないのか、奥さん。こいつを覚えているよな」
鮫島は紙袋のなかから、グロテスクな張型を取りだしてみせた。かつて飛行場で玲子に見せつけて、使わせてくれと頼んだことのある長大な代物だ。
「こいつで思いっきりこねくりまわし、えぐってほしいんでしょう、奥さん」
「いや……」
玲子はかぶりをふった。その動きは弱々しく、拒むといったふうではなかった。まるで求めるように、腰をふりたてながら、泣き濡れた瞳をそれにからみつかせた。
「フフフ……」
鮫島は焦らすように張型の先を、玲子の内腿へ這わせた。媚肉の周辺を、内腿から下腹へとすべらせる。
「あ、ああ、そんな……」
肝心な箇所に触れてはいない。玲子は恨むように、せつなげな声をあげた。汗にねっとりと光る乳房から腰にかけてをせりだすようにゆする。
「し、して……」

玲子はついに、屈辱の言葉を口にしはじめた。
「入れて……ああ、その太いのを、玲子に……い、入れてください……」
「浅ましいな、奥さん。あの上品で美しい玲子夫人が、そんなことを言うとはねえ」
からかいながら、鮫島は張型の先をほんの少し、玲子の媚肉に分け入らせた。ああッ、と玲子の腰がわななくようにふるえた。
張型を吸いこもうと、肉襞がいっせいに蠢くのがわかった。
「あ、ああ……もっと……」
「もっと、なんだ、奥さん、フフフ」
「……も、もっと、入れて……ああ、もっと深く入れてください……」
狂おしく玲子は叫んでいた。もう自分でも、それが強要された言葉なのかどうか、わからなくなっている。
「もっと深くか、フフフ。その言葉を亭主が聞いたら、なんと言うかな」
「ああ、そんなこと、言わないでッ」
「ほれ、くらえ」
鮫島は一気に底まで沈めた。ズンという感じで、張型の先端が玲子の子宮口に達した。

5

玲子の裸身は、匂うようなピンク色にくるまれていた。その肌がねっとりと汗に光り、うねった。
「ああ……あう、あうう……」
おぞましいはずなのに、肉襞が待ちかねたようにからみつくのがわかった。
「うれしいか、奥さん。もっと気持ちよくしてやるからな」
深く張型をくわえさせたまま、鮫島は玲子の後ろへまわって、臀丘を割り開いた。
玲子の肛門は、今にも弾けんばかりにふくれあがり、生々しくわずかに口さえ開いていた。妖しいピンクの腸襞をのぞかせている。
鮫島はゆっくりと指先を、玲子の肛門にあてがった。熱くただれた粘膜が、指先に妖しく吸いつく。ゆるゆると揉みこむ。
「いや、いやッ」
ビクッと背筋を硬直させ、気もそぞろな声を張りあげたかと思うと、次には腰をあられもなくうねらせて、
「あうッ、もっと……入れて、お尻にも入れてッ」
とすすり泣き、また、いや、いやあッと声を放つ。

女の最奥を貫いている快美と肛虐のおぞましさと嫌悪、そして強要される媚態……それらが入り混じって、玲子は混乱状態に陥っている。
「いい尻の穴だ。こうやって奥さんの尻まで触れるとは、夢のようだねえ」
鮫島は媚肉の甘蜜をすくい取ると、ゆっくりと玲子の肛門を貫きはじめる。まるで指の針で、肛門を縫うみたいに……。
「あ、ああ、やめて……」
「フフフ、柔らかいじゃないか。ほれ、ほれ、こんなに楽に入っていく」
「あ、あ……あうッ……たまらない……」
玲子は顔をのけぞらせたままふりたくった。
深く縫った指は、モゾモゾと動いて玲子の肛門をまさぐった。指を出し入れさせ、回転させてはえぐりこむ。
「いい感じだ、指がとろけるねえ。フフフ、こういう尻の穴を見ると浣腸したくなる。そうそう、この私は女の尻に目がなくてねえ」
鮫島はもう一方の手で、注射器型のガラス製浣腸器を引き寄せた。はじめから玲子に浣腸する気だったのだろう、すでに薬液がいっぱいに吸いあげられていた。どう見ても千五百CCはある。
それを見ても、玲子はもう激しい狼狽は見せなかった。ハッとはしたものの、

「ああ……鮫島さんも、そんなことをするのねえ……」
「言ったろ、私は女の尻を責めるのが好きでねえ。フフフ、なかでも浣腸責めは大好物なんだよ、奥さん」
「…………」
玲子は一瞬絶句した。だが、もうどうにでもなれと言わんばかりに、鮫島の顔をふりかえった。
「……して、浣腸して……ああ、玲子を浣腸責めにかけて……」
言い終わるや玲子は、泣き声を高くしていっそう露わに身悶えはじめた。そうすることで、何もかも忘れようとしているようであった。
指が引き抜かれ、嘴管が荒々しく埋めこまれた。
「私の浣腸責めは、ちょいときついよ、フフフ。覚悟しな、奥さん」
鮫島の声は、玲子に浣腸できる興奮にうわずっていた。鮫島にとっては、夢にまで見た玲子への浣腸だ。
やおらポンプが押された。これまでの男たちと違って、鮫島は荒々しかった。一気に大量に、ドッと注入する。
「あ、あむむ……ああ……」
玲子の泣き声は、すでに苦悶のうめきと悲鳴に変わった。

「ううッ、うむむ……ひッ、ひッ、この浣腸きついッ……」
荒々しい注入のせいばかりではない。腸がキリキリ灼けつくようなすごさに、玲子は薬液がグリセリンの原液であることを、直感的に知った。
「きつい、きついわッ……うむむッ……」
「グリセリンの原液浣腸は、初めてのようだな、奥さん」
グイグイ荒々しくポンプが押しこまれていく。同時に前の張型のバイブレーターが、スイッチを入れられた。ブーンと振動し、張型の頭がうねる。
「ひッ、ひいッ……気が変になるう……」
張型が送りこんでくる肉の快美と原液浣腸のきつさと……それが粘膜をへだてた向こうとこっちで同時に襲ってくる感覚に、玲子は白眼を剝いて泣き叫んだ。
「うむ、うむむ……ひいッ、ひッ、つらいッ……あううッ……」
「フフフ、いい声で泣くねえ、奥さん。その調子でもっと泣かせてやるよ」
鮫島は酔いしれたように、いっそう荒々しく注入した。瞳にメラメラと嗜虐の欲情が燃えさかっている。その炎に、玲子の官能はジリジリとあぶられ、灼かれた。
「ああ、あうう……し、死んじゃう……」
長大な張型の動きと、荒々しく注入する薬液とが、薄い粘膜をへだてて連動し合った。その感覚に身体じゅうの肉が灼かれ、ドロドロとただれていく。

快美と苦痛……そのないまぜの渦のなかに翻弄され、玲子は最後の爆発に向かって暴走しはじめる。もう、自分がどうされているのかすらわからなかった。
「激しいねえ、奥さん。ひたすら気をやりたいってことだな。フフフ、田中の奴に見せてやりたいよ」
鮫島のからかいも、玲子には聞こえていないようだ。
「あうッ、あうう……ひッ、ひッ……」
半狂乱で玲子は裸身をのけぞらせ、ガクンガクンとゆすりたてている。
「あうッ……もう、もう……」
「いくんだな、奥さん」
ガクガクうなずくように頭をふったかと思うと、ひときわ大きく裸身をのけぞらせた。ドッと絶頂感が襲ってくる。
「うむぅううむ……ああッ、いくッ」
そう叫んだかと思うと、大きくのけぞった裸身が恐ろしいまでにひきつれた。
それを感じ取りながら、鮫島はポンプを押しきった。ズズッと鳴って、千五百ＣＣ一滴残さず注入した。
「ひいいッ」
口もとから涎れを流す玲子。白眼を剝いて裸身をのけぞらせ、総身に何度も痙攣を

走らせた。
「フフフ……」
鮫島は勝ち誇ったように笑った。
官能の絶頂をきわめた悦びのあかしが、玲子の身体のすみずみまでひろがっていくのが、はっきりとわかった。
しばし玲子は、グッタリと縄目に裸身をあずけたままだった。ハアッ、ハアッと乳房から下腹にかけて、嵐のようにあえがせている。ブル、ブルルッと時折り汗まみれの裸身がふるえた。
「う、ううッ」
玲子は低くうめいた。
めくるめく絶頂の余韻の底で、快美にとってかわって急速に便意がふくれあがる。それは鮫島が嘴管を引き抜くと同時に、もれはじめた。
「たれ流しだな、奥さん」
鮫島はあざ笑って洗面器をあてがった。
ハッと我れにかえった玲子が、あわてて括約筋の力をふり絞ろうとしても遅かった。千五百CCものグリセリン液、それも原液に耐えられるわけはない。
シャーッとほとばしった。

ドロリとした薬液が、洗面器に泡立ちながら渦巻いた。
「ああ……あああッ……」
「気をやるのも派手なら、ひりだすのも派手だねえ、奥さん」
「いやあ……ああ、見ないで……」
玲子は声をあげて泣いた。
くやしくおぞましく、恥ずかしいはずなのに、荒々しい便意の苦痛から解き放たれていく心地よさが、玲子をいっそうみじめにした。
「フフフ、もう一発浣腸だ、奥さん」
絞りきった玲子の肛門に、再び、嘴管が沈んできた。ひッと玲子は顔をのけぞらせた。
「そ、そんなッ……また、また、そんなことをしようというの……」
「フフフ、奥さんのこの尻なら、あと一発といわず、二回でも三回でも浣腸してやるよ」
「かんにんして……ああ、もうゆるして……」
グリセリンの原液浣腸……そんなものを何度もされると思うと、玲子は責め殺される恐怖に襲われて、身体じゅうがふるえだし、とまらない。
「ああ、どうして……どうして、そんなひどいことを……死んじゃう……」

「奥さんの尻を私のものにするためだよ。浣腸はその準備ってとこかな」
何を言われたのか、玲子には理解できなかった。
「あのクソまじめな田中のことだ。そんなことはしまい。竜也たちにもやらないように言ってある。フフフ、わかるい、奥さん」
「………」
「アナルセックスってやつさ。まだ誰も味わっていない奥さんの尻の穴を、私が犯そうというんだ、フフフ……」
信じられない言葉だった。
玲子の総身が恐怖に凍りついた。
「……い、いや、いやあッ……そんなことは絶対にいやあッ」
「いやでも奥さんは、今夜この私と尻の穴でつながるんだ。そのためには浣腸で、もっと奥さんの尻の穴をほぐれさせ、ただれさせなくてはねえ」
「いやあッ」
玲子は泣き叫んだ。裸身を揉み絞ってもがく。激しい恐怖に、今にも気が遠くなりそうだ。
それをあざ笑うように、鮫島はポンプを押した。ドクドクときつい薬液が流入しはじめた。

第六章　痴弄地獄　屈辱の超淫乱ビキニ

1

号泣も途切れ、玲子の口からもれるのは魂にしみわたるようなすすり泣きだけ。グリセリンの原液浣腸に、徹底的に打ちひしがれたようで、グッタリと縄目に裸身をあずけている。
後ろ手に縛られ、両脚を大きく割り開かれたまま天井から吊られた立ち姿は、しとどの汗にヌラヌラと光っていた。
「グリセリンを原液で浣腸されるのは、初めてだったようだね、奥さん、フフフ」
鮫島はあざ笑うように言った。手にした洗面器にはよどんだ薬液があふれている。
とても二回や三回の浣腸の量ではない。
注入されては排泄させられ、また注入されるということが、いく度となくくりかえ

された。
「ああ、浣腸で責め殺されそうだわ……鮫島さん、あなたのは残酷だわ……」
ハアッ、ハアッとあえぎながら、玲子は言った。
「だいぶ尻の穴がほぐれて、ただれてきたじゃないか。そそられるよ、奥さん」
鮫島は玲子の後ろにかがみこんで、さらに臀丘を割り開いて、ニヤニヤと眼を細めた。
玲子の肛門は、むごい浣腸責めを物語るようにヌラヌラと濡れそぼって、腫れぼったくふくれ、腸襞をのぞかせていた。まだおびえているかのように、ヒクヒクとふるえている。
「私のように女の尻の穴に目がない男にとっては、奥さんは最高だ、フフフ。長い間、奥さんの尻を狙ってきたかいがあったというものだ」
「ああ、そんな……」
玲子はブルッと身ぶるいした。鮫島は女の排泄器官にしか興味を示さない変質者である。玲子の肛門さえあればいい……。鮫島はあからさまに、そう言っている。これまで鮫島が二回も離婚しているのは、その狂った性癖のせいだ。
「フフフ、食べごろだねえ。田中玲子の尻の穴」
鮫島は舌なめずりをしながら、ニタニタと玲子の肛門をのぞきこんでいる。

指先に小瓶からとろけたバターをすくい取ると、やおら玲子の肛門に押しつけた。
ああッと玲子は上体をのけぞらせ、下半身を硬直させた。
「い、いやッ……お尻は、もう、もう、いや、いやですッ」
「浣腸までさせて、ひりだすところまで見せておきながら、いやもないもんだ、フフフ」
「ああ、も、もう、かんにんして……」
ブルッ、ブルルッと双臀をふるわせながら、玲子は哀願した。
虫酸の走るいやな男、鮫島の指がゆっくりと、浣腸でただれた肛門に沈んでくる。指の付け根まで押し入って、バターを塗りこむ。
「あ、ああ、やめて……」
気も狂いそうな汚辱感に玲子は泣いた。
指がクルクルと腸管で回転し、腸襞をまさぐる。その異様な感覚に、玲子は双臀をふりたててもがいた。
「まだ腰をふるのははやいよ、奥さん。今にいやでもたっぷりふらせてやることになる」
「かんにんして……あ、ああ……」
「フフフ、誰がこんないい尻の穴を、かんにんするものか」

鮫島は玲子の肛門をまさぐりながら、もう一方の手を前の媚肉にのばした。深々とくわえこませてある長大な張型を、ゆっくりと引き抜く。しとどの果汁にまみれ、トロリとしたたり流れる。

「オマ×コもビチョビチョにとろけて……フフフ、前も後ろも、いつでも犯れる状態だねえ、田中玲子さん」

ひッと玲子はのどを絞った。総身が凍りつくような恐怖が背筋を走った。

蛭を思わせる鮫島に犯されると思うと、身体じゅうに悪寒が走り、ブルブルとふるえがとまらない。

もう竜也と厚次にさんざんもてあそばれた身体である。鮫島に犯されるとしても、あきらめるしかないだろう。だが、鮫島が犯そうとしているのは、おぞましい排泄器官なのだ。

考えるだけでも気が遠くなった。

「どうかな、奥さん。そろそろ尻の穴で私とつながる気になったかな」

鮫島は玲子の顔を見あげながら、意地悪く聞いた。

「い、いやッ」

「ほう、まだ尻の穴のほぐれ具合いがたりないってことかな、奥さん」

「そ、そんなこと、人間のすることじゃないわ……お願いです。す、するなら、普通

にしてください……」
玲子は恐ろしさに、泣き声をのどにつまらせながら言った。おぞましい排泄器官を性交の対象にするなど、正常な行為しか知らぬ玲子には、信じられないことだ。けだものの竜也と厚次でさえ、しようとはしなかった。
「フフフ、いやでも奥さんは、この私と尻の穴でつながることになる、そう言ったはずだよ、奥さん」
「そ、そんなこと、できるわけがないわ」
「奥さんのこの尻なら楽にできるよ、フフフ。ほれ、こんなふうにねえ」
玲子の肛門を深々と縫っている人差し指に加えて、中指までがジワジワと押し入ってきた。
「ひッ……そんな、やめてッ……痛……痛いわッ……」
玲子の肛門の粘膜が、むごく押し開かれて二本の指を呑みこまされていく。引き裂かれるような疼痛が走った。
「や、やめてッ……いや、いやあ……」
「ほうれ、いやがってるわりには、楽に指を二本も付け根まで呑みこむじゃないか」
「あ……う、うむ……」
深くねじこまれて、玲子は顔をのけぞらせたまま、総身を揉み絞るようにして、苦

しげに双臀をよじりたてた。かみしばった口が開いて、ハアッハアッと息が出る。
玲子の肛門は指を二本くわえこまされて痛々しく開き、ヒクヒクと指の付け根を食いしめた。
「うむ……う、ううむ……こんな……」
玲子はのけぞらせた顔をふった。
指を二本押し入れられただけでさえ、おぞましさと張り裂けるような苦痛に気が遠くなりそうなのに、鮫島の肉塊で貫かれたら……。そう思うと、身体じゅうの血が逆流して毛穴から噴きだしそうだった。
二本の指が腸管でねじり合い、クルクルとまわされた。肛門の粘膜がズキズキとうずいた。
「フフフ、ぼちぼち奥さんの尻をごちそうになるかな。奥さんの最後の処女をいただくってわけだねえ」
鮫島は立ちあがると、後ろから玲子の腰をつかんだ。ビクッと玲子の裸身が、恐怖も露わに硬直した。
「い、いやあッ……お尻でなんて、いや、いやあッ」
玲子は泣き叫んだ。鮫島にそんな箇所を犯されると思うと、生きた心地がなかった。
狂おしく泣き叫んで、激しいまでに双臀をゆすりたてる。

「ゆるしてッ……そ、そんなこと、いや、いやあ……それだけはッ」
「フフフ、そうやって泣き叫ぶところがたまらないよ、奥さん」
ふりたてる腰を両手でがっしり押さえつけて、鮫島は玲子の背面にヤモリのようにまとわりついた。火のような男の肉の先端が、玲子の臀丘に触れた。
「い、いやあッ」
玲子は顔をのけぞらせて絶叫した。いよいよ鮫島をおぞましい排泄器官に受け入れさせられるのかと思うと、恐怖に泣き叫ばずにはいられなかった。
「ゆるしてッ……そ、それだけは、いやッ……普通に、普通にしてッ」
そんな玲子のおびえと狼狽を、鮫島はニタニタと楽しみつつ、たくましい先端を臀丘にすべらせた。無造作に玲子の肛門にピタリと押し当てる。
「ひいいッ」
玲子は焼け火箸でも押しつけられたように裸身をそりかえらせ、双臀をふりたてた。
「いやあッ……ああ、いやッ……」
「フフフ、入れるよ、奥さん。なるべく深く入れてやるから、せいぜいいい声で泣いてもらおうか」
「かんにんして……こわい、こわいッ……」
あまりの恐ろしさに、歯がカチカチと鳴った。逃げようと本能的に腰がよじれる。

「こわがれ、フフフ。もっとこわがって泣くんだ、奥さん。そのほうが奥さんの処女を犯しがいがあるというもんだ」
鮫島はすぐには挿入しようとはせず、意地悪く肉塊の先を玲子の肛門に這わせつづけた。少し力を加えて押し入れる気配を見せ、玲子に悲鳴をあげさせては、スッと引きあげる。
「いやッ……ああ、かんにんして……」
おびえた声をひきつらせて、玲子は初めて男に犯される生娘のように泣きじゃくった。それがいっそう鮫島を喜ばすことになるとわかっていても、泣き声をこらえきれない。
「入れる前から、そういい声で泣かれると、たまらんねえ」
さすがに鮫島も、昂る欲情に声がうわずった。この瞬間をどれほど夢見てきたことか。竜也と厚次を巧みに使って、計画を練ってきた鮫島である。
「口で息をしながら、尻の穴を開くんだ、奥さん」
もう欲情の昂りを抑えきれず、鮫島はジワジワと力を加えた。激しくかぶりをふっていた玲子の身体が、ビクッと硬直した。
「あ、あ……い、いやあッ」
玲子は悲鳴をあげて、腰をよじった。それをあざ笑うように、灼熱は肛門の粘膜を

押し開いて、分け入ってくる。
ひッ、ひッと玲子はのどを絞ってもがいた。いくら双臀をふりたてても駄目だった。それは、ジワジワと沈んできた。
玲子は総身を揉み絞って、泣き顔をひきつらせた。
「痛、痛い……ああッ、裂けちゃうッ」
引き裂かれるような苦痛が襲ってくる。だが、苦痛よりも、そんな箇所を犯される恐怖と汚辱感に狂いそうだった。
それをかまわず、鮫島は押し入れてくる。まるで杭で貫くように肉の凶器が玲子の肛門を押しひろげていく。
「痛、痛い……う、うむ……」
「もう少しだ。尻の穴をゆるめねえか、田中玲子」
「いや……ううむッ、いや……やめてッ……」
狂ったようにかぶりをふりたてて、玲子はかみしばった唇から、ひッ、ひいッと悲鳴を絞りだした。たちまち玲子の裸身があぶら汗にまみれていく。
「う、うむ……ひいッ……」
押しひろげられる肛門が、メリメリ音をたてて裂けるようだ。玲子の裸身がのびあがる。

「う、ううむ、裂けちゃう……」
「どうだ、奥さん。私が入っていくのがわかるだろ」
玲子の肛門は限界にまで押し開かれて、ジワジワと鮫島の肉を呑みこみはじめた。そして、悶絶せんばかりのうめき声とともに、最も太く張った部分を肛輪に受け入れた。
「うむ、ううむッ」
玲子の眼の前にバチバチと火花が散った。まだ入ってくる。腸管がミシミシきしんで、裂けそうだ。眼の前が墨を流したように暗くなった。
「しっかりするんだ、奥さん」
鮫島は玲子の黒髪をつかんでしごき、臀丘をバシバシたたいた。
「とうとう尻の穴で私とつながったね、奥さん。フフフ、尻の穴でつながったと知ったら、亭主の奴、なんと言うかな」
「……ううッ、しゅ、主人のことは、言わないで……」
夫のことを口にされ、玲子はいっそう苦悶に総身をブルブルとふるわせた。玲子の美貌は血の気を失って、あぶら汗に光っている。
これほどつらく、みじめな辱しめがあろうか。腹の底の底までびっしりつめこまれたようで、いっぱいに拡張された肛門はズキズキとうずいた。

あえぐ。
唇をかみしばって耐えようとするが、とてもこらえきれず、口を開いてパクパクと
「さてと、奥さん、じっくりとアナルセックスを味わうんだよ、フフフ」
鮫島はゆっくりと腰を突きあげはじめた。グイッ、ググッと玲子の腸管をえぐりあげる。
「ひッ……いや……ああ、いやッ……」
「いやなのははじめだけだよ、フフフ。亭主なんぞ忘れるほど、いい気持ちにしてやるからな」
「いやッ……ひッ、ひッ、動かないでッ」
動きだされて、玲子は悲鳴をあげて泣きだした。
しびれかけていた腸管が、えぐりこんでくるものに引き裂かれそうで、背筋から頭の芯へと真っ赤に灼けた。意識さえもうろうとするなかで、苦痛の火花が弾ける。
「いい尻の穴だ。これならズンと感じるはずだよ、奥さん。ほれ……ほれ……」
「ひいッ、さ、裂けちゃう……た、たすけて、玲子、死んじゃうわッ……うッ、ううむ……」
「尻の穴を犯された女は、皆そう言って泣きながら狂っていくんだ」
「うむ……た、たすけて……」

鮫島はしだいに動きをリズミカルに激しくした。玲子はなす術もなく、されるがままであった。ひいひいとのどを絞って、ふいごにあおられるように乳房や太腿をふるわせる。
官能の快感などはほど遠い感覚だった。ただ苦痛と、気も遠くなる汚辱感、恥ずかしさだけが、玲子を苛む。内臓がこねくりまわされるような、言いようのない感覚だった。
だが、鮫島のほうは玲子の肛門の快美に酔いしれていた。
「いい尻だ、ううッ、たまらん味だよ、田中玲子の尻の穴は」
うなるように言いながら、激しく責めたてる。引き抜かんばかりに引いては、ドスンとばかり打ちこみ、また引いて打つ。そのたびに、玲子の肛門の粘膜がまくりだされ、またのめりこまされた。
「あ、いや……はやく、はやくすませてッ、うむむ……いや、いやあッ」
玲子は白眼を剝き、歯をかみしばって泣きながら叫んだ。
とうとう、鮫島に……こんな男に犯されて……そ、それもお尻なんかを……ああ、いや、地獄だわ……。
もうろうとした意識のなかで、わずかに残った自我で逃げようともがくのだが、かえって肛門を貫いている鮫島のたくましさを感じさせられるだけであった。

これほど犯されているということを実感させられたのは、これまでなかった。容赦なくえぐってくるものが、胃を押しあげて口から飛びだしてくるような錯覚に襲われる。
「たまらないねえ。あの美人で有名な田中玲子の尻の穴を犯してるんだ……亭主の奴に見せてやりてえよ」
そんなことを言いながら、玲子の黒髪をつかんで後ろから顔をのぞきこむ。
玲子の顔は涙とあぶら汗に光り、ほつれ毛をへばりつかせてひきつっていた。凄艶ともいえる美しさだ。
それを見たとたん、鮫島はもうこらえきれなかった。
「ち、ちくしょうッ……も、もう……」
そう叫ぶなり、積年の想いをぶつけるように、ドッとおびただしく放っていた。
「ひいッ」
玲子は高く泣いて、顔をのけぞらせた。
凌辱のあかしが腸管深く吐きかけられるのを感じて、玲子は気を失った。
「尻の穴を犯された気分はどうかな、田中玲子奥様、フフフ」
黒髪をつかまれてゆさぶられた。ピタピタと頬をたたかれる。
「ああ……」

玲子は弱々しくかぶりをふった。

「も、もう、ゆるして……ああ、はやく離れてください……」

鮫島は精を放ったにもかかわらず、まだ玲子の肛門につながったままであった。それどころか、果てたばかりだというのに、また、ムクムクと玲子のなかでたくましさを取りもどしていく。

「そ、そんなッ……あ、ああッ……」

玲子は激しく狼狽した。玲子の肛門が内側から拡張される。玲子が腰をよじりたてればかえって刺激を与え、鮫島の回復をたすけるとわかってはいても、おぞましさにじっとしていられなかった。

「奥さんの尻が、あんまりよすぎて思わずもらしたが、今度はじっくり時間をかけて犯ってあげるからねえ」

「いやッ……もう、もう、いやですッ、かんにんして……」

「フフフ、初めてとはいえ、奥さんも気持ちよかったはずだ。なにしろ、これだけいい尻をしてるんだ」

玲子は頭をふった。気持ちいいはずなどない。いっときもはやく鮫島が離れてくれることを願うばかりだ。

「……ああ、もう離れて……かんにんして……」

「そんなはずはないんだが……フフフ、そうか、奥さんはオマ×コをほうっておかれて、すねているわけか」
そいつは気がつかないで、と鮫島はわざとらしく言った。
「竜也たちを呼んで、オマ×コに入れてもらっちゃどうかな、奥さん、フフフ。前から後ろから、サンドイッチだ」
「そんな……」
信じられない言葉に、玲子は声がのどにつまった。
鮫島に肛門を犯されたまま、前に竜也を受け入れる……二人の男を同時に……。そう思うと、玲子は総身が凍りつき、顔がひきつった。
「そんな恐ろしいこと……で、できない……いや、いやよッ」
「奥さんのサービスが悪いと、竜也に電話するぜ、フフフ」
鮫島はニヤリと笑った。
ああ……玲子はひきつらせた顔をふった。鮫島は何がなんでも玲子に二人の男を同時に相手させる気なのだ。ドス黒い絶望が玲子をおおった。
「どうやらサンドイッチにされる気になったようだね、奥さん」
「……ど、どこまで辱しめれば、気がすむというの……ああ、恐ろしいことを……」
「どこまで辱しめるかって、フフフ、奥さんが女に生まれたことを後悔するまでだ

よ」
　鮫島はへらへらとあざ笑った。
　玲子はガックリとうなだれ、肩をふるわせてすすり泣くだけで、もう何も言おうとはしなかった。汗に光る裸身が、戦慄にブルブルとふるえている。
　ああ、いや……二人のけだものを同時になんて……そんな恐ろしいこと、できるわけがないわ……。
　狂いたつまでに胸のうちで叫びながらも、玲子は我が子のことを思うと、何も言えなかった。
　たとえ我が身は引き裂かれようと、子供の美加だけは守らねばならないと、玲子は悲愴な決意をするのだった。
「フフフ、この私には尻の穴を、竜也にはオマ×コを同時に犯してほしいというわけだね、奥さん」
「…………」
「どうした、奥さん」
　鮫島にググッと腸管をえぐりあげられて、ああッと玲子はのけぞった。泣きながら、ガクガクうなずいた。
「よしよし。そろそろ竜也がここへ来るころだが……フフフ、それまでウォーミング

アップといこうかねえ、奥さん」
鮫島はゆっくりと動きだした。

2

鮫島ははじめから、竜也と二人がかりで玲子を犯す気で、時間を決めて竜也を呼んでいた。
ドアがノックされ、竜也がニヤニヤしながら入ってきた。ヒッと玲子は裸身を硬直させた。
竜也の後ろからは、厚次が子供の美加を抱いてつづいてきた。もう深夜とあって、美加はグッスリと眠りこんでいた。
「あ、美加、美加ちゃん」
玲子は我れを忘れて、我が子の名を呼んだ。まさか子供まで連れてくるとは思わなかった。
「何が美加ちゃんだよ。いいことしてもらって、ガキなんかほったらかしにしてたくせによ、へへへ」
「ほう、尻の穴を掘られてるのかよ。フフフ、こいつはすげえぜ」

子供をソファに横たえると、厚次と竜也はニヤニヤと玲子に近寄ってのぞきこんだ。
「すげえ。串刺しってとこだな」
「ずいぶん深く入れられてるじゃねえか」
二人とも、アナルセックスを見るのは初めてとみえて、興味をそそられたらしく、舌なめずりして眼を細める。
「やるじゃねえか、鮫島さんよう。どうだい、奥さんの尻の穴にぶちこんだ感じは」
「最高だね、フフフ。熱くて灼けるようだ。それにヒクヒク締めつけてくるのが、たまらんぜ」
鮫島はゆっくりと腰を突きあげてみせた。
「ああ、お願いです。少しでいいから、子供を抱かせて……あ、ああッ」
泣きながら哀願していた玲子の声は、ひきつった泣き声に変わった。
グイ、グイと腸腔をえぐりあげてくる。その鮫島の動きが、何をうながしているか、玲子にはわかりすぎるほど、わかっている。
「ああ……言えない……そんな、そんな恐ろしいこと、できないわ……」
玲子はかぶりをふった。竜也と厚次の二人を見たとたん、恐ろしさに、悲愴な覚悟ももろくゆらいだ。
それを見て、竜也がクククッと笑った。

「玲子のサービスはどうだったい、鮫島さんよう。まさか悪いってことはなかったろうな。そんなことなら、ガキの耳を切り落として詫びを入れるぜ」

竜也はわざとらしく言った。

この竜也もまた、鮫島とグルになって恐ろしいことを言わせようとしている。

「奥さんのサービスねえ、フフフ」

鮫島は意地悪く玲子の顔をのぞきこんだ。

玲子の態度しだいだ……鮫島の眼はそう言っていた。

「ああ……」

もうどうにもならないという絶望に、玲子は顔をのけぞらせた。迷っている余裕はない。

鮫島に肛門を貫かれていることも忘れて、玲子はブルブルと裸身をふるわせた。唇がワナワナふるえ、歯がかみ合わない。

「……ああ、お願い……」

「どうだい、奥さん」

竜也はニタニタと玲子の顔を見た。

玲子が我が子のほうを見て、勇気をふるいたたせようと必死になっている。男たちにはたまらない光景だった。

「ま、前にして……ああ、玲子の……前と後ろに……同時に……い、入れて……」
あえぎあえぎ口にすると、玲子はわあッと泣き崩れた。
「ほう、前と後ろに同時にねえ、フフフ」
「サンドイッチにしてほしいってわけか。好きだねえ、奥さん」
竜也と厚次はしらじらしく言ってのけると、互いに顔を見合わせて笑った。モゾモゾとズボンを脱ぎはじめる。
「フフフ、尻の穴だけじゃ、ものたりないらしくてねえ」
鮫島も笑いながら、グイッといっそう深く玲子の腸腔をえぐりあげて、玲子の腰を前へ押しださせる。その前方には竜也が下半身を剝きだしにし、たくましい肉塊をそそり立たせて待ち受けていた。
ニヤニヤと笑って、肉塊をブルブルと威圧するようにゆすってみせる。
「い、いやあッ」
玲子は涙にかすんだ眼をひきつらせて、竜也のおぞましい肉塊が迫ってくるのを見た。いくら観念したつもりでも、身体が勝手に悲鳴をあげ、逃げようとする。
だが、玲子の腰は肛門を貫いている鮫島に、がっしりと肉の杭でつなぎとめられている。
「こわいッ……あ、ああ……」

「フフフ、オマ×コは俺を待ち焦がれて、ビチョビチョに濡れきってるぜ、奥さん」
「そんな、かんにんして……ど、同時になんて、ひどい……あんまりだわ……」
「前も後ろも同時に犯してほしいと言ったのは、奥さんじゃねえか、フフフ」
竜也はあざ笑いながら、ゆっくりと腰を突きだした。
「ひいいッ……」
媚肉にジワジワと分け入ってくる感覚が、玲子の眼の前を暗くした。後ろへ腰が逃げようとしても、鮫島がそれを許さない。
「たすけてッ……ああ、う、うむッ……」
のけぞらせた白いのどから、悲鳴が噴きあがった。悩乱の女体に火が走る。薄い粘膜をへだてて、前と後ろで肉塊がこすれ合う。
ズシッという感じで、竜也の先端が子宮口に達した。
「ひいいッ……ひッ、ひッ……」
玲子は白眼を剝いたまま、半狂乱になって泣き叫んだ。頭のなかが、カアッと灼けただれた。
「フフフ、グイグイ締めつけてきやがる。そんなにいいのかい、奥さん」
竜也が酔いしれたように言えば、鮫島もだらしなく顔を崩す。
「こっちも、食いちぎられそうに締めつけてくる。フフフ、たまらんねえ」

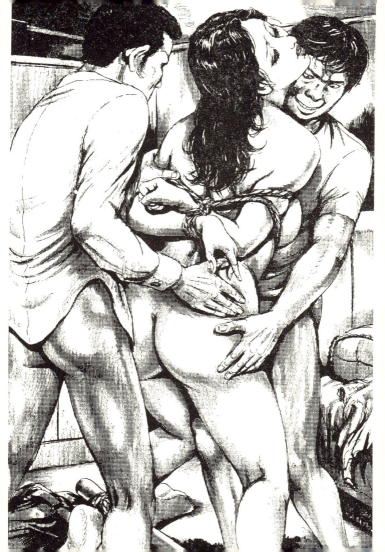

鮫島と竜也はリズムを合わせて、玲子を責めはじめた。鮫島が後ろからグイッと突きあげれば、次には竜也が押しもどすように前から腰を打ちつける。粘膜をへだててこすれ合う二本の凶器が、まるでショートしてバチバチ火花を散らすみたいだった。
「ひいッ……た、たすけてッ……ひッ、ひッ、気が変になっちゃう……」
たちまち玲子は狂乱にかりたてられた。肛門の苦悶と、媚肉をえぐりこんでくる官能の愉悦とがからまりもつれ、わけがわからなくなっていく。
まるで強力な麻薬に侵されたように、背筋から脳へとしびれ、とろけていく。
こ、こんな……こんなことって……。
二匹のけだものに同時に犯されているというのに、玲子は自分の身体の成りゆきが、信じられなかった。
いくらこらえようとしても、湧きあがる快美感を抑えようがなくなった。これまで知っている快美とは違う、苦悶の入り混じった暗く得体の知れない感覚だ。
「あ、あうう……あああ、たまんないッ」
あやつられるままに、玲子は口の端から涎れさえたらして、泣き、あえぎ、時には悲鳴をあげた。
「感じはじめたな、奥さん」

「フフフ、たいした悦びようだねえ」
竜也は、玲子の美肉がいっせいにざわめきながら妖しく自分にからみつき、さらに深く吸いこもうとするように蠢くのを、はっきり感じ取った。
鮫島もまた、玲子の肛門が時々キュッと引きすぼまろうと痙攣するのを、するどく感じていた。
玲子の汗まみれの裸身が、匂うようなピンク色にくるまれていく。泣き顔にも明らかに快美の色がきざした。
「あ、ううッ……狂っちゃう……」
「フフフ、狂うほど気持ちがいいってことだな、奥さん」
「思った通り、アナルセックスの素質充分だねえ、奥さん。この悦びよう、フフフ」
竜也と鮫島は顔を見合わせるといちだんと責めを強めた。
玲子の腰は、二人の男の間で揉みつぶされるようにギシギシと鳴った。
「ひッ、ひいッ……死ぬ、死んじゃうッ」
玲子は白眼を剝きっぱなしにして、ひいひいと泣き狂った。口から涎れを流し、ガクガクと腰をせりあげて泣き狂う玲子の姿は、凄惨ですらあった。
もう、何をされているのかもわからず、身体じゅうの肉という肉が灼きつくされていく感覚だけがあった。

それをニヤニヤとながめていた厚次が、玲子の身体に手をのばした。
「俺も仲間に入れてもらうぜ、奥さん」
玲子の乳房をわしづかみにして、玲子ののけぞらせた唇に貪りつく。自分の番まで待ちきれず、焦れたように眼の色が変わっていた。
「フフフ、女には男を受け入れられる穴が、もうひとつ残っている」
「三人総がかりってわけか、フフフ、そいつはいいや」
厚次は鮫島に言われて玲子から唇を離すと、玲子を天井から吊っている縄を解きにかかった。玲子の身体は男たちともつれ合ってベッドの上へ倒された。
「い、いやあ……」
と、悲鳴をあげる間もなかった。黒髪をつかまれて、厚次のたくましい肉塊をガボッとばかりに口のなかへ押しこまれた。
「尻の穴とオマ×コ、そして口と、奥さん、三人いっぺんに犯される気分はどうかな。フフフ、これでもう、亭主の田中が入る穴はなくなったってわけだ」
鮫島は、これ以上の法悦はないと言わんばかりに、勝ち誇って笑った。
だが、その声ももう、玲子には聞こえなかった。ほとんど苦悶に近い快美に、玲子は腹の底から身悶え、泣きわめいた。肛門を引き裂かんばかりの苦痛さえ、気も遠くなるような肉の愉悦に変わっていた。

「う、うぐぐッ……ヒッ、ヒいッ……」

身も心も真っ赤に灼きつくす瞬間が間近に迫っていた。

3

翌日、玲子が眼をさましたのは昼近くであった。鮫島とベッドのなかである。すでに竜也と厚次の姿はなく、子供の美加もいなかった。

「フフフ、昨夜はよほど満足したとみえて、よく寝ていたねえ、奥さん」

鮫島が玲子の顔をのぞきこんで、ニヤリと笑った。

玲子はハッと狼狽して、顔をそむけた。昨夜の恐ろしい出来事が、玲子の脳裡に甦ってきたのだ。

鮫島に竜也と厚次、三人がかりで明け方まで責められた。骨の髄、肉の一片まで凌辱され、白濁の精を吐きかけられた。

前から後ろからと、二人の男にサンドイッチされ、口にまで男のものを含まされて……いったい何度官能の絶頂を迎え、気を失ったことだろう。それでもゆるされず、失神からゆり起こされて、責めがつづいた。

思いだすだけでも、気も遠くなりそうだった。

ああ、玲子は……とうとう……お、お尻まで犯されて……三匹ものけだものを同時に……ああ、もう、駄目……。

玲子はシーツに顔を埋めて、シクシクと泣きだした。

「もう起きてもらおうかね、奥さん。今日もいろいろやりたいことがあるんでねえ」

玲子は鮫島の手で、ベッドから引きずり起こされた。後ろ手に縛られていた縄は解かれていたが、一糸まとわぬ全裸のままである。

そのままシャワー室へ連れこまれ、身体の汚れを清められた。

「フフフ、奥さん、尻の穴で私とつながったことを忘れるんじゃないよ。この私は、奥さんの尻の穴に入った最初の男だということをね」

鮫島は意地悪く言った。その顔はついにあこがれの玲子を征服しつくした満足感に、勝ち誇っていた。
「わかるね。もう奥さんの身体で亭主の匂いが残っているところは、どこにもない。この尻もオマ×コも口も、フフフ、田中の奴が入れる穴はもうないんだ」
玲子はかえす言葉もなく、裸身をふるわせてすすり泣くばかりだった。反発しようとする気力さえ湧きあがってこない。
気持ちばかりか、身体のほうも萎えきっていた。腰は鉛でも入っているように重く、足もとがフラついて定まらない。まだ肛門に何かが入っているような拡張感があった。ズキズキとうずく。
「フフフ、この尻はもう、私のものだ」
鮫島はゆるゆると玲子の双臀を撫でまわした。
水着をつけるよう命じた。ベージュ色のビキニだった。下の部分は、小さな三角の布に紐をつけたような大胆なものだ。
豊満な乳房や双臀のふくらみが水着からこぼれる。玲子は狼狽した。
「ああ、こんな……」
「気に入らないというなら、素っ裸でもいいんだよ、奥さん」
いやいやと玲子はかぶりをふった。外へ連れだされるのはもうわかっている。そん

なビキニの水着でも、つけないよりはずっとましだった。
だが、玲子を狼狽させたのは水着の大胆さばかりではなかった。股間に当たる布地には糸で鈴が縫いつけられ、それはぴったりと玲子の肛門にあてがわれていた。ビー玉ほどの鈴で、それはなかば玲子の肛門にめりこんだ。
「ああ……こんなのいやです……」
「じゃあ脱ぐかい、奥さん」
「………」
玲子は唇をかみしめてうなだれた。あれほど嫌っていた鮫島に何ひとつあらがえなくなった自分が、情けなくみじめでならない。足にハイヒールをはかされた。
「顔をあげてシャンとしないか。初夜を終えた新妻は、初々しく満ちたりてるものだよ、奥さん」
鮫島は自分も海水パンツ姿になると、玲子の背中を押して部屋を出た。
すれ違う行楽客たちが、いちように、おおッと玲子の美しさに魅せられてふりかえった。大胆なビキニと見事なまでの女体……ハイヒールをはいた姿は、妖しいまでの色香を放っていた。どんな男もふりかえらせずにはおかない艶っぽい美しさだ。
「ああ……」
玲子は注がれてくる男たちの視線に、生きた心地もなかった。

ホテルの庭へ出て、その先の石段をおりると、そこはもう砂浜だった。ビーチパラソルの花があちこちに咲き、海水浴客でにぎわっている。水辺はまるで、イモの子を洗うようだった。

ハイヒールが砂にめりこみ、足をとられる。玲子はハイヒールを脱ぎ、手に持って歩いた。

「フフフ、みんなが奥さんの美しさに見とれているよ。ほれ、もっと尻を色っぽくふって歩いて、見せつけるんだ」

鮫島が意地悪く、玲子の耳もとでささやく。

言われるまでもなく、玲子は男たちの眼が自分の身体に集中してくるのを、痛いまでに感じていた。

「ここらでいいだろう、フフフ」

鮫島は少しはずれたところに、ビーチパラソルを立てると、ビーチマットを敷いた。少しはずれとはいっても、隣りのパラソルまでは三メートルとない。

「ここにうつ伏せになるんだ、奥さん」

酷薄に命じられて、玲子はビクッと身体を強張らせた。すがるように鮫島を見る。

「……お願い、こ、こんなところで……変なことをするのだけは、ゆるして……」

「そいつは奥さんの態度しだいだよ」

「………」
玲子は命じられるままに、ビーチマットの上にうつ伏せで横たわった。ブルブルと身体がふるえる。
その横に腰をおろした鮫島は、
「どれ、サンオイルでも塗ってやるか。せっかくのスベスベ肌に、シミでもできちゃ大変だからねえ、フフフ」
わざと大きな声で言って、持ってきたバッグからサンオイルを取りだした。それを両手にベッタリと塗りつけると、玲子の肩から背中へと這わせはじめる。
「あッ……」
悲鳴をあげそうになって、玲子はあわてて唇をかみしばった。
鮫島の手は、玲子の背中から腰へ、そして内腿にまでヌルヌルと這いまわった。まるで蛭が這うような感覚に、玲子は総毛立った。
サンオイルを塗るというより、いやらしく肌を撫でまわしているといったほうがいい。
「股をもっと開くんだ」
「ああ……」
太腿を左右へ開かされ、内腿に鮫島の手が這いずりまわる。ビキニのブラジャーの

紐が、背中でほどかれた。
「あ、あ……」
わきからこぼれる乳房のふくらみを、玲子はあわてて手でおおった。
それだけではない。鮫島はさりげなく玲子の臀丘の谷間に指先をすべりこませ、肛門に押し当てられている鈴に触れることさえした。サンオイルのすべりにたすけられ、鈴がヌルッとさらに玲子の肛門にめりこんだ。
「あ……うぅッ……」
玲子は唇をかみしめ、必死に泣き声をかみ殺した。
いつの間にか、玲子の周囲に男たちが人垣をつくっていた。わざわざビーチパラソルを移動してくる者もいて、甲羅干しをするふりをして玲子のほうをぬすみ見る。
「フフフ……」
鮫島は低く笑いながら、わざと男たちに見せつけるように、玲子の肌をまさぐりつづけた。玲子の後ろと正面をたっぷり見せつけ、あおむけにした玲子の両膝を立たせて、左右へ割り開くことさえした。
玲子の股間で小さな布地が張りきって、媚肉の合わせ目まで浮き立たせる。
「すごい美人だな……見ろよ、あの身体。たまらねえな」
「あんなに脚を開いて、サンオイルを塗ってもらってよう。ありゃ、相当好きな女だ

ぜ。いい身体してるな」
「ムチムチしやがって。一度でいいからあんな女とやってみてえ」
そんなささやきが、熱い息づかいとともに、周囲から玲子に聞こえてくる。
ああ、こんな……さ、さらしものだわ……。
恥ずかしさ、みじめさに玲子は死にたい気持ちだった。そのくせ、身体を這う鮫島の指先と、男たちの熱い視線に身悶えしたい気持ちにかられた。身体の芯がツーン、ツーンとうずいた。
「気分を出すんじゃないぞ、奥さん」
鮫島はささやくと、玲子を再びうつ伏せにして、双臀を撫でまわしはじめる。
ビキニの小さな三角の布地からあふれでた臀丘に、ヌラヌラとサンオイルを塗りたくった。肉をつかむようにしたり、ブルブルとゆすってみせたりする。
さらに薄い布地の上から、鈴をめりこませている肛門も揉みこんだ。
「あ……も、もう、やめて……」
玲子は消え入るような声で哀願した。周囲の男たちの視線を感じ、好奇のささやきが耳をかすめ、玲子は泣くことも鮫島の手をふり払うこともできず、必死に平静をよそおった。
「ありゃどう見ても愛撫だぜ。ちくしょう、見せつけやがる」

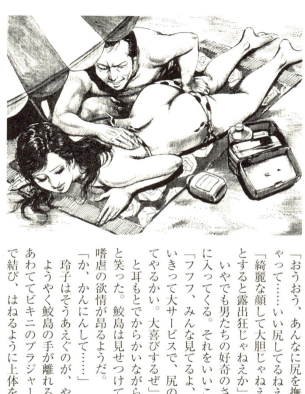

「おうおう、あんなに尻を撫でまわしちやって……いい尻してるねえ」
「綺麗な顔して大胆じゃねえか。ひょっとすると露出狂じゃねえか」
いやでも男たちの好奇のささやきが耳に入ってくる。それをいいことに鮫島は、
「フフフ、みんな見てるよ、奥さん。思いきって大サービスで、尻の穴まで見せてやるかい。大喜びするぜ」
と耳もとでからかいながら、へらへらと笑った。鮫島は見せつけていることで、嗜虐の欲情が昂るようだ。
「か、かんにんして……」
玲子はそうあえぐのが、やっとだった。ようやく鮫島の手が離れると、玲子はあわててビキニのブラジャーの紐を背中で結び、はねるように上体を起こした。

ほつれ髪をかきあげるふりをして、そっと涙をぬぐい、必死に平静さをよそおおうとするのだが、身体のふるえがとまらなかった。

鮫島は玲子の手を引っ張り、海のなかへ入った。はた目には、二人は真夏の太陽の下で少々開放的になったアベックとしか映らない。玲子の美しさとまぶしいまでの肢体が、玲子の哀しげで暗い表情をおおい、そう感じさせないのだ。

夜明けまでさんざん凌辱されたというのに、玲子の肢体は真夏の陽を受けて、男たちを圧倒せんばかりの美しさにあふれていた。

「男たちに見られながら、いたずらされる気分はどうかな、奥さん」

「……み、みじめだわ……いっそ、死んでしまいたい……」

「フフ、だが、女って動物は見られることによって肌にみがきがかかり、美しくなる」

鮫島はニヤニヤと笑った。玲子は唇をかみしめたまま、弱々しくかぶりをふった。

「もう変なことはしないでください……」

「そうはいっても、男たちが勝手についてくるからねえ、フフフ」

「ああ、そんな……」

ゴムボートに乗せられ、浜辺からこぎだしても、十人近い男たちが浮きマットに乗って追ってきた。

玲子のそばまでは来ないが、遠巻きにして、こちらの様子をうかがっている。

鮫島は五十メートルほども沖へゴムボートをこぎだすと、

「フフフ、奥さん、尻をこっちへ突きだしてもらおうかね」

「そ、そんな……こんなところで、いや、いやです……かんにんして」

鮫島は玲子の手首をつかむと、グイと引き寄せて後ろ向きにした。ビキニのパンティに手をかける。

「ああ……いやッ……もう、もう、いやッ」

「世話をやかせるんじゃない」

「奥さんの尻の穴はもう私のもの

だ。アヌス妻になったからには、いやなんて言わせんよ、玲子」
鮫島は小さな三角の布地をつないでいる紐をほどいた。半分以上も玲子の肛門にめりこんでいる鈴を、引き剝がすようにして脱がした。
いやいやとかぶりをふりながらも、玲子のあらがいは弱々しい。昨夜以来、玲子は抵抗する気力も体力も萎えきっている。
「……お願い、やめて……人に、人に見られるわ……」
「じっとしてりゃ、わかりゃしないよ。フフフ、脱がすのは下だけだからね」
玲子の両手を背中へねじあげて交差させ、脱がしたビキニのパンティで縛った。そのまま、ゴムボートの空気でふくらんだ部分に腹部を押しつけ、顔を海へ押しだして双臀をもたげさせた。両脚はいっぱいに開かせた。
「ああ、こんな格好なんて……」
泣き声を噴きあげそうになって、玲子はあわてて唇をかんだ。波間に、あとを追ってきた男たちの顔が見えたのである。
「フフフ、この私のものだ、田中玲子の尻」
鮫島はピタピタと玲子の双臀をたたいた。眼の前に玲子の裸の臀丘は、真夏の陽をいっぱいに受けて、ムチッと張っていた。
舌なめずりをして玲子の臀丘を左右に割り開き、肛門を剝きだした。

「や、やめて……ゆるしてください、お尻だけは……」
「フフフ、可愛い尻の穴だねえ。ここが私のでかいのを受け入れたのが、信じられないよ」
わあッと泣きだしたくとも、男たちが遠巻きにして見ている。玲子は唇をかみしめたまま、必死にこらえた。
「まったく奥さんの尻の穴は素晴らしい。色といい形といい。それに伸縮性と吸引力がこれまた極上だ」
鼻がくっつきそうにのぞきこんでいた鮫島は、そう言うなり玲子の肛門を舌先でペロリとなめた。
「ひッ……」
ガクンと玲子の裸身がのけぞった。何をされたかわからぬままに、鮫島の唇が吸いついてきた。
「ひッ、ひ……」
悲鳴をかみ殺しているため、くぐもったうめき声をもらして、玲子は総身を揉み絞った。おぞましい排泄器官が口いっぱいにほおばられ、グチュグチュと吸われ、舌先がチロチロと粘膜をなめ、なぞる。
ビリビリと背筋に悪寒が走った。

「そんな……そんなことをするなんて……」
鮫島の行為が玲子には信じられない。まるで肛門に蛭が吸いついて、生血を吸われているようだ。
舌の先がとがって、肛門のなかへもぐりこもうとさえした。
「フフフ、鈴をあてがっていただけあって、とろけだすのがはやいねえ、奥さん」
鮫島は一度顔をあげると、ニヤッと笑った。その眼は嗜虐の欲情に不気味に光り、口のまわりは唾液でベトベトに濡れていた。
舌をのばしてペロッ、ペロッと玲子の肛門をなめる。
「ああ……や、やめて、もう、やめてください……そ、そんなこと」
「まだまだ、こんなのは序の口だよ、フフフ。奥さんの尻の穴のなかまでなめたい気分だ」
「ああ……」
玲子は歯をかみしばったまま泣いた。海の上でなければ、泣き声はとっくに男たちに聞こえていただろう。
鮫島は執拗だった。ペロペロとなめては唾液のあふれる口で吸いつき、また舌を使う。そんなくりかえしに、玲子の肛門は水分を含んだ真綿のような柔らかさを見せはじめた。

ヒクヒクとふるえながらゆるんでは、時折りおびえたようにキュッとすぼまろうとする。だが、それも長くはつづかずに、また妖しくゆるみはじめる。

「あ、あ……た、たまらない……」

「よしよし、もっとたまらなくしてあげようねえ、奥さん」

鮫島は瓶を取りだすと、なかの液体を口に含んだ。食用酢である。

「あ……何を、何をする気なの……」

おびえて腰をよじるのを、ガシッと押さえつけられて、さらにいっぱいまで肛門を剝きだされた。

鮫島の口が肛門に押しつけられ、舌先で食用酢がとろけた肛門の粘膜にまぶされる。

「ああッ……ひッ……」

ズキンと火の衝撃が肛門に走った。カアッと灼け、ズキズキとうずく。食用酢の刺激が敏感な粘膜にきつくしみる。

「かんにんしてッ……あ、ああ、いや……」

半泣きになって玲子は、腰をふりたてた。鮫島の口をふり払おうとするのだが、むなしくゴムボートがゆれるばかり。

鮫島の舌先が円を描くように動く。その動きにほぐれた肛門の粘膜が、あえぐように食用酢をジワジワと吸いこんだ。

「そ、そんな……やめて……」
いくら哀願しても、鮫島はやめなかった。やめるどころか、いっそうぴったりと玲子の肛門に口を押し当てると、口のなかの食用酢をピュッと一気に注ぎこんだ。
「ひッ……」
灼けるような感覚が肛門から腸管へと走った。玲子は白いのどを見せて顔をのけぞらせ、双臀をブルブル痙攣させた。
肛門から腸の一帯が火となって、灼きつくされていく。
「どうかな、私の口で噴きこんでやる酢の浣腸は、フフフ」
鮫島は舌なめずりして、ニンマリと笑った。玲子は腰をわななかせながら、ひきつるような嗚咽をもらしている。
「いや……もう、もう、かんにんして……ゆるしてください……」
「そんなにいやなら、どれ、もう一度呑ましてやるか」
鮫島は食用酢の瓶をあおって、口のなかいっぱいに含んだ。それを玲子の肛門に押しつけて、ズズッと腸腔へ噴きこむ。
「ひいッ……灼けちゃう……」
その悲鳴に、遠巻きにしている男たちが、何かただならぬ気配を感じ取って、さかんに首をのばした。

だが、玲子の上半身は見えても、ゴムボートの、空気でふくらんでいる部分がじゃまになって、何をされているのかは見えなかった。
見えないが、玲子には男たちの顔が見えている。
「フフフ、見物人がいると、浣腸もズンと感じるだろう、奥さん」
からかいながら鮫島は、再び酢を口に含んだ。今にも弾けんばかりにふくれあがっている玲子の肛門が、おびえてすぼまろうとするのをかまわず、酢を噴きこんだ。
悲鳴をあげ、玲子は狂ったように腰をふりたてた。いくら唇をかみしばっても、腸管に火が走る感覚に耐えきれずに声が出た。
食用酢を口に含んでは、玲子の肛門に注ぎこむ、それを鮫島は執拗なまでにくりかえした。瓶のなかの酢五百CCを全部噴きこむ気なのだ。
はじめはヒッとのどを絞って双臀をよじりたてた玲子だったが、もうあえぐようにすすり泣くばかりになった。
「こんなにうまそうに呑むんなら、もっと瓶を持ってくるんだったたな、フフフ。これで最後だ。じっくり味わうんだぜ、奥さん」
最後のひと噴きを与えて、五百CCをすっかり注入すると、玲子はグッタリと死んだようになった。サンオイルと汗に光る背中が、波のようにあえいでいる。
だが、玲子はすぐに顔を蒼ざめさせて、あぶら汗を噴きこぼしはじめた。

「ああ……うむ、ううッ……」
蒼白な美貌で鮫島をふりかえる。唇がワナワナとふるえた。
「ううッ、どう、どうしたらいいの……苦しいわ……」
急速に荒々しい便意がかけくだってきた。必死にすぼめている肛門が、苦悶にわなないている。今にも爆ぜんばかりだ。
「海の上じゃトイレはないよ、奥さん。尻を海へ突きだして、たれ流すしかないようだねえ、フフフ」
「い、いやッ」
玲子は激しくかぶりをふった。
裸の双臀を海に突きだせば、遠巻きにしている男たちに丸見えになってしまう。
荒れ狂う便意に、内臓がキリキリとかきむしられた。
玲子はガクガクとふるえだした。頭のなかはうつろになり、今にも爆ぜそうな肛門を必死に引きすぼめているのがやっとだった。歯をキリキリかみしばり、ほぐれた黒髪をふりたてる。
「どうだい、奥さん。たれ流すところをまわりの見物人に披露する気になったかな」
「いやッ……ううむ、そんなことは、いや、いやです……」
「いやなら栓をしてやるしかないね。フフフ、ゴムボートのなかでひりだされてはか

なわんからねえ」
いきなり鮫島は玲子の腰を両手でつかんで引き寄せた。腰をよじりたてかわそうとするのだが、荒れ狂う便意の苦悶にあらがう力は萎えていた。
「やめて、こんなところで……いや、いや、かんにんして」
「素直に海へたれ流さないからだよ。ほれ、深く栓をしてやるよ、奥さん」
「ああ、こわいッ……し、しないで、もう、そんなひどいこと、しないで……」
泣きながら哀願しても駄目だった。
鮫島の灼熱が、よじりたてる双臀の谷間にもぐりこんでくる。
昨夜、肛門を犯されて悩乱の淵にたたきこまれた恐ろしい記憶が甦ってきた。総身が灼けただれ、引き裂かれていく感覚……それが今また、浣腸されたままの玲子の肛門を襲おうとしている。
「い、いやッ……あ、う……ううむッ……」
必死にすぼめている部分にたくましい凶器が、荒々しくめりこんできた。
いっぱいに押し開かれて張り裂けんばかりの苦悶、そして荒れ狂う便意が突きあげられて逆流させられる感覚……。玲子は白眼を剥いて、顔をのけぞらせた。
「どうだ、奥さん」

後ろからのぞきこんだ玲子の顔は、白眼を剝いたまま、口をパクパクあえがせ、苦悶にひきつっていた。

鮫島は嗜虐の欲情がメラメラと燃えあがるのを心地よく感じながら、ねじこむようにして根元まで埋めた。食いちぎらんばかりにキリキリ締めつけてくるのがたまらない。

「いい味だ、奥さんの尻の穴、フフフ」

「うむ……ううむ……お、お腹が裂けちゃうわ。く、苦しい……」

ブルッ、ブルルッと玲子は痙攣した。引き裂かれるような苦痛と苛烈な便意と、苦悶の二重奏が玲子を責め苛む。

それまで遠巻きにしていた男たちの何人かが、近寄ってくるのも気づかない。代表派遣というわけでもあるまいが、男たちは波に流されるふりをして、様子をうかがいにくる。何かただならぬことが行なわれている気配は感じていたが、確かめたいという誘惑に勝てなかった。

「フフフ、デバカメのお出ましだよ、奥さん」

鮫島は少しもあわてる様子はなく、へらへらと笑った。玲子の黒髪をつかんで、顔を男たちのほうへ向ける。

「あ、いや……」

驚愕と戦慄に玲子は顔をひきつらせて、身体を硬直させせた。それがさらに鮫島をきつく締めつけることになって、鮫島はその心地よさに酔いしれた。
「他人に見られながらやるのは、これだからこたえられない。いい締まりだ、たまらんねえ、フフフ」
「ううッ……人前で、こ、こんなことって……こんな浅ましい……」
玲子は歯をかみしばった。それでもひッ、ひッとのどが鳴り、うむ、ううむと腰がきばる。
もう男たちは、すぐそばまで来ていた。玲子のゴムボートまで三、四メートルの距離だ。男たちはギョッとしたらしい。ゴムボートのなかで、下半身裸の玲子が四つん這いになり、鮫島が後ろからのしかかっている。それが何を意味するか、わからない男はいまい。
「ナ、ナニしてやがるぜ。道理で女が泣き声を出すわけだ」
「それもバックからだぜ。クソ、見せつけてくれるじゃねえか」
「こんなところで、あんないい女と……あの野郎がうらやましいぜ」
そんなヒソヒソ話が、潮風にのって鮫島と玲子の耳に飛びこんでくる。
男たちの眼は血走り、だらしなくゆるんだ口もとからは涎れをたらさんばかりだった。どうやら玲子が後ろ手に縛られていることにも気づいたらしい。

「どういうことなんだ、ありゃ」
「マゾじゃねえのか、あの女、へへへ」
「縛られたり、いじめられて喜ぶってやつかい。あんな綺麗な顔して……たまんねえな、よくやるぜ」
そんなことを言いながらも、男たちは玲子が犯されている箇所が肛門であることまでは気がつかないようだ。
屈辱に身をふるわせながら泣く玲子を見おろしながら、鮫島は平然と腰を使いつづけている。リズミカルに一回一回これ以上は無理というまで深く突きあげ、こねくりまわした。
「う、うむ……こんなめにあわされるくらいなら、いっそ死にたい……うむ、ううッ、く、苦しいッ……」
玲子の言葉は、ひきつれるようなうめき声にしかならなかった。
もう引き裂かれるような苦痛は薄らいで、肛門が鮫島の肉になじんでいくのがわかった。かわって、荒々しい便意が出口を求めていっそうふくれあがり、また、男たちに見られている屈辱と羞恥にドロドロとおおわれた。
その底で、何か得体の知れない妖しいしびれとうずきが、徐々にひろがっていくのを玲子はどうしようもなかった。

ああ、見知らぬ人たちに見られているというのに……。
そう思う心さえ、荒々しい便意と屈辱、そして得体の知れない感覚の渦に巻きこまれ、うつろになった。
急激に何かが玲子のなかで崩れ落ちていく。高圧電流に灼きほろぼされていくようだ。ブルッ、ブルッと激しい痙攣が走った。
「ひッ、ひいいッ……」
ガクンと上体がのけぞったかと思うと、食いちぎらんばかりの収縮が鮫島を襲った。
「い、いくのか、玲子」
そう叫んだ鮫島は両手で玲子の乳房をわしづかみにした。きつい肛門の収縮にもはや、こらえきれない。我れを忘れて吠え、ドッとおびただしい白濁の精を、玲子の腸管深く放った。
ガクッと玲子の身体から力が抜けた。その上に、鮫島も上体を伏せた。
ふうッと腹の底から鮫島は息を吐いた。顔をあげてあたりを見まわすと、男たちが声もなく我れを忘れて見とれていた。
「まったくいい味をしてる。犯れば犯るほど味がよくなるようだ、フフフ」
鮫島は男たちに聞かせるように、わざと大きな声で言って、満足げに笑った。
玲子はグッタリと崩れたまま、ハアッ、ハアッと肩で息をしていた。

その玲子との結合を解こうとはせず、腰を深く抱き寄せたまま、鮫島はゴムボートから海中へ飛びこんだ。たっぷりと快楽を貪った熱い体に、海水の冷たさが心地よい。
「フフフ、奥さん、ひりださせてやるよ」
耳もとでささやくと、鮫島は玲子から自分を引き抜いた。ピューッと生温かい酢が、白濁の精にまみれて噴きだし、鮫島の太腿のあたりをくすぐった。
玲子は後ろ手に縛られたまま、海中で立ち姿で排泄していくのだ。
「あ、ああッ」
玲子は溺れそうになって、あわてて足を動かし、立ち泳ぎをした。だが、自分の意思と関係なくほとばしる便意に、足がすくんで動かなくなる。
排泄の感覚が、足の動きを萎えさせる。
「あ、あ、たすけて……」
顔が沈みかけては、玲子は必死で足を動かした。
だが、鮫島はゴムボートにつかまってニヤニヤ笑うばかりで、玲子をたすけようとはしない。それどころか、周囲の男たちに向かって、
「私は足がつってしまって……誰か玲子をたすけてやってくれませんか」
と、叫ぶありさまである。
男たちが、浮きマットからいっせいに海のなかへ飛びこんだ。我れ先にと玲子めが

けて泳ぐ。
さっきから玲子の妖しいまでの身悶えを見せつけられていただけに、これぞ玲子の身体に触れる絶好のチャンスとばかり、玲子をめざす。
「あ、ああッ……」
玲子は泣き顔をひきつらせた。
男の手が海中で玲子の腰に巻きついてくる。双臀が撫でられ、内腿に手が這う。乳房もわしづかみにされた。男たちの手という手が、玲子の身体にのびてくる。
「いやッ……ああ、いやッ……」
いくら泣き叫んでも駄目だった。男たちの手をふり払いたくとも、玲子の両手は背中で縛られている。
「俺がたすけてやる」
「そんなにあばれると、かえって溺れるよ。じっとしてるんだ」
「脚を開いて、そのほうが安定がいい」
男たちは好き勝手なことを言っては、海のなかをいいことに、玲子の身体に手を這わせた。
両脚が割り開かれ、先を争って指先が媚肉の合わせ目に分け入ろうとする。まるで子羊の肉を貪るハイエナの群れだ。

「いや、いやあッ……」
玲子はなす術もなく泣きじゃくった。
男たちは玲子の身体にまとわりついたまま、わざとゆっくりゴムボートへ向かった。これほどの美女に触れるなど、めったにないことだ。触れるだけ触っておかなくては損だと言わんばかりだ。
それを鮫島は、ゴムボートにあがってニヤニヤと、おもしろそうにながめていた。
「大丈夫かい、玲子」
鮫島はわざとらしく言って、玲子の上体を引っ張りあげる。海中からは男たちが玲子をボートへと押しあげていく。
玲子の両脚は大きく開かれたままで、海水に濡れそぼった媚肉が、あられもなくさらけだされ、太腿や双臀に手をかけて押しあげる男たちの眼を吸い寄せた。

4

玲子がボートの上にあがると、さすがにそれ以上は男たちの手はのびてこなかった。だが、男たちのどの眼も血走っていた。
「おかげでたすかりましたよ」

鮫島は男たちに礼を言った。その姿は、誰の眼にも、鮫島が玲子の夫みたいに見えた。

「奥さんは、いい女だねえ」

男の一人が言った。声がうわずっている。

「いやはや……玲子は縛られてやられるのが好きでしてね。おかげで、皆さんにはとんだ迷惑を……」

「マゾってやつかい」

「恥ずかしい話ですが、すごいマゾ女でしてね。責めてほしい、いじめてくれと大変ですよ」

鮫島は平然とうそぶいた。

玲子はゴムボートの上に打ち伏したまま、泣きじゃくるばかり。

嘘、そんなこと、嘘よッ……。

そう叫びたくとも、声が出なかった。裸の双臀が鮫島の手で撫でられ、ピタピタとたたかれた。

「なにしろ、これだけムッチリとしたいい尻をしてますからねえ。玲子を満足させるのは大変ですよ」

鮫島は男たちの欲情をあおるように、玲子の双臀を見せつけた。挑発しているのだ。

ゴクッと男たちののどが鳴った。
「や、犯りてえ……」
誰かがつぶやいた。
ビクッと玲子は裸身をふるわせた。恐ろしい予感が、急激にふくれあがった。まさか、この男たちの相手を？……男たちは十人近くいる。
いや、いやッ、そんなこと……。
玲子はかぶりをふった。十人近い男たちの相手をさせるなど、鮫島なら平気に違いない。だからこそ、男たちを挑発しているのではないか。
そう思うと、玲子は恐ろしさに鮫島をふりかえらずにはいられなかった。身体じゅうがふるえだした。
だが、鮫島は玲子を見てニヤッと笑っただけで、男たちに礼を言うとゴムボートを浜のほうへこぎはじめた。
これでゆるしてくれる男ではないはずなのだ。玲子を辱しめ、とことん堕とすことばかり考えている鮫島である。
鮫島の胸のうちが、玲子にはわからなかった。
「フフフ、礼を言わないのかい、奥さん」
ゴムボートをこぎながら鮫島が言った。何か思わせぶりな笑いを浮かべている。

「私は奥さんの尻の穴さえあればいい。オマ×コのほうはあの若者たちにくれてやってもよかったのだが……」
やはり、鮫島は玲子を男たちに輪姦させることを考えていたのだ。
「たすけてもらって礼も言わないとは、礼儀知らずの奥さんだ。フフフ、それだけ牝らしくなったということかな」
鮫島はククククッと笑った。そのまま、まっすぐ浜に向かってゴムボートを進ませた。
「ああ、はやく手をほどいてください……人に見られるわ……」
「フフフ、牝でも羞恥心だけは残っているようだねえ、奥さん」
「………………」
玲子は両手を背中で縛っているビキニのパンティがほどかれると、すばやくはいた。おぞましい肛交にただれた肛門に、スッポリと鈴がはまりこむのを気にする余裕はない。
イモの子を洗うような浜辺の人波が、もうすぐそこまで迫っていた。玲子は涙をぬぐうと、必死に平静さをよそおった。
浜のビーチパラソルの下へもどると、またあの男たちがやってきて、まわりに陣取る。玲子を見てニヤニヤと笑っている。玲子のほうをぬすみ見るというのではなく、遠慮のない視線を這わせてくるのだ。

「いい尻してたな、あの女。まだ手にムチムチの感触が残ってるぜ」
「オマ×コもバッチリおがませてもらったぜ。一度でいいから、あんないいのにぶちこんでみたいぜ」
「あれでいじめられるのが好きなマゾだってんだから、女はわからねえな」
男たちはそんなことを互いに言っては、ケタケタと笑った。
玲子は眼をあげることができなかった。耳をふさぎたかった。いやでも男たちのあざ笑う声が聞こえてくるのだ。
ああ、もう、帰りたい……。
砂浜にいるのは、さらしものにされているようで、いたたまれなかった。実際、男たちに限って言うならば、玲子はさらしものであった。男たちの淫らな視線が、容赦なく肌に突き刺さってくるのがわかる。
鮫島はビーチタオルで肌を隠すことさえゆるさなかった。玲子はただ、マットの上に座って、身をちぢこませて少しでも肌を隠すしかなかった。
それを見て、鮫島はニタニタと笑った。
「減るもんじゃなし、股を開いて見せてやったらどうなんだい。あの男たちは奥さんを救ってくれた恩人じゃないか、フフフ」
「そ、そんなこと……いやです」

「救ってくれた礼に奥さんのオマ×コをあの男たちにくれてやってもよかったんだが……フフフ、そう言ったのを覚えているね」

ハッと玲子は鮫島を見た。

言うことを聞かなければ、玲子に男たちの相手をさせる……鮫島はそう言っている。

やはり鮫島は……。

「…………」

「見せてやる気になっただろ、奥さん。それとも、フフフ、あれだけの相手をするのはきついよ」

「ああ……鮫島さん、あなたという人は……」

もうどうにもならないといった絶望が、玲子の心を暗雲となっておおった。

拒めば鮫島は本気で玲子に男たちの相手をさせるだろう。それだけでなく、鮫島は美加という切り札も持っている。

「輪姦されたあげく、可愛い子供の耳を切り落とされるなんてことは、奥さんだっていやだろ、フフフ」

「そんな……ああ……」

もう言う通りにする以外に道はなかった。

鮫島は玲子の手をつかんで立ちあがると、男たちがゴロゴロしている前へ歩み寄っ

た。
「フフフ、先ほどはどうも。実は玲子が皆さんにたすけてもらった礼に、見てほしいと言いだしましてね」
男たちはすぐには何を言われたのか、わからない様子だった。
「マゾ女というのは、見られると感じるんですよ、フフフ。どうしても皆さんには、はらわたまで見てほしいらしいんで……」
「見せるって……本当にかい」
男たちがガバッと起きあがった。普通ならとても信じられないが、ゴムボートの上でのプレイを見せつけられ、玲子がマゾ女と聞かされたあとだけに、疑う者などいない。男たちは皆、顔いっぱいに歓喜と興奮を露わにした。
玲子は唇をかみしめた顔をうなだれさせ、ブルブルとふるえていた。生きた心地もなく、唇をかみしめていなければ、今にもわあッと泣きだしてしまいそうだった。
浜小屋の影に隠れると、男たちが立ち姿の玲子を取り囲んでかがみこむ。
「夢のようだぜ。こんな美人のオマ×コをじっくりおがめるとは」
「今度は、なかまで見てやるぜ、へへへ」
「はやいとこ見せてくれや、奥さん」
男たちは皆、眼を血走らせて舌なめずりをして、今か今かと待ち受けている。肌に

鼻がつかんばかりにして、クンクン鼻を鳴らしている者もいた。

そんな男たちを眼にした玲子は、恐ろしいものでも見たように身ぶるいして、

「ああッ……」

と、顔をのけぞらせた。

鮫島が玲子のビキニのパンティに手をかけた。小さな三角の布地を二枚つないでいる紐を解くと、スッと剝ぎ取った。

「ひッ……」

小さな悲鳴をあげて、玲子は太腿をぴっちりと閉じ合わせた。

艶やかな女の茂みが男たちの眼に剝きだしになり、繊毛がフルフルとふるえた。そこに男たちの眼が吸いついているのが、痛いまでにわかった。

だが玲子は、太腿を閉じ合わせたままじっとしていることはゆるされない。

ああ、こんな恥ずかしいこと……こ、子供を守るためなのよ……それでなければ、誰がこんなことを……。

何度も自分の胸に言いきかせると、玲子は哀しい覚悟をしたように両眼を閉じた。

「……み、見て……玲子の恥ずかしいところを、見てください……」

すすり泣くような声で言った。ふるえる両脚がおずおずと左右へ開いていく。

それにつれて、男たちの視線が内腿に分け入ってくるのを感じた。

「あ、ああ……」
男たちの荒くなった息づかいが聞こえ、熱い息が内腿にかかる。
見られているのだと思うと、頭の芯がカアッと灼け、身体じゅうが火照った。わあッと泣きだしたくなる。
ああ、見せるだけ……見せるだけなのよ……。
くじけそうになる我が身を鞭打つように、玲子は胸のうちで叫んだ。
「よく見てほしいなら、もっと開くんだ」
鮫島が笑いながら言った。笑ってはいるが、その口調はするどかった。
「も、もっと開きますわ……見て、よく見てください……」
玲子はさらに両脚を開いた。
これ以上は無理というまで、玲子の太腿は左右へ開いていった。内腿の筋がピンと張って、ヒクヒクとひきつっている。
「こいつはパックリと開いたぜ。奥のピンクまでのぞいてやがる」
「見られるのが好きなマゾだけあって、色といい形といい見事なオマ×コしてるぜ」
「たまらねえな……こんないいオマ×コは見たことがねえ」
男たちは声をうわずらせて、食い入るようにのぞきこんだ。まばたきするのも惜しいようだ。

ゴクリと生唾を呑む音がする。海のなかで玲子をたすけた時と違って、じっくりと余裕をもって観賞できる。それでも気持ちが昂って、こらえられない風情だ。

「ああ……見て、見てください……」

玲子は固く両眼を閉ざしたまま、うわ言のようにくりかえしていた。

白昼の海水浴場で、自ら太腿を割り開いて、女の羞恥を十人もの見知らぬ男たちにさらす人妻が自分だとは信じられない。このまま真夏の太陽に灼かれて、死んでしまいたかった。

「奥さん、マゾってえのは見られると感じるって本当かい」

男の一人が聞いた。

「……か、感じるわ……」

玲子はそう答えるしかなかった。

「いやがっているようにも見えるけどな」

「そ、そんなこと、ないわ……玲子、いやがってなんかいない……ああ、見て……」

玲子は腰を前へせりだすようにして、大胆に男たちの眼にさらすのだった。

白い肌にひときわ鮮やかな黒々した繊毛の下に、女の媚肉の合わせ目が妖しくのぞいていた。それはピンと張った内腿の筋に引っ張られて口さえ開き、ヌラヌラとピンク色に光る肉襞まで見せていた。

った。
「へへへ……」
欲望のおもむくままに、男の一人が手をのばした。媚肉の合わせ目に指先が分け入った。
「あ、あ、駄目ッ……触らないでッ」
「いいじゃないか、奥さん」
「いやッ……見るだけ、見るだけの約束だわ……ああ、やめて……」
玲子は声をひきつらせて、腰をふりたてた。閉じ合わせようとする両脚が、男たちの手で押さえつけられる。
「見るだけってのはないぜ。少しぐらいは触らせろよ」
「マゾってのは、いたずらされたり、いじめられると喜ぶんだろ、へへへ。いたずらしてやるぜ」
「そんなにあばれると、人が集まってくるぜ、奥さん。いいのかい、下半身丸出しの格好でよ、へへへ」
男たちはそんなことを言いながら、玲子に手をのばした。
玲子の両手も鮫島によって背中へねじあげられ、再び水着で縛られてしまう。
「フフフ、縛られてるほうが気分出るだろ、玲子」
「ああ……」

玲子はかぶりをふり、腰をよじった。背筋がブルブルとおののく。
「じっと触らせるんだよ。逆らったりしたら、彼らに輪姦させたうえに、竜也を呼ぶよ。そうなったら子供がどうなるか、わかってるだろ、奥さん」
鮫島は釘を刺すように、玲子の耳もとでささやいた。
男たちの指先が内腿を這い、媚肉の合わせ目をなぞる。左右からつままれてくつろげられて、肉襞までまさぐられた。玲子の肉の構造を確かめるように、丹念に指が這う。
「あ、あ……そんな……」
いったい何本の手と指が這っているのだろうか……肉襞をまさぐる手、女芯をつまんでくる手、尿道口にまで手がのびて、女の羞恥心があますことなくいじくりまわされる。
いやでも泣き声が出た。身体の芯がしびれだし、ふるえる。男たちの指の熱が、ドロドロと玲子をただれさせていく。
「か、かんにんして……」
「もう濡れてきたぜ、奥さん。いじめられるのが好きなマゾだけあって、敏感だな」
男たちは玲子の媚肉が、ジクジクと果汁をにじませつつ蠢くのを、天にも昇る心地で感じていた。

「どんどんあふれてくるじゃねえか」
「………」
玲子は腰をよじりつつ、声をかみ殺して泣いた。一人で立っていることができなくなった。膝がガクガクと崩れそうだ。鮫島に上体を支えられていなければ、その場にしゃがみこんでしまったに違いない。
男たちの指が女の最奥に沈んで、子宮口をまさぐろうとした。三本、四本……いや、自分でも何本の指がもぐりこんでいるのか、玲子にはわからなかった。
「いたずらされて、気持ちいいんだろ」
「………」
黙っていると、鮫島が玲子の黒髪をしごきあげる。
「……い、いたずらされて……気持ちいいわあ、ああ……」
「それでこんなにあふれさせてるってわけか、へへへ、もうビチョビチョじゃねえか」
「……も、もっと、玲子をいじって……玲子をいじめてください」
玲子はすすり泣く声で、鮫島に強要された言葉を口にするのだった。もう駄目だという絶望感が、いっそう玲子の肉を狂わせていく。玲子の身悶えがしだいに露わになっていく。かみしばった唇からもれる泣き声も、どこか妖しく艶めいてきた。

「へへへ、たっぷりといじくりまわしてやるぜ、奥さん」
「こんな熟しきったオマ×コが相手じゃ、はりきるぜ。たまんねえな、ピンピン反応してくるのがよ」
「これでどうだ、ほれ、ほれ」
男たちは夢中になって玲子を責めた。こっちで玲子の女の最奥をこねくりまわせば、そっちでは表皮を剝いて女芯を剝きだし、ヌルヌルといじくりまわす。女の色香が濃くたちこめ、あふれでたものが内腿をツーッとしたたった。
「あ、あああ……そんな……ああ、そんなにされたら……」
かみしばった唇が開き、狼狽の泣き声がこぼれた。めくるめく肉の快美に翻弄されていく自分を、玲子はどうしようもなかった。ひとりでに腰がうねった。
ああ、たすけて……かんにんして……。
今日もまた、自分の意思と関係なく、もてあそばれてもろく崩れ、のたうたされる女の性の哀しさをいやというまで思い知らされる。
「もう、かんにんして……そ、それ以上されたら玲子は……」
それはわかっていると、男たちは笑った。やめるどころか、かさにかかって玲子を追いあげにかかる。
「へへへ、奥さん、ここまで来ちゃ、気をやりてえだろ」

「俺たちは奥さんが気をやるところを見てえんだ。マゾ女の気のやりようってやつをな」

「か、かんにんして……」

玲子の妖しい色香に狂っている男たちに、何を言っても無駄だった。

それまで玲子の上体を支えながらニヤニヤとながめていた鮫島が、おもむろに手を玲子の双臀にすべらせた。

「フフフ、私も手伝ってあげよう」

そう言うなり、指先を玲子の肛門に突き立てた。ズブズブと縫うように沈める。

「あぁッ……あ、あああッ……」

あられもなく、泣き声を放ちつつ、玲子は後ろ手に縛られた裸身をのけぞらせ、のたうたせた。

深く肛門に埋めこまれた指が、クルッとまわされて、粘膜をへだてて前の指とこすれ合った。

「ひッ……う、うむ……」

上体をのけぞらせたまま、両脚を激しく突っ張らせ、玲子は白眼を剝いて絶頂に昇りつめた。電流が身体の芯を走り、一気に灼きつくされる。

男たちの感嘆の声と笑いを、玲子はうつろに聞いた。ガックリと身体が崩れた。

「フフフ、しっかりしろ、玲子。そんなによかったのか」
鮫島が玲子を抱き起こし、顔をのぞきこんだ。玲子は固く両眼を閉じ、放心したように口を開いて、ハアハアッとあえいでいた。
「……も、もう……これでかんにんして……」
「フフフ、あまり帰りが遅くなると、竜也たちが心配するだろうからねえ。これくらいにしておくか……」
「ほ、本当に、これで……」
うつろな眼を開いて、玲子は鮫島を見た。鮫島がうなずくのを見ると、玲子はホッとしたのか、そのまま気が遠くなった。

気がつくと、ホテルの鮫島の部屋へ連れもどされていた。
もう男たちの姿はなかった。いつの間にか、窓の外は夕陽が沈みかかって、薄暗くなっていた。
「本当に、ゆるしてくれたのね……」
玲子はつぶやいた。もしも、男たちの相手をさせられるのではとおびえていただけに、何か救われる思いだった。
シャワーを浴びて身体の汚れを落とし、部屋へもどると竜也が来ていた。鮫島と何

か話し合って笑っている。
「海ではだいぶ楽しかったようじゃねえか、奥さん」
ニヤニヤと笑いながら、竜也は玲子に近づいてきた。玲子の身体からバスタオルを剝ぎ取って、ねっとりと裸身を見た。
玲子は何も言わなかった。ようやく海から連れ帰られたと思うと、今度は竜也がいる。玲子に言うことなどあるはずもなかった。
鏡台の前に座らされ、化粧をするよう命じられた。
「うんとみがきあげろよ、奥さん。どんな男でも涎れをたらすようにな、フフフ」
後ろから竜也が鏡のなかの玲子をのぞきこむ。
鮫島はベッドの上に大小の張型や浣腸器、グリセリンの薬用瓶に荒縄の束などを並べて、カバンにつめこんでいく。ニヤニヤとうれしそうに笑っていた。
玲子に着せるためのものであろう。黒のストッキングにガーターベルト、そして黒のミニワンピースもそろえられた。
「何を……何をする気なの……」
玲子はなぜか、身体がブルブルふるえだすのをとめられなかった。どこかへ連れだされるのはわかっている。
「言って、何をする気なの……」

「フフフ、知らないほうが奥さんの身のためだ」
鮫島は竜也と顔を見合わせて、ククックと意味ありげに笑った。
「奥さんほどいい身体をしてれば、私や竜也たち三人ぐらいでは満足できないんじゃないかと思ってねえ、フフフ」
「奥さんは溺れかかったのをたすけてくれた連中に、礼も言ってねえそうだな。そいつはいけねえや」
鮫島と竜也はあざ笑うように玲子を見た。
玲子の総身が恐怖に凍りついた。

第七章　性隷地獄　真夏の夜の集団蹂躙

1

　浜辺はもう、すっかり暗くなっていた。夜の海は銀色に輝き、波はおだやかだった。沖にはイカ釣り漁船の明かりが見える。空一面の星が今にも降ってきそうだった。
　昼間は人波であふれる浜辺も、夜はそれなりの顔を見せる。寄りそう恋人たちに、焚き火を囲む若者、そして花火を楽しむ家族連れと、夏の夜の浜辺に人影は絶えない。
　そんななかを玲子は鮫島に腕を取られて引きたてられていく。
「たいした美人ぶりだ、奥さん」
　クククッと鮫島は笑った。黒髪を綺麗にセットして化粧をした美貌、はちきれんばかりの肉体を包んでいる黒地のミニワンピースに、黒いストッキング……それが月明かりに妖しく映えて、凄艶なまでの美しさをかもしだしていた。

「フフフ、みんな涎れをたらして喜ぶだろうね。まったく奥さんは美しい」
「ああ、かんにんしてください」
昼間、自分にいやらしくつきまとった若者のところへ連れていかれると思うと、玲子は泣きだしたい気持ちを抑えきれない。
玲子が持たされているバッグのなかには、荒縄や浣腸器、張型などの、自分に使われる恐ろしい責め具がぎっしりつめこまれている。それが玲子をいっそうおびえさせた。
「き、昨日から責められっぱなしで……ああ、もうゆるして……これ以上、辱しめないでください、お願い」
「奥さんみたいな美女を一人占めしては、バチがあたる。ごちそうはみんなで分け合わなくてはねえ」
鮫島は玲子の双臀をピタピタとたたいて、意味ありげに笑った。
「………」
玲子は声もなく、今にも泣きそうな顔でかぶりをふった。
鮫島は自分一人で玲子をもてあそぶだけでは飽きたらず、他人のおもちゃにして喜ぶ変質者なのだ。竜也や厚次よりも、その嗜虐性はずっと濃い。それは、鮫島がおぞましい肛交を好むことからもはっきりしていた。

「ほれ、さっさと歩くんだよ、奥さん。みんな待っているんだからね」
鮫島は玲子の腕を引いた。
もう何も言わず、玲子は引きたてられていく。膝がガクガクふるえ、ハイヒールが砂地にとられてフラついた。
ああ、いや……こんな、こんなこと、も、もう、いやッ……。
胸のうちでは狂おしいまでに叫びながらも、人質にとられている美加を思うと、なす術はなかった。まるで地獄へと引きたてられていくようだ。鎖でも引きずっているように足が重い。
砂地から石段をあがって、松林へと入った。その奥に貸別荘がひろがっていた。そのいちばん浜辺寄りの別荘はすぐにわかった。入口に、昼間つきまとった若者たちがたむろしていたのである。
「おおッ、来た、来たぞッ」
「パーティの主役のお出ましだ。待ってたかいがあったってもんだ、へへへ」
「昼間の美人ちゃん、本当に来やがったぜ」
待ちきれなかった若者たちが、いっせいにざわめいて玲子を出迎えた。
ああッ……。
玲子はひきつった美貌をゆがめて、唇をかみしめた。ニヤニヤといやらしく笑う顔

に、ギラつく熱い視線……それを感じて玲子は一瞬、めまいすら覚えた。
Ｔシャツにバミューダや海水パンツ姿の男たちは、昼間十人ぐらいだったのが、今は二十人近くにもふくれあがっている。
膝がひとりでにガクガクふるえた。その足を踏みしめるようにしながら、玲子は男たちのなかを別荘へと連れこまれる。
別荘のなかは、部屋の中央が舞台のようにあけられ、それを取り囲むように酒宴の準備ができていた。
「ほれ、はやいとこ脱げよ、奥さん」
「素っ裸でいじめられるのが好きなんだろ」
「へへへ、オマ×コをパックリと頼むぜ。こっちは女っ気がなくて、イライラしていたんだからよう」
皆は口々に叫んで奇声をあげ、口笛を鳴らしていた。もう酒が入っているらしく、たちまち部屋のなかは男の熱気と酒の匂いで、興奮の坩堝と化していく。
「フフフ、そうあわてなさんな」
鮫島は低く笑いながら、男たちをかき分けるようにして進み、玲子を部屋の中央に立たせた。
玲子は生きた心地もなく、ひきつった顔をうなだれさせたまま、総身をブルブルふ

るわせている。いくら観念しているとはいえ、平静でいられるわけがなかった。
ああ、こわい……た、たすけて……。
すがるように鮫島を見た。だが、鮫島はニヤニヤ笑うばかり。これから玲子をどうもてあそぶか、あれこれ考えているらしい。
鮫島は玲子の黒髪をつかむと、顔をあげさせて男たちのほうへ向けた。
「フフフ、溺れかかったところを皆さんにたすけてもらった礼を、どうしてもしたいと、この玲子が言うんでね。こうして連れてきたんですよ」
鮫島は部屋のなかを埋めつくした若者に向かって、得意げにしゃべりはじめた。
「今夜は酒のさかなとして、玲子の身体を大いに楽しんでもらいますぜ。皆さんも知っての通り、玲子はマゾ女だから、どんなことでもさせますよ」
鮫島は平然とうそぶいて、ピタピタと玲子の双臀をたたいた。
わあッと歓声があがった。手を打ち口笛を吹く者に床を踏み鳴らす者、奇声をあげる者と大変な騒ぎである。玲子ほどの美女を、それも人妻を楽しめるなど、彼らにとっては夢のような出来事であった。
「フフフ……」
鮫島は手をふって、男たちを静めた。
「まずは玲子のストリップショウといきましょうかね」

鮫島の言葉に玲子はビクッとしたが、もう何も言わなかった。ゆるしを乞うだけ、自分がみじめになるばかりだった。
ラジカセから妖しげなブルースが部屋いっぱいに流れはじめた。それに合わせてストリップダンスをしろというのだ。
「さあ、玲子。いつも裸になる時みたいに、腰を悩ましくうねらせて脱ぐんだ」
鮫島がパシッと玲子の双臀をはたいた。玲子が辱しめられるのが好きなマゾ女であることを、徹底して若者たちに印象づけようとする。
「裸を見られたくて、しようがなかったんだろ、玲子。フフフ、まったく好きなマゾ牝だよ」
違うわ……と言わんばかりに、玲子はかぶりをふった。だがすぐに、唇をかみしめて顔をうなだれてしまう。
「はやく脱げよ。裸を見られるのが好きなんだろ、へへへ」
「心配しなくても、じっくり裸を見てやるぜ、奥さん。ストリップショウといこうぜ」
「オマ×コのなかまでな、へへへ。脱げよ」
若者たちは口々に淫らな野次を飛ばし、奇声をあげた。玲子は唇をかみしめたまま顔をあげ、哀しげな眼を凌辱者のほうへ向けた。

「ああ……」

血走った眼の男たちがひしめき合っている。玲子はゾッと身ぶるいした。これほど大勢の前で嬲りものにするなど、恐ろしい竜也と厚次ですらしないことだった。

玲子は一度天井をあおぐように顔をのけぞらせると、

「……ぬ、脱ぐわ……玲子の裸を見て……」

ふるえ声で言った。もうどうにもならないというヤケの気持ちだった。

わあッと若者の歓声があがるなか、玲子はおずおずと身体をうねらせはじめた。ブルースのメロディに合わせて、恥ずかしい踊りを披露する。

「もっと尻をうねらせるんだ、フフフ。まずはワンピースから脱ぐんだよ、奥さん」

鮫島が小さな声で玲子に指示する。小さいが反抗をゆるさないドスのきいた声だ。

「ああ、こんなことって……玲子もう駄目なのね……どこまで堕ちれば……」

玲子は哀しげにつぶやくと、後ろを向いてワンピースの背中のジッパーを、ゆっくりと引きさげた。

ワンピースの黒地から、玲子の白い背中がのぞいた。右、左と手が抜かれて白い肩が露わになった。

その間も鮫島の声がするどく飛ぶ。

「腰をもっとふるわすんだ、奥さん。もっと色っぽく脱ぐんだよ」

「ああ……」
玲子の腰が妖しくうねり、ワンピースが肉感的な太腿をすべり落ちた。
玲子は下着も黒で統一されていた。ブラジャーにガードル、パンティにストッキングと、白い肌に下着の黒が鮮烈だ。なんとも悩ましく、官能美がムンムンと匂う。
もうそれだけで、若者は生唾を呑みこむようにして、血走った眼を玲子に釘づけにしている。ゴクリとのどが鳴るのが聞こえてきそうだ。
「こっちを向くんだ、奥さん。次はブラジャーといきますかね」
鮫島が冷たく言った。
ワナワナと玲子の手がふるえた。その手を背中にまわし、男たちに身体の正面を向けると、ブラジャーのホックをはずした。
ブルンと形のよい豊満な乳房が、男たちの眼にさらけだされた。
「フフフ、だんだんといい姿になってくる。パンティも脱ぐんだ、玲子」
さらに非情な声がかけられる。
「ああ……」
玲子は唇をかみしめ、乳房を右手でおおい隠しながら、左手でパンティを脱ぎおろした。
美しい人妻が黒いガードルとストッキングを身につけただけでハイヒールをはいて

いる姿は、全裸よりもかえって妖美で悩ましかった。片手で豊満な乳房をおおい隠し、もう一方の手で股間の羞恥を必死に押さえる光景が、いやでも男たちの欲情をそそる。ひしめき合う若者は、涎れをたらさんばかりに玲子の裸身に見とれた。

玲子は真っ赤になった顔を伏せたまま、今にも泣きだしそうな顔つきだった。剝きだしの肌に容赦なく突き刺さってくる無数の視線を、痛いまでに感じた。

「それでは、いつものように縛ってあげようかね、玲子。おねだりはどうした」

鮫島はわざと大きな声で言って、荒縄を取りだしてビシビシとしごいた。

「……縛って……玲子を縛ってください」

玲子はハッとして裸身を硬直させたが、ピシッと縄で裸の双臀をはたかれると、肌をおおい隠していた両手を背中にまわすのだった。背中で重ねられた手首の上下にもグイグイと縄目が食いこまされた。

「あ、ああ……」

縛られて自由を奪われる恐怖よりも、そのあとに起こることを思うと、身体の奥底がジーンとしびれるような感覚に襲われた。加えられる責めを思って、身体が熱くなる。

「そ、そんな……」

我が身の浅ましさがおぞましく、玲子はあわてて感覚をふり払うように頭をふった。

「縛られるだけで感じるのか、玲子。まったくどうしようもないマゾ女だな」
「ち、違います……」
「フフフ、シャンとして身体をよく見せるんだ、玲子」
鮫島はあざ笑いながら、縄を引いてきつく縛りあげた玲子をまっすぐ起こした。天井の梁に縄尻をかけ、玲子を立ち姿に吊る。
まぶしいばかりの玲子の裸身だった。熟れた桃みたいな豊満な乳房、細くくびれた腰。黒いガーターとストッキングの間にのぞく下腹と太腿の白さ、絹のような柔らかさでフルフルとふるえる艶やかな女っぽい茂み……すべてが男たちの前にさらけだされていた。
「なんていい身体をしてやがるんだ……たまらねえぜ」
「す、すげえ……こんな綺麗な身体をした女は、初めてだぜ」
「しゃ、しゃぶりつきてえ」
あらためて玲子の裸身を正面からながめた若者たちは、うなるように言った。上から下へ、下から上へと玲子の裸身をなめるように見つめる。やがて若者たちの眼は、官能美あふれる太腿の付け根、こんもりと盛りあがった女の秘められた茂みに集中し、とまった。
「フフフ、みんな見たがってるよ、玲子」

鮫島はいやらしい手つきで、玲子の女の部分に触れた。繊毛をかきあげるようにして、ゆるゆると撫でまわす。
「ああ……」
覚悟していたとはいえ、玲子は狼狽した。鮫島の手を避けようと腰をよじるのだが、欲情した男たちには玲子が悩ましげに腰をうねらせているとしか映らない。
「聞こえなかったのかい、玲子。みんなこの奥を見たがってると言ったんだよ、フフフ」
「わ、わかったわ……ああ、玲子、あ、脚を開くわ……」
ぴっちりと閉じ合わせていた玲子の両脚がゆっくりと左右へ開きはじめた。膝がふるえて、ハイヒールがガクガクした。
無数の男たちの眼が、しだいに開く内腿へギラギラと這いあがってくる。玲子は火を噴かんばかりの美貌を、ああッとのけぞらせた。男たちはどうしてこうも、女の一カ所にだけ興味を示すのか……。
「おおッ、見えてきたぞ……」
「うまそうなオマ×コじゃねえか、こいつはたまらねえや」
若者たちの淫らなからかいに、玲子は頭のなかがカアッと灼けた。ねばりついてくる視線に、股間も火のようになった。

「ああ、け、けだもの……」
玲子は顔をのけぞらせたまま、唇をかみしめてつぶやいた。それでも、見たければ見たいだけ見ればいいわ、とヤケになって、玲子はさらに両脚を左右に開いた。
男たちの顔がひしめいて、貪るようにのぞきこんでくるのが、玲子にわかった。
「……ひ、開いたわ……これで充分でしょう、ああ……」
「まだまだ。皆さんにいたずらしてもらうには、まだ不充分だよ、玲子。それにマゾの玲子にしても、こんな格好じゃ不満なはずだ、フフフ」
鮫島は残酷だった。玲子のすぐ横に天井から縄を垂らし、胸のあたりの高さに縄の輪をつくった。
「フフフ、この輪に片足を通して膝をかけりゃ、パックリだ、玲子」
「そ、そんな……」
玲子は狼狽の表情で鮫島を見て、かぶりをふった。
パシッと鮫島は玲子の双臀をはたいた。二度三度とはたいた。ムチッと盛りあがった白い臀丘に、赤く手形がつくほどの平手打ちだ。
「あ、ああ……」
玲子の両脚がさらに開いた。
「こ、これでゆるしてください」

「もっと尻をぶたれたいのか、玲子。鞭を使ってもいいんだよ、フフフ」
「い、いや……」
玲子は右足で片足立ちになって、左足を縄の輪をめがけてあげていく。しかし、眼を血走らせてひしめき合っている連中に気づくと、どうしても思いきってあげられなかった。
「へへへ、俺が手伝ってやるぜ。パックリと開くようにな」
「ほれほれ、アンヨをあげな」
もう欲情を抑えきれなくなった男たちが、先を争って玲子に群がった。左足首をつかんで思いっきり持ちあげる。
その間も、男たちの手は容赦なく玲子の太腿や双臀、縄に絞りこまれた乳房にのびてきた。
「ああッ、そんな……いや、いやですッ」
たまらず玲子は悲鳴をあげた。男の手を避けようと、腰をよじり、乳房をブルンとふるわせてもがく。
いくらもがいても駄目だった。左足は高く持ちあげられ、ハイヒールが縄の輪を通って膝がかけられた。
「あ、ああッ、こんなッ……」

玲子はかぶりをふりながら泣きだした。

左膝を吊りあげられたことで、両脚は張り裂けんばかりに開き、これ以上浅ましい姿はないというまでに、女の羞恥がさらけだされた。

内腿の筋がピーンと張って浮きあがり、女の媚肉の合わせ目はわずかに口さえ開いて、奥の肉襞をのぞかせた。

「フフフ、いい格好になった。マゾの玲子にはぴったりだ」

ひとまず若者たちを玲子から引き離して、鮫島はへらへらと笑った。このまま若者たちに玲子の身をゆだねてもよかったが、玲子自身の口から責めをねだらせたほうがおもしろい。

激しい欲情の昂りに、もうじっとしていられない男たちを前にして、鮫島は玲子の媚肉の合わせ目を指でつまんでくつろげた。

「こうやって見てもらいたいんだろ、玲子」

と、ピンク色の肉襞までじっくり、男たちの眼にさらした。

「い、いやッ……ああ……いや……」

玲子は美しい顔を真っ赤にして、右に左にとふりながら泣いた。

若者たちはもう、声もなく見とれていた。酒を飲むのも忘れ、まばたきをするのも惜しい様子だ。涎れをすすりあげ、感嘆のうなり声があがる。女の最奥を剝きだされ

たまま嗚咽する美貌の人妻……。それはどんな男をも夢中にさせずにはおかない妖しさだった。
「もう、うれし泣きかい、玲子、フフフ」
鮫島はせせら笑いながら、媚肉を指先でまさぐって見せつけた。まさぐるたびに、ヒクッヒクッと蠢く肉襞が妖しい。
「いや、いやッ……ああ」
玲子は泣き声をあげて、腰をよじらせた。鮫島にまさぐられる恐ろしさよりも、それに反応させられていく自分の身体がこわい。このところ、自分でも信じられないまでに、男のいたぶりを覚えてしまった身体が、すばやく反応してしまう。
「遠慮せずに気分を出せばいい、フフフ」
「あ、あ、そんなにされたら……ああ……」
「気持ちいいってんだろ、玲子」
鮫島は指先で肉襞をなぞりながら、もう一方でバッグのなかからバナナをひと房取りだした。太く大ぶりのバナナが八本ついている。
何がはじまるのかという好奇心に皆の眼が光った。鮫島はニヤッと笑った。
「フフフ、太くて長くて、うまそうなバナナだろ、玲子。おねだりするんだ」
「いやッ」

玲子は鮫島のやろうとしていることがわかって、悲鳴をあげた。いやいやと泣きながら、頭をふった。
玲子にしてみれば、とらされている姿勢の恥ずかしさとみじめさでも、気が遠くなりそうなのだ。このうえ、バナナなど使われたら……。玲子は泣き声をあげずにはいられない。
「いやだというのかい、奥さん。それなら浣腸責めに切りかえてもいいんだよ」
鮫島は玲子の耳もとでささやいた。
ひッと玲子はのどを鳴らした。鮫島は玲子が浣腸責めを最も嫌っているのを知っていて、わざと言っている。それでなくとも鮫島の浣腸は、きつくむごい。
「そ、そんなことだけは……」
「それならバナナをおねだりするんだ」
鮫島は玲子の耳もとで冷たく言った。
玲子の唇がワナワナとふるえた。もうとことん嬲り抜かれるしかないといったドス黒い絶望が、玲子をおおった。
「……お、お願いです……バナナを使って、玲子を……責めてちょうだい」
あえぎながら口にすると、玲子は号泣を噴きこぼした。わあッと若者たちが歓声をあげた。

2

男たちは二十人もいるが、バナナは八本である。クジ引きがはじまった。
「うひょ、やったぜ、一番だ」
「あんな美人をバナナで責められるなんて、ついてるぜ」
「俺も当たりだ、へへへ」
幸運な当たりクジを引いた八人の若者は、次々にバナナを手にして、玲子の前へ躍りでた。今にも涎れをたらさんばかりにして、ねっとりと玲子の裸身を見る。
「ああ……」
玲子は片足吊りの裸身を硬直させた。男たちがバナナの皮を剝くのを見ると、泣き顔をいっそうひきつらせておびえる。
それを見て、鮫島はケタケタと笑った。
「たっぷりいたずらしてもらうんだよ、玲子。フフフ、わかってるな」
パシッと玲子の双臀をはたいた。もうあとは見ているだけでよかった。だが玲子のほうは、泣きながら裸身を硬直させているだけではゆるされない。
「ああッ……バナナを使って、玲子にいたずらしてください……」
すすり泣きながら男たちに言った。鮫島に強要されたままに、淫らに腰をうねらせ

「へへ……と若者たちは笑った。手のバナナがねっとりと男たちの肉塊を連想させることさえする。

「こんなものでいたずらしてほしいとは、奥さん、本物のマゾだな」

「へへへ、これだけいい身体してりゃ、亭主一人じゃ満たされねえのも無理ねえや」

「望み通りに、よってたかって嬲ってやるぜ。マゾの奥さんよ、へへへ」

若者たちは欲情の昂りを抑えきれないように、玲子の身体に手をのばした。じっくり楽しまなくては損だと言わんばかりに、すぐにはバナナを使おうとはしない。

「あ、ああ……」

玲子の身悶えがにわかに露わになった。

左右から乳房をいじくりまわしている手、腰のくびれを撫でまわしてくる手、そして吊りあげられた太腿や双臀を狙ってくる手……無数のイモ虫が身体じゅうを這いまわるみたいだった。

その手の蠢きが、いやでも玲子の官能をゆさぶり、突き崩してくる。背筋がジーンとしびれ、まさぐられる肌が火照る。そのしびれと火照りは、やがて、ツーンというずきへと変わっていく。

「あ、ああ……いや……」

おぞましく恐ろしいはずなのに、熟しきった人妻の性は、妖しい肉の快美をはっきりと自覚した。
「へへへ、感じるんだろ、奥さん」

若者の一人が、玲子の女の茂みをかき分けるようにして、媚肉に指を這わせた。
ああッと玲子は顔をのけぞらせた。
「い、いやあ……」
「へへへ、もう濡れてるじゃないか……いい色になってるぜ」
「い、言わないで……ああ、恥ずかしいッ」
玲子はなよなよと首をふった。
どんないたぶりにも反応させられ

るようになってしまった自分の身体を、男たちに知られるのが恐ろしかった。
「こんなにとろけて、お汁がジクジクあふれてくるじゃねえか」
肉襞をまさぐってくる男の指先に、玲子は腰をガクガクゆさぶってあえいだ。いたぶられながら、とめどもなくあふれだす悦びのあかしが、玲子の屈辱と羞恥を狂おしいまでに高めた。
泣きたくなり、声をあげて身悶えたくなった。頭のなかがうつろになる。
「敏感なんだな、奥さん、へへへ」
男の指先が、媚肉の合わせ目の頂点の表皮を剝いて、女芯をいじりにきた。
「ひッ……い、いや……」
ビクッと腰をおののかせて、玲子は悲鳴に近い泣き声をあげた。
「あ、ああッ、もう充分だわ……お願い、バナナを使って……もう、もう玲子のなかへ、入れてください……」
「へへへ、マゾだけあって、可愛いことを言うじゃねえか、奥さん」
あふれでる玲子の色香にゾクゾクしながら、男はバナナを手に、ニヤリと欲情の笑いをこぼした。
玲子の媚肉は、嗜虐者のいたぶりにとろけて充血し、熱くたぎっていた。その肉のひろがりにそって、男はゆっくりとバナナを這わせた。

「あ、あ……」
のけぞらせた口から嫌悪とも快美ともつかない声をあげ、玲子は腰をふるわせた。玲子の意思に関係なく腰がせりでて、おぞましい責め具を求めるかのように媚肉が蠢く。
「……して……」
「フフフ、まだだ、玲子」
ニヤニヤとながめていた鮫島が、意地悪く言った。
「何を遠慮している、玲子。バナナは八本もあるんだからね、フフフ、二本ずつ使っても四回も楽しめる」
「ああ、そんな……」
玲子は鮫島を見て、かぶりをふった。何を求められているのか、玲子にはわかっている。だが、玲子に逆らう術はない。
「して……」
「それじゃわからねえよ、玲子。何をしてほしいか、はっきり言うんだ」
「……ま、前じゃいや……バナナをお、お尻にも……」
それ以上は言えないと、玲子は泣き顔をふった。しかし、鮫島はゆるさない。
「はっきり言うんだ。それともバナナより、浣腸のほうがいいというのか、奥さん」

鮫島は意地悪く玲子の耳もとでささやいた。
「ああ……お願い、バナナを玲子の、お、お尻の穴にも入れて……前と、後ろから玲子にいたずらしてください……」
言い終わると、玲子は総身をふるわせて、泣き声を高くした。死にもまさるみじめさだった。
若者たちがざわめいた。
「尻の穴にもバナナを入れるってえのか。こいつはまいったな」
「尻の穴にいたずらされてえのか、へへへ。綺麗な顔してるくせに、たいした玉だぜ」
淫らな笑い声が、玲子を包んだ。
「本当に、どんなことでもさせるんだな、奥さん、へへへ」
バナナを手にした若者が、玲子の後ろへまわった。前にかがみこんだ仲間と、玲子をはさんで向かい合う。
男はねっとりと玲子の双臀を撫でまわした。ムチッと官能美あふれる臀丘が、プリプリ弾んで指を弾き飛ばしそうだ。
「いい尻してるじゃねえか。こりゃ尻の穴にいたずらしてほしくなるのも、無理ねえや」

男はうなるように言った。
ムッチリと盛りあがった臀丘の谷間には、玲子の可憐な肛門が妖しくのぞいていた。それは前からあふれでた果汁にまみれながらも、ぴっちりとすぼまっていた。
「いい尻の穴でしょうが、フフフ。玲子はここもとびきり敏感でねえ」
鮫島が得意げに言った。鮫島にしてみれば、そんなところまで男たちの眼にさらすことが、たまらない嗜虐の快感なのだ。
「こんなところに、この太いバナナが本当に入るのか？」
「いきなりは無理ですよ、フフフ。指でほぐしてやりゃ、おもしろいように呑みこみますぜ」
鮫島に言われて、男は指先で玲子の肛門を揉みほぐしはじめた。
「あ、い、いや……」
ブルルッと玲子は裸身をふるわせた。ねちねちと揉みこまれた。前からはバナナの先端が媚肉をなぞるように這いまわる。どんなにおぞましくとも、女の官能をゆさぶり起こしてくるのは確かだった。
じっとりと汗がにじみでた。黒いガーターとストッキングも汗に湿る。片足吊りの膝がガクガクして、崩れそうだった。
「オマ×コはもうとろけて、メロメロだぜ。そっちはどうだ」

「いい感じになってきやがった。これならバナナも入るだろう、へへへ」
玲子の前と後ろで、男たちは顔を見合わせて笑った。玲子の肛門は執拗に揉みほぐされて、もう水分を含んだ真綿のような柔らかさを見せていた。指先を押しつけると、ズブズブと楽に根元まで沈む。
「へへへ、女の尻の穴がこうも柔らかくなるとは、思ってもみなかったぜ、奥さん」
「あ、ああ……ゆるして……」
真っ赤に火照った顔を汗に光らせて、玲子は泣いた。哀しさも恥ずかしさも、何もかも官能の炎に灼きつくすしか、玲子にはもはや道がなかった。
「し、して……もう、バナナを使って……」
息も絶えだえに玲子はおぞましい責めを求めた。
「まだだよ、フフフ。焦らせば焦らすほど、玲子は悦ぶんだ。あせることはない」
若者たちのはやる心を抑えて、鮫島はじっくりと責めさせた。
「少しだけ入れてやって、そうそう、ゆっくりと、フフフ」
鮫島の言葉に従って、男たちはバナナの先端をわずかに玲子の媚肉と肛門に含ませた。
「ああッ、そんな……ああ、いや……」
玲子はキリキリと唇をかんで、狂おしく黒髪をふりたくった。腰がブルブルとわな

なく。その腰がわずかしか与えられないバナナを求めるようにゆれた。
「焦らさないでッ……お願い、して……ああ、もっと入れてッ」
「そんなに入れてほしいのか、玲子。よしよし、だいぶ気分が出てきたようだねえ」
鮫島は玲子の肛門のバナナだけをさらに少し押し進めるように命じた。徹底して焦らす気なのだ。
「へへへ、尻の穴がうまそうにバナナを呑みこんでいきやがる」
男はバナナの先をわずかに含んで盛りあがった肛門の粘膜を、奥へ引きずりこむようにして押し進めた。長いバナナのなかほどまで沈める。
「ひッ……ひッ、そんなッ……」
悲鳴にも似た声をあげて、玲子は汗まみれの裸身をあえがせ、乳房をゆすりたてて腰をふるわせた。
「前も、前もしてッ……ひ、ひと思いに、してッ……」
玲子は我れを忘れて泣き叫んだ。腰を前へ突きだすように、玲子はふりたてた。我が身の浅ましさをかえりみる余裕は、玲子にはなかった。
玲子は泣きながら腰をふりたてた。深く肛門に突き立てられたバナナ、それとは対照的にわずかしか与えられない媚肉……それがひときわ玲子を悩乱へと追いたてた。
「ああ、どうして……もっと、前もしてッ、入れてくださいッ……」

恥も外聞もなく、玲子は泣きながら口走る。女の最奥は肉襞がわななき、わずかしか与えられないバナナを奥へ引きこもうと蠢いた。
「す、すげえな……」
誰とはなしに若者たちのなかから、うなり声があがった。
汗にヌラヌラと光る白い肌に黒のガードルとストッキング、吊りあげられた片足とハイヒール、そして女体を責めるのがバナナという光景が、妖しい嗜虐の世界をつくりだしていた。
「お、お願い、ひと思いに……入れてッ……」
「フフフ、牝そのものだな、玲子。今夜は若い男たちが大勢いるんで、いつになく気分が出るようだねえ」
「ああ、いじめないで……」
鮫島のからかいに反発する気力さえなかった。
そして鮫島の合図で、男がゆっくりとバナナを媚肉に押し沈めだすと、
「あッ……あ、ああ……ひいい……」
悦びに腰をふるわせつつ、のけぞらせたのどから泣き声を絞りだした。待ち焦がれたように、たぎった肉襞がバナナにからみつくのがわかった。
「どうだ、奥さん、へへへ」

男に聞かれても、玲子の返事はひッひッという悲鳴だけだ。
ズンという感じで、バナナの先端が玲子の子宮口に達した。薄い粘膜をへだてて、二本のバナナが前と後ろでこすれ合う。
「あ、ひいッ……あううッ……」
気の遠くなる妖しい快美感に、頭のなかがうつろになった。
このままめくるめく快美に翻弄され、何もかも忘れることができれば……。だが、鮫島はそんな甘い男ではない。
「しっかりしろ、玲子、フフフ」
鮫島は玲子の黒髪をつかんでしごきあげた。ニヤッと玲子の顔をのぞきこむ。
「たすけてもらった礼をしにきてるんだからね。自分だけ悦んでちゃ、しようがないぞ」
そう言ってから、鮫島は玲子の耳もとですばやくささやいた。
「尻の穴とオマ×コでバナナを食いちぎってみるんだ、奥さん。できなきゃ浣腸だぞ」
「ああ、そんなこと……」
弱々しく頭をふった玲子だったが、もう逆らう気力も余裕もなかった。官能の快美に身をゆだね、腰を大きくうねらせつつ、女の最奥と肛門を収縮させる。

「あ、ううッ……あうッ……」
薄い粘膜をへだてて、二本のバナナを食いちぎろうと締めつけては、フッとゆるみ、また身体の芯がひきつれるような収縮を見せた。
キリキリと締めつけてくるのが、前の男にも後ろの男にも、バナナを通してわかった。
「そんなに締めつけて、何をする気だよ、奥さん」
後ろの男がそう言った次の瞬間、若者たちにとって信じられないことが起こった。太いバナナをぴっちりとくわえこんだ玲子の肛門が、ひときわ痙攣を見せて収縮したかと思うと、バナナを食いちぎったのだ。キュッと玲子の肛門がすぼまった。
「おおッ」
驚きのどよめきが湧きあがった。
「す、すげえ……尻の穴でバナナを食いちぎりやがった」
男の手には生々しい切り口を見せて、バナナが半分残っている。
つづけさまに前の男からも驚きの声があがった。女の部分もまた、からみついてキリキリと収縮し、バナナを食いちぎったのである。
わあッと歓声があがり、若者たちは興奮の坩堝と化していく。口笛を吹き鳴らす者、熱をさまそうとするように頭からビールをかぶる者に、手を打って喜ぶ者など、大騒

ぎだ。
それを横目に、鮫島はニヤニヤと笑った。
「あれじゃ、いい味してるわけだ。尻の穴といいオマ×コといい……こうも見事に切り落とすとはな」
鮫島は玲子の収縮力に、今さらながら舌を巻く思いだった。
玲子はあまりの浅ましさ、みじめさに総身をふるわせて泣きじゃくった。薄い粘膜をへだて、女の最奥と腸管に残っているバナナの半分が、狂おしいまでに玲子の屈辱を高めた。
「フフフ、さすがに玲子。ほめてあげるよ。玲子ほどいい尻の穴とオマ×コをしてなけりゃできない芸当だからな」
鮫島はあざ笑うように玲子の顔をのぞきこむと、媚肉の合わせ目からわずかにのぞいているバナナの切れ端を引きだした。
「どうだい、見事な切り口じゃないか、フフフ、下の口とはよく言ったものだ」
「ああ……し、死にたい……こんな、みじめなことさせられて……」
「何を言ってるんだ。まだまだ、これからだよ。バナナだってあと三組も残っているんだからねえ」
鮫島がそう言っている間にも、二組目がバナナの皮を剝き、玲子の前と後ろにかが

みこんだ。真新しいバナナが前後より押しつけられていく。
「あ、ああッ、いや……もう、もう、いやですッ、かんにんして」
いくら泣いて哀願しても駄目だった。玲子が屈辱に泣き、羞恥にのたうてばのたうつほど、かえって男たちは喜ぶばかりだった。もっと玲子を辱しめ、泣きわめかせたい嗜虐の欲情にかられる。
「ああ……けだものだわ、みんな……」
玲子は泣き、あえぎ、うめいて、時には泣き叫んでバナナを一本一本切り落とさせられる。
気も狂う屈辱が大きくなるにつれて、肉の快美もふくれあがり、複雑に混交した。
そして、ようやくすべてのバナナを切り落とした時には、玲子はすすり泣きながら、息も絶えだえにあえいでいた。
「ちくしょう……たまらねえ女だぜ」
「オマ×コも尻の穴も最高ときてやがる。さぞかし味のほうも……」
「この奥さんを犯れるなら、俺は死んでもいいぜ」
男たちは遊びが終わっても引きさがろうとはせず玲子のまわりにまとわりついていた。未練がましく玲子の身体に手をのばしたり、自分たちがバナナでいたぶったあとをのぞいたり、触ったりする。

「フフフ、あせらなくとも、あとでたっぷり楽しませてあげますよ……ここはひとまず……」
鮫島にうながされて、若者たちはしぶしぶ引きさがる。鮫島は言葉使いこそていねいだが、ヤクザ顔負けのすご味があった。
「それじゃ次は、浣腸責めといくか、玲子」
鮫島はカバンのなかから巨大なガラス製浣腸器やグリセリンの薬用瓶を取りだして、見せつけるように玲子の足もとへ並べた。
「そんなことまでさせるのか、奥さんは」
「フフフ、この玲子は浣腸が特別好きでねえ。いい声で泣きますよ。それでなくとも、尻の穴のなかにはバナナがびっしりつまっているんですからねえ」
バナナを使っての責めの興奮がさめやらないうちに、新たな驚きと興奮が若者たちを見舞った。
「そ、そんなッ……いや、いやですッ」
弾かれるように叫んで、玲子は泣き濡れた。
顔をひきつらせた。これまで何度となく浣腸されている玲子だ。だがそれは、竜也と厚次、鮫島だけか、あるいは他人の前であっても、宝石を腸内から取りだすという目的があった。

それが今は、単に見世物として浣腸されようとしている。
「いやッ……それだけは、かんにんしてッ……み、みんなの前ではいやですッ」
片足吊りにされた裸身を揉みゆすって、玲子は泣き叫んだ。
だが、若者たちは笑うばかり。
「いやなことをされてえんだろ。奥さんはマゾだからよ、へへへ」
「いやよいやよは、してほしいってことか。へへへ、マゾ女め」
「そんなにいやがってるとは、それだけ浣腸が好きなんだな、奥さん」
若者たちはそんなことを言って、鮫島が玲子に浣腸をしかけるのを待ち受けた。
ククククッと鮫島は笑った。
「そんなに浣腸はいやなのか、玲子」
「いやですッ……ああ、かんにんして……」
「フフフ、そんなにいやなら、一度だけチャンスをやろう」
鮫島は玲子の正面の床に、一直線にロウソクを一本ずつ立てて並べた。玲子の足もとから二メートル先まで、間に九本のロウソクが並び、炎をゆらした。
そのロウソクの横に、鮫島はチョークで数字を書きはじめた。手前から二千、千七百五十、千五百……と二百五十単位で数字が減っていき、先端はゼロである。
玲子のなかで不安と恐怖がふくれあがった。

「フフフ、浣腸するかしないか、するとしたらどのくらいの量を呑ませるか、玲子自身に決めさせてあげよう」

「……………」

「ゼロの数字のロウソクを消せたら、浣腸はゆるす。そうでなきゃ消したロウソクの数字だけグリセリンを入れることになる。フフフ、一本も消せなきゃ、連続浣腸ってわけだ」

そう言って、鮫島はうれしそうにケタケタと笑った。

3

気の遠くなる恐ろしい言葉だった。玲子は後ろ手に縛られ、片足を吊られている。ロウソクを消すことなどできるはずがない。

消せるとしたら……まさか、そんなひどいことを……。

「さあ、消火の放尿といこうかね、玲子。夕方からトイレに行かせてない。溜まってるはずだ」

「そ、そんなッ……」

泣き顔がひきつり、唇がワナワナとふるえて、玲子は言葉がつづかなかった。

「いちばん先のロウソクを消せば、浣腸をゆるしてやると言ってるんだよ。フフフ、それとも連続浣腸のほうがいいのかな」
鮫島が玲子にやらせようとしている内容がわかって、若者たちはわあッと歓声をあげた。顔をひしめかせて、食い入るように玲子の股間を、のぞきこむ。
「ああ、ゆるして……そんな、ひどいことをさせないで……」
生きた心地もなくふるえながら、玲子は泣いた。鮫島という男は、どこまで恐ろしいことを思いつき、次々といたぶりを加えてくる気なのか。
「一本も消せないとなりゃ、連続浣腸しかないようだな、玲子」
「い、いやッ……」
「フフフ、二千CCの浣腸をたてつづけに十回、いや、二十回といくか」
鮫島はわざと大きな声で言って玲子をおびえさせ、見せつけるように薬用瓶のグリセリン液を洗面器にあけていく。グリセリン原液に食用酢を混入して、ドロドロとかきまぜた。
「こいつはきついよ、フフフ、覚悟するんだな、玲子」
「ああ、待って、待ってくださいッ……そ、それはいやッ」
玲子は激しく狼狽して、ひきつった声をあげた。
「で、できないわ……ああ、そんな浅ましいこと、できない……」

「それじゃ、連続浣腸で決まりだな、玲子」
鮫島が巨大な浣腸器に洗面器の薬液を吸いあげるのを見ると、玲子はブルッと身ぶるいした。
「い、いやッ……ああ、待ってくださいッ」
もう玲子には、迷っている余裕はなかった。
「か、浣腸はいや……」
覚悟を決めたように言うと、顔をのけぞらせて固く眼をつぶった。歯がカチカチとかみ合わず、身体じゅうがふるえた。
若者たちが食い入るようにのぞきこんでいるのがわかる。熱い視線に剝きだされた媚肉の合わせ目が、火のようになった。
「へへへ、どうやら小便で勝負する気になったようだな」
「令夫人の立ちションとは、たまらねえな。しっかり見せてもらうぜ、奥さん」
若者たちは今にも涎れをたらさんばかりに興奮の声をあげた。
「フフフ、しっかり狙わないと、失敗するぜ、玲子。まあ、思いっきり飛ばすことだ」
はじめろと、鮫島は玲子の双臀をパシッとはたいた。
「ああ……」

玲子は身体のふるえがとまらない。歯をかみしばり、絶壁から飛びおりるような悲愴な気持ちで、腰を前へ突きだすようにして身体の力を抜いた。

チョロチョロと流れでたかと思うと、トイレに行くことをゆるされなかった尿意が清流となってほとばしった。床に水しぶきをあげる。

わあッと若者たちから笑い声が湧き起こった。

「あ、ああ……し、死にたい……」

玲子は唇をかみしばったまま泣いた。男たちの歓声に狼狽して、あわてて押しとどめようとしたが、一度堰を切った流れはとめようがなかった。

頭のなかが激しい屈辱と羞恥に、灼けつきるようだ。ロウソクを狙い、できるだけ遠くへ飛ばす余裕などあるはずもない。

「ほれ、ロウソクはまだ一本しか消えてねえぜ、奥さん。どうした、もっと勢いよく飛ばさねえかよ」

「やっと三本目までか、へへへ。これじゃ千五百ＣＣも浣腸することになるぜ」

「奥さんは浣腸されたくて、わざと抑えているんじゃないのか」

意地悪い若者たちのからかいの声が、玲子に容赦なく浴びせられた。

だが、その声も玲子には聞こえないかのように、玲子からほとばしった流れはむなしく床に水しぶきをあげるばかりだった。

「フフフ、派手に出したわりには、成果のほうは今ひとつだったようだな、玲子」

いきなり後ろから肛門に触れられて、玲子はヒッと上体をそりかえらせた。ジワジワと突き立てられてくる感触は、冷たいガラスの嘴管だ。

ふりかえった玲子の眼に、鮫島が巨大な浣腸器を自分の双臀に埋めこんでいるのが映った。

「い、いやあっ……かんにんしてッ……」

「ロウソクは三本しか消せなかったんだから、千五百CC浣腸をする約束だろ」

あざ笑うように嘴管は深く玲子

の肛門を貫いてきた。
「そ、そんなこと、いや、いやですッ」
「いやだと言うわりには、うれしそうにくわえこんでるじゃないか、玲子の尻の穴は」
「かんにんして……ああ……」
ポンプが押され、ドクドクと流れこんでくる感覚に、玲子はひいッとのどを絞った。腸管にはバナナの切れ端がびっしりとつまっている。そこへ浣腸される恐ろしさ、汚辱感に頭のなかが暗くなって、歯がガチガチと鳴りだした。
「あ……ああッ……しないで……」
「気持ちいいんだろ、玲子」
「いや……ああ、こんなこと、いやなだけ……かんにんして……ああ……」
「フフフ、感じているじゃないか。可愛い嘘つきやがって、玲子」
鮫島は、ポンプを押すたびに媚肉がジクジクと果汁をあふれさせるのを見逃さなかった。
玲子は泣き声を高くした。ドクドクと流れこんでくる感覚が、男の精のほとばしりを思わせて、汚辱感と同時に、妖しい情感を昂らせる。その異様な感覚に、玲子はいやでも声が出た。

くすぶりつづけていた官能が、ジリジリとあぶられる。それは急速にふくれあがってくる便意と入り混じって、暗く妖しい快美となった。
「ああ……あむ……」
キリキリと唇をかんで、玲子は汗にヌラヌラと光る背筋をふるわせた。いくらふるえを抑えようとしても、ふくれあがる便意が玲子を責め苛む。
それがやがて、若者たちの前での排泄という破局につながると思うと、気も狂いそうだった。
「あ、ああ……かんにんして、あむッ……」
「どうです。浣腸してやると、玲子はいい声で泣くでしょうが、フフフ」
鮫島は我れを忘れて見とれる男たちに向かって、得意げに言った。その間もジワジワとポンプを押しこんでいく。
ググッ、グルグル……玲子の腹部が鳴った。薬液の刺激に腸が蠕動し、バナナの切れ端が蠢く。嘴管をぴっちりとくわえた玲子の肛門が、戦慄めいた痙攣を見せた。
「あ、あ……かんにんして……も、もう、いやあ……」
もう片時もじっとしていられない。玲子の腰がじっとりとあぶら汗を光らせつつ蠢いた。
「まだだ。あと六百CC、じっくりと味わうんだ、玲子」

「そんなッ……ああ……」

黒髪も湿るようなつらく恥ずかしい責めだ。グリセリンの原液と食用酢の混合液の効き目は強烈である。

「ああ……ああ、た、たまんないッ」

「うまそうに呑みながら、あばれるんじゃない、フフフ」

玲子ほどの美人が、しとどに濡れそぼった媚肉を見せながら、むごく浣腸されていく図は、男を夢中にさせずにはおかない。全員が妖しい浣腸絵図にとりつかれたように見入っていた。

鮫島もまた、玲子に浣腸する法悦に酔いしれている。ポンプを押す手が熱く汗ばみ、何度も汗をぬぐった。

「ほうれ、千五百ＣＣ一滴残さず呑みこんだじゃないか、玲子」

鮫島はズズッとポンプを押しきった。

ひいッと官能の絶頂へ昇りつめたように、玲子は高くすすり泣いた。そのまま頭のなかがうつろになった。

「ハアッ……う、ううッ……」

今にも爆ぜそうな括約筋を必死に引きすぼめているのがやっとだった。汗に光る美貌はひきつり、裸身は襲いかかる荒々しい便意に総毛立った。

片足吊りにされていなければ、もう一人で立ってはいられない。玲子は泣き、うめきながらワナワナと腰をくねらせた。そのくせ、媚肉は熱くたぎって、ただれんばかりにとろけている。あふれでた果汁が、ツーと内腿をしたたり流れた。
「たいした感じようじゃないか、玲子。フフフ、そんなによかったのかい」
からかわれても、玲子は反発を感じる余裕すら失っていた。うつろになった頭のなかで、荒れ狂う便意だけが、玲子の意識を灼きつくす。
「あ、あ……も、もうッ……」
「よしよし、玲子がどんなふうにウンチをするか、みんなにじっくり見てもらうんだ」
「そ、そんな……い、いや……ここから、出ていって……そんな恥ずかしい姿を見ないで……」
玲子は最後の気力をふり絞るように訴えた。だが、その声は弱々しく、苦悶にかすれていた。
「あ、ああ……見ないでッ……」
あてがわれる洗面器にショボショボともれはじめる。しだいに激しくなり、玲子は号泣とともに押しとどめられぬ便意を一気に弾けさせた。

4

部屋を埋めつくした若者たちは、まだ興奮さめやらぬ様子でざわめいていた。
内側から盛りあがるように口を開いた肛門、そしてほとばしる便意と吐きだされるバナナの切れ端……生々しく妖しい光景だった。
「これだけの美人の奥さんだからこそ、ひりだすところも絵になるってもんだ」
「ゾクゾクするほど色っぽい顔しやがる。たまらねえぜ」
男たちはいちように溜息やうなり声をあげた。こらえきれずにパンツのなかで精をもらした者もいる。
玲子は片足吊りの姿勢からおろされて、後ろ手縛りのまま、床の上に死んだように崩れていた。両眼を閉ざし、ハアッハアッとあえいでいる。
「しっかりするんだ、玲子。これくらいでだらしないぞ、フフフ」
鮫島は玲子を休ませようとしなかった。玲子の裸身をあおむけにころがすと、新しい縄を取りだして、玲子の右足首を縛った。その縄尻を天井の柱にかけ、玲子の左足首につなぐ。
玲子の両脚はまっすぐ天井に向けて、Vの字に開いて吊りあげられた。あおむけの腰の下にはクッションが押しこまれる。玲子は固く眼を閉じ、あえぐだけで、される

がままだ。
「今度は何をおっぱじめる気なんだ」
「そろそろ犯らせてくれなきゃ、俺はもう我慢できねえぜ」
「待てよ、時間はいくらでもあるんだ。いちばんのお楽しみは、最後にとっておくもんだぜ」
「へへへ、そういうことだな」
若者たちはストリップ小屋のかぶりつきさながら、首をのばして鮫島の動きを眼で追い、玲子をながめた。
「うまい酒を飲ませますよ、この玲子を使ってねえ、フフフ」
鮫島は若者たちに向かって、意味ありげに言った。
眼の前に玲子の両脚が黒のストッキングとハイヒールをつけて、まっすぐ天井に向かって開いていた。あおむけの腹部の黒いガードルもそのままだった。汗にヌラヌラ光る乳房や下腹が白く、ハアッハアッとあえぐたびに波打っている。
「フフフ、誰か玲子のおっぱいを揉んでやってくれませんかね」
鮫島が言うと、左右から男の手がのびて、玲子の乳房をいじりだす。黒いストッキングからはみでた白い内腿にも男たちの手はのびた。
「酒をうまくするには、玲子の身体を充分ほぐしておかなくてはねえ」

鮫島は指先を玲子の媚肉に這わせた。生々しく剝きだされているそれは、しとどに濡れそぼって、とろけきっている。そのわずか下方には、玲子の肛門が浣腸責めのあとも生々しく、腫れぼったくふくれて、まだヒクヒク痙攣していた。

「あ、あ……」

グッタリと伏せられた玲子の顔が、右に左にとふられ、腰がむずかるようにふるえはじめた。それに気づいてニヤッと笑うと、

「燗酒を一本もらえないかねえ、フフフ」

そう言いながら、鮫島は指先で玲子の媚肉を左右にくつろげ、赤くたぎった肉襞をいっぱいにさらした。

燗された一合徳利が鮫島に手渡された。鮫島は徳利の口を玲子の媚肉にあてがうようにして、ゆっくりと傾けた。

トクットクッと燗酒が玲子の最奥へと流しこまれていく。

ああッ、玲子は悲鳴をあげ、腰をはねあげんばかりにのけぞった。

「何を……ああッ、何をしたのッ……ひッ、ひいッ……」

赤くただれた肉襞に、燗酒の刺激がズキンとしみた。ピリピリと灼けるようで、下腹が火になる。

トクットクッと燗酒はなおも注がれていく。一合徳利をそっくり玲子の肉奥へ流し

こむ。
「ひいッ、たまんないッ……あ、ああ……」
腰をガクガクふりたてて、玲子は我れを忘れて泣き叫んだ。
「へへへ、こいつはたまらねえや」
「女を徳利がわりにしようってわけか」
鮫島は空になった徳利を投げ捨てると、指先で玲子の媚肉をいたぶりはじめた。たっぷりと酒を含んだ媚肉のあわいに指を這わせ、燗酒を肉襞にしみこませていく。
女芯も剝きあげて、指先でいじりまわした。
「た、たまんないッ……ああッ……」
「たまらなくなるのは、これからだよ、フフフ」
鮫島の言う通りだった。燗酒の刺激と指のいたぶりに、ザワザワと肉襞が蠢いて果汁がにじみだすと、いっぱいの燗酒が少しずつあふれだした。
それはしたたり流れて、玲子の肛門に達した。ふっくらと腫れてヒクヒクとふるえる玲子の肛門が、流れでた燗酒にまみれていく。
「フフフ……」
ころあいよしと見た鮫島は、もう一方の手で玲子の肛門をゆるゆると揉みこみはじめた。前からあふれでた燗酒を、今度は肛門にしみこませようとする。鮫島の意図を

察した玲子が、戦慄の悲鳴をあげた。
「いやあッ……そんなことは、しないでッ……あ、ああッ……かんにんして……」
玲子は我れを忘れて腰をよじり、ふりたてて、逃れようとする。
「どうだい、玲子。こうやって燗酒を呑まされる気分は」
「いや、いやあッ」
「フフフ、そんなにいいのか、玲子。泣き叫ぶほど悦ぶとはねえ」
鮫島はからかいながら、指先でゆるゆると揉みつづけた。円を描くように揉みこんでは、指先を含ませるようにする。
ほぐれた肛門が、あえぐようにヒクヒク蠢きつつ、燗酒を吸いこんでいく。
「あ……ああッ、気が変になるわッ……ひッ、ひいッ……」
どんなにおぞましいと思っても、心とは裏腹に身体は火と化して、その妖しい感覚に巻きこまれていく。
鮫島はさらに一本、燗をつけた徳利を手にすると、再び玲子の女の最奥へと注ぎこみはじめる。
「これをやられると、女の身体はズンと味がよくなるんだ。フフフ、もちろん酒のほうも玲子のお汁が混じって、特上のカクテルになるってわけよ」
得意げに説明しながら、鮫島は燗酒を満たし、玲子の媚肉や肛門にいたぶりを加え

た。
それだけではなかった。鮫島は玲子の股間に顔を伏せるようにすると、いきなり唇を媚肉に吸いつかせたのである。舌先を肉襞に這わせて、あふれんばかりの燗酒をなめると、ズズッと吸いあげた。
「ひ、ひいッ……」
「フフフ、いい味だね。はらわたにしみわたるねえ」
「そんな、そんなッ……かんにんしてッ」
信じられない鮫島の行為だった。玲子は狂ったようにかぶりをふり、泣き叫んだ。おぞましくはあっても、そのなかに気も遠くなるような妖美の感覚があることが、玲子には信じられない。
鮫島はいやらしく舌なめずりをすると、再び顔を伏せた。ズズッとすすりあげる。鮫島の舌と唇は、媚肉から這いおりてきて、燗酒を吸いこんでいく肛門にも、容赦なく吸いついてきた。
「ひいッ、ひッ……」
まるで腸管のなかへしみこんだ燗酒まで、吸いだされるみたいだった。
「フフフ、これで要領はわかったでしょう。どんどん飲みましょうや」
鮫島は若者たちを見て、ニヤリと笑った。

その言葉を待ちかねていたように若者たちは燗をつけた徳利を手に歓声をあげて玲子に群がっていく。それは子羊に襲いかかるハイエナの姿にも似ていた。
「いや、いやぁッ……ああッ……」
いくら泣き叫んで腰をふりたてても駄目だった。
男たちは入れかわりたちかわり、玲子の女の最奥に燗酒を注ぎ、まさぐり、肛門にまでしみこませては、いやらしい口で吸いついてきた。
「たまんねえな。こんなうまい酒の飲み方があったとはよう」
玲子の股間から顔をあげた男たちは、いちように男の法悦にひたった。玲子の色香と酒にいちだんと酔いしれる。
「おい、はやくしろや」

「待てよ、尻の穴のほうも吸ってやらなくちゃよ」
「まだかよ」
焦れて催促する声が飛び、どの男も嗜虐の欲情に眼の色が変わった。待ちきれずに玲子の乳房やヘソに燗酒をつぎ、ペロペロなめる者もいた。
「あ、あああ……も、もう、かんにんして……たまらないわッ……どう、どうにかして」
玲子はもはや半狂乱といってよかった。

5

ようやく最後の男が口を離した。玲子はすでに狂おしい官能の渦中に身も心も翻弄されていた。
鮫島がのぞきこんだ玲子の股間は、燃えるように色づいた媚肉がヒクヒクと蠢き、肛門も今にも弾けんばかりにふくれて、腸腔までのぞかせていた。
「すげえな、玲子。男をくわえこみたくってしようがない様子だぜ、フフフ」
もう食べごろに熟していると言って、鮫島は眼を細めた。
玲子はあられもなく腰をふりたてて、ハアッハアッと火の息にあえいでいる。それ

までのいたぶりがとまったことで、かえって焦れったいまでの感覚に見舞われている。
どんな刺激でも欲しい。身体がうねってしまう。
「な、なんとかしてッ……ああ、変になっちゃう……」
鮫島を見る玲子の瞳は、うつろで焦点を失っていた。
「フフフ、男が欲しいというんだな、玲子」
鮫島はあざ笑った。いよいよ玲子を輪姦にかける時がきたと思うと、胴ぶるいがきた。
若者たちは、はやくもバミューダや、海水パンツを脱ぎはじめていた。それに気づくと、玲子はハッと顔をそむけたが、それも長くはつづかず、すぐにからみつくような妖しい視線を男たちに向けた。
玲子はもう、そんな自分をどうしようもなかった。
こんな……こんなことって……。
剝きだされていく男たちのたくましい肉塊から眼を離せない自分が、玲子には信じられなかった。だが、そう思う心さえ、フッとうつろになる。
「ああ……して、玲子にしてください……」
玲子はうわ言のように言った。
若者は欲情の笑いをこぼした。どうやら興奮は最高潮に達したようだった。誰が言

うとはなしに、玲子を犯す順番を決めるクジを引きはじめる。
それを鮫島は制止した。
「フフフ、もっとイキなクジ引きといきましょう」
鮫島の手にはタコ糸の束が二つ握られていた。ひと束それぞれ糸は十本で、先端がまちまちに赤く塗られている。その糸の束を、それぞれ玲子のただれんばかりにとろけている媚肉と肛門に押しつけた。指先でゆっくりと束の先端を押し入れていく。
「あ、ああッ……」
玲子の股間全体が、わななくようにうねった。待ちかねていたように肉襞がからみついてくる。
「ああ……ああ、も、もっと……」
「フフフ、あせらなくても、もうすぐ男の生身をいやというほどぶちこんでやるぜ」
鮫島は巧みに指先を使って、糸の束の先端を玲子の女の最奥に、腸管にと送りこんでいく。尻尾を二本生やされる。
充分に押し入れると、二つの束をいっしょにして、その先端を若者たちの前へ差しだした。
「さあ、クジを引いてもらいましょうかね、フフフ。オマ×コを引き当てるか、それとも尻の穴か。順番は赤く塗った部分の多い人からということで」

次から次へと淫らないたぶりを考えつく鮫島に、男たちはただ驚かされ、喜ぶばかりだった。
「し、尻の穴でも、犯らせるってえのか」
「そういうことだ。バナナ切りでわかっていると思いますぜ。この玲子は前と後ろから同時に犯られないと、満足できないんですよ、フフフ」
「二人がかりってわけか……そいつはおもしれえや」
若者たちは鮫島のあやつる嗜虐の世界に、どっぷりと引きこまれていた。
クジ引きがはじまった。糸の末端を一本一本つかんで、スーと引き抜く。
「やった、へへへ、オマ×コのほうだぜ」
「俺は尻の穴だ。おもしろくなってきやがった。女の尻を犯るなんて、初めてだ」
「おお、尻の穴の二番手だ。まあついてるか」
若者たちは次々に歓喜の声をあげた。
男たちの熱気と酒の匂いに、部屋のなかは淫らにただれた空気が充満して、むせかえるようだった。
「決まったようだな、フフフ。はじめるとするか。これだけの人数となりゃ、たっぷり朝までかかるだろうからよ」
鮫島は玲子の足首を縛った縄をほどくと、裸身をあおむけからうつ伏せにひっくり

かえした。両膝をつかせて、白い双臀を高くもたげさせる。
「あ、あ、かんにんして……お尻はいや……」
玲子は狼狽した。肉体は官能の炎と化し、心は絶望の底に観念したとはいえ、二人がかりで犯されるとなると、さすがに恐ろしさがふくれあがった。
「こんなに尻の穴をとろけさせて、いやもないもんだ」
左右によじりたてられる玲子の双臀を、鮫島はがっしり押さえつけた。
「まずは尻の穴のほうからぶちこむとしますかねえ、フフフ」
「た、たまらねえな……」
声をうわずらせながら、肛交の一番クジを引き当てた男が玲子の後ろに膝をついた。臀丘を一度撫でまわしてから腰をつかむ。
「ほう、なかなか立派なのを持っているねえ。若いだけあってピンピンしている」
「へへへ、こんなのが尻の穴に入るとは信じられねえ気持ちだぜ」
「なあに、玲子なら楽に入りますよ」
鮫島は手伝って、玲子の臀丘を思いっきり両手で引きはだけた。
「ゆるしてッ……お尻はいや、いやです」
「そういやがられると、かえって犯りたくなるもんだぜ、へへへ」
男はゆっくりと腰を突きだした。玲子の後ろへおおいかぶさるようにして、ジワジ

ワと柔らかくふくれた肛門を、肉の先で割り開きはじめた。
「あ、ああッ……いや、いやッ……うむッ」
ビクッと玲子はのけぞるようにして、悲鳴をあげた。
「力を抜くんだ。玲子。初めてじゃあるまいし、どうすれば楽に受け入れられるか、わかっているはずだ」
ずりあがろうとする玲子を押さえつけ、鮫島は言った。
だが、そう言われても押し入ってくる汚辱感に、玲子は唇をキリキリとかんで激しくかぶりをふる。
「いや……やめてッ、かんにんして……」
「あきらめるんだ、玲子。男は二十人いるが女は一人。となりゃ尻の穴で十人は相手をしなきゃ」
「いや、いやあッ……ああ、やめてッ……」
かみしばった唇から、ひいッ、ひいッと悲鳴が絞りだされる。鮫島に肛門を犯された時のおぞましさ、苦痛、恐ろしさがドッと甦ってきた。ただれた肛門の粘膜が、音をたててきしむ。たちまち全身があぶら汗にまみれた。
「う、うむ……ひいッ……」
「もう少しだぜ、奥さん。ほれ、ほれ」

「うむッ……裂けちゃう……」
灼熱の凶器がグイグイと括約筋を押しひろげ、奥へともぐりこんでいく。拒み、押しもどそうとする肉の動きが、男に妖しくからみついた。
「驚きだぜ。思ったより楽に呑みこみやがった、へへへ」
「串刺しだな、まるで」
かがみこんで鮫島はのぞいた。弾けんばかりに拡張を強いられて、太い肉塊をキリキリ締めつけているさまが生々しい。
「好きなだけあって、ずいぶん深くくわえこんだじゃないか、玲子」
「うッ、うむ……」
返事をする余裕もなく、玲子はうめき、黒髪をふりたくっていた。それをあざ笑うように、男は快美のうなり声をあげた。
「す、すげえ……女の尻の穴がこんなにも熱く、締めつけてくるとは」
まるで食いちぎられんばかりの、きつい締めつけに、男は舌を巻く。
玲子の肛門を犯すことができるとは、夢にも思っていなかっただけに、男の快感は大きかった。まだ腰を使っていないにもかかわらず、少しでも気を抜くと、達しそうになる。
「フフフ、今度はオマ×コの番といきますか。少しばかり手伝ってもらいますよ」

鮫島は玲子の後ろにのしかかっている男の肩をたたいた。
二人がかりで玲子の身体を起こしていく。男は玲子とつながったまま、腰をつかんで徐々に身体を起こした。
「い、いやあッ……そんな、ひいッ、ひいッ」
膝を立てさせられて、立ちあがるにつれて灼熱が肛門のなかで位置を変え、粘膜にこすれた。
「う、うむッ……ゆるしてッ……」
玲子はまっすぐ立ちあがらされた。後ろには男がヤモリのようにまとわりついている。
鮫島は天井からさがっている縄に、玲子の後ろ手に縛った縄をつないだ。玲子のハイヒールの脚がピンと張るまで吊った。さらに左右の足首に縄を巻いて、いっぱいに開かせた。
「へへへ、いよいよサンドイッチだな」
女の最奥を犯す最初の権利を引き当てた男が、ニヤニヤとのりだしてきた。いきなり、開ききった媚肉の合わせ目に手を這わせる。玲子のそこは、匂うようなピンクをした奥の肉襞まで見せて、しとどに濡れそぼって妖しくあえいでいた。
「ああ……ああ、やめて……」

指のいたぶりが加わったことで、玲子は狂おしげに泣き声をあげた。思わず腰をふりたてたが、次の瞬間、ああッと裸身を硬直させた。
肛門に埋めこまれた肉塊が、張り裂けんばかりの粘膜に強烈に感じ取れる。ビリビリと苦痛が走った。
「あ、ああッ……」
「へへへ、うんと深く入れてやるぜ」
男はたくましくそそり立った肉塊をつかむと、荒々しく玲子の媚肉に押しつけた。グググッと分け入らせる。
「ひッ……いやあッ、ああ、駄目ッ……」
いくら避けようとしても、玲子の腰は肛門を貫いた肉のクサビにつなぎとめられている。
「ひッ、ひいいッ……」
深くめりこんでくる。それは後ろの仲間と薄い粘膜をへだててこすれ合い、そのすさまじいまでの感覚に、玲子は白眼を剝いて悲鳴をほとばしらせた。眼の前にバチバチと火花が散った。
玲子はもう、自分が今、何をされているのかさえ、わからなくなっていた。身体のなかの肉という肉が灼けただれていく。

「たまらねえ。グイグイ締めつけてくるぜ」
「こっちもだ。前も後ろもよく締まる女だぜ、この奥さんは」
玲子をはさんで前と後ろでゆっくりと腰を使いながら、男たちは無我夢中だった。これまで一度も味わったことのない、見事なまでの構造と感触である。粘着力といい吸引力といい、熱く包みこんでからみついてくる肉に、男たちは酔いしれた。がむしゃらに責めたてようものなら、自分がすぐに果ててしまうだろう。
「どうだ、味のほうは……」
順番を待つ連中が、眼を血走らせて聞いた。焦れて眼の色が変わり、息も荒い。
「す、すげえ……こんないい味をした女は、初めてだぜ」
「尻の穴だって、たまらねえ。ううッ、こうも尻がいい味してるとは……」
玲子をはさんで男はうなった。
凄惨なまでの光景がくりひろげられている。玲子の身体は二人の男にサンドイッチにされて、揉みつぶされるようにギシギシときしんだ。
「あ、あうッ……あむむ……たすけて……」
玲子は狂乱のなかで泣き、うめき、時に絶叫した。
こすれ合う二つの凶器に、苦悶と愉悦がからまり、もつれ合って、玲子の肉体は灼熱の炎に灼かれていく。骨までドロドロととろけるようだ。

「ああ……あうぅッ、死んじゃう……」
狂乱に白眼を剝いたまま、玲子は口の端から涎れさえたらしはじめた。ひッ、ひッとのどを絞っては、泣きわめいた。もう、くやしさも恐ろしさも、恥ずかしさもなかった。玲子を支配しているのは、灼熱の快美だけだ。
「あうッ、あああ……たまんないッ……あうッ、気が変になるわッ」
玲子はひいひいのどを絞りながら、我れを忘れて自分から腰をゆさぶりだした。しっかりと二本の肉塊をくわえて、のたうつ。
「フフフ、激しいな、玲子。尻の穴にもぶちこまれているのが、そんなにいいというのか」
鮫島はビールをあおりながら、ニヤニヤと玲子をながめた。
二人の男にサンドイッチにされ、泣きわめいている玲子が、妖しいまでに美しく見えた。
女は他人によってたかって嬲らせてこそ美しい……鮫島はそう思っているのだ。だからこうして若者たちに玲子をもてあそばせているのだ。
「そろそろ気をやるころだな、玲子。遠慮せずに思いきっていきな」
鮫島の言う通り、玲子の身悶えがいちだんと露わになった。汗まみれの裸身から、玉の汗が飛び散る。

「あ、あうッ……もう、もう……」
ガクガクと腰をはねあげて、玲子は官能の絶頂へ向け、なりふりかまわず暴走しはじめた。めくるめく肉の快美が、腹の底から噴きあがった。
「いく……ああッ、いくッ……」
そう叫ぶなり、凄惨ともいえる表情をさらして、玲子はググッとそりかえった。真っ赤に灼けた火が身体じゅうを貫き、一気に昇りつめた。
「ひッ、ひいいッ……」
のどを絞って、玲子は突っ張らせた裸身をキリキリと収縮させた。そのまま深い穴に吸いこまれるように、ガックリと力が抜ける。
だが男たちはまだ終わってはいなかった。
「先に気をやりやがった。俺たちに合わせねえとは、しようのねえ奥さんだぜ」
「いいじゃねえか、好きなんだからよう。何度でも気をやらせてやろうぜ」
すぐに果てては損だと思って、男たちは力をセーブしている。玲子ほどの美人を犯れるなど、もう二度とないことだと思うと、楽しめるだけ楽しもうという気持ちになる。
「ほれ、まだだぜ、奥さん」
男たちは玲子にグッタリとする余裕も与えず、責めつづけた。

「あ、あ……」
生気を吹きこまれたように玲子の身体が狼狽の声をあげ、再び身悶えした。
「あ、ああ……もう、ゆるして……」
玲子は前と後ろから責めたてられて、たちまちめくるめく官能の渦に巻きこまれていった。
「ゆるして……ああ、もう、かんにんして」
「これくらいで音をあげてどうする。まだはじまったばかりじゃないか」
鮫島は玲子の黒髪をつかんでしごいた。
そうしている間にも、玲子は再び官能の絶頂へと昇りつめる風情だ。先ほどの絶頂のさめやらぬうちに、絶頂が持続するみたいだった。
「あ、あ……また……」
腰が痙攣し、両脚がするどく突っ張った。
玲子は眼尻を吊りあげた一種凄惨な表情をさらし、声にならない声を、のけぞらせた汗まみれののどから絞りだした。
今度は男たちも抑えなかった。順番を待つ男たちにせっつかれ、最後のひと突きを与えると、ドッとばかりに精を放った。
「ひいッ……」

灼けるようなほとばしりを子宮口と腸管に感じ取って、玲子ははねあがるように大きくのけぞった。

ようやく精を思いきり放った男たちが離れると、すかさず二組目の男たちが前後より玲子の裸身にまとわりついていく。

「たっぷり楽しませてもらうぜ、奥さん。いい声で泣いてくれよ」

「奥さんの尻の穴は、どんな味をしてることやら……すげえっていうからな」

待たされて焦れていた男たちは、玲子の汚れを清めようともせず、荒々しく押し入った。

ひッと玲子は悲鳴をあげた。

「そ、そんなッ……休ませて、少しでいいから……ああ、玲子、もう、こわれちゃう……」

「へへへ……」

男たちはせせら笑うように欲情の笑いをこぼした。いっぱいに玲子を貫いてから、前後より抱きこんだ腰を突きあげはじめる。

「や、やめて……ああ、あ、いや、いやあ……ゆるして……」

ゆさゆさとゆさぶられながら、玲子は泣き声を噴きこぼした。しかし、その声も、やがて艶めいた昂りに変わっていく。頭のなかが、灼きつくされたように真っ白にな

った。
「あう、あううゥ……あああ……」
抑えきれぬ泣き声が、あられもなく出た。薄い粘膜をへだてて二本の肉塊がこすれ合うたびに、ゆるんだ口もとから泣き声とともに涎れが流れた。
「フフフ、いいザマだな、玲子。亭主の田中の奴にも見せてやりてえよ。牝になりきった女房の姿をな」
低くつぶやきながら、鮫島はうれしそうに笑った。
あの美人で上品と評判の高かった玲子が、今では自分の女になり、こうして見知らぬ若者たちの嬲りものになっていると思うと、鮫島は愉快でならなかった。
まだまだ、もっと堕としてやるぜ、奥さん。女に生まれたことを後悔するまでな。
フフフ、今夜はほんのコテ調べ、地獄はこれからだ……。
鮫島は胸のうちでうれしそうにつぶやいていた。これから先、玲子をどうするかはすでに決めてあった。
玲子にはもう、四組目の男たちを受け入れさせられていた。その間にいったい何度気をやらされたことか。
「どうした、玲子、フフフ」
鮫島が玲子の顔をのぞきこんでも、声も出ず息さえつまって、ひいッ、ひいッとの

どを絞るばかりだった。おびただしい汗に光る裸身が、ブルッ、ブルッと痙攣している。
「あ……も、もうッ……」
かんにんして……という言葉は、声にはならなかった。
ただれきった子宮口が、腸管が突きあげられるたびに、玲子はいいッとばかりそりかえった。もう半分気を失った意識のなかで、身体だけがビクビクと反応させられている。
「さすがにいい身体をしているだけのことはあるねえ、玲子」
鮫島は女の身体の貪欲さをかいま見る思いだった。
ブルブルとふるえる肉が、いっそううねりを露わにしながら、官能の絶頂へと昇っていくのがわかった。
「あ……う……い、いくッ……」
絶息せんばかりに声をあげ、玲子はガクンとのけぞった。そのまま眼の前が暗くなった。
だが、それでも男たちは玲子をゆるそうとしなかった。
「ほれ、しっかりしねえか」
「こっちはまだ出しちゃいねえんだぞ」

と男たちは玲子の黒髪をしごき、頬をたたいてゆり起こす。そのまま、もう哀願の声を発する余力さえない玲子を、さらに責めたてるのだった。
もう夏の夜は、とっぷりとふけていた。

第八章　暴虐地獄　エスカレートする恥辱

1

しっかりしろと鮫島に頬をはたかれ、玲子はうつろな瞳を開いた。眼の前に鮫島のいやらしい顔があり、ニヤニヤと笑っている。
「いつまでのびてるんだ、フフフ」
強引に抱き起こされた。
まだ酒の匂いと男たちの熱気の残る部屋のなかは、そこらじゅうに二十人ほどがざこ寝していて寝息を立てていた。
「よく、これだけ大勢の相手ができたもんだ、フフフ。好きでなけりゃ、できるもんじゃない、奥さん」
鮫島はせせら笑いながら、玲子の身体をのぞきこんだ。どこもかしこも見事なまで

の肉づきを見せる肌は、そこらじゅうに男たちの唾液や精がこびりつき、キスマークや歯型まで残っている。ことに股間は、媚肉も肛門もおびただしいまでの白濁の精にまみれて、凄惨な輪姦のあとを見せていた。

「こいつは激しいね。いったい何度気をやったか覚えているかい、奥さん」

「………」

玲子はうつろに宙を見つめているだけで、なんの反応も見せない。

前から後ろからと、次々に襲ってきた男たち……玲子の身体は男たちの間で、揉みつぶされた。若くたくましいものが、薄い粘膜をへだててこすれ合い、恐ろしいまでの愉悦に玲子を泣き狂わせた。

いったい何度気を失ったことだろう。それすら、失神からゆり起こされて、男たちの思うがままに責めたてられた。肉を食い荒され、骨の髄までしゃぶり抜かれるようであった。

「殺してッ……いっそ、殺して」

いくら泣き叫んでも無駄だった。声も出ず、泣く力さえもなくなって、玲子は錯乱のなかに、のたうちまわった。その激しさを物語るように、ボロ切れと化したガードルやストッキングが足もとに散乱していた。

「どうした、奥さん。声も出ないくらいにたっぷり楽しんで、満足したってわけか

い」

鮫島は、一人では立っていられない玲子の腰に手をまわし、支えながらあざ笑う。そのまま、引きずるようにして外へ連れだした。玲子はもう、手足の縄を解かれていたが、まったく逆らおうとはせず、されるがままだった。

外はもう陽がかなり高くなっていた。松林の木々が、陽をいっぱいに受けてキラキラと光っている。遠くで子供たちのはしゃぐ声がした。

「いい格好だぜ、奥さん。よってたかって犯された人妻ってところだな、フフフ」

鮫島は意地悪く玲子の耳もとでささやきながら、松林のなかを海辺へと向かった。さいわい林に人影はない。

ハイヒールをはいただけの全裸で、死体みたいな玲子をほとんど抱きかかえるようにして、鮫島は歩いた。玲子は依然として人形みたいだったが、鮫島は上機嫌だ。

「他人のおもちゃにすればするほど、奥さんの美しさと色気にみがきがかかるようだ。フフフ、奥さんは私の思った通りの女だったよ」

勝ち誇ったように言う。

上品な知性美を誇っていた玲子を、二十人もの見知らぬ若者に蹂躙させたことが、鮫島は愉快でならない。自分の恋慕した女を他人のおもちゃにする……。その狂った性癖のせいで、鮫島は妻にさえ逃げられている。

「これが私の女の愛し方でねえ。おかげで奥さんは、腰が抜けるまでのいい思いができたわけだよ」
鮫島はニヤニヤと笑いながら、しつこく玲子に語りかけた。
松林を抜けると、急に視界がひろがった。弓状にひろがる白い砂浜と、色とりどりのビーチパラソルの花、そして青い海がギラギラと輝いてひらけていた。
鮫島は首にかけたビーチタオルで玲子の裸身をおおうと、ゆっくりと砂浜を歩いた。
甲羅干しをしている若者のグループが玲子に気がついて、まぶしいものでも見るように顔をあげる。
「すげえ美人じゃねえか。たまらねえな」
「ホント、あの色気、行きすぎだぜ。ゾクゾクしやがる」
若者たちの眼が、一種の驚きをもって玲子を追う。昨夜からさんざんもてあそばれた翳りとやつれが、かえって妖しいまでに玲子の色香をきわだたせて、男の眼を引き寄せる。
「あの美人、様子が変だと思わねえか。引きずられるみたいだぜ」
「日射病なんじゃねえのか」
白昼の海水浴場で、凌辱の限りをつくされた人妻がビーチタオルの下は全裸で、変質者に引きまわされていようとは、夢にも思わない。誰一人として疑う者はなく、好

奇の視線を投げかけるばかりだった。

鮫島は玲子を砂浜のはずれの磯の岩陰に連れこんだ。人目がないのを確かめて、ビーチタオルを剝ぎ取り、ハイヒールを脱がせて海のなかへ入った。

「フフフ、海水で身体を洗ってやろう、奥さん。精液でベトベトだからねえ」

まるで風呂にでもつかるようにして、鮫島は玲子を抱き寄せ、女体に手を這わせた。首筋から乳房へ、背中から腰へと汚れを洗い落としていく。

両脚を大きく割り開かせ、前から後ろから手をもぐりこませた。さんざん荒しまくられた玲子の媚肉と肛門は、ただれているかのように腫れぼったく、まだおびえているようにヒクヒクふるえていた。

「あ……ああ……」

小さく声をあげて、玲子はすすり泣きだした。半分死んだような身体が、海水に生気を吹きこまれたようにふるえた。前と後ろの粘膜がヒリヒリうずきはじめる。その部分を指先でまさぐられるのは、たまらなかった。

「……ああ、もう、かんにんして」

「何人もの男たちをくわえこんでおきながら、今さらかんにんしてもないもんだよ、奥さん」

鮫島はせせら笑いながら、指先を媚肉と肛門に縫いこませ、奥までゆるゆると洗っ

た。
「ああ……」
玲子はすすり泣くようなあえぎをうわずらせた。
弱々しく左右へふられる美貌が、たまらないと言わんばかりにのけぞった。それでも玲子は、反発する気力も体力も消失したように、なすがままだ。
「どうだ、塩水がしみて気持ちがいいだろ、奥さん。フフフ、また気分でも出てきたか」
鮫島は充分に洗い清めると、玲子を波打ち際の平らな岩の上にのせ、あおむけに横たえた。白い裸体が陽をいっぱいに受けて、キラキラと濡れ光る。
「ああ……」
玲子はまぶしさに眼がくらんだ。動くこともできず、そのままスーッと気が遠くなりそうだった。
「……こ、こんなところで、かんにんして……人に見られるわ……」
「だからおもしろいんだぜ、フフフ」
鮫島はニヤニヤと玲子を見やりながら、両脚を左右へ割り開いて膝を立てさせた。
小さな波に玲子の秘毛が、海草のように妖しくゆらめいた。ヌラヌラと光る白い肌が岩に鮮烈に映える。まるで半魚人にささげられる生贄だった。

「どれ、二十人もの男をくわえこんだオマ×コの具合いは、どうかな」
両脚の間に首をのばし、鮫島は茂みをかきあげて媚肉をさらけだした。左右から媚肉の合わせ目をつまんで、押しひろげる。
「ああ……や、やめて……」
凌辱の限りをつくされて気力も萎えきっていても、白昼の炎天下で女の最も恥ずかしい部分をさらけだされる羞恥に、思わず泣き声が出た。
「……もう、もう、ゆるして……玲子、クタクタで死にそうなんです……」
「ここはそうは言ってないよ、奥さん。もっとしてほしいと催促している、フフフ」
食い入るようにのぞきこみながら、鮫島は低くせせら笑った。
剝きだしの玲子の媚肉は、奥の肉層まで見せて赤く充血していた。すさまじかった輪姦のあとも生々しく、また海水の刺激と指のいたぶりにただれているようだ。ヒクヒクと痙攣するのがなんともたまらない。
それが鮫島の嗜虐の欲情をそそる。玲子を見ていると、もっと責め苛んでやりたい。もっといじめてやりたいという誘惑にかられるのだ。
「フフフ、さてと、どんなふうに責めてやるかな」
鮫島はニヤニヤと顔を崩しながら舌なめずりをした。
玲子はおびえた眼で鮫島を見た。何をされるかわからない恐ろしさが、鮫島にはあ

る。
ああ……こ、これ以上、何をしようというの……。
玲子の瞳に、鮫島が岩の上の水溜まりから何か拾いあげるのが映った。よく見ると親指の先ほどの小さなヤドカリだ。十匹もつかまえると、鮫島は脚を貝のなかにひっこめたヤドカリを小石のようにてのひらでころがした。
「まずこれからだ、奥さん」
媚肉の合わせ目がさらに押しひろげられたかと思うと、最奥にヤドカリが押しこまれてきた。
ああァッと玲子は思わず顔をのけぞらせて、両手で岩の海草をつかんだ。
「いやッ……そ、そんなもの、いやですッ」
「じっとしてるんだ、奥さん。いい思いをさせてやるからよ」
よじろうとする腰を押さえつけられ、次々とヤドカリを押し入れられた。
「いや、いやですッ……かんにんして……ああ、そんなもの、取って……」
気力をふり絞って腰をふりたてようとしても、玲子の腰は鉛が入っているみたいに重く、タガがはずれたように動かなかった。
押し入れられたものがヤドカリと知って、玲子は動転した。
「ああ、鮫島さん……あなたという人は、玲子をどこまで辱しめれば……」

玲子は顔を横に伏したまま、シクシクとすすり泣いている。両膝を立てさせられ、左右へ大きく開かされたままだ。その両脚の間を、鮫島は首をのばしてニヤニヤとのぞきこんでいる。

「そろそろ、はじまってもいいころだが……」

鮫島はわざと媚肉には触れずに、何かを待ちかねているようにじっと見守った。おだやかな波が、くりかえし玲子の媚肉をなぞり、洗っていく。

「あ……」

玲子の腰がピクッピクッとおののいた。同時に泣き声が変わった。

「い、いや……あ、ああ、いやです……」

玲子の腰から太腿にかけてブルブルとふるえはじめながら、上体がのけぞった。女の最奥に押しこまれているヤドカリが、貝から脚を出して玲子のなかで蠢きだしたのだ。

「こんな、こんなことって……ああ、いや、いやよ……」

「フフフ、そんなに悦ぶんじゃない、奥さん。まだまだ序の口だよ」

鮫島は玲子が身悶えはじめたのを愉快そうにながめながら、媚肉の合わせ目の頂点に指先をあてがった。グッと女芯の根元まで表皮を剝きあげた。

「あ、あ……かんにんしてッ……」

玲子は泣き声をひきつらせた。
やや大きめなそれは、妖しく濡れた鮮紅色を見せて白昼の陽差しにヒクヒクとおののいた。
鮫島は昆布に似た海草を引きちぎると、それで剥きあげた女芯をこすりはじめた。
ひいッ……。悲鳴をあげかけて、玲子はあわてて歯をかみしばった。ググッと上体がのけぞる。
「や、やめてッ」
歯をかみしばったまま、玲子は耐えきれずうめき声を絞りだす。
「こうすると、オマ×コのヤドカリの動きがズンとよくなるだろう、奥さん」
「あ、ああ……ううッ、ゆるして……」
「フフフ、もう色っぽい声を出しはじめたね。やっぱり身体は正直だ」
海草でこすりあげるたびに、玲子の女芯は赤く充血して大きく屹立していく。むずかるような蠢きさえ見せはじめた。
そして、最奥では十匹ものヤドカリがモゾモゾといっせいに蠢く。肉襞がことごとくまさぐられるようだ。
「あ、あむ……いや、もう、いや……玲子、また変になっちゃう……」
いくらこらえようとしても、ひとりでに腰がワナワナふるえだし、あえぎがもれた。

白昼の海岸でこんな辱しめを受けるなど、気の遠くなる羞恥と屈辱だった。だが、そう思う気持ちがかえって、女芯を刺激してくる海草と、最奥のヤドカリの動きをきわどく感じ取らせた。
「あ、ああ……こんな……」
「フフフ、濡れてきたな、奥さん。二十人もの男をくわえこんだあとだってのに……まるで色情狂だな」
「……い、言わないで……」
腰のあたりがしびれてとろけだし、ジクジクと果汁をにじませはじめるのを、玲子は感じた。腰が抜けるまで犯しまくられたあとだというのに、自分の身体の成りゆきが玲子には信じられない。
「どんどんお汁が出てくるよ、奥さん。そんなに気持ちがいいのかい」
「……も、もう、かんにんして……」
腰をふるわせながら、玲子は泣いた。両手で顔をおおうことも、鮫島の手をふり払うこともできず、岩の海草にしがみつくばかりだ。真夏の太陽のまぶしさと、こんなところでいたぶられる恥ずかしさに眼もくらむようで、海草から手を離すと岩からころげ落ちそうな錯覚に陥る。
「ああ……もう、これ以上辱しめないで……お願い……」

「フフフ、おもしろくなるのは、これからだよ、奥さん」
鮫島がそう言う間にも、玲子の媚肉からヤドカリが一匹、また一匹と這いだしてきた。玲子の分泌した果汁にまみれ、貝がねっとりと糸を引きそうに光っている。
「あ、あ……い、いやあ……」
モゾモゾと這いだしてくるおぞましさに、玲子は我れを忘れた。言いようのない、気の遠くなるような感覚である。
自分の意思と関係なく、腰がよじれてうねった。
「奥さん、まるでヤドカリを出産するみたいだぜ。こいつはおもしろい」
鮫島はなおも女芯をいびりながら、へらへらと笑った。おもしろがって、海草で女芯をつまむようにすると、玲子のあえぎがひッ、ひッと悲鳴に近くなる。
「しっかりヤドカリを産むんだぞ、奥さん。産みながら気をやるんだ」
「そんな……ああ、も、もう、いやあ……」
「まだまだ、フフフ、どうやらヤドカリじゃものたりないようだね、奥さん。もっと本格的に責めてほしいのかい」
鮫島は意地悪く玲子ののどをのぞきこんだ。とろけかけていた玲子がハッと我れにかえった。
「か、かんにんして……これ以上責められたら、玲子、死んじゃう……」

おびえに泣き声がかすれた。玲子は腰が抜けるまで責められて、まだクタクタなのだ。秘奥も肛門も、まだ男たちが押し入っているような重苦しさと拡張感が残っている。
「お願い……こ、これでかんにんして……」
「フフフ、まだ序の口と言っただろ、奥さん。疲れきっている奥さんを、気のすむまで責めるのも、また楽しいものでねえ」
鮫島は酷薄に笑った。
十メートルほど離れた岩の影に、少年が二人いるのに鮫島は気づいた。地元の中学生だろうか、水中メガネをかけて手に銛を持ち、さかんに海にもぐっては何かを取っている。
「フフフ……」
急に鮫島の腹のなかで、玲子の裸身を他人に見せつけたいという嗜虐の虫が、ざわめきだした。
「おーい。こっちへ来てくれんか」
鮫島は少年たちに向かって大声をあげた。
そんなッ……と玲子は激しく狼狽した。
「人を、人を呼ぶなんて、どうかしてるわ……ああ、ひ、ひどい……」

「フフフ、あばれると、かえって目立ってあやしまれるぜ、奥さん」
「ああ……」
岩づたいに二人の少年が近づいてくる。玲子はあわてて唇をかみしめ、泣き声をかみ殺した。一糸まとわぬ全裸で、どこに逃げればいいのか……。
それにもう、逃げる気力はなかった。
もう、どうにでもなるがいいわ……。
玲子は顔を横に伏せて、両眼を閉じた。
二人が来た気配がわかった。二、三メートル手前で立ちどまったようだ。
「なんの用なの、おじさん」
「君らは何を取ってるんだ」
「蛸だよ」
一人がカゴをかざしてみせた。なかに何匹か蛸が蠢いている。
「ほう、一匹私にゆずってくれないか」
鮫島は眼の色をギラッと光らせると、玲子には聞こえないように言った。
少年は渋る顔をした。だが次の瞬間、ギョッとしたように眼が岩の上の玲子に釘づけになった。
水着をつけているとばかり思っていた美女が、一糸まとわぬ全裸なのに気づいたの

だ。少年は、玲子の美しさに圧倒されたように、その場に立ちつくしたままだった。
「いいね、一匹もらうよ、フフフ」
鮫島はカゴのなかから蛸を一匹、つかみだした。
二人はポカンとしたまま、返事をするのも忘れたようだ。女の裸を見るのは、初めてなのだろう。
鮫島は蛸を手に、玲子のほうに向き直った。
「今度はこいつで楽しませてやるぞ、奥さん。うれしいか」
蛸は鮫島の手のなかで不気味に蠢き、脚をうねらせていた。ちょうど握りこぶしほどの大きさだろうか。
見せつけられたもののおぞましさに、玲子は美しい顔をひきつらせて、悲鳴をあげた。あわてて唇をきつくかみしばっても遅かった。はっきりと少年たちに聞かれた。
だが、鮫島はへらへらと笑ってわざと大きな声をあげる。
「この蛸をオマ×コのなかへ入れてやる」
「そんな……そんなひどいことは……か、かんにんして」
声がふるえて途切れた。鮫島の手のなかでうねるものに眼がひきつる。
「こいつがなかでうねりゃ、今度は思いきって気をやれるってもんだよ、奥さん」
激しく狼狽する玲子を楽しげに見おろしながら、鮫島は嗜虐の欲情に酔いしれたよ

うに笑いをこぼした。
「ああ……」
玲子は眼の前が暗くなった。蛸で嬲られるうえ、少年たちに見られるのだ。
「かんにんして……あ、あぁッ……」
哀願の声は悲鳴にかき消された。
いきなり蛸が豊満な乳房に押し当てられた。ヌチャという感触が乳房に吸いつき、ヌルヌルと這った。
恐ろしさとおぞましさに、玲子は総毛立った。いくら唇をかみしばっても、悲鳴がこぼれて、うめき声が噴きあがった。
「フフフ、うれし泣きか、奥さん」
鮫島は我れを忘れて立ちつくしている少年たちにじっくり見せつけようと、わざとゆっくり玲子の肌に蛸を這わせた。乳房から下腹へとゆっくり移動させ、八本の脚が女の茂みをこねまわしつつ、這いずりまわる。
「ほれ、奥さん、もっと股をおっぴろげるんだ」
「ああッ、こ、こわいッ……しないで……」
総毛立った肌をブルブルふるわせ、あぶら汗を噴きだしつつ、玲子はひきつった泣き声を放った。

2

少年たちは幻でも見るように立ちつくしたまま、岩の上で泣き悶える玲子を見ていた。まるで金縛りにあったみたいだ。少年たちの眼には、玲子の股間の蛸が獲物をとらえているように見えた。
「いや、いやあ……」
玲子は顔をのけぞらせたまま、おびえに泣き声を放っている。恐ろしさと嫌悪感に、気が遠くなりそうだった。
媚肉の合わせ目にヌラヌラとした感触が這い、八本の脚がうねって吸盤がからみつく。
「あ、ああ、取ってッ……いや、いやッ……」
「あきらめるんだな。蛸は穴に入るのが好きだからな。蛸壺ってのを知ってるだろ、奥さん。ほれ、ほれ」
鮫島は媚肉を押し開いて、ジワジワと蛸を最奥へと押し入れはじめた。
「ひッ、ひいッ……」
ヌルヌルとおぞましいものが、柔らかくとろけている媚肉にからみつくようにして、ゆっくりと入ってくる。息もつけず、声も出せない。玲子はひいッ、ひいッと息を吸

って、ブルブルとふるえる腰を揉み絞った。八本もの脚がいっせいにうねり、吸盤が肉襞に吸いつく感覚はたまらなかった。
女の最奥がこねくりまわされて、身体の芯がカアッと灼けた。
「や、やめてえ……あ、ああ、あむッ……」
「蛸の奴、うれしそうにもぐりこんでいくぜ、奥さん。もっとも、奥さんはもっとうれしいだろうがね、フフフ」
蛸の胴体がジワッともぐりこんだ。あとは脚が二、三本のぞいていたが、それも押しこまれてしまう。
「あ、あむ……あああ、こんなッ……」
最奥で蛸が蠢き、うねる。その感覚に身体の芯がひきつるように収縮するのがわかった。おぞましい生きものを使って責められているというのに、その蠢きが、とろけかけた女の官能を刺激してくるのは変わりがなかった。
それに鮫島による女芯へのいたぶりが再開された。背筋がふるえだし、腰のあたりが火のようになった。自分の意思とは関係なく、肉がひとりでに刺激を貪るような動きを見せはじめる。
「あ、ああ……やめて、こんなの、いや、いやです……あ、ううッ……」
「遠慮せずに気分を出すんだ、奥さん。見物人もいることだしな。思いきって気をや

るんだぞ」
「ああ、あうッ……か、かんにんして……」
蛸に責められる恐ろしさとおぞましさ、それを少年たちに見られている恥ずかしささえも、頭のなかがしだいにうつろになり、官能の渦に巻きこまれていく。
少年たちは声もなく、まばたきをするのも忘れたように、玲子を凝視した。妖しくうねる腰、ブルブルふるえて閉じ合わせることのできない両膝、ハアッハアッと火の息を吐いて泣く美貌……。何もかもが、圧倒せんばかりの妖美さで、少年たちの魂を奪っていた。時折り、媚肉の合わせ目からのぞく蛸の脚がなんとも生々しい。
「もう、もう、かんにん……あ、ああ、もう取って……」
玲子はのけぞりっぱなしでうめき、あえぎ、そして泣いた。我れを忘れて腰をうねらせ、もうその動きをとめられなくなっている。
玲子のなかで蠢きが激しくなった。苦しくてもがいているのだろう。それがいっそう玲子のはらわたをかきまわした。
「あ……むむッ、あうッ……た、たまらないわッ……」
「フフフ、ほれ、気をやるんだ、奥さん。一匹じゃたりないなら、もっと入れてやってもいいんだぞ」
「あ、あ……死んじゃう……」

息も絶えだえに、玲子は溺れるようにのたうった。ほとんど苦悶に近い官能の快美が大きいことを物語っている。

玲子はもう、恐ろしさもおぞましさも忘れ、めくるめく官能の炎にくるまれて、快美の渦のなかを暴走しはじめていた。

「そろそろのようだな、奥さん」

鮫島は少年たちを手招きすると、もっと近くで見るように言った。

「遠慮はいらないよ。玲子が蛸で気をやらされるところをじっくり見てやってくれ。そのほうが玲子も悦ぶんだ」

少年たちはゴクッとのどを鳴らし、互いに顔を見合わせると、おそるおそる近づいてきた。首をのばして、玲子の両膝の間をのぞきこむ。

玲子はもう、それを気にする余裕すらなかった。
「あ……ああッ……も、もう……」
海草をつかんだ手がピンとつって、玲子は大きくのけぞった。ひきつるような悲鳴がほとばしる。
「い、いく……ひッ、ひいいッ、いくうッ」
内臓を絞りたてるように口走ったかと思うと、総身が恐ろしいまでにキリキリと収縮した。両膝が激しく突っ張って痙攣する。
その激しさに、少年たちが驚いたように眼をパチクリさせた。
「フフフ、これが女ってもんだ。君らには狂ったとしか思えんだろうが、玲子は蛸で気をやったんだ」
鮫島はうれしそうにケタケタと笑った。
玲子はもう、半分死んだようにグッタリと身体から力が抜けていた。固く両眼を閉じて、ハアッハアッと乳房から下腹にかけて波のようにあえがせている。
クタクタの身体をさらに責められ、玲子はううッと苦しげに吐こうとするのだが、何も出ない。もう玲子の身体は、男のいたぶりを受ける限度を越えている。
「オマ×コのなかに蛸が入っているのがわかるだろ。ゆで蛸になってるぜ」
鮫島が媚肉を押し開いて、少年たちに見せつけているのだが、玲子はそれすら気が

つかない。
疲れきった肉体はひたすら休みを求め、このまま死んでしまってもいいとさえ思った。意識がスーッと暗い闇に吸いこまれた。

そのままどのくらいたったのだろう……。玲子の耳に男たちの声がした。ガヤガヤと騒々しい。鮫島の声も聞こえた。
「岩場で足をすべらしたらしい。この私が通りかからなかったら、溺れ死ぬところだった」
鮫島が何を言っているのか、玲子にはわからなかった。
「水着は波にでも持っていかれたんだな」
「それくらいですんでよかったんだ」
「まだ安心はできないよ。息はしてても意識がないんだからね」
そんな声も聞こえてくる。
「まかせなさい。運のいいことに、こう見えても私は医者だ」
また鮫島の声がした。
溺れる、鮫島が医者?……うつろな玲子の意識には事態がのみこめない。
いきなり閉じ合わせたまぶたに手が触れてきて、押し開かれた。眼の前に鮫島の顔

があった。そのまわりに見知らぬ男たちの顔も……。
すぐにまぶたは閉じられたが、玲子はいつの間にか砂浜に連れもどされ、ビーチマットの上に横たえられていることを知った。それも一糸まとわぬ全裸のままである。
そ、そんな……い、いや……。
すぐには声も出なかった。身体は鉛のように重く、動かない。
鮫島は玲子を溺れかかったことにして、砂浜の海水浴客たちのさらしものにしようとしている。そう思っても、玲子の気力は萎えきっていた。
「瞳孔のほうは大丈夫だが、まだ肛門のほうも見てみないことには……」
鮫島は医者を気どって、玲子の全裸をうつ伏せにひっくりかえした。ムッチリと見事なまでに盛りあがった臀丘を、左右へ割り開いた。その奥の秘められた肛門を剝きだしにする。
「ほう、いくらかふくらみ加減だな……肛門が開いているのは、危険な状態でしてねえ」
鮫島は平然と、もっともらしいことを言った。触診するような手つきで、玲子の肛門に指先を押し当て、群がっている男たちに見せつけた。
「ほら、指が楽々と入っていくでしょう。これはあまりいい状態ではない」
鮫島は指で玲子の肛門を深く縫ってみせた。あまりに落ちついた態度に、群がって

いた男たちは好奇の眼を玲子に向けても、鮫島を疑う者はいない。
ああ、いや……。
玲子は固く眼を閉ざしたまま、唇をかみしばって声を押し殺した。
深く腸管をまさぐってくる鮫島の指、そしていくら眼を閉じていても、好奇の視線を痛いまでに感じた。また、気も遠くなるようだった。
眼を見張らせる美女が溺れて、全裸で運ばれてきたというので、いっせいに集まってきた野次馬たちだ。まさか玲子が昨夜からの輪姦で死んだようになって、肛門までもがただれていようとは、夢にも思わない。
それをいいことに、鮫島はじっくりと玲子の官能美あふれる双臀や、秘められた肛門を見せつけた。
どうだ、いい尻してるだろうが、フフフ。もう俺のものだぞ。尻の穴まで犯らせるんだぜ……。
得意げに叫びたい気持ちを抑えた。今思えば、玲子を海水浴場のまんなかで嬲りたくて、あらがう気力も体力も萎えるまで責めつづけたともいえる。鮫島は今、何十人もの男たちのただなかで、白昼公然と玲子をもてあそんでいるのだ。
「状態は、あまり思わしくないようだ……」
鮫島はもっともらしく医者をよそおい、玲子の身体を触診していく。いや、それは

触診に見せかけた愛撫だった。
玲子の裸身をあおむけにし、乳房をいじくりまわし、腰から下腹へと手を這わせた。太腿を左右に割り開いて、媚肉さえさらけだした。
取り巻いている男たちの視線が、いっせいに内腿を這いあがり、その奥に集中するのが玲子にもわかった。
ああ……こ、こんな、大勢の前でさらしものにされるなんて……いっそ、死んでしまいたい……。
鮫島はもっともらしくひと通り触診をし、男たちの眼に充分さらすと、
「病院へ連れていく余裕はない。すぐに応急処置をとらなければ」
平然とうそぶいた。
そこへ、白衣を着た、救急箱と担架を持った救急隊員が二人、走り寄ってきた。鮫島は少しもあわてる様子はなかった。二人は、救急隊員に変装した竜也と厚次である。
「ちょうどいいところに来てくれた。すぐ応急処置だ。気つけ液千五百」
そう言ってから、鮫島はそっと玲子の耳もとでささやいた。
「奥さん、たっぷり浣腸してやるぜ」
玲子はビクッとしたが、閉ざした眼を開けようとはせず、動こうともしなかった。
「君のほうは心臓マッサージだ」

鮫島に言われて、厚次は玲子の乳房をわしづかみにすると、タプタプと揉みはじめる。

厚次のわきで竜也がなれた手つきで、気つけ液をつくっていく。気つけ液といっても、その中身は食用酢である。それを巨大なガラス製浣腸器にキィーッと吸いあげた。

それを見た野次馬たちは、美しい裸の女に何が行なわれるのかと、食い入るように見入った。

「おい、ありゃ浣腸器じゃないのか」

「気つけ薬を腹のなかへ直接入れるらしい。すごいな」

「それにしてもあの浣腸器、なんて大きいんだ」

食用酢をいっぱいに吸った巨大なガラスの筒が、鮫島に手渡された。

いやッ……ああ、こんなところで浣腸されるなんて、いや、いやよ……。

胸のなかで狂おしいまでに叫びながら、玲子はただ唇をかみしめるばかりだった。

もう、もう玲子は駄目……どうなってもいいわ……。

反発の気持ちは萎えきったままだ。

竜也が玲子の足首をつかみ、膝を腹部へ押しつけるように上へ持ちあげた。そしてなれた手つきで臀丘を引きはだける。

「いいですよ、先生」

「うん」
竜也と鮫島は顔を見合わせて、眼で笑った。
ゆっくりと嘴管が玲子の肛門に突き刺さり、沈んだ。
「う、ううッ」
引きはだけられた臀丘がブルブルとふるえて、嘴管をくわえこまされた肛門がヒクヒクとおびえるようにわななないた。
鮫島はすぐには注入をはじめようとはしない。
「君、もっと強くマッサージをするんだ」
と厚次に激しく玲子の乳房を揉ませながら、竜也に向かっては、
「君のほうは体温測定だ。体温がさがるようなら、すぐ私に知らせてくれたまえ」
うなずいた竜也は、婦人体温計を取りだすと、嘴管をくわえこんでいる肛門のわずか下方、媚肉の合わせ目にそってなぞった。おもむろに女の最奥に沈める。
「先生、三十六度六分です」
「よし」
鮫島はやおら浣腸器のポンプを押しはじめた。ズンと食用酢が流入する。
「あ……ああ……」
いくら歯をかみしばっても無駄だった。おぞましさに思わず声が出て、玲子はキリ

キリ唇をかんで上体をのけぞらせた。
ああ、つらいッ……こ、この浣腸、きついわッ……。
肛姦で荒しまくられた腸襞や肛門の粘膜に食用酢がきつくしみて、灼けただれるようだ。汗に光る背筋に寒いものが走り、総毛立った。
「どうだ。まだ意識はもどらないか」
「もう少しですね。身体がむずかりはじめましたからね、先生」
もっともらしい会話をしながら、鮫島と竜也、厚次は玲子を責めつづける。
厚次がグイグイと絞りこむように乳房を揉みしだけば、竜也は体温を見るふりをして埋めこんだ体温計で女の最奥をまさぐった。
鮫島も浣腸器のポンプを押しこんでいく。一気に大量に注入する荒々しいやり方だ。
玲子の裸体がブルブルとふるえだした。
うむ、あううッ……きつい、きついわッ……ああ、つらいッ……。
食用酢は、疲れきった玲子の身体から、むごく苦悶のうめきを絞りだしつつ、荒々しく内臓を灼いた。
「うッ、あむッ……ああ、いやあ……」
耐えきれなくなって、玲子は泣き声をあげて眼を開くと、腰をよじるようにしてもがいた。

「い、いやあッ……」
「おお、意識がもどった。もう大丈夫、安心しなさい、奥さん」
厚次がわざとらしく言って、もがこうとする玲子を乳房をつかんで巧妙に押さえこむ。竜也も玲子の足をつかむ手に力を入れ、動きを封じた。
「いやッ……あ、ああッ、いやあ……」
「こりゃ、溺れたショックが相当大きいようだ。もうたすかったんだから、落ちつきなさい。奥さん」
鮫島もぬけぬけと言って、なおもポンプを押して食用酢を注入していく。
「あ、ああ……」
玲子は右に左にと顔をふりながら泣いた。
いくら玲子が泣いても、群がっている野次馬たちは、溺れたショックに動転しているとしか思わない。それどころか、好奇の眼でいっそうのぞきこんでくる。
こんなことなら眼を開かなければよかった。ニヤニヤ笑っている男たちの顔、顔、顔……どこを向いても男の顔があった。そんななかで浣腸などというあくどいたぶりを受けている恐ろしさに、泣き声もかすれた。
「ううッ、うむ……ううむ……」
腸襞をかきむしる食用酢の苦しさに、あぶら汗がじっとりとにじみでた。男たちの

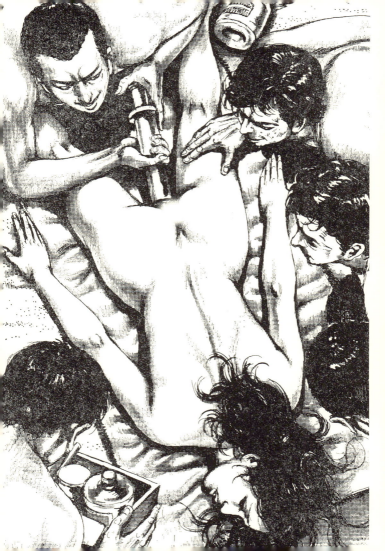

顔もかすむほどだ。
「だいぶ落ちつきを取りもどしたようだ。それにしても、よかった」
鮫島は笑いながら、ポンプを押しきった。千五百CC、一滴残さず注入した。
「ああ……」
まるでアクメに達したように、玲子は高くすすり泣いた。あとはもうワナワナと腰をふるわせるばかりだった。
玲子を取り囲んだ男たちは、ざわめきたっていた。
「すごい美人だな……見れば見るほど、いい女だ。あんな美人の股の奥まで見れるとは、今日はついてるぜ」
「そんなことを言うんじゃない。溺れ死ぬ寸前だったんだぞ」
「そうは言ってもな、へへへ、たまらないぜ、あんな裸を見せつけられちゃ」
そんなささやきが聞こえてくる。
鮫島は腹のなかで笑いながら、さらに玲子を診察するふりをして、裸身を男たちの眼にさらした。竜也と厚次に手伝わせ、玲子をうつ伏せにし、太腿をいっぱいに開かせた。
ムチッと張った玲子の臀丘は、あぶら汗にヌラヌラと光って、ブルブルふるえている。

「う、ううッ……」
荒れ狂う便意に、玲子は声を出す余裕さえ失って、ギリギリと唇をかみしばった。今にもドッと爆ぜそうな肛門を、必死に引きすぼめているのがやっとだった。
それをいいことに鮫島は、
「肛門もしっかりすぼまったね。これでひとまず安心。あとは腹の水を吐けば……」
と、玲子の肛門を指先でまさぐるのだった。ヒクヒクと痙攣する粘膜が、指先に妖しく伝わって心地よい。
「あ……ううッ、うむ……」
玲子のうめき声が生々しさを増し、ふるえが大きくなった。
ああッ、こ、こんなところで……どう、どうしよう……。
狼狽と戦慄の気持ちさえ、荒々しい便意に呑みこまれた。片時もじっとしていられないというように腰がよじれた。
肛門に這う鮫島の手、大きく割り開かれている両脚、それを気にする余裕さえ失った。限界に迫った便意だけが、ジリジリと玲子の意識を灼いていく。
く、苦しいッ……あ、ああッ、もれちゃう……で、出ちゃうわッ……。
頭のなかがカアッと灼けただれた。
ブルッ、ブルルッと痙攣するように、玲子の身体がひときわふるえたかと思うと、

「あ、ああッ」
悲鳴とともに抑えきれない便意が堰を切っていた。シャーとほとばしる。
「おお、尻の穴から水を吐きはじめたぞ」
「す、すごい……尻の穴から吐くとは……派手に出すじゃないか」
食い入るように見入っている男たちから、どよめきが起こった。その声も、すでに気を失った玲子には聞こえなかった。

3

取り囲んでいた男たちが、奇声をあげて襲ってくる。十人や二十人ではきかない。砂浜を埋めつくすほどだった。
「ヒヒヒ、俺はオマ×コにぶちこんでやる」
「俺は尻の穴だぜ、奥さん」
「ほれ、泣け。泣きわめきながら犯られるんだ、奥さん」
口々に叫びながら、たくましい肉塊をかざして群がってくる。
「いや、いやあッ……たすけてッ」
いくら泣き叫んでも、玲子は一糸まとわぬ全裸を後ろ手に縛られている。両脚はい

っぱいに割り開かれて、砂に深く打ちこまれた杭につながれていた。乳房に下腹に、そして双臀に内腿にと、数えきれない男たちの手がのびてきた。
「犯れ、犯って犯りまくるんだ、フフフ。玲子が死ぬまで犯りつづけろ」
鮫島が笑いながら、男たちをあおっている。なぜか、その横には夫の真一がいた。玲子をたすけようともせず、哀しげな眼でじっと見ている。
「あなた、あなたあ、たすけてッ……」
いくら叫んでも叫ぶほどに夫の真一はあとずさっていく。
「どうした、もっと亭主にたすけを求めないか。これが見おさめになるんだぜ。奥さんは犯されて殺されるんだからな」
「そ、そんなッ……」
「フフフ、前から一度、どのくらいつづけて犯れば女が死ぬか、試してみたかったのさ」
鮫島があざ笑った。
いつの間にか鮫島の顔は、鬼のそれになっていた。そして襲ってくる男たちは、恐ろしい大蛇に変身していた。
「ひいいッ……蛇、蛇ッ……いやあッ」
絶叫をあげたところで、玲子はハッと眼をさました。総身びっしょりの汗だった。

夢とわかっても玲子は、まだおびえているようにハアッハアッとあえいだ。

玲子はベッドの上に寝かされていた。縄は解かれていたが、全裸のままだった。しばしうつろな瞳で天井を見つめた。天井がやけに低い。ホテルにしては部屋が狭すぎた。それに、部屋全体がゆれている。

ここは？……

意識がしだいにはっきりするにつれて、海水浴場でのことがドッと甦ってきた。玲子は小さな悲鳴をあげて上体を起こした。

「へへへ、やっと気がついたか、奥さん」

正面のカーテンが開いて、竜也がニヤけた顔をのぞかせた。

カーテンのすき間から厚次が見え、走り去る風景が見えた。どうやらここは、キャンピング用のワゴン車のなからしい。

「よほどこたえたとみえて、二日間も眠りっぱなしだったぜ、奥さん」

竜也は玲子のほうへニヤニヤと近づいてきた。

「ああ……」

玲子はあわてて眼をそらし、タオルケットで裸身の前をおおった。海水浴場で男たちを前にして浣腸されてからあとのことは、玲子はまったく覚えていない。あれからどうなったのか……。

眼もあげられずにうつむいている玲子の黒髪をつかむと、竜也は顔をあげさせてニヤニヤとのぞきこんだ。
「鮫島さんに責められて、またグッと色っぽくなったじゃねえか」
「いや……」
「へへへ、鮫島さんに責められるのが、そんなにいいのか、奥さん。二日ものびるほどたっぷり満足したのかい」
竜也はタオルケットを剝ぎ取って、なめまわさんばかりに玲子の裸身を見た。
「……あ、あの人は、けだものだわ……」
玲子は思いだしたようにかぶりをふり、吐くように言った。鮫島の責めは、生きながらの地獄だった。その嗜虐性の濃さは、竜也や厚次の比ではなかった。
「フフフ、けだものだって」
カーテンからいきなり鮫島が顔をのぞかせた。
ひッ……。玲子は顔をひきつらせて、裸身を硬直させた。鮫島はまだいたのだ。
「これからはずっといっしょさせてもらいますよ、奥さん、フフフ」
鮫島はいやらしくニヤリと笑った。
「わかるな。奥さんの色気にもっとみがきをかけてもらおうと思ってよ」
竜也もそう言って、鮫島と顔を見合わせて笑った。

玲子の顔が蒼白になった。このうえ、鮫島にずっと責められることになるのかと思うと、総身がすくみあがった。
「い、いやッ……鮫島さんだけは、もう、もう、いや……」
玲子は竜也の後ろへ隠れるようにして、今にも泣きださんばかりにすがった。
「あ、あの人だけはッ……ああ、お願い、たすけてください……」
「わがままはゆるさねえぜ、へへへ」
竜也は玲子の黒髪をつかんでしごいた。
玲子はガックリとうなだれると、肩をふるわせてシクシクすすり泣きはじめた。いくら哀願しても聞いてくれる男たちではない。
ああ、いっそ死んでしまいたい……。
玲子の胸のうちを見すかすように、鮫島がカーテンから入ってきた。その腕には、子供の美加がしっかりと抱かれていた。
「ああッ、み、美加ちゃんッ」
「ママ、ママッ」
鮫島が手を離すと、美加は玲子の胸のなかへ飛びこんだ。玲子はひしと子供を抱きしめ、頬ずりした。
「美加、ああ、美加ちゃんッ」

何日ぶりに会う我が子だろうか。これまで我が子のことを気にする余裕すらないまでに、鮫島に責めつづけられてきた。

玲子は子供を抱きしめたまま、すすり泣いた。子供が比較的元気そうなのが救いだ。

「フフフ、これでもう死ぬこともできないな、奥さん。可愛い子供を一人残して死ぬわけにはいかないだろう」

鮫島はへらへらと笑った。笑いながら、子供を抱きしめている玲子を、しばしながめていた。

そこには、これまでの玲子になかったもうひとつの顔があった。ひとつは女の顔であり、もうひとつは母親としての顔である。それが妙に新鮮で、男心をそそった。

子供を抱いた裸の女か。フフフ、こいつは使えそうだ……。

鮫島の頭のなかでひらめくものがあった。

玲子の黒髪を竜也がつかんでしごいた。

「いつまでそうしてるんだ。両手を背中へまわさねえか」

竜也の手には、ドス黒い荒縄が握られていた。

「ああ、また縛るのですか……」

「当たり前だ。奥さんのムチムチした肌には、縄がよく似合うじゃないか」

「…………」

恨むようなすがるような眼を竜也に向けた玲子だったが、もう観念したように子供を抱いていた両腕を後ろへまわした。背中で手首を交差させる。
荒縄が蛇のように巻きついた。それは手首を縛り、乳房の上下にもきつく食いこんだ。
「ううッ、苦しいわ……」
これも鮫島の影響だろうか、縄目はいつになくきつかった。
「ママ……」
しがみついている子供の美加が、美しい母親の異常を感じるのか、不安そうに玲子の顔を見あげる。
「ママは大丈夫よ、美加ちゃん……あなたはこわがることはないのよ」
玲子は縄目のきつさに耐えながら言った。
竜也は玲子を縛りあげると、ベッドの上にあおむけに横たわらせ、両脚を割り開いた。
「鮫島さん、いいぜ」
「フフフ……」
鮫島は茶碗のなかの石鹸水をブラシで溶いていた。ブクブクと泡が立つ。それに剃刀。

「奥さん、ここのオケケを剃ってあげるからね。一本残らず剃って丸坊主だ、フフフ」
「いや……どうして、どうして、そんなことをするのですか」
玲子は戦慄した。
「フフフ、男たちがひと目でオマ×コを見れるように剃るのだよ」
「そんな……そんなひどいことを……ああ、かんにんして……」
「ツルツルの丘を見せて、割れ目をのぞかせてるとなりゃ、もっと色っぽくなるってもんだ、奥さん」
鮫島はせせら笑いながらブラシで石鹸を塗り、繊毛の茂みを白い泡でおおっていく。
玲子が泣き声をうわずらせた。剃刀が恥丘をすべり、茂みを剃って肌を剃きだしにしていく感覚に、玲子は眼の前が暗くなった。
「あ、ああ……やめて……」
「ここのオケケを剃られる気分はどうかな」
鮫島は玲子にたっぷり屈辱を味わわせようと、わざとゆっくり剃刀を使った。
泡にまみれた黒いものがしだいに少なくなり、そのあとにほんのりと色づいた丘が露わになった。思ったより丘は高い。
「ああ……」

玲子は蒼ざめた美貌を力なくふって、激しい屈辱にすすり泣いた。はらわたのすみずみまで剝きだされているようだ。剃刀はさらに媚肉の合わせ目の左右にまですべってきた。繊細な神経に剃刀がすべる感覚に、そこらじゅうが熱く火照った。
屈辱がその火照りを、さらに狂おしくする。
悲鳴をあげて払いのけようとしても、子供にしがみつかれていては、それもかなわなかった。
け、けだものッ……。
胸のうちで叫びながら、玲子は泣き声が噴きあがるのをこらえるのでせいいっぱいだった。あまりにも情けなくみじめだ。
「思った通りだ。グッと色っぽくなった。いいながめだねえ、奥さん」
鮫島は剝きだしになった肌をタオルでぬぐうと、クリームをなすりこんだ。ほんのりと色づいた肌が妖しい。
「割れ目をのぞかせやがって、へへへ。そそられるぜ、奥さん」
竜也もニヤニヤとのぞきこんで、まぶしいものでも見るように眼を細めた。
「熟しきってるだけに、ここに毛がねえってのは、かえって生々しい感じだな」
「フフフ、それだけ男たちが喜ぶってことだよ。牝にここの毛は不用だ」
竜也と鮫島は顔を見合わせて、ゲラゲラと声高らかに笑った。

ベッドからおろされた玲子の脚に、子供の美加がしがみついた。片時も離れようとしない。
鮫島と竜也も、子供を無理に引き離そうとはしない。しがみつかせておくほうが、かえって玲子に新鮮さを感じた。玲子も子供のするままにさせている。
「美加ちゃん、おとなしくしててね……」
自分がわあッと泣きだしたくなるのをこらえて、玲子は子供に向かって言った。
眼の前で鮫島が新しい縄を取りだしていじっている。縄をまんなかで二つ折りにして、輪をつくると玲子の首にかけ、前へ垂らした。

「可愛い身体になったところで、それにふさわしい縛りをしてやるぜ、奥さん」
乳房の谷間でその上下に食いこんでいる縄目にからませて、グイと縦に絞る。
その下ではかがみこんだ竜也が、何かを目測しながら縄に結び目のこぶを二つつくっていた。そのこぶに油のようなものを塗る。
「へへへ、できたぜ、鮫島さん」
「そのこぶが奥さんをいい気持ちにしてくれるよ」
何をされるのかと玲子が不安がる余裕も与えず、結び目の縄が両脚の間をくぐって後ろへまわされた。
剃りあげられたばかりの柔肌に、荒縄が激しく食いこんでいる。
「いやッ、こんな……こんなの、いやですッ」
「フフフ、いやだからおもしろいんだ。どうだ、オケケを剃られた奥さんにはぴったりの縄だろうが」
「ひッ、ひッ……い、いやあ……」
玲子の狼狽をあざ笑うように、竜也は後ろへまわってグイグイ縄を絞りあげた。鮫島はのぞきこんで、結び目のこぶが女芯と肛門にぴったり当たるように縄をととのえる。
食いこむ縄目に、媚肉の合わせ目が生々しく左右へ割れた。

「もっときつく絞りあげるんだ」
「へへへ、ほれ、ほれッ」
力まかせの縄目に、玲子は思わずのびあがった。それでもさらに食いこんでくる。
もう両脚を閉じ合わせることもできなかった。腰をよじることすらかなわず、おぞましい感覚がキーンと頭の芯を走り抜けた。
「ううッ、きつい……この縛り、きついわッ……かんにんして……」
のびあがったまま、まともに声も出ないように玲子はうめいた。
「股縄がよく似合うじゃねえか、奥さん」
「はじめはつらくても、すぐにクリちゃんと尻の穴が気持ちよくなってくる、フフフ」
竜也と鮫島は、後ろへ絞りあげた縄尻を、後ろ手のところで縛って、ニヤニヤと笑った。
「うッ、うう……」
玲子は動くことすらできなかった。わずかでも身じろぎすると、結び目のこぶが女芯と肛門に容赦なく食いこんだ。まるでミシミシときしんで引き裂かれるようだ。
「ほれ、少し歩いてみねえか、奥さん」
竜也が玲子の背中を押した。

押されて足を踏みだしたとたん、さらに股縄が引き絞られ、こぶが繊細な神経にこすれて、玲子は悲鳴をあげた。
「ひいッひッ……い、いやあッ」
「ほれ、もっと歩くんだ、こぶがズンといいはずだぞ」
鮫島も玲子の背中を押して、強引に歩かせる。おもしろがって、あっちこっち引きまわす。
玲子はうめき、泣き、時には悲鳴をあげて一歩一歩と進まされた。
「ああ、きつい、きついわ……玲子、こわれちゃう……もう、かんにんしてッ」
いくら哀願しても、鮫島と竜也はへらへらとせせら笑うばかりだった。
「いい声で泣くじゃねえか、へへへ」
ワゴン車を運転している厚次が、運転席からチラッとカーテン越しに顔をのぞかせて言った。
気になってまともに運転もできない様子である。それでも車は、海岸ぞいの道を快適に走っていく。
やがて真っ赤な太陽が西の空へ沈みかかって、あたりが薄暗くなってきたころ、ワゴン車は道路ぞいのドライブインにすべりこんだ。
玲子はベッドの上に裸身を崩して、ハアッハアッとあえいでいた。総身汗でヌラヌ

ラと光っている。さんざん引きまわされた玲子だった。
「も、もう……縄をはずしてください……ほ、ほどいて……」
玲子はあえぐように言った。
まだ玲子の股間には、荒縄が生々しく食いこんだままである。もうはじめのころの苦しさはなかったが、おぞましさには変わりがない。いつしか縄目と結び目のこぶが肌になじみ、うずくような感覚さえ湧きあがるのが、玲子にはいっそうおぞましかった。身体の芯が妖しくとろけだしている。
「……縄を解いてください、お願い……」
「まだだ、フフフ」
鮫島は玲子を抱き起こすと、ハイヒールをはかせて肩にコートをはおらせた。
こ、こんな格好で、外へ連れだされるんだわ……いや、いやよッ……。
玲子は戦慄した。ワナワナと唇がふるえ、すぐには声も出なかった。
「おとなしくしてろよ、へへへ。変なまねをしやがったり、言うことを聞かねえ時は、ガキにこいつを使うぜ」
竜也が飛びだしナイフをちらつかせた。厚次の腰には拳銃が隠されている。
「わかったな、奥さん」
竜也は子供の美加を抱きあげた。

「…………」
玲子は声もなく、ガックリとうなだれた。
玲子一人なら逆らうことも、舌をかんで死ぬこともできよう。だが子供を人質にとられている以上、どんな辱しめが待っていようと言いなりになるしかない。
膝がひとりでにガクガクふるえだした。
鮫島は玲子の肩を抱いてワゴン車をおり、ドライブインへ向かった。後ろからは子供を抱いた竜也と厚次がつづく。
ドライブインといっても、大衆食堂の感じだった。大型トラックが何台もとまって、そこがトラック運転手の溜まり場であることをうかがわせた。
なかはランニングシャツ姿やねじりハチマキのたくましい男たちでにぎわっていた。男の汗と熱気でムンムンしている。
「へへへ、この写真の女、いい身体してるぜ、一度でいいからこんな女を抱いてみてえな」
「おめえじゃ無理だよ」
そんな声が飛びかっていた。テーブルにはドンブリ物といっしょに、ピンク雑誌のヌード写真が散乱している。ラーメンをすすりながらピンク雑誌を見ている者、つまようじがわりに割り箸をくわえている者、そしてワイ談に花を咲かせている者と……

その男たちの眼が、玲子に気づくといっせいに釘づけになった。
玲子の美しさは、大衆食堂にはあまりに不釣り合いでまぶしすぎた。
「すげえベッピンじゃねえか」
「ああ、こんなヌード写真の女なんて目じゃねえぜ」
「子連れだぜ。どっかいいところの奥さんだろうが、この暑いのにコートとはよう」
男のヒソヒソ話が玲子に聞こえてくる。
玲子は生きた心地もなく、顔をあげられなかった。コートの下は全裸で後ろ手に縛られ、股縄までされているのだ。鮫島に肩を抱かれていなければ、コートの前を合わせることもできない。
ああ、こんな……こんな恥ずかしい思いをするくらいなら、いっそ、死んでしまいたい……ああ、誰か、たすけて……。
男たちの好奇の視線に、海水浴場でのことがあらためて甦り、眼の前が暗くなった。足がもつれ、結び目のこぶが媚肉に食いこむたびに、玲子はわあッと泣きだしたくなり、その場にしゃがみこみたくなった。
「しっかりしろ、奥さん。まだ気分を出すのははやいぞ」
鮫島が意地悪くささやいて、崩れ落ちそうな身体を支えて引き起こす。
玲子は唇をかみしばって、必死に平静をよそおった。だが、見られていると思う気

持ちが、かえって敏感なまでに股間の縄目を感じさせた。
あ、ああ……だ、駄目……。
思わず身悶えしたい衝動にかられる。だらしないまでに身体の芯がとろけだし、あふれる果汁を縄目に吸いこませた。
どうにか右端にあいているテーブルについた。鮫島や竜也たちも席についた。
しかし、玲子は席についたとたん、股縄がグッと食いこんで、あわてて腰をよじった。そのはずみで、合わせていたコートの前がはだけて、白い太腿が剝きだしになった。縄に絞りこまれている乳房ものぞく。
「ああッ、コ、コートが……」
玲子は狼狽し、すすり泣くような声で、コートの前を合わせてほしいと哀願した。両手は後ろ手に縛られている。
「は、はやく直して……人に見られるわ」
「いいじゃねえか。減るもんじゃねえしよ」
竜也がニンマリと笑った。鮫島と厚次も笑っているだけだ。
「そんな……あんまりだわ。お願い、たすけると思って直してください」
玲子は今にもベソをかかんばかりだった。
男たちが、剝きだしになった玲子の太腿に気づいて、さかんにこっちを見てくる。

「おい、あのベッピン、スカートをはいてねえんじゃねえのか……それにおっぱいが見えてやしねえか?」
「まさか。コートの下はスッポンポンだってえのか。あんなベッピンがよう」
「だけどよ。ありゃ間違いなくスカートをはいてねえぜ」
男たちのかわす言葉に、玲子は生きた心地もなかった。だが、まだ幼い子供の美加は、母親の苦悩など理解できるはずもない。
「ママ、おなかすいちゃった」
あどけない顔で言う。
「よしよし、何かとってやろう、フフフ」
鮫島は子供の頭を撫でてやる。

4

不愛想な店の主人が近づいてきた。
玲子はひッと息をつめた。
「何にすんだい」
店の主人はぶっきらぼうに言いながらも、その眼は玲子を見ていた。縄に絞りこま

れた乳房に気づいて、一瞬表情が変化したが、すぐにまたもとにもどった。
「気にしないでくれや」
鮫島が低い声で言った。
「この女はSMモデルってやつで、それでこうして縛られてるんだ」
「こんなベッピンが……世の中わからねえものだ」
店の主人は驚いて、あらためて玲子を見た。信じられないといった顔をしている。トラックの運転手たちも玲子のほうを見つめて、聞き耳を立てている。
「いいところの奥さんだったんだが、ちょっとわけありでねえ、フフフ。いい身体してるだろう。コートの下は素っ裸だぜ」
鮫島はコートの前をさらに開いて、乳房を下からすくいあげるようにゆすってみせた。
ビクッと玲子の身体が硬直した。唇をかみしばって顔をうなだれさせ、わあッと泣きだしそうになるのを必死にこらえている。
「ヌードモデルだからな。金さえ出しゃ、あとでもっと見せるぜ、フフフ」
そう言って笑うと、鮫島はコートの前をぴっちりと合わせて、玲子の肌をおおった。
玲子の瞳に涙があふれ、頬を流れた。こんな屈辱を味わわされても、何ひとつ反発することができない。テーブルの下では、竜也の隠し持つ飛びだしナイフが、ずっと

子供の美加を狙っていたのである。
玲子は男たちの好奇の視線のなかで、食事さえ鮫島の手でさせられた。
「うんと食べて精をつけとくんだ、奥さん。いやなら、ジュースにして尻の穴から浣腸してやってもいいんだぞ」
おどされて無理やり食べさせられた。
男たちの好奇の視線と股間を責め苛みつづける股縄……。玲子は何を食べたのかすらわからないままでに、羞恥と屈辱の渦中にたたきこまれた。
ようやく食堂から出ると、玲子はそれまでこらえていたものがドッとあふれるように、肩をふるわせて嗚咽した。
「ひどい、ひどいわ……あんまりです……」
「ひどいのはこれからだよ。恨むのは、それが終わってからだ、奥さん」
「そ、そんな……」
玲子はハッとして、泣き濡れた瞳で鮫島を見た。恐ろしい予感がふくれあがった。これで終わるとは思っていなかったが、やはり……。玲子は戦慄に身ぶるいした。
「何をしようというの……も、もう、かんにんして……」
「フフフ、あそこの毛を剃ったのは、男たちにじっくり見せるためだってことを忘れたのかい」

鮫島は玲子の肩を抱いて、あざ笑うように言った。
「今に厚次が客を集めてくるぜ。みんな奥さんの身体を見たくて、ウズウズしてやがったからな」
子供を抱いた竜也が、意地悪くささやく。
玲子は総身が凍りついた。こりもせずにまた、玲子の身体を男たちのさらしものにしようとする。
「……い、いや、いやです……」
「フフフ、奥さんのような女は、男を大勢知れば知るほど、裸を見られりゃ見られるほどに色気にみがきがかかるんだ」
「か、かんにんして……」
鮫島の手でズルズルと引きずられた。
子供の美加はワゴン車へ連れていかれるが、玲子は駐車場の奥へと連れていかれる。古びた公衆便所のなかへ、玲子を連れこんだ。
「ここでいいだろう、フフフ、裸電球ひとつってのは好都合だ」
鮫島は公衆便所の天井の梁に縄をかけると、玲子を後ろ手に縛った縄につないだ。爪先立ちに吊る。
コートを剝ぎ取ると、玲子の白い裸身を裸電球の明かりがボウと浮かびあがらせた。

「ああ……」
玲子は顔を伏せたまま、シクシクとすすり泣いていた。もう観念したのか、それとも恐ろしさに声も出ないのか、玲子は何も言わなかった。
ガヤガヤと声がして、厚次が食堂の男たちを連れてきた。十四、五人はいる。
「ああ、こわいわ……た、たすけて……」
ビクッと玲子の裸身が硬直した。本能的に逃げようともがくのだが、後ろ手に縛られて爪先立ちに吊られていては、なす術はなかった。
男たちが公衆便所のなかへゾロゾロと入ってきた。
眼がギラギラと光っている。
「おお、いるぞ。あのベッピンだ」
「素っ裸で縛られてるとは、さすがにSMモデルだぜ」
「こいつはたまらねえや。なんていい身体してるんだ、へへへ……」
男たちは玲子を取り囲んで感嘆の声をあげ、遠慮のない視線を容赦なく這わせた。
ムッチリと官能美あふれる肉づきと曲線美、絞りあげられて今にも乳がたれてきそうな乳房、なめらかな腹部とくびれた腰、そして人妻らしさにはちきれんばかりの双臀と太腿……すべてが妖しいまでの美しさで男たちの眼を魅了した。
その肉が荒縄に縛られ、ことに股間から臀丘の谷間にするどく食いこんでいるさま

は、強烈な光景となって男たちを圧倒した。
「どうです、これだけ美人でいい身体をした女は、ちょっといませんぜ、フフフ」
鮫島は大得意だった。
思わずまわりから玲子の裸身をゆっくり回転させて、前も後ろもさらした。玲子の身体にのびようとする男たちの手を、鮫島はとめた。
「おっと、触ってもらっちゃ困りますぜ。見るだけに願いますよ」
鮫島にとめられてしぶしぶ手をひっこめた男たちは、それならばと肌に鼻がくっつきそうに匂いをかいだり、なめんばかりに視線を這わせる。
玲子は唇をかみしめたまま、必死に感情を押し殺していた。
けだもの、けだものだわ……。
胸のうちで叫びつづけた。それでも身体が小さくふるえ、汗がにじみでた。いやでも男たちの熱い視線を感じて、頬に血が昇った。
「フフフ、奥さん、もっと恥ずかしいところまで見てほしいんだろ、よしよし」
鮫島は意地悪くそんなことを言って、股縄を指で弾いた。わざとゆっくりと股縄の部分だけをほどきにかかった。
ああッ、いや、いやあッ……。
悲鳴を噴きあげかかって、玲子は必死に歯をかみしばった。一度悲鳴をあげてしまえば、わあッと泣き崩れてしまいそうだった。泣けばそれだけ男たちを喜ばせ、自分

がみじめになる。
　とはいっても、半日近くも食いこまされていた縄目を引き剝がされる感覚はたまらなかった。
「こりゃずいぶん食いこんでいるねえ」
　鮫島はからかいながら、臀丘の谷間から縄をはずしていく。結び目のこぶが肛門にめりこんでいるのを、粘膜から引き剝がすようにしてはずした。
「あ、あああッ……」
　たまらずに玲子の唇に悲鳴がほとばしった。かぶりをふり、腰をブルブルふるわせながらよじる。
「オマ×コもしっかりくわえこんでるじゃないか、奥さん。フフフ、だいぶ気分を出してるようだね」
「いや、いやッ……ああッ……」
　縄が両脚の間をくぐって前へまわされ、媚肉の合わせ目から引き剝がされた。結び目のこぶは、じっとりとあふれでたものに濡れ光っていた。あとは無毛の恥丘が縄目のあとも生々しく、赤く充血した裂け目をのぞかせていた。それはしとどに濡れそぼっていた。
「こりゃすげえや……毛が一本もねえぜ。オマ×コが剝きだしだ」

「パイパン女か……こいつはけっさくだ」
「熟しきったいい身体をしてるだけに、かえって生々しいぜ」
男たちが口々に驚きの声をあげて、いっそう食い入るように見入った。
「ああ……」
玲子は真っ赤に灼けた。必死に太腿を閉じ合わせて、右に左にと顔をふった。
あるべき女の茂みを剃り落とされていることが、玲子を屈辱の炎にくるんだ。涙があふれて嗚咽がこぼれた。それがまた、男たちにはたまらない。
「フフフ、いい家の人妻だっただけに、なかなかSMモデルになりきれなくてねえ。もっとも、そのウブなところがいいと言う客が多いんですがね」
鮫島は玲子の双臀をはたいて、さらに泣き声をあげさせながら、男たちの欲情をあおった。
玲子にどんな事情があろうと、もう彼らには問題ではなかった。問題なのは眼の前で泣きながら悶えている白く妖しい肉である。その肉が男たちの欲情を狂わせる。
「へへへ、はやいとこオマ×コ見せろや」
「パックリといこうぜ……これだけいい身体をしていりゃ、さぞかしオマ×コのほうも……」
「こんなベッピンのあそこをおがめるとは、夢みたいだぜ」

男たちは眼を血走らせながら、鮫島に向かって催促の声をあげる。ねじりハチマキで汗をぬぐう者、ズボンの前を押さえている者に息を荒くしている者と、もう待ちきれない風情だ。

人間の皮をかぶったけだものを思わせ、玲子はブルッと身ぶるいした。

「ああ、かんにんして……」

恐ろしさにワナワナと唇がふるえ、歯もかみ合わない。男たちは今にも襲いかかってきそうだ。

「そうあせらずに、フフフ、一人ずつじっくり見せますよ」

はやる男たちを鮫島と厚次は押さえた。

「さあ、順番に」

「見るのに順番もあるかよ。さっさとしろ」

男たちの声が荒くなってきた。欲情剥きだしである。とても見せるだけでは、おさまりがつきそうにもなかった。

「しようがない。見せるだけじゃなくて、触らせますぜ、フフフ。だから順番にといきましょうか」

鮫島の声に男たちは歓声をあげた。

男たちの前で玲子を開いて、いっせいにいじらせるのもおもしろいが、一人ずつじ

っくりいたぶらせるのも趣向が変わって、またおもしろい。
「へへへ、これを一人ずつ買ってもらいますぜ」
厚次はアメリカンマッチを一本千円で男たちに売った。長さが十センチもあるマッチで、壁にこするだけで火がつく。
そのマッチに火をつけ、燃えつきるまでの間、自由に玲子をのぞかせていじらせるという趣向である。マッチ棒は飛ぶように売れた。
「フフフ、さっそくお買いあげいただいてありがとうございます。では、はじめるとしますか」
のぞき放題、触り放題の大サービスですぜ、と鮫島はピンクキャバレーの呼びこみたいに言って笑った。
玲子の左足首には縄が巻きつけられ、それは天井の梁をまわって鮫島の手に握られていた。
玲子は何をされるかわかって、弱々しくかぶりをふりながら泣いている。次から次へと恐ろしいことを考えつく鮫島に、気も遠くなりそうだった。
「た、たすけて……」
声も涙にかすれて、言葉にならない。
最初の男がマッチ棒を手に、玲子の前へ進みでた。ねじりハチマキにランニングシ

ヤツ姿、腹巻きをしたいかにもドロ臭い男だった。ニヤニヤと笑っている。
「フフフ、じっくり楽しんでくださいや」
そう言うなり、鮫島は手の縄を引いた。すぐに縄はピンと張った。
「ああッ」
玲子の唇に悲鳴が噴きあがる。
縄に引かれて左足首が右足首から離れ、宙に浮く。それは横へ開きながら吊りあげられていった。
「い、いや、いやあ……」
いくら力を入れても駄目だった。両膝が離れて、ぴっちりと閉じ合わせている太腿が割り開かれていく。内腿にしのびこむ外気が、玲子の頭の芯を真っ赤に灼いた。
「見ての通り綺麗に剃ってありますからねえ。はっきりおがめますよ、フフフ」
「ほう、剃っちまったのか。道理でパイパンにしちゃ、身体が熟しすぎてると思ったぜ」
「SMモデルの身だしなみってやつでしてね」
鮫島と男の会話が、玲子の羞恥と屈辱を狂おしいまでに高めた。
もう玲子の左脚は大きく開いて高々と吊りあげられていた。
ゴクリと男ののどが鳴った。床でマッチに火をつけると、玲子の前へかがみこんだ。

わずか十センチの長さのマッチ棒だ。あまり時間がない。男が狙うのは、いきなり玲子の媚肉だ。
「す、すげえ……こいつはいいオマ×コしてやがる」
「あ……ああッ……ひッ、ひッ」
媚肉の合わせ目に分け入る指先に、玲子は電気にでも触れられたかのようにのけぞり、腰をふりたてた。
「いや、いやッ……」
「いやだと言っても、オマ×コは感じてやがる、へへへ」
指先で押し開いた媚肉は、おびただしいまでにジクジクと果汁をあふれさせていた。女の匂いが妖しく男の鼻孔を刺激する。
指の動きは執拗だった。媚肉の合わせ目をいっぱいに押しくつろげ、見事なまでの肉の構造をひとつひとつ確かめていく。股縄でさんざんいじめられた肉襞が、果汁にまみれて赤く充血し、ヒクヒクとふるえた。
「た、たまらねえ……」
男はうなり声をあげていじくりまわした。指を二本そろえて、妖しくあえぐ最奥へと沈めた。
「ひいい……」

のどを絞りたてて玲子は弓なりにそりかえった。ズキンと激しいうずきが身体の芯を走った。
「おお、指を締めつけてきやがる」
「ああ……ゆるして……」
「ここでやめられるかよ、へへへ」
深く埋めこんだ肉襞をまさぐる。熱く柔らかな肉がからみついてくる感覚は、玲子の肉の構造の素晴らしさを物語っていた。
その男の肩を厚次がたたいた。
「そこまでだよ、お客さん」
「なんだ、もう終わりかよ。そりゃねえぜ」
燃えつきてしまったマッチ棒を、男は恨めしげに見た。これでは生煮えの料理を食べさせられているのといっしょだ。あわててもう一本、マッチ棒を買い求める。
その間に二番目の男が玲子の身体に手をのばしていた。この男の狙うのは、媚肉の合わせ目の頂点にのぞいている女芯だ。表皮をいっぱいに剝きあげ、股縄で爆ぜんばかりになっている女芯を露わにした。
「へへへ……」
だらしなく笑って口もとから唾液さえたらした。いきなり口で吸いついた。

「ああッ、そんな……ひいッ……」
ひいひいのどを絞って玲子は泣いた。赤く充血して敏感な神経をちりばめた突起が、汚らしい口で吸われ、舌でなめまわされる。口がグチュグチュ鳴り、チュチュッと音をたてた。
ツーン、ツーンとうずきがふくれあがる。いくらおぞましいと思っても、玲子の媚肉は急速に狂いだしていた。
「あ……あ、ああ……かんにんして……」
抑えきれない泣き声が出た。こんな辱しめを受けてもなお、恥ずかしいまでに応じてしまう自分の身体が、玲子は恨めしく悲しかった。
マッチ棒を手に、男たちは入れかわりたちかわり玲子に手をのばしてきた。どの男も遠慮がなく、いきなりズバリ媚肉を狙ってきた。欲望を剝きだしにして、まさぐりこねくりまわし、吸いついてはなめる。まわりからジワジワと責めてくるのではなく、女の官能をいきなりじかにいたぶってくる。
「ああ、もう、触らないで……れ、玲子、気が変になっちゃう……」
玲子は汗に光る裸身をうねらせ、ハアハアッというあえぎを、すすり泣く声に交えた。うねる肌はもう、匂うようなピンク色にくるまれて、玉の汗をすべらせた。押し開かれていじくりまわされる媚肉も、生々しく充血してヒクヒクと蠢き、とめどもな

く視線だ。

「ああ……」

玲子が何かを訴えるような瞳を鮫島に向けた。すがるような、ねっとりとからみつく果汁をあふれさせた。

「フフフ、いきたいのか、奥さん」

鮫島は玲子の耳でささやいた。

「…………」

玲子は弱々しくかぶりをふった。めくるめく官能に翻弄され、反発の気力もない身体が、玲子の状況を物語っている。

「もう少し我慢するんだ。あとで竜也と厚次と三人がかりで、たっぷり可愛がってやる。それまでせいぜいオマ×コをとろけさせておくんだ」

男たちには聞こえないように言って、鮫島はクククッと低く笑った。どうやら男たちに玲子を犯させる気はないようだ。

「おっと、オマ×コだけじゃなくて、尻の穴もとろけさせておく必要があるな。なにしろ私が楽しむのは、奥さんの尻の穴だからね」

さもたった今思いだしたように、鮫島は玲子の耳もとでつけ加えた。

「そ、それだけは……」

玲子はにわかに狼狽した。もう官能の快美に翻弄されているとはいえ、おぞましい排泄器官を嬲りの対象とされるのは耐えられない。
「かんにんして……」
玲子は泣き声をうわずらせた。何をされるのか、おおよその見当はつく。
「尻の穴もほぐしてやる、フフフ、ちょうど客たちのお楽しみも終わったことだしねえ」
男たちの手にしたマッチ棒は、すべて燃えつきた。
「これで終わりってのはねえぜ」
「このままじゃ、おっ立ったマラがおさまりがつかねえや」
「ちくしょう……犯りてえッ」
男たちは眼をギラギラと血走らせ、口々に騒いだ。もっとマッチを売れとか、いくら出せば犯らせるんだとか、殺気立つ者さえいた。
すすり泣きながら腰をうねらせ、ドロドロにとろけた媚肉も露わな女体を前に、引きさがらされては男たちもたまったものではない。ごちそうを前に、ちょっとなめただけでおあずけをくったも同然だ。鮫島は手をあげて、男たちをなだめる。
「まあまあ、本当はこれで終わりなんですがね。今夜は特別にショウを見せますよ。それでひとつごかんべんを」

と、ブツブツ言う男たちを玲子のまわりにしゃがませた。
「この奥さんが浣腸してほしいと言うもんでねえ。フフフ、ここで人妻浣腸ショウというのを見せますよ」
「ああ……」
玲子はビクッと裸身をふるわせて、顔をのけぞらせた。厚次が巨大なガラス製浣腸器に薬液をいっぱい充満し、持ってくるのが玲子に見えた。
「い、いやあ……」
ワナワナとふるえる玲子の唇から、哀しい叫びがあがった。
「自分から浣腸をねだっておきながら、何をいやがっているんだ、奥さん」
「う、嘘よ……ああ、それだけは、いや、ゆるして……」
「そうか、今夜は見物人が多いんで、てれてるんだな、奥さん、フフフ」
鮫島はあざ笑いながら、浣腸器を厚次から受け取った。ズッシリと重く、それが手に心地よかった。

第九章　媚肉地獄

アヌス責め実況録音

1

駐車場の薄暗い公衆便所のなかは、男たちの熱気でムンムンとうだるほどだった。どの男も欲情のうなり声をあげ、したたる汗をぬぐうのも忘れて玲子に見とれている。美貌の人妻が、浣腸されて排泄までさせられるのである。

「すげえ……まったくすげえ……」

「あんなふうにひりだすとは、思ってもみなかったぜ……へへへ、派手にシャーだからよう」

「たまらねえ。ゾクゾクしやがる」

興奮さめやらず、ますます血が昂るらしく、薄暗い公衆便所のなかは欲情の坩堝と化した。ズボンの前を押さえる者や、だらしなく唾液をたらす者、ポケットから万札

をつかみだして玲子を抱かせろと迫る者など、大変な騒ぎである。
「フフフ……」
鮫島は得意げに笑った。笑いながら玲子の双臀を男たちのほうへ向け、突きだすようにした。
後ろ手に縛られたまま天井から爪先立ちに吊られ、左足も高々と吊りあげられたまま、玲子は血の気を失った美貌をうなだれさせてシクシクとすすり泣くばかりだった。臀丘が左右に割り開かれた。剝きだされた玲子の肛門は、おぞましい浣腸と排泄のあとも生々しく、腫れぼったくふくれて、腸襞さえのぞかせていた。食い入るような男たちの視線を感じるのか、ヒクヒクふるえている。
「この尻の穴がまた極上でしてねえ。いい味してますよ、フフフ」
鮫島はじっくりと見せつけた。
玲子の双臀の前に、男の顔がひしめき合っていた。どの顔も欲情にあぶらぎって、眼が血走っている。
「おい……こ、この奥さん、尻の穴でも犯らせるのかよ」
「フフフ、ＳＭモデルとなりゃ、オマ×コでも尻の穴でも、どこを使っても男を悦ばせなきゃ、つとまりませんや」
「そいつはすげえ……」

鮫島はニヤニヤと男たちを見まわしてから、おもむろに手を玲子の股間にのばした。人差し指と中指を玲子の女の部分に、親指を玲子の肛門に押しつけ、グッと沈める。

「ああ……」

玲子はむずかるように腰を蠢かせたが、嗚咽するだけで、されるがままだった。もう、あらがおうとする気力さえない。

「こんなふうに前と後ろから、男二人で同時に犯ることだってできますよ、フフフ」

鮫島は男たちをあおっているとしか思えなかった。指を引き抜いてはまた押し入れ、何度もくりかえし見せつける。引き抜かれた指はねっとりと濡れ光っている。そんなことをすれば、男たちの欲情の炎に油を注ぐようなものだ。

「も、もう、たまらねえ。いくら出せば犯らせるんだ」

「前からも後ろからもってえのをやらせろ。このままじゃおさまりがつかねえぜ」

「そうだ、犯らせろ。金は払う」

みな殺気立っている。熟れきった美貌の人妻を前に、ギラギラとぎすまされた男の欲望が今にも爆発せんばかりである。

はやくもズボンの前を開く者もいた。今にも鮫島を押しのけて、玲子に飛びかからんばかりだ。

「輪姦したいというわけか、フフフ」

鮫島はわざと大きな声で言って笑った。
玲子はピクッとしたが、すすり泣くだけで何も言おうとはしない。固く眼を閉ざして開けようともしない。玲子の脳裡に、海水浴場の別荘で若者たちによってたかって犯された時のことが甦ってきた。恐ろしく、つらい責めだった。
いや……あんな、あんなひどいこと……二度といや……。
そう思っても、なぜか反発の気力さえ湧いてこない。ただ涙があふれるばかりだった。
このままでは玲子は、飢えた狼みたいな連中に、よってたかって食い荒されることは目に見えていた。鮫島にそれをとめる気はないようだ。それでなくとも見ず知らずの連中に、玲子をおもちゃにさせるのが好きな鮫島である。
「このままじゃ、おさまりがつかんし……フフフ、さて、どうしたものかねえ」
男たちをさんざんあおっておきながら、鮫島はさも困惑したように厚次をふりかえった。厚次はニヤニヤと笑っている。
「鮫島さんにまかせるぜ。そう急ぐ旅じゃねえしな」
厚次は鮫島といっしょになってからというもの、すっかり玲子を他人にもてあそばさせる嗜虐の快感のトリコになったようだ。他人によってたかって責められる玲子を、このうえなく美しいと思う。

「フフフ……奥さんを輪姦にかけたいのはやまやまなんだが、我々のお楽しみのことも考えなくてはねえ」
「もう三日も犯ってねえからな。俺も溜まってるぜ、へへへ」
「ここはやはり、当て馬ということにしておくか」
鮫島はニヤリと笑った。はじめ何を言っているのかわからなかった厚次は、すぐに鮫島の意図を察してへらへらと笑いだした。
「そいつはおもしれえ」
次から次へといろいろな責めを考えつく鮫島に、厚次はあきれる思いだった。
鮫島は男たちを、自分たちが楽しむための当て馬として使おうと言う。玲子を輪姦の恐怖におびえさせ、官能の炎にメロメロにとろけさせてから、自分たちがとってかわろうというわけだ。
「あ、ああッ……いやあッ……」
玲子が悲鳴をあげた。
鮫島と厚次がボソボソと話し合っている間に、抑えのきかなくなった数人が玲子に襲いかかったのである。
「ゆるしてッ……ああ、かんにんしてッ」
ところかまわず男たちの手がのび、前後からまとわりついてくる。後ろ手に縛られ

た片足吊りの玲子には、拒む術はなかった。腰をよじり、ふりたてるのがせいいっぱいである。
「へへへ、たっぷり可愛がってやるからよ。すぐオマ×コにぶちこんでやるぜ」
「俺は尻の穴に入れてやるぜ。ムッチリといい尻してあばれるなよ」
「いい加減におとなしくしねえか」
男たちは我れ先にとひしめき合って、玲子の前から後ろからとまとわりついてきた。
「いやあ……た、たすけて、鮫島さんッ」
玲子は泣きだした。いくら観念したつもりでも、いっせいに襲いかかられては平静でいられない。無駄とわかっても、鮫島に救いを求めずにはいられなかった。
鮫島はニヤニヤとくわえタバコでながめているばかりだ。それどころか、
「フフフ、はやい者勝ちですよ。グズグズしていると、打ちどめだ」
と、男たちをあおりたてる。
浅黒いたくましい肉体のなかで、玲子の白い肌が見え隠れし、のたうっている。それは鮫島にとって、背筋がゾクゾクするような心地よいながめだった。
ゴツゴツした男の手が玲子の乳房をわしづかみにし、腰を抱く。
「ほれ、くらえッ」
たくましい肉塊の先端が荒々しく玲子の媚肉の合わせ目に分け入った。そのまま一

気に玲子を串刺しにする。

「ひッ……いや、いやぁッ」

「どこかのいいところの奥さんだったらしいが、今じゃSMモデルじゃねえか。大げさに泣くんじゃねえ」

「ひッ、ひッ……あむ、う、ううッ……」

浣腸の直後とあって、おぞましい排泄器官に割り入ってくる男に、玲子は泣き叫ぶ前とほとんど同時に、繊細な肛門の神経はヒリヒリとうずいている。それをメリメリと割り開かれるのはたまらなかった。薄い粘膜をへだてて、前と後ろでたくましいものが荒々しくこすれ合った。

「あ……あうッ、ひッ、ひッ……」

「ちくしょうッ……いい身体をしてやがるぜ」

「こんなベッピンで、こうもいい味してやがるとは……」

泣き叫びながらも、成熟美あふれる女体は前も後ろもヒクヒクとからみついて締めつけてくる。その妖しさは、どんな女でも足もとにもおよばないだろう。玲子をはさんで男たちは前と後ろで、激しく腰を突き動かした。女の生理などおかまいなしに、ひたすら欲望をぶつけて貪る荒々しさだ。

「いや、やめてッ……ああ、いやぁッ」

泣きながら逃れようともがき、腰をゆすりたてるのだが、それはかえって肉が締まってひきつれ、男たちを悦ばすことになる。
「たまらねえッ……」
「何を言ってやがる。おめえ一人にいい思いをさせてたまるかよ」
「バカ野郎、こんないい味を手離せねえ。ほれ、ほれッ」
肉の快美を貪る男に、焦れてそれにとってかわろうとする男と、修羅場の騒ぎだった。
「この野郎、どかねえか」
「何しやがる。まだ終わっちゃいねえんだ。これからだぜ」
「うるせえ」
強引に押しのけて、次の男が荒々しく玲子に押し入ってくる。男の欲望が火花を散らし、玲子の媚肉と肛門を奪い合う。
そんな小競り合いが何度もくりかえされた。
「あ、ああ……そんな……ああ……」
玲子は狼狽した。
荒々しく押し入ってきて、激しく突きあげられたと思うと、それも長くはつづかない。すぐに別の形が入ってくる。薄い粘膜一枚へだてて、前と後ろでくりかえされる

のはたまらない。
「あ、ううッ……あああ、やめて……」
引き抜かれて押し入られるたびに、ツーンツーンとうずきが身体の芯を走った。肉がドロドロにとろけだし、あふれるのをこらえきれなくなった。
駄目ッ……こんな、こんなことって……。
いくら自分に言いきかせても、もう身体は言うことを聞かない。
鮫島はニヤニヤと玲子をながめていた。玲子の泣き声が変化し、白い肌が匂うようなピンクに染まっていくのがわかった。
急激に官能に翻弄されていく女。いつもながらに、嫌悪の泣き声をあげながら、きざしていく女体の不思議さに、鮫島は舌を巻く思いだった。
「田中玲子か……フフフ、まったくたいした女だ。男たちに群がられて、これだけ美しい女もめずらしい」
鮫島は低くつぶやいた。性の地獄へ堕ちれば堕ちるほど、玲子は美しさと色気にみがきがかかる。とことん堕としてみたい衝動にかられるのだ。
「へへへ、いい顔してるぜ、奥さん」
厚次もニヤニヤと舌なめずりした。
ヌラヌラと油でも塗ったように光る肌に這う無数の手と唇、そして男たちにはさま

れて激しく突きあげられている女体……それがいやがうえにも鮫島と厚次の嗜虐の欲情を昂らせた。
とくに、入りこむ穴を求めて玲子の腰のあたりでひしめき合い、争い合う男たちの肉塊は、蛇の群れを思わせた。
「いやあ……ああ、もう、しないで……」
女体がのたうつたびに、蛇の群れはいっそうふるいたって鎌首をもたげ、蠢くようだ。蛇の頭が腸腔で蠢き、子宮口をなめるように動いてはくねる。
「あ、うう……ゆるして、あうッ、あ……」
玲子は噴きこぼれる泣き声をこらえきれなかった。身体の芯がドロドロにとろけ、あふれでる甘蜜が内腿にまでおびただしくしたたった。
「どうだ、奥さん。うれしそうじゃないか。そんな姿を亭主に見せてやりたいぜ」
鮫島が意地悪く玲子をからかう。鮫島はうれしくてしようがない様子だ。
「フフフ、まさか可愛い女房がこんな大勢の男たちと乳くり合っていようとは、亭主の田中も夢にも思っていないだろうぜ」
「言わないで……ああ、鮫島さん、恨むわ……あうッ……」
玲子の声は、泣き声に呑まれた。もうくやしさも哀しさも、おぞましさもめくるめく官能に押し流されていくだけだ。快美に頭のなかがうつろになった。

男たちはゲラゲラ笑う者やうなり声をあげる者など、夢中になって玲子にまとわりついている。
「あうッ、あ、あああ……たまんないッ」
玲子はあられもなく泣きわめき、我れを忘れて官能の荒波に押し流されていく。ひしめき合い、競って次から次へと入れかわりたちかわり男が変わるのが、かえって玲子を肉の快美に翻弄させた。
「いい身体しやがって……なんて味してやがるんだ」
「泣けッ、へへへ、もっと泣けよッ」
「ほれ、俺も入れてやるぜ。こんないい女をほかの野郎に一人占めされてたまるかよ」
男たちも我れを忘れて、もう鮫島や厚次のことも忘れていた。いつの間にか竜也が入ってきたのも気がつかない。
「あ、あうッ……かんにんして……」
玲子は泣きわめきながら腰をゆすりたて、汗に湿るような黒髪をふりたくった。日焼けしたたくましい男たちの肉体に取り囲まれて、玲子の白い肉体は真っ赤な炎にくるまれていく。息も絶えだえに女の性が暴走しはじめる風情だ。
「あ、あ……もう、かんにんしてッ……あうッ、も、もう……」

ひきつるような玲子の哀願が昂りを如実に物語っていた。

「もういいんじゃねえのか、鮫島さんよう。気をやらせちゃ、当て馬の役目にならねえ」

厚次が低い声で言った。はじめはニヤニヤしてながめていた厚次も、今では焦れたような眼つきに変わっている。

「奥さんはもう充分に発情したようだぜ。へへへ、食べごろだ」

竜也もまた、これ以上は待ちきれない様子だ。唇がかわくのかさかんに舌なめずりをしている。厚次も竜也も、鮫島を見た。ズボンの前が硬く張っているのがわかる。

鮫島はニンマリとうなずいた。すばやく厚次と竜也が動いた。

「お客さん、そこまでだぜ、へへへ、もうお楽しみは終わりだ」

男たちの間に割って入り、男の首をつかんで玲子の身体から引き離す。

「何しやがるんだッ」

「ここでやめてたまるかよ」

突然、肉の法悦を中断させられ、男たちはいきりたった。手をふりあげて、厚次と竜也に殴りかかろうとする。竜也がすばやくベルトに隠し持った拳銃を抜いたのも、すぐには気づかないほどだった。

「お楽しみは終わりだと言ったはずだぜ」

竜也は拳銃で男の頭に強烈なパンチをくわせた。男は血を噴いて後ろへすっ飛んだ。ほかの男もようやく拳銃に気づき、ギョッとしたようにあとずさった。
「今度は頭に鉛の玉をぶちこむぜ。ほれ、もっと後ろへさがらねえか」
竜也が男たちを牽制している間に、鮫島が玲子の足と後ろ手のいましめを解く。
「フフフ、奥さん、もっと楽しみたいだろうが、つづきは我々がしてあげるぜ」
鮫島は床に崩れようとする玲子の身体を支えて、耳もとでささやいた。
玲子はハアハアッとあえぐばかりで、何も言わなかった。返事のしようがない。救われたわけではなく、凌辱者が変わるだけなのである。縄を解かれても、玲子は逃げようとする気力もなく、鮫島に腰を抱かれたままだった。汗で妖しく濡れ光る裸身が、あえぎながら小さくふるえている。
はじめはいきりたってどなっていた男たちも、拳銃を前にして声の調子が変わっていた。
「なあ、頼む。最後までやらせてくれ。金なら出す」
「ここでやめられちゃ、たまらねえぜ。あんたに断らず勝手に犯ったのは謝るからよ。やらせてくれ」
恥も外聞もなく鮫島に頭をさげる。ねっとりとした恨めしそうな視線を、玲子の身体にからみつかせている。今にも玲子に飛びかかりそうな男もいるが、拳銃を突きつ

けられてはどうしようもなかった。
「最後までやらせたいのはやまやまなんだが、この女はＳＭモデルなんでね。すんなり気をやらせちゃ、調教にならないんだよ、フフフ」
鮫島は男たちを見て笑いながら言った。
「責めなくては。お客さんたちは、やたらやりたがるだけだからねえ」
もっともらしいことを言って、鮫島はあとを竜也と厚次にまかせ、公衆便所から玲子を連れだした。ほとんど抱きあげるようにして、ワゴン車へ連れもどる。
キャンピングカーみたいに改造されたワゴン車のなかには、子供の美加がベッドの上で人形と遊んでいた。
「ママ」
「ああ、美加ちゃん……」
玲子は我が子を抱きしめ、堰を切ったようにわあッと泣き崩れた。
「フフフ、いい尻して泣くな」
鮫島は玲子の裸の双臀を撫でまわしながら、眼を細めて見入った。玲子の太腿の奥はあふれでた甘蜜にまみれ、赤くとろけた肉が生々しく蠢いて鮫島の欲情をそそる。
「オマ×コも尻の穴もメロメロにとろけさせて、発情した牝だな、奥さん。フフフ、これじゃ男が欲しくてたまらないだろ」

あざ笑っても玲子は子供を抱いたまま、泣くばかりだった。さらに太腿を割り開いても、逆らう気力さえなく、されるがままだ。
「どれ、もっとたまらなくしてあげよう」
いやいやと玲子は弱々しくかぶりをふった。
鮫島は手をのばして玲子の媚肉をまさぐりながら、もう一方の手で容器から何やらあやしげなクリームを指にすくい取った。
「こいつを塗られると、犯される女でさえ我れを忘れて男を求めたというほどの、強烈な媚薬クリームでしてね、フフフ」
「ああ、かんにんして……そ、そんなものの……」

あわてて腰をよじろうとするのを押さえつけられ、クリームをたっぷりすくった指を媚肉に押しつけられた。肉襞のひとつひとつにたっぷりとすりこまれる。

「あ、ああッ」

ズキンと刺激が走った。赤くただれた媚肉がカアッと灼け、火になる。鮫島の指は、女の最奥にまで容赦なく塗りこんできた。

「ああ、いや……たまんないッ」

玲子は我れを忘れて泣き声をあげ、腰をふりたてた。媚肉がうずき、カッカッと灼けて、とてもじっとしてはいられなかった。

それをあざ笑うように鮫島の指は柔襞を這いまわり、催淫媚薬クリームを粘膜にすりこんでいく。

「あ、あ……ああ、かんにんして……」

「もう腰をふるとは、フフフ、たいした効き目だ。それとも、それだけ奥さんが敏感ということかな」

鮫島の指は玲子の肛門にものびた。クリームを塗りつけるや、玲子はひッとのどをのけぞらせた。

「いや、いやですッ……お尻はかんにんして……あああッ」

哀願に、ひッひッという悲鳴が入り混じった。腰が耐えきれないようにうねり、ガ

クガクせりあがった。
ただれたような肛門の粘膜に媚薬クリームをすりこみながら、鮫島の指はジワジワと腸腔にまで沈んだ。
灼けるような感覚が肛門から脳天へと走り抜け、下半身全体が灼けただれるように炎と燃えさかる。ひとりでに腰がブルブルとふるえ、うねりだした。
そこへ竜也と厚次がもどってきた。まだ手に拳銃をかまえている。そのあとからは、まだあきらめきれない男たちが、ジリジリと迫ってきていた。
「まったくあきらめの悪い連中だぜ」
「フフフ、それだけ、玲子が美しいということか……」
鮫島はニンマリと笑った。当て馬に使われた男たちが、このまま引きさがるとは思えなかった。

2

鮫島は子供を抱いた玲子を連れだすと、ワゴン車を背にし、アスファルトの大地にマットを敷いた。男たちの眼の前で、玲子を犯す気なのだ。
「特別にもう一度だけ、ショウを見せますぜ、フフフ。SMモデルのあつかい方を、

に向けていた。
鮫島は男たちに向かって言った。その間も、竜也と厚次はしっかりと銃口を男たち
殺気立っていた男たちも、鮫島の言葉に興味を覚えたのか、おとなしくなった。ひしめき合うようにして、玲子の裸身に見とれる。
「フフフ、奥さん、これだけ大勢の見物人がいるんだから、うんと気分を出すんですよ」
鮫島はうれしそうに言った。
国道ぞいの駐車場でのSMショウである。駐車場の照明が、玲子の裸身を暗闇に照らしだし、浮かびあがらせている。それに大型トラックの影になって国道からは見られる心配がなく、玲子の泣き声も車の騒音がかき消してくれそうだ。
「あ、ああ……」
男たちを気にする余裕もなく、玲子は黒髪をふり乱して泣いていた。
もう、媚薬クリームがすさまじいまでにその効き目を表わしているのだろう。剃毛された無毛の恥丘は、赤く媚肉の割れ目を浮きあがらせ、しとどに甘蜜をあふれさせていた。腰がふるえながらうねって、片時もじっとしてはいなかった。
ああッ……して、してッ……。

玲子の身体はもう、どんな刺激でも欲しいのだ。いくら歯をかみしばっても、泣き声が出た。

「さあ、奥さん、おねだりするんだ。もうやってほしくてしょうがないんだろ」

鮫島はあるべき女の茂みを剃りあげられた丘を撫でさすりながら、ピタピタと臀丘をたたいた。

「ああ、たまんないッ……気が、気が変になりそうだわッ……」

「そいつはいい、フフフ」

「あ、ああ……ああッ……」

肌に這う鮫島の手が、いっそう玲子を狂おしくするのだろう。玲子はひきつった泣き声をあげながら、浅ましいまでに腰をふりたて

た。汗に光る肌に、さらに汗がじっとり噴きだしてくる。
「泣いているだけじゃ、何もしてやらないよ、奥さん、フフフ」
玲子はキリキリと唇をかんで、顔をふりたてた。必死に気力をふり絞るようだ。
だが、それも長くはつづかない。カアッと、灼けただれるような媚薬クリームの効き目に、頭のなかがうつろになった。
もう何をされてもいいという気持ちになる。ママ、ママと腕のなかで自分を呼ぶ美加のことすら忘れそうだ。
「ああ、美加ちゃん、ゆるして……ママは、ママは狂うわ……も、もう、駄目……」
そう言ったと思うと、玲子は一度大きく顔をのけぞらせた。
「し、して……ああ、欲しいわ……」
耐えきれずに、玲子は屈服の言葉を口にした。同時に、からみつくような視線を鮫島に向けた。それはもう、官能の炎に身を灼かれる女の顔であった。
それを見た竜也がククッと口もとをゆるめた。拳銃を男たちに向けたまま警戒心を解かずに、竜也はズボンの前をはだけた。たくましくそそり立った肉塊をつかみだす。
「こいつをぶちこまれて、こねくりまわされてえんだろ、奥さん」
見せつけられたものに、玲子は最後の気力をふり絞るようになよなよとかぶりをふ

った。だが、すぐに妖しい眼差しをそれにからみつかせた。
「そ、それを……入れて……」
泣き声とともに玲子は言った。頭のなかがうつろで、自分でも何を言っているのかわからなかった。玲子の耳もとで鮫島が何かささやき、さかんにあおっている。
「は、はやく入れて……玲子を、かきまわしてッ……」
「へへへ、どこにぶちこんでほしいんだ」
「玲子の……玲子の……ああ、玲子のオ、オマ×コに入れてッ」
わけもわからないように、玲子はひきつった声で強要された言葉を口走った。口にすることで、いっそう狂おしく昂る風情だ。
「フフフ、そんなに入れてほしいなら、入れてほしいところをはっきり見せておねだりするのが筋ってもんだよ、奥さん」
鮫島が意地悪く追い討ちをかけてくる。玲子はもうあらがう気力すらなく、強要されるままに両脚を開いた。
「ああ……こ、ここに、ここに入れて……お願い、竜也さんのたくましいのでこねくりまわして……」
男たちの眼にさらけだされた玲子の媚肉は、充血して赤くただれ、生々しく肉襞まで見せて口を開いていた。肉襞も女芯もしとどに濡れそぼって、ヒクヒクひきつって

いる。催促するように腰のうねりが大きくなり、竜也のほうへせりだす動きさえ見せた。
竜也はうれしそうに舌なめずりした。たくましい肉塊をゆすってみせる。それから今度は鮫島にかわって、玲子の耳もとでボソボソ何事かささやいた。
「それは……ああ、いや……」
真っ赤になってかぶりをふった玲子だったが、もう身体は抑えがきかない。
「ああ……玲子のお尻にも……お尻の穴にもして……」
「誰にしてほしいんだ、奥さん」
「……鮫島さんに……玲子のお尻……の穴に入れて……」
泣きながら強要された言葉を口にするのだった。それは玲子の肉体が発する叫びでもあるのだろう。官能美あふれる臀丘が鮫島に向かってひとりでに突きでた。
「ほれ、まだおねだりしたいことが残っているでしょうが、奥さん」
鮫島はパシッと玲子の双臀に平手打ちをくわせた。
玲子はいよいよ媚薬クリームに狂おしさが増してきたのか、総身をあられもなく身悶えさせながら厚次にうつろな瞳を向けた。
「……玲子の口でして……ああ、はやく、気が狂いそうだわ」
「オマ×コに尻の穴に口か、へへへ、三人がかりで犯られてえとは、奥さんも好きだ

ろうじゃないか」

「フフフ、奥さんの望み通り、前から後ろから、上から下からサンドイッチにしてや

ぜ」

厚次や鮫島たちはゲラゲラと笑った。

男たちはそんな玲子を眼を血走らせて見ていた。玲子に媚薬クリームが使われてい

ることを知らないだけに、玲子ほどの美女が三人がかりの責めを求めるのが信じられ

ない。自分たちが犯していた時のあらがいようが嘘みたいだ。だが、眼の前の玲子は、

「は、はやく……はやくして、ああ、たまらないッ」

催促さえして、泣き悶えている。この上品な美女が……と疑いたくなるほどだった。

鮫島と竜也、厚次は互いに眼を見合わせてニヤリと笑った。

「へへへ、ＳＭモデルのあつかい方をよく見てるんだぜ」

竜也は男たちに向かって言うと、拳銃をかまえたまま、マットの上にあおむけに横

たわった。たくましい肉塊が天を突かんばかりにそそり立っている。

「はやく来な、奥さん」

竜也は手招きした。

後ろからは鮫島が、玲子に子供を抱かせたまま、竜也のほうへ押しだした。鮫島の

手はしっかりと玲子の腰をつかみ、ズボンの前から突きでた肉塊の先が、白い臀丘を

つつく。
「あ、ああ……して……」
玲子にあらがう余裕はもうない。鮫島に押されるままに、いや、それが強要されたものか自分からの行為かすらわからないままに、竜也の腰をまたいだ。そのまま、そそり立った竜也の肉塊に向けて腰を落としていく。
「すげえな、はやくしねえとオマ×コがただれちまうぜ、へへへ」
「尻の穴とて同じことだ。フフフ、うんと深く入れなきゃねえ、奥さん」
竜也と鮫島が玲子をからかう。厚次は玲子の前に立って黒髪をつかみ、もう一方の手で肉塊をつかみだして待ち受けていた。
火のような肉塊の先が玲子の開ききった媚肉に触れた。同時に肛門と唇にも肉塊が触れてきた。
「あ、あ……ああ……」
玲子は思わず悦びの声をあげて、腰をブルッ、ブルルッとふるわせた。おぞましさや哀しさ、くやしさなどはどこかへ消し飛んでいた。今の玲子にあるのは、媚薬クリームに狂わされた生々しい女の性だけである。それは焦らしに焦らされたような官能の苦悶ともいえた。このままほうっておかれたら、本当に気が狂いそうだった。
「は、はやくッ……してッ……」

「そうあせるんじゃない。ＳＭモデルにふさわしい犯り方をしてやるからねえ」
鮫島はゆっくりと玲子の肛門を割り開きながら、わずかに先を含ませた。女の最奥にも竜也の先端を少しだけ入れさせた。
「そ、そんな……もっと……」
一気に押し入ってくるものと思っていた玲子は狼狽した。さらに受け入れるべく腰を沈めようとしても、鮫島が腰をつかんでゆるさない。
玲子の腰がわななきながら、わずかにしか含まされないものをさらに吸いこもうとした。だが、鮫島も竜也もニヤニヤ笑うだけで、わずかに含ませた肉の先端で媚肉と肛門をまさぐるばかり。それ以上押し入ってこようとはしなかった。
「あぁッ、してッ……もっと、もっとッ」
泣き声がひきつった。黒髪をおどろにふりたくる。気が狂いそうだった。
わずかにしか与えられないことは媚薬クリームにただれた肉を、せつないまでにうずかせた。それはトロ火にかけられ、焦らされているみたいだった。
群がる男たちはもう夢中になって玲子に見とれていた。
玲子は肉欲にのたうち、あやつられる牝だった。今にも発狂するのではないかとこわくなる。その玲子が子供を抱いて、
「してッ……も、もっと、してッ……」

と泣き悶える姿は、妖しいまでの美しさで男たちを魅了した。
「たまらねえ。あんなベッピンに……俺ならとても我慢できねえぜ」
「ちくしょう、やりてえッ……もれそうだ」
「ガキを抱いて、なんとも色っぽいぜ。あんな奥さんを犯れるなら、死んでもいい。やりてえッ」
男たちはうなった。玲子に飛びかかりたくとも、竜也と厚次の手に拳銃が光っていては、ただ指をくわえて見ているしかない。
鮫島はさらに少しだけ肉塊の先端を玲子の肛門へもぐりこませた。玲子の腰も竜也の上へさらにわずかに沈めた。
「ああッ」
玲子は黒髪をふりたて、美貌をのけぞらせた。腰がうねり、前も後ろも肉塊を深く吸いこもうと蠢いた。
「お願いッ……もっと入れてッ、気が狂っちゃうわッ……もっと、してッ……」
玲子は腰をふりたてて泣き叫んだ。まだ半分も与えられていないのだ。
それを恨むように、媚肉と肛門の粘膜がキリキリと肉塊にからみつき、奥まで吸いこもうとする。その粘着力と吸引力に、鮫島と竜也は舌を巻く。
「まだ半分しか入れていないのに、たいした悦びようじゃないか、奥さん」

「へへへ、このままでも気をやれるんじゃねえのか」
後ろから下からと、鮫島と竜也が玲子の顔をのぞきこんであざ笑った。
「いやあ……もっとッ……ああ、どうして、もっと入れてくれないの……いじめないで」
媚薬クリームのうずきと半分しか与えられないもどかしさ、そして肉の快美が入り混じったように玲子は泣き声をふるわせた。泣きながら苦悶し、恨みながら泣く。
「焦らさないでッ……あ、ううッ……もっとしてッ……」
「フフフ、まだまだ」
鮫島はじっくりと楽しんだ。ググッとさらに結合を深くして玲子を焦らす。
「ああッ、気が変になっちゃうッ……ひ、ひと思いに、してッ……」
「気が狂うほど気持ちいいのか、奥さん。よしよし、フフフ、そんなに腰をふって」
鮫島はやめない。深く浅く、そしてまた深くと、何度もくりかえした。
「あ、うう……あうッ……」
玲子はもう総身をしとどの汗にして、あえぎ、うめいて泣き、泣き声をあげて狂ったように腰をふりたてた。
「ママ、ママ」
びっくりした子供の美加が、自分を呼ぶのも気づかない。

「鮫島さんよう。そろそろラチをあけてやらねえと、本当に狂っちまうかもしれねえぜ」
「そのようだな、フフフ」
厚次に言われて、鮫島はようやく動きをとめた。それから一気に玲子の腸腔深く肉塊を埋めこみながら、玲子の腰を竜也の上へ落とした。前と後ろでむごく串刺しにしていく。ドロドロにとろけた肉襞を奥へ引きずりこむような荒々しさだった。
「あ、あッ……ひいいッ……」
玲子は汗まみれののどをさらし、悲鳴を噴きあげた。ようやく深く与えられたものに、腰が快美にふるえつつうねる。
頭がくらくらする。ただれた粘膜をへだてて前と後ろでたくましいものがこすれ合うのだ。身体の芯が官能の灼熱にあぶられ、昏迷の頭のなかでバチバチ火花が散った。その火花が、身体じゅうの肉という肉をただれさせていく。
「た、たまんないッ……ひッ、ひッ、死ぬ、死んじゃうッ……」
子供を抱いていることも忘れて、玲子は半狂乱で泣きわめいた。苦悶にも近い肉の快美だ。
「へへへ、オマ×コも尻の穴もしっかり深く呑みこんだじゃねえか、奥さん。グイグイ締めつけてきやがる」

「こっちもたいした締まりようだ、フフフ。よほどうれしいらしい」
竜也と鮫島は深く串刺しにしたまま、しばらく妖しい肉の感触を味わった。すぐに動きだすのが惜しいような妖美の感触である。
「どうだ、奥さん、うれしいか」
「あ、ああ、死んじゃう……いいッ……」
顔をのけぞらせたまま黒髪をふり乱し、腰をふりたてながら玲子はのどを絞った。もう自分の身体がどうなっているのかさえわからない。
「いい……あううッ、いいッ……」
「激しいな、奥さん。入れただけでこのありさまだからな」
「いいッ……」
玲子は我れを忘れて、前も後ろもキリキリ締めつけつつ、自分から双臀をゆすりたて、まるで二本の凶器に身体からぶつかっていくようだ。
玲子の身体のなかで、薄い粘膜をへだてて鮫島と竜也の肉塊がこすれ合っている。それがいっそう玲子を狂わせた。
「い、いいッ……ひッ、ひッ、どうかなっちゃうッ」
「遠慮なくどうかなればいい、フフフ。どれ、もっとよくしてやろう」
鮫島と竜也は、玲子の動きに合わせるように前と後ろで突きあげはじめた。欲望を

ぶつけるというのではなく、じっくり楽しんでいるというやり方だ。
「ひいッ……ひッ、ひッ……いいッ」
玲子はもう子供をほうりだして、泣き狂った。この世のものとも思えない肉の愉悦に、身体の芯が灼きつくされていく。
のけぞらせた玲子の口の端から、唾液があふれでて糸を引く。
「へへへ、口のほうもお汁があふれてきたようだし、俺もぶちこんでやるか」
厚次の手が玲子の黒髪をつかんで口を開けさせた。そのままズボンの前から突きでているのを、ガボッと押し入れた。
「うぐッ、うぐぐ……うむッ……」
口までもふさがれて、玲子は竜也の上ではねあがった。とうとう三人の男を同時に……。だが、今の玲子にはそんな我が身をふりかえる余裕はなかった。
三人の男にサンドイッチされ、玲子の身体はギシギシと揉みつぶされるようだった。ひいひいとのどを絞りたてつつ、腰を激しいまでにはねあげた。玲子の両手はいつしか厚次を抱いて、口にくわえこまれた肉塊をつかんでいた。
「すげえ……三人をいっぺんにくわえこんでいやがる」
「それにしてもたいした悦びようじゃねえか……なんて激しく反応しやがるんだ。たまらねえ」

食い入るように見入る男たちから、驚きと興奮の声があがる。もう、自分たちが当て馬にされたことも忘れたらしい。あまりにすごい光景に圧倒されっぱなしなのだ。
「うむッ……うぐぐ……いいッ」
玲子の身悶えがいちだんと露わになった。白眼を剝きっぱなしにして、厚次をくわえた口の端から涎れをたらしてよがり狂う。美しく上品な玲子からは、とても想像できない狂乱ぶりだ。
「うむ、ううむッ」
玲子のうめき声がひときわ大きくなったかと思うと、ググッと上体がのけぞった。
「おお、もう気をやるのか、奥さん。ずいぶんはやいな。こっちはまだまだこれからだってえのによ」
竜也がそう言う間にも、玲子の両脚が突っ張って腰が恐ろしいまでにはねあがった。
「う、うむ……ひッ、ひッ……」
のどを絞って玲子は裸身に痙攣を走らせた。その痙攣は女の最奥と肛門に突き刺さった凶器をキリキリ締めつけて、竜也と鮫島にもはっきりとわからせた。
のぞきこんだ玲子の顔は、苦悶にも似て凄絶な表情だった。
「ひッ、ひいッ……」
真っ赤な快美の火柱が、玲子を貫いていた。玲子は声にならない声を絞りだしつつ、

総身をキリキリと収縮させ、何度も痙攣を走らせた。
だが、鮫島と竜也は余裕すら見せて玲子を責めつづける。
「まだまだ、一回気をやったってゆるさねえぜ。ほんの序の口だ。俺たちが終わるまで何回気をやるか楽しみだぜ」
「はやく終わってほしいなら、精を絞りだすようせいぜいがんばることだ、奥さん」
グッタリとする余裕すら与えられず、玲子は再び追いあげられた。つづけざまに気をやらされるようだ。
「これだから尻の穴を犯るのはこたえられない。女って奴は尻を犯られると、こんな状態がずっとつづくんだ」
気をやりっぱなしになる……鮫島はうれしそうに言った。

3

トラックの運転手たちがあとを追ってこれないように、玲子をのせたワゴン車は国道を避けて、ひたすら裏道を猛スピードで走った。林道を走って県境を越える。
「ここまで来りゃ、いくらしつこい野郎たちでも大丈夫だろう、へへへ」
ハンドルを切りながら、厚次が言った。

「だけどよう。俺たちのお楽しみが終わりゃ、あいつらに輪姦させてもよかったんじゃねえのか、鮫島さんよう」
「フフフ、この前みたいに二日も使いものにならなくなっちゃ困る。この奥さんにはまだまだしたいことがいっぱいあってねえ」
鮫島はピタピタと玲子の臀丘をたたいた。それでなくても、強烈な媚薬クリームを使っての三人がかりの責めに、もうグッタリと死んだような玲子なのだ。そうでなければ、厚次に言われるまでもなく、とっくに男たちに輪姦させている。
「いつまで寝ているんだ、奥さん」
鮫島は玲子の黒髪をつかんでしごいた。パシッとてのひらで玲子の双臀を張った。
玲子はうつろな瞳を開くと、フラフラと上体を起こした。
もう夜明けが近いのか、東の空がうっすらと明るくなっている。車は林のなかを走っているようだ。
玲子の眼に、すぐ横で寝ている美加の姿が映った。その姿に玲子はハッと我れにかえった。
「み、美加ちゃん……」
そっと抱いて頬ずりした。自分を呼んで泣いていたのだろう。子供の頬には泣いたあとがあった。

「美加ちゃん、ごめんなさい」
そう言って玲子はまた、子供に頬ずりした。玲子の瞳に涙があふれてきた。自分の身体に何をされ、どうなったのか……玲子の記憶はさだかではなかった。覚えているのは媚薬クリームの強烈さだ。
だが、鉛でも入っているようなだるく重い腰と、肛門のむずがゆい拡張感がまだ残っていることが、何をされたかを物語っている。
「フフフ、たいした悦びようだったよ、奥さん。自分からしがみついてきて離さないんだからねえ」
「三人がかりで犯られるのが、よほどよかったんだな、奥さん。数えきれないほど気をやってよう」
鮫島と竜也にからかわれて、玲子は肩をふるわせむせび泣いた。かえす言葉もない。
鮫島と竜也は左右から玲子にまとわりついて、ねちねちと肌をいじりだした。飽くことを知らぬ男たちだ。玲子の身体を見ると、嗜虐の欲望を抑えきれなくなる。
「フフフ、今夜もまた、たっぷり泣いてもらうよ、奥さん。ＳＭモデルとしての仕事をしてもらうってことよ」
「となりゃ、今のうちに精をつけておいたほうがいいぜ、鮫島さん」
「そのようだな、フフフ」

鮫島と竜也は顔を見合わせて、ククククッと笑った。竜也が玲子の身体を押さえつけて、両手を背中へねじあげて縛る。縄は乳房の上下にも食いこんだ。
「ああ、これ以上、何をしようというの……お願い、もう休ませて……」
「だから奥さんに精をつけてやろうというんじゃねえか、へへへ」
「…………」
玲子はすぐには竜也の意図がわからなかった。後ろ手に縛られた裸身をベッドの上の子供の横に、あおむけに倒された。
足首をつかまれて縄を巻きつけられた。玲子の両脚はまっすぐV字型に、車の天井のパイプから吊られた。腰の下にはクッションを押しこまれた。
裂けんばかりにひろげられた内腿の奥に、玲子の股間が生々しくさらけだされていた。さんざん荒しまくられた媚肉と肛門は、まだ痛々しくその名残りをとどめている。
それをニヤニヤながめながら、鮫島が何やら準備している。車の天井から吊りさげられた巨大なガラス器と、その底から垂れさがっているゴム管……。それはまぎれもなくイルリガートル浣腸器だった。ガラス容器にはすでに何やら液体が充満し、目盛りは三千五百CCもあった。
ひッと玲子は裸身を硬直させた。
「い、いや……そんなものはいやです……ああ、浣腸なんてゆるして……」

「フフフ、奥さんに精をつけるために、栄養液を呑ませてあげようというんだよ」
ゴム管の先のノズルを手に、鮫島はニンマリと玲子の顔をのぞきこんだ。
「口から飲んでもいいんだが、やはり奥さんには尻の穴からのほうがよく似合う。滋養浣腸ってえのを聞いたことがあるでしょうが、奥さん」
「ああ、いや、いやです……かんにんして」
「おとなしくしてろ、奥さん。尻の穴から呑まされるのが好きなくせによ」
竜也がバシッと玲子の頬をはたいた。ああッと玲子はのけぞった。
冷たいノズルが玲子の媚肉の合わせ目をなぞりながらおり、肛門にゆっくりと沈んできた。ノズルで円を描くように肛門の粘膜をこねくりまわし、深くえぐってきた。
「あ……ああッ……いや……」
玲子は唇をかみしばって、硬直させた裸身をわななかせた。大きく開かれて吊られている両脚がうねる。
「栄養液が腹のなか全部にいきわたって、よく吸収されるように時間をかけて呑ませてあげるからね、奥さん」
鮫島は長さ十五センチもあるノズルを根元まですっかり挿入すると、ノズルの弁を少しだけ開いた。
チビリチビリと栄養液が玲子のなかへ流れこみはじめた。いや、流れこむというよ

り、にじみだす感じだ。
玲子の美貌がベソをかかんばかりになり、歯がカチカチ鳴りだす。
「あ、ああッ……か、かんにんして……」
「もう、うれし泣きか、奥さん」
「こ、こんなの、いや……ああ、いや、いやです。いっそひと思いに……」
玲子はたまらずに泣きだしていた。
これまでの浣腸とはまるで違う。いつもはグイグイ荒々しいまでに注入してくるのに、今は焦れったいまでにのろく少しずつである。
こんな調子でつづけられたら、三千五百CCもの量を注入し終わる

のに、恐ろしいまでの時間がかかるだろう。
「ああ、お願い……ひと思いにすませて……」
乳房から下腹にかけてあえがせ、両脚をうねらせながら玲子は泣き声をあげた。それでもチビチビとしみこんでくる液に、肉が狂いだしそうだった。
「しっかり栄養をとって、精をつけるんだぜ、奥さん、へへへ」
竜也が笑いながら、玲子の下腹部を揉みこむ。その動きに玲子の肛門のゴム管がゆれ動いた。それは白い尻尾のように見えた。
竜也の手は玲子の下腹から、豊満な乳房や無毛の恥丘にまでのびた。
「かんにんして……ああ……」
「へへへ、オマ×コに触らねえと不満なんだろうが、そのぶん、たっぷり時間をかけて尻に呑ませてやるんだ。それで我慢しな」
「はやく……はやく、すませて……ああ、こんなのいやです」
いくら哀願しても、耳を傾けてくれるような連中ではない。気の遠くなるようなのろさで、ジワジワと腸腔へ流れつづけた。あまりののろさに、天井から吊りさげられているガラス容器は、少しも目盛りが減らないように思えた。
鮫島がニヤニヤ笑いながら、手にカセットレコーダーをぶらさげて玲子の横に腰をおろした。眼が異様に光っている。

「奥さん、今夜からＳＭモデルとして本格的に働いてもらいますよ、フフフ」
「ＳＭ写真に裏ビデオ、お座敷ショウとなんでもやらせてやるぜ。へへへ、もちろん客もとるんだ」
「それも大勢の男をね。これだけいい身体をして、一人の男の相手ではもったいないことは、すでに証明ずみですからねえ」
鮫島と竜也は玲子の顔をのぞきこんで、へらへらと笑った。玲子はワナワナと唇をふるわせるだけで、声も出ない。本当にそんなことをされるのかと思うと、玲子は気が遠くなりそうだった。
「三人の男を同時に受け入れられる子持ちの女ということで、有名になれるぜ、へへへ」
「……どう、どうして、そんなひどいことを……あなたたちの言いなりになっているのに、どうしてなの……」
哀しみとくやしさ、憎しみが入り混じって玲子の口から出た。金を稼ぐための行為でないことははっきりしている。鮫島や竜也は宝石店強盗を働いて、今や大金を手にしているのだ。
「フフフ、奥さんが美しすぎるんだよ。奥さんを見ていると、とことん責めて堕としたくなるんでねえ」

鮫島は感情のこもった低い声で言った。本音であるだけに恐ろしい。
「奥さんのご亭主にあいさつしとかなくてはならないねえ。フフフ、もともと亭主の田中と私は同期。その女房を牝として我々が飼うとなれば、やはりあいさつをすべきでしょう、奥さん」
「そんな……」
カセットレコーダーのマイクを鮫島が手にするのを見た玲子は、総身を凍りつかせた。チビチビと流れこんでくる栄養液のおぞましさも、一瞬消し飛んだ。中東へ単身赴任している夫に、こんな恐ろしい現実を知られたら……。そう思うと、玲子は身体じゅうがブルブルふるえだした。
「やめてッ……そんな、そんなひどいことだけは……い、いやあッ」
玲子は裸身を揉みゆすって悲鳴をあげ、泣き叫んだ。
「いや、いやあッ……かんにんしてッ」
「奥さんも毎日、どんなことをされているか、報告したらどうです。亭主が悦ぶようによがり声なんか入れてね、フフフ」
「やめて、お願いですッ……そんなことだけは、かんにんしてッ」
いくら哀願しても無駄とわかってはいても、玲子は泣きながらすがらずにはいられなかった。

「あきらめな、奥さん、へへへ」
　バシッバシッ……強烈な平手打ちが、玲子の頬を襲った。
　玲子は顔を横に伏せたまま、内臓を絞るような泣き声をもらしつづけた。キリキリと唇をかんで、裸身をふるわせている。
　それをうれしそうに見おろして、鮫島はマイクのスイッチを入れた。
「久しぶりだな、田中。わかるか、鮫島だ。私が会社をクビになってからだから二年ぶりってところかな。それにしても中東の支社次長とは、たいした出世じゃないか」
　鮫島がマイクに向かってしゃべりはじめると、玲子は息をつめて、にわかに泣き声を小さくした。おびえたように顔をふる。
「奥さんの玲子さん、あい変わらず美しい。いつ見ても色っぽく惚れぼれするよ。実はその奥さんのことで君に知らせておきたいことがあってねえ」
　鮫島は玲子の顔をのぞきこんで、ニヤッと笑った。いやッと今にも叫びだしそうに、玲子の顔がひきつった。
「奥さんは今、私の眼の前にいる、フフフ。それも素っ裸で両脚を大きく開いてね」
「いやッ……い、言わないでッ」
　玲子の悲鳴は、すばやく口をおおった竜也の手で封じられた。竜也のもう一方の手にナイフが光った。そのナイフは、横で眠りこんでいる子供の首筋に、ピタリと押し

当てられた。

「おとなしくしろ。言うことを聞かねえと切り刻むことになるぜ、へへへ」

竜也は玲子の耳もとで低くささやいた。

うむ、ううむともがいたが、もうどうにもならないという絶望が、ドス黒く玲子をおおった。哀しげな夫の面影が脳裡をよぎる。

ああ、死にたい……あなた、あなた……。

狂おしいまでに夫を呼びながらも、子供の美加を残しては死ぬことはかなわなかった。

「まったく見事な身体をしているよ、君の女房は。モチみたいなおっぱいに、ムチムチの尻と太腿……こんないい身体を君が一人占めにしていたと思うと、妬けるねえ」

鮫島はわざと音をたてて玲子の肌をピタピタとたたいた。得意げにしゃべりつづける。

「味のほうもみさせてもらったよ、フフフ。素晴らしい味だった。からみついてきて、離そうとしないんだからねえ。奥さんは極上の名器の持ち主だ」

玲子は裸身をふるわせながら、竜也の手で口をふさがれたまま泣いた。とうとう夫に……そう思うと、身体のなかで何かが音をたてて崩れ落ちた。脳裡に浮かんだ夫の面影が遠のき、薄れていく。

「どうしてこんな関係になったかは、まあ奥さんの口からじっくり聞くんだな。それにしても奥さんは好きな女だ」

鮫島は竜也に向かって眼配せした。

ニンマリとうなずいた竜也は一枚の紙を玲子の眼の前に突きつけ、

「このシナリオ通りにしゃべりな。少しでも逆らいやがると、ガキがどうなるか、もうわかってるな」

玲子の耳もとでささやき、口から手を離した。紙に眼をやった玲子は、ああッと声をあげそうになった。

そんなッ……こんなこと、言えないッ……ああ、言えるわけないわ……。

いやいやと泣き顔をゆすった玲子だったが、もうなす術はなかった。

「美加ちゃん……」

何が言いたかったのか、玲子は小さく子供の名をつぶやいた。

「さあ、奥さん。亭主に奥さんの本当の姿を教えてやるんだ、フフフ」

鮫島はマイクを玲子のほうへ向けた。

顔をひきつらせたまま、玲子はワナワナと唇をふるわせた。

「ゆ、ゆるして、あなた……玲子は、あ、あなた一人では……満足できないの……何人もの男の方にいじめられて、責められないと……」

玲子は泣き声をあえがせ、途切れとぎれに死にそうな思いで、紙に書かれているシナリオの文句を口にした。

もう言えないとばかりにかぶりをふる。だが、玲子はやめることはゆるされない。

「で、ですから、男の人にいじめてほしくて……鮫島さんに……ああ、あなた、ゆるしてください」

「フフフ、これでわかっただろ。奥さんは男に責められるのが好きなマゾ女だったのさ。私はサド、奥さんとは相性がよくてねえ。たっぷり責めさせてもらったよ」

鮫島は勝ち誇ったように笑った。

竜也のほうは玲子をこづいて、さらにシナリオを進ませようとする。

「ガキに痛い思いをさせてえのか」

と、おどしたり、それとは逆に、

「言う通りにすりゃ、このテープを亭主へ送りつけるのはやめるよう鮫島さんに頼んでやってもいいんだぜ、奥さん」

と、玲子の弱味につけこんだりして、玲子の口を開かせる。

「あなた……玲子は今、とても幸福なんです……鮫島さんから毎日きつく責められて、女の悦びを知ったわ……責めって、あなたには、わからないでしょうね……これから玲子がどんなふうに責められるか、教えてあげるわ……」

何度も途中で絶句し、泣きだしてしまってはテープをとめられ、はじめからやり直させられた。
「玲子がどこを責められるのがいちばん好きか……あなたおわかりかしら……玲子のお、お尻の穴……あなたは一度も触ってくれなかったわ……玲子、お尻の穴を責められるのが好き……ああ、今、玲子は……か、浣腸されているのよ」
何度も叱咤され、あえぎあえぎようやく言った玲子は、わあッと泣き崩れた。
鮫島はいったんそこでテープをとめた。
「いいよ、奥さん。これを聞いた亭主がどんな顔をするか、フフフ、眼に見えるようだ」
「ああ、いや、いやあ……もう、かんにんして……ひ、ひどすぎるわ」
「まだまだ、シナリオはこれからだよ」
鮫島は玲子の涙をぬぐってやると、再びテープのスイッチを入れた。
「聞いての通り、奥さんの希望で浣腸してやってるところでねえ。今ちょうど四百七十CC入ったところだよ。奥さん、気分はどうかな」
「き、気持ちいいわ……浣腸してくれるから、とってもいい……ああ、いいわ……」
「フフフ、浣腸を好むだけあって、尻の穴も実に素晴らしい。そうそう、こっちの処女をいただいたからねえ、田中。奥さんの尻の穴を使って楽しませてもらったよ」

鮫島は笑いながらノズルをつかんでゆさぶった。玲子の肛門を深く浅くとえぐり、こねくりまわしながら栄養液を注入する。
「どうだ。奥さんは浣腸で気持ちよさそうに泣くだろうが、フフフ」
「あ、ああ……そんな、ああッ……」
「ああ……あ、ああ……」
いくら歯をかみしばっても駄目だった。肛門に蠢くノズルと、チビチビ入ってくる液……。いやでも泣き声が出てしまう。
それを鮫島はたっぷりとテープに録音した。竜也も協力して、乳房をわしづかみして揉みこみ、無毛の恥丘を撫でまわしている。
玲子の白い肌が火照りだし、じっとり汗に濡れはじめた。ハアッハアッと揉みこまれる乳房から下腹があえぐ。
「フフフ、だいぶ気分を出してるな、奥さん。どれ、オマ×コはどんな具合いかな」
「あ、ああッ」
いきなり媚肉の合わせ目へ指先を分け入れられて、玲子は泣き声をうわずらせて、ブルルッと胴ぶるいした。
「これはこれは、フフフ、田中君の女房のオマ×コはもうビチョビチョだ。私の指がとろけそうだ」

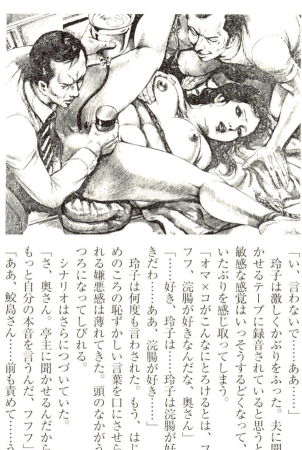

「い、言わないで……ああ……」

玲子は激しくかぶりをふった。夫に聞かせるテープに録音されていると思うと、敏感な感覚はいっそうするどくなって、いたぶりを感じ取ってしまう。

「オマ×コがこんなにとろけるとは、フフフ、浣腸が好きなんだな、奥さん」

「……好き……ああ、玲子は浣腸が好きだわ……」

玲子は何度も言わされた。もう、はじめのころの恥ずかしい言葉を口にさせられる嫌悪感は薄れてきた。頭のなかがつろになってしびれる。

シナリオはさらにつづいていた。

「さ、奥さん。亭主に聞かせるんだから、もっと自分の本音を言うんだ、フフフ」

「ああ、鮫島さん……前も責めて……う

んと、うんと太いのを玲子の……オマ×コに入れて……主人に玲子がどんな女か、もっと知ってほしいんです」
「フフフ、田中君の奥さんは浣腸されながらの張型責めがお望みだ」
鮫島は箱のなかから張型を取りあげた。それを玲子の顔の前へかざしてみせた。
「……ああ、それじゃいや……もっと、もっと太いので責めて……」
「フフフ、もっと太いのだってよ。信じられるか」
鮫島はあざ笑いながら、長大な張型に取りかえた。長さは三十センチ近く、太さは子供の美加の腕くらいはある。それがいかにバケモノ並みの長大さか、鮫島はとくとくと説明した。
それからおもむろに、玲子の媚肉にあてがった。
「あ、いや……」
長大な先が分け入ってくる感覚に、白いのどがのけぞり、うめき声が噴きあがった。
「いやがっているように聞こえるかもしれんが、いやいやを言いながらも悦んでるんだ。フフフ、うれしそうに呑みこんでいく」
鮫島はズブズブと沈めた。しとどに濡れそぼった肉襞が、いっぱいに拡張されていく。引き裂かれるようだった。
「うむ……う、ううむ……」

ギリギリ唇をかみしばり、ふりたてる顔をひきつらせて、玲子はベッドをずりあがった。

4

車は間道を走りつづける。もうあたりはすっかり明るくなっていた。
「フフフ、まったくたいした奥さんだよ。こんな太いのを呑みこんでいくんだからね」
鮫島は深く張型を埋めこんだ。まるで黒い杭を打ちこんだようだ。
「うむ……あ、ああ、うむ……」
苦悶と快美の入り混じった表情で、玲子はうめき、泣いた。
ズシッという感じで、先端が玲子の子宮口に届いた。
ひッ……と玲子は上体をのけぞらせた。びっしりとつめこまれたようで、それでもなかばしか埋めこまれておらず、さらに沈んでくる。子宮が押しあげられて、胃が突きあげられるようだ。
吊りあげられた両脚の内腿が、ピクピクと痙攣した。
「これだけ深く入れりゃ、満足かな、奥さん」

「奥さんはうれしくて、声も出ないようだ、フフフ。いいながめだ。オマ×コに張型、尻の穴に浣腸器のゴム管……君に見せてやりたいよ」
鮫島はゆっくりと張型をあやつりはじめた。
たちまち玲子は泣き声をあげた。吊りあげられた両脚をうねらせ、乳房をゆすって腰をはねあげる。
「あ、あッ……ああ、いや……」
それはえぐってくるものの大きさにおびえたようにも見え、またするどいまでの肉の快美にのたうつようにも見えた。背筋がふるえだし、そのふるえは熱となってトロトロと甘蜜を絞りださせた。しだいに、貫いているものに肉が順応していく。
「フフフ、すべりがよくなってきたね、奥さん。敏感な身体だ」
「ああッ……狂ってしまう、あうう……」
「もう、よがり声をあげてるじゃないか」
鮫島はマイクを玲子の媚肉に近づけた。しとどに濡れた肉襞が、長大な張型に巻きこまれ、妖しいせせらぎをかなでている。
「この音が聞こえるだろ、フフフ。奥さんがどんなに悦んでいるか、よくわかるはずだ」

「う、うむ……」

「ああ……あなた、あなた……」
玲子は泣きながら夫を呼んだ。気も遠くなるような肉の快美に、もう自分を貫いているのが長大な張型なのか、夫なのかわからなくなっているようだ。
あられもなくよがり声が噴きこぼれ、たちまち官能の渦にのめりこんでいく。まるで油を塗ったように、白い裸身がヌラヌラと汗に光った。
張型の動きがしだいにはやく、激しくなった。グイグイえぐりこみ、こねくりまわす。
「あ……ああッ、もうッ……」
ひきつるばかりの声をあげて、玲子は美しい顔をのけぞらせ、生々しいまでに腰をうねらせた。吊りあげられた両脚が、ピーンとつって爪先がかがまった。
「ひッ、ひッ……あなたッ、いく、いきますッ」
腹の底から絞りたてるように叫んだと思うと、そのままガクッと官能の痙攣のなかに女体が沈んだ。
「フフフ、君の女房は今、めでたく気をやったよ。美しい顔をして気のやりようは激しいもんだ」
鮫島はマイクに向かって声高に笑った。ここまでテープに録音して、充分に満足そうだった。

「まあ、とにかく自分の女房の本性が、これでわかったはずだ、田中。もっともこんなのはほんの序の口だがね。そうそう、奥さんの希望で、今夜から奥さんはＳＭモデルとして、ショウや裏ビデオ出演、それに客もとってもらうことにしたよ。そういうわけだから、奥さんのことは私にまかせて、せいぜいそっちで楽しんでくれよ」
そう言い放って、鮫島はテープのスイッチを切った。玲子はベッドの上で死んだようにグッタリとして、ハアハアッとあえいでいるばかりだった。
イルリガートル浣腸のガラス容器に眼をやると、ようやく半分ちょっと、千八百ＣＣを示していた。
車はどこへ向かうのか、ひたすら走りつづけた。そして小さな町へ入り、ガソリンスタンドでとまった。アルバイト学生風の若者が、元気よく飛びだしてきた。
「いらっしゃいッ」
「満タンだ」
厚次は運転席から外へおりて言った。
注油をはじめた若者は、何げなく車の窓からなかを見て、ギョッとした。車のなかのベッドに一糸まとわぬ全裸の美女が横たわっているのだ。後ろ手に縛られ、両脚をＶ字型に天井から吊られ、双臀からはゴム管の尻尾を生やしている。
「気にするなよ。田中玲子というモデルが、今夜のショウの準備をしてるんだからよ

う」
厚次は若者の肩に手を置いて、ドスのきいた声で言った。若者は信じられない光景に、ゴクリとのどを鳴らした。
「あんな美人が……」
「へへへ、綺麗な顔してるけどよ、好きな女でよう。いつもああやって責められてねえと、我慢できねえ牝よ」
厚次は鮫島の手口をまねして、もっともらしいことを言った。
若者は車のなかをのぞいたことをとがめられる様子もないとわかると、いっそう食い入るようにのぞきこんだ。
「責めるって、何やってんですか？」
若者は、吊りさげられたガラス容器とゴム管に気づいたようだ。
「へへへ、浣腸してやったんだよ」
「カ、カンチョウって……まさか。こいつはすげえや、あんな美人が浣腸されてるのか」
若者は声をうわずらせた。女にいちばん興味を感じる年ごろである。若者は背筋がゾクゾクした。女の美しい顔はうつろに瞳を開いて唇をあえがせ、圧倒されるような見事な肉体は、ムンムンと熟しきっている。我れを忘れて見とれた。

時折り、鮫島と竜也の手が白い肌に這うのもたまらないながめだ。まばたきをするのも惜しかった。まさか玲子が男たちに誘拐されてもてあそばれていようとは、夢にも思わない。
「そいつを見せてくれ」
「そんなもん、ありませんよ。でも蛇なら今朝つかまえたんだけど……」
「ところでよ。この町に蛇を売ってるペットショップみてえのはないか」
若者はガレージのほうへ走っていくと、すぐに布袋を持ってもどってきた。なかをのぞくと大きな青大将が二匹くねっていた。
「こいつはいい。ゆずってくれねえか」
「蛇なんてどうするんだい、二匹も」
「ショウに使うんだよ。女のオマ×コと尻の穴に入れるんだ」
驚いて若者は厚次の顔を見た。それから車のなかの玲子を見た。
「へ、蛇を生きたままかい……あの美人に」
「当たり前だ、へへへ」
厚次は蛇の入った布袋を手にして、へらへらと笑った。これで今夜の玲子のショウが楽しみになったというものだ。
うれしそうに笑う厚次をよそに、若者は驚きを隠しきれない様子で、食い入るよう

に車のなかをのぞきこんだ。玲子の双臀からのびたゴム管が、蛇のように思えてきた。
あれがもし本当の蛇なら……そう考えただけで、若者のズボンの前は硬く張っていた。
「どうした、厚次」
車のなかから竜也が呼んだ。ワゴン車の横開きのドアを開ける。
厚次は布袋をかざして、片眼をつぶった。まだ蛇のことは玲子に知らせる気はない。今からおびえさせては、それを使う時のお楽しみが減るというものだ。
竜也と鮫島は何も言わずに、ニヤリと笑いかえしただけだった。
車のドアが開いたために、若者の眼にいっそう玲子の裸身が鮮明に映った。
「…………」
若者は声もなく、その場に釘づけになっていた。眼だけがギラギラ光って、玲子から離れない。
「フフフ、いい身体をしてるだろ」
「若い者には眼の毒かな、へへへ」
鮫島と竜也は笑って、わざと玲子の裸身を若者に見せつけた。乳房をわしづかみにして揉みこんだり、内腿を撫でさすってみせる。
若者と視線の合った玲子が狼狽して顔をそむけようとしたが、竜也がグイともどし

て表情をさらした。
玲子は眼を閉じて、じっとしたまま何も言おうとはしなかった。たすけて……ああ、玲子をたすけて……。
胸のうちで狂おしく叫びながらも、もう救いを求める気力もなかった。
しばし見とれていた若者が、おずおずと口を開いた。
「す、すごい美人だ……こんな美しい女がＳＭモデルなんて、俺は夢でも見てるんじゃないのか……」
そうつぶやいてから、鮫島たちのほうを見てうわずった声で、
「ほ、本当にこの美人のショウをやるのかい。ＳＭショウってのを」
「フフフ、今夜やる予定だ」
「そのショウを俺にも見せてくれないか。もちろん金は払う」
若者の言葉に鮫島たちは顔を見合わせて笑いだした。ほんの退屈しのぎのつもりで玲子の裸身をさらしたのだが、若者はすっかり本気になってしまった。
「この女のショウは、おめえのような若僧に見せる安いショウじゃねえんだ。裸を見ただけでもありがてえと思いな」
厚次はそう言って、またへらへらと笑った。

5

鮫島たちのワゴン車が、この地方で有名な温泉地に到着したのは、もう夕方だった。
この場所を指定したのは鮫島だった。温泉地なら長距離トラックが来る心配もないが、鮫島にはほかにも意図があるらしい。
「フフフ、ここだぜ」
鮫島の示す地図に従って車を走らせた厚次は、大きな温泉旅館の前で車をとめた。
しばらく車のなかで待っているように言って、鮫島は一人旅館のなかへ入っていった。その間に竜也は、黒地のワンピースを玲子に素肌の上からまとわせた。スカートの部分は、膝上二十センチ近い超ミニである。足には黒色のハイヒールをはかせた。
鮫島は十分ほどしてもどってきた。
「話がまとまったぜ。今夜はここに泊まることになった、フフフ」
子供を抱いた玲子を取り囲むようにして、鮫島たちは旅館へ入った。旧館の離れの一角が鮫島たちの部屋だった。そこは旅館のホールでショウを見せる芸人たちの宿舎がわりに使われている。宿舎にしてはいい部屋だ。
隣りにはフランスからきた踊り子たちと何人かの三流コメディアンがいた。
「さあ、奥さん。綺麗にみがきあげるんだ。男たちが夢中になるようにな」

「へへへ、たっぷり精もつけたことだし、休む必要もねえだろうからよ」
「いよいよSMモデル田中玲子のデビューってわけだぜ」
部屋で休むひまも与えられず、玲子は子供と引き離されてシャワーを使わされた。身体を清めると、化粧台の前に座らされた。
芸人の宿舎になっているだけに、壁には大きな三面鏡がはめこまれていた。その鏡に向かって玲子は艶やかな黒髪にブラシをかけ、綺麗にセットしていく。若奥様風のシックな髪型だ。
「どこから見ても、いい家の若奥様だ。へへへ、あれだけ可愛がってやっても、品があるとはたいした女だぜ」
「その若奥様風って素人らしさが、今に評判になる、フフフ」
竜也や鮫島は後ろに立って、ニヤニヤと鏡のなかの玲子をのぞいた。厚次は子供の美加の腰に紐をつけて、人形で遊ばせながら監視している。
黒髪をセットすると、次は顔をパウダーファンデーションで化粧しはじめた。真っ赤なルージュを唇に引き、まぶたにはパープル系のアイシャドウを引いた。
「すげえ、たいした美人ぶりだぜ。この俺でもゾクゾクする。これじゃ客たちが大喜びするのは間違いねえ」
竜也がひゅっと口笛を鳴らした。まばゆいばかりの美しさで、思わず眼が細くなっ

た。飽くなき責めの連続で、多少やつれた感じだが、それがかえって色香を増していた。
「ああ……こわいッ……」
化粧が終わると、玲子はにわかにおびえて涙ぐんだ、SMモデルとしてデビューさせられるかと思うと、おびえずにはいられなかった。
「か、かんにんして……お願いです」
「泣くんじゃない。せっかくの化粧が崩れるじゃないか。フフフ、泣くのは客たちの前で責められてからだ」
鮫島はパシッと玲子の双臀をはたいた。
玲子は唇をかんで、必死におびえをこらえるふうだった。その前にかがみこんだ鮫島は、ポケットからバタフライを取りだして、玲子の腰に取りつける。
小さなハート型をした赤色のバタフライで、ストリッパーがつけるものよりもひとまわり小さい。綺麗に剃りあげられている恥丘がわずかに隠れる程度だ。後ろは紐になっていて、臀丘の谷間に食いこんで見えない。
「こ、こんな……かんにんして……」
「それをつけてもらえるだけでも感謝しな。へへへ、よく似合うぜ」
「ああ、こんな格好はいやです……お願い、かんにんしてください」

玲子は狼狽した。これではもう全裸と同じだ。バタフライの紐が媚肉の合わせ目や臀丘の谷間にきつく食いこんで、おぞましい感覚を呼んだ。

「フフフ……」

鮫島は笑うだけで、玲子の哀願を無視して足にハイヒールをはかせた。バタフライと同じ赤色で、かかとが十センチもあるサンダル型のハイヒールだった。のぞいている爪先に体重がかかり、前にころびそうだった。

鮫島や竜也たちはニヤニヤと玲子をながめた。白い肌に赤いバタフライとハイヒールが鮮やかに映えて、妖美な色香をかもしだしている。

「すげえ色気だ。そんな姿で迫られりゃ、どんな男でもいちころだぜ」

「奥さんの顔見せにはふさわしい姿だ。せいぜい色気をふりまいてお座敷ショウのお呼びが客からかかるようにするんだ、奥さん」

鮫島たちは、すぐに玲子を秘密ショウに出す気はないようだった。まずはホールの舞台で玲子の身体を披露してから、どこかの座敷で秘密ショウにデビューさせる気らしい。

玲子の裸を他人に見せびらかすことの好きな鮫島の考えつきそうなことだ。

「こちらさん、そろそろ舞台の出番ですよ」

旅館のショウ担当係から声がかかった。

鮫島と竜也は、玲子の肩にガウンをはおらせると、左右から腕を取った。
「へへへ、奥さん、ガキの命はこの俺しだいだってことを忘れんなよ」
子供をつないだ縄を手に、厚次が釘を刺すように言った。
玲子はほとんど引きずられるようにして、ホールの舞台の裏へ連れこまれた。
舞台ではちょうどフランス人の踊り子たちが、ラインダンスを見せている最中だった。その正面には食事をとる観光客がいっぱいで、二、三百人はいた。
「あ、ああ……こわいわ……」
玲子はブルブルとふるえた。こんなにも大勢の観光客の前で責められることはないだろうが、バタフライひとつの裸身でさらされるのかと思うと、生きた心地がない。
すがるように鮫島を見た。
「鮫島さん……」
「フフフ、この竜也にまかせて、言う通りにしていればいい。要は奥さんの身体と、美しさを見せてくれりゃいいんだ」
鮫島はあざ笑うように、ピタピタと玲子の双臀をたたいた。
舞台へは竜也が玲子を連れだすらしかった。
その竜也はいつの間にか黒いスーツに着がえて、サングラスまでしていた。殺し屋ルックである。

ラインダンスが終わって、いよいよ玲子の出番がきた。
鮫島が玲子の肩からガウンを剝ぎ取ると、竜也は玲子の手をつかんで舞台へ出た。
ああ、いやあ……。
悲鳴をあげそうになって、玲子はあわてて声をかみ殺した。いっせいに男たちの視線が突き刺さってきた。
「ほれ、色っぽく尻をふって歩くんだ」
竜也は観光客たちに気づかれないように、きびしく言った。玲子の手をつかんで、ゆっくりと舞台の上を歩く。端から端まで歩いて、玲子の裸身を観衆の眼にさらした。
ザワザワしていたホール内が静まりかえった。
「へへへ、みんな奥さんを見てるぜ」
「ああ……」
玲子は生きた心地もなかった。わあッと泣きだしたいのを必死にこらえ、竜也に命じられるままに無理に笑顔をつくった。身体じゅうに痛いまでに男たちの視線を感じた。自分を見て何かささやき合っているのがわかる。明らかに玲子の美しさに驚かされ、圧倒されている。
実際、玲子の妖しいまでの美しさと色気は、それまでの美人ぞろいのラインダンスを消し飛ばしてしまうほどだ。

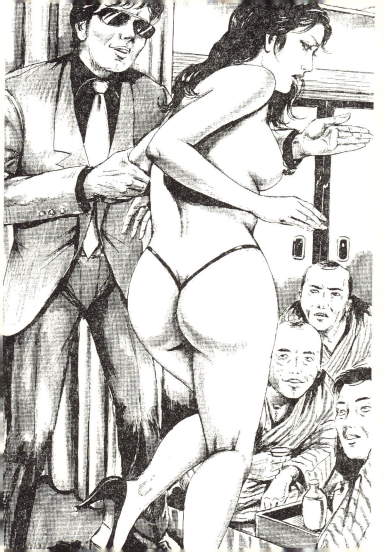

「ほれ、尻をもっとふらねえか。乳房もゆすってみせるんだ。踊るんだよ」
竜也は得意げに舞台の上を、玲子を引きまわした。声は小さいが、玲子の反抗をゆるさないすごみがあった。舞台裏からは、鮫島が眼を光らせている。
「ああ……こんなことって……」
玲子は哀しげにつぶやきながらも、逃れる術もなく歩かされた。バックミュージックに合わせて、踊るようにして歩かされる。乳房を手で隠して、その場にしゃがみこみたくなる。
「竜也さん……もう、かんにんして……」
「まだまだ、これからじゃねえか、へへへ。思いきってバタフライも取って、オマ×コの大開陳といくかい、奥さん」
そんなことを言ってからかいながら、竜也は執拗に玲子を引きまわした。
これといった芸を見せるわけではなくても、玲子の美貌と官能美あふれる見事な肉体、それが踊るだけで絵になった。それでなくともエアロビックスダンスは、玲子は得意だ。
「ほれ、もっと踊ってみせねえか。言うことを聞かねえと、本当にバタフライを取るぜ」
「それは……ああ……」

強要されるままに玲子は、音楽に合わせて踊った。熟しきった肉が躍り、乳房が豊かにうねって双臀がはねた。

観衆はうっとりと玲子に見とれていた。

第十章　緊縛地獄　白い濡肌に黒い縄

1

バタフライひとつつけた裸身をさらし、男たちを誘惑する。玲子は舞台の上で竜也に踊らされながら、生きた心地がしなかった。

豊満な乳房がゆれ、腰がくねって男たちの眼を魅了する。どんな男もトリコにせずにはおかない妖しい踊り。

「ほれ、もっと足をあげねえか、へへへ。尻を突きだせ」

遊び人の竜也はダンス上手で、巧みに玲子をあやつった。

鮫島はニヤニヤと笑って客席をまわりながら、さかんにお座敷ショウへの誘いをかけていた。竜也が玲子の身体をさらし、鮫島が客を誘うという寸法である。そしてようやく、玲子が竜也の手で引きずられるように楽屋へ連れもどされてくると、鮫島も

もどってきてニヤニヤと歩み寄ってきた。
「たいした評判だ、奥さん。さっそくお座敷ショウの引き合いが何件もきたよ」
「そいつはいいや。裸を見せて大々的に宣伝したかいがあったってもんじゃねえか。みんな見とれてやがったからな」
竜也もニヤニヤと玲子の顔をのぞきこんで笑った。玲子はハアハアとあえいでいる。
「奥さんのデビューにふさわしい客を選んでやったよ。準備ができしだい、さっそく初の舞台だ」
「へへへ、それじゃ休んでるひまはねえな」
鮫島と竜也は玲子の腕を取って、鏡台の前へ引きたてた。
竜也がファンデーションやルージュを手に玲子の化粧を直しはじめると、鮫島はスキンローションを玲子の肌に塗りこめていく。玲子は肩をふるわせてむせび泣き、放心したように男たちに身をまかせていた。
ああ、お座敷ショウなんて……玲子、死にたい……。
そう思っても、逃げようとする気力どころか、男たちの手をふり払う力も湧いてこない。両手で乳房とバタフライの股間をおおうばかりだ。もう玲子のなかで、何かが崩れ落ちてしまっている。
白くシミひとつない玲子の肌は、舞台での恥ずかしい踊りにうっすらと汗に濡れ、

深い輝きを帯びて鮫島の手にねっとりと吸いつく。豊満な乳房は熟れに熟れた桃さながらで、とても手で隠しきれない。細くくびれた腰とムチッと張った臀丘、そしてバタフライを食いこませてムッチリと閉じ合わせている太腿……すべてが男たちのいたぶりと精にまみれ、とろけるばかりの官能美にあふれている。

男たちの責めでみがきあげられ、つちかわれてきた女の成熟美だ。普通の家庭の主婦では、とてもここまでいくまい。

「肉そのものになってきたな、奥さん。客が涎れをたらして喜ぶぞ。ほれ、手をどけないか」

鮫島は玲子の乳房にローションを塗りこみながら、もう一方の手でバタフライを取りはずした。綺麗に剃りあげられた恥丘にも、たっぷりとローションをすりこんだ。

化粧直しの終わった竜也は、玲子を立ちあがらせると、両脚を開かせた。その前にルージュを持ってかがみこむ。

「こっちのほうも、今度は綺麗に化粧しなくちゃよ。へへへ、もっと股をおっぴろげねえか、奥さん」

「ああ……そんな……」

股間にのびてくる竜也の手に、玲子は弱々しくかぶりをふった。

媚肉の合わせ目がつまみあげられ、そこにまでルージュを引かれる。唇と同じ燃え

るようなレッドに仕上げられた。
「か、かんにんして……」
「へへへ、お座敷ショウとなりゃ、客の眼の前でオマ×コの奥まで見せるんだ。ここを綺麗に化粧するのは、モデルの身だしなみってやつだぜ、奥さん」
「あ、ああ……そ、そんなところまで……」
さらに肛門にまでルージュを塗られた。女の下の唇と肛門は、綺麗なレッドに彩られ、毒々しいまでの様相を見せた。それがヒクッ、ヒクッと蠢くさまは、生唾を呑む生々しさだった。
「もう感じてるのか、奥さん、フフフ。ますます敏感になるようだな」
「ああ、そんなこと、言わないで……」
「オマ×コを濡らして泣くんじゃねえよ。せっかくの化粧が台なしじゃねえか」
鮫島と竜也は、玲子の媚肉がすでにじっとりと濡れているのを見て、ゲラゲラと笑った。
乳首にもルージュが塗られると、鮫島は玲子の艶やかな黒髪にブラシを入れた。見るからに人妻らしくと、今度は黒髪をアップに結いあげる。
「フフフ、人妻の色気が匂うようだ。アップがよく似合うじゃねえか」
ニヤニヤとながめながら、鮫島は玲子の足もとに服を投げた。

玲子が買物などの外出に好んで着たダークブルーのワンピースである。前面をボタンでとめる、結婚記念日に夫からプレゼントされたものである。

そんなワンピースをどこに隠し持っていたのか。そのワンピースに合うように買ったハイヒールまでそろえられた。

「ああ、なつかしい……き、着てもいいんですか……」

「さっさと着な。それとも素っ裸のほうがいいかい、奥さん」

玲子はあわてて、一糸まとわぬ素肌の上にそのワンピースをまとった。ハイヒールもはく。下着類はいっさい与えられないが、全裸よりははるかにましだ。

「こりゃいい。どう見てもいい家の若奥様だ、フフフ」

「娼婦らしく素っ裸に縛るってのもいいが、若奥様姿ってのも、ゾクゾクするぜ」

「素っ裸にひん剝いて、とことん責めたくなってきやがるぜ、フフフ」

鮫島と竜也は、眼を細めて玲子に見とれた。これまでさんざんもてあそんできたのが、嘘みたいに上品で美しい。まばゆいばかりで、男たちの嗜虐の欲情をそそられずにはいられなかった。

「フフフ、これじゃさぞかし客も喜ぶだろうて」

鮫島はニタニタと笑いながら、玲子のスカートの前のボタンを下からいくつかはずした。スリットみたいになって、太腿がチラチラのぞくようにしたのだ。

「さっきも言ったが、デビューにふさわしい客を見つけたんだよ、奥さん。まあせいぜいがんばることだ」
「今夜はどんなショウになるか、幕が開いてからのお楽しみだ」
鮫島と竜也は意味ありげに言って、左右から玲子の腕を取ると、歩きはじめた。
玲子は唇をかみしめ、何も言わなかった。生きた心地もなく、身体がブルブルとふるえだした。
あ、あなた……美加ちゃん……。
救いを求めるように、胸のうちで夫と我が子の名を口にした。
楽屋から廊下へ出て、本館の四階へあがった。膝がふるえてハイヒールがガクガクし、足が思うように進まない。
「鮫島さん……か、かんにんして……こわい、こわいわ」
「フフフ、娘のことを思って、勇気を出すんだな」
おびえた玲子の美貌が、今にもベソをかかんばかりで哀れだった。めざす客室の前で厚次が待っていた。腕に美加を抱いている。
「ああ、美加ちゃんッ」
玲子はかけ寄ると、美加を抱きしめた。どうして美加がここに……。
「ママ」

美加はあどけない表情で笑った。もう厚次になついた様子で、泣いていた気配はない。

だんだんと我が子が自分から遠ざかっていくみたいだ。このところ、恥ずかしい責めを受ける時しか子供に会わせてもらえない。

「美加ちゃん……ああ、ママよ、美加……」

玲子はおぞましいお座敷ショウのことも忘れ、まるで数年ぶりに子供と再会したように抱きしめて頬ずりした。地獄の日々を送る今の玲子には、子供だけが生きる支えなのだ。

次の瞬間、玲子はハッとした。

「い、いやですッ……子供の前では……ああ、子供は向こうへ連れていって……」

「何を言ってやがる。もう客が待ちくたびれてるぜ、へへへ」

と、厚次がせせら笑えば、

「奥さんは子持ちのモデルとして売りだすんだからねえ」

「ガキを抱いた人妻が責められるってえのは、たまらねえからな、へへへ」

鮫島と竜也も冷たく笑うのだった。

厚次が飛びだしナイフを取りだして、玲子に見せた。いつでも子供を傷つけるというおどしだ。

「ああ……どうしても子供の前で……」
玲子は唇がワナワナとふるえ、言葉がつづかなかった。どんなに哀願しても聞いてくれる連中ではない。
「わかったようだな、奥さん。そうやって子供を抱いている姿は、本当に人妻らしいぜ」
鮫島は客室の戸を開けると、玲子の背中を押した。
なかは六畳の和室になっていて、襖の向こうの部屋から男たちの笑い声が聞こえてくる。
「ほれ、さっさとあがらねえか、奥さん」
竜也と厚次は、玲子をハイヒールをはかせたまま六畳間へ追いこんだ。襖に向かう形で、子供を抱いたまま正座させた。
「フフフ、いよいよ奥さんのデビューだ。いいね、厚次のナイフが子供を狙ってることを忘れるんじゃないよ、奥さん」
鮫島はもう一度念を押した。
竜也と厚次が玲子の後ろに、出口をふさぐように座った。
「ああ、美加ちゃん、ママといっしょに……ああ、こわい、ママこわいわ……」
子供に頬ずりして、哀しげな恨みのこもった眼で一度鮫島を見た。身体じゅうがブ

ルブルとふるえている。それでも、もう観念したのか命じられるままに頭を襖に向かってさげた。
それを見て、鮫島も玲子の横に膝をついた。
「へへへ、ごめんなさい。SMショウの女を連れてきました」
そう言って、鮫島は襖に手をかけた。

2

玲子の頭の上で、襖が開いた。それまでざわめいていた奥座敷が、急に静まりかえった。酒の匂いと男の体臭が、玲子の鼻をついた。ムッとするほどだった。頭をさげている玲子には、男たちの顔は見えない。
「お客さん方にあいさつしないか、奥さん」
鮫島がニヤニヤと笑いながら言った。
ブルブルとふるえている玲子の身体が、ビクッと硬直した。
「……た、田中玲子と申します……ごらんの通り、子連れの人妻です……今夜はどうか、心ゆくまで……れ、玲子の……SMショウをお楽しみくださいませ……」
玲子は声をふるわせ、あえぎながら教えこまれた口上を口にした。恐ろしさに顔を

あげて客たちを見ることもできない。ボタンをはずされたスカートの前からのぞく膝や太腿に、男たちの熱い視線が注がれるのが、痛いほどよくわかった。子供を抱いていては、スカートを直すこともできない。
「やっぱり田中さんところの奥さんだぜ」
「そうだ。二丁目の田中玲子夫人だよ。こいつは驚いた」
男たちの話し声が玲子に聞こえた。聞き覚えのある声だ。
「………」
おそるおそる顔をあげて客の顔を見たとたん、玲子の瞳が凍りついた。
奥の座敷には玲子のよく知っている男が七人も、浴衣姿で座っていた。玲子が毎日買物にいく商店街のクリーニング屋、酒屋、魚屋、本屋、薬屋、そして肉屋と八百屋の主人で、玲子の顔見知りの連中ばかりだ。
「あ、あなた方は……こんな……こんなことって……」
声が驚愕と衝撃にかすれた。子供を抱きしめたまま、ジリジリとあとずさった。
「さっき大ホールの舞台でダンスを見た時、奥さんによく似た踊り子だと思っていたんだが、まさか奥さんだったとは……」
「美人で上品な田中玲子夫人が、ヌードモデルになってるとは……」
「道理で最近姿を見ないと思ったよ。こんなところでお目にかかれるとはねえ」

男たちの声はうわずっていた。
田中玲子のＳＭショウを見せると鮫島にもちかけられたのだが、あの奥さんがＳＭショウなどに出るわけがないと、今しがたまで誰も信じていなかった。
「奥さんに似た女のＳＭショウでも見て、奥さんの裸を想像しようなんて話してたところでしてねえ」
「それが本物の田中玲子夫人を見られるとは、へへへ、我々は以前から奥さんの大ファンでしてねえ」
「ほかの女を抱きながら、よく奥さんの顔や脚を思い浮かべたものですよ」
温泉地の開放感に酒の酔いも手伝って、男たちはしだいに大胆に玲子に話しかける。
「い、いやあッ」
我れを忘れて玲子は逃げようとした。
デビューにふさわしい客と鮫島が言ったわけがわかった。鮫島のことだ、どこかで商店主たちの旅行のことを調べて、はじめからこの旅館に来る気だったに違いない。
ひ、ひどい……あんまりだわ……。
だが、出口を竜也と厚次に押さえられていては、逃げられるわけはない。たちまち竜也と厚次につかまってしまう。
「ああ、いやですッ……こ、この人たちだけはいやあッ」

これまでのように、見知らぬ男たちの前で辱しめられるのとは、わけが違う。顔見知りだけに、恐怖も羞恥もずっと大きかった。

玲子は身体を揉みゆすって、スカートの前が乱れて太腿が露わにのぞくのを気にする余裕すらなかった。

「おとなしくしねえか、奥さん」

「ヌードモデルが客を選べるかよ、へへへ。牝のくせしやがって」

竜也と厚次は、ズルズルと玲子を引きもどした。鮫島は男たちのほうへ向かって、ニヤニヤと手をすり合わせながら、

「どうも、今夜がデビューなもんですから、フフフ、すぐ言いきかせますもんで」

だが、男たちは少しも不満そうではなく、むしろ喜んで玲子のあらがいをながめている。

「さすがに、たいした迫力だ」

「へへへ、あの美人の田中玲子夫人が無理やり……こいつはたまらんよ」

「おうおう、あんなにムチムチの太腿を露わにして」

と、はやくも息を荒くし、眼を血走らせる。鮫島は持ってきたカバンから荒縄を取りだして、ビシビシとしごいた。

竜也と厚次は玲子を二間の境の敷居に立たせると、厚次が玲子の手から子供を奪い

取った。
「ああ、美加ちゃんッ」
「いつまでダダをこねてんだよ」
「いやッ……ああ、かんにんしてッ、いや、いやあッ」
スカートを乱し、太腿も露わにあらがう玲子の姿は、このうえなく男たちの眼を楽しませる。ヤクザやチンピラに襲われる良家の妻といった構図だ。これほど男心をそそるものはない。
「ほれ、お客さん方に詫びを入れねえか」
「フフフ、客は詫びより裸を見たがっている。少し楽しませようじゃないか」
鮫島はすぐに玲子を縛るのをやめた。男たちが玲子のあらがいを楽しんでいるのだ。
竜也に押さえつけさせて、ワンピースの前面のボタンを、上からひとつひとつはずしていく。
「ああ、やめてッ……あの人たちに裸を見せるのはいやッ」
床に突っ伏そうともがくのを、竜也が後ろから抱き起こして立たせる。両手を背中へねじあげて、胸や下腹を男たちのほうへ突きだす格好にさえした。
「ほらほら、もうすぐおっぱいが丸見えだ」
「いやあッ」

腰をふりたてて逃れようとする玲子の身悶えを男たちにじっくりと見せつけながら、鮫島はわざとゆっくりボタンをはずした。

前がはだけて、ブルンと乳房が弾けでた。乳首を赤くルージュで彩られた、プリプリと張った白く豊満な乳房だ。

「あぁッ、いやあ……」

男たちの眼がいっせいに乳房に吸いついてくるのがわかった。

鮫島の手はさらに下へとおりてくる。ボタンをはずしながら腹部をさらし、そして最後のひとつをはずした。

「ひッ……」

玲子はもう動くことができなかった。ワンピースは前面をボタンでとめるようになっているため、少しでも身悶えれば前がすべてはだけて、恥ずかしいところが丸見えになってしまうのだ。

「フフフ、もう抵抗は終わりかい、奥さん」

「ああ……か、かんにんして……」

「それじゃ奥さんの大好きな縄だ」

鮫島はへらへらと笑うと、後ろ手にねじあげられている玲子の手首に、荒縄を巻きつけて縛った。剝きだされている乳房の上下にも、きつく縄目を食いこませた。

すばやく縄尻を鴨居にかけて、玲子を立ち姿にまっすぐ吊った。そうしておいて、しばらく玲子の半裸を男たちの眼にさらした。

玲子は乳房と太腿のあたりのワンピースがはだけ、わずかに下腹から股間を隠しているだけの無残な姿だった。今にもはだけそうな股間を、必死に太腿を閉じ合わせて防いでいる。

「どうです、皆さんのあこがれの人妻、田中玲子夫人の身体は。フフフ、いいおっぱいしてるでしょうが」

鮫島は自慢げに玲子の豊満な乳房を、下からすくいあげるようにゆさぶった。弾けるように玲子が悲鳴をあげた。

「いやッ……やめてえ……」

「フフフ、太腿だってムチムチのスベスベですよ。ほうれ」

「あぁッ、いや、いやですッ……や、やめてくださいッ」

腰をふって鮫島の手を払いのけられないのがつらい。

男たちはもう、息を呑んで玲子に見とれていた。美貌の人妻が見なれたワンピースを乱して肌も露わに、わずかに股間を隠している姿は、バタフライひとつの裸身よりむしろ艶めかしい。もてあそばれる人妻の風情があった。

それだけに鮫島もあえてはだけようとはしなかった。すべてをすぐに男たちの眼に

さらけだしてはおもしろくない。
「フフフ、次は玲子の尻を見てもらいますかな。いい尻してますよ」
「いやッ」
叫んだ時にはもう、玲子はクルッと後ろ向きにされていた。ワンピースを前からまくられて、裸の双臀をさらされた。
おおッ、とどよめきにも似た声が、男たちからあがった。玲子がノーパンなのも驚きだったが、それ以上にあまりに悩ましく見事な玲子の双臀に圧倒された様子だ。
「な、なんていい尻をしてるんだ……想像していたよりずっと素晴らしい」
肉屋の主人が胴ぶるいせんばかりに、うなり声をあげた。八百屋と魚屋の主人は、今にも涎れをたらさんばかりで声もない。
白くシミひとつない玲子の双臀が、ムチッと張りきっていた。臀丘の頂きは高く、形よく盛りあがって、谷間の切れこみは深い。まるで女の色香がプリンプリンにつまっているようで、官能美にあふれていた。
それでなくとも形のいい玲子の双臀は、ハイヒールをはいているためにいっそう引き締まって、男たちの眼を圧倒せずにはおかなかった。
「これがなかなか好きな尻でして、フフフ、今にわかりますがね」
鮫島は意味ありげに言って、玲子の双臀を撫でまわしては、ピタピタとたたいた。

「い、いや……ああ、いや……」

玲子はたまらず、肩をふるわせて泣きだした。顔見知りの商店主たちの前で裸の双臀をさらされるなど、生きた心地もなかった。必死に太腿を閉じ合わせ、臀丘を引き締めた。

「これくらいでいやがってどうする。もっともいやがりながら、下を濡らすのが女ってもんだが、まずは尻打ちといくか」

鮫島の合図で竜也が鞭をふりかぶるのが、ふりかえった玲子の眼に映った。

「やめてッ、鞭はいやッ……」

玲子の叫びは、するどい鞭の音とともにひいッという悲鳴に消えた。

ピシッ……ピシッ……一定の間隔をおいて竜也の鞭は、するどく玲子の双臀に鳴った。皮が破れるほどの激しい鞭打ちではないが、音がすごい。肌から肉のなかまでむしばんでいくようだ。

「ひいッ……」

ひと打ちごとに玲子は絹を裂くような悲鳴を張りあげ、ギクンと上体をのけぞらせて腰をふりたてた。

ブルルッと臀丘に痙攣が走り、官能美あふれる肉が躍る。それが、息をつめて見守る男たちの眼をこよなく楽しませた。玲子ほどの美貌の人妻が、裸の双臀を鞭打たれ

て泣き悶える姿など、まずは見られないだろう。
ひと打ちごとに、玲子の美しい臀丘はボウッとピンク色に染めあげられていく。
「いい色になった。ますます色っぽい尻になったぞ、奥さん」
たっぷりと打たせてから、鮫島はピンクに色づいた玲子の双臀を撫でた。熱く火照っている。じっくり男たちに見せつけた。
「ああ……」
玲子はすすり泣きながら、ハアッ、ハアッとあえいでいた。その顔を鮫島は意地悪くのぞきこんで、
「尻を鞭で打たれて、気分が出たんじゃないのか、奥さん。こんなに尻が火照っているじゃないか」
「う、嘘です……」
「フフフ、まあいい。オマ×コを見ればすぐにわかることだ」
鮫島は再びワンピースの前を合わせると、玲子の身体の正面を男たちのほうへ向けた。ここでもワンピースの前をすべてははだけないのは、ジワジワと嬲る気だからだろう。
「ちくしょう、たまらん……はやいとこ肝心のところを見せてくれ」
「オマ×コの開帳といこうじゃないか。田中玲子夫人のオマ×コをおがませてくれ」

もう男たちは焦れたように言った。いつの間にか玲子のすぐ前まで寄ってきて、顔をひしめき合わせていた。どの眼もギラギラと血走っている。
「フフフ、お客さんは、奥さんのオマ×コを見たがっている。いよいよ見せるとするか」
鮫島の言葉に玲子は悲鳴をあげた。
いつもなら玲子自身に脚を開かせるところだろうが、鮫島はへらへら笑うだけで強要しようとはしない。
「お客さん方、ひとつ綱引きってやつを楽しんでみませんか、フフフ」
鮫島はひしめき合っている男たちに向かって言った。
玲子の足もとでは、鮫島の眼配せでうなずいた竜也が、ハイヒールをはいた左右の足首にそれぞれ荒縄を巻きつけはじめた。
「そんな、かんにんしてッ……いやあッ……」
鮫島と竜也の意図を知って、玲子は戦慄の叫びを放った。
だが、喜んだ男たちは我れ先にと飛びだして、縄尻をつかんだ。たちまち奇声をあげて、淫らな綱引きがはじまった。
「いや、いやあッ……」
いくら両脚に力を入れて、閉じ合わせようとしても駄目だった。左に三人、右に四

人と大の男七人がかりである。
ムチムチの太腿の肉づきが、あらがいにふるえ、激しく波打った。足首が、膝が左右へ開いていく。
「か、かんにんしてッ」
玲子の激しい身悶えに、それまでわずかに股間をおおっていたワンピースの前が、パラリと左右へはだけた。
ああッ、と身体を硬直させた時は、もう遅かった。玲子の前はワンピースがすっかりはだけて、白い素肌が丸見えになった。
「こいつは驚いた。ツルツルとはね」
「これはこれは、へへへ……」
剝きだされた玲子の股間にあるべき女の茂みがまったくないことに気づき、男たちは縄を引く手をとめて眼を奪われた。
いつも買物にいく八百屋や、肉屋の主人たちに見られていると思うと、玲子は裸身を揉み絞って泣かずにはいられなかった。頭の芯が真っ赤に灼けた。
「み、見ないでッ……ああ、いや、いやッ」
「生まれつきのパイパンだったのかな。いや、これだけいい身体をしてパイパンのわけはないか」

「へへへ、ということは剃られたってことになるねえ。こいつはけっさくだ」
クリーニング屋が酒屋が、口々に大声をあげてゲラゲラ笑った。
「かなり濃いほうだったんですがね。お客さんたちによく見てもらえるようにと、奥さんの希望で剃ってやったわけで、フフフ」
鮫島が意地悪くつけ加えた。
「へえ、あの田中玲子夫人が、そんなことをねえ。綺麗な顔してて大胆なんだねえ」
「ご主人が海外赴任で欲求不満に狂ったんですかねえ。それとも強姦でもされて無理やりに……へへへ、我々にとってはどっちでもいいんですがね、奥さん」
「奥さんのオマ×コを見れるなど、夢にも思っていなかったよ。へへへ、このさいたっぷり見せてもらいますよ」
男たちはかぶりをふって泣きじゃくる玲子に向かって言うと、淫らに笑った。
再び玲子の左右で綱引きがはじまった。
「ああッ、い、いやあ……」
号泣が玲子ののけぞったのどをかきむしった。両脚がさらに左右へ開いていく。まるで生木を引き裂かれるように、太腿がメリメリ音をたてそうだった。
内腿にしのびこんでくる外気とともに、もぐりこんでくる男たちの熱い視線……。
「いやあッ」

「へへへ、我々によく見てもらいたくて剃ってきたんでしょう、奥さん。さあ、開いた開いた」

「ああ、駄目えッ……ひッ、ひいッ……」

ひときわ高い悲鳴とともに、玲子の太腿は抵抗力を失い、ガクンと開いた。もう両脚を男たちの手にゆだねたまま、激しく腰をふりたて、女のすべてをさらけだした。

無残に引きはだけられた玲子の内腿が、筋を浮き立たせてヒクヒクとひきつっている。

乳房から腹部も激しく波打っていた。

「ああ……」

のけぞらせた顔をふって、玲子は絶望の泣き声をあげた。もう男たちの視線も、どんないたぶりも防ぐ術はなかった。

左右へ限界まで引いた縄を柱に固定すると、男たちは獲物に群がるハイエナみたいに、玲子の股間に顔を寄せてきた。七人のあぶらぎった顔がひしめき合う。

「ひッ……み、見ないでッ、いやあ……見ちゃいやあッ……」

玲子は我れを忘れて泣き叫び、ガクガクと腰をゆさぶりたてた。

これまでに数えきれないほどの男たちに、身体を開かれ、さらしてきた玲子だったが、顔見知りの男たちにのぞかれる恐ろしさ、恥ずかしさがこれほどとは思わなかっ

た。よく知った相手であるだけに、とても観念して身をまかせる気にはなれない。
「す、すごい……これが美人で上品で有名な田中玲子夫人のオマ×コか……」
男たちは胴ぶるいしながら、食い入るようにのぞきこんだ。
眼の前に玲子の女があられもなく開ききっているため、ルージュを塗られた媚肉の合わせ目が生々しいまでにくっきり浮かびあがっていた。
「見事なもんだ。とても子供を産んだとは思えないねえ。少しも崩れていないんだから」
「へへへ、さすがにいいオマ×コしてるねえ」
「オマ×コにまで化粧して、へへへ、こいつはそそられる」
まばたきをするのも惜しそうに見入りながら、男たちはうわずった声で批評した。
もう浴衣の前が痛いまでに突っ張っている。いつも仕事の手をとめて見とれた美貌の人妻が、その最も女らしい部分をあられもなくさらしているのだ。男たちは夢か幻でも見ている心地だった。感動めいたものさえ湧きあがってきた。
「フフフ、なかまで見てやってくださいや。玲子は見られるのが好きな女でしてねえ」
鮫島は手をのばして媚肉の合わせ目をつまむと、左右へ押し開いた。
「ああッ、いやッ……そんなッ……」

玲子は激しく狼狽した。
そんなところまでさらけだされる恥ずかしさと、そして……。
くつろげられた媚肉は、綺麗なピンク色の肉襞を見せて、ヒクヒクと蠢いていた。それはジクジクとにじみでる甘蜜に、すでにじっとりと濡れ光っていた。
「もう濡れてますぜ。さっきの鞭打ちと、お客さんたちに見られて気分を出したってわけでねえ、フフフ」
「い、言わないでッ……ああ、そんなこと、嘘です……」
玲子は泣きながらかぶりをふった。いくら口で否定しても、身体は言うことを聞かない。どんないたぶりにも反応するよう仕込まれてしまった自分の身体が、哀しく恨めしかった。
「嘘なもんか、ほれ……フフ、もうビチョビチョだ、奥さん」
媚肉をまさぐられ、指にねっとりと光るものを見せつけられて、玲子は悲鳴とも絶望のうめきともつかない声をあげた。
「ああ……」
恥ずかしい反応を知られてしまうと、ピーンと張りつめていた糸がプツンと切れたように、玲子はガックリとうなだれた。
しばらく身を揉むようにしてすすり泣いてから、玲子は顔をあげて鮫島を見た。

「……も、もう……玲子を、どうにでもしてください……」
玲子の顔にはもはや反抗の色はなく、観念しきった悲哀だけがあった。
「フフフ、よく知った客方の前で、何もかもさらけだして責められたいというんだな」
「は、はい……」
ガックリと玲子はうなずいた。

3

男たちは食い入るようにのぞきこんでは、感嘆の声をあげた。天にも昇る心地に酔いしれている。
鮫島はじっくりと玲子の肉の構造を男たちに見せつけた。肉襞のひとつひとつを確かめるように、指先でなぞってみせる。
「フフフ、どうだ、奥さん。なじみの肉屋や魚屋、クリーニング屋などのだんなたちにオマ×コを見られている気分は」
「ああ……恥ずかしくて……気が狂いそうですわ……そ、そんなに見ないで……」
玲子は弱々しくかぶりをふった。あらがうふうではなく、羞じらいすねているよう

だった。
それが男たちにはまた、たまらなかった。良家の人妻が、ヤクザやチンピラに無理やり堕とされ、なじまされていくのを目のあたりに見るのだ。
「お客さん方、少し楽しんでみませんか、フフフ。さっきから触りたくて、ウズウズしてるんでしょう」
鮫島が男たちに向かって言った。
男たちの顔に歓喜の色が走り、身をのりだした。今にも玲子の肌にしゃぶりつかんばかりである。
「ほ、本当に触ってもいいのかい」
「遠慮なくいじくりまわしてやってくださいや。ただ、股の間だけは遠慮願いますよ」
「へへへ、田中玲子夫人の裸に触れるなんて夢のようだぜ」
たちまち男たちは、我れも我れもと玲子の身体に群がって、手をのばした。
真っ先に躍りでた肉屋とクリーニング屋の手が、玲子の豊満な乳房を狙った。はじめはこわれ物でもいじるように、おそるおそる撫でまわしていたが、しだいにわしづかみにして荒々しくいじくりまわす。上向きにツンととがっておののく乳首をグリグリ揉む。

「あ、あ……そ、そんな……」
たちまち荒縄に絞りこまれた乳房が波立ち、腹部に汗がにじみでた。
「ら、乱暴にしないで……あぁッ……」
のけぞる玲子ののどに、八百屋の涎れをたらした唇が、いやらしく吸いついた。
「気持ちいいんでしょう、奥さん。敏感そうな身体をしているから、へへへ」
「いつも魚を買ってもらってるお礼に、たっぷりいじくりまわしてあげますぜ、奥さん。ほれ、ほれ」
「それにしても、奥さんの身体に触れるなんて思ってもいなかった。こいつは極楽だ」
酒屋と魚屋がワンピースをまくって玲子の双臀に手を這わせれば、本屋と薬屋は開ききった太腿をさする。七人もの男の十四本もの手が玲子の身体を這いずりまわるのだからたまらなかった。
「あ、ああ……やめて……」
玲子は激しく頭をふりたて、総身をうねらせ悶えた。とてもじっとしていられない。時折り、耐えきれないように、ひいッとのどを絞ってそりかえった。
鴨居の縄がギシギシときしんだ。
「や、やめてください……ああ、皆さんでそんなにされたら……」

「へへへ、どうなるっていうんです、奥さん。前はいい家の奥様だったが、今じゃヌードモデルじゃないか。気どるなよ」

「あ、あ……いや、いや、ああん……」

玲子の身悶えがいっそう激しくなった。身体じゅうにドッと汗が出て、まさぐられる肌がカアッと熱くなる。それに追い討ちをかけるように、男たちはいやらしく声をかけてきた。

「へへへ、これからは我々が奥さんのなじみ客になりますよ」

「商店街でもせいぜい奥さんのことを宣伝してあげますからね。田中玲子夫人のＳＭショウとなりゃ、いくらでもファンが集まってくる」

「大売り出しの福引きの特賞に、奥さんの身体をいじり放題ってのもいいでしょう、奥さん、へへへ」

気も遠くなるような男たちの言葉だった。こんな恥ずかしいことが、商店街で噂になる。おそらく町じゅうにひろがるだろう。

だが、今の玲子にはそれを気にする余裕はなかった。

「あ、ああ……もう、かんにんして……」

いじくりまわされる身体のすべてが、火のようだった。その熱がうずきとなって、身体の芯を走る。

肝心なところに触れられないことが、かえって狂おしいまでに玲子の感覚をするどくする。
ククク ッと鮫島と竜也が笑った。二人は玲子の前にかがみこんでいた。触れようとはせずに、じっと反応を見守っている。
「フフフ、ますますお汁があふれてきた」
「濡れていい色になったじゃねえか。熟れて食べごろというところだな」
「これだけとろけりゃ、もういいだろう」
鮫島と竜也は顔を見合わせて、ニンマリとした。顔見知りの男たちに嬲られているということが、玲子の感覚をも狂わすのか。いつになく反応が激しかった。
男たちもかがみこんで、ニヤニヤとのぞきこむ。
「ああ、そんなに見ないで……玲子、恥ずかしい……」
玲子はもう、ハアハアッとあえぎに乳房を波打たせながら、なよなよと腰をゆすった。
玲子の媚肉の合わせ目は、指をそえなくとも左右にまくれて、しとどに濡れそぼった肉襞を見せていた。それはまるで刺激を求めているように、せつなげに蠢いていた。敏感な身体を物語るように、あとからあとから甘蜜があふれてくる。
「こんなにとろけて、へへへ、欲しいか、奥さん。オマ×コのなかをかきまわしてほ

しいんだろ」

竜也はうわ目使いに玲子の顔をのぞいた。玲子は消え入るように、小さくうなずいた。

「はっきり言わねえか。お客さんによく聞こえるようによう」

「……ほ、欲しい……玲子の……オ、オマ×コのなかを、かきまわして……」

玲子はあえぐように言った。もうそれが、強要された言葉なのか、玲子の本音なのか、玲子にもわからなかった。

「もっと言わねえかよ、奥さん」

「ああ、欲しいわ……玲子のオ、オマ×コのなかを、かきまわして……」

「ぶちこむまで言いつづけるんだ」

竜也はあざ笑うように、媚肉の合わせ目の頂点にのぞいている女芯を、指先でピンと弾いた。

ひッと玲子は胴ぶるいして、顔をのけぞらせた。ズキンと疼痛にも似たうずきが背筋を走り抜けた。

「フフフ、ごらんの通り玲子のオマ×コもほどよくとろけてますんで、ここでからみをお見せします」

鮫島があらたまって、男たちに向かって言った。あたりはにわかに静まりかえり、

皆がゴクリと生唾を呑んだ。
「皆さんには、おいおい楽しんでもらうとして、ここは奥さんのよがり狂いをひとつじっくりとご見物を、フフフ」
そう言って頭をさげた鮫島は、玲子の左足の縄を解いて、鴨居にひっかけた。玲子を片足吊りにする気だ。
その横で竜也がニヤニヤと笑いながら、ズボンを脱いでいた。玲子を犯す役は竜也らしかった。
その間も玲子は、
「……欲しい……玲子の、玲子のオマ×コのなかを、かきまわして……」
と、うわ言のように言いつづける。
片足吊りにされたことで、玲子の股間はいっそう浅ましく男たちの前にさらけだされていた。媚肉の合わせ目からあふれでた甘蜜が、ツーッと内腿にしたたり流れた。
ああ……かんにんして……。
いくら観念したつもりでもなじみの商店主たちの前で、いよいよ秘められた肉のからみを……そう思うと、さらに涙があふれてきた。
「ああ……」
玲子は固く眼を閉じて、泣き顔をのけぞらせた。いつものことだが、犯されて肉の

快美に狂わされる自分の身体がこわい。そして、そんな自分を見世物にされるのがこわかった。
そんな玲子の胸のうちをあざ笑うように、竜也は下半身を剝きだしにして、たくましくそそり立ったものをブルンとゆすってみせた。
「うんと気分を出して、客方に楽しんでもらうんだぜ、奥さん。俺も念入りにたっぷりと可愛がってやるからな」
そう言って竜也はうれしそうに笑った。玲子の後ろへまわり、垂れさがったワンピースをまくった。
後ろからつながろうというのだ。そうすれば、前の男たちには女の最奥が貫かれていく様子がはっきり見える。そして玲子の表情や乳房もながめることができるというわけだ。
「さ、はじめるぜ、奥さん」
竜也の手が玲子の腰を、後ろからつかんだ。玲子の裸身がビクッとおののいたかと思うと、
「い、いやあ……離してッ」
けたたましい悲鳴をあげて、玲子は片足吊りの裸身をよじりたててもがいた。
それを楽しむように、竜也は玲子の腰を引き寄せ、灼熱の凶器をムッチリと張った

這わせる。

臀丘に押しつけた。乳房をわしづかみにしてタプタプ揉みこみ、のけぞる首筋に唇を

「……かんにんして……」

もがけばそれだけ竜也のたくましいものを双臀に感じ取ってしまうのだが、玲子は

もがかずにはいられなかった。

「ああ、ゆるして……かんにん……」

「おねだりはどうした。言いつづけろと言ったろうが」

竜也は荒々しく玲子の首筋や肩に唇を這わせ、乳房を揉みしだきながら、たくまし

い肉塊の先を媚肉にこすりつけた。じっくりと見せつけようとして、すぐには押し入

ろうとしなかった。

一方の手が前へのびて、女芯をもてあそびにいく。

「ひッ、ひッ……し、しないでッ、ああッ」

玲子の泣き声が高くなった。いよいよ追いつめられていく。

竜也が後ろから、のけぞらせた玲子の唇に吸いついて激しく吸うと、もうどうしよ

うもなくなった玲子の身体から力が抜けた。

4

男たちの眼の前に、妖しいまでの女の身悶えがくりひろげられていた。おぞましさと羞恥、そして快美の入り混じった表情をさらす泣き顔、荒々しく揉みこまれる乳房、そして開ききった媚肉に這う指と灼熱の肉塊……そのすべてがひと目で見わたせた。
「す、すごい……」
そう言っただけで、男たちは声もなく見とれていた。この世のものとは思えぬ光景だ。
「あ、あ……あああ、あう……」
玲子の泣き声が妖しく変化しはじめた。あえぎが昂ってよがり声になり、身悶えもあらがいには遠かった。
「おねだりはどうした、奥さん」
「欲しい……あ、あうう……玲子の、オ、オマ×コのなかを、かきまわしてッ……」
「へへへ、そんなに入れてほしいのか」
竜也は鮫島に向かって片眼をつぶってみせると、二度三度と肉塊で媚肉をつついてから、ゆっくりと力を加えた。
「あ、ああ、竜也さんッ……あむッ……」

媚肉に分け入ってくるものに、玲子は総身を揉み絞ってうめいた。おぞましいはずなのに、頭の芯が快感にうつろになった。
「ほれ、うれしそうな顔をお客さんによく見てもらうんだ、フフフ」
鮫島がのけぞった玲子の顔を下向かせて、男たちにさらした。
竜也はゆっくりと深く、玲子を貫いた。ズンという感じで、先端が子宮口に達した。
ひいッと玲子の腰がおののいた。さらされている玲子の美貌が、快美にゆがんだ。
媚肉が深々と竜也をくわえこんでいるのが、男たちにはっきりわかった。肉襞は生々しく押しひろげられ、ジクジクと甘蜜をにじませながら肉塊を受け入れている。
「どうです。奥さんとつながっているのが見えるでしょう、へへへ」
竜也は男たちに確かめさせるために、底まで埋めこんだものをまたゆっくり引きあげた。
「ああッ、そんな……」
とろけきった肉襞が、離すまいと、あわててからみつき、吸いこもうと蠢く。
竜也はそれをめくりだすように抜いた。再びググッと押し入れ、抜くことをくりかえす。
「そ、そんなッ……意地悪しないで、あ、ああッ、取っちゃいやッ」
「へへへ、欲ばりだな、奥さんのオマ×コはよう」

嘲けられても、玲子には反発する余裕がなかった。押し入られる時の、気もうつろになる快感、そして引きあげられる時のくやしさとせつなさ……それが入り混じって、玲子を混乱させていく。
「してッ……玲子をめちゃくちゃにしてッ」
玲子は我れを忘れて自分から腰をゆすり、泣き叫んだ。
「激しい……これがあの美人で上品な田中玲子夫人とは……たまらないねえ」
「犯されているというのに、あんなにうまそうに呑みこむじゃないか」
「おお、今度はさっきよりも、ずっと深く入ったぞ」
男たちの興奮した声も、玲子には、もう聞こえなかった。
子宮を押しあげんばかりに深く貫いた竜也が、ようやく本腰を入れて腰を使いはじめると、
「あッ、あううッ……た、たまんないッ」
よがり声で泣き狂った。
身体じゅうが炎と燃えさかった。女の最奥がただれるようで、ブルブルと蠢いた。肉の快美によがり声が噴きこぼれてとまらない。
「もっとッ……ああ、もっとしてッ」
「へへへ、そんなにいいのか、奥さん。どんな気持ちか、みんなに聞かせるんだ」

リズミカルに突きあげながら、竜也は乳房を揉み、首筋に唇を這わせつづけた。玲子はもう、竜也のささやきに抗しきれなかった。

「いいッ……ああッ、たまんないッ、いいッ、いいわッ……」

「よしよし、もっとよくしてやるからな。何度でも気をやらせてやるぜ」

玲子は竜也に合わせて、夢中で腰をゆすった。もう恥ずかしさもくやしさも、見世物にされるおぞましさもない。あるのはただれるような肉の快美だけだ。

それがしだいに大きなうねりと

なって、玲子を翻弄した。ググッとうねりが津波のように高まった。
「あああッ、もう、もうッ」
「へへへ、気をやるのか、奥さん。いく時ははっきり教えるんだぞ」
玲子の返事はない。もう声も出ないようだ。ブルブルふるえながら、ひッ、ひいッとのどを絞る。恍惚のうねりが急激に高まり、激しく白波を立てて押し寄せてきた。それは津波となって玲子を襲った。
「ひいい……ひッ、ひッ、いくッ……」
玲子の腰が最大の悦びにふるえ、大きくよじれた。そのまま激しく総身を突っ張らせ、ガクンとせりだした腰に痙攣を走らせた。
きつい収縮が竜也を見舞った。思わず果てそうになるのを、竜也はグッとこらえた。ここで出てしまっては、お座敷ショウにならない。
「たいした気のやりようじゃないか、奥さん。ヒクヒク締めつけてきやがる」
「フフフ、客がいいので奥さんも気分が出たんだろう。どれ、気をやった顔をお見せするんだ、奥さん」
鮫島は玲子の顔を男たちにさらしてみせた。
玲子は死んだようにグッタリと、あえぎのなかに沈んでいた。めくるめく恍惚の余韻にひたりきっている。汗に光る美貌は固く眼を閉ざして、半開きの唇からハアハア

ッと息を吐き、妖しい美しさにあふれていた。
「いい顔をしている。たっぷり満足したって顔だな」
「それにしても激しい気のやりようだ」
「まったくすごい……自分から腰をゆすって、オマ×コがうなっているようだった。さぞかし味のほうは……」
男たちは酔いしれたようにざわめいた。美しく上品な田中玲子夫人が、ここまで堕とされて激しく気をやるなど、信じられない思いになる。
だが、眼の前でグッタリとあえいでいる女体は、まぎれもなく玲子夫人のものなのだ。
「フフフ、まだまだこれからですよ。からみだけじゃSMショウにはならないですよ。おもしろくなるのは、これからでして」
「今度はお客さんたちにも手伝ってもらいますぜ、へへへ」
鮫島と竜也はへらへらと笑った。
竜也はまだたくましさを保ったまま、玲子とつながっていた。
鮫島は玲子の左足を吊りあげた縄をいったん解いた。その足首をつかんで、竜也の胸のほうへまわす。そのまま反対側へと持っていった。深々と貫いている竜也の肉塊を軸に、玲子を前向きから後ろ向きへと回転させたのである。

再び左足を鴨居から吊り、垂れさがったスカートをまくって縄目にからませた。ムッチリと張った肉感的な玲子の双臀が、男たちのほうへ突きだされる格好になった。
「お客さん方に手伝ってもらいたいのは、このムチムチの尻のほうでしてね、フフフ」
鮫島は思わせぶりに玲子の双臀をねっとりと撫でまわした。
男たちはいっそう身をのりだした。何を手伝うのかと、わくわくして玲子の臀丘をながめ、鮫島の誘いを待つ。
鮫島は持ってきたカバンのなかをゴソゴソさせて、何かの準備をはじめた。その間に竜也は玲子の腰を抱くようにして、双臀に手をまわした。指先を肉に食いこませて、左右へ割り開く。
「奥さんは尻の穴も見事でねえ、へへへ。いい感度してますぜ」
引きはだけられた臀丘の谷底に、玲子の肛門がひっそりとのぞいていた。それは可憐にすぼまって、前からあふれでた甘蜜にまみれてヌラヌラと光っていた。
そのわずかな前方には、黒々とした竜也の肉塊が、まるで杭のように媚肉に打ちこまれたままである。
「どうです、いい尻の穴をしてるでしょうが。奥さんはこの穴を責められるのが大好きでねえ」

「驚いたねえ。奥さんはそんなところまで仕込まれているのかい……」

「尻の穴で感じなきゃSMモデルはつとまりませんや、へへへ」

竜也は指先で玲子の肛門をまさぐりながら、ゆっくりと腰を使って再び突きあげはじめた。

グッタリとしていた玲子が、にわかにざわめくように顔を右に左にとふった。うつろな瞳を開いて、ハアッとあえいだ。

「……か、かんにんして……もう、もう、ゆるしてください……」

まだはっきりしない意識のなかで、玲子は物憂げな口調であえいだ。いつの間にか竜也と向かい合わせに体位を変えられているのも、すぐには気がつかない。

「ああ……」

玲子は弱々しく腰をよじった。そのとたん、おぞましい排泄器官をゆるゆると揉みこんでくる竜也の指先を、はっきりと感じ取った。

「あッ……い、いやッ……」

思わず腰が硬直した。

「さっきは尻の穴に触ってやらなかったんで、今ひとつものたりねえはずだ。今度はたっぷりいじってやるぜ、奥さん」

「かんにんして……お、お尻はいや……」

「いやでも尻責めだ。それもお客さんに手伝ってもらってな。へへへ、どうだ、うれしいか」
「いや……ああ、そんなこと、いやあ」
玲子は頭をふりたくりながら、泣き声をあげた。すでに官能の絶頂へと昇りつめさせられ、萎えきっている身体に、さらにおぞましい肛虐を加えられるのかと思うと、自分の身体がどうかなってしまいそうでこわかった。
いや、いやよッ……お尻は、いやッ……。
いくらそう思っても、わずかのいたぶりに情けないまでに肛門がむずつき、ゆるんだ。たちまち水分を含んだ真綿のような柔らかさを見せて、竜也の指を受け入れていく。
「へへへ、好きなだけあって、楽々と呑みこんでいくじゃねえか。もう付け根まで入ったぜ、奥さん」
竜也はゲラゲラ笑った。
玲子は気もそぞろに泣き声をあげた。
女の最奥をゆっくりと肉塊で突きあげられながら、深く腸管をえぐった指が出入りをくりかえしている。
「あ、ああッ……やめて……い、いやッ」

薄い粘膜をへだてて肉塊と指がこすれ合う感覚を何にたとえればいいのか……。しかも、それを男たちに見られている。
いやでも泣き声が出た。見られていると思う心と、腸管のただれるような感覚が、再び玲子の官能をドッとあふれさせる。
「ああ、いや……そんなにされたら……狂っちゃう……」
知らずしらずのうちに、玲子の腰がせがむようにゆれた。
「へへへ、指をクイクイ締めつけてくるじゃないか。前も後ろもよく締まる奥さんだ」
「いやです……ああ、かんにんして……」
そう口走りながらも、玲子は官能のうねりがふくれあがるのを、こらえきれない。男たちの眼に、深く竜也の指をくわえこんだ玲子の肛門が、ヒクヒクと締まったりゆるんだりするのが見えた。手伝うのが玲子の尻責めとわかって、男たちの眼が嬲りまわされる肛門に集中していた。
それは玲子にもわかる。痛いまでに男たちの淫らな視線を感じた。
「ああ、見ないで……恥ずかしいッ……あ、ううッ、ああ……」
肛門がドロドロにとろけさせられる感覚に、浅ましい声と腰の動きをとめられなかった。腰全体がブルブルとふるえだし、竜也のたくましいものと指を貪る。

「敏感な尻の穴をしてますからね。すぐに気をやりますぜ」
「お、お願いッ……ああ、もう……もうッ……」
「ほら、言った通りでしょう。だが、ここで気をやらせちゃおもしろくない。まだまだだぜ、奥さん」
「そんな……どうしてなのッ……ああ、焦らさないで……」
竜也は玲子の身悶えがいちだんと露わになると、フッと腰と指の動きをとめた。
玲子は激しくうろたえ、与えられない前後の抽送を求め、我れを忘れて腰をふりたてた。あと一歩のところで中断されることほど、肉欲の愉悦にひたりきっている女体にとってつらくせつないものはない。
「ああ……いかせてッ、最後までッ……」
「まだだ。お客さん方に手伝ってもらって、気をやるんだ。たてつづけにな、フフフ」
ようやく鮫島が準備を終えて口を開いた。鮫島の手には容量二千CCの長大なガラス製浣腸器が握られていた。
「それは……」
今か今かと待ちかねていた男たちが、いっせいに浣腸器を見た。その巨大さに眼を見張る。

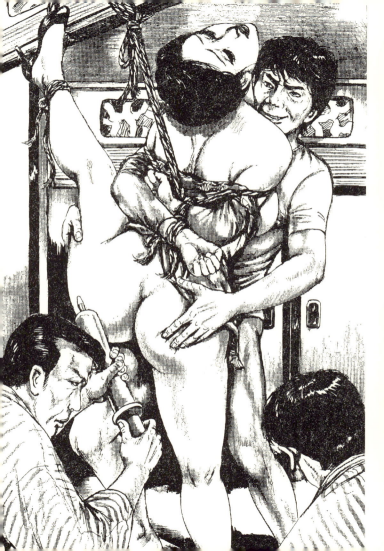

魚屋や八百屋などは、すぐにそれが浣腸器とはわからない。
「皆さんには、こいつで奥さんへの浣腸を楽しんでもらいましょうか、フフフ」
「浣腸だって……奥さんはそんなことまでさせるのか」
「フフフ、奥さんは浣腸でたっぷり仕込んでありますからねえ。浣腸でピュッと尻の穴に射精してやりゃ、すぐにたてつづけに気をやりますよ」
「こいつはおもしろい。犯したまま浣腸とは、さすがにＳＭショウだねえ」
男たちは舌なめずりをして、うわずった笑いをあげた。
「ああ、いや……それだけは、かんにんして……か、浣腸はいやです」
玲子一人だけが、泣き声をあげた。鮫島の手でされるならともかく、よく知った店の主人の手で浣腸までされると思うと、気が遠くなった。
だが、トロ火にかけられたように焦らされた玲子の肉体は、もうどんな刺激でも欲しいと言わんばかりにうねってしまう。
鮫島が洗面器に満たした薬液を、キューッと巨大なガラスの筒に吸いあげた。ドロッと渦巻いて、不気味に泡立った。グリセリンと酢の匂いが色濃くたちこめた。
「そ、そいつを全部、奥さんに入れるのかい。どう見ても一升以上はある」
薬屋が驚いたように言った。薬屋の知識では、それは常識をはるかに越えた量であり、中身だった。

「大丈夫ですよ、お客さん。奥さんはずぶといんです。それにこれくらいきついのをたっぷり入れてやらなきゃ、この尻は満足しませんや」
へらへらと笑って、鮫島はズッシリと重い浣腸器を手に、玲子の双臀の前へかがみこんだ。まずはじめは、鮫島が手本を見せることにした。鮫島はパシッと玲子の双臀をはたき、活を入れた。
「さあ、奥さんの大好きな浣腸だ」
「いやあッ」
玲子は顔をのけぞらせて、悲鳴をあげた。あわてて腰をよじろうとしても、左足を吊られて女の最奥を竜也に杭を打たれたように貫かれている。逃れる術はなかった。
肛門から竜也の指が抜けると同時に、硬質なものが貫いてきた。
「皆さんに浣腸してもらうために手本を見せるんだからな。よく見てもらうんだぞ、奥さん」
「い、いやあ……それだけは、いや……ああ、かんにんしてください……前、前だけにッ」
鴨居をギシギシ鳴らして、玲子は悶えた。だが、玲子の肛門はもはや、浣腸器のノズルを深くぴっちりとくわえこまされていた。
ピュッ……ピュッ……おぞましい液体が玲子の腸管へ注ぎこまれてくる。同時に、

それまでじっとしていた竜也が再び動きだし、最奥を突きあげはじめた。
「あ、あッ……ひいッ……」
硬直した裸身が思わずガクンとのけぞり、ブルブルと痙攣した。
「いやあ」
玲子は白眼を剝いて、キリキリと唇をかんだ。ピユッ、ピユッと段をつけて入ってくる薬液の感覚が、玲子の肉をむしばんでいく。頭のなかがカアッと灼けて、あぶら汗が噴きでた。
「へへへ、浣腸されるのが好きなだけあって、からみついてきやがる。オマ×コの味がズンとよくなるようだ」
ゆっくりと腰を使いながら竜也が、かがみこんでいる鮫島に向かって言うと、
「こっちもうまそうに呑んでいく、フフフ。尻の穴をヒクヒクさせてね」
鮫島も笑いながらポンプを押していく。
玲子はひいひいとのどを絞った。女の情感をあおりたてる竜也の律動と、内臓をむしばむ薬液の浸蝕。それが薄い粘膜をへだてて前と後ろで連動し、玲子は錯乱状態に陥った。
「ああ、狂っちゃうッ……ひッ、ひッ、玲子、たまらないッ」
アップに結いあげた黒髪がほぐれ、それをふりたくって玲子はオイオイ泣いた。す

さまじい泣きようだ。それだけ肉の快美が強烈なのだろう。

「浣腸されて、こんなにも悦ぶとは……」

「上品な田中玲子夫人が、ここまで仕込まれていたとはねえ。これがマゾってやつか」

「尻の穴で感じる女がいるとは聞いていたが、すごいもんだ」

玲子は狂ったように悶えていた。

「ああ、もっとッ……い、いかせてッ、最後まで、いかせてくださいッ」

玲子はよがり泣きながら恨んだ。竜也も鮫島も意地悪く、昇りつめさせようとしない。あと一歩というところで、押しとどめて焦らす。

「い、いかせてッ、お願いッ」

「フフフ、浣腸で気をやりたいのか」

「あ、あああ……浣腸で、玲子に気をやらせてッ……玲子、気が変になるわッ」

官能の絶頂をきわめることができるなら、どんなことをされてもいいと思った。

鮫島と竜也は前と後ろで眼を見合わせると、ニヤッと笑った。

「奥さん、気をやらせてやる前に、何か言うことはないのか、フフフ」

鮫島はそっとささやいた。玲子は激しくかぶりをふった。もう何がなんだかわからない。

「ああ、玲子をめちゃくちゃにして……もっと、玲子が泣き叫ぶような、恥ずかしいことを、してッ……」
思いがけない言葉が玲子の口に出た。それは鮫島や竜也が強要したものではない。玲子のなかの、女の魔性がそう叫ばせたのか、マゾの血がめざめたのか……。
おそらくは、玲子自身にも自分が何を言っているのかわからないに違いない。
鮫島はしてやったりと、ほくそえんだ。
「くらえッ」
三百CCの目盛りまで一気にポンプを押した。ピューッとひときわ激しい注入が、薬液の射精となって玲子を襲った。それに合わせて竜也もグンと玲子の子宮を力まかせにえぐりあげた。
「ひいい……」
玲子は白眼を剝き、唇をかみしばった顔をガクンとのけぞらせた。ほとんど苦悶に近い表情である。
「いくッ……う、うむッ、いきますッ」
そりかえった裸身が、恐ろしいまでにキリキリと収縮した。その収縮を嘴管を通じてじっくり味わってから、鮫島は一度ノズルを引きあげた。
「どうです、一発で気をやったでしょう。このあと、どんなふうにいかせるかは、皆

さんのお好きなままに」
鮫島は男たちに向かって、浣腸器を差しだした。
もう興奮の坩堝と化している男たちは、歓声をあげて浣腸器に殺到した。

5

竜也は動くのやめようとはせず、まだゆっくりと玲子の最奥を突きあげていた。きつい収縮に耐え、ひたすら責めつづける。
「ううッ」
グッタリと余韻に沈む余裕も与えられず、玲子はうつろな瞳を開いてうめいた。身体じゅうの力が抜けて、縄目と竜也に身をあずけている。
「さあ、お客さん、はやいとこ楽しみましょうや。たてつづけに気をやらせるんですぜ」
玲子を抱いて、竜也が男たちを誘った。
男たちの一番手の肉屋は、浣腸器を手に、血走った眼であらためて玲子を見た。
ピンクに色づいた匂うような玲子の肌は、しとどの汗にヌラヌラと光っていた。綺麗にセットされた黒髪は乱れ、頬や額に汗でへばりついている。

「た、たまらんッ」
肉屋は思わず胴ぶるいした。
開ききった太腿の中心は、深く竜也に貫かれたままで、毒々しいまでの生々しさを見せていた。そして、そのわずか手前にめざす玲子の肛門があった。
「こ、これが田中玲子夫人の尻の穴か……奥さんに浣腸してやれるなど、思ってもみなかった」
肉屋はうなるように言うと、もう欲情の昂りをこらえきれなくなって、荒々しく浣腸器を突き立てていった。
ああッと玲子の腰がふるえおののいた。
「……もう、かんにんして……お、お願い、休ませて……」
「まだだ。今度はお客さんに浣腸してもらって、気をやるんだ、奥さん、へへへ」
竜也は肉屋の動きに合わせるように、玲子の腰を巧みにあやつった。充血してしとどに濡れた媚肉が、竜也のたくましい肉塊の動きに淫らな音をたててめくりだされたり引きずりこまれたりして、それが肉屋の眼を楽しませた。
その肉の蠢きが、ノズルをぴっちりとくわえた玲子の肛門をも、ヒクヒクさせた。おびえおののいているようでもある。
「ヒクヒクしているよ。女の尻の穴がこんなにもいいものだとは思ってもみなかった。

奥さん、よく仕込まれたもんだ」
「ああ、肉屋さん……あなたもそんなことを……かんにんして、少しでいいから休ませてくださいッ」
「こんなに気分出していてかい、奥さん」
肉屋は一度てのひらの汗をぬぐうと、ジワッとポンプを押した。自然と手に力が入った。ドクドクッと薬液が流入した。
「あ、あむッ……あああ……いやあ……」
官能の余韻がおさまらないうちに、玲子は新たな快美のうねりに見舞われた。たちまち錯乱のなかに翻弄される。
女の最奥を荒々しくえぐられながら、腸管にドクドクと射精されつづける。
「あ、ああッ……肉、肉屋さん……」
「へへへ、どうしました、玲子夫人」
「ま、また……玲子、またよッ……あ、あああッ」
叫ぶ間にも玲子は再び昇りつめる。
「お願いッ、竜也さん……ああッ、今度は玲子といっしょにッ」
だが、竜也はへらへらと笑うばかりだ。肉屋もグイグイとポンプを押して注入する。
「ひッ、ひいいッ……いくッ……」

玲子は歯をキリキリとかみしばって、のけぞらせた裸身をガクンガクンと痙攣させた。まるで火柱が身体の芯を貫くように、女体が昇りつめたのが、男たちにはっきりと見てとれた。気をやるごとに激しさを増していく。それでも竜也は責めるのをやめない。
「まだこれからだぜ。何度でも気をやらせてやるからよ、へへへ」
と、余裕の笑いさえこぼした。
浣腸器のほうも肉屋から二番手のクリーニング屋の主人へとバトンタッチされた。二百CCずつの注入である。
「休ませて……お願いッ……玲子、身体が変になっちゃうッ……」
ククククッと竜也とクリーニング屋は笑った。竜也がかかえこんだ玲子の腰を突けば、クリーニング屋が嘴管で突きもどしてポンプを押す。
「た、たまらないわッ……ああッ……」
グググッと玲子の裸身がひきつれた。
玲子はあられもなくうめき、よがり泣き、時には泣きわめいて何度も裸身を激しく痙攣させ、汗まみれの身体をのたうたせた。
「ああッ、ま、またよッ……う、うむッ」
たてつづけに昇りつめる。というより、電撃のように襲ってくる絶頂感が持続する

といったほうがいいかもしれない。息すらできなくなって、玲子はひッひッとのどを絞るばかりになった。
それでも男たちは玲子を責めるのを、やめようとはしない。やめるどころか夢中になって浣腸をしかけていった。八百屋が、本屋に、薬屋と入れかわりたちかわり、浣腸器のポンプを押していく。
「たいした気のやりようだな、奥さん。なじみの皆さんに浣腸されるのが、そんなにいいのかい、フフフ」
鮫島はニヤニヤと玲子の顔をのぞきこんだ。玲子からの返事はない。のけぞった顔は白眼を剝きっぱなしにして、口の端から唾液をたらしてハアハアッとあえいだ。
「とどめは、この私が刺してやろう」
鮫島はゆっくりと嘴管を挿入した。二千CCたっぷりと薬液を吸っていた長大なガラスの筒は、あと三百CCを残すだけになっていた。
「こっちはいつでもいいですぜ、へへへ」
玲子の腰をあやつりながら、竜也が言った。グイッグイッと子宮をえぐりあげんばかりにこねくりまわしはじめた。玲子の腰の骨がきしむ。
ニンマリとうなずいた鮫島は、荒々しくポンプを押した。三百CCの量を一気にピユーッと注入する。

「ひいッ……死ぬ、死んじゃうッ」
ガクンと玲子の身体がそりかえり、恐ろしいばかりに身体の芯がひきつった。悲痛なまでの声がのどから絞りでる。前からは灼けるような精のほとばしりが、おびただしく子宮口にしぶいた。
「ひッ、ひッ、ひいいッ」
身も心も灼きつくされながら、玲子は眼の前が暗くなった。

玲子は頭のなかが何もかも燃えつきたように真っ白だった。その真っ白な意識の遠くで、鮫島の笑い声がうつろに聞こえた。
「いかがでした、お客さん。楽しんでもらえましたか、フフフ」
「たいした気のやりようだ。あの田中夫人が、浣腸でこうも悦ぶとはまったく驚きだねえ」
「思いっきり気をやったってところだな、へへへ。二千CCが入っちまうのも驚きだよ。よく入るもんだぜ」
「そのぶん、キリキリ尻の穴を締めつけてくるんで、ポンプを押すのに力が入った」
男たちはまだ興奮さめやらない様子で、口々に騒いでは笑った。
「フフフ、これからもっとおもしろくなりますよ、お客さん」

「入れりゃ次は出させるってのが、順というもんですねえ。もっとも、ただ出させやしねえが、へへへ」
鮫島と竜也は、いったん玲子の縄をほどくと、わずかにまとわりついているワンピースをむしり取って全裸に剝きあげた。
今度は玲子の両手を前で重ねて縛り、再び鴨居から吊る。そこから二メートルほど離れたところから玲子のハイヒールをはいた右足首を吊った。
玲子はハイヒールをはいた右足だけで立ったまま、一糸まとわぬ裸身をあやうく、斜めに支える格好で吊られたのである。
「う、ううッ」
玲子はとらされた姿勢の苦しさにうめいた。それでなくてもグリセリン原液と食用酢の混合液を、二千CCもたっぷり注入されているのである。
腹部がグググゥと鳴った。開ききった太腿の奥、ぴっちり閉ざしている肛門が、今にも爆ぜそうだ。
ああ、い、いや……出ちゃう……。
そう思ったとたん、玲子はハッと我れにかえった。荒々しい便意が急激にふくれあがり、押し寄せてくる。
「ああ……」

なよなよと玲子はかぶりをふった。じっとりとあぶら汗が出て、ひとりでに腰がふるえる。
「あ、あ……かんにんして……く、苦しいわ……」
「へへへ、何が苦しいんだ、奥さん」
竜也はわざととぼけて、せせら笑った。顔を寄せてのぞきこんでいる男たちも、へらへら笑って観察している。
玲子はキリキリ唇をかみしめて、乱れほぐれた黒髪をふりたてた。身体を支えている右足のハイヒールが、カタカタと崩れそうだ。
「ゆるして……ああ、お腹が……も、もう、ああ……」
「みっともなく尻をふるんじゃねえよ、奥さん、へへへ」
「ああ……う、うむッ」
玲子は今にも爆ぜそうな肛門を必死に引きすぼめているのがやっとで、まともに息をする余裕さえも失った。
なじみのクリーニング屋、魚屋、肉屋、八百屋に、秘められた排泄行為まで観察されることになるのかと思うと、玲子は気が遠くなる。
もう片時もじっとしていられないように、玲子の裸身があぶら汗を噴きつつ、戦慄めいた身ぶるいがとまらない。

玲子の頭はうつろになった。ただ猛烈な便意だけが、ジリジリと玲子の頭の芯を灼いた。
「ああ……も、もう、我慢が……た、たまんないッ」
「へへへ、何がしてえか、客方にはっきりと教えねえか。はやくしねえと……」
「ああッ……し、したいッ……ウ、ウンチをさせてくださいッ」
玲子は耐えきれずに叫んでいた。もう男たちの眼を意識する余裕もなく、襲いかかる便意に裸身は総毛立っている。
「ウンチをさせてか。若奥様がそんなことを言うとはねえ」
肉屋の主人があざ笑えば、八百屋と薬屋も負けじと、
「排泄まで見せるのかい、奥さん。へへへ、どんなふうに尻の穴を開いてひりだすか、こいつは楽しみだ」
「それにしても、あれだけきつい液を二千CCも入れられ途中でもらさないとは……こりゃ、よほど尻の穴の締まりがよくないと……たいした尻だねえ」
男たちはただ、口々に玲子をからかって、ゲラゲラと笑った。
玲子はただ、苦悶に美貌をゆがめて泣き声をひきつらせるばかり。
いいわ、いくらでも玲子を見て……玲子をあざ笑うがいいわ……。
あまりの苦しさに、玲子はもうどうなってもいいという気持ちになった。

「は、はやく、オマルを……もれちゃうわ」

泣きながら腰をブルブル痙攣させ、玲子はうめいた。ククククッと鮫島が笑いをこぼした。

「まったくこらえ性のない尻だ。そんなにひりだしたいのか」

鮫島はピシッと玲子の臀丘を張った。それから厚次に向かって眼で合図した。

子供の美加をあやしながらひかえていた厚次がうなずくと、おもむろに腰をあげた。

玲子の身体を支えている右脚に、子供をしがみつかせる。

「ママ、ママ」

子供は喜んで玲子の脚にしがみつき、あどけない瞳で母を見あげた。玲子が全裸で縛られ、片足吊りに吊られていることの意味など、理解できるわけもない。

「ああ、美加ちゃんッ」

ハッとしたように、玲子は狼狽した。

「だ、駄目、今は駄目ですッ……お願い、子供を向こうに連れていってッ」

「ガタガタ言うな、奥さん。へへへ、よく尻の穴を引き締めとけよ。そのままひりだしゃ、ガキの上にぶちまけることになるぜ」

厚次は玲子の黒髪をつかみ、足もとの子供を見せながら言った。

「そ、そんな……ああ、美加ちゃんッ」

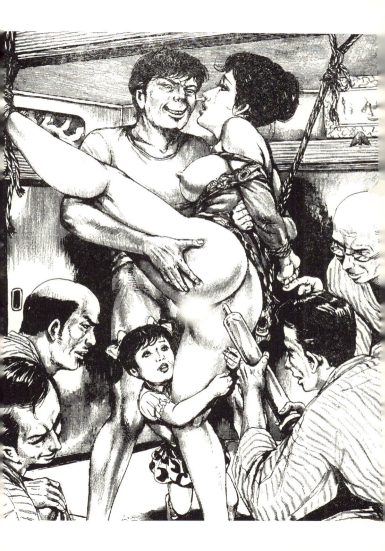

便意はもう、限界に迫っている。そんなことなどわかるはずもなく、子供の美加は玲子を見てニコニコ笑っていた。いっしょうけんめい母の脚にしがみついていた。
その横で鮫島と竜也がロウソクを男たちに配っていた。長さ二十センチほどのねじりの入った先細の、パーティなどで使う代物である。
「こいつは、いろいろ使い方がありましてねえ、フフフ。ひとつは奥さんの尻の穴にねじこんで栓にする」
「もうひとつは火をつけて、ロウをおっぱいや股にたらす。なんなら、直接あぶってやってもいいですぜ」
鮫島と竜也はうれしそうに、説明した。
「へへへ、尻の穴に入れるのもやってみたいし、ロウをたらすのもやってみたいねえ」
「よってたかって、いろいろやってやろうじゃないか、へへへ」
「奥さんもどんなことをされてもいいと、さっき言ったことだしねえ」
男たちは、声をうわずらせた。このさい、徹底して楽しんでおかなくては損だと言わんばかりに、欲情を剝きだしにする。
「お客さんたちも欲ばりだ、フフフ。まあいいでしょう。思う存分楽しんでくださいや」

鮫島はケタケタと笑った。玲子を責めれば責めるほど、ますます客たちが玲子に夢中になって倒錯の世界へのめりこんでいく。他人に玲子を嬲らせることの好きな鮫島にとって、それは愉快でならなかった。

「かんにんして……これ以上、責めないで……ああ、いや、もう、いやあ……」

何をされるのか知った玲子は、右に左にとかぶりをふり、激しくあえいだ。

しかし、あらがいの響きは弱い。もう、そんなことをされることに反発する気力すら失っているのだ。

「心配するなよ、奥さん。今すぐお客さんが、もれそうな尻の穴に栓をしてくれるぜ」

「へへへ、気を失わねえように熱いロウの活も入れてくれるとよ。感謝しなくちゃな」

竜也と厚次が玲子の顔をのぞきこんで、意地悪く言う。

「いや……ああ、も、もういや……」

玲子はうわ言のように言いつづけるばかり。そう言いつづける以外に、術がなかった。

ロウソクを手にした男たちがニヤニヤと玲子を取り囲んだ。

「へへへ、私が奥さんの尻の穴にこいつで栓をしてあげようかねえ」

と、酒屋がロウソクのねじりに潤滑クリームを塗れば、
「私はおっぱいに熱いロウをたらしてやろう、へへへ」
「へへへ、それなら私は内腿にしようか」
魚屋、薬屋、クリーニング屋などは舌なめずりをして、ロウソクに火をつける。肉屋と八百屋は、直接玲子の臀丘を火であぶる気らしく、はやくもかがみこんで双臀をながめていた。
「フフフ、それじゃ、お客さん。じっくりとお楽しみを」
鮫島の合図で、男たちはそれぞれの受け持ちへの責めを開始した。
まず酒屋が、たっぷりクリームを塗ったロウソクの先を、玲子の剝きだしの肛門に押し当てた。
「ああ、かんにんして……」
「へへへ、尻の穴を責められるのが好きなんでしょう、奥さん。どこまで入るか楽しみですよ」
「あ、ああッ……いやいや、させて……先にさせてッ」
あざ笑うようにジワッと入ってきた。
必死にすぼめているのを強引に押しひろげられ、ロウソクのねじりに粘膜が巻きこ

まれていく。押しひろげられる感覚が、荒れ狂う便意を一気にふくれあがらせた。
だが、それはむごくロウソクの栓に封じこめられるのだ。同時に乳房にするどい熱が走った。下腹にも、綺麗に剃りあげられている恥丘にも、それは襲った。
「ひッ、ひいッ……熱、熱いッ、ひッ、ひッ、熱いわッ……」
ビクンと裸身をはねあげて、玲子は泣き叫んだ。
身体じゅうの敏感なところを狙い撃ちしてたらされる熱ロウ、そしてジワジワと肛門にねじこまれてくるロウソク……それは出口を失った荒々しい便意とあいまって、玲子を半狂乱へと追いこんでいく。
「ひいッ、熱うッ……いやあッ、ひッひッ」
「おとなしくしないか。そんなにあばれると、熱いロウがガキにもかかるぜ、へへへ」
玲子はハッと裸身を硬直させた。足もとには子供が不安そうに玲子を見あげているのだ。
「子供に熱い思いをさせたくなければ、奥さんが身体で受けとめることだねえ、フフフ」
鮫島も意地悪く玲子に語りかけた。
「そ、そんな……ひッ、ひいッ」

玲子は必死に子供をかばおうとしても、苦悶と苦痛に身体がうねり、はねあがってしまう。
突然、美加が泣きだした。玲子の泣き叫ぶ声につられたのか、それとも熱ロウのしたたりがかかったのか……。
「ああッ、美加、美加、美加ちゃんッ」
我が子の名を叫んだものの、玲子は子供を案じる余裕はない。玲子もまた、錯乱のなかに泣き叫んだ。
「母子そろってよく泣く奥さんだ、へへへ」
酒屋がロウソクを深く玲子の肛門にねじこみながら言った。
もう十センチ以上は埋めこんだだろうか。さっきまで必死にすぼめていた玲子の肛門は、二センチは拡張されて、ぴっちりとロウソクをくわえこんでいた。
「ずいぶん奥まで入るねえ、奥さんの尻の穴は。まだ入りそうだよ」
酒屋はうれしそうに舌なめずりした。
その上では、魚屋に薬屋、クリーニング屋、そして本屋たちが、嬉々として玲子の身体にロウソクを傾けている。
「ぼちぼち私たちもいきますか、へへへ」
「これだけいい尻をしているんだから、傷痕をつけちゃもったいない。あぶり加減が

むずかしいですな」
　肉屋と八百屋がそんなことを話しながら、ロウソクの炎を這わせては、すばやく火傷しないように離す。
「ひいッ、ひッ、灼けちゃうッ」
　玲子の裸身が、いちだんと激しくはねあがった。まるで絶息せんばかりにのどを絞る。
「きいッ……殺して、いっそ殺してッ……ひッ、ひいいッ」
「いい声で泣くねえ、へへへ、ほれ、ほれ」
　肉屋と八百屋はおもしろがって、炎を這わせつづけた。じっとりと噴きでる汗が、肉をあぶる時ににじみでる脂を思いださせ、今にもジリジリ音をたてそうだった。
「こりゃ特上のステーキだ。これだけ肉づきのいい尻をしてるんだから、食べたらさぞかしうまいだろうねえ」
「さすがに肉屋さん。ステーキとはうまいことを言う。肉のあぶり焼きというところですな」
　肉屋と八百屋は嗜虐の快美に酔いしれたように、玲子の臀丘をあぶりつづけた。
　玲子は、息もできず声も出ず、ただひいひいのどを絞るばかり。おびただしい熱ロウと汗にまみれた裸身だけが、ガクンガクンとのたうった。

それをニヤニヤとながめていた竜也が、鮫島のほうを向いた。
「そろそろ限界のようだぜ、鮫島さん。ここらでやめさせたほうがいいんじゃねえか」
「ショウの第二部もあることだしよ。ここでガタガタにしちまったら、まずいぜ」
厚次も鮫島に向かって言った。二人とも、玲子への同情から言ったわけではない。ショウの第二部で、心身とも疲れきった人形のような玲子を責めてもおもしろくないと思っているにすぎない。
鮫島はニンマリとうなずいた。
「そうだな、蛇責めもあることだし、フフフ。これぐらいにするか、第一部は」
竜也と厚次が、男たちと玲子の間に割って入った。
「せっかくのお楽しみの最中ですが、そこまでに願いますぜ、へへへ」
「はいはい、女から離れてくださいや」
男たちはしぶしぶと引きさがった。皆、いちように不満と未練を顔に露わにしている。
それをなだめるように、鮫島は男たちを見わたして口を開いた。
「フフフ、お客さん、奥さんがひりだすところを見せたら、十分休んでショウの第二部をやりますんで、ひとつここはご了解を」

「第二部だって? これで終わりじゃないのか」
「まだまだですよ、フフフ。第二部はもっとすごいのを見てもらいますよ。もちろん、皆さんにも、たっぷり楽しんでもらいます」
鮫島がククククッと笑った。
その前で厚次が便器をあてがい、竜也が玲子の肛門からロウソクを引き抜く。
もう、死んだような玲子の身体がピクピクと痙攣したかと思うと、ピューッと抑えに抑えていた便がほとばしっていた。

第十一章　嬲乱地獄　人妻SM秘密ショウ

1

ショウの第二部は十五分の休憩をはさんで、場所を大浴場に移して行なわれることになった。
大きな岩や熱帯の草木に取り囲まれたジャングル風呂で、天井にまで太いつたが一面にからんで、その先が長く垂れさがっている。大理石づくりの大浴槽を除けば、本当に熱帯ジャングルに迷いこんだみたいだった。
そのなかで、もう待ちきれない男たちが徳利や盃を手に湯につかっている。肉屋に八百屋、薬屋、クリーニング屋、魚屋、本屋、酒屋の主人たちだ。
「SMショウというのはすごいねえ。それにしても、あの上品で美人で有名な田中玲子夫人が、こんなことをしていたとは……」

「たぶん、あのヤクザたちに犯されて無理やり。その時のよさが忘れられずにズルズルと、まあそういうところだろう」
「スケコマシに一度犯られると、女は離れられなくなるというからねえ。あれだけいい身体をした奥さんにしてみりゃ、優男の亭主に較べたら……フフフ……」
「いきさつはともかく、おかげで我々はすごいショウを楽しめるわけだ。へへへ、こいつはたまらんよ」
深夜の大浴場にほかの客の姿はない。男たちの淫らな笑い声が響きわたった。
鞭打ちにはじまり、白黒レイプショウに大量浣腸責め、そしてロウソク責めと息を呑む場面の連続だった。ひいひい泣き叫んで悶える玲子の妖しい色香と、酒の酔いも手伝って、牡と化した男たちには玲子を哀れむやさしさなど微塵もない。まだショウの第一部の興奮がさめやらず、いや、それどころかさらなる女体責めへの期待に、ますます欲情が昂る様子だった。わずか十五分の休憩が待ちきれず、焦れたようにどの眼も血走っている。
「第二部はもっとすごいと言っていたねえ、あのヤクザたちは、へへへ」
「あの田中玲子夫人がどんなひどいことをされるのか、こいつは楽しみだよ。女がいいと、SMってのもおもしろいもんだ」
「フフフ、はやいとこはじまらんかねえ。もっとすごいことをされて泣き叫ぶ奥さん

を、はやく見てみたい」
男たちは涎れをたらさんばかりにして、舌なめずりをした。
見知らぬ美女のＳＭ秘密ショウとはわけが違う。いつも買物にくる美人の人妻として商店街で知らぬ者はなく、ひそかに恋い焦がれていた田中玲子夫人のショウだけに、男たちの入れこみようはすごかった。それでなくとも、玲子の官能美あふれる女体を目にして、狂わない男はいまい。
「遅い。もうはじまってもいいころだ」
八百屋の主人が焦れたように言った。時間がたつのが、やけに遅く感じられた。肉屋とクリーニング屋がしびれを切らし、様子を見にいこうとした時、ガラガラと戸が開いて鮫島が入ってきた。
「どうもお待たせしました、フフフ、さっそく田中玲子夫人のＳＭ秘密ショウの第二部をはじめさせてもらいます」
両手を前ですり合わせながら、鮫島は言った。
鮫島のあとから、竜也と厚次も入ってくる。三人とも、腰に手拭いを巻いただけの裸だった。日焼けしたたくましい体が黒光りしている。竜也と厚次はまんなかに玲子を引き連れていた。一糸まとわぬ全裸の玲子を、左右から腕を取って抱きかかえている。

玲子は放心したようにうなだれていた。さっきまでしとどの汗に濡れていた白い肌は、綺麗に汗をぬぐわれ、乱れ髪もセットされて、化粧も直されている。子供の美加が眠い眼をこすり、玲子の脚にしがみついていた。子供も裸だった。

「へへへ、待ってましたよ、奥さん。今度はどんなことをして、我々を楽しませてくれるのかな」

「ほう、第二部ははじめから素っ裸ですか、奥さん。まったく奥さんは裸が好きなんだねえ。おっと、奥さんはＳＭモデルでしたね」

そんなことを言いながら、魚屋や八百屋が浴槽からあがって、玲子を取り囲んだ。皆、前を隠そうともしない。

玲子の裸身を見る男たちの肉塊がみるみるムクムクとそそり立った。

玲子は竜也と厚次に左右から腕を取られ、裸身を隠すこともしゃがむこともできなかった。必死に太腿を閉じ合わせている。無毛に剃りあげられた剝きだしの恥丘が、もてあそばれる女の痛々しさを感じさせた。

「ああ……」

痛いまでに男たちの視線を感じ、玲子は弱々しくかぶりをふった。

どっちを向いても男たちの肉のそそり立ちが、いやでも眼に入ってくる。太いもの、長いもの、そりかえっているものと、そのおぞましさに玲子は一瞬頭のなかがボウッ

となった。
「か、かんにんして……」
　思わず玲子の口から泣き声が出た。眼の前に乱立する肉塊に無理やり女の官能を突き崩されることになるのではという予感と、それがいっせいに襲ってくるのではないかというおびえが、玲子をおののかせた。
「まったくいい身体をしている。何度見てもたまらんねえ」
「奥さん、私の気持ちはわかるでしょう。ほれ、ここがこんなになって、へへへ、痛いほど硬くなっているんですよ」
「一度でいいから、美しく上品で有名な田中玲子夫人を抱いてみたい」
　男たちは欲情を剝きだしにして、肉塊をブルブルゆすってみせた。もう玲子の妖しい美しさに酔いしれ、いつしか我れを忘れて女体にまとわりつこうとする。
「ああ、そんなッ……いやッ……」
　玲子はハッと顔をあげて、戦慄の悲鳴をあげた。だが、厚次がすばやく玲子と男たちの間に割って入った。
「お客さん、勝手なまねは困りますぜ。こっちの指示に従ってもらわなくちゃ」
「あせらなくても、たっぷり楽しませますから。さあ、ひっこんだ」

厚次と竜也はすごみのある声で、男たちを制止した。浴槽の縁まで男たちを引きさがらせて座らせた。その前に玲子を立たせると、

「たっぷりとお客さんたちに楽しんでもらうんだぜ、奥さん。うんと色気をふりまいてな」

厚次は子供の美加を玲子に抱かせた。

玲子はしっかりと我が子を抱きしめ、泣きださんばかりに頬ずりした。

「ああ、美加ちゃん……ママのせいで、こんな夜遅くまで……ごめんなさい……」

玲子は美加の耳もとで小さくささやいた。

一糸まとわぬ全裸で子供を抱く若い母親の姿は、すごい色気があった。

それをニヤニヤとながめながら、鮫島が玲子に近づいた。ひしめき合っている男たちに見せつけるように、玲子のあごに指をそえて顔を上向かせた。

「フフフ、SMモデルとはいえ、やっぱり母親だねえ、奥さん。もっとも、牝がいつまで母でいられるか」

鮫島は意地悪く言った。

「さあ、ショウをはじめるぞ」

パシッと玲子の双臀を張る。それからニヤニヤと男たちに向かって口上を述べはじめた。

「お客さん方が顔なじみとあって、第一部じゃ奥さんも動揺しましたんでねえ。第二部じゃ、たっぷりと田中玲子の牝ぶりを見ていただきます、フフフ」
いよいよショウの第二部の開演である。どうふるまって牝ぶりを見せるか、もう玲子はたっぷりと教えこまれているのだ。黙って鮫島のするがままにされていることは、玲子にはゆるされない。
「ああ……」
玲子は哀しげに声をもらして、唇をかみしめた。だが、もう観念したように顔をあげ、唇をワナワナふるわせると、
「……れ、玲子は、皆様もご存じの通り、人妻です……でも、でも主人は弱いほうで……とっても主人だけじゃ満足できないんです……ですから……」
玲子はそこで絶句した。一度天をあおぐように美貌をのけぞらせた。
「玲子は……うんと恥ずかしいことをされないと……き、きつく責められないと、燃えないんです……今夜は皆様にうんといたずらしていただきたいの……」
「どこにいたずらしてほしいんだ、奥さん」
「ああ……玲子の……お、お尻の穴……」
玲子はあえぎながら、教えこまれた言葉を口にした。
美加を抱く手がふるえ、美貌が真っ赤に火照った。強要されたとはいえ、ひと言ひ

とこと口にするたびに身体から力が抜け、頭のなかがしびれていく。
ことをあろうに玲子がもっとも嫌悪している肛虐を自ら求める恐ろしさ、恥ずかしさに、玲子は気が遠くなりそうだった。
フラフラと後ろを向いて、双臀を男たちの眼にさらした。ムチッと張った臀丘は白くシミひとつなく、高く吊りあがって引き締まっている。
「……玲子の……玲子のお尻の……穴を見てください……」
玲子はおずおずと双臀を男たちのほうへ突きだして、両脚を左右へ開いていく。
男たちが歓声をあげ、口笛を吹き鳴らして騒いだ。首をのばして、しゃぶりつかんばかりにのぞきこむ。
「ああ、恥ずかしい……」
羞恥とおぞましさに苛まれる。
「ああ……もう、もう、ごらんになれるでしょう……」
「まだまだだよ、奥さん。もっと思いきって開かなくちゃねえ、へへへ」
男たちはそう言っては、ゲラゲラと笑う。
「意地悪しないで……ああ、そんなに開かせないで……」
玲子は右に左にとかぶりをふった。それでもさらに両脚を開いていく。
頭の芯がジリジリと灼けた。あざ笑う男たちの声もうつろになっていく。そればか

りか、見られていると思う心が背筋をしびれさせ、身体の奥をうずかせた。

2

もう玲子の両脚は左右へいっぱいに開いていた。ムッチリと形のよい見事な双臀が、男たちの眼の前へ突きだされている。
臀丘の深い谷間の奥に玲子の肛門があられもなくのぞき、そのわずか前方には媚肉がさらけだされていた。肛門も媚肉も、まだ腫れぼったく赤く充血はしているが、いたぶりのあとは綺麗にぬぐい去られていた。
どんな男をも圧倒し、魅了せずにはおかない妖美の光景だ。
「へへへ、尻の穴もオマ×コもパックリと丸見えだ。そそられるねえ」
「まったくたまらんながめだよ、奥さん」
「田中玲子夫人の尻の穴とオマ×コまでのぞけるとは、まだ夢を見ているようだ」
男たちはまぶしいものでも見るように眼を細め、うなるように言った。剝きだしの肉塊がますますたくましさを見せて、今にも脈打たんばかりだ。
玲子はしっかりと子供を抱いたまま、小さくふるえていた。
「ああ、そんなに見られたら……玲子、恥ずかしい……」

玲子の声がふるえた。抱きしめた我が子に救いを求めるように、玲子は頬ずりした。
「見せるだけなのか、奥さん」
容赦のない鮫島の声がするどく飛ぶ。玲子の従順な牝奴隷ぶりを、男たちにじっくり聞かせ、見せつけようというのだ。
「ごらんになってるだけじゃいや……い、いたずらして……玲子のお尻の穴に……」
「フフフ、それじゃお客さんにはっきりとおねだりしないか。いたずらの順番も決めるんだ。七人もいりゃ、もめるからな」
鮫島の言葉に、ざわめいていた男たちが静かになった。玲子が誰から指名していくか、誰もが気になるところだ。
ああ、そんなこと……言えない……。
玲子は胸のうちで叫んだ。おぞましい排泄器官にいたぶりを加える男たちの順番を、自分から決めさせるのだ。
だが、意地の悪い竜也と厚次の声がするどく飛んだ。
「皆さんが待ってるんだぞ。さっさとしねえかよ、奥さん」
「順番は奥さんに選ばせてやるんだ。へへへ、気に入った順に選ぶんだな」
ああ……と玲子は哀しげにかぶりを振った。唇がワナワナふるえ、今にもわあッと泣きだしそうになった。

それでもすすり泣くような声で、
「……玲子の、お尻……お尻の穴にいたずらしてください……どう、どうにでもして……さ、魚屋さん……」
「へへへ、一番手は私でしたか。こいつは名誉なことで」
指名された魚屋がうれしそうに顔を崩した。いやらしく舌なめずりをする。
「それじゃ次は誰かな、奥さん」
「……ほ、本屋さん……」
玲子はあえぎあえぎ、さらに薬屋、八百屋、そして酒屋にクリーニング屋、肉屋の順で指名した。親しくしていた店の主人ほど、あとになる。
「最後とは……そりゃないよ、奥さん」
肉屋の主人が不満を露わにした。それでなくとも、肉屋は男たちのなかで最も玲子の肛門に興味を持っている。
「上等な牛肉をずいぶんサービスしてあげたじゃないですか、奥さん。今度は奥さんがそのムッチリした尻の肉をサービスしてくれても。ここはトップを私に」
「そうそう、この私も奥さんにはずいぶんサービスした。一番手は当然私にすべきだ」
「何を言っているんだ、肉屋さんに酒屋さん。奥さんはこの私を一番に指名したんだ

よ」
　魚屋が反論する。
　玲子の官能的な双臀をめぐって、男たちの醜い言い争いがはじまった。皆、誰よりも先に玲子の身体に触りたい。
「まあまあ、フフフ、ここはひとつ私にまかせてもらいましょうか」
　鮫島が笑いながら、男たちをなだめた。
　玲子が親しくしていた店の主人ほど、いたぶられるのを嫌ってあとにしているのは、鮫島にもわかっている。
「奥さんの希望通りにしてはおもしろくないですからね、フフフ、最初は肉屋さんからといきましょうか」
「そ、そんな……」
　玲子は恨めしそうな瞳で鮫島をふりかえった。わざわざいたぶる順番を玲子に決めさせておいて、それとは逆の順にいたぶりを加えさせようとしている。
　鮫島の提案とあっては、男たちも従うしかなかった。嬉々として肉屋の主人が、身をのりだしてきた。
「見事な尻だねえ、奥さん。へへへ、私は商売柄肉づきのよさや締まりはよくわかるんですよ。まったく素晴らしい」

肉屋は欲望のおもむくままに、ねちねちと玲子の双臀を撫でまわした。形を確かめるように撫で、弾み具合いを見るように指を食いこませては、肉量を測るように下からすくいあげてゆさぶる。

そのたびに、ビクッ、ビクッと玲子の双臀がすくみあがるのが悩ましくたまらない。

「ああ、肉屋さん……玲子の、玲子のお尻の穴をいじってください……」

「へへへ、あれだけ浣腸されてロウソクでもいじめられたくせに、まだいじめてほしいとは、好色な尻の穴だね、奥さん」

「ああ……そんなこと、言っちゃいや……いやです」

「どれ、そんなに好きなら、たっぷりと尻の穴をいじってあげるか、へへへ」

肉屋の指先が肛門に触れてくると、玲子はいやでたまらないというように腰をふるわせてよじった。

思わず前へずりあがろうとしても、竜也と厚次がゆるさない。

「あ、あ……ああ……」

あえぎ声が玲子の唇からこぼれた。肉屋の太い指が、ゆるゆると肛門を揉みこんでくる。それは、浣腸責めとねじりロウソクでさんざんいたぶられたあとにはたまらなかった。繊細な神経がヒリつく。

「そ、そんな、肉屋さん……ああ……」

「へへへ、尻の穴が指に吸いついてくるようだ。いい感触だよ、奥さん。こんな素晴らしい尻の穴をしていたとはねえ」
「お、お尻は、本当にいやなんです……ああ、いやでたまらないのよ」
今にも押し入ってきそうな指先に、玲子の口から思わず本音が出た。
それはわかっているというように、肉屋は笑った。押しこむ気配を見せても、すぐには沈めようとしない。玲子の口からはっきりねだられるのを待っている。
鮫島が玲子の黒髪をつかんでしごいた。
「客にはうんと色気をふりまけと言ったはずだぞ、奥さん」
するどく玲子の耳もとでささやいた。
「……お願い、肉屋さん……指を、指を玲子のお尻の穴に入れてください……う、うんと深く入れて、こねくりまわして……」
「その言葉を待っていたんだよ、奥さん。それにしても、田中玲子夫人の口からそんな浅ましいおねだりを聞くとはねえ」
「いやッ、意地悪……ああ、無理やり言わせたくせに……」
玲子はすねたように双臀をうねらせた。
ジワジワと肉屋の指が沈んでくる。必死にすぼめた蕾をいやおうなくほぐされ、割り開かれた。

「ねだるだけあって、楽々と指の根元まで呑みこむじゃないか、奥さん」
「あ……ああ……」
玲子はブルルッと背筋をおののかせながら、うわずった声をあげた。太い指が腸管で蠢くたびに、身体の奥底で妖しいうずきがふくれあがり、いやでも声が出る。息づかいが乱れ、白い肌がしだいにピンクに色づいて、汗がにじんできた。
「ああ……肉屋さん……」
「へへへ、こうされることを望んでたようだね、奥さん。うれしそうにクイクイ締めつけてきやがる」
肉屋の指は、玲子の腸管深くをえぐり、出し入れをくりかえしてこねまわす。熱くとろけた肉が締めつけてくる。その妖美な感触に、肉屋は舌を巻く思いだった。
「どうです、奥さんの尻の穴は、フフフ」
横から鮫島がニヤニヤと肉屋の主人に聞いた。肉屋はニンマリとうなずいた。
「たまらんねえ、へへへ、田中玲子夫人の尻の穴がこんなに柔らかくて熱いとは思ってもみなかった。そのくせ、きつく締めつけてくるんだからねえ」
「一本といわず、指を二本入れてみたらどうです。充分呑みこみますぜ」
鮫島は意地悪く肉屋をあおった。
深くもぐりこんでいる人差し指に中指が加わった。狭い肉の環をさらに中指が押し

開いていく。
「ああ……そ、そんな、ああ……」
玲子の肛門は二本の指を呑みこまされて生々しく開き、ヒクヒクと食いしめていた。
「か、かんにんして……ああ……」
「これだけ開くところをみると、アナルセックスをさせるというのも本当らしいね」
二本の指は、玲子の腸管でねじり合わされながら回転し、抽送まで加えられて、玲子を苛んでいく。
「あ、あむ……そんな、そんなにされたら、玲子……」
「へへへ、どうだっていうんだい、奥さん」
「ああ……れ、玲子、おかしくなってしまうわ……た、たまんないッ」
玲子は双臀をうねらせて、泣き声を露わにした。肛姦の感覚が、まざまざと甦った。
玲子の泣き声につられたのか、子供の美加が泣きだした。
「ほれ、ガキをあやさねえか、奥さん」
「子守り唄でも歌って、ガキを寝かしつけるんだ。さもねえと、俺が無理やりガキを黙らせることになるぜ」
厚次と竜也がドスのきいた声で、玲子の耳もとにささやいた。
「美加ちゃん、泣かないで……ママは今……ああ、こんな時に泣かないで……」

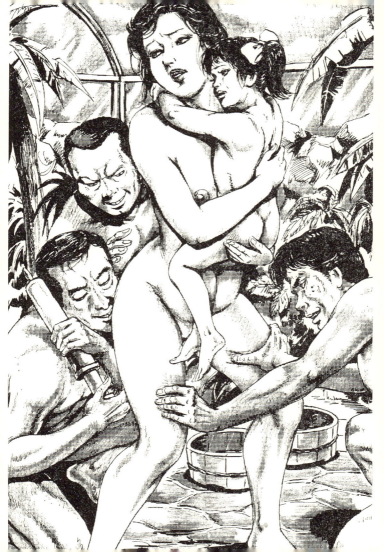

肛虐におののく女と、我が子を思う母とが、玲子のなかでせめぎ合っている。それでも玲子は、けんめいに美加をあやそうとした。
「いい子だから、泣かないで……」
玲子は泣き声で子守り唄を口にしはじめた。それをあざ笑うように鮫島は巨大なガラスの浣腸器を、肉屋に手渡す。
太い指にかわって、熱いガラスの先端が玲子の肛門に突き刺さった。
「奥さんに二回も浣腸できるとは、今夜はご機嫌だ、へへへ」
肉屋はグイグイと浣腸器のポンプを押した。火傷をしない程度に熱せられたグリセリン液が、二千CCも注入されるのである。
ドロドロとした熱流が、玲子の腸管に流れこむ。ビクンと玲子の腰が硬直した。
「ひいッ、熱いッ……熱いッ、ひッ、ひッ、灼けちゃうッ」
耐えられず、玲子は悲鳴をあげた。本能的に閉じ合わせようとする両脚が、左右から厚次と竜也に押さえつけられ、黒髪が鮫島にわしづかみにされる。
「熱い、熱いッ……この浣腸、きついわッ……ゆるしてッ……」
玲子は泣き叫んだ。子供も火がついたように泣いている。
「子供がうるさいと言ったはずだぞ。子守り唄はどうした、奥さん」
鮫島が玲子の黒髪をしごく、ひきつった苦悶の表情が色っぽかった。

「ああ、かんにんしてッ……きつい、きついのよッ……あ、ひッ、ひッ……」
「それじゃ厚次に子供を黙らせてもらうか、フフフ、風呂に沈めりゃ、すぐにでもおとなしくなるぞ」
「そ、それだけはッ……」
玲子はもう、必死の思いで子供をあやしはじめた。すすり泣きながら、悲鳴さえ交えて子守り唄を口ずさむ。
「ああ、美加ちゃん……ママはたまらないのよ。つらい浣腸をされて……お願いだから、泣きやんで……ああ、ひッ、ひッ」
泣き声で子守り唄を歌い、子供をあやしながら浣腸責めにかけられている若く美しい母親……それは妖しい倒錯の世界だ。
それがいやがうえにも男たちの欲情をかきたてる。
「たまらん……なんて色っぽいんだ。まったく浣腸しがいのある奥さんだ」
肉屋はうなりながらポンプを押しつづけた。一気に大量に注入する荒々しいやり方だ。もう肉屋は夢中だった。
「あぁッ、そんなにいっぺんに入れないで……あ、あ、お尻が変になっちゃう……」
玲子はそう泣き叫んだかと思うと、今度は子供を抱きあやして、
「マ、ママはきつい浣腸をされて、つらいわ……ああ、美加ちゃん、もう泣くのはや

めて……いい子だから……」
と錯乱していく。
そのくせ、背筋がブルブルとふるえだし、身体の奥がうずきだすのをこらえきれない。身体の芯のたぎりが、ジクジクとあふれだした。
こんな……こんなことってないわ……。
子供をあやしながら浣腸責めにかけられているというのに、玲子は自分の身体の成りゆきが信じられなかった。
とうとうきつい浣腸責めにも反応する身体にされてしまったのか……。そう思う心が、いっそう倒錯のうずきを呼んだ。
「ああ、たまんない……」
「へへへ、こりゃ驚いたね。浣腸されてオマ×コをビチョビチョにしてるじゃないか」
媚肉の合わせ目にあふれんばかりに甘蜜がたぎっているのに気づいて、肉屋は声をうわずらせた。
「浣腸で感じたんだな、奥さん」
「だって、だって……ああ……」
きっぱりと否定しえない自分が、玲子は哀しく恨めしかった。

媚肉が嘴管をくわえこまされた肛門につられて、ひとりでに蠢き、たぎりあふれだすのを、玲子はどうしようもなかった。ツーとあふれでたものが内腿をしたたり流れた。しだいにふくれあがってくる荒々しい便意さえ、暗い快美に連なった。
もっと、もっと、いじめて……。
そんな叫びがのどまで出かかった。そして、ようやく嘴管が引きあげていくと、玲子は裸身をブルルッとふるわせてあえいだ。
「……さ、させてください……ハアッ……」
泣き濡れた瞳をねっとりと鮫島にからませた。
ショウの第一部でさんざん浣腸された玲子である。今また二千ＣＣもの量をすっかり注入され、耐えられるわけはなかった。
「フフフ、ここでたれ流しだ、奥さん」
鮫島が冷たく言った。
一瞬、恨めしそうな眼つきをした玲子だったが、もう何も言わなかった。唇をかみしめてうなだれる。しかし、それも長くはつづかなかった。
「ああ、ママは恥ずかしい姿を見せるわ……美加ちゃん」
強く子供を抱きしめたかと思うと、
「あ、ああッ、出ちゃうッ……しても、してもいいのね」

切羽つまった悲鳴とともに、総身がブルッとふるえた。大量のグリセリン液がドッとしぶいた。注入された量が、そのままそっくり出る感じだった。
「こりゃ派手にたれ流すねえ、へへへ」
「とても美しい奥さんのすることとは思えないねえ。もっともそれがたまらんのだが」
「そういうことですよ、へへへ、ズベ公が派手にひりだしても絵にはならない。上品で美人の名高い田中玲子夫人だからこそ」
飛びはねるしぶきがかかるのも気にせず、男たちは食い入るように美夫人の排泄図に見入った。男たちの声も玲子には、もう聞こえない。
「ああ、恥ずかしい……美加ちゃん、美加……」
と、うわ言のようにくりかえすばかりだった。あとからあとから、おびただしいまでに絞りだした。
すっかり絞りきると、待ちかねたように二番手のクリーニング屋の主人が、再びグリセリン液をいっぱいに吸った浣腸器を手にしてのりだしてきた。
「今度はクリーニング屋の私が、尻の穴にいたずらさせてもらうよ、奥さん、へへへ」
玲子は狼狽した。グッタリするひまも与えられず、さらにたてつづけに肛虐を加え

ようというのか。
「ま、待って、少し休ませてください……肉屋さんにお尻を責められて、クタクタなんです。お願い……」
「責めたのは肉屋さん。へへへ、この私はまだ楽しんじゃいない」
「ああ……責めるなら……前に、前にして……お尻は、もうかんにんして……」
玲子はあえいだ。
便意の苦悶からの解放感に、玲子の媚肉はさらに甘蜜をたぎらせ、内腿はあふれでたものでヌルヌルになっていた。媚肉の合わせ目からのぞいた肉襞が刺激を求めてヒクヒクと蠢いている。
「へへへ、尻の穴にいたずらしてほしいと言ったのは、奥さんですよ」
「で、でも……ああ、前にして……」
「商売がら、奥さんの服だけじゃなく、尻の穴のなかまでクリーニングしてみたいんでね、へへへ、この浣腸器で」
クリーニング屋はニヤニヤと笑って舌なめずりした。この男もまた、肛虐の魅力にとりつかれたらしい。
「さっさとしねえか、奥さん。ガキをあやしながら、おねだりするんだ」
玲子の足首をつかんでいる厚次が、声を荒らげた。ピシッと玲子の双臀を張った。

「ああ……いい子だから、美加ちゃん、はやく寝て……マ、ママが狂う前に……」
すすり泣くように言って、子供をあやしながら、玲子はクリーニング屋をふりかえった。
「……ク、クリーニング屋さん……玲子の、お尻の穴に指を入れて。深く入れて、めちゃくちゃにこねまわして……」
「それだけかい、奥さん、へへへ」
「う、うんといじりまわしてから、玲子に……浣腸して……」
再び指による肛虐と、浣腸責めと排泄がくりかえされた。クリーニング屋につづいて酒屋、薬屋、そして八百屋と、浣腸されては排泄し、また浣腸とくりかえされる。
「こんなにたてつづけなんて……たまらない、ああ、玲子のお尻が狂っちゃう……」
玲子はうめき、あえぎ、そして泣き悶えた。
くりかえされるたびに、玲子は我れを忘れて悩乱のなかへ追いこまれた。
男たちは媚肉には触れてこない。ひたすら玲子の肛門を責める。にもかかわらず、玲子は肉の快美をこらえきれなかった。
女の最奥はしとどに濡れそぼち、肉襞がヒクつき、女芯が身悶えするように蠢いた。
「ああ……あうう……」
玲子はもう、こらえきれなかった。母なる玲子の顔が音をたてて崩れていく。せめ

てもの救いは、ようやく美加が寝ついたことだった。
「ああ、欲しい……触って、前にも触って……」
玲子は我れを忘れて口走った。それは鮫島に強要された媚態ではない。
一度口にすると、堰を切ったように玲子は求めた。我が身の浅ましさをかえりみる余裕は、とっくになくなっていた。
「ま、前にも、触って……お願いッ」
「激しいな、へへへ、尻の穴だけでこんなになるとは」
「ああ、玲子はもう、自分がわからないッ……触って、前をッ」
玲子は厚次に子供を取りあげられても、追おうとはしなかった。それどころか、自由になった両手をタイルについて、自

分から四つん這いになる。浣腸器をくわえこまされて双臀をもたげ、うねらせて、狂おしく求めた。
「お願い、お尻だけじゃなくて、前にもッ……ああ、一度いかせて……」
「へへへ、浣腸だけじゃ、気をやれないというのかい」
六番目の本屋がゆっくりと浣腸器のポンプを押しこみながら聞いた。ニヤニヤと玲子の顔をのぞきこむ。ガクガクと玲子はうなずいた。舌がもつれて、満足に言葉も出ない。
「あ、あああ……」
時折り、流入するグリセリン液にグッと昂って果てそうになる。玲子の腰が激しくふりたてられ、キリキリと嘴管を締めつけた。
だが、それだけでは昇りつめるにはいたらない。その点だけは男たちも手加減していた。
「どうして……ああ、どうして前を触ってくれないのッ……」
玲子はよがり声をひきつらせた。

3

玲子は四つん這いのまま、高くもたげた双臀をふりたて、のけぞらせた汗まみれののどからよがり声を絞りだした。
床についた手は、左右から厚次と竜也によって背中へねじあげられていた。そうでないと、玲子の手は自ら股間へのびていたに違いない。
玲子の高くもたげた双臀の前に、最後の魚屋がかがみこんで、指を二本、玲子の肛門深くえぐりこませている。
「最後なんで、じっくり楽しませてもらうよ、奥さん。へへへ。こんなに尻の穴をとろけさせちゃって」
「ああ、こわい、前もいじって……」
「そうはいかないよ。気をやらせてやりたいのはやまやまなんだが、このあと、もっとすごいショウを見せてくれるそうだからねえ」
魚屋の指は我がもの顔に玲子の肛門をえぐり、ねじり合わせ、こねくりまわしては抽送した。
「あの田中玲子夫人が、尻の穴をいじらせ、浣腸までさせて、オマ×コにもねだるとは、商店街のみんなも信じないだろうね」

「なあに、あとで奥さんのすごいフィルムをプレゼントしますよ。うんと宣伝してくださいや」
鮫島が魚屋に向かって言った。魚屋はうれしそうにうなずいた。
「そうやって尻をいじられながら、オマ×コにしてほしいって姿は、牝そのものだぜ、奥さん。どんなものでも欲しいってところだな」
「たいしたよがりようじゃねえか。こいつは楽しみだ、へへへ、このあと本当の牝にしてやるからな。せいぜい気をやりたくってしようがねえっていうようにとろけさせとくんだぜ」
厚次と竜也が意地悪く玲子をからかうと、鮫島も加わって、
「フフフ、今の奥さんは蛇とでもやりたいという気持ちなんだろう」
「蛇ねえ、へへへ、そうなのか、奥さん」
竜也が玲子の顔をのぞきこんだ。聞いても今の玲子に冷静な判断ができるわけもない。
「ああ……どんなことをされてもいいわ……ですから、前に、前に……」
実際、玲子はこの狂おしい状態から抜けだして肉の快美に溺れるなら、どんなことをされてもいいという気持ちだった。
それでも玲子の媚肉には触れてこない。魚屋は指にかわって浣腸器で肛門をえぐり、

こねまわしていた。意地悪く抽送さえ加えながら、少しずつポンプを押しては、ピュッ、ピュッと断続的に区切って注入した。
「あ、あ……」
男の射精を思わせる注入に、玲子が一気に昇りつめようとすると、
「お客さん、好きに責めてもらっていいですがね、まだいかせちゃ困りますぜ。あとにさしつかえるんでね」
と、眼を光らせている竜也が魚屋を牽制する。
「ああ、もっと、もっとッ……ああ……」
玲子は狼狽の声をあげた。あとひと息だと言わんばかりに、流入してくる感覚をしっかりととらえつくそうと、狂おしく求めた。
「ああ、いかせてッ……一度いかせてください。ひと思いにッ」
いくら求めても駄目だった。玲子はよがりながら恨んだ。ようやく魚屋が一滴残さず注入し終わると、
「ああ、出る、出るわ……あうッ、あうう……あむッ」
玲子はよがり声さえあげて、激しくほとばしらせた。次々とひりだす感覚と、ただれたような肛門のヒリつきが、たまらない快感だった。
男たちの熱い視線と嘲笑にさえ、女の官能がしびれた。どこもかしこも、身体じゅ

うの肉が狂いだしている。
「へへへ、たれ流しながら、気分出してるとはねえ、奥さん」
「気持ちよさそうな色っぽい顔をしてるじゃないか。そんなにいいのかい」
「奥さん、我々に尻の穴まで触らせて、七回も浣腸されたことを忘れるんじゃないよ」
男たちはゲラゲラ笑った。
それに応じる余裕もなく、玲子はもう息も絶えだえの状態だった。ハアッハアッとあえぎながら、絞りきった肛門をヒクヒクと痙攣させている。七回も連続の浣腸にすぼまるのを忘れたかのように生々しく口を開いたまま、濡れそぼった腸腔までのぞかせていた。
「へへへ、尻の穴は充分にとろけてるな、よしよし」
「そのまま尻の穴を開いてろよ、奥さん」
厚次と竜也がそう言えば、鮫島もニンマリとうなずいて、
「尻の穴はいいとして、いじってほしくてしようがないオマ×コのほうはどうかな、フフフ。どれ、お客さんたちによく見てもらうんだ、奥さん」
鮫島は二人に手伝わせて、玲子を抱き起こすと、大浴槽の大理石の縁に座らせた。
玲子の両脚が垂れて湯につかる。

たちまち男たちは浴槽へ飛びこむと、肩までつかって玲子の前に群がった。
「さあ、オマ×コを見せるんだ。奥までな」
玲子の後ろにかがみこんだ鮫島は、玲子の上体を抱いて乳房を両手でわしづかみにした。ゆっくりと両手で揉みこんだ。
「あ、ああ……」
それだけで玲子の腰が誘うようにうねった。せつなげに唇が開き、火のような息がハアッと出た。
「……し、して……」
「オマ×コを見せろ。本当にしてほしいのかどうか、調べるのが先だ」
「……は、はい……」
鮫島に命じられるままに、玲子は湯につけていた両脚をもたげ、縁にのせた。立てた膝を左右へ開いて、両脚をM字型にする。
男たちの視線がいっせいに集中し、するどく突き刺さってきた。
「ああ……」
玲子はすすり泣きを昂らせた。玲子の股間は、これ以上浅ましい姿はないというまでに開ききっている。綺麗に剃りあげられたツルツルの恥丘がふっくらと盛りあがり、そこから縦に媚肉の合わせ目がくっきりと浮かびあがっていた。

合わせ目が妖しく開いて、おびただしいたぎりをあふれさせ、充血した肉襞をのぞかせていた。
「こりゃすごい、洪水じゃないか。へへへ、尻の穴にまでたらしてやがる」
「尻の穴をいじって浣腸してやっただけで、ここまでとろけさせてるとはねえ」
「そう言ってる間にも、どんどんあふれているぞ、へへへ」
「まったく尻の穴もオマ×コも敏感で淫らな奥さんだ」
男たちは食い入るようにのぞきこんで、うなったり笑ったりして騒いだ。開ききっている玲子の内腿が、ピクピクとふるえた。
「ああ……は、恥ずかしい……」
肛虐で感じてしまった身体を見られる恥ずかしさに、玲子は身体の芯がジリジリと灼けた。その恥ずかしさが、かえって玲子の子宮をうずかせ、蜜をとめどもなく吐きださせるのだ。そのうえ、揉みこまれる乳房が絶えず妖美の感覚を呼び起こす。
「奥まで見せろと言ったんだぞ、奥さん」
「自分の手で開いて、じっくりのぞかせるんだよ。グズグズするな」
左右から厚次と竜也が命じた。
なよなよと玲子はかぶりをふった。ふりながらおずおずと自らの手を媚肉の合わせ目にあてがう。そこらじゅうはビショビショで、自分でも信じられない濡れようだっ

「……見て……ああ、見てください……」

消え入るように言って、玲子はふるえる指で肉裂を左右にくつろげた。

外気とともに男たちの視線が容赦なく奥にまで入りこんでくる。しとどに濡れた肉襞がさらけだされ、玲子の肉の構造が玲子自身の手によってあばきだされた。

男たちが静かになってゴクリと生唾を呑みこむのがわかった。

「ああ、もう、して……こ、こんなことさせないで……」

「フフフ、クリちゃんも見せるんだ」

「ああ……」
逆らう気力さえなく、玲子はくつろげた肉裂の頂点の表皮を剝いて女芯をさらしてみせた。ヒクヒクとふるえている。
「……ひと思いにして……ああ、もう玲子をいかせてください……」
もう前に何か入れて……と、玲子はジクジク甘蜜をあふれさせながら哀願した。知らずしらずのうちに、指先が剝きあげた女芯にのびていた。もう耐えきれないように、玲子は自分から女芯をこすりはじめた。
「こんな……ああ、こんなことをしている自分が信じられない……」
玲子は屈辱にすすり泣いた。だが、一度触れてしまった指は、もうとめられなかった。
「あ……ああ、あう……」
頭のなかがしびれるような愉悦に、玲子は腰を浮かせてよじり、あられもなくよがり声を放った。
肉襞が待ち焦がれていたようにいっせいにざわめきだし、女の最奥が収縮を見せた。赤いマニキュアを塗った細く美しい指が、ツンと突起した女芯を、クリクリといじりまわしている。
「フフフ、これじゃオマ×コをいじってほしくてしようがないわけだ。本当に蛇とで

もやりたいといったところだな」
鮫島が厚次と竜也に眼で合図した。
「そこまでだ、奥さん。あとはこっちでたっぷり気をやらせてやるぜ」
「いくら牝だからといって、勝手なまねをするんじゃねえ」
厚次と竜也はすばやく玲子の手首をつかんで左右へ引いた。左手首と左足首、右手首に右足首というように左右で束ねて、それぞれ縄を巻きつけて縛る。
「ああ、どうして縛ったりするの」
玲子は狼狽して、一瞬おびえた眼を二人に向けた。
「縛られるのはいや……い、言うことを聞きますから……」
「本当にそうかな、へへへ」
「縛ったほうが、奥さん自身のためにもいいんだぜ。そのわけはすぐにわかるぜ」
厚次と竜也は、意味ありげにククッと笑って、玲子の顔をのぞきこんだ。
玲子の左右の手足を縛った縄に、長さ二メートルほどの鉄パイプを通すと厚次と竜也は前と後ろでかつぎあげた。
「ああッ、いや……」
玲子の裸身は手足を大きく開いたまま、鉄パイプからあおむけに吊られた。まるで猟師に狩られた牝のようだ。

「ああ……こんな格好は、いや……何を、何をしようというの」
「フフフ、どうにでもしてと言ったじゃないか、奥さん。希望通りにオマ×コと尻の穴に太いのをくわえこませて、気をやらせてやるぞ。たっぷりとな」
「ああ、してくれるのね……何も縛らなくても、玲子……」
不安のなかにも、ようやく与えられるという恥ずかしさと期待が玲子の裸身をおおう。こんな吊られた姿勢で犯されるのだろうか……。
厚次と竜也は、玲子を吊った鉄パイプをかついで、ジャブジャブと大浴槽のなかへ入った。男たちがいっせいにあとを追う。
大浴槽のちょうどまんなかあたりに、梁にかけた縄が二本垂れさがっていた。その縄に鉄パイプの前後をつなぐと、玲子の背中が湯の水面から三十センチほどの高さになるように吊った。
玲子の裸身は、天井からさげられたブランコのようにゆれ、縄がギシギシと鳴った。
「こりゃ、ジャングル風呂にふさわしい。土人に誘拐された美女が、生贄にされるといったところだな、へへへ」
「となると、いよいよすごいショウが……へへへ、何がはじまるか、こいつは楽しみだ」
薬屋と肉屋がわくわくしながら言えば、魚屋やクリーニング屋は昂る欲情にのどが

かわくのか、酒をグッと飲んだ。八百屋と本屋、それに酒屋は言葉もなく、食い入るように玲子の開ききった股間をのぞいている。

「ああ、はやく……玲子にちょうだい……」

玲子はあえぐように言った。どうしてこんな浅ましい言葉が、なんの抵抗もなく口から出るのか。官能の塊りと化した肉体が、玲子を狂わせるのだろうか。

いどんでくるのは鮫島か竜也か、それとも厚次か……玲子はそう信じて疑わなかった。いずれにせよ、もう誰でもよかった。はやく犯され、官能の恍惚に翻弄されて何もかも忘れさせてほしかった。このままでは本当に発狂しそうだ。いたぶりを求めて、玲子の媚肉も肛門もしとどに濡れて、ヒクヒクとせつなげに蠢きをくりかえしている。

「フフフ、そうガッつくな、奥さん」

「ああ、焦らさないで……」

鮫島はあざ笑った。それから男たちのほうを向いて、また口上を述べはじめた。

「約束通り、これからすごいショウを見せます。フフフ、ＳＭショウのなかでもこいつはちょっと見れませんよ。奥さんにとっても、こいつはぶっつけ本番でしてねえ。まあ、ゆっくりとご見物を」

男たちがいっせいにざわめいた。いよいよショウの第二部の最高の見せ場がきたのだ。

玲子には何を言われたのかわからなかった。すごいショウ……ぶっつけ本番……とは、どういうことなのか。玲子は鮫島たちに何も聞かされてはいなかった。不安が玲子の脳裡をよぎった。

いきなり玲子の視界が暗くなった。手拭いで眼隠しをされた。

「ああ、どういうことなの……」

視界を奪われたことで、玲子の不安はますますふくれあがった。

「眼隠しをすると、女ってのはうんと感じやすくなるんだ。よけいなものが見えなくて、神経が集中するからねえ」

「ああ、眼隠しなんて、いやです……」

「フフフ、どれ、もっとよくなるようにしてやろう」

玲子の哀願を無視して、鮫島は瓶から何やら妖しげなクリームを指先にすくい取った。催淫媚薬クリームである。それをたっぷりと玲子の肛門と女の最奥に塗りこんだ。肛門のほうには肛門弛緩クリームをも塗る。

「あ……ああ……もっと……」

塗りこんでくる指に、玲子は思わず声をうわずらせた。眼隠しをされているために、するどく鮫島の指を感じ取って、ああッと快感に腰をふるわせる。

男たちの視線も、それまで以上にピリピリと感じた。それが玲子をいっそう妖しい

情感のなかに浮遊させた。
「抱いて……」
たまらず玲子は腰をうねらせて求めた。
「そんな上品な言い方は、牝の奥さんには似合わないぞ」
「……犯して……玲子に入れて……」
「フフフ、太いのを深く入れてほしいか、奥さん」
「ああ、太いのを深く入れてほしいわ……」
刺激を求める一心で、玲子は口にした。声が昂って、裸身がハアハアッとあえぐ。
その間に厚次が、どこからか布袋を持ってきた。ぶらさげた袋が、重たげにゆれている。厚次はニヤリと笑うと、布袋のものを取りだして男たちに見せた。
おおッと驚きの声をあげ、男たちはどよめいた。厚次の手には一匹の蛇が不気味にうねっていたのである。さらにもう一匹、布袋の底にいた。昨日、ガソリンスタンドで手に入れた青大将である。布袋のなかにいるほうは、長さが一メートル以上はあった。
「奥さん、太いのを深く入れてやるぜ」
厚次はうれしそうに言った。蛇を手に、玲子の開ききった太腿の前に陣取った。その左右には、眼を血走らせた男たちがひしめき合う。

「聞こえたろ、太いのを深く入れてやるからうんと気分出して、思いっきり気をやるんだぞ」

「ああ、厚次さん……」

眼隠しをされている玲子には、厚次の手に不気味にうねる蛇は見えない。てっきり厚次に凌辱されるものと思っている。催淫媚薬クリームがジワジワと効きはじめたこともあって、催促するように腰をうねらせていた。

「じ、焦らさないで……はやく、ああ、厚次さんの太いのを、深く入れて……」

「へへへ、こいつがそんなに欲しいのか」

「欲しいッ……」

玲子は腹の底から求めるように叫んだ。眼隠しをされず、犯してくるものの正体を知ったら、こうはいかない。何も見えないということが、一抹の不安はあるものの、玲子の感覚を恐ろしいまでに敏感にして燃えあがらせる。

「は、はやく……気が変になりそうだわッ」

「へへへ、まずは尻の穴からだ」

「ああ、前、前にしてッ……先に前に入れてくださいッ」

玲子の哀願をあざ笑うように、厚次は蛇の頭を玲子の肛門に押しつけた。

粘膜にかみついて傷つけないように、蛇の口は糸で縫ってある。その頭を淫靡に開

いてヒクついている肛門に、わずかに含ませた。
「ああッ、前にしてッ」
そう叫びながらも、玲子の肛門は待ち焦がれたように、含まされたものにからみつき、吸いこもうとした。与えられる悦びに、腰がわななく。
厚次はわざとゆっくり押し進めた。蛇で玲子の肛門を犯すのである。一気に押し入れてはおもしろくない。
「へへへ、どうだ、奥さん」
「ああッ、ああッ……ひと思いに、もっとしてッ……ひと思いにッ」
少しずつゆっくりとしか入ってこないのが焦れったかった。玲子はもどかしげに、さらに奥まで吸いこもうと、肛門の粘膜を蠢かせ、双臀をうねらせた。
さらに押し入ると、玲子は引き裂かれるような感覚に、背筋にとろけるような戦慄を走らせた。
「ああ……もっと、ああッ、もっとしてッ」
「欲ばりだな、奥さんの尻の穴は。へへへ、いくらでも深く入れてやるぜ」
埋められるものが蛇と知ったら……そんなことを考えながら、厚次はからみついてくる肛門の粘膜を引きずりこむようにして、ズズッと深く押し入れた。
「あ、ああッ……ひいいッ」

玲子の双臀が悦びにふるえつつ、あられもなくうねり、ふりたてられた。
蛇の頭はもうすっかり腸管にもぐりこんでいた。まるで青黒い杭が打ちこまれていくようだ。それでもまだ、ジワジワと奥へ入ってくる。
汗にヌラヌラと光る裸身に、さらにドッと汗が噴きでた。もう満足に息もできない状態に陥って、ひいいッ、ひいッとのどを絞り、押し入ってくるものを食いしめた。
「ひいッ、ひいッ……お尻が狂うわッ……あああ、あうッ」
もぐりこんでくるものの巨大さがズンズン身体の芯に響き、その深さに頭がくらくらとなった。恍惚と苦悶のないまざった肛交の快美だ。それを玲子ははっきりと感じていた。
男たちはひしめき合ったまま、息を呑んで見守っている。とてもあの上品で美しい田中玲子夫人の姿とは思えなかった。眼隠しをされて肛姦しているものの正体を知らないとはいえ、肛門に蛇を深くくわえこんで淫らな愉悦にどっぷりとつかっているのだ。
「お、お尻が狂うッ……ああ、狂うわッ……た、たまらないッ」
玲子はあられもない悦びのよがり声を噴きこぼしつつ、ヌラヌラと光る乳房をゆらし、腰をふりたてている。
厚次はさらに深く蛇をもぐりこませた。蛇の胴が激しくうねり、腸腔で頭があばれ

る。
それが一気に、電撃のように玲子の官能を貫いた。
「ひッ、ひッ……ああァッ、あうッ」
「そんなにいいのか、奥さん、へへへ」
「う、うむッ……ひいッ、いくッ」
ガクンと玲子の腰がはねあがって、吊られている手足が突っ張った。総身が恐ろしいまでにひきつれた。
ひいッ、ひいッとのどを絞りながら、玲子はつづけざまに双臀を痙攣させ、しとどの汗にした裸身をのたうたせた。

4

肉屋も酒屋も、男たちは玲子の裸身を息をつめて凝視した。鮫島の言葉通りのすごいショウに、言葉を忘れ、互いの存在さえ忘れたようだ。
玲子は力を失った裸身をグッタリとさせたまま、まだ手足に弱々しい痙攣を走らせていた。乳房から腹部を波のようにあえがせ、乱れた黒髪が垂れて、その先が湯の水面にゆれていた。

肛門にはしっかりと蛇をくわえたままだ。それがうねるさまは、牝の尻尾を思わせた。

「あ……ああ……」

玲子の顔が右に左にとふられた。

何度となく肛門を犯されている玲子だったが、今のは何かが違う。玲子はうつろな意識のなかで異常を感じ取った。肌が密着している感じがない。それにいつもは灼けるように熱いのに、この冷たさ……。意識がはっきりしてくるに従って、不安がふくれあがった。思っていたよりもずっと太い。それも二十センチはもぐりこんでうねっている。

「あ、厚次さんじゃないわッ……何を、何を入れたのッ」

玲子は眼隠しをされた顔をもたげた。声がふるえている。

「フフフ、わかるかい、奥さん。敏感な尻の穴をしてるだけに、気づくのもはやいな」

「眼隠しを取ってッ……ああ、何を入れたの……」

「気に入ったとみえて、たいした悦びようだったじゃないか、奥さん」

鮫島がケタケタと笑った。鮫島自身は蛇がにが手とみえて、のぞきこんでも触ろうとはしない。鮫島のかわりに、

「へへへ、何か当ててみな、奥さん」
「牝の奥さんにふさわしいもんだぜ。きっと気に入る、へへへ」
厚次が玲子の肛門の蛇をゆさぶれば、竜也が布袋からもう一匹をつかみだして、玲子の乳房や下腹に這わせた。
チロチロと赤い舌が玲子の乳房をなめ、ヌルヌルと冷たい胴が肌の上をうねってからみつこうとする。
「ひいッ……な、なんなのッ」
不気味な感触に、玲子は総毛立った。
玲子にしてみれば、蛇を使って責められるなど、考えもつかないことである。得体の知れぬものが肌に這い、肛門を貫いて奥でうねっている。
それが余韻おさまらぬ玲子を、再び官能の沼へと引きずりこんでいく。
「ああ、待ってッ」
不安と狼狽のなかで、哀しい女の性はいやおうなく崩され、再びきざしはじめた。
「あ……ああ、いや……何を、何を入れてるの……そんなのいやです」
「へへへ、オマ×コにも欲しいんだったよな、奥さん」
竜也はしだいに蛇を、開ききった股間へと這いおろさせていった。今度は竜也が蛇使いである。

竜也はうれしそうに笑いながら、蛇の頭をあられもなく開いた媚肉に、二度三度とこすりつけた。
「いや……ああッ……」
熱くたぎってとろけた肉に蛇の舌がチロチロと這い、冷たいものが触れてくる。得体が知れないだけに、玲子はおののいた。だが、そのおののきさえ、玲子の昂りをあおりたてる。頭の芯がカアッと灼けた。
「ほれ、入れるぞ」
「いや……いやッ……」
「下の口は入れてほしくて、しようがないと言っているぞ、奥さん」
からかいながら、竜也はジワッと力を入れた。冷たい肌触りが、熱くとろけた肉を巻きこむようにして、ゆっくりと入ってくる。
「あ、ひいい……あ、ああ……」
腹部を激しくあえがせて、玲子は我れを忘れて声をあげた。ようやく前に与えられる悦びに、ひとりでに腰がよじれた。
ああ、どうにでもして……。
そんな気持ちになった。不安も不気味さも、ふくれあがる肉の快美に押し流されていく。ことに、押し入れられるものが、薄い粘膜をへだてて腸管のものとこすれ合う

感覚は、たまらない。たちまち火と化す身体に、愉悦の火柱が走った。

「あ、あああッ……いいッ」

汗にまみれたのどに、はっきりとよがり声とわかる泣き声が絞りでた。めくるめく恍惚が玲子をくるみ、白い肌が匂うようなピンクに色づいて火照った。

「おもしろくなるのはこれからだ。フフフ、何を入れられているか、見たいんだろう、奥さん。ほれ、じっくり見な」

鮫島は玲子が官能の渦に巻きこまれたのを見ると、やおら眼隠しを取った。黒髪をつかんで顔をあげさせ、股間を見せつけた。

暗闇にならされた眼は、すぐには焦点が定まらず、玲子にはそれが何かわからなかった。何か青黒いものが二つ、自分の股間にうねっている。
「………」
玲子の唇がワナワナとふるえた。
なんなの?……
集中させようとする意識も、蠢くものが送りこんでくる快美の感覚がうつろにさせた。
だが次の瞬間、驚愕と恐怖に玲子の瞳が凍りついた。
「ああッ、蛇だわ……」
声が舌にもつれ、まともな言葉にはならなかった。瞳だけでなく、総身が恐ろしさに凍りついた。
「ひッ、ひいいッ……いやあッ、ひッ、ひッ、いやッ、いやあッ」
すさまじい絶叫が玲子ののどをかきむしった。
蛇が二匹、自分の身体のなかにもぐりこみ、胴をうねらせている。玲子はあまりの恐ろしさに、泣き、わめき、絶叫して蛇から逃れようともがき狂った。
「ひいいッ……ひッ、ひいいッ……」
いくら手足をうねらせ、腰をはねあげてももがき狂っても駄目だった。かえって肛門

と女の最奥に蛇の形をはっきりと感じ取る結果となり、それがさらに玲子を泣きわめかせ、絶叫させた。
「いやあッ、蛇はいやッ……ひいッ、ひッ」
「へへへ、さっきあんなに悦んでたくせによう。奥さんは尻の穴に蛇をくわえこんで、すげえ激しく気をやったんだ。今さら、気どるなよ」
竜也が玲子の顔をのぞきこんで、からかった。玲子のおびえようがなんともたまらない。
「今度はオマ×コでも楽しませてやろうというんじゃないか、フフフ、尻の穴で気をやって蛇と息が合いそうだからな」
「もう奥さんと蛇とは他人じゃねえんだ。肉の関係だぜ、へへへ」
鮫島と厚次も意地悪くからかう。
玲子は泣き叫ぶばかりだ。恐ろしい蛇を使ってもてあそばれるくらいなら、死んだほうがましだ。人間の牝から動物にと堕とされるのだ。
こんなことをされるくらいなら、死にたい……。
玲子は発作的に死を思った。
そんな玲子の胸のうちを見透かしたように、鮫島は玲子の顔をバスマットの上に寝ている子供に向けた。美加はあどけない寝顔を見せて横たわっていた。それが死への

衝動をくじけさせる。
ああ、美加ちゃん……。
たった一人、我が子を残して死ぬことは、玲子にはできなかった。だからといって、蛇を使ってのいたぶりに耐えられるわけではなかった。
「ひいッ、取って、蛇を取ってッ……いや、いやあッ」
「いい声で泣くじゃねえか、へへへ、ＳＭショウも盛りあがるぜ」
「いや、いやあッ……たすけてッ」
もう玲子に残されているのは、みじめに泣き叫び、ゆるしを乞うことだけだ。いくら哀願しても聞いてくれる男たちではない。それでも玲子は泣きながら哀願せずにはいられなかった。
「たすけてッ、お願い……蛇はこわいッ、いやよッ……こわいッ」
「そう嫌うもんじゃねえ。奥さんを悦ばせてくれる可愛い愛人だぜ」
竜也は一度、女の最奥へ埋めこんだ蛇を引き抜いて、玲子の眼の前にさらして見せつけた。
「こいつが奥さんのオマ×コを気持ちよくしてくれるんだ。頭もでかいし、太いだろうが」
「ひいいッ、ひッ……いやあッ」

激しく顔をのけぞらせたまま、玲子はかぶりをふった。チロチロと赤い舌を出す蛇に、玲子は気も遠くなりそうだった。
その蛇が身体のなかに……。そう思っただけでも悲鳴がとまらない。
「いやあッ、かんにんしてッ……ひッ、ひいッ、こわいわッ……蛇は、いやあッ」
「こいつは奥さんのオマ×コのなかへ入りたがってるぜ。尻の穴に入りこんだままの仲間のようにな、へへへ」
竜也はじっくりと見せつけてから、さっきと同じように蛇を乳房から腹部、そして股間へと這いおろしていく。
一度押し入れた蛇をわざわざ引き抜いて玲子に見せ、再び最奥へともぐりこませるという意地の悪さだ。
「ひいッ……ひいッ、いやあッ」
玲子は狂ったように泣きじゃくり、悲鳴をあげるばかりだった。
竜也は、息を呑んで見とれる男たちにも、一度蛇を見せつけてから、ゆっくりと媚肉に分け入らせた。
「へへへ、ほうれ、蛇がオマ×コに入ってくるのがわかるだろう、奥さん」
「ひいいッ……いや、いやあッ、ひッ、ひいいッ、やめてッ」
もう一度入れられて熱くとろけきっているのに、引き裂かれるような苦痛を感じた。

侵入してくるものが蛇だという恐怖が、玲子にそう感じさせる。生きた心地がなかった。

まるで犯される生娘のように、玲子はみじめに泣き叫んだ。それをかまわず、青黒い蛇の頭が肉のなかへもぐりこんでいく。

「こ、こわい、こわいッ……ひいッ……」

黒髪をふりたて、歯をかみしばって玲子はもがいた。汗を噴きこぼす裸身を吊った縄が、ギシギシときしむ。

蛇の頭が鮮紅色の肉襞を巻きこんで押し入ってくるのがわかった。それは粘膜をへだてて腸管の蛇とこすれ合い、うねり合って絶えず連動した。

「ひッ……ひいッ……」

玲子はもう、息もつけない。眼の前が墨を流したように暗くなり、玲子はなかば気を失った。

それでも玲子の身体は、心とは関係なく、まるで待ち焦がれていたように蛇の頭にからみつくのがわかった。もがいていた腰も、いつしか受け入れるようにうねりだした。

ズンという感じで蛇の頭が玲子の子宮に達した。チロチロと蛇の舌が子宮口をなめた。

「ひいッ……」
ビクンと玲子の裸身がふるえた。身体の芯がひきつれる。
蛇はまだ入ってくる。子宮を押しあげんばかりだ。
「へへへ、いやがっていたわりにはうまそうに深く呑みこんだじゃねえか。やっぱり好きなんだな、奥さん」
「か、かんにんして……う、うむ……」
竜也がのぞきこんだ玲子の顔は、意識さえうつろなようで、グラグラと左右にゆれていた。今にも失神しそうだ。
だが二匹の蛇を深く受け入れさせられた部分は、前も後ろもひとりでに蛇を感じ取り、貪る動きを見せはじめていた。蛇がうねるたびに、おぞましさとは裏腹に身ぶるいが起こり、声が出るのをこらえきれなかった。
「あ……あ……蛇だけは、かんにんして……」
「そんなに気持ちいいのか、奥さん。いい顔してるぜ」
「……いや……ああ、いやあ……」
玲子はグラグラと頭をふった。恐ろしい蛇を二匹、前にも後ろにも深くくわえこまされているのかと思うと、生きた心地もなかった。そして、そんな恐ろしいいたぶりに自分の身体が反応させられていくと思うと、もっと恐ろしかった。

蛇は絶えずうねり、ツーン、ツーンと恐ろしい肉のうずきを身体の芯におよぼした。肉がとろけさせられていく。恐怖と快美がないまざった。
「へへへ、奥さん、オマ×コと尻の穴に蛇をくわえこんでよがり、気をやるところを皆さんによく見せるんだぜ」
「そ、そんなこと……」
さらに深く蛇を女の最奥と腸管に押しこまれて玲子の声は、ひいッという悲鳴になった。
前と後ろと薄い粘膜をへだてて、うねる蛇が竜也の手であやつられだした。リズミカルに前後に動かされ、右に左にとまわされる。
「ああッ……ひッ、ひいいッ……」
「そうだ。そうやっていい声で泣くんだ。蛇も喜んでるぜ、奥さん」
「かんにんしてッ……ひッ、ひッ、たすけてッ……あああ……」
蛇への恐怖とともに総身を絞り抜かれるような快感がふくれあがった。それがもつれ合いながら、玲子を半狂乱へとかりたてていく。
二匹の蛇が真っ赤な火柱となって、身体の芯を灼きつくしていく。
「蛇は、蛇はいやあッ……」
玲子は泣きわめいた。だが、それもそこまでだった。気も狂わんばかりの肉の快美

が、何もかも呑みこんでいく。あやつられるままに、玲子は泣き、うめき、そしてよがった。

それまでくすぶっていた女の本能が一気に解き放たれ、燃えあがる。肉という肉がドロドロにただれさせられていき、玲子は口の端から涎れをたらしつつよがり狂った。白眼を剥きっぱなしになる。催淫媚薬クリームも本格的に効きはじめたようだな」

「へへへ、やっと気分出しはじめやがった。

「そのうえ、蛇二匹に責められて平気な女はいやしない。まあ、ここまでよく突っ張ったほうだ」

見守る厚次と鮫島がそんなことを言って笑い合った。玲子への蛇責めは初めてとあって、さすがの二人も、笑い声がうわずっていた。眼が血走っている。

二人でさえそうなのだから、責められるのは欲情のうなり声ばかりだ。

そして玲子は、二匹の蛇にもてあそばれて、なす術もなく肉の快美にのたうっていた。もう、自分をもてあそんでいるのが蛇であることもわからないようだ。

「あ、あッ……気が、気が変になるう、あうう……」

玲子は狂おしく自分から腰をゆさぶりだした。恥も外聞もなくよがり声をあげ、汗

まみれの乳房をゆすり、腰をふる。
「たいした悦びようだな。そんなに蛇がいいのか、奥さん」
「本質的に淫乱なんだよ、田中玲子夫人は。フフフ、もっともそれだからこそ、最高のＳＭモデルなんだが」
竜也と鮫島がからかっても、玲子は羞じらいおびえることさえ忘れて、
「あうッ、あ、あああ……いいッ……」
と、腹の底からこみあげる快感に身悶えるばかり。白い牝になりさがっている。
「い、いい……たまんないッ、あああ、いい、いいッ……」
あまりの悦びように、これが、あれほどまでに蛇におびえた田中玲子夫人かと疑いたくなるほどだった。
「いいッ……ああ、もう、もうッ……」
「へへへ、いよいよ気をやるのか、奥さん」
竜也が蛇をあやつる手をいちだんと激しくしながら聞いた。
もう真っ赤な火柱に最後の瞬間に向かって追いたてられていく玲子は、ひいッ、ひいッとのどを絞るだけだ。玉のような汗があたりに飛び散る。
「あ、いく、いくッ……ひいいッ……」
凄絶ともいえる恍惚の表情をさらし、玲子はガクンと腰をはねあげた。はねあげな

がら総身をキリキリと収縮させつつ痙攣した。いまわの収縮が蛇を締めつける。
何度もくりかえした。くりかえすごとにのどを絞り、痙攣を激しくした。
それでも竜也は責めるのをやめない。
「たっぷり満足したかい、奥さん。だがよう、一回ぐらい気をやったからってこれで終わりだと思うなよ。へへへ、まだまだ、これからってことだぜ」
「奥さんは蛇とは相性がいいようだ。ここはあと三回や四回は気をやって、蛇の味をしっかり覚えこむんだ」
そう言って鮫島も竜也をあおった。絶頂感のなかに悶絶することもゆるされず、玲子は責められつづけた。
「そ、そんなッ……休ませて、身体がこわれちゃう……」
「大丈夫だ。女の身体ってのはしぶとくできてるんだ。ましてこれだけいい身体をしてるんだ」
鮫島はうれしそうに、ククク ッと笑った。
玲子の唇から、再びすすり泣きがもれはじめた。
それまで息をつめて凝視していた男たちが、ようやくざわめきだした。玲子が一度、官能の絶頂へと昇りつめたことで、ひとまずホッと肩の力が抜けたらしい。
「す、すごい……こんなすごいショウは初めてだ。蛇を使って責めるとは……」

「それもあの田中玲子夫人が、蛇を相手に気をやったんだ。まだ信じられない気がする」
「見ろ、まだ責めつづける気らしいぜ」
薬屋に八百屋、本屋がうなるように言って胴ぶるいすると、
「あの蛇のように、奥さんのオマ×コや尻の穴にぶちこんでやりたいねえ。蛇がうらやましいよ……」
「たまらん。またさっきより深くもぐりこんだようだぞ」
と、クリーニング屋や酒屋は、湯のなかでそそり立った肉塊を押さえて、また血走った眼を玲子に向ける。
たてつづけに責められ、玲子は再びきざしたようだ。いや、一度昇りつめた絶頂感がそのまま継続するといったほうが正しい。すすり泣きはよがり声に変わっていた。
「あ、あううッ……死ぬ、死んじゃうぅぅ……」
玲子はひいひいのどを絞り、総身をふるわせてよがった。昇りつめて灼けただれた女の官能が、さらにあぶられ灼きつくされていくようだ。
「ああッ、玲子、玲子、もう駄目ッ……あ、あううッ……いいッ」
玲子は錯乱のなかにもう何もわからなくなった。二匹の蛇をくわえたところだけが、ひとり狂ったように悶えた。

「蛇というのはすごいもんだ。あの田中玲子夫人を狂ったようによがらせるんだからねえ。激しすぎる……」
「商店街のみんなにも見せてやりたいよ。あの田中玲子夫人の蛇を使ってのＳＭショウとなれば、飛びあがって喜ぶだろうからね」
「大売り出しの福引きの大賞に奥さんのＳＭショウってのもおもしろいね」
男たちはニヤニヤと錯乱の玲子をながめながら、好き勝手なことを言った。玲子の身悶えがいちだんと露わになるのが男たちにわかった。
「ああッ……ひッ、ひッ、ま、またッ……」
「へへへ、また気をやるってんだろう。遠慮せずにどんどんやりな」
竜也が蛇をあやつりながらあざ笑う。
「ま、またよッ……ああッ、いくッ……」
半狂乱のなかで、玲子は激しく裸身を収縮させると、昇りつめた愉悦の痙攣を総身にひろがらせた。

5

遠くで男の声がした。肉屋の主人のようだ。何かさかんに頼んでいる。

「なんとか奥さんを犯らせてもらえないだろうか。金はいくらでも払う」
「た、頼む。田中玲子夫人を一度でいいから抱かせてくれ」
「いくら出せば犯らせてくれるんだ」
酒屋や魚屋の声もした。いや、男たち全員が玲子への欲情を剝きだしにして、おがみ倒さんばかりだった。
「奥さんはSMモデルですからね。ショウを見せるだけの契約ですぜ。フフフ。これでもずいぶんお客さんたちにはサービスしたつもりですぜ」
鮫島はもったいぶった言い方をした。それがかえって男たちをあおった。
「そ、そこをなんとか……頼む」
「さてと、どうしたものか、フフフ」
鮫島はわざとらしく迷うふりをした。玲子を他人によってたかって犯させるのが何よりも好きな鮫島である。心の底では、玲子を酒屋や肉屋たちに輪姦させることに、とっくに決めている。
しばらく考えるふりをして男たちを焦らしてから、鮫島は口を開いた。
「お客さんたちは奥さんとは顔なじみでもあるし、ショウの記念すべき初日の客だ。ここは特別大サービスといくか」
わあッと男たちは歓声をあげて、飛びあがらんばかりに喜んだ。奇声や口笛がいっ

せいに飛びかう。
「タダってわけにはいかねえからな。ここは奥さんの身体を競りにかけるぜ」
「女は奥さん一人に対して、お客さんたちは七人だ。オマ×コと尻の穴、それに口を使わせて三人ずつとしても、へへへ、競りで穴と順番を決めるんだ」
竜也と厚次が男たちに向かって言った。それから鮫島と眼を見合わせて、ニヤリと笑った。厚次が身をのりだして、玲子の双臀をピタピタとたたいた。
「まずは奥さんの尻の穴からだ。さあ、この極上の穴に最初に入れる幸運な男は誰かな。締まりといい味といい、その素晴らしさはもう蛇で実証ずみだよ」
厚次の口からテンポのいい言葉が、ポンポンと飛びだした。臀丘を割って、玲子の肛門を男たちの眼にさらしてみせる。
「五万だ」
「私は六万だッ……いや、七万、七万出そうじゃないか」
「それならこっちは九万だ」
「十万ッ」
さんざん見せつけられ、焦らされたあとだけに、値はおもしろいほど吊りあがった。もう男たちの欲情は、爆発しそうに昂っている。厚次があおるまでもなかった。それほど玲子が美しいのだ。

「さあ、次はとびきりのオマ×コだ。もうドロドロにとけて、今が食べ時だよ」
厚次は売春宿の呼びこみのように、いやらしく両手を前ですり合わせた。
何が行なわれているのか、今の玲子には理解できなかった。そんなことはどうでもよかった。うつろな意識のまま、鉛色の海に漂っている。
「名器ってのは、こういうオマ×コをいうんだ。熟しきった人妻の味だよ」
厚次の手が媚肉をまさぐってきても、玲子はなんの感情も起こらなかった。また、スーッと意識が暗い闇の底へ吸いこまれた。どのくらいそんな状態でいたのだろうか。
「いつまでのびてやがる。いい加減にしっかりしねえか」
竜也のするどい声とともに、頬を張られた。うめき声をあげて玲子は眼を開いた。うつろな瞳は焦点が定まっていない。ニヤニヤと笑っている竜也と鮫島の顔が見えた。布団が敷かれている。その向こうで肉屋やクリーニング屋たちが、厚次に金を払っているのが見えた。
いつの間にか、玲子は商店街の店主たちの座敷に連れもどされていた。一糸まとわぬ全裸のまま、布団の上に横たえられていた。両手は背中にねじあげられて縛られており、乳房の上下にも縄が食いこんでいた。
「まだ終わったわけじゃない、フフフ。たっぷり楽しんだところで、もうひと働きしてもらうよ」

鮫島の言葉に、玲子はハッと我れにかえった。みるみる美貌を蒼白にひきつらせ、弾けるように顔をあげた。

「ああッ、蛇……蛇はいやッ」

「何をねぼけてやがる。しっかりしねえか。そんなに蛇がよかったたってことか」

「ああ……」

おびえた瞳で見た自分の股間に、もう蛇の姿はなかった。とたんに大浴場での恐ろしい出来事が甦ってきて、玲子は肩をふるわせてシクシクとすすり泣きはじめた。

ああ、とうとう蛇なんかと……。

そう思うと、あまりの恐ろしさと絶望感に、もうつきたはずの涙があとからあとからあふれてきた。完璧なまでの凌辱だった。

「フフフ、奥さんはオマ×コと尻の穴で蛇とからみ合って気をやったんだ。もう奥さんは人間じゃない。牝、牝だぞ」

「気持ちよさそうに気をやりやがって。いったい何回気をやったか覚えてるのかよ、奥さん。へへへ、五回もだぜ」

「それもいきっぱなしでな、牝の奥さんよう」

鮫島と竜也はダメを押すように玲子をあざ笑って、さらに涙を流させる。

ああ、玲子はもう駄目……このけだものたちから一生逃げられないんだわ……牝と

して生きていくしか……。
ドス黒い絶望が玲子を暗くおおった。鮫島が玲子の乱れた黒髪にブラシを入れ、化粧を直しはじめた。竜也は玲子の片方の足首をつかむと、縄で縛って鴨居に高く吊りあげる。
「……ああ……な、何を……」
玲子はすすり泣く声であえいだ。
「仕事だよ、奥さん。牝として客をとるんだ、フフフ。このオマ×コと尻の穴、そして口、穴という穴を客方に売るんだよ」
「そんな……」
反発の気力は起こらなかった。玲子のなかで何かがふっきれたようだ。
「わかるな。その口とオマ×コ、そして尻の穴で三人いっぺんにくわえこんで、客方を悦ばせるんだぜ、奥さん」
そんなひどい言葉にさえ、身体の芯がしびれた。もう両脚を開かされて、片足を吊られただけで、媚肉と肛門がうずきだし、濡れはじめた。
「フフフ、お待たせしました。奥さんはごらんの通り、股をおっぴろげて皆さんを待っています」
「三人がかりでたっぷりとお楽しみを、へへへ、犯り放題ですぜ」

鮫島と竜也はニヤニヤと男たちを呼んだ。待ちかねていた男たちがドッとなだれこんできた。いよいよあこがれの玲子を犯せる喜びと、獣のような欲情を剝きだしにして玲子を取り囲んだ。
「た、たまらねえ……奥さん、今夜はオマ×コも尻の穴も、おしゃぶりもすべて味わわせてもらうぞ」
「へへへ、最低三回は浴びさせてやる。三つの穴にねえ」
「酒屋さんはたった三回かい。私は五回は犯るつもりだよ」
男たちはそんなことを言い合いながら、浴衣を脱いで裸になった。玲子の裸身がワナワナとふるえた。いよいよこの男たちに……そう思うと、戦慄が背筋を貫き、ふるえがとまらなくなった。
皆、顔見知りの男で、なじみの商店の主人たちだ。それだけに、もてあそばれるのは耐えがたかった。
この人たちは、いや……。
一瞬、反発の心が湧いたが、それもすぐに崩れた。蛇とからまされて、牝に堕ちた身体である。玲子は両眼を閉じて、シーツに顔を埋めた。
だが、その顔もすぐに薬屋の手でさらされてしまう。薬屋の右には肉屋、左にはクリーニング屋がいた。どうやらこの三人が、最初に玲子を抱く権利を競り落としたよ

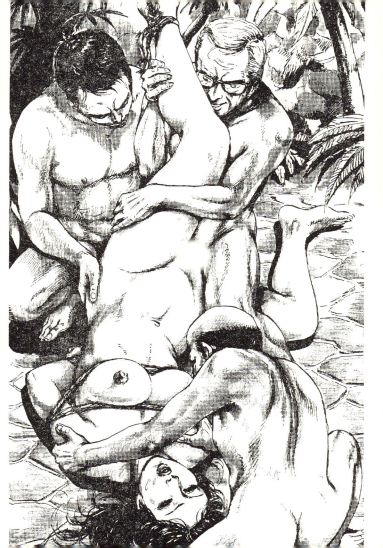

うだ。
「へへへ、奥さんの尻の穴はこの私がまず犯らせてもらいますよ」
と肉屋がうれしそうに言えば、
「その可愛い口には、この薬屋の私がたっぷりしゃぶらせてあげるからね」
「オマ×コは私だ、へへへ。はらませる気でたっぷり犯ってやる」
薬屋とクリーニング屋がケタケタ笑った。その顔はもう、鮫島や竜也たちと同じ嗜虐の快美に酔いしれた、けだもののそれであった。
「ああ……」
玲子は唇をあえがせ、されるがままになっている。乳房に内腿に、そして双臀にと熱い手がのびた。いやらしい唇も吸いついてくる。まるで子羊に襲いかかるハイエナの群れだ。
「あ……あ、ああ……」
玲子はすすり泣きながら、総身をふるわせた。吊りあげられた片脚が、海草のようにうねった。
そんな玲子を、鮫島と竜也、厚次の三人はビールをあおりながら、ニヤニヤとながめていた。夜明けまでは、まだたっぷりと時間があった。

第十二章　連姦地獄

すべての穴をふさがれて

1

　客室には布団が敷きつめられ、その上で一人の玲子に七人もの男がまとわりつき、凄絶な輪姦図を描きだしていた。ムンムンと異様な熱気と淫臭がたちこめ、男たちのうなり声や笑いに玲子のすすり泣きと、不気味なまでに妖しい雰囲気に包まれている。
「あ、あ……た、たまんないッ、ああ……」
　玲子は一糸まとわぬ全裸をきつく後ろ手に縛られたまま、よがり、うめき、泣いては、時に悲鳴をあげる。
　無数の手がところかまわずのびてきて、乳房を揉みこみ、肌をいじりまわす。そして前と後ろから女の最奥と肛門を突きあげるたくましい肉塊……。玲子の身体は、嵐のなかに揉みくちゃにされる小舟のように、男たちのなかで揉み絞られた。

「薬屋さん、まだかい。はやいとこ私にかわってくれ。もう我慢が……」
「まだまだ、へへへ、こんないい味した奥さんをそう簡単にすませてたまるもんかい」
「そうとも。あの田中玲子夫人を犯っているんだ。じっくり楽しまなくてはねえ」
男たちもまた、ひしめき合いながら大変な騒ぎである。
商店街で誰一人としてあこがれずにはいられなかった美しい人妻を抱けるとあって、男たちは飢えた獣に変わりはてていた。どの顔も異様にあぶらぎって、肌が血走り、形相が変わっていた。
もう、どのくらいの時間がたったのだろうか。はじめは肉屋とクリーニング屋の間で揉みくちゃにされていたと思ったが、いつの間にか魚屋と薬屋に変わっていた。
このまま責めつづけられていたら……。そう思うと恐ろしい。だが、そう思う余裕すら玲子にはなくなっていた。
「ああ……あ、あうッ、玲子、変になっちゃう……ああ……」
「へへへ、遠慮なく変になっていいんだよ、奥さん。こっちも精がつきるまで楽しませてもらうからね。ほれ、ほれ」
「れ、玲子、もうどうなってもいいッ……あう、ああ……狂う、狂うわッ」
玲子は魚屋の上で汗まみれの女体をうねらせ、のたうちまわった。

後ろからは薬屋がまとわりついて、玲子の肛門をむごくえぐりこんでくる。そのたびに裂けんばかりの苦痛が走るのだが、それさえ身体の芯がとろけるような快美を生んだ。頭のなかが灼けただれ、うつろになっていく。

魚屋と薬屋にサンドイッチにされ、まわりからのびてくる無数の手で肌をまさぐられながら、玲子はあられもなくうめき、よがりつづけた。

「へへへ、あの美人で上品な田中玲子夫人が、オマ×コにも尻の穴にも男をくわえこんでひいひいよがるとは、へへへ、まったく夢みたいだ」

「そうやって腰をうねらせてるところは、牝そのものだぜ。牝のくせして、いつもは気どって上品ぶってたんだな、奥さん」

「クイクイ締めつけてくるぜ、へへへ。それでも亭主のいる人妻か」

酒屋や魚屋、薬屋が玲子をあざ笑った。美しい人妻の玲子が、それまで高嶺の花だっただけに、それを踏みにじる嗜虐の快感に酔いしれている。

「だ、だって、だって……ああ……」

玲子は黒髪をふりたくって美貌をゆさぶりながらも、もう腰をうねらせるのをとめられなかった。身体じゅうの肉が狂いだし、火と燃えているのだ。自分を輪姦している男たちが、いつも買物にいく顔見知りの商店主たちであるという事実が、玲子の感覚をいつになく昂らせる。

「たまらん……も、もうもらしそうだ。そっちはどうだい」
あおむけになって玲子を上にのせあげている魚屋が薬屋に言えば、
「こっちもそろそろだ。こうクイクイ締めつけられちゃ、たまらん」
「それじゃ、ひとつ合わせて精を注いでやりますか」
魚屋と薬屋はふうふう息を切らせながら、眼でニヤリと笑った。
「奥さんも合わせるんだよ、へへへ。すぐに尻の穴にたっぷり注いでやるからね」
「あ、ああ……どうにでもして……」
「よしよし、私のほうは奥さんをはらませる気でどっぷり浴びせてやるよ。だから思いきり気をやるんだ」
薬屋と魚屋は玲子をはさんで、最後の追いこみにかかった。腰をよじってねじこむように、思いっきり深くえぐりこむ。
ああッと玲子の上体がのけぞった。いちだんと身悶えが露わになり、たちまち官能の絶頂に向けて追いあげられていく。
「あ、あうッ……い、いいッ……玲子、もう、もうッ……」
玲子は我れを忘れて、燃えつきる瞬間が近いことを男たちに告げた。薄い粘膜をへだててたくましいものが前と後ろで激しくこすれ合う愉悦の感覚に、玲子の頭のなかでバチバチと快美の火花が散った。もう、顔見知りの商店主に犯されているおぞまし

さ、くやしさはどこかに消し飛んでいた。あるのはただれるような肉の快美だけだ。
「いいかい、奥さん。いくよ」
「ああ、も、もう、玲子……」
「尻のほうもいくぞ、奥さん」
玲子の前と後ろで魚屋と薬屋がひときわ深く突きあげたかと思うと、吠えるようにうめいた。玲子もまた、するどくうめいてのけぞった。
「あ、あああ、い、いくッ……」
自分の身体のなかで、粘膜をへだて二つの肉塊が急激に熱くふくれあがるのがわかった。
次の瞬間、玲子はおびただしい噴出をはっきりと感じ取った。カアッと肉が灼けて、玲子は電撃を受けたようにガクン、ガクンと腰をはねあげながら、キュッと肉塊を食いしめた。
「いくッ……あ、あぁッ、玲子、いくうッ」
玲子は上体をのけぞらせながら、総身に激しく痙攣を走らせた。
そのまましとどの汗にした裸身をヒクヒク波打たせながら、ガックリと崩れ落ちた。
「ふうーッ、まったくいい味した奥さんだ。これほどとは思わなかったよ」
「この世の極楽だねえ、へへへ。奥さんのようないい味をした女は初めてだ。こりゃ、

あと二回や三回は楽しませてもらわなくちゃねえ」
満足げに息を吐いて魚屋と薬屋が離れると、待ちかまえていた酒屋と八百屋がかわって玲子にまとわりついていく。
「待って、ああ、もう、もう、かんにんして……こ、これ以上つづけられたら……」
グッタリと余韻にひたることもゆるされず、玲子は狼狽の声をあげた。
それまで酒をあおりながらニヤニヤとながめていた鮫島と竜也が、ゆっくりと腰をあげて玲子に歩み寄った。
「何をガタガタ言っているんだ。お客さんには金をもらってるんだぞ。充分満足されるまで何度でも相手をするんだ」
鮫島は玲子の黒髪をつかんでしごいた。
「そ、そんな……玲子、こわれちゃうわ……」
「客は七人、女は奥さん一人なんだからしようがねえだろうが。甘ったれるな」
「とことん客の相手をさせるぜ、へへへ」
鮫島と竜也はドスのきいた声で言った。
玲子は唇をワナワナとふるわせながら、弱々しくかぶりをふった。せめて少しでも休ませてほしい。だが、焦れた男たちがそれをゆるすわけもなく、鮫島もたてつづけの輪姦をあおっている。

「お客さん、玲子をこわしてもかまいませんぜ。とことんお楽しみを」
鮫島は酒屋や八百屋の主人たちに向かって、いやらしく両手をすり合わせた。
ニンマリとうなずいた酒屋と八百屋は、玲子を抱き起こすと、前と後ろからつながろうとする。
「前と同じじゃ能がない、フフフ。輪姦はやっぱり次々と体位を変えなくっちゃおもしろくないですよ、お客さん」
「アクロバットといきますかい、へへへ」
鮫島を竜也が手伝って玲子をあおむけに布団の上に横たえた。それから左右から足首をつかんで開きながら、上へ持ちあげる。玲子の双臀を腰が浮きあがるまで持ちあげて、頭のほうまで持っていく。二つ折りの格好である。
「こいつはおもしろい、へへへ。真上から串刺しってわけか」
「へへへ、女をサンドイッチにするとしても、いろいろな犯り方があるもんだ」
八百屋と酒屋がのぞきこむと、真下に玲子の媚肉と肛門が生々しく開ききっていた。太腿の間には玲子の汗まみれの腹部と乳房が、そして哀しげな美貌がのぞいている。
「お、お相手をしますから……ああ、こんな格好じゃ、いや……」
せめて普通の格好で……と玲子は、無駄とわかっていながら哀願した。酒屋と八百屋は舌なめずりをして、欲情の笑いをこぼした。

「これくらいで音をあげちゃ困るな、へへへ。泣くのは串刺しにしてからだよ、奥さん」
「それじゃ、ごちそうになるかな。この私は奥さんのオマ×コをと、へへへ」
八百屋が玲子の胴をまたいで、太腿の間に立つと、玲子の両脚を両わきにかかえこんだ。玲子をはさんで反対側には酒屋が立つ。膝で持ちあげられた玲子の腰を支えるようにして、腰をつかんだ。
二人の間には、白く油でも塗ったようにヌラヌラと光る臀丘が上を向いているばかりだった。向かい合った酒屋と八百屋は、互いに顔を見合わせてニヤリと笑うと、同時に玲子を貫きはじめた。たくましい肉塊でほとんど真上から串刺しにするように、玲子の女の最奥と肛門でつながっていく。
「あ、あ……ああッ、い、いや……」
玲子は二つ折りの姿勢で泣き声をあげ、右に左にとかぶりをふった。
二つ折りにされているため、ひとりでに身体が硬直した。それを無理にこじ開けるように、八百屋と酒屋は自分の体重をかけて押し入れてくる。
それが薄い粘膜をへだててこすれ合う感覚に、たちまち玲子の頭のなかは混乱した。カアッと快美の炎が、身体じゅうにひろがっていく。
「あ、あ……あうッ、ああ……」

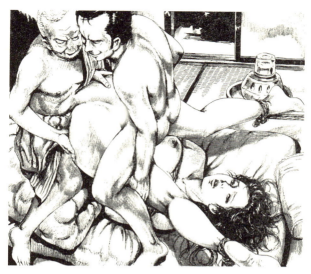

かみしばった唇がゆるみ、よがり声が出てしまう。
「ああ、八百屋さん……あうッ、たまんない、酒屋さんッ」
そんな甘い声さえ、待ちきれない本屋が、玲子の顔の前にかがみこんで、いきなり含ませたのだ。
「うぐッ、う、うむ……」
息もできず玲子はうめき、裸身をのたうたせた。だが、それはあらがいや嫌悪といったものではなく、三人がかりの翻弄に巻きこまれていく女の身悶えであった。

2

鮫島は酒をあおりながら、嬲られる玲子をうれしそうに見物していた。
三人がかりで犯される玲子、そしてまわりから群がる無数の手……無残な輪姦地獄図なのだが、鮫島にはこのうえなく美しく妖しく、欲情をそそられずにはいられないながめだ。
そして、そんないたぶりにさえ、玲子の身体が順応し、牝さながらによがり狂うのがたまらなかった。
「フフフ、もっと堕としてやるぞ。男なしではいられない本当の牝にしてやる。それもオマ×コと尻の穴の両方に入れられないと満足できない牝にな」
鮫島は腹のなかでつぶやいていた。
八百屋と酒屋、そして本屋はさんざん待たされたあとだけに、もうじっくり楽しむ余裕もなく、しゃにむに欲望を玲子にぶつけていった。ひたすら玲子の肉を貪り、一気に絶頂に向かって追いこんでいく。
「うむ……うぐぐ……」
本屋にのどをふさがれているので、よがり声は生々しいうめき声となってこぼれた。男たちの動きに合わせるように、玲子の持ちあげられた腰がうねる。

「こ、こんな締まりのいいオマ×コをされてちゃ……ちくしょう、もう、もう駄目だ」
「尻の穴だってすげえよ。私ももう駄目だ、たまらんッ」
八百屋と酒屋、それに本屋の三人はうなり声をあげたかと思うと、こらえきれずにドッと白濁の精をおびただしくほとばしらせていった。
「うむ、うむむッ……ううッ」
その瞬間、男のものを口いっぱいに含んだ美貌を凄絶にひきつらせて、玲子は折りこまれた裸身を痙攣させた。声にならぬ声を絞りだしつつ、総身をキリキリ収縮させてそのまま玲子は深い淵のなかへ沈んでいった。
それから先のことは、もう玲子にははっきりとはわからなかった。自分の身体がどうされているのか、どうなっているのかすら判断できない。クリーニング屋と魚屋の間でゆさぶられていたかと思うと、次には爪先立ちに吊られて前と後ろから肉屋と本屋にまとわりつかれていた。
「ほら、奥さん。今度は膝の上にだっこしてあげよう、へへへ。もちろん、尻の穴でつながってだよ」
肉屋が、グッタリとしている玲子を抱き寄せて、あぐらをかいた膝の上に強引にのせあげた。玲子を後ろ向きにのせて、肛門でつながろうとする。

「ああ、もう、もう、かんにんして……少しでいいから、休ませて……」
「まだこれからだよ、奥さん。ほれ、私の膝をまたいで尻を開くんだ」
「そんな……ああ、玲子、クタクタなんです……ほ、本当にこわれちゃう……」
強引に抱きこまれた臀丘の谷間に、グイグイと灼熱が押しつけられてくる。男たちはかわるがわる休んではいどんでくるのだが、たてつづけに責められる玲子はたまらない。窒息しそうな状態がえんえんとつづくのである。
「あ、ああッ」
深く腸腔にこじ入れられてくる太いものに、玲子は顔をのけぞらせて、ビクッ、ビクッと肢体をふるわせた。
「奥さん、いい気持ちだろう。思いっきり深く入れてやったからね」
「ああ、玲子、狂っちゃう……はやく、ああ、はやく満足して……」
「まだオマ×コに入れてないだろ。すぐに薬屋さんが入れてくれるからね、へへへ。そうしたら時間をかけて楽しませてあげるよ」
一回目と違って、肉屋は余裕をもって玲子を責めるのを楽しんでいた。
玲子を膝の上に後ろ向きで抱きのせ、肛門で深くつながったまま、肉屋は玲子もろともあおむけにひっくりかえった。
すぐに上から薬屋が、玲子の太腿の間におおいかぶさっていく。

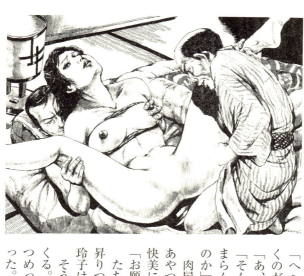

「へへへ、この私がオマ×コに入っていくのがわかるだろ、奥さん」
「あ、ああッ……あああ……」
「そんなに色っぽい声で泣かれちゃ、たまらんねえ。へへへ、そんなにうれしいのか」
肉屋と薬屋に前と後ろから責められ、あやつられてあおられ、再び玲子は肉の快美に翻弄されていく。
「お願い……ああ、はやく満足して」
玲子は哀願した。
たちまち官能の波に押し流され、再び昇りつめそうになるのを必死にこらえて、昇りつめそうになるのを必死にこらえて、
そういう間にも絶頂の波が押し寄せてくる。というより絶頂感が持続し、昇りつめっぱなしになるといったほうがよかった。

「は、はやくいって……あ、あああ……」
「私たちをはやくいかせたいなら、奥さんがせいぜい気分を出して、私たちの精を絞り取ることだよ、へへへ」
肉屋と薬屋は愉快そうにせせら笑った。
「さもないと、へへへ」
「はやく終わるかどうかは、奥さんしだいというわけだよ」
肉屋と薬屋は思わず果てそうになると、スッと結合を浅くして動きを弱めた。それをくりかえされるのだから、玲子はたまらない。
「そ、そんなッ……ああ、意地悪しないで……も、もう、いってッ」
「だから奥さんしだいと言ったはずだよ。へへへ、もっと気分を出すんだね」
「ああ……」
玲子はキリキリと唇をかんで、のけぞらせた黒髪を打ちふった。
この窒息するような肉の緊張から解き放たれるには、男たちの言う通りにするしかないのか。それが男たちの術策にはまるとわかっていても、玲子は自ら双臀を狂おしくうねらせ、二人の精を絞り取ろうといどみかかるしかなかった。
「あ、あうッ……いいッ……いいわッ、玲子、気持ちよくて、たまんないッ」
玲子は堰を切ったように積極的になった。身体ごと、前と後ろを貫いている灼熱の

肉塊にぶつかっていく。
「ああ、いいッ……お願い、玲子といっしょに、いってッ……」
「へへへ、そんなにいいのかい、奥さん」
「いいッ……あ、あうッ、前とお尻にしてくれるから、玲子……ああ、いいッ……」
肉屋と薬屋はうれしそうに笑った。前も後ろもキリキリと締めつけてくる収縮力と粘着力、そして吸引力に舌を巻く思いだった。こんな見事な肉の構造をした女がいるなんて、信じられない。
「いっしょにッ……ああ、はやくッ」
持続する絶頂感のなかで、玲子は声をひきつらせた。耐えきれないように白眼を剝き、口の端からは涎れをあふれさせている。
「よしよし、それじゃいっしょにいくとするか、奥さん。だが、またあとで犯らせてもらうよ」
「相手が奥さんだと、何発でもやれそうだからね、フフフ」
ようやく薬屋と肉屋は、行為にのめりこんで没頭しはじめた。たちまち、抑えに抑えていたものが、ドッと吐きかけられた。
「あ、ああッ、いくッ……玲子もいくッ……」
熱い白濁の精が脈打つようにほとばしるのを感じたとたん、玲子を最後の、そして

最大の痙攣が襲った。
そして、悶絶したかのようにガックリと玲子の身体から力が抜けた。ハアッ、ハアッと玲子の乳房から下腹にかけて、激しくあえぎ、波打っている。
だが、それで終わったわけではなかった。果てたのは女の最奥を貫いていた薬屋だけで、肛門の肉屋はまだたくましさを保ったまま、玲子の腸管をえぐりつづけていた。
「へへへ、休んでいるひまなんかないぞ、奥さん。ほれ、八百屋さんがお待ちかねだ」
肉屋は玲子とつながったまま、今度はあおむけに横たわっている八百屋の上へ玲子をのせあげようとする。
玲子は悲鳴をあげた。
「いやよッ、いやッ……もう、たすけてッ」
もう身も心も疲れきって力の入らない身体を、八百屋の上にまたがされ、女の最奥に受け入れさせられる。
「もう少し右、右だよ、肉屋さん。そう、そのまま、へへへ」
下で待ち受ける八百屋がうれしそうに笑った。
肉屋も笑いながら、八百屋の声に従って玲子をあやつった。
男たちは玲子をつかんで離さず、肉の行為を続行する。

「そんな……お願い、休ませて……ああ、あんまりだわ」
「これだけいい身体をして、休ませてもないもんだ、へへへ」
「ああ、いやあ……」
薬屋にかわって八百屋に再び女の最奥に深く押し入れられ、玲子は錯乱状態に陥った。
八百屋の肉の先端が子宮口に達すると、再び薄い粘膜をへだてて二本の肉塊が呼応しながら動きだした。
「あ、あ……」
玲子はたちまち絶頂に昇りつめる風情で、もう息もできずひいひいのどを絞った。肉も骨もただれて、バラバラになりそうだった。
「し、死んじゃう……ひッ、ひッ……」
玲子は白眼を剝きっぱなしにして、悲痛な声をあげた。もうめくるめく肉の快美は、苦悶に近い。
「ああ、また、まただわッ……いっしょにッ」
「もう気をやるのか、奥さん。やけにはやいじゃないか」
八百屋に答える余裕もなく、玲子はキリキリと唇をかんだ顔をひきつらせると、ググッとそりかえった。

「ひいッ……いくッ、また、また、いくわッ」
悲鳴にも似た愉悦の声を張りあげて、玲子は八百屋の肩にかみついた。
だが、今度は果てたのは肉屋だけだった。男たちはわざと一人ずつ、前と後ろで交互に精をほとばしらせる気なのだ。
「今度はこのクリーニング屋がお相手しますよ。奥さんの尻の穴でねえ」
クリーニング屋が肉屋にとってかわり、なかば失神状態になっている玲子の背中に、ゆっくりとおおいかぶさった。

3

部屋のなかに差しこむ陽光で、鮫島は眼をさました。もう午前九時をまわっていた。
隣りには竜也が眠っている。竜也と二人で酒をあおりながら、男たちにもてあそばれる玲子を見物していたのだが、酔いのためいつの間にか眠ってしまったらしい。
「クソ、俺としたことがなんてザマだ」
鮫島はあわてて身を起こして部屋のなかを見まわした。
男たちがまだ群がっているのが見えた。そのなかで玲子の女体が妖しくゆれていた。
艶やかな黒髪までも濡れるほどのしとどの汗に、玲子の身体は油でも塗ったようにヌ

ラヌラと光っていた。
誰が考えついたのか、玲子は後ろ手に縛られた裸身を、天井から逆さに吊られていた。Ｙの字に引きはだかれた股間には、立ったままの肉屋とクリーニング屋が太い肉塊を埋めこんでいた。
「なかなかやるじゃないですか、お客さん方。フフフ、女を責めるのがうまい」
鮫島はニヤニヤと笑いながら、男たちのほうに歩み寄った。
垂れさがった玲子の黒髪が、布団を撫でんばかりにゆれていた。肌をしたたり流れる汗を、肩からポタポタと落としていた。
もう身も心も疲労の極に達しているのだろう。鮫島がかがんでのぞきこんでも、玲子はなんの狼狽も示さなかった。鮫島がいるのもわからないらしく、口の端からダラダラと唾液をあふれさせるばかりだ。
「逆さ吊りにしてサンドイッチか、へへへ。こいつはたいしたもんだ。プロ並みだぜ」
竜也も眼をさまして寄ってきた。
男たちは鮫島と竜也に気づき、てれくさそうに笑った。そのくせ、肉屋とクリーニング屋は腰をゆするのをやめようとはせず、ほかの者も乳房や太腿に手を這わすのをやめない。

「あれから六時間半になるけど、ずっとやりっぱなしですかい、お客さん」
鮫島があきれたように聞くと、男たちはニンマリとうなずいた。
「へへへ、田中玲子夫人を抱けるとなりゃ寝てなんかいられないよ。とことん楽しまなくっちゃ」
「みんな四回や五回は、へへへ。肉屋さんとクリーニング屋さんは六回目に挑戦ちゅうってわけでね」
「奥さんも好きでねえ、いったい何回気をやったか。死んだようになってもオマ×コと尻の穴だけが、ビクビクッと反応してくるんだから、たまらん奥さんだ」
男たちは勝ち誇ったように言って笑った。群集心理というのだろうか、嗜虐の欲情がさらに大きな嗜虐性を呼ぶようだ。異様にあぶらぎった顔と血走った眼が、鬼みたいだ。鮫島と竜也も顔負けである。
「トウシロはこわい。六時間半もぶっつづけでまわすとはよ」
竜也が大げさに言って笑った。
「それにしても、女ってのはしぶてえや」
「というより好きなのさ、フフフ。見ろよ」
鮫島が指差した玲子の股間は、媚肉と肛門の肉塊が律動するたびにおびただしい甘蜜をあふれさせていた。それは肛門や無毛の恥丘にまであふれ、ツーッと腹部や背中

へとしたたり流れる。
「う、うッ……うむ……」
　息も絶えだえにあえいでいたかと思うと、玲子はひッ、ひッとのどをかすれさせた。もう満足に声も出ず、息さえできない。これまで何度気を失っただろう。それすら前後から突きあげてくるものにゆり起こされ、しびれきった感覚をさらに責め苛まれた。
「うむ……ううッ、も、もう……いきそうッ、ああ、またいくわッ……」
　耐えきれなくなって、玲子は悲痛に声をひきつらせた。
　ピンと張りつめて吊られている両脚が、ヒクヒクと痙攣を見せて、腰がよじれた。半分失神した状態でもなお、そんな反応を見せる玲子に男たちは舌を巻く。女体の貪欲さ、不思議さをかいま見る思いだ。
「そろそろとどめを刺してやりますか。そっちはどうです、肉屋さん」
「いつでもいいですよ、へへへ」
　肉屋とクリーニング屋は、ニンマリと笑い合った。リズムを合わせて、強く突きあげはじめた。
　女の最奥をえぐりこんでいる肉屋は、指先で女の肉芽さえいじりまわした。
「ひッ、ひッ……あああ、ひいッ……」
　玲子は内腿をビクビクひきつらせて、のどを絞った。逆さ吊りの女体が激しくゆれ

動く。
気も狂わんばかりに襲ってくるものが、官能の快美なのか、それとも苦悶なのか、もう玲子にはわからなかった。ただ肉だけが、断末魔のあがきのように、凄絶にのたうつばかりである。
「フフフ、激しいな、奥さん。昨日からぶっつづけで犯られて、それだけ反応すりゃ、たいしたもんだ。さすがに顔見知りのお客さんとは気が合うんだな」
「普通の女なら、とっくにのびてるぜ。ほめてやるよ、奥さん」
鮫島と竜也がそう言っても、玲子の返事はなかった。
玲子は白眼を剝きっぱなしで、口から涎れをダラダラ流しながら、ひいひいとのたうっている。
「ひいッ……ひッ、もう、もう駄目ッ……ああわわわ……」
「ほれ、とどめだッ」
肉屋が吠えた。つづいてクリーニング屋も顔を真っ赤にしてうなった。前と後ろで男たちのものがドッとしぶいた。
「いくッ……ひッ、ひいいッ」
のたうちはねるように玲子の裸身が痙攣した。玉の汗がそこらじゅうに飛び散って、二度、三度と激しく痙攣して、玲子はそのまま悶絶した。

大きく息を吐いて、肉屋とクリーニング屋は布団の上に大の字にころがった。もう精を絞りつくしたようで、欲望の限りをつくした満足感にひたっている。
「へへへ、この世の極楽だ」
「とうとうあの美人の田中玲子夫人をとことん犯りまくったぞ、へへへ」
肉屋とクリーニング屋はゲラゲラとうれしそうに笑った。そんな笑いを背後に聞きながら鮫島と竜也は、男たちに責めつづけられたあとを確かめるように、ニヤニヤと玲子の股間をのぞきこんでいる。
肛門も花唇も閉じるのを忘れたかのように、生々しく口を開いたままヒクヒクと蠢いていた。おびただしい白濁の精と玲子自身の甘蜜が溶け合って、しとどに濡れそぼち、無残な姿だった。粘膜が赤くただれて痛々しい。
「こいつはすごい、フフフ」
「とことん犯られたってところだな」
「それだけ奥さんもたっぷり楽しんだわけだ。腰が抜けるまでね」
鮫島はあざ笑いながら、ピタピタと玲子の双臀をたたいた。
だが、玲子の反応はない。逆さ吊りにされたまま乳房や下腹を波打たせ、両眼を閉ざして半開きにした唇から泡を噴き、完全に気を失っていた。
「しようがねえな。のびてやがる」

竜也が玲子の身体を軽くゆさぶって舌打ちした。
「無理もねえか、へへへ、七時間近くぶっ通しでまわされたんじゃな」
「フフフ、ショウをはじめた時からじゃ、かれこれ十二時間になる」
そんなことを言いながら、竜也と鮫島はあらためてニヤニヤと失神状態の玲子をながめた。まるで岸に打ちあげられた流木のようで、死体を思わせた。
ティッシュペーパーの箱を引き寄せ、玲子の身体の汚れをぬぐいはじめる。女の最奥も肛門もしとどに濡れそぼって男たちの精にまみれているのを、次々とティッシュペーパーを引きちぎって丹念にぬぐった。何枚も使わなくては追いつかない。
終わると薬屋と八百屋の二人が、待ちかまえていたように玲子にまとわりつこうとした。もう充分に楽しんで疲れているはずなのに、この二人はまだつづける気らしい。
さすがの鮫島も、
「ここでいちおう打ちどめってことにさせてもらいますぜ」
「のびちまって人形みたいになった奥さんを責めても、おもしろくねえだろうが、へへへ。もう終わりにしようじゃねえか」
竜也は玲子を逆さ吊りにした両足首の縄を解きはじめた。鮫島が女体を支えるように玲子をおろし、ドサッと死体のように布団の上に崩した。
それを見ると薬屋と八百屋もあきらめて引きさがった。とたんに疲れが出て、男た

ちは横になりだした。すぐにいびきをかきはじめる。
「それにしてもひどく犯られたもんだ」
鮫島があざ笑いながらあらためて男たちに串刺しにされていたあとをのぞきこめば、竜也はビールを口に含んで玲子の唇に重ね、口移しで流しこんだ。
「いつまでのびてやがる」
竜也は玲子の黒髪をつかんでしごいた。
う、ううッと小さくうめいて、玲子は眼を開いた。まだ身も心もしびれきっているうつろな眼差しで宙を見つめている。
鮫島と竜也がニヤニヤと視線を合わせてくるのだが、玲子はわかっているのかいないのか、狼狽を見せることはなかった。
「フフフ、たっぷり満足したか、奥さん」
「七時間近く客の相手をした気分はどうだい。プロの娼婦顔負けの大奮闘だったな」
鮫島と竜也が語りかけても、玲子はうわの空だった。
「……も、もう、終わったのね……」
玲子はゾクッとするようなねばっこい声でつぶやくと、また両眼を閉じた。
いつもならばわあッと泣き崩れるのだが、今朝の玲子は違っていた。涙ひとつ流さずにすぐにまた眼が開いて、トロリとけだるげに鮫島と竜也を見る。

「玲子……か、身体の感覚がない……ああ、まるで麻薬でも打たれたみたい……」
玲子は唇を半開きにして、あえぐように言った。

4

大の字になっている男たちをあとに、鮫島と竜也は玲子を廊下へ引きずりだした。まだ後ろ手に縛ったまま、肩にコートをはおっただけである。
「ああ……」
玲子はとても一人では歩けなかった。立っているのすらおぼつかず、絨毯を敷きつめた廊下の上にしゃがみこもうとする。
それを左右から抱き起こして、鮫島と竜也は引きずるようにして玲子を運んだ。すれ違う泊まり客が、玲子の姿に気づいてギョッとしたようにふりかえった。
「もっと胸を張って歩くんだ」
「ああ……」
小さく声をあげるものの、玲子はひどく狼狽するふうではなかった。もう羞恥や屈辱を感じる気力も体力も麻痺してしまっている。
「フフフ、素っ裸で歩くかい、奥さん。尻の穴に浣腸器を突き刺したままってのも、

みんなが喜ぶよ」
「そいつはいい。それで奥さんがすれ違う男たちに声をかけりゃいい。私は浣腸が大好きです。どうか私を買って尻の穴を串刺しにしてってな」
従業員用のエレベーターに乗ると、なかには中年の女中たちがいた。女中たちは玲子に気づくと眼をまるくして、好奇の眼で玲子を見た。
左右から鮫島と竜也に抱き支えられている玲子は、黒髪もおどろに乱れて放心したようにうなだれている。コートの前ははだけているため、縄に絞りこまれた豊満な乳房や下腹、あるべき女の茂みをすっかり剃毛された恥丘、そしてその丘を割るようにのぞいている肉の裂け目がはっきりと見えていた。まだ汗に光る肌には、キスマークや歯型のあとも生々しい。
「この人……昨日入ったダンサーでしょう。大ホールのステージで見たわよ」
女中の一人が突然思いだしたように言った。
「この女はいじめられると悦ぶ変態の牝でね。おかげで、もとはいい家の奥さんだったんだが、今はヌードモデルってわけさ」
「やだあ」
女中たちは好奇と侮蔑の入り混じった声でゲラゲラ笑った。笑ってはいるが、同時に玲子ほどの美人がヌードモデルとは信じられない様子でもあった。

「昨日はお座敷ショウがあってね。さっき終わって連れもどすところさ、フフフ」
「鞭打ちにロウソク責め、蛇責め、浣腸責め。最後は男七人を相手に……へへへ、たっぷり満足した顔してるだろうが」
竜也は玲子の黒髪をつかんで顔をさらした。鮫島は肩にはおらせたコートの前をさらに開いて、大胆に玲子の裸体を見せた。
玲子は唇をかみしめ、固く両眼を閉ざしたままだった。小さく身体がふるえている。
「へえ、こんな綺麗な顔して、鞭で打たせたり、浣腸までさせるの。何もそんないやらしいことしなくたって」
犯されて、腰が抜けているのは見ればわかる。玲子が美しいだけに、無残さがきわだった。
「ホント、これだけ美人なら、ほかにもいくらも道があるだろうに」
「あたしもお座敷ショウの女はいろいろ見たけど、こんな美人は初めてだよ」
女中たちはまだ信じられないといったように、あらためて玲子を好奇の眼で見た。
「まあ、姐さん方、これからよろしく頼むよ。好色そうないい客がいたら紹介してくれよな」
鮫島は笑いながら、女中たちに金を握らせた。
「まかせといて。助平なお客ならいくらでもいるわよ」

「フフフ、この女は団体客専用なんで、その点よろしくな。大勢の男によってたかっていじめられるのが大好きなんだ」
「浣腸だってさせるし、尻の穴で客の相手もするぜ、へへへ」
鮫島と竜也がそんなことを言ったので、女中たちはさらにゲラゲラと品なく笑った。そして好奇と侮蔑の眼を容赦なく玲子に這わせる。
さすがに屈辱と羞恥が玲子を襲うのだろう。玲子はかみしめた唇をワナワナとふるわせ、右に左にとかぶりをふった。
エレベーターをおりると、玲子は別館の鮫島たちの部屋へ連れもどされた。肩のコートを剝ぎ取られて、ドサッと畳の上に投げだされた。
玲子は後ろ手に縛られた裸身を隠そうともせず、眼を閉ざしたままハアッとあえいだ。
「ああ……玲子、変だわ……ま、また、身体がうずいて……」
あえぐように言うと、玲子はけだるげに眼を開いた。ねっとりとからみつくような視線を鮫島と竜也に向ける。
「……玲子の身体……ああ、どうかなってしまったわ……変なの……」
「どうしたっていうんだい、奥さん」
鮫島と竜也はニヤニヤと玲子の顔をのぞきこんだ。

玲子はハアッ、ハアッとあえぎつづけている。まだ肉屋やクリーニング屋に犯されているような感じなのだ。もうクタクタに疲れきっているのに、なぜか身体が熱くうずく。

それは、エレベーターのなかで女中たちの好奇と侮蔑の視線にさらされた時から、いっそうふくれあがった。

「……お願い……鮫島さん、竜也さん……玲子を抱いて……」

思いがけない言葉が玲子の口から出た。執拗なまでの輪姦のあとだというのに、それも玲子自身の口から求めるとは。

「ああ、玲子を抱いて……何もかも忘れさせてッ……」

玲子は自分から両膝を大きく開いて、両膝を立てた。まるで嗜虐の快美にひたるようである。玲子の身体が、ボウッと匂うようなピンクにくるまれた。

「こいつは驚いたぜ、へへへ、奥さんのほうからねだってくるとはよ」

「どうやら牝になりきったようだな。マゾの血が眼ざめたってところか」

竜也と鮫島はうれしそうに笑いながら、モゾモゾとズボンを脱ぎはじめた。これから玲子をもてあそぼうと思っていただけに、思いがけない玲子の媚態に上機嫌である。

天井から縄を垂らすと、玲子の左足を高く吊りあげた。

「は、はやく……」

「よしよし。この俺にはどっちに入れてほしいんだ。希望通りにどの穴でも入れてやるぜ、奥さん」
「竜也さんは、前に……ああ、鮫島さんはお尻の穴に入れて……は、はやく、玲子をめちゃくちゃにして……」
玲子はもう、自分でも何を言っているのかわからない。吊りあげられた左脚が、悩ましげにうねった。
まるで添い寝をするように、前からは竜也が、後ろからは鮫島がまとわりついてきた。縄に絞りこまれた乳房がいじりまわされ、双臀が撫でられる。うなじや肩、耳たぶに二人の唇が吸いついてくる。
「あ、ああ……ああん……」
玲子の口からうわずった声がもれた。甘くとろけるような声だ。
「あ、あん……はやく、入れて……」
玲子があえぐように言った時、部屋の戸が開いて厚次がもどってきた。子供の美加を腕に抱いている。鮫島たちの帰りがあまりに遅いので、様子を見にいって、途中で行き違いになったという。
「俺にガキを押しつけといて、お楽しみとはいい気なもんだぜ」
厚次が不機嫌そうに言った。

「へへへ、ガタガタ言ってねえで、厚次も入れや。まだ穴が残ってるぜ」
竜也が顔をあげて、玲子のあえぐ唇を指差した。怒るより色気のほうである。厚次は子供をおろすと、すぐにズボンを脱ぎはじめた。
「ママ、ママン」
美加が母に気づいて、玲子のところへかけ寄った。
「ああ、美加ちゃん……」
玲子は我が子を抱きしめようとした。だが、玲子の両手は後ろ手に縛られ、前と後ろから竜也と鮫島にはさまれている。玲子の声はたちまち生々しいうめきとよがり声に呑まれた。
「こっちへ来ては駄目……あ、ううッ、あうッ……ああんッ」
鮫島と竜也がほとんど同時に、灼熱をジワジワとえぐりこませてきた。薄い粘膜をへだてて、さんざん荒しまくられた肉が引き裂かれていく。
そして、顔には厚次が腰をおおいかぶせてきた。恐ろしいまでにたくましいものが、唇を割って入ってきた。
「うぐッ……うむぅあううッ……」
玲子はあられもなくよがり、のたうった。
我が子のあどけない姿が、しだいにボウッとかすんで、玲子はまた気が遠くなった。

どのくらい気を失っていたのか、玲子は鮫島にゆり起こされて眼をさました。

「いつまで寝てるんだ。ショウの時間だぞ、起きねえか、奥さん」

鮫島に竜也、厚次の二人がニヤニヤと笑っていた。

その横に、子供の美加のあどけない顔が、キョトンと不思議そうに自分を見つめていた。

「……美加ちゃん、ああ……」

玲子は身体を起こすと、もう縄の解かれていた両手でひしと我が子を抱きしめた。

まだ何もわからぬ美加は、うれしそうにキャッキャと笑った。それが玲子には救いでもあり、また哀しくもあった。

女中がはやい夕食を運んできた。エレベーターのなかで会った女中たちの一人で、いちばんよくしゃべった中年女だ。

「ご注文通りにうんと精のつく料理よ。サービスしておきましたからね、ホホホ」

女中は鮫島に多額のチップをもらっているだけに、やけに愛想がよかった。据膳を配置しながら、全裸の玲子をチラチラ見た。美しい玲子がヌードモデルと聞いて、いちだんと好奇の関心をそそられるようだった。

「いつも裸でいるわけ?……なんだか、こっちまでてれちゃうわ」

「フフフ、何か着ろとは言ってるんだが、どうしても裸でいたいと言うもんでね。そのほうがいつでもいたずらしてもらえるって聞かないんだよ」
鮫島は平然とうそぶいた。
玲子は子供をしっかりと抱きしめ、身体を隠すようにちぢこまった。言いかえす気力もなかった。
「それより姐さん、頼んでおいたもの持ってきてくれただろうな」
「ここにちゃんと。でも、こんなもの何するの？」
女中は好奇心を剝きだしにして、大きな鍋を鮫島の前に置いた。先ほど、鮫島に渡された何かの薬用瓶の中身五百CCに、食用酢一升を混ぜて煮たものが満々と入っていた。ウィンナーソーセージが十本、いっしょに煮られていた。
「大切な食いものさ、へへへ。ただし尻の穴用のな」
「スープはこいつでこの奥さんの尻の穴に呑ませるんだ。つまり浣腸液ってわけよ」
竜也が巨大なガラスの筒を取りだして、女中に見せた。注射型のガラス製浣腸器である。
「ソーセージのほうは、この奥さんの尻の穴へ押し入れるってわけだ、へへへ」
「ええッ？」
女中は大げさに驚いて、金歯を剝きだしにしてゲラゲラ笑った。

浣腸器を目にした玲子は、総身を硬直させて、いっそう身をちぢこまらせた。
言わないで……ああ、浣腸なんていや、もう、もう、いやだわ……。
胸のうちでそう思いながらも、玲子はなぜか身体の奥がしびれたようになるのを、どうしようもなかった。身体じゅうの力が抜けていく。
そんな玲子を女中は好奇と侮蔑の眼でジロジロ見た。そして巨大な浣腸器を見てはゲラゲラと品なく笑った。
「それにしても大きな浣腸器だこと」
「だから言っただろ。この女はいじめられるのが好きな変態女だってね、フフフ。なかでも浣腸でいたずらされるのが、大好きときている」
「こんな綺麗な顔して子供までいるのに……」
女中は配膳をすませると引きあげていった。
玲子はうなだれていた顔をあげて、恨めしそうに鮫島を見た。
ひどい……あんまりです……。
玲子の眼はそう叫んでいた。
だが玲子の口から出たのはその言葉ではなかった。
「ああ……玲子、か、浣腸されるのね……」
もう観念したような、妖しくときめくような響きがあった。鮫島や竜也たちは答え

ず、低い笑いをこぼしただけだった。
「あまりショウまで時間がねえからよ。はやいとこメシにするか、奥さん」
「欲しくないわ……」
玲子は弱々しくかぶりをふった。昨夜から何も食べてはいなかったが、とても食事をする気分ではない。
「うんと食って精をつけるんだ。今夜もたっぷりと客たちの相手をしなくちゃならねえんだからな、フフフ」
「食わなきゃ、ガキのメシも抜きだぞ。ガキが飢えてもいいのか、奥さん」
鮫島と厚次にそう言われて、玲子はしかたなくお膳の前へ座った。食べ盛りの子供を飢えさせるわけにはいかない。
隣りには子供用のお膳が置かれていた。美加はその前にちょこんと座って、スプーンでおいしそうに食べはじめた。
「奥さん、全部食べるんだぞ。さもないと子供の食事を取りあげるよ」
酒をあおり、刺身をつまみながら鮫島が言った。
言われるままに玲子は箸を手にして、料理を口に運んだ。精をつけさせるためか、ボリュームたっぷりの料理だった。
玲子は一糸まとわぬ裸身をきちんと正座させ、うなだれたまま黙々と箸を使った。

時々子供のほうへ箸をのばして、肉や魚を食べやすいようにほぐしてやる。
「へへへ、牝になっても、まだ母親だな、奥さん」
竜也がせせら笑いながら、のっそりと立ちあがった。手には巨大なガラスの浣腸器を握っている。
その先を女中が持ってきた鍋につけると、キューッと液を吸いあげた。グリセリン原液と食用酢の混合である。ガラスの筒のなかでドロリと不気味に渦巻いた。
「二千五百ＣＣだぜ、奥さん、へへへ」
竜也はズッシリと重い浣腸器をかかげ、ニヤリと笑った。
玲子は何も言わず、見て見ぬふりをして必死に平静をよそおっている。だが、箸を持つ手がふるえていた。玲子が食べられなくなって少しでも箸をとめると、鮫島や厚次のするどい叱咤が飛んだ。
「へへへ……」
竜也がいやらしく笑いながら、玲子の後ろにかがみこんだ。玲子の腰をつかんで浮かせ、両膝をつかせた。その両膝を左右に大きく開かせる。
「そのまま食いつづけな。料理がすっかりなくなるまでよ。ほれ、尻のほうはゆるめな、奥さん」
竜也はピタピタと玲子の双臀をたたいた。

ああ……と声がもれて、それまで強張っていた玲子の臀丘から力が抜けた。
「へへへ、それでいいぜ、奥さん。ショウに出る前に腹のなかまで綺麗にしておくのは、ヌードモデルの身だしなみだからな」
「あ……ああ……」
臀丘が左右に割り開かれると、玲子は声をうわずらせた。
浣腸される……そう思うと、おぞましいことをされようとしているのに、なぜか気持ちが昂った。期待感にわななくように背筋がふるえ、剝きだされた肛門がヒクヒクと蠢きだす。肛門がむずがゆくあえぐようだ。
か、浣腸して……。
そんな言葉が、強要もされないのに、のどまで出かかって、玲子はあわてて唇をかんだ。昨夜のお座敷ショウと輪姦以来、玲子のなかで何かが狂いだしていた。
太い嘴管の先がゆっくりと肛門を縫ってきた。煮こまれた薬液の熱が嘴管にまで伝わって、灼けるようだ。
「ああッ」
たちまち胴ぶるいがとまらなくなって、玲子は、舌をもつらせながら声をうわずらせた。
嘴管で肛門を貫かれただけだというのに、最奥がキュッと絞れ、肛門がうずきだし

がった。

それはポンプが押され、ドクドクときつい薬液が流入してくると、急激にふくれあた。肉が燃えるようである。

「あ、あッ、熱いッ……ひッ、ひッ……」

流れこんでくる熱流に、玲子はキュウと肛門を引きすぼめて泣き声をあげた。火傷をしない程度に煮てあるのだが、焼けただれるような熱さだった。

「ああ、熱いッ……お、お尻が灼けちゃう、あ、あッ……」

「じっとしてろ、奥さん。ほれ、誰がメシを食べるのをやめろと言った」

「だって、だって……ああ、たまらない、玲子のお尻、たまんないわッ」

ドクドクと流入する灼けるような感覚さえ、たまらない快美となった。その熱が女の最奥までたぎらせ、玲子は愉悦に腰をうねらせながら声を放った。

「こ、こんなことって……ああ、あうッ、玲子、感じているわ……あああッ……」

驚いた美加が、食べるのをやめて母をふりかえった。

「……ご、ごめんなさいね……う、ううッ……あなたは心配しなくていいのよ……」

玲子は声をあげたいのをこらえ、必死に笑顔をつくってみせた。

「さ、美加ちゃん、おあがりなさい。マ、ママもいっしょに食べるわ……」

玲子はそう言って、再び箸を使いはじめた。

口で料理を食べながら、肛門からはグリセリン原液と食用酢の混合液を浣腸される。そんな異常な状態がいっそう玲子の身も心も妖しく夢遊させる。

あううッ、ま、前にもいたずらして……。

そんな玲子の胸のうちの叫びを表わすかのように、媚肉からあふれでた甘蜜がツーッと内腿をしたたり流れた。

さっきの女中がまたやってきた。

「これはサービスよ」

大徳利を三本、鮫島の前に置いた。それは口実で、好奇心にそそられて玲子の様子を見にきたことははっきりしていた。

「あら、やだあ……ホホホ、本当にそんなことしてるのね」

女中は遠慮のない視線を玲子に這わせた。

「食事をしながら浣腸されてるなんて、ホホホ」

「み、見ないで……」

玲子は弱々しくかぶりをふった。

「あ、あなたも女なら……玲子の恥ずかしさをわかって……ああ、見ないで……」

「フフフ、遠慮はいらねえよ、姐さん。もっとそばで見てやってくれ」

鮫島が女中をあおった。女中はおもしろがって玲子に近づき、のぞきこんではゲラ

ゲラ笑った。
「よかったら、浣腸してみるかい、姐さん」
「いいの？」
竜也にかわって女中はポンプを握った。興味と玲子の美しさへの嫉妬も入り混じって、女中はグイグイとポンプを押しはじめた。
料理を食べながら、二千五百CCものきつい浣腸液を一滴残さず注入されると、玲子は鮫島の手で奥のバスルームに連れこまれた。
「あ、あうッ……あうう……」
玲子はよがり泣きながら、タイルの上にしゃがみこんで、おびただしく排泄した。前の媚肉からは、あふれでた甘蜜をポタポタしたたらせながら、肛門から薬液をしぶかせた。
それすら女中にのぞかれた。
「見ないで……ああ、排泄まで見られて、玲子、恥ずかしい……」
「すごいわね。綺麗な顔して恥知らずったらないわ、ホホホ」
女中は金歯を剝いてゲラゲラ笑った。
「フフフ、すっかり浣腸で感じるようになったな、奥さん」
鮫島は笑いながら玲子にシャワーを浴びせ、汗まみれの身体を洗った。

玲子は両眼を閉じ、半開きの唇でハアッ、ハアッとあえぐばかりで、鮫島に身体をゆだねきっている。バスルームから連れだされると、鏡台の前に座らされた。
「綺麗に化粧しな。客たちが涎れをたらして喜ぶようにな」
「あたしも手伝ってあげるわよ」
女中がブラシを手にして、玲子の洗い髪をブラッシングしはじめた。
竜也と厚次は乳液を手にたらして、玲子の首筋から肩、乳房へと塗りこんで、乳液マッサージをほどこしていく。
玲子はもう何も言わず、ファンデーションを塗り、唇に赤いルージュを引く。アイシャドウも引いた。
竜也と厚次が玲子の腰を浮かせて、ムチッと官能美あふれる双臀から太腿へと乳液を塗りはじめると、鮫島が鍋を手にして玲子の後ろにかがみこんだ。鍋のなかのウィンナーソーセージをつかみあげる。
「さてと、尻の穴のほうにもショウの準備をしておくか」
「ひょっとすると、そのソーセージをお尻に入れるんじゃないの？」
女中は眼を好奇に光らせて、鮫島のやることを見守った。
「うまそうに呑みこむぞ、フフフ」
鮫島は女中に見せつけるように玲子の臀丘を割り開いて、肛門をさらした。浣腸の

直後とあって、玲子の肛門は腫れぼったくふくれヒクヒクとふるえていた。
そこへグイグイとソーセージを押しつけて埋めこんでいく。
顔をのけぞらせて、玲子はひきつった声をうわずらせた。女中はまたゲラゲラ笑った。
「ホント、おいしそうに呑みこむわね。綺麗な顔して、信じられない。ホホホ、浅ましいこと」
「ああ、見ないで……は、恥ずかしい……」
玲子は哀願しながらも、悦びにも似た感覚に背筋がおののきだす。からかいの声にさえ、頭のなかがしびれた。
「へへへ、オマ×コがびっしょりじゃねえかよ、奥さん」
「ホントね。驚いたわ、ホホホ」
「今からそうじゃ、身がもたねえぜ。客の前じゃ、いやでもぶっつづけでオマ×コをとろけさせなきゃならねえんだからよ」
竜也に女中、そして厚次は食い入るように玲子の股間をのぞきこんで、玲子をからかった。
「だ、だって……お尻にそんなことされたら、玲子……ああ、お尻を犯されてるみたい……」

玲子は舌ったらずの声をあげて、なよなよと腰をくねらせた。

一本、また一本とソーセージが腸腔に埋めこまれてくる。もう四本も入れただろうか。腹の底までびっしり埋めこまれているようだ。

「もう、かんにんして……ああ、もう、入らないわ……」

「まだだ、お座敷ショウじゃ浣腸されて、ソーセージのウンチをひりだすんだからな。たっぷりつめこんでやるぞ、奥さん」

鮫島は意地悪く笑って、また一本ソーセージを鍋から取りあげるのだった。

ソーセージをつめ終わり、玲子の髪をセットして化粧もすむと、

「たいした美人ぶりだ。客が胴ぶるいして喜ぶぞ、フフフ」

「良家の奥様って女のあたしでも惚れぼれするわ。どう見ても、お尻にソーセージをつめこんでるとは思えないわね」

「そこが客にうけるのさ、へへへ。こんな美人だからこそ、浣腸しがいがあるってもんだぜ」

鮫島たちはしばし見とれた。昨夜は朝までよってたかって、腰が抜けるまで犯しまくられたのが嘘のような、まばゆいばかりの美しさだった。妖しい色気がムンムンと匂う。

「あら、いけない。もうこんな時間だわ」

女中はあわててお膳をかたづけると、引きあげていった。
鮫島と竜也に厚次も、玲子の素肌にじかに真っ黒のワンピースをつけさせ、部屋を出て楽屋に向かった。下着はいっさい身につけさせなかった。足にはワンピースと同じ黒のハイヒールをはかせた。首輪もつける。
「今夜もいい客たちがつくように、せいぜい色気をふりまくんだぞ」
竜也がスカートの上から、パシッと玲子の双臀をはたいた。
玲子は小さくうなずいた。

5

大ホールの舞台での玲子のヌードショウがはじまろうとしている。そしてそのあとのお座敷でのSMショウと、長い夜のはじまりでもあった。
「それじゃ、ショウの打ち合わせでもしておくか、奥さん。今夜は昨日よりきわどくいくぜ、へへへ」
楽屋に入ると、相手役の竜也が玲子の耳もとで、何事かボソボソとささやきはじめる。
たちまち玲子は顔を真っ赤にして、弱々しくかぶりをふった。だが、それはあらが

うというふうではなかった。
舞台裏からのぞいた大ホールは、大変な人混みだった。ほとんどが男の団体客で、酒に食事にとざわめきが大ホールに響いていた。
「ああ、こ、こわい……」
「お座敷ショウじゃあるまいし、裸を見せるだけでそんなにおびえてどうする、奥さん」
「で、でも……ああ……」
裸を見せるだけとわかっていても、玲子は生きた心地もなく、ブルブルふるえている。お座敷の密室とは違う大ホールということが、そして客の数の多さが玲子をおびえさせる。
旅館のパブリックスペースで裸身をさらし、お座敷で秘密のＳＭショウの客をつのる……そのみじめさが、玲子をいっそうおびえさせた。膝がガクガクふるえてとまらない。
そして、玲子の舞台への出番がきた。
竜也は玲子の背中を押して舞台へ出た。舞台が暗くなり、スポットライトが玲子をとらえる。
大ホールの男たちの眼が、いっせいに舞台の上の玲子に集中した。女中たちの前宣

伝が効いているようだ。
「思ったより、ずっと美人じゃないか。こりゃ驚いた」
「あんなベッピンが本当に脱ぐのかな」
「脱ぐらしいぞ。希望すりゃ、あとで部屋まで来て、SMショウも見せるって話だぜ」
玲子は本能的に舞台裏へ逃げ帰ろうとした。だが、玲子の首輪からのびた革紐は竜也の手のなかにあった。
「か、かんにんして、竜也さん……」
「へへへ、もっともがけ。そのほうが客も喜ぶぞ」
竜也は首輪の革紐を引っ張って、舞台の上の玲子を引きまわした。
竜也は黒子のように黒い服に身をかため、スポットライトの外にいるため、まるで玲子一人が舞台の上でよろめき、悶えているように見えた。それに合わせてロックが流れる。
そして、一定のリズムで竜也の手が、スポットライトのなかの玲子の身体にのびた。
竜也の手にはナイフが握られ、のびるごとに玲子のワンピースを切り裂いていく。
「あ、ああッ……ああッ……」
悲鳴をあげて玲子はもがき、逃げた。

ワンピースの下は何も身につけていない全裸である。なめらかな背中が、右の乳房、そして左太腿と、しだいに露わにされていく。
「おい、あの美人、ノーブラじゃないか。なんていいおっぱいしてるんだ」
「ノーブラどころか、下もノーパンのようだぞ。チラッと尻が見えたからな」
「こいつはすごいや。ゾクゾクするぜ」
玲子は黒のワンピースを着て、周囲は暗いだけに、切り裂かれた布地からのぞく肌の白さが、ホールの客たちの眼にひときわ鮮やかに映えた。
もう玲子のワンピースはボロ布と化し、玲子が必死に乳首と股間を手でおおっていなければ、すぐにでも落下しそうだった。
「もう、もう、かんにんして……ああ……」
ホールの客たちの熱い視線が、剝きだしの肌に突き刺さってくるのが、痛いまでにわかった。だが、同時に、大勢の男たちに見られていると思うと、身体の芯が妖しくうずきだすのを、玲子はどうしようもなかった。
「ほれ、おっぱいを見せてゆすらねえか」
竜也がドスのきいた声で、暗闇から言った。
ああ……と玲子は一度顔をのけぞらせたが、竜也の言葉にあやつられるように両手を頭の上で組み、豊満な乳房をさらしてブルブルとゆすってみせた。

そのとたん、わずかに腰をおおっていた布地がパラリと落ちた。あわててスポットライトが玲子の上半身だけに移った。だが、ホールの男たちの眼には、わずか数秒の間だったが一糸まとわぬ玲子の下半身がはっきりと映っていた。そして剃毛された無毛の丘も……。

わあッとどよめきが起こり、口笛が飛んだ。

「ヒッ、いやあ……」

玲子は悲鳴をあげてその場にかがみこもうとしたが、首輪の革紐がそれをゆるさなかった。ブルンと乳房がゆれた。

スポットライトが玲子の上半身を照らしだし、下半身が暗闇におおわれると、すばやく黒子姿の厚次が入ってきた。

「へへへ、お色直しだぜ、奥さん」

厚次は二つの張型を持っていた。ひとつは根元にこぶし大のハート型の飾りがつけられ、もうひとつは踊り子の飾り羽のような孔雀の羽が根元についていた。

「脚を開きな。はずれねえように深く埋めこんでやるからよ」

「そ、そんな……そんなもの、かんにんして……ああ、いやです」

「スッポンポンのほうがいいってのか、奥さん。それならそれでもいいんだぜ」

厚次はわざとらしく引きあげようとした。

「ま、待って……」

玲子は声をふるわせた。剃毛された恥丘をスポットライトに照らしだされ、引きまわされることを思うと、玲子は戦慄した。

両手を頭の上で組み、乳房をふるわせながら、玲子はおずおずと両脚を開いた。下半身は暗闇でおおわれ、ホールからは見られないとはいえ、玲子の美貌は真っ赤に灼けた。悩ましげに乳房をゆすって、男たちの関心を引きつけておくしかない。

ククククッと厚次が笑った。かがみこんで、赤いハートの飾りのついた張型を、玲子の媚肉の合わせ目に分け入らせていく。竜也のほうは飾り羽のついた張型だ。それを玲子の肛門に埋めこんでいく。

「あ、ああ……あん……」

たまらずに玲子の唇から声が出た。

見えないとはいえ、大ホールの舞台の上で女として最も恥ずかしい部分に、二つの張型を前後から押し入れられているのだ。

ああ、たまらない……こ、こんなことって、あ、あ……。

媚肉も肛門も待ちかねていたように、押し入ってくるものにからみつくのが、玲子にもわかった。身体の芯が、ツーンとうずいた。

声を張りあげたくなり、腰をゆすりたくなるのを、玲子はけんめいにこらえた。二

つの張型は、薄い粘膜をへだてて玲子の身体に深く埋めこまれた。
「これでよしと、へへへ。しっかり食いしめてろよ。落としたら恥をかくのは奥さんだぜ」
厚次がすばやく引きあげると、再びスポットライトが玲子の全身を照らしだした。ホールの男たちからどよめきにも似た歓声があがった。
ハイヒールをはいただけの玲子の裸身が、わずかに股間をハート型の飾りで隠した姿で舞台に浮かびあがった。悩ましくゆさぶられる乳房、細くくびれた腰となめらかな腹部、そして腰から太腿にかけては圧倒的な肉づきを見せている。ほとんど全裸だった。
「へへへ、ほれ、もっと色っぽい顔して、身体をよく見せるんだ」
暗闇からささやきながら、竜也は首輪の革紐を引いて、舞台の上を玲子を引きまわした。前も後ろもたっぷり見せつける。
玲子が歩くたびに、ムッチリと張った双臀の飾り羽が、妖しくゆれた。
男たちの眼が玲子の裸身を追い、ピーピーと口笛が鳴った。玲子の裸身をわずかに隠しているハート型の飾りが、まさか張型によって裸身にとどまっていようとは、さすがに夢にも思わない様子だ。ただ官能美あふれる玲子の裸身に、男たちは見とれるばかり。

「それじゃ奥さん、おっぱいや腰をゆすって色っぽく踊ってもらおうか。人妻の田中玲子のセックスダンスてわけだぜ」
竜也はニヤリと笑い、ポケットに隠し持った張型のリモコンスイッチを入れた。
玲子の女の最奥と肛門に埋めこまれている張型が、同時にブーンと頭を振動させ、胴をくねらせはじめた。
「あ、あッ……ああ、そんな……」
玲子の腰のあたりがビクンとふるえたかと思うと、グンと顔をのけぞらせた。
カアッと身体の芯が灼けた。薄い粘膜をへだてて前と後ろで振動し合い、うねり合うものに、玲子はたちまち子宮から内臓がせつなくしびれだす。ひとりでにのけぞった顔がゆれ、乳房がふるえだして、腰が前後に動いた。飾り羽が妖しくゆれる。
「かんにんして……」
「へへへ、気持ちいいんだろ。遠慮なくよがっていいぜ、奥さん」
「ああ、たまらない……あ、あうう……」
身体の芯のたぎりが、玲子を悶えさせ、声にまで表われた。
だが、玲子の声はバックミュージックの妖しげなブルースにかき消されてしまう。
スポットライトも赤や青、黄色とめまぐるしく変わった。
すぐにリモコンスイッチは切られた。身体から力が抜けるのもつかの間、すぐまた

スイッチが入れられる。
それがくりかえされる。
「あ、あうッ……あ、あああ……」
玲子はよがり声をこぼして腰をゆすり、豊満な乳房を激しく波打たせて悶えた。それにブルースが奇妙に合った。
ホールの男たちの眼には、玲子が妖しく悩ましいヌードダンスを踊っているように見えた。まさか玲子の身体のなかで、二つの張型が蠢いていようとは、誰も気づかなかった。
ようやく三十分の舞台が終わって、楽屋に連れもどされた時は、玲子は息も絶えだえの状態だった。顔を赤く上気させて、ハアッハアッとあえいでいる。内腿にはあふれでた甘蜜が、したたり流れていた。
「ああ、身体が変になりそう……」
玲子はせつなげな瞳をあげると、何か求めるように鮫島たちを見た。視線がねっとりとからみついてくる。
「そんなに気持ちよかったのか、奥さん」
玲子は小さくうなずいた。
「今夜は尻の穴にソーセージをつめこまれてるんで、ズンとよかっただろうが、フフ

フ」
「……は、はい……」
「大勢の客たちに見られてるのも感じたんだろ、奥さん、へへへ」
「そうです……ああ、お願い、このままじゃ変になりそう……一度いかせて……」
舞台では必死にこらえていたものが一気に噴出したように、玲子は自ら求めた。そう言っている間にも、深く張型をくわえこまされた女の部分は、ジクジクと甘蜜をあふれさせてくる。
「フフフ、もう少し我慢しな。お座敷ショウじゃ何度でも、思いっきり気をやらせてやるからな、奥さん」
「それまでうんと発情しておくんだぜ」
鮫島と竜也は前と後ろにかがんで、ハートの飾りのついた張型と、飾り羽のついた張型を引き抜きにかかった。
「いやッ抜かないでッ……お願い、一度いかせて……」
あの玲子がと耳を疑いたくなるような言葉だった。確かに昨夜以来、玲子のなかで何かが変化している。
「と、取っちゃいや……ああ、意地悪しないで、してッ……」
それをあざ笑うように鮫島と竜也は張型を抜き取った。しとどに濡れ光り、今にも

湯気が立ちそうだった。
「ああ……」
赤くただれたような媚肉と腸腔を見せながら、玲子はガックリと頭を垂れてすすり泣きはじめた。
その玲子の両手を背中へねじあげ、厚次が縄で縛っていく。鮫島と竜也は玲子の乱れた黒髪と化粧を直していく。
「たいした発情ぶりだぜ。やりたくってしようがないってところだな、へへへ」
「こうなりゃ本物だ、フフフ。色情狂になるのもあとひと息だな」
「鮫島さんにあっちゃ、女は使い捨てだぜ。ボロボロになるまで責められてよ」
そう言って三人はゲラゲラと笑った。ようやくこれまでの責めの成果が出てきたのが、愉快でたまらないのだ。
鮫島が玲子の肩にコートをはおらせた。竜也が責め具の入ったカバンを持つと、厚次はいつの間にか眠ってしまった美加を抱きあげた。あとは女中が呼びにくるのを待つばかりだ。
「遅くなってごめんなさい。お座敷ショウの希望が殺到して大変だったのよ」
先ほどの女中が息を切らせて飛びこんできた。お座敷ショウの客をさがすたびに、数万円のチップを鮫島にもらえるとあって、やる気充分である。

「でも、おかげでいい客が見つかったわ。新興宗教の理事の団体なんだけど」
女中の話では、この旅館に何度か来たことのある、中年の男たちばかりの五人の団体で、そのつど芸者に手を出して変態的なことをしようとして問題を起こすという。
「スケべという点では、たいこ判を押すわ。それも変態、いきなりあの女は浣腸させるかって言うのよ」
「ほう」
「それ以外にも針責めとか、クスコ責めとか言ってたわ」
鮫島はその男たちに興味をそそられた。本能的に同じ血の匂いを感じたのだ。
「おもしろい。それに決めようじゃないか、フフフ。奥さん、今夜はきつくなりそうだ」
鮫島はニヤニヤと笑いながら、玲子の身体に手をのばした。

この温泉地に来てから一週間がたった。その間、玲子は毎日舞台でのヌードショウにお座敷での秘密ショウ、そして何人もの客をとらされた。
どの客も玲子の美しさに魅せられ、決まって明け方まで玲子をたてつづけに責めつづけた。鮫島が泊まり客のなかから、嗜虐性の濃い客ばかりを選ぶからだ。
「ああ、玲子、責め殺されそう……この一週間でずいぶんやせたわ……」

「だが、いろんな男の精を吸って、おっぱいと尻はいっそうムチムチしてきたぞ、奥さん」
鮫島はクククッと笑った。
このところ、玲子を見ているだけで、思わずゾクッとすることがある。やつれた感じがかえって玲子の色香をきわだたせる。
玲子は部屋の窓辺に座って、庭でアヒルを追いかけて遊んでいる子供の美加を見ていた。雲ひとつない青空と陽がまぶしい。
「美加ちゃん……」
玲子はそっと口のなかで子供の名を言った。子供が遊んでいるのを見ている時が、わずかに残された心の休まる時間だった。今の玲子にとって、子供の美加だけが心の支えである。
「色っぽい身体をしおって、フフフ」
鮫島は手をのばして、玲子の身体に触った。やせたという感じはなかった。腰や腹部は無駄な肉が取れて、かわって乳房や双臀は肉が弾んでしっとりと指先に吸いつくようである。
「やっぱりおっぱいや尻は前よりムッチリだ。フフフ、この身体を亭主の田中の奴に見せてやりたいよ」

「しゅ、主人のことは言わないで……あの人のことは、玲子……もう忘れたわ……」
「本当に忘れたのか。あんなに愛してたのにさ、フフフ」
「………」
玲子は答えなかった。庭で遊ぶ我が子を見つめる玲子の瞳が、フッとうつろになった。
「そ、そんなにされたら、玲子はまた燃えてしまうわ……」
玲子はどこか艶めいた眼を、鮫島に向けた。軽く触られているだけなのに、もう乳首は夢見がちに硬くしこってうずいた。撫でられる双臀は火照り、肛門までがうずきだす。それが女の最奥をしびれさせ、ジクジクと恥ずかしいまでに甘蜜がにじみだした。
「ヌードモデルになってからの一週間でずっと敏感になったな、奥さん」
「玲子の身体をそんなにしたのは、鮫島さん……あなただわ……」
一瞬、玲子の表情に哀しげな色が浮かんだが、すぐに消えた。
鮫島の手が太腿に這うと、玲子は自分でも気づかないうちに両脚を開き、じっとりと濡れはじめた媚肉をさらした。まるで鮫島の手を誘うようだ。
「この俺を恨んでいるのか？」
媚肉の合わせ目に指先を這わせながら、鮫島は聞いた。

「……恨んでないわ。で、でも……何人もの男の人に前と後ろから、たてつづけにされるのはつらい……」

「つらいか、フフフ、そいつはいいや。そのうち、何人ぶっつづけで相手できるか調べてみるのもおもしろいな」

「本当につらいのよ……責め殺されるかと思うわ……」

そう言ってから、あうウッと玲子はよがり声をあげた。鮫島の指が媚肉の合わせ目に分け入ってきただけで、背筋のふるえがとまらなくなり、肉という肉が期待感のようなものにとろけだす。

「ああ……鮫島さん、して……」

玲子は眼を閉じて、四つん這いの姿勢をとった。女の最奥でも肛門でも、どちらでも男が犯れるように四つん這いに仕込まれたのだ。

「可愛い牝になったもんだ。もっともここまでするのに、奥さんには手こずらされたぞ、フフフ」

「そ、そんなこと、言わないで……」

玲子は誘うように、ムチッと盛りあがった双臀を左右にふってみせた。

鮫島がズボンをずらして、後ろから玲子の腰をつかむと、自分のほうへ引き寄せる。

「これから、玲子……どう、どうなるの……」

鮫島をふりかえって、玲子は突然そんなことを言った。
「今夜になればわかることだ。今は知らないほうがいい」
鮫島の声と同時に、たくましい肉塊がズンと媚肉を裂いてきた。
「あぁッ……」
身体の芯がキュッと絞れ、めくるめく肉の愉悦に眼がくらんだ。媚肉の肉襞が押し入ってくるものをしっかりとくわえ、さらに奥まで受け入れようとする。
「あ、あうッ……も、もっと深く……」
「好きになったたな、奥さん」
鮫島は笑いながら腰をよじり、さらに深く進めた。ズシッという感じで先端が、玲子の子宮口に達した。カアッと子宮が灼けた。そこからメラメラと身体じゅうに官能の炎がひろがっていく。
「ひッ、ひッ……あ、あうう……」
玲子は我れを忘れ、あられもなくよがり泣いた。肉塊を深く呑んでくわえた媚肉は、妖しく蠢きつつ甘蜜をとめどもなくあふれさせた。
「あうッ、あ、あうう……」
まだ鮫島が動きだしていないというのに、はやくも玲子はめくるめく官能に翻弄される。

「ああッ……して、お尻の穴にもしてッ……」
「前から後ろからされたいのはわかるが、竜也は人を迎えにいってるし、厚次は庭で子供の見張りと、あいにく私一人でね。ぜいたくを言っちゃいかん」
鮫島はあざ笑って、ゆっくりと腰を使いだした。
たちまち玲子は昇りつめる。驚くほどの敏感さで、まるで全身が女の性器と化したかの反応ぶりである。
「ああッ……鮫島さん……」
「どうした、奥さん」
「い、いきますッ……ひッ、ひッ、いくッ」
玲子はそう叫ぶなり、のけぞらせた裸身をガクガクと痙攣させた。キリキリと最奥が収縮して、鮫島を締めつけた。
そのきつい収縮に耐え、痙攣がおさまるのを待って、鮫島は引き抜いた。今度は玲子の肛門に押し入れる。
「ほれ、尻の穴にもしてほしかったんだろ。気をやるごとに交互にしてやろう、フフフ。一人二役だ、奥さん」
「ああ、ああッ……あうッ……」
返事をする余裕も絶頂の余韻に沈む余裕もなく、玲子はよがり声にのどを絞った。

鮫島が玲子の身体を楽しんでいると、竜也が一人の男を連れてもどってきた。がっちりした体格をダークスーツに包み、パンチパーマで、ひと目でヤクザとわかる。
「どうも鮫島先生、ごぶさたしておりやす」
男は鮫島を先生と呼んで、ペコリと頭をさげた。鮫島を見る眼が、サングラスの奥でギラッと光る。
「こりゃお楽しみの最中ですかい、へへへ」
「待ってたぞ、若頭」
鮫島は遠慮せずにそばへ来るように男に言った。その間も腰をゆすって乳房を揉みこみ、玲子を責めるのをやめようとはしない。
「あいさつをしないか、玲子。この町を支配している黒川組の鍋山若頭だ、フフフ」
鮫島は玲子の黒髪をつかんで、顔をあげさせた。玲子はもう、めくるめく官能の波に翻弄されてうつろだった。
「あ、あうッ……ああ……」
「奥さん、いくら気持ちいいからって、大事な客人の前ではしたない声をあげるもんじゃない、フフフ」
鮫島は意地悪く玲子をあざ笑った。
鍋山は近寄ってくると、ジロリと玲子を見た。サングラスをはずして玲子の顔から

身体を見る。女を品物か肉としか見ないヤクザの冷たい眼だ。
「この女ですかい、肉市場に出したいってのは。こりゃ上玉だ……鮫島先生、たいした極上の玉をお持ちですね」
鍋山は手をのばして、玲子の肌の張りや肉づきを確かめた。
「これならあっちこっちから引っ張りだこですぜ。いい値がつきますよ、へへへ」
「それじゃ今夜の肉市場で競りに出してもらえるかな、若頭」
「こんな上玉を持ちながら、鮫島先生も好きですねえ。よりによって肉市場に」
鍋山と鮫島は顔を見合わせて、

ニンマリと笑った。
　肉市場……それは広域暴力団黒川組が主催する女体の競り売りだった。集められた女たちの人身売買が行なわれるのである。それが今夜、この温泉町で行なわれることになっている。
　鮫島と竜也たちは玲子を肉市場で売ってしまうのだろうか。もう玲子の身体に飽きたというのだろうか。その真意のほどはわからない……。それでなくとも、官能の渦中で身悶える玲子は、男たちの話を理解できる状態ではなかった。
「あ、ああッ……また、またよ……」
　恐ろしい肉市場に出されることも知らず、玲子はあられもなくよがり狂った。
「もう駄目ッ、あ、あ、またよッ」
「しようがない奥さんだ、フフフ」
「いくッ……ああ、また、いくうッ」
　生々しくうめき、声を張りあげて、玲子は激しく腰をはねさせつつ総身をよじりたてた。それを確かめてから、今度は鮫島もこらえずに、思いっきり白濁の精をしぶかせるのだった。
　それを鍋山が冷たい眼でじっと見ていた。

第十三章　羞辱地獄　肉市場の美しき生贄

1

　入浴して身体の汚れを清めると、玲子はバスタオルを巻いた身体を、マッサージ台に横たえられた。
「へへへ、今夜は徹底的にみがきをかけてやるからよ。おとなしくしてるんだぜ」
「奥さんはどんな男でも夢中にさせるよう、とびきり美人になるってわけだ」
　竜也と厚次は玲子の左右に立って、ニヤニヤと見おろした。
　皮を剝くようにバスタオルを左右へはだけて、玲子の一糸まとわぬ裸身をさらけだした。湯あがりの肌がピンクに色づき、ほのかに湯気をあげて、官能美あふれる肉づきがまぶしいほどだ。
「まったくいい身体をしてやがる、へへへ。みがきあげなくても、もうどんな男も涎

れをたらすぜ、こいつは」
「おめえの言う通りだぜ。だがよ、牝には牝の化粧ってのがあらあね、へへへ」
厚次と竜也は、二人がかりで玲子の身体を揉みほぐしはじめた。
玲子は両眼を閉じ、マッサージに全身をゆだねたまま、まったくあらがいを見せなかった。肌に這う手に、時折りビクッとふるえるだけである。
「奥さんもパイパンがすっかり板についたな。奥さんほどのムチムチが、ここに一本も毛がねえってのは妖しいもんだぜ」
「……そ、そんな意地の悪いこと、言わないでください……玲子だって、剃られてるなんていやなんです……」
「いいから脚をおっぴろげな。剃り残しがねえか、調べてやるからよ」
ゆっくりと玲子の両脚が、左右へ開いた。
すぐに竜也の指先がのびてきた。媚肉の合わせ目にそって指が這い、その下の肛門の周辺にもモゾモゾと動いた。綺麗に剃られたスベスベの肌がまぶしい。
「へへへ、綺麗なもんだぜ。オマ×コと尻の穴のほうも、この一週間で数えきれねえ男たちの精を吸って、いちだんと熟してやがる」
「あ、あ……そんなにされたら……」
「もう感じるってえのか、へへへ、まったく敏感になりやがって」

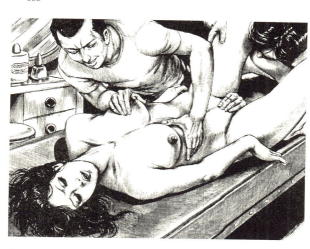

竜也が玲子の股間に指を這わせれば、厚次は乳房をタプタプと揉みこむ。

玲子はハアッとあえいだ。ほんの少し触られただけで、自分でも恥ずかしいほど身体の芯がうずいてしまう。

「ああ、玲子の身体、変わったわ……本当に牝ね……」

玲子はあえぎながら言うと、もの哀しげな視線を竜也や厚次にからませた。

竜也と厚次はせせら笑いながら、丹念にマッサージをほどこしていく。全身にくまなく美容乳液を塗りこめ、玲子の身体を表にしたり裏がえしたり、手足を取ったりとマッサージは執拗だった。

徹底してみがきあげられるのだ。

ああ、いつもより、ずっとていねいだわ……。

身体の奥によどんでいる疲労を、綺麗に拭い取られるような心地よさのなかで、玲子は急に不安がこみあげてきた。いつものショウの前の様子とは、明らかに違っている。

これだけ綺麗にみがきあげられるのは、それだけ大きな羞恥と屈辱が待っているということだ。

「……何を、何をする気なの……」

玲子は不安の眼で二人を見た。

竜也と厚次は、ククク ッと笑うだけで何も言わなかった。それがかえって玲子の不安をふくれあがらせた。

「玲子、どうされるの、教えて……今夜は何があるの……」

「へへへ、知りたいか、奥さん」

厚次が意地悪い笑いを浮かべて言った。

玲子は小さくうなずいた。毎夜のようにSMショウに出され、客をとらされてきた玲子である。にもかかわらず、今夜はいつになく不安と恐怖がこみあげてきた。何かただならぬ気配を、玲子の女の本能が感じ取った。

「へへへ、今夜はヤクザが肉市場を開くのさ。その肉市場に奥さんを出して、競りにかけようってわけだ」

「奥さんを売るんだからよ、いい値がつくようにうんとみがきあげなくちゃな。まあ、奥さんならバイヤーが眼の色を変えて競るだろうぜ」
「南米あたりの奴隷商人が奥さんを買うか、それともどこかのヤクザか、へへへ、誰に買われるか、楽しみにしてな」
「そ、そんな……」
玲子の顔が蒼白になって、唇がワナワナとふるえた。
ヤクザの鍋山が言っていた肉市場のことが、脳裡に浮かんだ。その時は鮫島に翻弄されていてよくはわからなかったが、女体の競り売りのことだったとは……。
「……玲子を……売るというのですか……ああ、競りなんて……」
「へへへ、奥さんをとことん堕としてみてえのさ。それにこの身体にも、もう飽きたしよ。俺たちもそろそろ女を変えようと思ってた矢先よ」
「ひどい……さんざん玲子をもてあそんでおいて……あんまりだわ」
玲子は激しい屈辱に身をふるわせた。
幸福いっぱいだった玲子を肉の地獄へ堕とし、牝として凌辱の限りをつくし、飽きたからといって犬のように売る……。
「いやッ……そんなこと、いやです」
にわかに玲子は、身をふるわせて泣きだした。竜也と厚次は顔を見合わせて、ニヤ

リと笑った。玲子ほどの極上の美女を手離す気など、まったくない。魂胆があるのだが、玲子にわかるはずもなかった。
「おとなしくしろ、へへへ、もっと綺麗にみがきあげてやるからよ」
「いやッ、綺麗になんか、なりたくありません……ああ、玲子を売るなんて、ひどいことはしないで、お願い」
「うるせえッ、甘ったれるんじゃねえ」
いきなり竜也が玲子の頬を張った。めまいがするほどの激しい平手打ちだ。それが二度、三度とつづいた。
「ああ……」
玲子の身体からガックリと力が抜け落ち、おとなしくなった。あとは小さくすすり泣くばかりだ。
その玲子の身体に、さらに丹念なマッサージがつづけられる。美容乳液をすりこまれて揉みほぐされた肌に、冷たいタオルが押し当てられてキュッと引き締められる。そのたびに、玲子はかみしめている唇の奥から、ひッ、ひッと泣き声をあげた。
ああ、もう駄目……今度こそ、本当の地獄に堕ちるんだわ……もう、どうにもならないの……。
恐怖と絶望が、ドス黒く玲子をおおった。売られるなんていや……。狂おしいまで

にそう思っても、もう玲子には逆らう気力はなかった。
「最後の点検をしてやるから、股をおっぴろげな、奥さん」
左右から足首をつかまれ、ほとんど百八十度近くまで開かれた。開ききった奥を二人がのぞきこむ。
「竜也、どうする。オマ×コと尻の穴を口紅で化粧するのか」
「いらねえよ。これだけいいオマ×コと尻の穴だ。口紅でごまかすのはもったいねえ」
「それもそうだ。へへへ、どうせ化粧したところで、すぐベトベトになっちまうんだからな。もうお汁をにじませてやがる」
そんなことを言いながら、厚次と竜也は蒸しタオルでぬぐい、オリーブ油をこすりつけた。玲子の媚肉と肛門は、オリーブ油にヌラヌラと光って、その形が妖しく浮きあがった。
「あ……ああ……」
玲子は腰をブルッとふるわせ、両手で顔をおおったまま、あえぐばかりだった。
「へへへ、これで身体のほうはできあがりだぜ。いい身体してるだけあって、みがきがいがあるってもんだ」
厚次は玲子をマッサージ台からおろすと、まっすぐに立たせた。竜也といっしょに、

ニヤニヤと玲子の周囲をまわり、みがき残したところがないか調べる。
まぶしいまでの玲子の肉体だった。官能美あふれる肌理の細かい肌がねっとりと光り輝いていた。顔の化粧も髪のセットもまだである。それを終えて、これ以上に美しくなった時のことを思うと、何か恐ろしい気さえして、竜也と厚次は思わず身ぶるいした。
「次は化粧だ。髪のセットは厚次、おめえにまかせたぜ」
竜也がうわずった声で言った。玲子の身体にあとが残らないよう、椅子には座らせず、立たせたままで二人がかりで美容をほどこしていく。厚次が玲子の黒髪にブラシをかければ、竜也は顔にパックをほどこし、クリームを塗る。
「いつまで泣いてやがる。泣くのは競りにかけられて、買い主が決まってからにしな」
竜也が声を荒らげた。
競り……買い主……。その言葉が玲子に突き刺さる。南米などからも奴隷商人が来るとなれば、相当大がかりな肉市場となることは予想できた。そんなところで、一糸まとわぬ裸身を大勢の好色な眼に品定めされ、競られると思うと、玲子は生きた心地もなかった。
「競りなんて、いや、いやです……ああ、売られるのはいや……」

「泣くなってえのがわからねえのか。化粧が崩れたら、ただじゃおかねえ。へへへ、ガキと別々に競りに出すぜ」
「いやッ、そ、それだけは……ああ……」
玲子は狼狽して、必死に泣き声をかみ殺し、涙をこらえた。どんな地獄でも、子供といっしょにいたい。今の玲子には、子供だけが心の支えなのだ。
おとなしくなった玲子の唇に赤いルージュが引かれ、頰には赤いマニキュアもされた。ファンデーション・パウダー、眼にはピンクのアイシャドウが塗られる。手足には赤いマニキュアもされた。艶やかな黒髪はかきあげられて、アップに綺麗にセットされる。
玲子はもう、泣くことさえゆるされずに、されるがままだった。
……あなた、たすけて……。
玲子は胸のうちで、夫に救いを求めた。もう夫に会うことのできない身体に堕とされてしまったとはいえ、玲子が救いを求められるのは、夫しかなかった。
美容が終わると、竜也と厚次はしばし声もなく玲子に見とれた。
あくまでも玲子の自然の美しさを強調するようにみがきあげたのだが、その出来映えの見事さと美しさに圧倒される。ゾクゾクと嗜虐の欲情に、眼が血走ってくる。
「田中玲子か……ちくしょう、なんて女だ」
感情の昂りをこらえきれず、竜也がうなった。これが肉市場へ出すのでなければ、

すぐにでもむしゃぶりつきたい。初めて玲子を見た時のような気持ちの昂りがある。
そこへ肉市場の段取りの打ち合わせを終えた鮫島がもどってきた。
「どうだ、もうしたくはできたか」
玲子を見る鮫島の眼が、まぶしいものでも見るように細くなった。
「ほう、こりゃすごい……たいした美人ぶりじゃないか」
「たまらねえぜ。ヌードモデルをさせてから、またいちだんと綺麗になりやがった。この美しさ、いきすぎだぜ」
厚次が感情のこもった声で言った。鮫島と竜也が同感だというようにうなずいた。
まるでビーナスの彫刻を見るようだった。ムッチリと形のよい乳房、細くくびれた腰、そして人妻らしい官能美あふれる双臀から太腿にかけてと、すべてが妖しい色香をたたえて光り輝いていた。綺麗に剃毛された剝きだしの恥丘からは、息苦しいまでの色気がムンムンとたちこめている。そして化粧は派手さを抑えて、あくまで気品と人妻らしさを強調し、アップにセットされた黒髪はいかにも良家の若奥様風である。
「上出来だ。どこから見ても惚れぼれする、フフフ、人妻そのものだ」
「美しすぎるぜ……こういうのを見ると、めちゃくちゃこわして、ひいひい泣かせてみたくなるってもんだぜ、へへへ」
「男に責められるために生まれてきた女ってえのは、奥さんのような女をいうんだ」

男たちはニヤニヤと笑いながら、ゆっくりと玲子のまわりをまわった。
玲子の美が完成された感があった。飽くなき色責めで数えきれない男の精を吸った肉が、その内からかもしだす色香と美しさ、そして外からほどこされた美容とが見事に調和して、極致の女体美を見せていた。
「フフフ、これならどんな男も涎れをたらす。競りじゃいちばんの目玉になること、間違いなしだな」
鮫島は玲子の顔をのぞきこんで、ニンマリと笑った。玲子の美貌が今にもベソをかかんばかりになった。すがるような眼で鮫島を見る。
「たすけて、鮫島さん……う、売られるなんて、いやです……」
「いやでも、奥さんを買いたいバイヤーは、いくらでもいるんだ、フフフ。もうあきらめるんだな、奥さん」
「ああ……むごいわ、鮫島さん……」
玲子は鮫島の腕にすがりついて哀願した。自分を性の地獄へ引きずりこんだ憎い男であっても、奴隷商人やヤクザよりはましである。
だが、鮫島は竜也や厚次と顔を見合わせて、せせら笑うだけだった。哀願は非情に無視され、黒のハイヒールをはかされた。
「服のほうはどれにするんだ。ドレスを着せるのか、鮫島さんよう」

「フフフ、これだけ美しけりゃ、そう着飾ることもないだろう。素人の人妻らしくブラウスにスカートで充分だ」
「そのほうがかえってうけそうだぜ、へへへ。奥さんはあくまで人妻として売られるってわけだ」
竜也と厚次は、玲子に白いブラウスをつけさせ、黒地のプリーツスカートをはかせた。素肌に直接つけ、下着類はいっさい与えない。
「よく似合うじゃねえか。いい女ってえのは、何を着てもいい、へへへ」
「もっとも競りにかけられりゃ、すぐまた素っ裸にされちまうがよ」
「う、売らないで……」
玲子は弱々しくかぶりをふった。
衣服を与えられ、素肌を隠せるのはうれしいはずなのに、今夜に限って玲子は素直に喜べなかった。それは競りにかけられるための、肉奴隷の衣装なのだ。
「それじゃ行くとするか、奥さん」
鮫島と竜也が左右から玲子の腕を取って連れだそうとすると、玲子は両脚を踏んばって腰を引き、その場に崩れ落ちそうになった。
「今さら、何をおびえてやがる。ショウの時みたいに、シャンとしねえかよ」
「だ、だって……ああ、こわい……」

「フフフ、こわがることはない。もし中東あたりの奴隷商人に買われりゃ、向こうのハーレムで亭主に会えるかもしれないぞ。そう思えば、喜んでもいいくらいだ」
「いや、いやです」
玲子はいっそうおびえた。
外人バイヤーやヤクザに売られるのは、お座敷ショウや一夜限りの客をとらされるのとはわけが違う。
厚次が子供の美加を連れにいくと、鮫島と竜也はほとんど玲子を引きずるようにして、強引に歩かせた。
もう玲子は奴隷商人に引きたてられる女奴隷の心境だった。見えない鎖で手足をつながれているようで、一歩また一歩と足を進ませるたびに、眼の前が暗くなった。
旅館の廊下ですれ違う泊まり客たちが、玲子の美しさに驚いてふりかえる。なかには昨夜玲子が相手をさせられた客が何人かいて、
「あれ、秘密ショウの女じゃないか。そんなにめかしこんで、どこへ行くんだね」
「へへへ、よかったら今夜もお手合わせ願いたいね。たっぷり浣腸してやるぜ」
とからかわれても、玲子は気づかないほどだった。
玄関を出ると、厚次はまだ来ていなかった。子供を連れにいった厚次が、裏の駐車場から車を持ってくるのを待つことにした。

十分、いや、ほんの二、三分だろうか、その待つ時間が玲子のなかで恐怖をふくれあがらせる。
ああ、こんなことなら……ま、まだ、ショウのほうがましだわ……。
立っているのがやっとだった。
旅館の前の通りは、夕暮れ時とあって浴衣姿の泊まり客がブラついていた。前を通りすぎる男たちが、玲子の美しさにハッと眼を見開く。少し離れたところから、玲子にじっと見とれる者もいた。
だが、玲子はそんな視線を意識するどころではなかった。
「……鮫島さん……」
玲子はすがるような眼で鮫島を見た。
「お願いです……お、おトイレに行かせてください……」
「フフフ、トイレだって、奥さん」
「ああ……おしっこがしたいんです……」
玲子は消え入るような声で言った。ずっとトイレに行かせてもらっていないのだ。それに競り売りにかけられる恐怖と緊張が重なって、玲子の尿意は急速にふくれあがっていた。
鮫島と竜也は顔を見合わせて、ニヤニヤと笑った。

「そんなに小便がしてえのか。田中玲子夫人よう、へへへ」
竜也がわざと大きな声で言った。
「そ、そんな大きな声出さないで……ああ、人に聞こえるわ」
「遠慮なく小便しな、へへへ。ただしここでだ」
「ああ、意地悪しないで……」
玲子は弱々しくかぶりをふった。こんな人通りのあるところでできるわけがない。それでなくても、男たちがこっちを見ている。
「ここでやれねえなら、我慢するしかねえぜ、奥さん、へへへ」
「……で、できないわ……」
玲子はふるえる唇をかんでうなだれた。その顔を鮫島がニヤニヤとのぞきこんで、舌なめずりした。
「フフフ、どうしてもトイレに行きたいなら、それなりのおねだりの仕方があるってもんだ。奥さんしだいでは競りの中止も考えてやる」
「ど、どうすればいいの」
「小便の出る穴を見せて、色っぽくねだることができねえのかよ、奥さん」
「それもわからないようじゃ、やっぱりさっさと売り飛ばすしかないようだな、フフフ」

竜也と鮫島は冷たく言って、せせら笑った。このままトイレにも行かされず競り会場へ連れていかれたら……。そう思うと玲子は膝がガクガクふるえた。
ああ、売り飛ばされるのだけは、いや……このままでは本当に……。
競り売りにかけられたあげく尿意が耐えられなくなったら……。考えるのさえおぞましい。
玲子は左脚を爪先立ててくの字に曲げ、手でスカートをたくしあげた。はいていないストッキングを直すふりをして、爪先立てた左脚を太腿までさらす。通りに背を向けているとはいえ、行きかう男たちの好奇の眼が、太腿に這ってくるのがわかった。
「……お願い、のぞいて……お、おしっこの出る……穴を、見てください……」
玲子はあえぐように言った。
ニヤニヤと鮫島と竜也がかがみこむと、玲子は上体を前かがみにして他人の眼から隠しながら、さらにスカートをたくしあげた。
売られたくない一心だった。そっと無毛の恥丘を見せ、両脚を開くようにしてふるえる手で、媚肉の合わせ目をくつろげた。
「こ、ここよ……玲子、ここからおしっこをしたいの……」
「よくわかるぜ、へへへ。よしよし、そのままおしっこをしてみせな。立ちションだ」

「…………」

玲子は黙ったままだった。競り売られるのをゆるされるなら、どうなってもいい気持ちになった。

両眼を閉じ、唇をかみしめて腰から下の力を抜こうとした時、厚次が子供の美加を連れて車でまわってきた。

「おっと、せっかくだが、もう時間がない。向こうでさせてやるからな、奥さん」

鮫島はあざ笑いながら玲子の腕を取った。

2

車は温泉街の北のはずれにあるストリップ劇場の裏でとまった。古い倉庫を改造した劇場で、その地下室で肉市場は開かれることになっていた。

ひと目でヤクザとわかる連中が地下へ通じる裏口を固め、きびしく出入りをチェックしている。緊張感がピリピリと張りつめ、殺気立っている。たちまち車を取り囲まれて、なかをのぞきこまれた。

それだけで玲子はおびえ、竜也や厚次は思わず腰の拳銃に手をやったほどだった。

「心配ねえ。鮫島先生、お待ちしておりやした。ちょうど市もはじまったところです

よ」
鍋山が若い衆を引かせ、丁重に鮫島を迎え入れて地下室へ案内した。控室には競りにかけられる女が、十人近くいた。ドレス、水着、チャイナ服、セーラー服など、それぞれ趣向をこらして着飾った美女ばかりだ。手には鎖の枷をはめられ、すすり泣いたり、もう観念したようにうつろに空を見つめていたりしている。
「さすがに肉市場だ。とびきりのベッピンばかり、よくもこれだけ集めたもんだ」
「これだけ集まるとすげえな。眼移りするぜ、へへへ。どれもうまそうだぜ」
竜也と厚次はニヤニヤと女たちを見まわした。だが、鍋山や見張りのヤクザは玲子に見とれている。
「確かに上玉ばかりですがね。この奥さんに較べりゃ、まだまだ。あっしもいろんな女をあつかってきましたがね。これほどの女にお目にかかったことはありませんや」
鍋山の言う通りだった。
美女たちのなかでも玲子の美しさはきわだっていた。ひかえめな服装と化粧が、かえって人妻らしい美しさを感じさせた。
「ああ、こ、こわい……」
玲子は鮫島の腕すがりついて、小さくふるえていた。玲子の脚には子供の美加がしがみついている。美加はもう眠そうにしていた。

隣りの部屋が、肉市場の会場になっているのだろう。女の泣き声と男たちの競りの声や溜息、時には淫らな笑い声が聞こえてきた。

もっと股をひろげろ……さあ、三百五十万、ほかに声はないですかな……三百八十……そんな声が断片的に玲子の耳に入ってくる。

……競られているんだわ……ああ、人間が品物みたいに売られるなんて……。

そう思うと、玲子は生きた心地がなかった。それが女にとって、どれほど恥ずかしく屈辱的か、聞いているだけでわかった。

もう観念したつもりでいても、玲子は恐怖に身体がふるえるのをとめようがなかった。それが玲子にいっそう尿意を意識させた。もういっときも我慢できないところまでさし迫っていた。

「鮫島さん、お願い……おトイレに行かせてください……」

玲子は唇をワナワナとふるわせ、消え入るような声で言った。

「そうだったな。小便がしたいんだったな、奥さん、フフフ」

「お願いです。は、はやく……」

「行かせてやりたいが、時間がない。競りが終わるまで我慢しな」

鮫島はせせら笑って言った。

「言われた通りに旅館の前でおしっこをしなかった奥さんが悪いんだぜ、へへへ」

「競りが終わったら、新しい飼い主にさせてもらうんだな、奥さん」
竜也と厚次も意地悪く玲子をからかって、ゲラゲラ笑った。いやいやと玲子はかぶりをふった。
「ああ、もう我慢ができないんです……おしっこをさせて……」
「はしたないこと言うんじゃない。お前は良家の若奥様として売りだすんだ。競りじゃ上品で貞淑な人妻らしくふるまってもらわなくちゃな」
鮫島はプリーツスカートの上から、ピシッと玲子の双臀をはたいた。
鍋山が鎖の枷を持ってきて、玲子の両手を前に出させ、はめた。その鎖が、玲子に自分が競りにかけられる肉奴隷であることを、肌で感じさせた。
「鎖がよく似合うじゃねえか。奴隷はやっぱり鎖がいちばんだぜ。そうでしょうが、鮫島先生」
「まったくだ。奥さんのムチムチの身体に冷たい鎖はぴったりだよ、フフフ」
鍋山と鮫島はニヤニヤと玲子をながめた。
その間にも、控室の美女たちは一人、また一人と連れだされ、競りにかけられていく。競り落とされた美女は、二度ともどってこなかった。
玲子は最後だった。特別オークションとして玲子の枠がとられていた。ついに玲子の番がきた。

「へへへ、行こうか、奥さん」
竜也が玲子の腕を取った。付き添うのは竜也一人らしく、ほかは見物だ。
「い、いやッ……」
玲子はにわかにおびえた。膝がガクガクとふるえて、崩れ落ちそうになる。
「か、かんにんして……ああ、いやですッ」
「何をビビってやがる。ただ身体を見せて競られるだけじゃねえか。お座敷ショウよりずっと楽だぜ、奥さん」
「ああ、いやです……こ、こわいッ……」
ほとんど抱きかかえられ、引きずられるようにして肉市場の競り会場へ連れこまれた。会場は音楽が低く流れ、熱気とただれた空気がたちこめて、むせかえるようだった。
ああ、た、たすけて……。
玲子は顔をあげることができなかった。競られ売られるということが、お座敷ショウなどとは較べようもない戦慄を生んだ。
会場内は薄暗く、中央にある直径二メートルの円形の低い競り台だけが、スポットライトに煌々と照らしだされていた。その円形の競り台の上にのせられると、玲子は今にもわあッと泣きださんばかりに、

「か、かんにんしてください……あ、ああ、売られるなんて、いやッ……」
本能的にうずくまろうとした。逃げたくても、脚にしがみついている我が子を残していくことはできない。
竜也は天井から鎖を引きおろすと、それに玲子の手枷の鎖をつないだ。すぐに鎖はガラガラと巻きあげられた。
「あ、ああ、いやです……いやッ……」
玲子は吊りあげられながら悲鳴をあげた。両手が上へ吊りあがり、つづいて、かがめていた腰が、膝が、いやおうなく引きのばされた。まっすぐ両手を天井に向けてのばし、身体が一直線になるまで爪先立ちに吊られた。ハイヒールがカタカタ鳴った。
いやでもまわりの男たちの姿が玲子の眼に映った。玲子ののった競り台を囲んで、クッションのよいひじ掛け椅子が並んでいる。三十脚はあろうか、どの椅子にも男が腰かけて、するどい眼を光らせていた。
ヤクザに混じって、マフィアらしい欧米人や黒人、アラビア衣装の男の姿もあった。皆、女にかけてはプロの連中だ。女を肉か品物としか見ない奴隷商人の冷たい眼が、容赦なく玲子に突き刺さってくる。
ああ、こわい……た、たすけてッ……。
玲子は総身が底知れぬ恐怖に凍りついた。こんな男たちに競りにかけられるのかと

思うと、気が遠くなる。鮫島や竜也たちに牝として飼われ、もてあそばれてきたのとはわけが違う。
「お待たせしました。ただ今より本日の特別オークションを行ないます」
鮫島がマイクを手に出てきて、あいさつした。玲子だけは直接自分の手で競り売りしたいと、鍋山と話がついていた。弁護士の資格を持つだけに、口上はなれたものだ。
「ここに連れだしました女は、田中玲子と申しまして、エリート商社マンのれっきとした人妻です。結婚して五年、ごらんの通り一児の母でもあります」
鮫島は得意になって玲子を紹介した。
玲子の人妻らしい美しさと、子連れということがバイヤーたちの気を引いたらしく、男たちの眼がいっそうするどさを増して玲子をとらえる。明らかに玲子の美しさに驚いていた。
玲子は腰をよじり、弱々しくかぶりをふりつづけていた。鮫島の口上がするどく頭に響く。
「これだけの美女のうえに身体のいい人妻ってのは、ちょっといませんよ。熟しきって今が食べごろ……フフフ、では、さっそく身体のほうを見ていただきます」
鮫島が竜也に眼で合図を送った。
うなずいた竜也が玲子の後ろにまわった。同時に円形の競り台がゆっくりと回転を

うのである。
はじめた。取り囲んでいる男たちに、玲子をじっくりと、まんべんなく見せようとい
「まずは脚から見ていただきましょう」
鮫島がそう言うなり、玲子は悲鳴をあげて腰をよじった。子供が引き離される。
「い、いやッ……あぁッ……」
竜也が後ろから玲子のプリーツスカートをまくりあげていく。わざとゆっくりと美しい両脚を剝きだしにしていく。
「やめて、いやですッ……」
身悶えが男たちを喜ばすだけだとわかっていても、玲子はもがかずにはいられなかった。スカートの下にはパンティをつけていない。そして、あるべき女の茂みは少女のように剃りあげられている。
「ほれほれ、太腿が丸出しになったぜ、へへへ。あと少しでパイパンが丸見えだ」
竜也がわざと屈辱的な言葉を玲子の耳もとでささやき、身悶えをあおる。
「そんなに腰をふると、小便がもれるぜ、奥さん。見せたいのか」
「そんな……ああ、かんにんしてッ……」
「へへへ、小便を見せたらグンと値があがるぜ、奥さん」
竜也はギリギリのところまでスカートをまくりあげた。

「さあ、いかがです。ムチムチの太腿に、足首はキュッと細く締まって。これだけでも身体のよさは充分想像してもらえると思います」
鮫島は誇らしげに、男たちに向かって言った。
玲子の太腿を剝きだしにしただけで、バイヤーたちの眼の光が変わった。熱い吐息がもれた。
「次はおっぱいを見ていただきましょう。子供を産んで熟しきっていますよ」
鮫島は一気に玲子を裸に剝こうとはしなかった。ジワジワと少しずつ剝いて、男たちの興奮をそそる。
玲子のスカートをまくりあげたまま、竜也はゆっくりとブラウスのボタンをはずしていく。
「……かんにんして……」
玲子は鎖を鳴らし、剝きだしの両脚をうねらせて悶えた。
ジワジワと剝かれていくにつれ、競り売りにかけられるという異常さのため麻痺してしまっていたはずの羞恥と屈辱感が呼びさまされる。こんなことなら、ひと思いに裸にされたほうがましだ。
竜也の指はすぐにブラウスの前をはだけようとはせず、チラチラと乳房をのぞかせながらひとつずつボタンをはずした。すべてはずしてから、おもむろにブラウスの前

を左からはだけ、つづいて右もはだけた。
「ああッ……」
玲子は哀しげにのけぞった。ブラウスの前はすっかり開いて、ハッと息を呑むほどの見事な乳房が露わになっていた。九十センチ近くはあると思われる。
「どうです、気に入っていただけましたか。今にもミルクのたれてきそうな人妻の熟れた乳房をとくとごらんください」
要所をよく心得ていて、鮫島は巧みに男たちの情感をあおった。だが、そんなことをしなくても、男たちの眼は玲子の豊満な乳房に吸いこまれていた。白く透けるような乳房は、羞じらいの色を妖しく匂わせ、重たげにゆれていた。
「ワンダフルッ」
白人のバイヤーが思わず叫んだ。
「見事や。子供を産んだというのに、少しも型崩れしとらん。それに張りもあるわ」
「気に入った。はやいとこ、下のほうも見せてえな、フフフ」
そんな声も男たちのなかから聞こえてきた。
竜也は左手で玲子のスカートをまくったまま、右手で玲子の乳房をいじくりまわしてみせた。てのひらで下からすくいあげてゆさぶり、次には指先を食いこませて揉んでみせる。

「い、いやッ……ああ……」
「へへへ、もっと悶えろよ、奥さん。バイヤーたちが喜んでるぜ」
乳房をいじりながら、竜也は玲子の耳もとでささやいた。
「ああ……」
玲子は身悶えつつ、鎖を鳴らしつづけた。
こんなのいやッ……ひと思いに裸にしてッ……。
そんな声がのどまで出かかって、玲子はあわてて唇をかんだ。
鎖に吊られた美貌の人妻が、ブラウスの前から乳房をさらして嬲られ、股間が隠れるギリギリまでスカートをまくられて身悶えしている姿は、全裸よりも艶めかしい。
「剥け。素っ裸にしろ」
「はやく下も見せろッ」
男たちの声が飛んだ。競り会場はしだいに淫らな熱気に包まれはじめた。さすがのプロの男たちも、玲子の美しさを前にして、冷静ではいられなくなったようだ。
「だいぶ盛りあがってきましたところで、いよいよスカートを脱がします。人妻の肉の奥までじっくりと検分していただきます」
鮫島の口上を受けて、竜也はニヤリと笑うと、玲子の双臀をソロリと撫でた。
玲子はヒッとのどを絞った。

「かんにんして、そ、それだけはッ……」
爪先立ちの下半身をよじり、ゆすって玲子は叫んだ。それをあざ笑うように、竜也はスカートのボタンをはずした。
スカートの腰の部分がゆるむ感覚に、玲子はカアッと灼けた。
「い、いやあ……」
「へへへ、裸になるくらいで何を大げさにおびえてやがる。もっとも、バイヤーたちは大喜びだけどよ」
ここでも竜也は男たちを焦らすことを忘れなかった。というより、いつになく玲子が羞恥し、おびえているのをジワジワと楽しんでいるのだ。
ゆるんだスカートの腰のジッパーを少しずつさげていく。それにともなって、スカートの腰のくびれをゆるゆるとすべる。
玲子がノーパンなのは、男たちにもすぐにわかった。スカートがすべるにつれて、裸の臀丘が深い谷間を見せてのぞきはじめる。一寸刻みに引きさげられる。
「ひと思いにむしり取れッ」
興奮した声があっちこっちからあがった。
「何をグズグズしてるんだ。はやく見せろ」
「い、いやッ……ああ……」

「ほれ、もう少しだッ」
「あ、あ……」
もうスカートは、官能美あふれる双臀や下腹をなかば露わにして、かろうじて臀丘のふくらみにひっかけているだけだ。
玲子はもう、身動きすることさえできなかった。そこで竜也はジッパーをさげる手をとめた。
「動くなよ、奥さん。気持ちいいからって悶えりゃどうなるか、わかるな」
「………」
かえす言葉もなく、玲子はかぶりをふった。乳首をしごいてくる指先にたまらず腰をよじったとたん、スカートは支えを失ってスルリと臀丘をすべり落ちた。
「い、いやあッ」
あわてて腰を硬直させても遅かった。スカートは肉感的な太腿をすべって、足もとに落ちていた。
おおッというどよめきが、男たちのなかから起こった。
ビーナスの誕生を見るようだった。細くくびれた腰から太腿にかけての悩ましげな肉づき、欧米の女みたいに形よく吊りあがった双臀と、切れこみの深い臀丘の谷間、そして白くなめらかな下腹部……その見事さは男たちを圧倒するのに充分であった。

片脚を必死にくの字に曲げても、綺麗に剃りあげられた無毛の恥丘がはっきりとわかった。人妻の色香がムンムン匂う。

白人やアラビア人、黒人などのバイヤーも声を失って、血走った眼を玲子の裸の下半身に這わせている。

「フフフ……」

鮫島は低く笑っただけだった。官能美に輝く玲子の裸身を前にして、よけいな口上は不要だ。

玲子は固く両眼を閉じたまま、右に左にと頭をふっている。いくら眼を閉じていても、剝きだしの下半身に前から後ろから、淫らな視線が突き刺さってくるのを、玲子は痛いまでに感じていた。

円形の競り台はゆっくりと回転をつづけ、玲子の裸身を男たちの眼にさらしていく。

「股だ。股をひろげさせろッ。オマ×コを見せるんだッ」

「そうだ、オマ×コを見せろッ」

男たちの声に、鮫島はニンマリとうなずいた。

「わかりました、フフフ。最も人妻らしいところを、最も肝心なところをじっくり見ていただきましょう。オマ×コも尻の穴も、皆さんの期待に充分こたえるものとして、自信をもっておすすめいたします」

口上が終わるや、竜也が玲子の足首をつかんだ。冷たい鎖がそれぞれ足首につながれた。

玲子はハッと眼を開いた。鎖は左右の足首をつなぐものではなかった。二メートルの間隔をもって、左右から別々に玲子の足首をつないでいる。

竜也が競り台のスイッチを入れると、鎖はジャラジャラと床のなかへ巻きこまれ、左右から玲子の足首を引っ張りはじめた。

「そんな、かんにんしてッ……いやです、いやあッ……」

玲子はのどに悲鳴をほとばしらせた。いくら両脚の力をふり絞っても駄目だった。鎖はゆっくりと、だが確実に玲子の足首を左右へ開いていく。

肉感的な太腿がむなしいあらがいに波打ちうねり、悲鳴が泣き声に変わった。

「いやあッ……た、たすけてッ……」

「へへへ、よく見てもらえるように、うんと開いてやるぜ、奥さん。ほれ、もう少しでオマ×コ丸見えだ」

「いやッ……あ、ああッ、いやあッ」

ハイヒールをはいた足が、膝が、そして太腿が、開いていく。肉が引き裂かれていくようだ。もういっぱいまで引きはだけられた内腿が、筋を浮き立ててヒクヒクとつった。それでも鎖はなおも玲子の両脚を開いていく。

「さ、裂けちゃうッ……い、いッ、ひいッ」
開脚の羞恥は恐怖に変わった。
極限まで引きはだけて、鎖はようやくとまった。玲子の両脚は関節がはずれるかと思うまでに、左右へのびきった。
男たちは息を呑んで見守っている。これで終わったわけではない。
「奥さん、まずはオマ×コから見てもらおうな、へへへ」
竜也は玲子にささやくと、両手首を吊っている鎖をゆるめ、まだ残っていたブラウスをむしり取って、玲子をハイヒールをはいただけの一糸まとわぬ全裸に剝いた。
それから玲子を後ろから抱き支えるようにして、上体を後ろへそらした。
「いや、いやッ……ああ、そんなッ……かんにんしてえ……」
玲子は泣きながら竜也の腕のなかでもがいた。腰を軸にして上体を後ろへそらせる。いやでも下腹を前へ突きだす格好になった。
強烈なスポットライトが、前へ突きだされて開ききった太腿の付け根を照らしだす。その照明の熱と男たちの視線を感じて、玲子の頭の芯は真っ赤に灼けた。
「竜也、指で開いて奥までお見せしろ」
鮫島が冷たく言って、ニヤニヤとうれしそうに笑った。

3

うなり声や熱い溜息、そして生唾を呑む音と、一種異様などよめきが男たちのなかから起こった。
突きだされた股間は、あられもなく媚肉の合わせ目をさらけだしていた。それは綺麗に剃毛されているため、妖しい生々しさで男たちの眼を引き寄せた。とても子供を産んだとは思えない、綺麗な形である。
竜也の指がそれを無造作にくつろげ、秘められた媚肉をさらした。
「いやッ……見ちゃ、いや……」
玲子は腰をふりたてながら泣きじゃくった。それがかえって男たちを喜ばすことになるという意識はなかった。
「こりゃ、綺麗な色をしてるじゃないか」
「濡れてるぜ、フフフ。裸に剝かれるだけでお汁ジクジクとは、こりゃ相当敏感だな」
「そそられるねえ」
男たちは眼を血走らせて、身をのりだした。舌なめずりをして、食い入るようにのぞきこむ。嗜虐の欲情がただれた熱気となって、ムンムンとたちこめた。

妖しく蠢くピンクの肉襞からその頂点にのぞく女芯までが、スポットライトにあからさまに照らしだされ、照明に咲いた妖花だった。それは、絶えずジクジクと甘蜜をにじませ、妖花を蜜にまみれさせて輝かした。

ああ、たすけて……。

玲子は唇をかみしばったまま泣いた。これまでとはまるで違う。恥ずかしい媚態を強要されることも、官能に翻弄されて溺れることもない。玲子は人間としてではなく、品物として一方的にあつかわれ、品定めされるのだ。これまでのように官能に身をゆだねることさえゆるされない。

こんなことなら、いっそ……ああ、いつものように、玲子に恥ずかしいことをさせて……。

玲子は胸のうちで鮫島や竜也に向かって叫んでいた。品物としてあつかわれるのはたまらない。無造作に媚肉をくつろげたまま、それ以上のいたずらをしかけてこない竜也の手が、焦れったい。

だが、鮫島はじっくりと男たちに玲子の媚肉を見せるばかりだ。

「このオマ×コの味のよさは保証します。色や形、襞の状態をごらんいただければ、どれほど極上か、もう皆さんには充分わかっていただけるはず」

口上を述べる鮫島の口にも、熱がこもってきた。予想していたとはいえ、女にかけ

ては一流のバイヤーたちが玲子に夢中なのが、愉快でならない。
「充分に仕込んでありますので、かなりきつい責めにもこたえられるオマ×コですよ、フフフ。こんなお買い得はないはずです」
「尻の穴も見せろ」
「わかっております。竜也、尻をごらんに入れるように」
 竜也は玲子の上体を起こすと、今度は前へ倒して双臀を後ろへ突きだささせた。人妻らしいたっぷりと脂肪ののった臀丘を割り開く。
「ああ……い、いや……」
 玲子は豊満な双臀をふるわせ、腰をよじって泣いた。
 媚肉をさらしていた時よりも、激しい

羞恥と屈辱に襲われた。引き裂かれた臀丘を閉じ合わせようと、肉をわななかせる。その肉の動きが、食い入るようにのぞきこむ男たちのうなり声を呼んだ。

「こりゃ、尻の穴も見事なもんだ」

「必死にすぼめてヒクヒクさせるのが、たまらん、フフフ」

「いや、いやですッ、み、見ちゃ、いやッ……ああ、いや……」

玲子は我れを忘れて叫んでいた。

今日までいったい何人の男たちの眼にさらされたことだろう。もうなれているはずなのに、いつになく羞恥が玲子を見舞った。そんな箇所まで物として品定めされるのは、耐えがたい。男たちの視線に、肛門がうずくようだった。

「満足いただけたようですね。尻の穴は、この人妻の身体のなかでも最も弱いところでして、ここを責めるといい声でひいひい泣きます。とくに浣腸責めにかけるには、これほどの尻の穴はないかと存じます」

「い、いやッ……」

「浣腸してアナルセックスをすれば、それこそこのうえない快楽を味わえること、責任をもって受け合います」

鮫島は声を弾ませ、執拗に男たちの欲情をあおりつづけた。鮫島自身も酔いしれている。

男たちの興奮は最高潮に達し、競り会場はただれた空気と熱気に興奮の坩堝と化した。
「ワンダフル、アノ人妻ハ、私ノモノ」
黒人バイヤーが立ちあがって叫んだ。
「ノー、私ガ買ウ」
「おっと、あの人妻を手に入れるのは、わしらの組やで」
負けじとアラビア人やヤクザも立って叫んだ。まだ競りがはじまっていないのに、はやくも玲子をめぐって火花が散る。
「では、さっそくオークションに入りたいと思います。これまでごらんに入れたように、この人妻は極上の一級品ですので、その点を考慮されてふさわしい値をつけてくださるよう、お願いいたします」
鮫島は声高に競りの開始を宣言した。
竜也は玲子の両手を再び天井へ高く吊りあげた。競り台がゆっくり回転して、両脚を無残に割り開かれている玲子の裸身を、今一度あますところなく観衆の眼にさらした。
「五百万ッ」
いきなり声が飛んだ。五百万からはじまるなど、これまで一度もなかった。

「五百五十万」
「それじゃわしは六百万」
「六百五十万だ」
玲子は固く両眼を閉じて、グラグラと頭をふっている。競り値のかけ声がするどく玲子に突き刺さって、そのたびにビクッと裸身がふるえた。玲子は総身が凍って、生きた心地もなかった。競り売られるということを、骨身に感じ取った。
「八百五十万だ」
「九百万ッ」
「一千万ッ、ノー、千百万ダ」
競り値はとどまるところを知らない。とくに石油王らしいアラビア人は、その財力にものを言わせて値を吊りあげ、一千万円の大台にのせた。
だが、関西最大の暴力団や黒人バイヤーも負けてはいない。
「その人妻やったら、いくらでも稼げる。一千万じゃ安いもんや。よし、一千二百万やッ」
「ソレデハ、私ハ一千三百万出ス。ドウシテモ、アノ日本ノ女ガホシイ」
ドッとどよめきが起こった。どこまで値が吊りあがるか、見当もつかない。
自分の身体をどうしてそんなにも男たちは手に入れようとするのか、玲子には理解

できない。
「ああ……」
玲子の身体がブルブルとふるえ、そのふるえがとまらない。
それは競られているという恐ろしさと屈辱のせいばかりではなかった。もう耐える限界を越えた尿意が、玲子の身体をむしばみ、ふるえを誘う。
「あ……あ、あ、鮫島さんッ……」
玲子の声が切迫した。
「フフフ、どうした、奥さん」
「……もう我慢ができないんです……ああ、お願い、おトイレに……」
尿意の訴えを聞くと、鮫島はククッと笑った。玲子がそう言うのを、ずっと待っていたのだ。
「皆さん、競りの途中ではありますが、この人妻が尿意を訴えており、ここでとくに人妻放尿ショウをごらんに入れたいと思います。皆さんはとても幸運ですね」
鮫島は、うれしそうに笑った。ドッと座がわいた。竜也が洗面器を取りだして、玲子の両脚の間に置いた。
「ああ……」
玲子は泣きながらうめいた。身体じゅうにあぶら汗が噴きでて、片時もじっとして

いられないように腰がふるえる。
はじめからこうするつもりでトイレに行くことをゆるされなかったのだとわかっても、玲子は反発を感じる余裕さえ失っていた。
「あ……も、もう……」
「お聞きの通り、人妻はもうおしっこが出ちゃうというわけでして」
「い、いや……あ、あ……」
玲子は泣きながら腰をよじった。その美貌はひきつり、総身は汗にまみれて総毛立ち、それがこのうえなく男たちの眼を楽しませる。
「こりゃ、思わぬ眼の保養ができるねえ、フフフ」
「放尿ショウで競り値をもっと吊りあげようというんだろうが、こればかりは見逃せないぞ」
「ほれ、小便をしてみせろ」
と男たちは声をあげ、上体をのりだす。
男たちの声にこたえるように、竜也は後ろから玲子の腰を抱くようにして、媚肉の合わせ目を左右からつまんで開いた。尿道口をはっきりと男たちの眼にさらす。
「ああ……も、もう、駄目……」
かけくだる尿意は、玲子の失神しかかった意識を灼き、耐えうる限界を越えた。

「……見ないで……あ、あ……」

玲子は唇をかみしばって、最後の気力をふり絞るように言った。

男たちのあざ笑う声が玲子の頭のなかで渦巻いた。

もう自分の意思に関係なく、シヨボシヨボともれはじめた。それはしだいに勢いを増し、堰を切ったようにほとばしって洗面器の底に弾けた。

「あ、あああ……」

玲子の口から、よがり声ともとれる泣き声がこぼれた。

「人妻の清流のごときほとばしりはいかがです。それにこの、気持ちよさそうな顔は、フフフ」

鮫島の声も耳に入らぬように、

男たちは息をつめて玲子を見つめていた。
妖美な放尿ショウが終わると、見ていた男たちはみなホッと緊張が解けた。
それもつかの間、再び競りがはじまった。
「わしは一千五百万出すで。あの人妻は充分それだけの価値がある」
「なんの、こっちは千六百万だ」
「千七百万……」
「二千万ッ、どうや」
放尿ショウの直後とあって、競りはますます過熱していく。だが二千万円の大台にのると、さすがにおりる者が多くなって、競る人数が限られてきた。
玲子は男たちの声をうつろに聞いていた。
もう、どうなってもいい……。
自分の競り値がどんどん吊りあがっていくのが、何か他人事のように思われた。尿意の苦悶からの解放感と、それを見世物にされたという意識が、玲子のなかで被虐の快美を呼びさます。
ああ、何か恥ずかしいことをして……玲子をうんといじめて……。
玲子の肉がそんなあえぎをもらすようだ。ハアッ、ハアッとあえいだ。
もう競り売りにかけられ、どこの誰だかわからぬ奴隷商人に売られる恐怖は、急激

に薄れていた。競られているということさえ、妖しい被虐の快美につながる。
誰でもいいわ……はやく、玲子を買って……ああ、玲子を買っていじめて……。
そんな玲子の胸のうちを、竜也は見抜いたように、
「へへへ、ようやくいつもの奥さんらしくなってきたじゃねえか。責められてえんだろ、奥さん」
竜也はニヤニヤと笑って、玲子の耳もとでささやいた。
玲子は弱々しくかぶりをふった。きっぱりと否定できない自分の身体が、恨めしかった。身体の芯が妖しくうずき、いたぶりを求めるように蠢くのを、玲子はどうしようもなかった。
まだ競り値は吊りあがっていく。
「三千五百万ッ」
肉市場はじまって以来の高値に、会場はどよめいた。これまでは、どんなにいい女でも、せいぜい二千万どまりだった。
三千五百万円もの高値をつけたのは、やはりアラビア人であった。
「三千五百万ッ……ほ、ほかにありませんか、さあ、ございませんか」
鮫島も興奮して声を大きくし、男たちを見まわした。男たちは顔をいまいましそうにしているだけで、声はなかった。

「ございませんね。それではこの人妻は三千五百万円と決まりました。お買いあげありがとうございます」
玲子は足首の鎖をはずされ、爪先立ちの吊りも解かれた。そのまま足もとから崩れ落ちるように、まだ鎖の枷をはめられた両手を舞台の上につくと、
「ああ……ハアッ、ハアッ」
玲子はあえいだ。
よりによって最もいやらしいアラビア人に買われるとは……。
竜也が大型犬の首輪にも似た鉄の輪を、玲子の首にはめた。その輪についた鎖の先を、のりだしてきたアラビア人に手渡す。
「ほれ、新しいご主人様だぞ。ちゃんと礼を言わねえか、奥さん」
竜也が玲子の双臀をはたいた。
あらがう気力は玲子になかった。泣き濡れた瞳をおずおずとあげると、
「……れ、玲子を買っていただき……あ、ありがとう、ございます……」
そうすすり泣く声で言って、玲子は膝と両手をついて頭をさげた。
これからは、このアラビア人に責められるのね……ああ、遠い砂漠へ連れていかれるんだわ……。
玲子の脳裡に、遠く中近東へ単身赴任している夫の面影がよぎった。

「フフフ……」

アラビア人が低く笑って、何か言った。上機嫌である。どうやら玲子の身体をいやらしくほめているらしい。

「フフフ、奥さんほどの美女は、アラブのハーレムにもいないそうだ。三千五百万でも安いと言っている」

鮫島はわざと通訳して玲子に聞かせた。

アラビア人のバイヤーは、すぐには玲子を連れていこうとはしなかった。首輪の鎖をつかんだまま、手をのばして玲子の乳房に触れ、腰をさすり、臀丘を撫でまわす。

「肌ガトテモ綺麗ダ。ソレニ肉モヨク締マッテイル」

「あ……ああ……」

「コノ尻ハ、トクニ素晴ラシイ、フフフ」

アラビア人はかたことの日本語をしゃべった。

玲子はその大きく熱い手が這う感覚に、ブルルッと身ぶるいした。買われた身体をあらためて品定めされるのだ。奴隷という商品としてあつかわれることを思い知らせるような手の動きだった。

そのくせ、男の手の動きに身体が熱くなり、ツーンツーンとうずきだすのを、玲子はどうしようもなかった。

……玲子に、いたずらして……。
ひとりでに四つん這いの両膝を大きく開いていた。指のいたぶりをねだるように、腰が妖しくうねった。
アラビア人がまた、何か言った。鮫島がニヤニヤと笑いながらうなずく。
「この人妻をお買いあげになったお客様は、さっそく浣腸をしてみたいとおっしゃっています。従ってただ今より人妻浣腸責めを、皆さんにごらんに入れます」
鮫島が男たちに向かって言うや、それまでくやしそうに、あるいは恨めしそうにしていた男たちから歓声があがった。
「あのアラビア人、なかなか話せるじゃねえか。フフフ、こいつはおもしろい余興になりそうだ」
「競り負けたんだからしようがないが……こうなりゃ、せめてあのベッピンの浣腸ショウぐらい見なくちゃよ、おさまりがつかねえ」
「ほんまや。それにしても浣腸しがいのあるええ尻しとるで、あの人妻、へへへ」
男たちは口々に騒いだ。
玲子はもう狼狽しなかった。それどころか、浣腸という言葉が耳に入ってくるたびに頭の芯がしびれた。隠れていた被虐の情感が自分でも信じられない激しさでふくれあがった。女の最奥が熱くたぎりだし、肛門がうずきだす。

「へへへ、新しいご主人様にさっそく浣腸してもらえるとは。いい人に買ってもらったじゃねえか。少し演出してやろう」
竜也は玲子の耳もとでささやくと、競り台の横で何も知らずに一人おもちゃで遊んでいる美加を抱きあげた。四つん這いの玲子の背にまたがらせる。
玲子は逆らおうとはしなかった。
「ああ……美加ちゃん……」
子供の名を口にして、玲子は自分の背中をふりかえった。子供は母親の背にまたがって、キャッキャ喜んでいた。もう、こんな雰囲気にもなれてしまったようだ。
「……美加ちゃん、ママは……ママはお尻の穴にいたずらされるのよ……ですから、そこでいい子にしていてね」
そう言い終わらないうちに、アラビア人の太く長い指先が、後ろへ突きだしている臀丘の谷間にすべりこんできた。
「あ、あ、い、いやッ……」
玲子は泣き声をあげて、顔をのけぞらせた。だが、それは拒絶の声ではなかった。ようやく責めを与えられる悦びにおののく、うわずった声だ。
「フフフ、どうやら、そうされるのを待ち望んでいたようだな、奥さん。うれしそうじゃないか」

横で浣腸の準備をしながら鮫島があざ笑った。手伝う竜也もニヤニヤと笑う。

アラビア人の指は、おちょぼ口のようにすぼまっている玲子の肛門をしっかりとらえ、ゆるゆると揉みこんでいた。

それはもう、前の女の媚肉からあふれでた熱いたぎりにまみれ、ヌラヌラと光っている。

「あ、ああ、たまらないわ……」

玲子は驚くほどの敏感さで、堰を切ったように燃え昂っていく。きつくすぼめているのをいやおうなくほぐされ、開かされていく感覚が、めくるめく被虐の快美を呼んだ。

たちまち玲子の肛門は、水分を含んだ真綿のような柔らかさを見せはじめ、ヒクヒクとあえいだ。

ズブズブとアラビア人の太く長い指が、粘膜を縫うように沈んだ。

「ああッ……いッ、いッ、たまんないッ」

悦びに背筋をおののかせ、玲子はブルブルと双臀を蠢かせた。前の媚肉までが身悶えるように、ジクジクとさらに甘蜜をしたたらせた。

「オー、コノ尻ノ穴トテモステキダ。気ニ入ッタネ、フフフ」

アラビア人は指の根元まで埋めこんで、その妖美な感触をじっくりと堪能した。熱

くとろけた腸管が、時には指を食いちぎらんばかりのきつさで、時には熱くとろかさんばかりの柔らかさで指を包んでくる。
指はゆっくりと回転し、前後に動き、指先で腸襞をかくようにして、玲子の肛門をこねくりまわした。
「ハアッ……あ、ああん、あううッ……」
せつなげに唇が開いて、よがり声と泣き声がこぼれた。頭のなかが快美でうつろになる。
もっと……ああ、もっとして……。
そんな胸のうちの叫びが、腰のうねりとなって表われている。もう息をするのも苦しいほどの昂りようだ。
それを横目に鮫島は、洗面器の薬液を巨大なガラス製の浣腸器に吸いあげた。
キィ、キィーッとガラスが鳴った。
「薬液はグリセリンに食用酢をブレンドしてみました。それを三千五百CC。これは効きますよ、フフフ」
鮫島は一升瓶の倍はあると思われる巨大な注射浣腸器をかざして、男たちに見せた。
ドロリと薬液が渦巻いている。
玲子を競り落とした値が三千五百万、それに合わせて三千五百CCの注入だ。

「それでは用意も整いましたので、じっくりと人妻への浣腸責めをお楽しみに……」
鮫島はうれしそうに笑って、巨大な浣腸器をアラビア人に手渡すのだった。

4

男たちは息を呑んで玲子に見とれていた。眼を見張る美貌の人妻が、四つん這いになって背に子供をまたがらせ、浣腸される光景が男心をそそる。
「……か、浣腸して……玲子を浣腸で泣かせてください……」
玲子は後ろをふりかえり、もうとろけた瞳でアラビア人を見ると、声をあえがせた。まるで催促するように、玲子の肛門もふっくらと盛りあがって、ヒクヒクあえいでいる。それから背中の子供を見て、
「ママはお尻に、浣腸されるのよ、美加ちゃん……泣くかもしれないけれど……いいえ、ママは泣くけど、驚かないでね」
そういって顔をうなだれさせた。
もう異国の奴隷商人に売られた身だ。今さらあがいてもどうにもならない。それに玲子は自分の身体が、おぞましい浣腸さえ求めてうずくのを、どうしようもなかった。
アラビア人の指にかわって、太い嘴管の先が深く入ってきた。

「ああッ」
たちまち身体の芯がひきつれ、玲子は顔をのけぞらせた。ガラスの筒の薬液が不気味にゆらめいて、ドクドク流入した。
「い、いッ……あううッ……」
今にもつきそうな感覚にせりあがった。
これまでただされしものにされて、競りの恐怖におののいていただけに、いつになく浣腸される感覚が激しく感じ取られる。薬液はまるで呼吸しているかのように、ドクドクと腸襞に響きわたった。
「あ、ああッ、たまらないわッ……あう、あうッ……ああんッ」
玲子はまるで肛門をアラビア人に犯されているように、あられもなくよがり声を放った。流れこんでくるものをしっかりととらえ、味わおうとするように、腰をうねらせる。
「フフフ、激しいな、奥さん」
鮫島はせせら笑ってからアラビア人を見た。
「どうです。お買いあげになった人妻に浣腸する気分は、フフフ。ご期待通りだと思いますが」
「イイ感ジダ。尻ノ穴モイイシ、泣キ声モイイ。フフフ、最高ノ女ダ」

アラビア人は快美に酔いしれ、ポンプを押しつづけた。
このアラビア人は、女体バイヤーのなかでも肛門好きでちょっと名を知られている。肛虐が高じて、これまで買った女奴隷を何人も駄目にしているいわくつきの男でもあった。
だが、玲子はそんなことを知るはずもない。腰をうねらせ、乳房をあえがせてよがり泣くばかりだ。
「ちくしょう。たまらねえぜ。なんて色っぽい顔してやがるんだ」
「あんな人妻を自由にできるとは、奴がうらやましいぜ」
食い入るように見ている男たちのなかから、そんな溜息にも似た声が出た。どんなに玲子に手を出したくとも、もう玲子はアラビア人のものと決まっている。男たちは皆ただ指をくわえて見ているしかなかった。
玲子は子供を背にまたがらせたまま、よがり声をあげ、泣き、うめきながらアラビア人の手で浣腸されていく。
玲子が身悶えるたびに、子供がゆれた。お馬ごっこでもしている気なのだろう。子供はあどけない笑いをこぼして喜んでいた。
「ああ、美加ちゃん……ママは浣腸されて、たまらないわ……きついの」
そんな玲子が男たちをゾクゾクさせた。

玲子の腸管でジワジワと便意が湧きあがった。玲子はその便意にさえ被虐の快美を感じ、よがった。
ああ、前にも触って……欲しい、前もいたずらして……。
アラビア人はわざと媚肉には触れてこないのだが、それが焦れったく、せつなさをかきたてる。
前にも欲しい……そう思うと、玲子はもうこらえきれなくなった。
「ね、お願い……」
玲子はよがり声にむせびながら、うつろな瞳をアラビア人に向けた。
「お、お願い……前にも、いたずらして……」
「ナンダ、浣腸ダケジャ、気ヲヤレナイノカ」
「ち、違うわ……前も後ろも、両方責めてほしいの……」
汗の光る玲子の美貌が、カアッと灼けた。四つん這いの裸身が、匂うようなピンク色にくるまれるのが、男たちにわかった。
ニヤリと笑ったアラビア人は、一度に五十ＣＣずつに区切って、ピュッ、ピュッと断続的にポンプを押しはじめた。同時に浣腸器をゆっくり回転させ、嘴管で玲子の肛門をいびりはじめた。
玲子は狼狽した。

「そ、そんな……ああ、そんなにされたら、お尻だけでいっちゃうわ……前にも、してッ」
玲子がそんなことを言ったので、男たちはゲラゲラと笑った。
「尻だけで気をやれるとは、たいした尻の穴じゃねえか」
「ほれ、気をやらんか。浣腸だけで気をやってみせるんだ、へへへ」
男たちが玲子をからかう。
そんなからかいも聞こえないように、玲子は嘴管を食いしめて腰をうねらせ、ひッ、ひッとのどを絞った。いくら哀願しても、アラビア人は、前の媚肉に触れてこようとはしなかった。
「鮫島さん……あ、あああ、して、前も責めて……お願いッ」
「フフフ、もう奥さんはアラビア人に売ったんだ。おねだりする相手が違うぞ」
鮫島と竜也も笑って見ているばかりだった。
玲子の身体のふるえが大きくなって、切羽つまった泣き声が生々しさを増した。
「あ、あッ……玲子、もう……」
そう言う間にも、まるで津波のように官能の大波が押し寄せてきた。一気に灼き殺されるようだ。
「ああッ……ああッ、いくッ……」

玲子は伏せていた顔をガクンとのけぞらせ、双臀をブルブルとふるわせた。総身が恐ろしいまでにひきつれた。
だが、それで終わったわけではない。巨大な浣腸器はまだ半分も薬液を注入しておらず、ピュッピュッと射精をつづけている。
グッタリとなる余裕も与えられず、玲子はひッ、ひッとのどを絞りつつ、双臀を痙攣させた。
「も、もうッ、ああ、狂ってしまいますッ……ああ、またよッ」
玲子はつづけざまに気をやる。泣き、うめき、悲鳴にも似たよがり声をあられもなく絞りだしながら、汗まみれの女体をのたうたせて、何度も痙攣させた。
「ああ……いいッ……た、たまんないッ」
白い歯を剝き、口の端から涎れさえたらしながら、玲子はよがり狂った。めくるめく官能の絶頂感が持続する風情だ。
「たいしたもんだ。こりゃ三千五百万も出すのがわかる気もするぜ」
「あの綺麗な顔とムチムチの尻で、ああよがられちゃ、どんな野郎もいちころだな」
「見ろや、色っぽい顔してやがるぜ。クソ、たまらねえ」
男たちは我れを忘れて見とれ、うなるように言った。今さらながら競り負けたのが惜しまれる。

それに較べてアラビア人のほうは、勝ち誇ったように浣腸責めを楽しんでいた。
「ソンナニ気持チガイイカ、フフフ、コレデ終ワリト思ウナヨ」
アラビア人は、思わせぶりにククッと笑った。浣腸器のポンプを押す手をいったんとめて、何やら取りだした。
手にキラリと光るものがあった。長さは五センチはあろうか。長いマチ針である。それに気づいた鮫島と竜也は、玲子の両足が動かないように床の鎖をつないだ。手枷の鎖も床の鉄の輪につなぐ。
これで玲子は立ちあがることはおろか、四つん這いの姿勢を崩すこともできなくなった。
「フフフ、どうやら新しいご主人様は、奥さんを喜ばしつづけるほど甘くないよ

うだ」
「まあ、せいぜいいい声で泣くんだな、奥さん。奴隷商人がどんなものか、よく思い知ることだ」
鮫島と竜也が言うなり、アラビア人の手のマチ針がいきなり玲子の臀丘に突き刺された。
「ひいいッ……」
絶叫をあげて、玲子は弾けるようにのけぞった。それまでの快美も、いっぺんに消し飛んだ。
ズブズブと刺してからサッと抜く。抜くと今度は浣腸器のポンプを押した。そしてまた針が襲う。官能美あふれる豊満な双臀の、最も肉づきのいいところを狙って刺すのだ。
「ひいいッ……、ひッ、ひッ、きいッ」
玲子は白眼を剥き、かみしばった歯から凄惨ともいえる悲鳴を噴きあげた。
ただ刺すといった生やさしいものではなかった。深く臀丘の肉を貫き刺すといった感じだった。
「針は、針はいやあッ、かんにんしてッ……ひッ、ひいいッ」
眼の前が暗くなり、激痛の火花が散った。

「こいつはたまらねえ。いい声で泣くじゃねえか、へへへ」
「いいぞ、もっとやれ。もっと泣き声を聞かせろ」
興奮した男たちの声が飛びかった。マチ針と浣腸器が交互に玲子の双臀を責め苛んだ。
「さ、刺さないでッ……言われた通りに浣腸されているのに、どうして……針はいやあッ」
そんなことを言っても通じる相手ではなかった。理由などなく、ただ針責めと浣腸責めを楽しんでいるのだ。
ひいいッ……また玲子の身体が弾けるようにのけぞり、腰がガクガクとはねあがった。
このアラビア人は、鮫島や竜也よりずっと恐ろしい変質者なんだわ……。
そのことを玲子は、身体で思い知らされていた。
永遠の地獄の時の流れのようであり、玲子は本当に責め殺されるのではないかと思った。マチ針と嘴管の交互の責めは、三千五百ＣＣもの薬液がすっかり注入されるまでつづいた。
そして、ようやく浣腸器が最後の五十ＣＣを注入し終わり、マチ針と嘴管とが引き抜かれた時には、玲子は息も絶えだえだった。

「ハアッ、ハアッ……ああ、死んじゃう……」
玲子はおびえて、ブルブルとふるえていた。アラビア人を見ただけでも、ひッとおびえおののく。総身はしとどの汗にぐっしょりで、顔は血の気を失って蒼白だった。アップにセットしてあった黒髪はほぐれ、バラバラに乱れている。頬や額に乱れた髪がへばりついていた。
「へへへ、だいぶこたえたようだな、奥さん。だが、こんなのはまだ序の口、ハーレムに行きゃ」
「はじめから、あんまりおどすもんじゃないぞ、フフフ。あとはハーレムに行ってからのお楽しみだ」
玲子の顔をのぞきこんで、鮫島と竜也はへらへらと笑った。
それにこたえる余裕は、玲子にはなかった。玲子を責め苛んだのは、マチ針と嘴管ばかりではない。大量に注入された強烈な薬液が、キリキリと腸襞をかきむしり、便意となって荒れ狂った。
「う、ううッ……」
玲子はじっとりとあぶら汗をにじませつつ、裸身をワナワナとふるわせ、唇をかみしめた。声を出せば一気にもれそうだ。
「マダダ。マダ出スナ」

アラビア人の手に、マチ針が光った。ひりだせば針を使うとおどしているのだ。

ひッと玲子は四つん這いの裸身を硬直させた。歯をかみしばり、必死の思いで肛門を引き締める。腸管がグウッと鳴った。もう少しも気を抜けなかった。

ああ、どうすればいいの……お腹が裂けそうだわ……。

おびただしい量を呑まされて、いつまでも耐えられるはずはない。ググッと荒々しい便意がかけくだって、今にもほとばしりそうになる。

「ああもう我慢が……うむ、ううむ、出ちゃうッ」

「フフフ……」

アラビア人がマチ針をかざして、ニヤリと笑った。

玲子の瞳が凍りつき、弾かれるように悲鳴が噴きあがった。

「いやあッ、針はいやッ……もう、もう、いやッ」

激しいまでに玲子はおびえた。歯をキリキリかんで必死に便意をこらえる。背筋に寒いものが走り、内臓がかきむしられるような苦しさだ。

「く、苦しい……う、うむむ……」

玲子はあぶら汗を噴いて泣き、うめいて悶えた。片時もじっとしていられず、絶えず腰が蠢いた。今にも気が遠くなりそうになる。そのたびに玲子は気力をふり絞った。

玲子の気力を支えているのは、針責めへの恐怖だ。

「フフフ、主人が変わると、同じ浣腸でもずいぶん変わるだろ、奥さん。ひりだすのを見られるのもたまらないが、ひりだせないってのもいいもんだろ」
鮫島は意地悪く玲子に語りかけた。
もう鮫島の声も聞こえていないのだろう。玲子は苦悶のうめき声をもらすばかりだ。
「そうそう、言い忘れてたが、奥さんの新しい飼い主は子供はいらないと言っている。フフフ、従って美加ちゃんは次の市場で、競りにかけることになったぞ」
鮫島はしばらく間を置いてから、もう一度言った。
「ハーレムへ連れていかれるのは、奥さんだけだ。子供はほかのバイヤーに売ることにした、フフフ」
玲子の苦悶の顔が、ハッとあがった。唇がワナワナとふるえ、すぐには声も出ない様子だった。
そんな玲子の顔を、アラビア人ものぞきこんでニヤリとした。
「子供ハ、ハーレムデイクラデモ産マセテヤル、フフフ」
玲子はすべてをのみこんだようだった。蒼白な美貌を、今にもわあッと号泣せんばかりにひきつらせると、
「い、いやあッ……いや、いやよ、いやあッ……ああッ」
激しく顔をのけぞらせ、悲愴な絶叫をほとばしらせた。

「いや、いやあッ……それだけはッ、子供をほかの人に売るなんて、ひどいことはかんにんしてッ」
「牝奴隷のくせに、そんなわがままが通るとでも思ってるのか、奥さん」
「お、お願いッ……れ、玲子から子供を取りあげないでッ……ああッ、いやあ……」
いくら泣き叫んで哀願しても無駄だった。アラビア人はニヤニヤと笑うばかりで、玲子の肛門をのぞきこんでいる。
玲子は大粒の涙をポロポロこぼして、悲愴な哀願をくりかえした。今の玲子にとって、美加は、愛する夫と自分とを結びつけている唯一のよりどころなのだ。これまでも玲子は、我が子を守る一心で、どんな辱しめにも耐えてきた。
「玲子はどうなってもいいッ。どんな、どんなことでもされますから、子供だけはッ……お願い、子供を取らないでッ」
「新しいご主人のどんな責めでも、自分から喜んで受けるというんだな、奥さん」
玲子はガクガクとうなずいた。我が身をかえりみる余裕はなかった。
「フフ、もうわかってると思うが、彼の責めはきついぞ。俺たちとは違って、女を泣かせ苦しめることしか考えていない男だ」
「ど、どんなにきつくてもいいわ……玲子は、玲子はどうなってもいいんです……」
「そこまで言うなら、俺のほうから子供もいっしょに連れていくよう頼んでやっても

いいぞ」
玲子はすがるように鮫島を見た。子供といっしょにいられるなら、どんなことでもする気だった。
「ただし、奥さんの言ったことが本当かどうか、試してからだ。わかるな」
鮫島はそう言って、ククククッと笑った。男たちは息を呑んで、鮫島と玲子とのやりとりを見ていた。
もう迷っていることは、玲子にはゆるされなかった。泣き濡れた瞳で、アラビア人をふりかえって、わななく唇を開いた。
「お、お願い……お尻の穴に栓をして……ああ、もう出ちゃうの……栓を、栓をして、玲子をもっと苦しませて……」
玲子は泣きながら言った。荒れ狂う便意はもう、耐えうる限界を越していた。
「は、はやく……お尻の穴に栓をして……」
アラビア人は黙ったまま、ねじりの入った太いロウソクを取りあげた。すでにオイルが塗られて、ヌラヌラと光っている。
ロウソクの先が荒々しく押しつけられると、ググッとねじりこまれた。必死にすぼめている肛門の粘膜が、むごく強引にロウソクのねじりに巻きこまれていく。
「あ、あ……うむ、うむむッ」

玲子は凄惨な苦悶の表情をさらして、双臀をのたうたせた。
ねじりにそって拡張されていく肛門の感覚が、いっそう激しい便意をかけくだらせた。だが、ロウソクは栓と化して出口を封じている。あまりの苦しさに、眼の前が暗くて気が遠くなりそうだった。だが、ここで気を失うわけにはいかない。
「うむッ、も、もっと深く入れて……栓を、栓をして、針で、ううむ、うむッ……針を玲子のお尻に刺して……」
あれほど恐れていた針責めを、玲子は自分から求めた。
ドッと座がわきたった。

第十四章　肛悦地獄

競り落とされた人妻奴隷

1

グッタリと気を失っている玲子を抱いて、鮫島と鍋山は浴室に入った。
「まったくいい女だ。こんな上玉をあんなアラビア野郎に売っちまうなんてもったいない話ですぜ、鮫島先生」
「なあに、このままくれてしまうつもりはない。一年ほどハーレムで色修行を積ませたら、取りもどすさ」
鮫島は意味ありげに笑った。
そのための手はすでに打ってある。鮫島を玲子の調教師として中東へ同行させることを、玲子を売る条件として、アラビア人のバイヤーに同意させてあった。
「その時は女をぜひうちの組で、へへへ」

「そのつもりだよ、フフフ。そのかわり、取りもどす時は若頭の力を借りることになる」
そんなことを話しながら、鍋山と鮫島は左右から玲子をはさむようにして、浴槽につかった。ザーと湯があふれでた。湯の温かさが肌にしみわたり、玲子は右に左にと顔をふるようにしてうめいた。針責めを加えられた臀丘に湯がヒリヒリとしみて、浣腸にただれた肛門がうずく。
ハアッ……玲子は息を吐いて、うつろに眼を見開いた。湯気がたちこめる浴室、そして鮫島とヤクザの鍋山がニヤニヤと笑っているのが見えた。
「しっかりするんだ、奥さん。針責めはだいぶこたえたようだな」
「こんなんでのびてちゃ、あのアラビア人の相手はつとまらねえぜ」
双臀を撫でられ、乳房をいじりまわされて、玲子はハッと我れにかえった。恐ろしい女体の競り市、自分を競り落としたアラビア人、そして凄惨な針責め……それらがドッと甦ってきたが、真っ先に頭に浮かんだのは我が子のことだった。
「ああ、み、美加ちゃん……美加はどこ、どこにいるのッ」
子供の姿をさがし求めても、美加の返事はない。浴室にいるのは、玲子のほかは鮫島と鍋山の二人だけだった。
「美加はどこです……ああ、美加をかえしてください。売らないで、お願い」

「そいつは奥さんの態度しだいだと言ったはずだ。子供を売られたくなけりゃ、せいぜい新しい主人の機嫌をとって、牝奴隷になりきることだ」
鮫島は冷たく言い放って、玲子の双臀をゆるゆると撫でまわした。鍋山も乳房をいじる手をとめない。
玲子は今にもベソをかかんばかりの顔つきで鮫島を見た。唇がワナワナとふるえている。だが、我が子と引き離されて別々に売られるとあっては、玲子に我が身を案じる余裕はなかった。
「……れ、玲子はどうなってもいいわ……どんなことでもされます。ですから、子供だけはたすけて……」
必死の思いで言うと、玲子は肩をふるわせて嗚咽しはじめた。
鮫島と鍋山は顔を見合わせて、ククククッと笑った。嗜虐の血が騒ぐ。
「どんなことでもされるか、フフフ。もっともいやだと言っても、アラビア人がいろいろやってくれるがねえ」
鮫島がからかえば、ふだんは口数の少ない鍋山までが、
「アラビア野郎の責めはきついぜ、奥さん。針責めなんてほんの序の口だ。ガキのことを気にする余裕なんかなくなるぜ」
「い、いや……玲子から美加を奪わないで……あの子がいなければ……」

「へへへ、どうせガキも大きくなりゃ、奥さんと同じ牝奴隷にされちまうんだ。ガキのことはもうあきらめたほうが利口だぜ、奥さん」
鍋山が言い終わらないうちに、玲子は激しくかぶりをふって、悲鳴にも似た泣き声を張りあげた。
「いやあッ……こ、子供だけはいや、いやですッ。どんなひどい責めも、玲子は喜んで受けますからッ」
「そこまで言うなら、どこまで耐えられるか、ひとつじっくり見せてもらおうか、へへへ。奥さんの言うことに嘘がなけりゃ、ガキを売らねえようにアラビア野郎を説得してやるぜ」
そう言って鍋山は鮫島と顔を見合わせ、また笑った。玲子の肛門を犯らせろ……鍋山の眼はそう言っていた。まだ玲子を抱いていない鍋山は、焦れて眼の色が変わっている。
鮫島はニンマリとうなずいた。
「奥さん、鍋山若頭がアナルセックスをしたいそうだ。サービスしな」
「そ、そんな……」
「ものを頼んだら礼をするのが当たり前だぞ。とはいっても、奥さんは素っ裸。フフフ、このムチムチとした身体で頼むしかねえだろうが」

鮫島は玲子の両手を浴槽の縁につかせると、両脚を大きく開かせて双臀を高くもたげさせた。鍋山の眼の前にムチッと官能美あふれる玲子の双臀が、湯にヌラヌラと光って浮かびあがった。
「いい尻してやがる。そそられるぜ」
鍋山は舌なめずりすると、ねちねちと玲子の双臀を撫でまわした。玲子は唇をかんですすり泣くだけで、されるがままになった。
み、美加……。
鮫島は自分をアラビア人に売っただけでは飽きたらず、ヤクザの鍋山にまで何かと嬲りものにさせる。そう思っても、子供の美加を思うと、玲子になす術はなかった。
「それじゃ尻の穴を見せてもらおうか」
「フフフ、手伝おう、若頭」
鮫島が、弾力性に富んだ臀丘に指先を食いこませ、臀丘を割って肛門をさらけだした。浣腸責めにかけられたのが嘘みたいに、ぴっちりとすぼまっている。
「可愛い尻の穴をしてやがる。ここが何度も浣腸され、鮫島先生の太いのを呑みこんだとは信じられねえ」
「鍋山若頭の真珠入りのでかいのだって、楽に入るよ。奥さんの肛門は伸縮性が豊かな極上品だからねえ」

鮫島は自慢げに言った。
いったい何人の男たちに玲子の肛門を犯させただろう。生きた蛇にまで犯させた。そのことを鮫島は得意になってしゃべった。
「今じゃオマ×コより尻の穴のほうが感じるってわけだ。相当好きだぞ、この尻は、フフフ」
「そいつは楽しみだ。どれ、たっぷりと味わわせてもらうか」
鍋山は指に石鹸をまぶすと、玲子の肛門に無造作に突き立てはじめた。揉みこむようにして、ゆっくりと肛門の粘膜を指で深く縫っていく。
「あ、ああ……」
きつくすぼめた肛門をいやおうなくほぐされ、貫かれていく感覚に、玲子は背筋をおののかせながら、うわずった声をあげた。
おぞましい排泄器官を嬲られる屈辱、背徳感とは裏腹に、たちまち身体の芯が妖しくうずきだし、燃えはじめる。いや、肛門を犯されると聞いただけで、もう身ぶるいが出るほど身体が悦びに反応してしまった。
「あ、あ……ああ……ハアッ」
ジワジワと鍋山の指は沈んだ。
「へへへ、クイクイ締めつけてきやがる。そんなにいいのか、奥さん」

「あ……あうッ……」
指で肛門を貫かれただけで、玲子の身体がカアッと灼けて、昇りつめそうになった。あわてて唇をかみしばった。もう固くすぼまっていた玲子の肛門は、太い指を深々と呑みこまされて生々しく開花し、指の付け根をヒクヒク食いしめていた。
ブルッ、ブルルッと玲子の裸身に悦びのふるえが走る。それをあざ笑うように、鍋山はゆっくりと指を抽送させた。
「ああッ……あうッ、ああッ……」
「敏感だな、奥さん。これで俺のでかいのをぶちこんでやったら、一発で気をやりそうじゃねえか」
「あうう……た、たまらないわッ、感じてしまう……はやく、お、お尻にしてッ」
今にも果てそうな感覚がググッとせりあがってくるのにこらえきれず、玲子は双臀をうねらせて狂おしく求めた。頭のなかが灼けてうつろになる。
「フフフ、オマ×コのほうはもうビチョビチョだよ、鍋山若頭。そろそろいいようだぞ」
媚肉の合わせ目に指先を分け入らせた鮫島は、そこがヌルヌルにとろけているのを確かめてから、鍋山を誘った。
アラビア人にないしょでつまみ食いをするのだから、そうゆっくりもしていられな

い。玲子の双臀を押さえつけるようにして、鮫島は臀丘を両手でさらに引きはだけた。
「フフフ、ほれ、もっとおねだりしないか、奥さん」
「ああ、お尻にして……玲子のお尻の穴を、うんと深くえぐってください……はやく、入れて……」
玲子は我れを忘れて狂おしく頭をふり、肛姦を求めた。強要された演技ではなく、もう肛交の背徳にとりつかれた女の性が求めるのだ。
「お願い、お尻の穴に入れてッ……玲子、我慢できない、指じゃ駄目ッ」
「言うじゃねえか、奥さん。よしよし、たっぷりぶちこんでやるぜ」
鍋山は玲子を犯すのはこれが初めてだ。胴ぶるいが出て、声がうわずった。玲子から指を抜いて立ちあがる。
「いつ見ても若頭のはすごいねえ」
鮫島はあきれたように言った。黒光りする鍋山の肉塊は、いくつも真珠を埋めこんで見るからにグロテスクだ。
鍋山はそれを玲子の臀丘に押しつけ、こすりつける。そのたびに、ふっくらとほぐれた玲子の肛門が、あえぐようにヒクッ、ヒクッと蠢いた。鍋山を求めるように、双臀がうねりながらさらにせりだされた。
「は、はやく……焦らさないでッ」

「激しいな、奥さん。そんなにしてほしいのか、へへへ」
「して、してほしいわッ……玲子のお尻の穴に入れてくださいッ。焦らしちゃ、いや」
先端を玲子の肛門に押し当てると、鍋山はゆっくりと力を加えた。
ああッと玲子の下半身が、悦びにわななないた。ジワジワと玲子の肛門が拡張され、太い肉塊の頭がめりこんでいく。頭の芯がカアッと灼けただれた。
「あ、ううッ……ああ、たまんないッ……」
「いい声で泣きやがる、へへへ。できるだけ深く入れて、もっとたまらなくしてやるぜ」
鍋山は肉塊の頭をもぐりこませると、あとはからみつく粘膜を引きずりこむようにして、一気に根元まで押しこんだ。
「い、いいッ……ひッ、ひッ……」
玲子は白い歯を剝いて顔をのけぞらせた。電撃にも似た快美の感覚が、肛門から背筋を走り抜けた。たちまち官能の絶頂へと昇りつめる。
「あむ、ううッ……いくッ……」
玲子はキリキリと鍋山を食いしめながら、グンとせりあげた腰に、何度も生々しい痙攣を走らせた。

両脚が力を失ってガクッと崩れ、湯のなかに沈みそうになる玲子の身体を、鍋山と鮫島は抱き支えた。
「鍋山若頭。奥さんの尻の穴の味は、どうかな、フフフ」
「いい感じだ。これじゃ競りにも熱が入ったわけだぜ。こうきつく締めつけられちゃ、並みの野郎じゃいちころだな」
きつい収縮力と粘着力、そして奥まで引きこんでいく吸引力に、さすがの鍋山も舌を巻く思いだった。
「ぶち入れただけで、一発で気をやるとはよ、へへへ。好きなんだな、奥さん。まだまだ、もっとズンとよくしてやるぜ」
鍋山は玲子の腰を深く抱きこんで、突きあげはじめた。一回一回杭を打ちこむように、玲子の腸管を深くえぐりこむ。
とたんに、グッタリとしていた玲子が、ビクッとふるえて顔をあげた。
「あむむ、そんな……な、なんなの、いつもと違うわッ、うむ、ううッ」
玲子は狼狽の声をあげた。鍋山に犯されているというのに、まるでネジリ棒を抽送されているようだった。
「変、変だわ……ああ、たまらない……」
「若頭のには真珠が何個も埋めこんであるからねえ。そいつがこすれて、たまらない

ってわけだ、奥さん」
「あううッ、そんなことって……」
気もそぞろになる肉の快美に、玲子は顔をのけぞらせて身ぶるいした。いっぱいに押しひろげられた肛門の粘膜に、真珠の突起がこすれるたび、狂おしいまでの快美の電流が身体の芯を走る。それが玲子を浮遊させた。
「こ、こんなの初めてだわ……あうッ、い、いいッ……」
玲子は我れを忘れて汗と湯にまみれた背中をあえがせ、乳房をゆすりたてて腰をうねらせはじめた。あられもないよがり声が噴きこぼれる。
肉悦にうながされあやつられる、美しい牝になりさがった。白い歯を剝き、鍋山をキリキリ締めつけつつ、腰をゆすりたてた。玲子は白眼さえ剝いて、よがり狂った。
「ああ……いいッ……た、たまんないッ、もう、もう……」
「なんだ、さっき気をやったばかりだってのに、また気をやるのか、奥さん」
「尻の穴だけで、そこまで悦べりゃ立派なもんだぜ、へへへ。どんどん気をやりな」
鮫島と鍋山がのぞきこんだ玲子の顔は、黒髪をザワザワ鳴らし、凄惨なまでに愉悦のきわみにゆがんでいた。
「お、お尻が狂うッ……あ、ああ、いくッ」
はらわたを絞るようにうめき叫んで、玲子は生々しく顔をのけぞらせ、汗まみれの

裸身をブルルッと激しくふるわせた。だが、鍋山は玲子をゆるさない。いまわの収縮に耐えながらも余裕をもって玲子を責めつづける。
「かんにんして……ああ、玲子、狂ってしまいますッ……」
「バカ言うんじゃねえ。まだはじまったばかりじゃねえかよ。お楽しみはこれからだぜ」
鍋山がせせら笑えば、鮫島は前から玲子の股間に指をもぐりこませて媚肉をまさぐりながら、
「オマ×コのほうにも入れてほしいんだろ。奥さん、ものたりないはずだぞ」
綺麗に剃毛されて剝きだしになっている玲子の媚肉は、奥の奥までいっぱいに甘蜜を吐いて、灼けるようになっていた。肉襞が淫らなまでにあえいでいる。
鍋山は鮫島がやろうとしていることがわかって、玲子の乳房に両手をのばしてわしづかみにすると、上体を抱き起こした。前から鮫島がニヤニヤしてまとわりついてくる。
「フフフ、サンドイッチにしてやるぞ、奥さん。さっきからそうされるのを待ち望んでいたんだろ」
「ああ、そんな……待ってください、少し待ってッ」
玲子は泣き声をひきつらせた。鍋山に肛門を犯された時から、二人がかりで前と後

ろから嬲られることは覚悟していた。
だが、鍋山の肛姦で玲子はたてつづけに官能の絶頂に昇りつめさせられ、絶頂感が連続している状態に落としこめられている。このうえ、前にまで鮫島が押し入ってきたらと思うと、自分の身体がどうなるか恐ろしかった。
「待ってッ……ああ、玲子、狂っちゃうッ」
「今のうちに、うんと楽しんでおくんだな、奥さん。ハーレムじゃ女を悦ばせるなんて甘いことはしてくれないからねえ」
「あ、ああッ……あううッ……」
火のような鮫島の肉棒が、ジワジワと媚肉に分け入ってきた。いくら腰をよじってそらそうとしても、後ろの鍋山が太い杭でつなぎとめて玲子の腰を前へ押しだす。
「ああ、たまんないッ……気が狂っちゃう」
顔をのけぞらせ、黒髪をふり乱し、あえぐ唇から泣き声を噴きこぼしながら、玲子は裸身を揉み絞った。
薄い粘膜をへだてて、前から押し入ってくるものが後ろのものとこすれ合った。バチバチと官能の火花が散り、それが火と化した体内を走り、灼けただれさせる。
鮫島が押し入ってくるのを待ち焦がれていたように、肉の襞がいっせいにざわめきつつからみつくのが玲子にわかった。

　鮫島はからみついている肉襞を引きずりこむように、一気に奥まで押しこんだ。ズンという感じで先端が子宮に達した。
「ひッ、ひいッ……死んじゃうッ、あああッ、いく、いくッ」
　玲子は白眼を剝いて、ガクガクと鮫島と鍋山の間でのけぞった。
「そんなにいいのか、奥さん。グイグイ締めつけてくるじゃないか」
「こっちも食いちぎられそうだぜ、へへへ。まったくたまらねえ女だぜ、奥さんはよう」
　鮫島と鍋山は前後からリズムを合わせ、玲子を突きあげはじめた。肉の二重奏を玲子に送りこんでいく。
　人並み以上の硬くたくましいものが、粘膜をへだててこすれ合いながら動いて

いる。身体の芯が灼けただれ、頭はうつろになって息がつまるほどの悩乱だった。
「あ、あああ……死ぬ、死んじゃう……い、いいッ……」
二人の男の間で、玲子の身体は揉みつぶされるようにギシギシときしんだ。ドッと汗が噴きでて飛び散り、湯が激しく波立つ。
もう玲子はあやつられるままによがり、泣き叫び、そしてうめいた。のけぞらせた口の端から涎れをあふれさせながら、玲子の腹の底からこみあげる肉の快美に悶え狂った。
ひいッ、ひいッとのどを絞る。その顔が苦悶に近いのは、それだけ愉悦が激しく大きいことを物語っていた。
「激しいな、へへへ、これだけ激しく反応すりゃ、もう立派な牝ですぜ、鮫島先生。それをアラビア野郎に渡すとは、まったく惜しい」
「まだまだ、ハーレムで修行させて、どんな責めにでも感じるマゾ牝に仕込まなくちゃねえ。それも亭主の前でだ」
「へへへ、先生はこわいお人だ。ヤクザも顔負けですぜ」
鍋山は、鮫島の玲子への思い入れの深さ、執念のようなものを感じた。
だが、そんな話も聞こえないように、玲子は口から涎れを流しっぱなしにして、ひいひいとよがりつづけていた。いつしか玲子の両手は鮫島に抱きついて、狂ったよう

に自分からも腰をゆすりだしていた。
「たまらないわッ……いッ、いいわッ……玲子、狂う、狂うわッ、いいッ……」
身体じゅうが官能の炎に灼けただれ、玲子は二人の男に同時に犯されている被虐の快美を、恐ろしいまでに感じ取っていた。
「あ、また、またよッ……あああ、きてえ……玲子といっしょにッ」
絶頂感が持続するなかで、玲子はいく度となく昇りつめる。
「そろそろラチをあけてやるか。アラビア人をあんまり待たせるわけにはいかんしな」
「こっちはいつでもいいですぜ、先生」
鮫島と鍋山は玲子をはさんでニヤッと笑った。呼吸を合わせ、いちだんと強く深く突きあげだした。
たちまち玲子の身体が、のびあがるようにしてそりかえった。
「ひいッ……ひッ、ひッ、い、いくうッ」
悲鳴にも似た声を、のけぞらせたのどの奥から絞りだした。激しい収縮がキリキリと鮫島と鍋山を見舞った。
それを確かめてから、鮫島と鍋山は最後のひと突きを与えた。耐えていたものをドッと噴きあげる。

「ひいいッ……」

ガクガクとのけぞりながら、玲子は灼熱のほとばしりを子宮と腸腔に感じ取り、総身を痙攣させた。頭のなかが真っ白に灼けつき、そのまま眼の前が暗くなった。

思いっきり気をやって、グッタリと力の抜けた玲子を、鮫島と鍋山が湯のなかから抱きあげてバスマットに横たえた。両手に石鹼を塗って、玲子の身体を洗いはじめる。

「それだけ気をやれば、身体も充分ほぐれたはずだ。これでアラビア人のきつい責めを受ける用意もできたというわけだ」

「だが今までのようにはいかねえぞ、奥さん。快楽のあとは地獄だぜ、へへへ」

そう言っても、玲子はおどろに髪を乱した顔を横に伏せ、なすがままに肩をあえがせている。観念しきってというより、まだ絶頂感の余韻にひたりきっているのだろう。

2

身体を洗い清められた玲子は、組専属の美容師の手で綺麗に化粧を直され、黒髪をセットされた。

鮫島と鍋山の手で身体じゅうに美容クリームを塗られ、股間には香水をすりこまれた。とくにムチッと悩ましく盛りあがった臀丘には、たっぷりと美容クリームが塗り

こめられ、湯あがりのピンク色がヌラヌラと光った。
「このムチムチの尻は、アラビア野郎がとくに気に入ったようだからよ。これだけみがきあげとけば大喜びするぜ、へへへ」
「女にとっては悪魔のような男だが、奥さんを三千五百万もの大金で競り落としたんだ。新しい主人として、せいいっぱい牝奴隷のつとめを果たすんだぞ、奥さん」
可愛い子供のためにもな……そうつけ加えることを、鮫島は忘れなかった。
玲子はもう、何も言わなかった。どんなにひどいことが待ち受けていようとも、我が子を守るためにはじっと耐えるしかない。
ああ、美加ちゃん……。
玲子は唇をかんだまま、あきらめとおびえの入り混じった顔をうなだれさせた。
その首に革の首輪がはめられ、左右の手首は前で鎖につながれた。奴隷のよそおいである。足にはかかとの高い黒のハイヒールをはかされた。
「フフフ、それじゃ行こうか。アラビア人が手ぐすね引いて待ちかまえてるぞ、奥さん」
「地獄のはじまりというわけだ、へへへ」
鮫島と鍋山は、左右から玲子の腕を取って引きたてた。玲子はにわかにおびえがふくれあがったように、フラッとよろめいた。

「ま、待ってくださいッ、もう一度約束して……玲子はどんなつらい責めでも、悦んで受けますから、子供だけはッ」
「わかってるよ。だから奥さんも可愛い子供のことを思って、牝奴隷になりきるんだぞ」
「は、はい……玲子、いっしょうけんめいに努力しますわ……」
玲子はワナワナと裸身をふるわせた。
廊下を通って、いちばん奥まった部屋へ連れこまれる。なかは豪華な応接室になっていて、まんなかにアラビア人が腰をおろしていた。左右には半裸の美女が二人寄りそい、酒の酌をしている。
その前に玲子は、よろめきながらひざまずかされた。
「ほれ、ごあいさつしないか、奥さん」
鮫島は乗馬用の鞭を手にすると、ピシッと玲子の白い背中に鳴らした。
「あ……ご、ご主人様……玲子は今日からご主人様の、ど、奴隷です……どうか、思う存分になさってくださいませ……」
玲子の声がふるえた。手の鎖の重さが、奴隷に堕とされた身を実感させ、激しい屈辱を誘った。
そんな玲子を、アラビア人は眼をギラギラと光らせ、酒をあおるのも忘れてながめ

た。ムチムチと官能美あふれる玲子の肉づきと、湯あがりに色づいた肌が、まばゆいばかりに美しい。
　何十人という美女をハーレムに囲っているアラビア人ですら、眼を吸い寄せられずにはいられなかった。とくに、恥じらいおののきながらも、じっと耐えている嫋々とした女らしさがたまらなかった。
「どうします。すぐに責めますか」
　鮫島が聞くと、当然だといったようにアラビア人がニンマリとうなずいた。
　再び鞭が玲子の背中へ飛んだ。
「ご主人様が責めたいとおっしゃってるんだ。黙っている奴隷がど

こにいる」
「……ご、ご主人様……うんと責めてください。玲子をうんと泣かせて……ご存じの通り、玲子は人妻ですので、どんな……どんなことでも……」
今にもわあッと泣きださんばかりに、玲子の顔がゆがんだ。
応接間の奥が、責め部屋になっていた。天井や壁に鎖や縄が取りつけられ、床はタイル張りになっている。すでにアラビア人の好みに合わせ、玲子を責める道具がズラリとそろえられていた。
鮫島と鍋山は天井から鎖を引きおろすと、それに玲子の手首の鎖をつなぐ。両腕をまっすぐ天井に向けて身体がピンと一直線になるように吊った。
床には一メートルの間隔で鉄の輪が打ちこまれてあり、それに玲子の両足を開かせてつないだ。人の字の格好にする。
玲子の裸身がブルブルとふるえた。
「さ、鮫島さん……お願い、約束だけは守って……子供だけは……」
もう一度念を押すように言うと、玲子は今にもベソをかかんばかりの美貌をアラビア人に向けた。
「さあ、ご主人様、玲子をうんと泣かせてください……どんなことでもして……」
「ヒヒヒッ……」

アラビア人はうれしそうに笑うと、玲子に近寄った。見るからに残忍そうな眼つきで、値ぶみするようにねっとりと玲子の身体をなめまわした。
「イイカラダシテイル。トテモ気ニ入ッタ、ヒヒヒ、日本ノ女ハ最高ダ」
アラビア人はたどたどしく言うと、手をのばしていきなり玲子の乳房をわしづかみする。値ぶみするようにゆさぶり、こねくりまわしてから、ギュッと力まかせに絞りこんだ。やさしさなどひとかけらもなかった。
「ああッ、い、痛いわッ……」
玲子は顔をのけぞらせて、苦痛にひきつらせた。それをあざ笑うように、絞りこまれて今にも乳がたれそうな乳首がつまみあげられて、ひねられる。
「ううッ、うッ……ああ、乱暴だわ……」
アラビア人の手は、乳首から腰のくびれをすべって双臀へ這いおりた。
ムチッと張った臀丘の形を確かめるように撫でまわし、肉量を測るように下からすくいあげてゆさぶったかと思うと、今度は肉づきのよさを味わうように指先を食いこませてつかんだ。それをくりかえした。
「ヒヒヒ、コノ尻ハ素晴ラシイ。私ハ、コノ尻ニ三千五百万円払ッタ。モウ、私ノモノダ」
アラビア人はてのひらで、ピシピシ玲子の双臀をたたきはじめた。すぐにそれは、

鞭にとってかわった。
ピシッ……鞭がするどく、はちきれんばかりの臀丘に鳴った。
「ああッ……」
黒髪をふって悲鳴をあげ、玲子はよじり合わせた臀丘を激しく痙攣させた。
ピシッ……双臀に激痛が走った。
「ひいいッ……」
ピシーッ。
「あ……ひッ、ひいいッ」
顔をのけぞらせて、玲子は絶叫を噴きあげた。苦痛よりも屈辱を味わわせる鮫島のやり方とは、まるで違っていた。火のような苦痛が走る情け容赦ない強烈な鞭打ちである。打たれるたびに脂肪ののった官能美があふれる肉が、ブルルッと妖しくゆれて、一本また一本と赤い鞭痕を浮き立たせる。
ピシーッ。
「ひいいッ……きついッ……」
耐えがたい苦痛に、玲子は悲鳴を噴きあげて、全身にするどい痙攣を走らせた。
「アラビア人野郎め、思いきり打ってやがる。女をただきつく責めりゃ、いいと思ってやがるんだから、始末が悪いぜ。へへへ」

「だが、奥さんにはきつい鞭がよく似合う、フフフ、いいながめじゃないか」
そんなことをブツブツ言いながら、鍋山と鮫島は鞭打たれる玲子をながめた。
しかし、ピシーッとするどく鳴って白い双臀にからみつく黒い鞭、そして乳房を躍らせ、腹部を波打たせて悲鳴をあげる女体、それが男たちの眼をこのうえなく楽しませた。
「ひッ、ひいッ……ああ、残酷だわ……」
「ヒヒヒ、モット泣クンダ。ソレッ」
「ひいッ」
「イイゾ。ソノ調子ダ」
アラビア人は鞭をふりおろしながら、ゲラゲラ笑った。
もう玲子の白くシミひとつなかった双臀は、数えきれない鞭のあとを刻みこまれ、腫れあがったように赤く染めあげられていた。
「もう、もう、かんにんしてくださいッ……ああ、玲子のお尻でも、前でも……お好きなところを、犯してください……」
玲子は泣きながら哀願した。ヒリヒリと灼けてうずく双臀を、悩ましげにくねらせてアラビア人に犯されることを求めた。
だが、アラビア人は笑うだけで、容赦なく鞭をふるいつづける。狙うのは玲子の双

臀ばかりだ。
「……ゆ、ゆるしてくださいませ……ひいッ、ひッ……おゆるしをッ」
きつい鞭打ちがよほどこたえるのか、玲子の言葉使いまで屈服した牝奴隷のように変えた。玲子は鞭打ちだけで、アラビア人の底知れぬ嗜虐性と恐ろしさをいやというまで思い知らされていた。
「ああ、も、もう、かんにんしてください……どうか、おゆるしを……」
「ヒヒヒ、今夜ハ最初ダカラ、コレクライニシテヤル」
アラビア人はようやく鞭をふるう手をとめて、ケタケタと笑った。これ以上打てば、玲子の双臀は肉が裂けて血を噴く一歩手前だ。
「次はどうしますか、フフフ」
鮫島は蒼白な顔をグッタリとうなだれさせて低くすすり泣く玲子を、ニヤニヤと見つめながらアラビア人に聞いた。
「針にしますか、それともロウソクに?」
「次ハ浣腸ニ決マッテイル」
アラビア人は無造作に言うと何やらボソボソと鮫島にささやいた。
鮫島はうなずきながら、ニタッと笑った。
浣腸という言葉に、玲子はビクッとなって顔をあげた。きつい鞭打ちだけで、もう

クタクタにさせられているだけに、このうえ浣腸までされたらと思うと恐ろしい。
だが、玲子はもう狼狽は見せなかった。浣腸されるのは、アラビア人が異常に玲子の双臀に興味を示すことから、充分に予想できていた。
鮫島と鍋山がアラビア人を手伝って、ガラス製の浣腸器や肛門用のネジリ棒を点検したり、洗面器に浣腸液をつくりはじめた。
「や、やはり浣腸なのね……いいわ、玲子に浣腸してください……」
もう覚悟を決めたように言うと、玲子は裸身をふるわせて嗚咽した。
アラビア人の浣腸責めもまた、嗜虐性の濃いものだった。グリセリン原液に食用酢を混ぜ合わせたものを、グイグイと注入してくる。
「あ、ああッ、そんな……は、はやすぎます、ご主人様ッ」
耐えきれずに、玲子は上体をのけぞらせてのどを絞った。
数ある浣腸器のなかから容量五百ＣＣの中型を選んで、一気にポンプを押しきる。
ドッと薬液の激流が、玲子の腸腔に渦巻いた。五百ＣＣを注入しきると、すぐにまた洗面器から薬液を吸いあげ、再び浣腸をしかけてくる。連続浣腸責めである。
「もっとゆっくり入れて……ああ、ひッ、ひッ、激しすぎますッ、お腹が……」
ガクガクとのけぞりながら、ひいひいとのどを絞って玲子は泣きだした。
もう浣腸におびただしく反応する身体になっている玲子だ。だが今は、妖美な愉悦

を感じる余裕もなかった。ドッとばかりに流れこんでくる薬液に腸壁も肛門も灼けただれる。ジワジワ注入されるのと違って急激に便意をふくれあがらせた。たちまち玲子はあぶら汗にまみれた。

「うむ、ううッ、そんなにされたら……玲子、もう……ああ、苦しいッ」

玲子はギリギリと唇をかみしばり、あぶら汗の光る蒼白な顔をふりたてた。玉の汗が総毛立った背中をツーッとしたたった。

「たまんないッ、も、もれてしまいますッ……ああ、もっとゆっくり入れてくださらないと、もう……」

「ヒヒヒ……」

アラビア人はせせら笑うばかりで、また浣腸器に洗面器から薬液を吸引していく。

「甘ったれるな、奥さん。牝奴隷の分際でご主人様にあれこれ注文つけられると思っているのか、フフフ」

「よけいなことは言わねえで、浣腸されながらいい声で泣いてりゃいいんだ、へへへ」

鮫島と鍋山もへらへらとせせら笑った。

思いやりや、女の官能を掘り起こそうとすることなど、ひとかけらもない本格的な浣腸責めである。それが異国の変質者に責められる日本の人妻という雰囲気をかもし

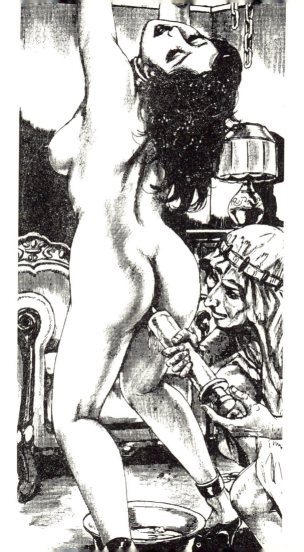

だして、鮫島や鍋山には新鮮さを感じさせた。
嘴管はむごく玲子の肛門に突き刺さって、ひと思いに薬液が注入されていく。
「あ……あむッ、おゆるしを……うん、ううむ、出る、出ちゃうッ……ああ、出ちゃうッ」
「マダダ、ヒヒヒ」
アラビア人がポンプを押しきりながらいった。それに鮫島がつけ加える。
「もらすんじゃないぞ、奥さん。主人のゆるしなくもらした牝奴隷は、きつい仕置きと決まっている」
「も、もう、駄目ッ……あ、ああ、出る、出る、出ちゃうッ」
もう鮫島の声も聞こえないように、玲子はオコリにかかったようなふるえを裸身に走らせると、汗まみれの美貌をひきつらせた。
ショボショボともれはじめた。あわてて唇をかみしばっても、一度堰を切った激しい便意は、とめようがない。たちまち、シャーッとほとばしって床のタイルに弾けた。すでに朝から何度も浣腸されているだけに、注入された薬液だけがそのまま出る感じだ。
「ああ、うむ、ううむ……たまんないッ」
玲子は泣きながら、タイル張りの床にたれ流していく。

ほとばしる薬液の食用酢が、開ききった肛門の粘膜にヒリヒリとしみて、灼けるような苦悶が玲子を襲った。いつも苦痛からの解放の排泄が、ここで新たな苦痛を呼ぶ。あぶら汗に光る裸身に、さらにあぶら汗がにじみでた。

アラビア人がオーバーなジェスチャーを交え、声を荒らげて何か叫んでいる。玲子が耐えきれずに、勝手に排泄したことに腹を立てている様子だ。

「ひどく怒っているぞ、奥さん。フフフ、二度と途中で勝手にもらさないように、これから仕置きすると言っている」

鮫島はわざと言って聞かせた。

これまでの鞭打ちと浣腸責めだけでも、アラビア人の嗜虐性の濃さは充分思い知らされている。それがお仕置きとなれば……。玲子は恐怖にガタガタふるえだした。

「……お、おゆるしくださいませ……ああ、二度とおもらし、いたしません……」

玲子はまだたれ流しながら、みじめに哀願した。泣き声をのどにつまらせる。

「ど、どうか、おゆるしを……」

「もう遅い、フフフ。それにどんな責めでも喜んで受けるんじゃなかったのかな。可愛い子供のために」

「ああ……」

かえす言葉もなく、玲子は泣いた。

美加……しっかりしなくては……美加を守るためには、どんな責めにも耐えなくては……。

玲子は必死に自分に言いきかせた。だが、アラビア人は玲子が考えているよりも、ずっとこわい男だとわかるまでに、そう時間はかからなかった。

アラビア人は何かブツブツ言いながら、長さ十センチほどの銅線の切れ端を三本取りだしてきた。マッチ棒ほどの太さがある。

その一本の先を輪をつくるように曲げ、玲子の右の乳首に巻きつけた。同じようにもう一本を左の乳首に取りつける。

「あ、ああ……何をしようというの……」

玲子はおびえと不安に、泣き声をふるわせた。アラビア人はニヤニヤ笑うだけで、何も言わない。

開ききった股間にアラビア人の手がのびてきて、媚肉の合わせ目がくつろげられた。

「ヒヒヒ、ナンダ。モウ濡レテイルゾ」

「あ、あ……」

言われて初めて気づいたのだが、いつの間にか玲子の媚肉はしとどの甘蜜にまみれて、ヒクヒクとあえいでいた。

「あの鞭打ちと浣腸責めに感じるとはたいした女だぜ。これじゃ手加減する必要はね

え」
「おもしろくなるのは、これからだよ。どこまでマゾになりきれるか」
鍋山と鮫島もアラビア人の左右からのぞきこんで、へらへらと笑った。
玲子はなよなよとかぶりをふった。
こんな……こんなことって……。
アラビア人のむごい責めにもかかわらず、反応する自分の身体の成りゆきが、玲子には信じられない。
だが玲子は、アラビア人の指先が媚肉の合わせ目をまさぐり、女芯に触れてくると、
「あ、あ……あうッ……」
はっきりと快美の感覚を感じ取った。
まるでアラビア人の指を求めるように、腰を前へせりだす。このまま官能を刺激され、その渦のなかに溺れてしまいたかった。
「ソウ簡単ニハ、気持チヨクシテヤラナイゾ。苦シムノガ先ダ」
つまみあげた女芯に、銅線の最後の一本を巻きつけて絞ると、アラビア人はスッと手を引いてしまった。
玲子の身体に取りつけられた三本の銅線。それは巻きつけられた反対側の端が五センチほどピンと立って、ちょっと見ると乳首や股間に突き刺された針みたいだ。

「アラビア人の仕置きってえのを、じっくり見せてもらいやすか」
何がはじまるのかと、鮫島と鍋山はわくわくして見つめた。玲子が一人、おびえた眼でアラビア人の動きを追う。
「いよいよはじまるぞ、フフフ」
「ヒヒヒ……」
アラビア人はロウソクを手にして、玲子を見ると、ニタッと笑った。ロウソクを使っての肛門責めか、あるいは熱ロウを玲子の白肌にたらそうというのか……。
だが、アラビア人はロウソクに火をともしたかと思うと、その炎を玲子の左の乳首に巻きつけた銅線の先端に、スッと近づけたのである。
アラビア人の魂胆を知った玲子は、悲鳴をあげて総身を凍りつかせた。
「やめてッ……そんなひどいことは、かんにんしてッ、お願いです」
あまりのことに泣き声がつまり、声がかすれた。
必死に身体をもがかそうとしても、乳房を根元からわしづかみにされている。
「た、たすけてくださいッ……いや、こんなことは、いやです」
哀願するうちにも、ロウソクの炎にあぶられる銅線は、鋭敏な乳首にジワジワと熱を伝えてきた。ビクッと玲子の身体が弾けたかと思うと、
「ひいッ、あ、熱いッ……、ひッ、ひッ、きいいッ……」

絶叫が玲子ののどをかきむしった。
熱せられた銅線によって、敏感な女の乳首がジリジリあぶられる。
「きいッ……た、たすけて……ひッ、ひッ、ひいいッ」
「イイ声デ泣ク奴隷ダ、ヒヒヒ」
アラビア人はうれしそうに顔を崩した。玲子が泣き叫べば叫ぶほど、苦しめば苦しむほどに喜ぶ風情だ。
だが、その責めはなれたものだった。乳首に火傷を負わせないギリギリの限界を知っていて、ロウソクの炎を遠ざけたり近づけたりと、巧みにあやつる。
右の乳首にも、容赦なく熱地獄は襲った。
「た、たすけて……もう、もう一度、玲子に浣腸してください。今度は決して、もらしませんからッ……」
「当タリ前ノコト言ウナ」
アラビア人はあざ笑って、やめようとはしなかった。
「ひいいッ」
玲子は後ろへ倒れんばかりにのけぞり、総身に苦悶の痙攣を走らせて泣きわめいた。
鮫島と鍋山は、息をつめてその凄惨な拷問を凝視していた。凄惨ではあるが、苦悶に泣きわめく玲子がこのうえなく妖美に見えるのは気のせいだろうか。

3

玲子は本心から死にたいと思った。これまで鮫島に凌辱の限りをつくされてきた玲子だったが、アラビア人の嗜虐性はその比ではない。子供の美加がいなければ、玲子はとっくに舌をかんでいる。

こ、こんな恐ろしい男の奴隷にされるなんて……ああ、死にたい……。

ようやくアラビア人がロウソクを離した時は、玲子は総身をあぶら汗にして、息も絶えだえだった。

「今度モラシタラ、オッパイダケデハスマナイゾ、ヒヒヒ、クリトリスヲアブルゾ」

そう言うと、アラビア人は再び玲子に浣腸をしかけはじめた。やはり、五百CCを一気にドッと入れるやり方だ。

「あ……う、うむむ……きついわッ」

少し前に浣腸されているだけにつらかった。すでにグリセリン原液と食用酢でただれた腸襞と肛門の粘膜に、薬液が強烈にしみて灼けるようだ。

二回、三回、四回とたてつづけに注入された。まなじりを吊りあげ、唇をキリキリとかみしばって、玲子は死にもの狂いで耐えた。

「うむッ……うぐぐッ、ううむ……」

このまま死んでしまうのではないかとさえ思った。とても耐えきれるわけがない。
「つ、つらいわッ……う、うむッ、もうかんにんしてください……」
「ヒヒヒ、クリトリスヲアブラレタイノカ」
「いやあッ、それだけはッ」
いくらこらえようとしても、荒々しい便意は耐える限界を越えていた。玲子は肛門の痙攣を自覚した。
「だ、駄目ッ……ああッ、出ちゃうッ」
玲子は泣き声をひきつらせつつ、最後の気力をふり絞ったが、それも長くはつづかなかった。絶望の悲鳴とともに熟しきった双臀がふるえ、ドッとほとばしらせた。号泣がのどをかきむしった。
「ショウガナイ奴隷ダ。ヤハリ仕置キガ必要ナヨウダナ」
アラビア人はピシッと玲子の双臀をはたくと、炎がゆれるロウソクに手をのばした。今度はいきなり股間の女芯に巻きつけた銅線を炎であぶる。
「いやあ、いやあッ……ひッ、ひッ……きいぃッ……」
すさまじい絶叫を噴きあげて、玲子は腰をはねあげた。
女の内臓が直接あぶられるのと、同じことだった。玲子は泣きわめき、絶叫をあげてのたうちまわらずにはいられなかった。

「きいいッ、きッ……殺して、いっそ玲子を、殺してえッ」
それから先のことはわからなくなった。眼の前が墨を流したように暗くなった。
気がつくと、玲子はまたアラビア人の手で浣腸されていた。そして次には、乳首や女芯の銅線に這うロウソクの炎……それをくりかえされ、玲子は何度も失神した。
「こりゃすごいもんだ、フフフ、女を責めるというより、拷問そのものだな」
鮫島があきれたように言った。さっきから浣腸だけでも三十回近くはやっている。
だが、鮫島には玲子への同情や哀れみなど、まったくなかった。
「フフフ、これでこそ奥さんをアラビア人に売ったかいがあるというものだ。これを亭主の前でやる日が楽しみだ」
うれしそうにつぶやいて、鮫島はククククッと笑った。玲子をアラビア人の手でガタガタにされるなら、それもいいと言った。
こんな上玉をもったいないことだ……そう言わんばかりに、鍋山が鮫島の横で顔を左右にふった。のぞきこんだ玲子の顔は白眼を剝いたまま、息も絶えだえに時折り低くうめくばかり。半分死んだような身体が、ブルッブルッと痙攣している。
「ダラシナイネ、ヒヒヒ。気ヲ失ッタ奴隷ヲ責メテモ、オモシロクナイ」
ようやく浣腸器とロウソクを置いたアラビア人は、ひとまず応接室へもどった。左右に寄りそってくる半裸の美女に、汗をふかせて酒の酌をさせる。

玲子の意識がもどるまで、ひと休みというところだ。鮫島と鍋山は玲子の身体から銅線を取りはずすと、天井の鎖をゆるめ、足首の鎖をはずした。
「しっかりするんだ、奥さん。まだ終わったわけじゃないぞ」
グッタリと正体のない玲子の裸身を、レザー張りの台の上に横たえると、鍋山が気つけ薬をかがせた。
低くうめいて玲子は眼を開いた。とたんに、台の上ではねあがるように、
「いやあッ、もう、もう、いやあ……かんにんしてッ、死んじゃうッ」
「しっかりしろ。何を勘違いしてるんだ。私だ、奥さん」
鮫島は玲子の頰をはたき、身体をゆさぶった。それで玲子は、ようやく我れにかえった。
「ああ……鮫島さん……」
そう言って唇をワナワナふるわせたかと思うと、玲子はわあッと泣き崩れた。
「たすけて、鮫島さん……玲子、責め殺されちゃう……ああ、あんな恐ろしい人はいや、あんな人に売らないで……」
泣きながら鮫島にしがみついた。玲子を二度と陽の当たる場所に出られない身に堕とし、アラビア人に売った張本人の鮫島であっても、アラビア人よりはずっとましに思えた。

「何をねぼけてるんだ。奥さんはもう、アラビア人の奴隷なんだよ、フフフ。どう責めようと彼の自由だ」
「あれだけきつく責められて、オマ×コを濡らしてるくせしやがって、たすけてもねえもんだぜ、奥さん」
鮫島と鍋山はへらへらとせせら笑った。
玲子の泣き声を聞いて、アラビア人が再び責め部屋へ入ってきた。ひッと裸身を硬直させると、玲子はいっそう鮫島にしがみついた。
「ほれ、奥さん。可愛い子供のことは忘れたのか」
「ああ……」
意地悪く最大の弱点をつかれ、玲子はガックリとうなだれた。おびえた眼でアラビア人を見た。
「……ご、ご主人様……玲子はどんなことでもされます……でも、お、お仕置きはいや、かんにんしてください……どうか、辱しめを……」
「ヒヒヒ……」
アラビア人は分厚い唇でペロリと舌なめずりした。女を肉としか見ない眼が、冷たく光っている。
「お願いです……玲子を犯して……」

玲子は台の上で両脚をいっぱいに開き、膝を立てた。妖しく濡れそぼった媚肉をさらして、アラビア人を誘う。色責めにアラビア人の関心を引きつけることで、恐ろしい拷問から逃れようと、玲子はせいいっぱい媚態を見せた。
「……玲子、いっしょうけんめいお相手します……ああ、犯してください」
「ヨケイナコトヲ言ウナ、ヒヒヒ、奴隷ノクセシテ」
アラビア人はかがみこんで、ニヤニヤとのぞきこんだ。
熱い甘蜜にくるまれた媚肉が、妖しく合わせ目をほころばせ、鮮紅色の肉襞をのぞかせている。誘われるように手がのび、媚肉の合わせ目を左右へくつろげて、奥まで剝きだした。その頂点におののいている女芯も、根元から剝きあげた。
「あ……ああ……」
待ちかねていたように、玲子は悦びの声をもらした。
身体の奥底がジーンとしびれて、背筋がふるえだした。
「このまま……ああ、もっといじって……いたずらしてください……」
さらにジクジクと甘蜜を絞りだしつつ、玲子は腰をうねらせて求めた。
ああ、して、もっと……い、入れてください……何もかも忘れさせてください……。
胸のうちでの叫びが、のどまで出かかった。
だが、アラビア人は低く笑いながら、ただ見ているばかりだ。それが玲子にはたま

らなかった。
耐えきれなくなって、腰を大きくうねらせながら、
「ご主人様、もう、もう、犯してください……ああ、してッ」
「私ハ奴隷ニ命令サレルノハ嫌イダ。犯ス時ハ主人デアル私ガ決メル」
「め、命令だなんて……おねだりしただけです、ああ、おゆるしを……」
あわててゆるしを乞うても遅かった。
綺麗に剃毛されている剝きだしの恥丘に、ピシッと鞭がきた。ひいッとのけぞるのを、足首をつかまれて引っ張られた。
鮫島と鍋山がすばやく寄ってきてアラビア人を手伝う。鍋山が玲子の両手をつないでいる鎖をいったんはずし、後ろ手につなぎ直すと、鮫島は天井から鎖を二本引きおろして、玲子の左右の足首にそれぞれつないだ。
すぐに天井の鎖は、ガラガラと巻きあげられる。
「ああ、かんにんしてください……」
また泣きだした玲子の足首が、鎖に引っ張られて天井へ向かって吊りあげられていった。
両脚がまっすぐにのびきり、さらに双臀と腰が、背中がと宙に吊りあがっていく。
同時に、それまで玲子が横たわっていた台が隅へ取り払われた。

「ああ、こんな……ああッ……」
玲子は狼狽の悲鳴をあげた。一糸まとわぬ全裸を鎖で後ろ手に縛られ、天井から逆さ吊りにされたのである。
垂れさがった黒髪が、タイル張りの床を撫でた。さらに天井の鎖はレールをすべって左右へ開き、玲子の両脚をVの字に引きはだけた。
「へへへ、奥さんの新しいご主人様は、犯すのだってただすんなりとやってくれねえようだぜ」
「どんなふうに犯されるか、楽しみだろ、奥さん。フフフ、我々もじっくり見せてもらうぞ」
鍋山と鮫島は逆さ吊りの玲子の顔をのぞきこんで、意地悪くからかった。鮫島が見込んだ男だけあって、アラビア人は次から次へととんでもない方法で玲子を責め、飽きさせなかった。
アラビア人が太く長いロウソクを手にするのがわかった。まだ一度も使われたことのない新品だ。
「マズコイツデ犯シテヤルゾ、ヒヒヒ」
そう言われて玲子は声もなくワナワナとふるえるばかりだった。

4

開ききった形のいい玲子の両脚が、まっすぐ天井に向かって吊られている。それを足首から太腿へ向けて、アラビア人はゆっくりと愛撫するようにロウソクの底でなぞった。
「あ、あ……かんにんして……」
ロウソクがしだいに這いおりてくる感覚に、玲子は泣き声をうわずらせた。
太いロウソクを張型にしてもてあそばれるだけですむわけがない……そう思っても、玲子の身体はもう意思とは無関係に、受け入れようと甘蜜をあふれさせる。おびえと不安、そして期待とが交錯した。
「ドウダ、入レテホシイカ」
「こ、こわいことはしないで……ああ……」
「ヒヒヒ……」
アラビア人はニヤニヤと玲子の股間をのぞきこんだ。
股間は天井に向かって開ききっているため、媚肉も肛門も圧倒されるような生々しさで剝きだされていた。
媚肉は熱くたぎってしとどに甘蜜をあふれさせ、それは激しい浣腸責めのあとも

生々しい肛門にまで、したたり流れていた。
「あ……ああ……」
ロウソクの底がちょっと触れただけで、玲子の口から声がこぼれる。
つつくようにしてさんざん声をあげさせてから、アラビア人は無造作にロウソクを底の部分から玲子の媚肉へ埋めこみはじめた。
「ああッ」
恐怖と愉悦がからみ合い、玲子は白い歯を剝きだしにして、ひッひッとのどを鳴らした。とろけきった肉がよじれ、こねまわされ、引きずりこまれるように、ロウソクは深く女の肉奥へ入ってきた。
それにこたえるように、肉襞が妖しく蠢いて、押し入ってくるものにからみつく。
「あ、ううッ……あうッ……」
玲子は逆さ吊りの裸身をふいごのようにあえがせ、よがり声をあげた。
逆さ吊りにされているという異常な状態が、玲子の感覚をいっそう鋭敏に狂わせるのか。それとも恐怖から逃れようと、自分から官能にのめりこもうとするのか。
「あ……もっと……あうう……」
玲子は深々と突き立てられた太いロウソクが、抽送されて自分をこねくりまわしてくれることを望んだ。

だが、アラビア人は玲子の哀願を無視して、ロウソクをもう一本取りだしてきた。今度のは、パーティ用のねじりの入ったものだ。それを先刻と同じように玲子の脚に這わせると、玲子はひときわあられもない声を放って身悶えた。どこに使われるか、聞かないでもわかっている。

ロウソクの底が玲子の肛門に押しつけられ、肛内の粘膜をねじりに巻きこんだ。

「ああ……あうう、あああ……いいッ」

背筋にとろけるような戦慄が走り、その声が今にも気をやりそうに昂った。

浣腸責めでただれた肛門が拡張され、ねじりに巻きこまれていく感覚、そして前に突き立てられたもう一本と粘膜をへだててこすれ合う感覚……それが玲子の官能を翻弄する。

玲子は前も後ろもキリキリと食いしめつつ、よがり声を噴きこぼした。

ああ、もっと……このまま気をやらせて……玲子、したい……。

玲子の逆さ吊りの股間に、二本のロウソクがほぼ垂直に立ち、身悶えにつれてゆれていた。しかし、アラビア人はそれをあやつって玲子を責めようとはしなかった。

「ヒヒヒ、コノママ気ヲヤリタイカ、玲子」

「は、はい、ご主人様……お願い……」

「気ノヤラセ方ハ、イロイロアル」

意味ありげに言うと、アラビア人はライターを取りだし、玲子の股間に突き刺さっている二本のロウソクに火をともした。
「そんな、ああッ……」
玲子の逆さ吊りの裸身が凍りついた。
「いやあ……こんなの、いやですッ」
悲鳴をあげながらも、玲子は動くことができなかった。股間で長い炎が二本、ゆらめいている。そして、その炎の根元には、ジリジリと熱ロウがよどみ、今にもあふれんばかりになっていた。
「こりゃおもしろい。フフフ、悶えりゃ熱いロウがたれてくるってわけか」
「俺なら、筆か手で内腿やおっぱいをいじくりまわしてやるってところですか、先生」
「だが彼はそれじゃものたりないらしいぞ、フフフ。あくまでハードにいくらしい」
鮫島と鍋山がニヤニヤして見物を決めこんでいる前で、アラビア人が手にしたのは鞭であった。その先で玲子の臀丘を撫であげ、ひッとおびえさせておいて、
「ヒヒヒ、マタイイ声デ泣イテモラウゾ」
「や、やめてください……そんな、そんなことされたら、玲子……」
「ドウナルカナ」

言うなり玲子の双臀をピシッと打った。
ああッ……と悲鳴をあげて、逆さ吊りの裸身がゆれ、垂れた黒髪が床にうねった。
ロウソクの炎も大きくゆらめいた。よどんでいた熱いロウがこぼれ、ロウソクをくわえこんだ媚肉や肛門の粘膜にしたたり流れる。
「ひいッ……熱、熱いわッ……ひッ、ひッ」
鞭打たれた時よりもはるかに悲痛な声をほとばしらせ、玲子は腰をよじって悶えた。
が、それが新たな熱ロウを呼ぶ。
「あ、熱い、熱いわッ……ああッ……」
「ヒヒヒ……」
アラビア人は一定の間合いをとって、鞭をふるった。鞭打ちが目的ではなく、玲子を身悶えさせればいいだけに、力まかせの打ち方ではない。
それでも玲子には耐えがたかった。鞭打ちと熱ロウ、そして逆さ吊りの三重苦。
「ひッ、おゆるしをッ……あ、ああッ、熱いッ、灼けるうッ」
その声もしだいに勢いを失ってきた。どのくらいそんな状態にされていたのだろうか。はじめは泣き叫んでいた玲子も、いつしか低くうめくばかりになっていた。
「大丈夫か?」
鍋山が聞いた。いつか玲子を組のものにしようと狙っているだけに、気になるよう

だ。
「心配はいらんよ、フフフ。人妻ってのは、思っている以上にしぶといもんだ。まして子供がかかっているとなりゃ」
鮫島がそう言えば、アラビア人も鍋山のほうを見て、
「大丈夫。女ハ感ジテル、ヒヒヒ。三千五百万円モ払ッタ奴隷ヲ、殺シハシナイ」
そう言って、玲子の股間を指差し、ニンマリと笑った。
鮫島と鍋山はそばに寄ってのぞきこんだ。炎のゆらめくロウソクから絶えずジリジリと熱ロウがあふれ、粘膜を灼いていく。そのたびにヒクヒクと肉襞が痙攣して、玲子の腰がふるえた。
そして、玲子の媚肉は内からおびただしい甘蜜をあふれさせていた。熱ロウにジュ━ッと湯気を立てんばかりだ。
「こいつは驚きだぜ。そんなに気持ちいいのかよ、奥さん」
「うッ……うむ……」
鍋山が聞いても、玲子は弱々しくかぶりをふって、低くうめくばかりだった。
逆さ吊りの苦痛とするどく双臀に鳴る鞭、そして繊細な肉襞を灼く熱ロウ……にもかかわらずひとりでに反応する肉体……玲子はもう、自分の身体の状態がわからなくなっていた。

「ヒヒヒ、ソロソロ食べゴロダナ」
アラビア人はニンマリとすると、やおら肉塊をつかみだした。
その長大さに鮫島と鍋山は眼を見張った。軽く三握りはある長さだ。しかも太い。
黒人並みだった。
「マズ、シャブッテミロ、玲子」
逆さ吊りの玲子の顔の前に膝をつくと、アラビア人は巨根をゆすってみせた。
玲子ははじめ、それが何かわからなかった。黒光りする蛇に見えた。蛇が眼の前でうねっている。
「……ああ、蛇……い、いやあッ、いや、蛇はいやあッ」
低くうめくばかりだった玲子が、弾かれるように悲鳴をあげた。
だが、その悲鳴は唇を割って押し入ってくるものによって、くぐもったうめき声にしかならなかった。
ムッとする匂いが鼻をつき、玲子の口はあごがはずれそうに、いっぱいに開かされた。その巨大さに玲子は白眼を剝いた。
「うむ……ううむ、うぐッ」
逆さ吊りで赤くなった玲子の顔が、いっそう赤くなって苦悶にひきつった。のどがつまり、満足に息もできない。

そんなことにはおかまいなしに、アラビア人は玲子の黒髪をつかむとゆさぶりだした。すると、口をいっぱいに開いてもおさまるのがやっとの肉棒が、いっそうふくれあがるようだった。
玲子はふさがれたのどの奥で、悲鳴を絞りたてた。
その間も股間のロウソクは、絶えず熱ロウをあふれさせて、玲子の媚肉と肛門とをジリジリとむごく灼いている。
たっぷりと玲子にしゃぶらせると、アラビア人はひとまわり大きくなった硬い肉を引きだした。そのまま玲子の後ろへまわる。
それも気づかない玲子はハアッ、ハアッとあえいだ。口をパクパクさせ、空気を吸いこんだ。
次の瞬間、ロウソクが引き抜かれると同時に、激痛が玲子の肛門を襲った。
「ああッ……い、いた……裂けちゃうッ」
ひッとのどを絞って、玲子は腰を硬直させた。ピンと張りつめて吊られた両脚が、波のようにうねり、痙攣する。
それを杭を打ちこむように巨大な肉塊がめりこみ、玲子の肛門をいっぱいに拡張していった。逆さ吊りのまま犯される。
「うむ……う、うむ……」

キリキリと唇をかみ、悶絶せんばかりのうめき声をあげながら、玲子はアラビア人の巨大な肉塊を肛門に受け入れていった。
「ヒヒヒ、コレガオ前ノ主人デアル私ダ。シッカリ尻ノ穴デ覚エロ」
ズブズブと根元まで埋めこんでから、アラビア人はゆっくりと律動を開始した。
もう玲子の身も心も、真っ白に灼きつきるのは時間の問題だった。

5

翌日の夜明け前、アラビア人と鮫島は二手に分かれて、アラビア人のタンカーが停泊している港に向かった。万一のことを考えてである。
玲子は鮫島と鍋山の手で、肉運搬車に乗せられた。内部には、人間の大きさほどもある牛や豚の肉が車の天井から吊られている。玲子はいちばん奥に両手の鎖で同じように吊られた。全裸だった。
「ああ……」
玲子は哀しげな瞳で鮫島を見た。
丸一昼夜、アラビア人にむごく責められた玲子である。身体じゅうが重く、乳房や双臀、股間はまだヒリヒリとうずいた。一人では立っていられず、吊られた鎖に身を

あずけてグッタリしている。
「……鮫島さん……美加はどこ、どこにいるのですか……」
「フフフ、アラビア人といっしょだ。船で会えるさ。だから港までおとなしくしてるんだぞ、奥さん」
「ほ、本当なのね……船で美加に会えるのね」
鮫島の言葉を信じるしかない。アラビア人の責めのきつさに、子供のことを口にする余裕さえなかった。
「それにしても、奥さんはたいしたもんだ。あの超変態のアラビア人を満足させてしまったんだからな。フフフ、その調子で中東でもがんばるんだぞ」
パシッと玲子の双臀をはたくと、鮫島は玲子の口にさるぐつわをかませた。
鮫島によって外から扉が閉められ、暗闇が玲子をおおうと、玲子はにわかにすすり泣きだした。車がゆっくりと走りだした。
ああ……遠いところへ連れていかれるのね……あのけだもののアラビア人のハーレムへ……。
そう思うと涙があふれてとまらなくなった。アラビア人に売られたという現実が恐怖となってひしひしと押し寄せてきた。
あなた……た、たすけて……ああ、どこにいるの美加……。

玲子は暗闇に夫と我が子の面影を追い求めた。そのまま玲子は、闇に吸いこまれるようにスーッと気が遠くなった。
どのくらい時間がたったのだろう。車はまだ走りつづけているのが、振動からわかった。
車がとまると、ギィーッと扉が開いて、陽の光がパアッと差しこんで、玲子は眼がくらんだ。
「ほれ、さっさとおりないか、奥さん」
鮫島が入ってきて、玲子は鎖とさるぐつわをはずされ、車から引きずりおろされた。
「あ……ここは……」
眼が光になれてくると、玲子はそこがどこか、すぐにわかった。自分の家のガレージだった。
「ああ……」
なつかしさに玲子は胸が熱くなった。
「さあ、入るんだ。何を遠慮してる、自分の家じゃないか」
「……どう、どうして、ここに……」
「フフフ、中東へ向かう前に奥さんに少しばかりしてもらいたいことがある」
鮫島は玲子の腰を抱いて、家のなかへ入った。二階の寝室へあがる。竜也と厚次の

二人が待っていた。
「はやかったじゃねえか、奥さん。ほう、こりゃだいぶアラビア野郎に責められたらしいな」
「へへへ、フラフラじゃねえか」
竜也と厚次はたちまち玲子にまとわりついてきて、点検するように裸身をまさぐりはじめた。
「あ、あ、待ってください……玲子、クタクタなんです。かんにんして……」
玲子は崩れるようにその場にうずくまって、あえぐように言った。
「フフフ、先に肝心な仕事をすませてしまおうじゃないか。お楽しみはそのあとだ」
「まあ、あせることもねえか、へへへ」
ダンボール箱が四つ持ってこられ、玲子の前に並べられた。ひとつ目の箱には、何やら印刷された紙がびっしりつまっている。
「フフフ、もう二度とここへ帰ってくることもないだろうからな。これは奥さんの別れのあいさつ文だ」
そのうちの一枚を取って、鮫島は読んで聞かせた。
『このたび、わたくし田中玲子はあるお方の牝奴隷として生きていくことになりました。夫ある人妻の身で、浅ましい女とお笑いにならないで。玲子はいつも身体がうず

いて、とても夫一人では満足できなかったんです。お尻にいたずらされたい、浣腸で泣かされたいって……ですから、いけないと知りつつ、玲子にうんと恥ずかしいことをしてくれる方をさがしてたんです。今、玲子はとってもしあわせ。奴隷としてお尻を責められる悦びを感じています。玲子はお尻で感じる女、肛悦に身を灼く女なんです。

皆様には大変お世話になったお礼に、玲子のとっても恥ずかしい写真をお送りします。もうお会いすることもないと思います。時々、玲子の恥ずかしい写真をながめて、私のことを思いだしていただければ……』

そう書かれてあった。

あまりのことに、玲子はすぐに声も出ず、唇をワナワナとふるわせた。

厚次が二つ目のダンボール箱から、写真を取りだして玲子に見せた。葉書の大きさに引き伸ばされたカラー写真が、五枚一組になっていた。

「へへへ、この写真を同封するんだ。よく撮れているだろうが」

全裸の玲子が太腿をいっぱいに開き媚肉の合わせ目をくつろげて肉襞まではっきり見せているもの、巨大な張型をくわえこまされてよがり悶えているもの、四つん這いの姿勢で長大な浣腸器を突き立てられているもの。そして排泄しているもの、肛姦されているものの計五枚である。

どの写真も、玲子の顔と秘部、肛門がはっきりと写しだされていた。
「この写真とあいさつ文をセットにして、奥さんの友人や知人、親族に送るってわけだ。へへへ、四百通はあるぜ、奥さん」
竜也が三つ目のダンボール箱を開いて、なかを見せた。大型封筒がびっしりつめこまれてあり、どれにもすでに住所とあて名が印刷されていた。
玲子の学生時代の友人や夫の会社の上司、近所の人、そして両親の名が見えた。
「へへへ、これだけじゃねえぞ、奥さん。とくに親しかった連中には、特別プレゼントつきだぜ」
「きっと喜んで写真を見ながら、匂いをかぐことだろうぜ」
最後のダンボール箱には、整理ダンスから取りだした玲子のパンティがあった。ブラジャーもある。
玲子は美貌をひきつらせたまま、激しくかぶりをふった。
「そんな、そんなひどいことを……ああ、どうしてなのッ……」
「フフフ、こんな恥ずかしいものがバラまかれちゃ、奥さんも逃げようなんて気を起こさねえだろうからな。あきらめもつくはずだ」
「ひ、ひどい……ああ……」
玲子の顔が今にもベソをかかんばかりになったかと思うと、わあッと床に泣き伏し

た。
「何も泣くことはねえぜ。奥さんは二度とここへは帰ってこねえんだからよ、へへへ」
「もうあきらめて、ハーレムで牝奴隷になりきるんだな、奥さん」
竜也と厚次はあざ笑いながら、あいさつ文と写真を封筒に入れはじめた。
「沢口進か……こいつは亭主の同僚で、奥さんも親しくしていたんだっけな。それじゃパンティ入りだぜ、へへへ」
「この森田修一郎ってえのは……奥さんの学生時代の恩師か、へへへ。ジジイのようだがパンティをサービスしてやるか」
わざと口に出して玲子に聞かせながら、竜也と厚次は次々と厚い封筒の山をつくった。
玲子は肩をふるわせ、泣きじゃくるばかりだった。遠い異国のハーレムに連れていかれる身とはいえ、そんなものが友人や知人たちに送りつけられるのかと思うと、玲子は生きた心地もなかった。もう永遠に深く暗い闇の底から抜けだせないという絶望感が、玲子を冷たくおおった。
「へへへ、これであとは、ポストに入れるだけだぜ。こいつがみんなの手もとに届くころには、奥さんは海の上ってわけだ」

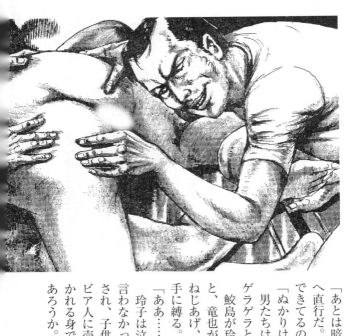

「あとは暗くなるのを待って、港へ直行だ。フフフ、例のしたくはできてるのか」
「ぬかりはねえや、へへへ」
男たちは互いに顔を見合わせて、ゲラゲラと笑った。
鮫島が玲子の身体を抱き起こすと、竜也がすばやく両手を背中へねじあげ、縄を巻きつけた。後ろ手に縛る。
「ああ……」
玲子は泣くばかりで、もう何も言わなかった。凌辱の限りをつくされ、子供を人質にとられ、アラビア人に売られて異国へ連れていかれる身で、今さらどんな言葉があろうか。

鮫島と竜也の二人が左右から玲子の身体をつかまえ、厚次が封筒のつまったダンボール箱を持って、寝室から下の食堂へとおりた。

食堂のテーブルには、ビール瓶が並んでいた。それに混じって食用酢の瓶とグリセリン原液の薬用瓶があった。その横には巨大なガラス製浣腸器が不気味な光を放っていた。

「今夜で日本ともお別れだからね、フフフ、奥さんのためにささやかな送別会をしてやる」

「最後だからよ。心残りがねえよう水入らずで、たっぷりと楽しませてやるぜ」

「まずは、これからだ、フフフ」

鮫島はうれしそうに笑って、テーブルの上の浣腸器に手をのばした。
男たちはビールをあおり、玲子はテーブルの上で四つん這いにされ、浣腸器で肛門から食用酢とグリセリン原液のカクテルを呑まされる。
「ああ……ああ……た、たまんない……昨日からずっと、浣腸の連続で……ああ、もうお尻の感覚がない……」
「なあに、すぐによくなる、フフフ」
鮫島はおもしろがって、グイグイとポンプを押した。
それだけではない。テーブルの上に竜也があがってくると、あおむけになってその上へ玲子をまたがせるようにして、下から媚肉を貫いてきた。
「ほれ、もっとしっかりのらねえか。できるだけ深くつながるんだよ」
「あ……ああ……」
玲子はあられもなく声をあげた。浣腸されながら、竜也に犯される。
身体じゅうがくるめきたった。クタクタに疲れているはずなのに、自分でも恥ずかしいほど身体が燃えた。竜也に犯される感覚を覚えてしまった身体が、勝手に反応してしまう。
「ああ……ああ……いいッ」
よがり声をあげはじめた玲子の口に、厚次がズボンからつかみだした肉塊を、グイ

ッと押しこむ。
「ううむ……うぐぐ……」
玲子はいっそう昂る。白眼を剝いて、厚次をくわえこんだ口の端からダラダラと涎れをたらし、玲子はよがり狂った。
「激しいな、奥さん。フフフ、やっぱり我々に犯られるのが、いちばんいいようだな。よしよし、もっとよくしてやるぞ」
ポンプを押しきって、鮫島も加わった。排泄をゆるす余裕も与えず、一気に玲子の肛門に押し入る。
上と下と、前と後ろと三人がかりで玲子をもてあそぶ。
「うむ……ううッ、ひッ、ひッ……」
内臓を絞るようなうめき声をあげて、玲子の身体が激しくよじれ、痙攣した。その痙攣が、前の竜也と後ろの鮫島を食いちぎらんばかりに、食いしめてくる。
「気をやったな、奥さん、フフフ」
「まだだ、何度でも気をやらせてやるぜ。そうすりゃ、こっちもせんべつがわりにたっぷり精を絞ってやるからよ」
「ほれ、もっと腰を使わねえか、奥さん」
男たちは笑いながら、玲子を責めつづけた。タンカーに乗せる前に、できるだけ楽

しんでおこうという魂胆だ。骨の髄まで嬲りつくされた玲子が、再び肉運搬車に乗せられた時は、もう外はすっかり夜のトバリにおおわれていた。
牛肉や豚肉の塊りと同じように、車の天井から爪先立ちに鎖で吊られた。口にはさるぐつわをかまされる。
玲子はもう、グッタリと鎖に身をあずけ、哀しげな瞳でうつろに宙を見つめていた。
「それじゃ行くか。いよいよ日本ともおさらばだな、フフフ。途中で忘れないように、あいさつ文に写真入りの封筒をポストに入れなくちゃなあ」
鮫島はわざとらしく言って、ケタケタと笑った。
車はちょっと走って、すぐにとまった。
鮫島と厚次はわざわざ玲子を一度車からおろして、竜也がダンボール箱の封筒をポストに入れるところを見せた。
「フフフ、これで奥さんは日本へもどってこれなくなったな」
「おっと、言い忘れてたが、亭主に送るのもあるぜ。もっとも中身はテープだけどよ。覚えてるだろ、奥さんがどんなふうに浣腸されるか亭主に聞かせようってんで、録音したことがあったじゃねえか」
厚次は航空便の封筒を見せつけて、ニヤリと笑った。
玲子はビクッとなったが、何も言わずに唇をかんで眼を閉じた。夫に向けた封筒が、

ポストに投げこまれるのが、音でわかった。

車は再び暗い夜道を走りはじめた。まっすぐ南に向かっている。三時間も走っただろうか、港が近いのが潮の匂いでわかった。

遠くで船の汽笛が鳴った。それはどこか哀しげで、玲子の悲鳴のようでもあった。

（完）

本作は『凌辱淫魔地獄（上）人妻肛虐記念日』『凌辱淫魔地獄（下）肛辱の黒い罠』（結城彩雨文庫）を再構成し、刊行した。

フランス書院文庫 X

【完全版】人妻淫魔地獄
(かんぜんばん ひとづまいんまじごく)

著　者	結城彩雨 (ゆうき・さいう)
挿　画	楡畑雄二 (にれはた・ゆうじ)
発行所	株式会社フランス書院

〒102-0072　東京都千代田区飯田橋3-3-1
https://www.france.jp

| 印　刷 | 誠宏印刷 |
| 製　本 | 若林製本工場 |

ISBN978-4-8296-7944-9 C0193
©Saiu Yuuki, Printed in Japan.

本書へのご意見やご感想、お問い合わせは、QRコード、
または下記URLより弊社公式ウェブサイトまでお寄せください。
https://www.france.jp/inquiry

＊本書のコピー、スキャン、デジタル化等の無断複製は著作権法上での例外を除き禁じられています。本書を代行業者等の第三者に依頼してスキャンやデジタル化することは、たとえ個人や家庭内での利用であっても著作権法上認められておりません。
＊落丁・乱丁本は当社営業部宛にお送りください。お取替えいたします。
＊定価・発行日はカバーに表示してあります。

フランス書院文庫X 偶数月10日頃発売

拷問室【美臀夫人・静江と佐和子】
御堂 乱

「佐和子さんの代わりにどうか私のお尻を…」苦悶に顔を歪めながら、初めての肛姦の痛みに耐える静江。22歳と27歳、密室は人妻狩りの格好の檻！

制服奴隷市場【十匹の餌食】
夏月 燐

「ゆるしてっ。他のお客様に気づかれるわ」フライト中の機内、制服姿で貫かれる涼子。看護師、カフェ店員、秘書、女医、銀行員…牝狩りの宴！

隣人妻と外道【壊された私生活】
御前零士

公営団地へ引っ越してきた25歳の新妻が堕ちた罠。メタボ自治会長から受ける、おぞましき性調教。訪問売春を強要され、住人たちの性処理奴隷に！

姦禁教室【性裁】【完全版】
夢野乱月

熟母は娘の前で貫かれ、牝豹教師は生徒の身代わりに。アクメ地獄、初アナル洗礼、隷奴への覚醒。その教室にいる牝は、全員が青狼の餌食になる！

青と白の獣愛
綺羅 光

キャンパス中の男を惹きつける高嶺の花に迫る魔罠。拘束セックス、学内の奴隷売春、露出調教…20歳＆21歳、清純女子大生達が堕ちる黒い青春！

肛虐の聖宴【九匹の奴隷妻】
結城彩雨

ハイジャックされた機内、乗客の前で嬲られる真由。夫の教え子に肛交の味を覚え込まされる里帆。新妻、若妻、熟夫人…九人の人妻を襲う鬼畜の宴。

人妻・監禁籠城事件
御堂 乱

「お願い、家から出ていって。もう充分でしょう」二人組の淫獣に占拠されたリビングで続く悪夢。家政婦は婚約前の体を穢され、愛娘の操までが…。

フランス書院文庫X　偶数月10日頃発売

【蘭光生傑作選】拉致監禁【七つの肉檻】　蘭　光生

街で見かけたイイ女を連れ去り、肉棒をねじ込む。一人ではできない行為も三人集まれば最高の宴に。標的に選ばれたのは清純女子大生・三鈴と江里奈。

社内交尾【奴隷秘書と人妻課長】　御前零士

（会社で上司に口で奉仕してるなんて…）跪いて専務の男根を咥える由依香。会議室、自宅、取引先で受ける奴隷調教。淫獣の牙は才媛美人課長へ。

華と贄【供物編】　夢野乱月

「熱く蕩けた肉が儂の魔羅を食い締めておるわい」令夫人、美人キャスター、秘書が次々に生贄に。夢野乱月の最高傑作、完全版となって堂々刊行！

華と贄【冥府編】　夢野乱月

男という名の異教徒と戦う女の聖戦。新党を立ち上げたインテリ女性たちが堕ちた罠。鬼屋敷に囚われた牝の群れを待つ、終わりなき淫獄の饗宴！

女教師いいなり奴隷【完全版】　御堂　乱

（どうして淫らな命令に逆らえないの？…）学園のマドンナが教え子の肉棒を埋められ、校内で晒す痴態。悪魔の催眠暗示が暴く女教師達の牝性！

全穴拷問【継母と義妹】　麻実克人

（太いのが根元まで…だめ、娘も見てるのに）義母が悪魔息子に強いられる肉交、開発される三穴。傍に控える幼い奴隷は母の乱れる姿に触発され…。

絶望【十匹の肛虐妻】　結城彩雨

満員電車、熟尻をまさぐられる清楚妻。夫の同僚に襲われる若妻。密室で嬲りものにされる美妻。人妻達に肛姦の魔味を覚え込ませる絶望の肉檻！

フランス書院文庫 偶数月10日頃発売

彼女の母【完全調教】　榊原澪央

「おばさん、亜衣を貰いたモノで抱かれる気分はどう?」娘の弱みをねつ造し、彼女の美母と結んだ奴隷契約。暴走する獣は彼女の姉や女教師へ!

赤と黒の淫檻【隷嬢女子大生】　綺羅光

親友の恋人の秘密を握ったとき、飯守は悪魔に! 憧れていた理江を脅し、思うままに肉体を貪る。清純なキャンパスの美姫が辿るおぞましき運命!

蔵の中の兄嫁【完全版】　御堂乱

若未亡人を襲う悪魔義弟の性調教。46日間にも及ぶ、昼も夜もない地獄の生活。淫獣の毒牙は清楚な義母にまで…蔵、それは女を牝に変える肉牢!

完全敗北【剣道女子&文学女子】　舞条弦

剣道部の女主将に忍び寄る不良たち。美少女の三穴を冒す苛烈な輪姦調教。白いサラシを剥がれ、プライドを引き裂かれ、剣道女子は従順な牝犬へ。

人妻女教師と外道　身代わり痴姦の罠　御前零士

(教え子のためなら私が犠牲になっても…)生徒を庇おうとする正義感が女教師の仇に。聖職者とはいえ体は女、祐梨香は魔指の罠に堕ちていき…。

ヒトヅマハメ【完全版】　懺悔

強気な人妻・茜と堅物教師・紗英。政府の命令で他人棒に種付けされる女体。夫も知らない牝の顔で極める絶頂。もう夫の子種じゃ満足できない!?

薔薇のお嬢様、堕ちる　北都凛

「こんな屈辱…ぜったいに許さない!」女王と呼ばれる高慢令嬢・高柳沙希が獣の体位で男に穢される。孤高のプライドは服従の悦びに染まり…。

フランス書院文庫X 偶数月10日頃発売

【最終版】肛虐三姉妹
結城彩雨

「まゆみ、麗香…私のお尻が穢されるのを見て…」妹たちを救うため、悪鬼に責めをこう長女・由紀。人妻、OL、女子大生…三姉妹が囚われた肛虐檻。

寝取られ母【三大禁忌】
河田慈音

「パパのチ×ポより好き!」父のパワハラ上司の腰に跨がり、熟尻を揺らす美母。晶は母の痴態を覗き、愉悦を覚えるが…。他人棒に溺れる牝母達

完全版・散らされた純潔【制服狩編】
御前零士

デート中の小さな揉めごとが地獄への扉だった!恋人の眼前でヤクザに蹂躙される乙女祐理。未熟な肢体は魔悦に目覚め…。

完全版・散らされた純潔【奴隷妻編】
御前零士

学生アイドルの雪乃は不良グループに襲われ、ヤクザへの献上品に。一方、無理やり極道の妻にされた祐理は高級クラブで売春婦として働かされ…

義姉【狂愛の檻】
麻実克人

未亡人姉27歳、危険なフェロモンが招いた地獄絵図。緊縛セックス、イラマチオ、アナル調教……愛憎に溺れる青狼は、邪眼を21歳の女子大生姉へ。

【完全版】人妻捜査官
御堂乱

敵の手に落ちた人妻捜査官・玲子を待っていたのは、女の弱点を知り尽くす獣達の快楽拷問。救出しようとした仲間も次々囚われ、毒牙の餌食に!

【完全版】人妻獄
夢野乱月

若妻を待っていた会社ぐるみの陰謀にみちた魔罠。夜は貞淑な妻を演じ、昼は性奴となる二重生活。まなみ、祐未、紗也香…心まで堕とされる狂宴!

フランス書院文庫✕ 偶数月10日頃発売

寝取られ母【孕ませ懇願】

河田慈音

「に、妊娠させてください」呆然とする息子の前で、隣人の性交奴隷になった母の心はここにはない…孕ませ玩具に調教される、三匹の牝母たち！

人妻 悪魔の園【限定版】

結城彩雨

我が娘と妹の身代わりに、アナルの純潔を捧げる由美子。三十人を超える嗜虐者を前に、狂気渦巻く性宴が幕開く。肛虐小説史に残る不朽の傑作！

痕と孕【兄嫁無惨】

榊原澪央

朝まで種付け交尾を強制される彩花。夫の単身赴任中、夫婦の閨房を実験場に白濁液を注ぐ義弟。着床の魔手は、同居する未亡人兄嫁にも向かい…

奴隷生誕 藤原家の異常な寝室

甲斐冬馬

義弟に夜ごと調教される小百合、茉莉、杏里。三人の姉に続く青狼の標的は、美母・奈都子へ。ドアも窓も閉ざされた肉牢の藤原家、悪夢の28日間。

【特別版】肉蝕の生贄

綺羅光

肉取引の罠に堕ち、淫鬼に饗せられる美都子。昼夜の別なく奉仕を強制され、マゾの愉悦を覚えた23歳の運命は…巨匠が贈る超大作、衝撃の復刻！

【禁書版】淫母

鬼頭龍一

「ママとずっと、ひとつになりたかった…」背徳の行為でしか味わえない肉悦が、母と周一を狂わせた！ 伝説の名作を収録した『淫母』三部作！

【悪魔版】美姉妹・肛姦の罠

結城彩雨

性奴に堕ちた妹を救うため生贄となる人妻・夏子。麗しき姉妹愛を蹂躙する浣腸液、魔悦を生む肛姦。肉檻に絶望の涕泣が響き、A奴隷誕生の瞬間が！

フランス書院文庫X　偶数月10日頃発売

【完全増補版】無限獄
夢野乱月
「だめよ…私たちは姉弟よ…」緊縛され花芯を貫かれる女の悲鳴が響いた時、一匹の青獣が誕生した。悪魔の供物に捧げられる義姉、義母、女教師。

美臀三姉妹と青狼
麻実克人
「義姉さん、弟にヤラれるってどんな気分？」臀丘を摑み悠々と腰を遣う直也。兄嫁を肛悦の虜にした邪眼は新たな獲物へ…終わらない調教の螺旋。

【完全版】奴隷新法
御堂　乱
20××年、特別少子対策法成立。生殖のため、女性は性交を命じられる。孕むまで終わらない悪夢の種付け地獄。受胎編&肛虐編、合本で復刊！

姦禁性裁【人妻教師と女社長】
榊原澪央
「旦那さんが帰るまで先生は僕の奴隷なんだよ」夫の出張中、家に入り込み居座り続ける教え子。七日目、帰宅した夫が見たのは変わり果てた妻！

【完全版】大いなる肛姦
結城彩雨
挿画・楡畑雄二
妹を囮に囚われの身になった人妻江美子。怒張&浣腸器で尻肉の奥を抉られた江美子は、船に乗せられ魔都へ…楡畑雄二の挿画とともに名作復刻！

【特別秘蔵版】禁母
神瀬知巳
思春期の少年を悩ませる、四人の淫らな禁母たち。年上の女体に包まれ、癒される最高のバカンス。究極の愛を描く、神瀬知巳の初期の名作が甦る！

狙われた媚肉㊤【生贄妻・宿命】
結城彩雨
挿画・楡畑雄二
万引き犯の疑いで隠し部屋に幽閉された市村弘子。全裸で吊るされ、夫にも見せない菊座を犯される。地下研究所に連行された生贄妻を更なる悪夢が！

フランス書院文庫X 偶数月10日頃発売

狙われた媚肉【下】【奴隷妻・終末】
挿画・楡畑雄二

結城彩雨

悪の巨魁・横沢の秘密研究所に囚われた市村弘子、昼夜を問わず続く浣腸と肛交地獄。鬼畜の子を宿すも、奴隷妻には休息も許されず人格は崩壊し…。

罪母【危険な同居人】

秋月耕太

息子の誕生日にセックスをプレゼントする香奈子、人生初のフェラを再会した息子に施す詩織。38歳と36歳、ママは少年を妖しく惑わす危険な同居人。

【完全版】悪魔の淫獣
秘書と人妻

挿画・楡畑雄二

結城彩雨

全裸に剥かれ泣き叫びながら貫かれる秘書・耀子、肛門を侵す浣腸液に理性まで呑まれる人妻・夏子、女に生まれたことを後悔する終わりなき肉地獄！

義母温泉【禁忌】

神瀬知巳

「今夜は思うぞんぶんママに甘えていいのよ…」浴衣をはだけ、勃起した先端に手を絡ませる義母。熟女のやわ肌と濡ひだに包まれる禁忌温泉旅行！

【完全版】魔虐の実験病棟

挿画・楡畑雄二

結城彩雨

婦人科検診の名目で内診台に緊縛される人妻・三枝子。実験用の贄として前後から貫かれる女医・慶子。生き地獄の中、奴隷達の媚肉は濡れ始め…。

【完全版】人妻淫魔地獄

挿画・楡畑雄二

結城彩雨

夫が海外赴任した日が悪夢の始まりだった！玲子が強いられる淫魔地獄。娘を人質に取られ、全てを奪われた27歳の人妻は母から美臀の牝獣へ！

義母狩り【狂愛】

麻実克人

「今夜はママを寝かさない。イクまで抱くよ」おんなの急所を突き上げる息子の体にすがる千鶴は、普通の母子には戻れないと悟り牝に堕ちていく…。

以下続刊

〈電子書籍でも発売中〉